Querverlag

Jan Stressenreuter

Aus Rache

Kriminalroman

Reihenkonzept & Lektorat: Regina Nössler und Corinna Waffender

Erste Auflage März 2009
Zweite Auflage September 2017

Umschlag und grafische Realisierung von Sergio Vitale unter Verwendung eines Fotos von fotolio.
Gesamtherstellung: Finidr
ISBN 978-3-89656-165-7
Printed in the Czech Republic.

Bitte fordern Sie unser Gesamtverzeichnis an:
Querverlag GmbH, Akazienstraße 25, D-10823 Berlin
http://www.querverlag.de

Prolog

Irmgard Kärnter stellte ihre morgendliche Tasse Earl Grey sorgsam auf den Küchentisch und lauschte angestrengt. Irgendwo in ihrer Nähe schrie jemand … nein, es war mehr ein lang gezogener Klageruf, hell und dünn, als ob ein Kind weinen würde.

Die hagere, grauhaarige Frau runzelte verärgert die Stirn. Es gab hier keine Kinder. Sie hatte immer Wert auf ein ordentliches Haus gelegt, das sie in den siebziger Jahren von ihrem Vater geerbt hatte. „Dat du mir oppass, wen de hier ens reinläss, Liebelein! Mir han en ehrbahres Huus“, hatte ihr der Vater kurz vor seinem Tod noch mit auf den Weg gegeben. Da hatte er schon von der Sache mit seiner Leber gewusst. Eine Woche später war er am Tresen seiner Stammkneipe auf dem Lindenthalgürtel tot vom Barhocker gefallen, das letzte Kölschglas noch fest umklammert. Das Versprechen, das ihr Vater ihr abgenötigt hatte, bedeutete natürlich in erster Linie keine Ausländer – schlimm genug, dass sie sich in Kalk und Mülheim breitmachten, rund um die Keupstraße wurde ja nur noch Türkisch gesprochen. Neulich hatte sie die Platzke von oben beim *Lidl* getroffen und die hatte ihr erzählt, dass sie doch tatsächlich von einem jungen Mann in gebrochenem Deutsch gefragt worden war, warum sie kein Kopftuch trug, als sie ihren Bruder auf dem Mülheimer Friedhof besucht hatte. So weit war es schon gekommen!

Irmgard Kärnters Versprechen hieß allerdings auch, dass keine Familien mit Kindern in die sechs Wohnungen einzogen, die sie hier in der Gleueler Straße schräg gegenüber der Universitätsklinik zu vermieten hatte. Kinder bedeuteten Geschrei im Treppenhaus, liegen gebliebenes Spielzeug im Vorgarten, zertrampelte Blumenbeete. Kinder machten Lärm und Unordnung. Kinderlose, ältere Ehepaare dagegen, allein stehende Damen und Herren oder – wie in den letzten Jahren – selbst Studenten, die sich zu einer Wohngemeinschaft zusammenfanden, das waren Mieter, die sie akzeptierte. Letztere allerdings nur, weil sie das Gewissen der pensionierten Bibliothekarin beruhigten, denn im Grunde betrachtete sie Studenten ebenfalls mit Misstrauen. Arbeit hatte in ihren Augen noch niemandem geschadet und gerade das war etwas, was man Studenten wohl kaum nachsagen konnte.

Eine dicke Fliege, die ihr schon seit einigen Minuten um den Kopf flog und sich nicht verscheuchen ließ, landete träge auf dem Tisch. Mit einer Schnelligkeit, die man einer Achtzigjährigen kaum zugetraut hätte, schlug Irmgard Kärnter zu und zermalmte das Insekt mit der bloßen Hand. Anschließend wischte sie die Finger an ihrer blau karierten Kittelschürze ab und fuhr mit einem feuchten Lappen über die Tischplatte.

Ein weiterer Schrei von oben ließ sie aus ihren Gedanken aufschrecken. Diesmal klang er kehliger und verzweifelter als zuvor, als hätte jemand seinen ganzen Weltschmerz hineingelegt. Irmgard Kärnter betrachtete ihre von Altersflecken übersäten Hände und das breite Pflaster, das ihren rechten Handrücken seit dem kleinen Unfall am Vortag bedeckte. Wahrscheinlich würde sie keine Ruhe finden, bis sie gegen die störenden Geräusche etwas unternommen hatte. Auf der Straße fuhr der 146er Bus Richtung Neumarkt vorbei, ein roter Fleck, der einige Fahrgäste an der nahe gelegenen Haltestelle Geibelstraße ein- und auslud. Sie sah auf das Zifferblatt der Standuhr in der Küchenecke. Kurz vor neun. Eine Stunde war vergangen, seitdem sie die Schreie zum ersten Mal gehört hatte. Zeit, etwas dagegen zu unternehmen. Sie hatte lange genug gewartet. Entschlossen griff sie zum Telefon und wählte den Notruf der Polizei.

Der Einsatzwagen fuhr schon wenige Minuten später vor; zwei junge Beamte, ein Mann und eine Frau, stiegen aus dem Auto. Irmgard Kärnter, die die Ankunft der Polizisten durch das Wohnzimmerfenster beobachtet hatte, erhob sich mit einem Ächzen, faltete den kaum gelesenen *Express* zusammen und griff nach dem Zweitschlüssel, der neben der Wohnungstür an einem Haken hing. Beim Hinausgehen fiel ihr Blick auf den großen, braunen Umschlag, den sie am Vorabend auf ihrer Fußmatte gefunden hatte und der nun auf der Kommode in der Diele lag. Hastig schob sie ihn unter einen Stoß Papiere. Dann trat sie in den Hausflur.

„Die Schreie kommen von oben“, begrüßte sie die Beamten kurz angebunden und erklomm ohne Umschweife die Treppe in die darüberliegende Etage.

„Haben Sie denn schon versucht, mit dem Mieter zu sprechen?“, fragte die Polizistin. Sie trug eine blonde Ponyfrisur und hatte ein langes, eckiges Gesicht, das übermüdet aussah. „Geklingelt? Angerufen?“

Irmgard Kärnter musterte die junge Frau missbilligend über die Schulter hinweg, bevor sie ihren Weg fortsetzte. „Wer so schreit, bei dem ist etwas nicht in Ordnung. Und für so was wie Ruhestörung ist die Polizei doch zuständig, oder? Außerdem gibt es hier im Haus keine Kinder!“

„Kinder?“, mischte sich jetzt der Kollege der Polizistin ein, ein junger Mann mit Segelohren und einer unnatürlichen Sonnenbräune im Gesicht. „Wieso Kinder?“

„Die Geräusche hören sich nach einem schreienden Kind an und es gibt hier keine Kinder!“, wiederholte die Vermieterin ungeduldig.

„Ich kann nichts hören!“, erklärte der Beamte, als sie das erste Stockwerk erreicht hatten. Und tatsächlich, plötzlich war es ganz still im Haus, Irmgard Kärnter konnte ihrem eigenen Atem lauschen. Von der Straße drang Verkehrslärm nach oben: ein Notarztwagen, der die Uniklinik mit Martinshorn ansteuerte, ein knatternder Auspuff, eine Fahrradklingel; aus den vor ihr liegenden Wohnungen jedoch kam kein Laut. Irmgard Kärnter verharrte einige Augenblicke regungslos vor den Wohnungstüren und horchte angestrengt ins Nichts. Gerade wollte sie sich kopfschüttelnd umdrehen, als sie den lang gezogenen Schrei erneut hörte, nur diesmal viel lauter und deutlicher als vorher. Nicht aus der Wohnung links, sondern eindeutig aus der Wohnung von Herrn Borowsky genau über ihr. Und jetzt, wo sie an der Quelle des merkwürdigen Geräuschs war, konnte die Vermieterin es auch sofort einordnen. Die beiden Polizisten ebenfalls.

„Das ist eine Katze“, seufzte die Beamtin mit hochgezogenen Augenbrauen und sah ihren Kollegen vielsagend an. „Nur eine Katze.“

„Herr Borowsky hat einen Kater", sagte Irmgard Kärnter fast entschuldigend. Die schwarzweiße, ziemlich fette Straßenmischung lief ihr manchmal im Treppenhaus über den Weg, weil das Tier die Angewohnheit hatte, bei jeder sich bietenden Gelegenheit auszubüxen.

Aber das Geschrei war insistierend, durchdringend, und nach wie vor meinte sie, so etwas wie Trauer oder Schmerz heraushören zu können. Oder war es absurd, Tieren solche Emotionen zu unterstellen? Irmgard Kärnter hatte keinerlei Erfahrung mit tierischen Hausgenossen. Ihr wäre schon ein Wellensittich lästig gewesen.

„Na schön", sagte der Polizist. „Wenn wir schon mal hier sind …"

Für einen Moment verharrten Irmgard Kärnters Augen auf der Wohnungstür der Nachbarwohnung, als ob sie befürchtete, durch den Spion beobachtet zu werden. Nachdem die Polizisten ihr zugenickt hatten, drückte die Vermieterin zögernd auf die Türklingel. Die Katze hörte sofort auf zu schreien. Stattdessen scharrten ihre Krallen hektisch an der anderen Seite der Wohnungstür, als wünschte sie sehnlichst, dass endlich die Tür geöffnet würde.

„Merkwürdig", sagte die Polizistin und zum ersten Mal konnte Frau Kärnter so etwas wie Anspannung auf ihrem Gesicht erkennen.

„Herr Borowsky?" Der Polizeibeamte presste sein Ohr an die Tür, aber außer dem Scharren der Krallen und dem wieder einsetzenden Maunzen erhielt er keine Antwort. In der Wohnung blieb alles still.

Irmgard Kärnter steckte den Generalschlüssel ins Schloss und registrierte noch nicht einmal ihre feuchten Hände, als sie öffnete. Die Tür war nur zugezogen. Solche Nachlässigkeiten spielten Einbrechern direkt in die Hände. Sie selber drehte den Schlüssel immer zweimal herum, bevor sie abends ins Bett ging.

Langsam schob sie die Tür auf und schrak gleich darauf heftig zusammen, als der Kater sie mit großen, gelben Augen im Halbdunkel der Diele anblitzte. Der Kater knurrte, sträubte das Fell und schoss dann wie ein Pfeil an ihr vorbei ins Treppenhaus.

Reflexartig zuckte sie zurück und zog ihre verletzte Hand außer Reichweite. Mit klopfendem Herzen sah sie ihm nach. Sie hatte das Vieh noch nie leiden können.

Zögernd machten die Vermieterin und die Polizisten ein paar Schritte in die Wohnung. Unordentlich war es hier. Schmutzige Wäsche mit Kot- und Urinspuren lag verstreut auf der Erde, in der Küche stand dreckiges Geschirr in der Spüle, leere Pizzakartons und eine Tüte mit Essensresten vom Chinesen lagen in der Ecke, auf dem Tisch ein zerlesener *Kölner Stadt-Anzeiger* mit dem Datum vom Vortag. Die Arbeitsflächen waren schon lange nicht mehr abgewischt worden. Die Mülltonne quoll über und verbreitete einen fauligen Geruch – als hätte seit Tagen niemand mehr einen Handschlag getan.

„Er hat den Müll nicht getrennt!", empörte sich Irmgard Kärnter. „Dabei haben wir die neuen Tonnen schon seit Monaten. Blau für Altpapier, gelb für Verpackung und die Restmülltonnen. Ich habe sogar einen Brief an alle Mieter geschickt damals."

„Was für eine Sauerei!", murmelte der Beamte. „Ekelhaft."

„Hallo … Herr Borowsky?" Irmgard Kärnter nahm ihren Mut zusammen und wagte sich noch ein wenig weiter in die Wohnung hinein, vorsichtig und mit stockenden Schritten. Niemand antwortete ihr.

Während die Polizistin sich in der Küche umsah, tasteten sich die Vermieterin und der Beamte bis zum Wohnzimmer vor und blieben dann im Türrahmen stehen, den riesigen Schreibtisch im Blick, der sich unter dem Fenster befand. Chaotisch sah es in diesem Zimmer aus, als wäre ein Sturm durch den Raum gezogen und hätte Teile des Mobiliars entwurzelt. Aufgerissene und ausgekippte Schubladen, zerstreute Unterlagen, Notizzettel, aufgeschlagene Aktenmappen auf dem Boden, überall lagen Bücher herum, sogar der Papierkorb war umgeworfen und entleert worden.

„Gibt es hier noch einen Raum?", fragte der Polizist. Auch seiner Stimme war mittlerweile anzumerken, dass hier etwas nicht in Ordnung war.

Mit der Hand vor dem Mund trat Irmgard Kärnter einen Schritt zurück, als es plötzlich hinter ihr einen lauten Knall gab und die Wohnungstür zuschlug. Ihr Herz pochte wild und unregelmäßig. Für einen Moment dachte die alte Frau, dass ihre letzte Stunde gekommen war. Reglos blieb sie stehen und wagte nicht zu atmen. Dann fiel ihr ein, dass sie die Tür aufgelassen hatte. Nur ein Windstoß. Die Zugluft musste sie ins Schloss gedrückt haben. Mit zitternden Händen schloss sie die Wohnzimmertür hinter sich.

„Das Schlafzimmer. Da hinten." Ihre Gefühle schienen sich auf ihrem Gesicht widerzuspiegeln, denn der Beamte erkundigte sich besorgt nach ihrem Befinden. Die Vermieterin wischte seine Worte energisch beiseite.

Aber als der Polizist die Tür zum Schlafzimmer aufstieß, verlor sie doch endgültig die Fassung. Ihre Augen weiteten sich und dann begann Irmgard Kärnter zu schreien – und dieser Schrei hörte sich sehr viel lauter und schriller an als die Geräusche, die Axel Borowskys Kater von sich gegeben hatte, um auf die Leiche seines Herrchens aufmerksam zu machen.

Eins

Das Telefon riss Oberkommissar Torsten Brinkhoff um zehn Uhr vormittags aus dem Tiefschlaf. Stöhnend vergrub der 32-Jährige seinen Kopf mit den verstrubbelten, blonden Haaren unter dem Kissen und versuchte, das Klingeln zu überhören.

Dass der Anrufer auch nach dem achten oder neunten Läuten nicht aufgab, verschlechterte seine Laune noch weiter, denn das konnte nur bedeuten, dass es sein Chef war.

Er gähnte und tastete mit verklebten Augen nach dem Hörer. „Was ist?", meldete er sich abweisend.

„Noch zwei Klingeltöne und ich hätte dich mit einer Streife und Blaulicht abholen lassen!", knurrte sein Vorgesetzter, 1. Kriminalhauptkommissar Lutz Beerbaum, am anderen Ende der Leitung. „Hab ich dich geweckt?"

„A-Allerdings“, murmelte Brinkhoff und leckte sich über die trockenen Lippen. „Heute ist mein freier Tag, f-falls du dich erinnerst.“ Jedes Mal, wenn er überrascht wurde oder unversehens in eine Stresssituation geriet, schimmerte ein Anflug seines frühkindlichen Stotterns wieder durch. Im Grunde war es mehr ein Hängenbleiben als ein Stottern – als würden seine Lippen über ein Hindernis stolpern und bräuchten einen Moment, um es zu überwinden. Zwar war es mithilfe einiger Sprachtherapien im Laufe der Zeit besser geworden, aber ganz in den Griff bekommen hatte er es nie – genauso wenig wie die Wut über die Witze, die deswegen hinter seinem Rücken gemacht wurden. Wenn Beerbaum den jungen Beamten nicht ein wenig unter seine schützenden Fittiche genommen hätte, wären die ersten Wochen im Polizeipräsidium ein einziges Spießrutenlaufen gewesen, nachdem er von Düsseldorf nach Köln versetzt worden war.

Sein Chef hatte Brinkhoff auch die Wohnung am Gotenring besorgt, kein Problem für jemanden, dessen Familie seit Generationen in Köln ansässig und durch Onkel, Neffen, Kusinen und Schwippschwager in jedem Stadtteil bestens vernetzt war. In diesem Fall war es die beste Freundin der Schwester von Beerbaums Frau Roswitha gewesen, die jeden Tag bei *Plus* auf der Deutzer Freiheit an der Kasse saß und von einer Kundin von der freigewordenen Wohnung gehört hatte. Gegenüber Brinkhoff hatte Beerbaum allerdings vergessen zu erwähnen, dass genau unter dem Schlafzimmerfenster die Linien 3 und 4 der KVB entlangfuhren und ihr Rattern Brinkhoff noch im Bett vibrieren ließ. Der Autoverkehr, der den Gotenring Richtung Innenstadt via Severinsbrücke passierte, tat ein Übriges, um dem Kommissar in der ersten Zeit schlaflose Nächte zu bereiten. Hupen schien in Köln eine Art Volkssport zu sein.

Plötzlich verspürte Brinkhoff einen ungeheuren Durst und angelte mit der freien Hand nach der Flasche Mineralwasser, die neben seinem Bett stand.

„Freier Tag? Vergiss es“, erwiderte Beerbaum währenddessen mitleidslos. „Wir haben Kundschaft. Eine Leiche in Lindenthal. Gleueler Straße.“

„Na und?“ Brinkhoff versuchte, gleichzeitig den Telefonhörer zwischen Schulter und Ohr zu klemmen und einen Schluck zu trinken, mit dem Ergebnis, dass ihm das Telefon herunterfiel und das Wasser sich über sein T-Shirt ergoss. Fluchend setzte er sich auf. „Können das nicht Moretti und Schmidt übernehmen? Die schieben doch im Moment sowieso nur Akten hin und her! Ich wollte heute … he, Moment mal, was haben wir mit Mord zu schaffen? Dafür ist doch …“

„Der Fall wird auch nicht von uns bearbeitet“, wurde er von seinem Vorgesetzten kurzerhand unterbrochen. „Ich habe dich an das KK 11 ausgeliehen, die haben schon eine Mordkommission gebildet.“

„Oh.“ Brinkhoff versuchte die Informationen, mit denen er bombardiert wurde, zu verarbeiten. Dass sein Schädel schmerzte, war dabei nicht besonders hilfreich. Natürlich freute er sich, denn deswegen war er zur Kripo gegangen. Davon hatte er schon geträumt, als er noch in den Lehrsälen der Polizeihochschule gesessen hatte. Aber es war höchst ungewöhnlich, dass jemand wie er, der erst vor Kurzem bei der DirK, der Direktion Kriminalitätsbekämpfung, angefangen hatte, sofort in eine Mordkommission berufen wurde. Üblicherweise hätte er mehr als einige Wochen Einarbeitungszeit hinter sich bringen müssen, bevor er überhaupt an die Mitarbeit in einer MK denken durfte. Irgendwo musste da ein Haken sein. So viel Glück konnte man gar nicht haben.

Mordkommissionen bestanden in der Regel aus fünf oder sechs festen, „schlafenden“ Mitgliedern, die routinemäßig ihren Dienst bei der Sitte, dem Erkennungsdienst, der Bandenkriminalität, den Gewaltdelikten oder anderen Kriminalinspektionen der DirK und den ihnen unterstehenden Kommissariaten versahen. Sobald sich bei einem Leichenfund Verdachtsmomente für ein Tötungsdelikt ergaben, wurde eine Mordkommission eingesetzt und die entsprechenden Leute zusammengezogen. Und das waren meist altgediente oder zumindest erfahrene Beamte, die die Sache schon seit Jahren machten, sich kannten und gut aufeinander eingespielt waren.

„Wieso ich?“, fragte Brinkhoff dann auch.

„Die haben krankheitsbedingte Ausfälle. Grippe oder so."

„Ah! Und wer ist der Leiter der Mordkommission?"

Beerbaum zögerte einen Moment. „Plasberg", sagte er schließlich.

„Was?" Brinkhoff war nun endgültig hellwach. „B-b-bist du irre? Plasberg hasst den Boden, auf dem ich gehe!"

Kriminalhauptkommissarin Maria Plasberg galt als *enfant terrible* des gesamten Dezernats. Als Mitglied des Kriminalkommissariats 11, zuständig für Tötungsdelikte bei der Kripo Köln, und Leiterin der MK 3, scherte sie sich einen Dreck um die vorgegebenen Polizeistrukturen. Sie neigte dazu, sich ständig in die laufenden Ermittlungen der mit ihr arbeitenden Kommissare einzumischen und rundweg ganze Morduntersuchungen an sich zu ziehen. „Dienstweg" war ein Wort, das in ihrem Vokabular nicht existierte. Dass sie dabei ihre eigentliche Aufgabe vernachlässigte, sprich, die Arbeit der Mordkommission zu koordinieren und nach oben und außen zu vertreten, machte ihr wenig aus. Gesprächstermine mit dem Direktionsleiter der DirK, dem Behördenleiter oder außenstehenden Institutionen, wie zum Beispiel den Medien, auf deren gute Zusammenarbeit die Kriminalpolizei angewiesen war, endeten selten erfreulich. Daher wurde die geschiedene, alleinerziehende Mutter von zwei Kindern als ausgesprochen „schwierig" bezeichnet. Torsten Brinkhoff konnte sich niemanden vorstellen, mit dem er weniger gern zu tun hatte.

„Sie hat aber ausdrücklich dich angefordert", erklärte Beerbaum.

Allein diese Tatsache war so ungewöhnlich, dass Brinkhoff ungläubig schnaubte. „Warum? Hat sie eine sadistische Ader an sich entdeckt und will mich fertig machen?"

Lutz Beerbaum am anderen Ende der Leitung zuckte unbarmherzig die Schultern. Zwar war er sich bewusst, in was für eine schwierige Situation er seinen Mitarbeiter brachte, aber diese Meinung behielt er wohlweislich für sich. Er konnte und wollte im Dienst auf die persönlichen Animositäten zwischen einzelnen Polizeibeamten keine Rücksicht nehmen. Sein Schützling war in diesem Fall die beste Wahl und das schien auch Kollegin

Plasberg zu denken, sonst hätte sie nicht zähneknirschend, aber hochoffiziell um die Mitarbeit von Torsten Brinkhoff gebeten. Und er hätte ihrem Wunsch nicht stattgegeben.

„Sieht aus, als wäre der Tote homosexuell gewesen", wurde er endlich deutlicher.

Brinkhoff lachte humorlos auf. „Ach, jetzt komm mir doch nicht mit diesem Klischee. Als ob ein schwuler Polizeibeamter den Mord an einem Schwulen eher aufklären könnte als ein Hetero-Beamter. Das ist doch Scheiße!"

„Plasberg scheint jedenfalls dieser Ansicht zu sein." Beerbaum fingerte eine Zigarette aus der Packung auf seinem Schreibtisch, zündete sie an und nahm einen tiefen Zug. Irgendwie hatte er trotzdem ein schlechtes Gewissen Brinkhoff gegenüber, auch wenn er sich am Telefon nichts anmerken ließ. Dann drückte er die Zigarette hastig wieder aus und wedelte mit der Hand, um den Qualm zu vertreiben. Erst gestern hatte er seiner Frau hoch und heilig versprochen, das Rauchen zu reduzieren, nachdem sie ihn zum wiederholten Male energisch auf sein Übergewicht und seinen Bluthochdruck hingewiesen und ihn vor die Wahl gestellt hatte, entweder auf sein geliebtes Kölsch oder die Zigaretten zu verzichten. Außerdem war Rauchen im Präsidium sowieso verboten.

„Aber ich ...", hörte er Brinkhoffs quengelnde Stimme.

„Schluss jetzt", beendete Lutz Beerbaum die Diskussion. „Ich habe Plasberg gesagt, dass du in spätestens einer Stunde bei ihr bist. Gleueler Straße 67, das ist hinter der Uni. Du hast also sogar noch Zeit, unter die Dusche zu springen."

„Ich weiß, wo die Gleueler Straße ist."

„Umso besser. Und ich will kein Gemecker von dir hören, es sei denn, sie beschimpft dich nachweislich und vor Zeugen als blöde Tunte oder so."

„So dämlich wird sie nicht sein", erwiderte Brinkhoff verärgert. „Sie wird wahrscheinlich ein wenig subtiler vorgehen. Wie alle meine Kollegen." Damit warf er den Hörer auf die Gabel und ließ sich zurück auf sein Bett fallen.

Einige Augenblicke verharrte er in dieser Stellung und spielte mit dem Gedanken, sich krank zu melden. Es war Wochen her, seit er das letzte Mal ausgeschlafen hatte. Wenn ihm vor zehn Jahren auf der Polizeihochschule jemand gesagt hätte, dass es später einmal zu seinen Pflichten gehören würde, dem Dienst jederzeit sein Privatleben zu opfern, dann wäre er wahrscheinlich doch Verwaltungsbeamter geworden, wie es seine Mutter gewollt hatte, mit geregelten Arbeitszeiten von neun bis siebzehn Uhr und garantiert freien Wochenenden. Sein Leben wäre sehr viel ruhiger verlaufen und er hätte sich nicht jeden Tag mit Schleppern, Kinderschändern, Zuhältern und was ihm sonst noch so über den Weg lief, abgeben müssen. Erst vor kurzer Zeit war er in das KK 12 aufgerückt, aber schon jetzt hatte er das Gefühl, dass sich der sprühende Idealismus, mit dem er den Dienst angetreten hatte, eintrübte und hin und wieder einem gewissen Ekel vor den Menschen wich, mit denen er es zu tun bekam. Doch schließlich kämpfte er sich missmutig aus dem Bett und schlich ins Bad.

Wie immer stieß er sich in der Duschkabine die Ellbogen – mit einer Größe von 1,90 Meter und der Statur eines Basketballspielers war Brinkhoff einfach nicht gebaut für enge, schmale Räume –, aber nachdem das heiße Wasser seine Durchblutung angeregt hatte, fühlte er sich etwas besser. Er bereute zutiefst, dass er am Abend noch um die Häuser gezogen war und erst gegen vier Uhr ins Bett gefunden hatte. Jemand, der ihn interessiert hätte, war ihm dabei sowieso nicht begegnet. Nicht einmal Markus Clement hatte er getroffen. Aber er wäre ohnehin zu betrunken gewesen – nicht, dass jemals etwas zwischen ihnen laufen würde. Das hatte sich Brinkhoff schon lange abgeschminkt, anscheinend fiel er nicht in Markus' Beuteraster. Warum gab es eigentlich keine wissenschaftliche Untersuchung über den Zusammenhang von Überarbeitung und sexuellen Defiziten bei Polizeibeamten? Jedenfalls hämmerte sein Schädel. Er musste entschieden zu viel getrunken haben. Angefangen hatte er im „Edelweiß“, einer Eckkneipe auf der Hohe Pforte, wo sie zu seinem Entsetzen den ganzen Abend deutsche Schlager gespielt hatten, anschließend war er schräg gegenüber ins „Zipps“ gegangen, aber dort war nichts los gewesen, und dann war er Richtung Mühlenbach zum „Cox“ gewankt. Das Letzte, woran er sich erinnern konnte, war, dass er aus dem „Hühnerfranz" am Alter Markt herausgestolpert war und bei „Fisch-Biggi" am Heumarkt einen Backfisch gegessen hatte. Vielleicht hätte er das lassen sollen, aber es war die einzige Imbissbude, die um die Uhrzeit noch geöffnet hatte. Sogar der Dönerladen nebenan, bei dem es seiner Meinung nach den besten Hähnchendöner der Stadt gab, hatte geschlossen.

Er unterdrückte ein Gähnen und rubbelte seine widerspenstigen Haare trocken, rieb etwas Gel hinein, damit es so aussah, als wären die abstehenden Haarsträhnen gewollt, putzte sich die Zähne und entschied während eines flüchtigen Blicks in den Spiegel, dass er seinen Dreitageflaum am Kinn erst am nächsten Tag stutzen musste. Sein Bartwuchs war sowieso nicht der Rede wert. Vorsichtshalber warf er noch zwei Aspirin ein. Im Hausflur drang türkische Popmusik aus der Wohnung unter ihm und das Stimmengewirr der dort lebenden vielköpfigen Familie. Dann gab es einen heiseren Schrei und die Musik verstummte plötzlich. Anscheinend hatte Herr Öcal, das Familienoberhaupt, ein Machtwort gesprochen. Kurz darauf saß Brinkhoff in seinem Wagen und machte sich von Deutz aus auf den Weg zum Tatort.

Zum ersten Mal in diesem Monat schien sich das Wetter der Jahreszeit anpassen zu wollen. Während die Wochen zuvor ein stabiles Hochdruckgebiet dem gesamten Rheinland einen angenehmen Spätsommer beschert und Torsten Brinkhoff dazu verleitet hatte, seine knapp bemessene Freizeit so oft wie möglich draußen beim Rollerblading über die Rheinpromenade bis hinunter zur Mülheimer Brücke zu verbringen, türmten sich an diesem Morgen Wolken am Himmel, die das Nahen des Herbstes prophezeiten. Dazu pfiff ein stürmischer Wind, der Fußgänger und Radfahrer veranlasste, ihre Jacken zuzuknöpfen und die Kragen hochzuschlagen. Nur dem Dom schien das Wetter nichts auszumachen. Trotzig aufgereckt ragte die gotische Kathedrale über die engen Gassen der Altstadt, eingerahmt von der futuristischen blauen Kuppel des Musical Domes und der modernen Backstein- und Zinkfassade des Museums Ludwig. Dem Kommissar huschte unwillkürlich ein Lächeln über die Lippen, wie immer, wenn er mit dem Auto über die Deutzer

Brücke auf die andere Rheinseite Richtung Innenstadt fuhr und das Altstadtpanorama vor sich sah. Allein für diesen Blick lohnte es sich, in Köln zu wohnen.

Brinkhoff erinnerte sich, dass sein erster Eindruck von Köln ein ganz anderer gewesen war. Nachdem er hierher versetzt worden war, hatte er sich mit Bahn und Bus und zu Fuß aufgemacht, um seine neue Heimat zu erkunden – und war entsetzt gewesen, welche Nachkriegsbausünden noch heute das Stadtbild prägten: Die Nord-Süd-Fahrt, die die Innenstadt wie ein lang gezogener Schnitt mit einem Messer zerteilte. Der Barbarossaplatz, vor dem Krieg einer der schönsten Plätze der Stadt, heute kaum als solcher wiederzuerkennen und nur noch als Knotenpunkt der KVB interessant. Das scheußliche Fernmeldeamt an der Cäcilienstraße, und und und ... Es hatte eine Weile gedauert, bis er sich mit den Makeln der Stadt arrangiert hatte. Mittlerweile jedoch reagierte er wie alle Kölner: Er sah über die Fehler mit einem Achselzucken hinweg, schob sie dem allgegenwärtigen kölschen Klüngel in die Schuhe und konzentrierte sich lieber auf das Leben und Wohnen in seinem „Veedel" – mit gelegentlichen Ausflügen in das schwule Nachtleben Kölns.

Die Straßen der Innenstadt waren natürlich verstopft; geradezu unerträglich war die Situation geworden, seitdem der U-Bahnbau der Nord-Süd-Trasse begonnen hatte und jeden Tag neue Umleitungen aus dem Boden schossen. Dazu kam noch das besondere kölsche Geschick, gleich mehrere Großbaustellen gleichzeitig zu bewirtschaften – in diesem Fall eine großflächige Fahrbahnreparatur des Rhein-Ufer-Tunnels, was den Verkehr endgültig zusammenbrechen ließ. Auf der Pipinstraße geriet der Kommissar prompt in einen Stau, weil ein Lkw mit einer Fuhre Sand die schmale Auffahrt zur Baustelle nicht heraufkam und die Fahrbahn blockierte. Zwei Arbeiter neben dem Fahrzeug diskutierten unaufgeregt und in breitestem Kölsch, was nun zu tun sei, und kamen zu dem Ergebnis, erst mal auf ihren Vorarbeiter zu warten. Aber Torsten Brinkhoff war heute zu sehr mit sich selber beschäftigt, um sich darüber aufzuregen. Der Gedanke an Maria Plasberg und ihre stets nach unten gezogenen Mundwinkel drohte ihm erneut den Tag zu vermiesen.

Er würde sich nicht aus der Ruhe bringen lassen!, dachte er verbissen, während er sich durch den vormittäglichen Stadtverkehr friemelte. Er würde schön cool und höflich bleiben und der dummen Kuh ein bisschen in den Arsch kriechen. Das konnte doch nicht so schwer sein!

Der Tatort befand sich in einem der Ortsteile, die sich direkt jenseits der Ringe an den alten Stadtkern schmiegten. Wie das ursprüngliche Köln rund um den Dom hatte auch Lindenthal unter dem Bombenhagel des Krieges schwer gelitten und war zu sechzig Prozent zerstört worden; nun wurde es von den Gebäudekomplexen der Universität und den Unikliniken dominiert, die größtenteils aus den sechziger und siebziger Jahren stammten. Das Haus Gleueler Straße 67 lag schräg gegenüber der Zentralbibliothek der Medizin, ganz in der Nähe der Uniklinik und deren Bettenhochhaus, das sich wie ein gigantischer Stahl- und Betonkoloss aus dem Meer der umliegenden, bescheidenen Mehrfamilienhäuser und Wohnsiedlungen abhob. Es war ein dreistöckiger Gründerzeitbau, der eine Sanierung dringend nötig gehabt hätte. Früher einmal war das Haus sicherlich ein Schmuckstück gewesen, doch der Stuck war längst abgeschlagen worden. Die ehemals strahlend gelbe Fassade hatte die Farbe undefinierbaren Schleims angenommen, der Putz um die Fenster und die Erker bröckelte, verschmierte Graffiti bedeckten die Mauern des Erdgeschosses. Vor dem Haus befand sich ein schmaler Streifen mit immergrünen, pflegeleichten Sträuchern. Das Einzige, was daran erinnerte, dass das Haus einmal bessere Zeiten gesehen hatte, war der über der Eingangstür eingemeißelte Spruch „Gott zum Gruße“. In einem Fenster im Parterre konnte Brinkhoff für einen Moment das Gesicht einer grauhaarigen, alten Frau erkennen, die ihn misstrauisch musterte, bevor sie die Gardine zuzog.

Vor dem Haus standen mehrere Einsatzfahrzeuge der Polizei und ein Wagen des ärztlichen Notdienstes. Zwei Kollegen von der Streife, die er flüchtig kannte, sicherten das Gebäude. Die Stimmung unter den Schaulustigen, die sich auf dem Bürgersteig versammelt hatten, war neugierig bis entspannt, als ob hier eine neue Folge der *Lindenstraße* gedreht würde. Brinkhoff schüttelte den Kopf. Noch hatte er sich nicht daran gewöhnen können, dass den Kölner an sich nichts so leicht aus der Ruhe brachte.

Einer der Beamten tippte sich an die Mütze und nickte dem Kommissar zu, während er ins Haus ging. „Erster Stock rechts!", rief er ihm nach. „Und sie hat schlechte Laune!" Brinkhoff rang sich ein gequältes Lächeln ab.

Als er die Wohnung betrat, waren zwei Mitarbeiter des Erkennungsdienstes schon damit beschäftigt, die Räume nach Fingerabdrücken zu untersuchen, mögliche DNA-Spuren zu sichern und Fotos vom Fundort der Leiche zu machen. Kriminalhauptkommissarin Maria Plasberg war im Schlafzimmer und unterhielt sich mit dem Arzt. Obwohl ihm die schmale Mitvierzigerin den Rücken zukehrte, erkannte Brinkhoff sie sofort an ihren kurz geschnittenen, feuerroten Haaren, der kerzengeraden Körperhaltung und ihrer schneidenden Stimme, die jede Form von Annäherung und Intimität im Keim zu ersticken suchte. Das Einzige, was für sie sprach – und weshalb sie sich in der männerdominierten Welt der Polizei so weit hatte vorarbeiten können –, war die Tatsache, dass die von ihr geleiteten Ermittlungen die höchste Aufklärungsquote aller Mordkommissionen im Rheinland besaßen. Und eine solche Leistung heftete sich der Polizeipräsident von Köln nur zu gerne ans Revers.

Eine grüne Bluse und schwarze Jeans bildeten den Kontrast zum echten Rot von Plasbergs Haaren, flache Schuhe ließen sie noch kleiner erscheinen, als sie sowieso schon war. An ihrer rechten Schulter baumelte etwas, das wie eine riesige tote Ratte aussah. Wohl eine ihrer ausgefallenen Handtaschenkreationen, für die Plasberg neben ihrer schlechten Laune bekannt war. Angeblich besaß sie mehr als fünfzig verschiedene Modelle, eine grotesker als die andere.

Als sie Brinkhoffs Schritte im Raum hörte, unterbrach Maria Plasberg ihr Gespräch mit dem Arzt. „Sie sind zu spät, Kollege! In meiner MK wird Wert auf Pünktlichkeit gelegt", zischte sie, ohne sich umzudrehen.

Brinkhoff versuchte die beißende Ironie zu überhören, die Plasberg bei dem Wort „Kollege" benutzt hatte, und sah reflexartig auf seine Armbanduhr. Eine Stunde und zwei Minuten waren seit Beerbaums Anruf verstrichen. Plasberg musste die Zeit gestoppt haben.

„Tut mir l-leid", brachte Brinkhoff mühsam hervor. „S-Soll nicht wieder vorkommen."

Jetzt endlich drehte sich die Kommissarin um und musterte Brinkhoff mit einem säuerlichen Lächeln. Im Gegensatz zu anderen Leuten schien sie sich von seiner schieren körperlichen Statur nicht beeindrucken zu lassen. Der Kommissar hatte eher das Gefühl, dass Plasberg ihre unproportionalen Größenverhältnisse als persönlichen Affront betrachtete. Sie quittierte seine Entschuldigung mit hochgezogenen Augenbrauen und lenkte für den Augenblick ein.

„Hier, ziehen Sie sich die Dinger über", sagte sie mürrisch und warf ihm ein paar Einweghandschuhe zu. „Wollen Sie nicht wissen, worum es geht?"

„Doch, natürlich."

Plasberg trat zur Seite und gab den Blick auf den hinteren Teil des Schlafzimmers frei.

Mit dem Rücken zur Wand hockte in der linken Zimmerecke eine in sich zusammengesunkene, völlig ausgemergelte männliche Gestalt. Der Mann war nur bekleidet mit einer grauen Jogginghose, die ihm früher vielleicht einmal gepasst hatte, aber jetzt an seinen Beinen und an den Hüften schlotterte. Unter- und Oberarme waren so dünn, dass Brinkhoff und vielleicht sogar die zierliche Hauptkommissarin sie mit einer Hand hätten umfassen können. Das Gesicht war so abgemagert, dass die Kontur des Schädels hervortrat, das Kinn seit mehreren Tagen unrasiert, die Nase spitz, die Wangen eingefallen und die offenen Augen, die an die Decke starrten, lagen tief in ihren Höhlen. Früher einmal mochte das Opfer ein gut aussehender Mann gewesen sein, aber jetzt fühlte sich Torsten Brinkhoff unwillkürlich an Bilder aus Konzentrationslagern erinnert. Die Haare des Mannes waren strähnig und fettig, anscheinend hatte er es mit der Körperpflege in den letzten Tagen nicht so genau genommen. Der Oberkörper war nackt, die Haut faltig wie bei einem vergammelten Pfirsich, und Brinkhoff konnte jeden einzelnen

Rippenbogen sehen. Brust, Bauch, Hose und Hände des Mannes waren blutverschmiert. Mit bloßem Auge konnte der Kommissar zwei Einstiche im Körper des Opfers erkennen, einer in der Nähe des Herzens, einer im Bauchbereich. Auffällig war, dass der Tote auf dem rechten Handrücken eine Braunüle trug, einen künstlichen Venenzugang, wie man ihn für Infusionen im Krankenhaus benutzte. Auch aus der Bauchdecke ragte ein Fremdkörper, etwas, das wie ein dünner Schlauch aussah, und neben dem Toten lag ein umgekippter Infusionsständer.

Der ganze hintere Teil des Schlafzimmers war mit Blutspuren übersät, genauso wie die hellgrünen, streifig gemusterten Bezüge auf dem in der anderen Ecke des Raumes stehenden Bett. An den beige getünchten Wänden, auf dem Teppichboden, auf dem Nachttischchen neben dem Bett und sogar an den weißen Regalen – überall klebte Blut.

„Puh!“, rutschte es Brinkhoff heraus. Er musste sich zusammenreißen, damit ihm nicht schlecht wurde. Allzu viele Leichen hatte er noch nicht gesehen und eine derart zugerichtete schon gar nicht.

„Darf ich vorstellen?“, sagte Maria Plasberg sarkastisch. „Axel Borowsky oder besser das, was von ihm noch übrig ist. Alter: vierzig Jahre, geboren in Erfurt. Viel mehr kann ich Ihnen auch noch nicht sagen. Bisher haben wir nur den Personalausweis gefunden.“

„Todesursache?“

Plasberg sah ihn spöttisch an. „Na ja, sieht jedenfalls nicht so aus, als ob er ertränkt worden wäre“, erwiderte sie lapidar.

„Zwei Einstichwunden, vielleicht ein großes Küchenmesser“, mischte sich der Arzt in die Unterhaltung ein und begrüßte Brinkhoff mit einem ironischen Nicken. Anscheinend hatte auch er schon Bekanntschaft mit Plasbergs Umgangsformen gemacht. Der Mann besaß eine Figur, die Brinkhoff unwillkürlich an den Köbes aus einem Brauhaus erinnerte: ein aufgeblähter Unterleib, auf dem ein ebenso wuchtiger Brustkorb und ein kleiner, spitz zulaufender Kopf saßen. Getragen wurde dieser unförmige Körper von zwei streichholzartigen Beinen, die aussahen, als würden sie jeden Moment unter der auf ihnen ruhenden Last zusammenknicken. Außerdem hatte der Arzt die ansteckende Angewohnheit, alle paar Sekunden nervös mit den Wimpern zu zucken. „Der eine Stich hat die rechte Herzkammer getroffen, aber der Stich in den Bauch hätte auch gereicht. Das Opfer wäre dann nur langsam verblutet. Welcher Stich ihm letztendlich den Garaus gemacht hat, kann ich nicht sagen. Da sollten Sie die Obduktion in der Rechtsmedizin abwarten. Nach dem Blutverlust zu urteilen, war der Stich in den Bauch wohl der erste, der Stich in den Brustbereich kam danach." Der Arzt zuckte mit den Achseln und grinste jovial.

„Das Messer haben wir bisher noch nicht gefunden", ergänzte die Kommissarin. „Aber es scheint dem Opfer selbst gehört zu haben. Im Messerblock in der Küche fehlt eins. Haben die Kollegen von der Streife schon festgestellt."

„Das heißt, der Täter hat diesem Borowsky womöglich noch zugesehen beim Todeskampf?", fragte Brinkhoff angewidert.

„Das Opfer ist anscheinend nach der ersten Attacke aus dem Bett gekrochen, am Nachttisch und dem Bücherregal vorbeigerobbt, auf allen vieren an der Wand entlang bis in die Ecke da", antwortete Plasberg unwirsch, zupfte aber nachdenklich ein paar Haare an ihrer fellbesetzten Handtasche glatt. „Vielleicht eine Art Fluchtreflex. Nicht, dass es ihm viel genutzt hat. In der Ecke hat er dann den nächsten Stich kassiert." Ihre ausgestreckte Hand verfolgte die Blutspur an den Möbeln, der Tapete und auf dem Teppich bis zu der Zimmerecke, in der Axel Borowsky kauerte wie eine Gummipuppe, aus der die Luft entwichen war. „Abgesehen von den Messerstichen weist das Opfer weitere Spuren von Gewalteinwirkung auf – sehen Sie mal da am Hinterkopf die Prellung."

Der Notarzt schüttelte unentschlossen den Kopf. „Könnte die Folge eines heftigen Schlages oder aber auch eines Sturzes sein. Auf jeden Fall wird er eine schwere Gehirnerschütterung gehabt haben."

„Also keine eindeutige Fremdeinwirkung?"

„Die Messerstiche sicherlich. Die Prellung am Hinterkopf … kann ich nicht sagen. Das darf der Kollege von der Rechtsmedizin bei der Autopsie entscheiden. Aber was auch immer es war, ich könnte mir vorstellen, dass der Mann nach dem Schlag oder dem Sturz einige Zeit ohnmächtig gewesen ist. Der Aufprall war sehr heftig, dafür spricht die Größe der Beule."

Plasberg studierte aufmerksam einen kleinen, dunklen Fleck an der Wand in der Nähe des Bettes, der sich ungefähr in Kopfhöhe befand, und wies die Mitarbeiter der Spurensicherung an, dort ebenfalls nach DNA-Spuren zu suchen.

„Schön", sagte Brinkhoff und schluckte. „Okay. Aber was habe ich damit zu tun?" Er sah die Hauptkommissarin fragend an. „Beerbaum hat gesagt, Sie hätten ausdrücklich nach meiner Unterstützung gefragt. Bisher kann ich nichts erkennen, was darauf schließen lässt, dass das Opfer schwul war …"

„Zeigen Sie's ihm, Doktor", erwiderte Plasberg.

Der Arzt deutete auf eine offen stehende Schublade des Nachttischchens. Brinkhoff konnte Medikamentenschachteln, Spritzen und Kanülen erkennen, daneben Desinfektionsmaterial und Einmal-Gummihandschuhe. „Die Medikamente sind ausschließlich HIV-Medikamente – Zerit, Sustiva und Epivir – und Medikamente, die im Zusammenhang mit Nebenwirkungen der HIV-Medikamente stehen. Da ist was gegen Durchfall, gegen Übelkeit und Erbrechen, Pilzinfektionen und MST 20, ein Schmerzmittel auf Morphinbasis – das im Übrigen gar nicht so frei hier herumliegen dürfte", erläuterte er. „Außerdem hat der Mann Glukose, also Flüssigkeit, über die Braunüle erhalten und er ist über eine PEG-Sonde ernährt worden, zumindest zeitweise. Eine nette Sammlung, alles in allem."

„Was für eine Sonde?"

Der Notarzt rollte entnervt die Augen. „PEG: Perkutane endoskopische Gastrostomie. Eine zusätzliche, flüssige Nahrungszufuhr mithilfe einer Pumpe und dieses Schlauches in der Bauchdecke. Wird dann angewandt, wenn eine ausreichende Ernährung über den normalen Weg nicht mehr gesichert ist, beispielsweise bei einer Erkrankung der Speiseröhre oder Störungen des Schluckreflexes. Ich bin zwar kein Spezialist, aber wenn Sie mich fragen: Aids im Endstadium. So ausgezehrt wie der Mann aussieht, hätte er wahrscheinlich höchstens noch ein paar Monate oder vielleicht sogar nur Wochen gehabt."

„Das heißt noch lange nicht, dass er schwul war“, wandte Brinkhoff ein. „Haben Sie schon mal die Möglichkeit in Betracht gezogen, dass er ein Junkie war oder einfach nur ein Heteromann, der sich was-weiß-ich-wie infiziert hat? HIV-positive Nutten gibt's schließlich wie Sand am Meer.“ Der anschwellende Zustrom illegaler Prostituierter insbesondere aus Osteuropa machte dem KK 12, der Sitte, seit langem zu schaffen. Die Mädchen wurden von ihren Zuhältern verheizt und häufig gezwungen, ihre Dienste auch ohne Gummi anzubieten.

Maria Plasberg ging wortlos in die andere Zimmerecke und griff unter das Bettgestell. „Ein heterosexueller Junkie, der schwule Pornos liest?“, sagte sie triumphierend und hielt Brinkhoff süffisant lächelnd ein paar Magazine unter die Nase, auf deren Cover nackte Männer in eindeutigen Posen zu sehen waren und deren Titel ihm teilweise durchaus bekannt waren.

„Na gut“, seufzte er, „gehen wir also davon aus, dass dieser Borowsky auf Kerle stand und Aids hatte. Das beantwortet meine Frage noch nicht: Warum ich? Ich bin noch nicht mal bei den Tötungsdelikten, sondern bei den Sexualdelikten. Was prädestiniert mich, Ihnen in diesem Fall zu helfen, außer der Tatsache, dass der Tote und ich homosexuell sind?“

„Nichts“, erwiderte Plasberg kühl. „Wenn Sie glauben, ich hätte Sie aufgrund Ihrer Auffassungsgabe oder logischen Fähigkeiten angefordert, haben Sie sich geschnitten. Von diesen Qualitäten müssen Sie mich erst noch überzeugen. Ich habe eine schwule Leiche, Sie sind der einzige schwule Beamte bei der Kripo, der mir bekannt ist. Das ist alles. Außerdem“, fügte sie gleichmütig hinzu, „liegt Vogt leider mit einer Grippe im Bett, wie die Mehrzahl der Kollegen meines Teams.“ Karsten Vogt, ein Beamter in Brinkhoffs Alter, war dem Kriminalkommissariat 11 ständig zugeteilt und Brinkhoff kannte ihn als eher fantasielosen, schmierigen Charakter, der unter einer postpubertären Akne litt und die unangenehme Eigenschaft besaß, jeden Augenkontakt zu vermeiden, wenn man mit ihm sprach. Dass Plasberg dessen Mitarbeit mehr schätzte als seine eigene, wurmte Brinkhoff, obwohl es ihm eigentlich hätte egal sein können. Er verkniff sich einen Kommentar und erinnerte sich an seinen Vorsatz, Plasberg ein wenig in den Arsch zu kriechen, um die Zeit, die er mit ihr zusammenarbeiten musste, halbwegs unbeschadet zu überstehen.

„Borowsky ist also umgebracht worden, obwohl sein Tod sowieso nur noch eine Frage der Zeit war", dachte er laut nach. „Da muss ihn aber jemand ziemlich gehasst haben."

Plasberg verzog das Gesicht. „Möglich. Wenn man sich den chaotischen Zustand der Wohnung ansieht, würde ich im Moment allerdings eher auf Raubmord tippen. Das Einzige, was wir fürs Protokoll wohl ausschließen können, ist ein Suizid. Korrekt?" Die Kommissarin sah den Notarzt fragend an.

Der Doktor schnaubte belustigt auf. „Zumindest hab ich bisher noch keinen Selbstmörder mit zwei Messerstichen gesehen."

„Und wann", Brinkhoffs Hand deutete vage in die hintere Raumhälfte, „ist der ganze Schlamassel hier passiert?"

Der Arzt zuckte unverbindlich mit den Achseln. „Da die Leichenstarre schon eingesetzt hat, ist es schon ein Weilchen her, schätze ich. Vielleicht gestern Abend. Aber Genaueres werden Sie erst nach ..."

„Ja, ja", winkte Plasberg ungeduldig ab. „Genaueres erst nach der Obduktion. Verstanden." Sie wandte sich Brinkhoff zu. „Der Notruf ist um 9:04 Uhr entgegengenommen worden. Gefunden hat den Mann die Vermieterin, eine Frau Irmgard Kärnter, zusammen mit zwei Kollegen." Sie konsultierte das Protokoll, das die zuerst am Tatort eingetroffenen Beamten von der Streife aufgenommen hatten, bevor die DirK eingeschaltet worden war. „Wohnt im Erdgeschoss. Die können Sie übernehmen, ich hab's nicht so mit alten Damen. Vielleicht kriegen Sie was Interessantes aus ihr raus", sagte sie mit einem bedeutungsvollen Blick auf die David-Beckham-Frisur ihres neuen Mitarbeiters. „Ich schaue mich so lange hier in der Wohnung um ... fragen Sie die Frau ein bisschen über Borowsky aus. Freunde, Familie, Beruf, Gewohnheiten. Das Übliche halt. Ob sie etwas von einem Pflegedienst weiß. Irgendwer muss Borowsky ja medizinisch betreut haben. Kriegen Sie das hin?"

Blöde Zimtzicke!, dachte Brinkhoff wütend, während er eine Etage tiefer auf die Klingel von Irmgard Kärnter drückte. Für wie dämlich hielt die Plasberg ihn eigentlich?

Die Vermieterin öffnete sofort und machte einen gefassten Eindruck, als sie den Kommissar hereinbat. Ein paar rote Flecken im Gesicht und eine graue Haarsträhne, die sich aus ihrem straff gezogenen Dutt gelöst hatte, waren die einzigen äußeren Anzeichen, die darauf hinwiesen, dass Irmgard Kärnter einen sehr ungewöhnlichen Morgen erlebt hatte. Sie musterte Brinkhoff mit einem abschätzigen Blick, als könnte sie nicht glauben, dass jemand in seinem Alter schon bei einer Mordkommission arbeitete. Der Kommissar fühlte sich wie ein gemaßregelter Schuljunge. Gewissenhaft zeigte er der Frau seine Dienstmarke und folgte ihr an der geschlossenen Küchentür vorbei ins Wohnzimmer.

Der Raum war vollgestopft mit dunklen, schweren Eichenschränken, einem ebenso dunklen, braun bezogenen Sofa und zwei Sesseln, die um einen monströsen Tisch aus Marmor gruppiert waren. Eine Glasvitrine mit allerlei Nippes, ein weiterer Tisch, der als Ablage für Telefon und Zeitschriften diente, sowie dicke, weiche Teppiche vervollständigten die Einrichtung. Die Fenster waren mit grünen Gardinen verhangen, sodass das Tageslicht nur gedämpft hereinfiel. Brinkhoff musste einen Anfall von Klaustrophobie unterdrücken und setzte sich auf die Kante eines Sessels. Die Vermieterin nahm ihm gegenüber Platz und beobachtete ihn über den Rand ihrer Brille.

„Ich nehme an, Sie möchten keinen Tee", erklärte sie und deutete vage auf eine halbvolle Tasse, auf der ein verspieltes Blumenmuster zu erkennen war. Brinkhoff blieb nach dieser Feststellung kaum etwas anderes übrig, als dankend abzulehnen.

Kärnter nickte befriedigt. „Das dachte ich mir. Polizisten sind wohl eher Kaffeetrinker. Übrigens habe ich schon alles gesagt, was ich weiß", kam sie zum Thema, noch bevor Brinkhoff ein weiteres Wort sagen konnte. Dabei pickte sie einen Krümel von ihrem grauen Pullover. „Ist es wirklich nötig, alles noch einmal durchzugehen? Fragen Sie doch Ihre Kollegen, die dabei waren!" In ihren Augen blitzte Verärgerung auf und der Kommissar beeilte sich, die Frau zu beruhigen.

„Die Kollegen von der Streife haben ihre Aussagen bereits zu Protokoll gegeben. Außerdem sind es nur Routinefragen", erklärte er. „Ich kann mir vorstellen, dass der Morgen ein ziemlicher Schock für Sie war. Ich werde mich bemühen, es so kurz wie möglich zu machen. Aber es gibt ein paar Fragen, die ich Ihnen stellen muss, damit die Polizei sich ein möglichst genaues Bild machen kann. Ich ..."

„Schock ist wohl kaum das richtige Wort!", fiel ihm Frau Kärnter grimmig ins Wort. Anscheinend war ihr sehr daran gelegen, die Führung des Gesprächs zu übernehmen. „So etwas habe ich in meinem ganzen Leben noch nicht gesehen! Wissen Sie, ich bin herzkrank ... und dann so etwas! Großer Gott! Ich dachte immer, das gibt es nur im Fernsehen." Sie schüttelte sich, als könnte sie noch immer nicht glauben, was sie eine Etage höher vorgefunden hatte.

Brinkhoff nahm einen neuen Anlauf. „Kannten Sie Herrn Borowsky gut?"

Irmgard Kärnter schwieg. Die Stille in der Wohnung wurde nur durch das Ticken einer Uhr unterbrochen. „Ich ... nein, er war einer meiner Mieter", erwiderte sie schließlich. Geistesabwesend rieb sie mit den Fingern über das Pflaster auf ihrer Hand. „Wir haben uns hin und wieder im Treppenhaus getroffen und uns gegrüßt."

Brinkhoff wartete, aber die Vermieterin machte plötzlich keine Anstalten mehr, ausführlicher zu werden.

„M-Mehr können Sie mir nicht sagen?", fragte er ungläubig.

Kärnters Blick ging an Brinkhoff vorbei und blieb an den geschlossenen Gardinen hängen. „Wissen Sie, ich respektiere die Privatsphäre meiner Mieter. Ich selber schätze ebenfalls meine Ruhe", antwortete sie. Dann, als hätte sie erkannt, dass sie den Polizisten mit dieser Antwort nicht abspeisen konnte, fügte sie ungnädig hinzu: „Herr Borowsky hat einen sauberen und ordentlichen Eindruck gemacht und es gab keine Schwierigkeiten mit ihm. Er hat die Miete pünktlich überwiesen. Per Dauerauftrag. Darauf bestehe ich bei Abschluss eines Mietvertrages. Reicht Ihnen das?“

Brinkhoff ließ nicht locker. „Sie haben also nie ein Schwätzchen mit ihm gehalten und ein bisschen mehr über ihn erfahren?“

Irmgard Kärnter sah ihn scharf an. „Auch wenn ich seit zwanzig Jahren pensioniert bin, habe ich Aufgaben. Mein Tag ist vollkommen ausgefüllt. Ich habe gar keine Zeit für ‚Schwätzchen‘, Herr Kommissar!“

Der Kommissar betrachtete die ausgetretenen Gesundheitsschuhe, die dunkle Strumpfhose und den unscheinbaren, cremefarbenen Rock, den Irmgard Kärnter inzwischen gegen die Kittelschürze eingetauscht hatte. Überrascht korrigierte er seinen ersten Eindruck. Brinkhoff hatte sie für eine rüstige Rentnerin von knapp siebzig gehalten und nicht für eine Frau von Anfang achtzig. Er hatte sich vom strengen Tonfall und dem energischen Auftreten der Hauseigentümerin irreführen lassen. Die Zurechtweisung, die in Kärnters Stimme mitschwang, nahm er jedoch gelassen hin. „Seit wann hat Herr Borowsky hier im Haus gewohnt?“

„Seit zwei Jahren ungefähr.“ Irmgard Kärnter seufzte und stand auf. „Ich dachte mir schon, dass Sie danach fragen würden.“ Sie ging zur Schrankwand, öffnete eine der Türen und zog einen Aktenordner heraus. „Hier“, sagte sie und legte Brinkhoff ein Formular auf den Tisch. „Das ist sein Mietvertrag. Alles völlig legal und korrekt.“

„Das hat auch niemand bezweifelt, Frau Kärnter.“

Der Mietvertrag war ein Standardformular, wie man es in jedem Schreibwarenladen bekam. Laut Vertrag war die Wohnung 65 Quadratmeter groß und umfasste zwei Zimmer, Küche, Diele und Bad. Die Miete betrug 730 Euro kalt. Beide Parteien hatten unterschrieben. Brinkhoff legte das Papier beiseite. „Sie wissen doch sicher, was Herr Borowsky beruflich gemacht hat?“

Irmgard Kärnter nahm einen Schluck Tee, bevor sie antwortete. „Er war Journalist, wenn ich mich nicht irre. Aber fragen Sie mich nicht, bei welcher Zeitung.“

Der Kommissar musterte eingehend die Nippesfiguren in der Glasvitrine, neben dem Bild des Papstes und einem signierten Foto von Kardinal Meisner. Brinkhoff verzog das Gesicht. So viel geballter Katholizismus konnte einem auch nur in Köln begegnen. „Leben Sie allein?“, erkundigte er sich schließlich.

„Mein Mann ist vor sieben Jahren gestorben“, erklärte die Vermieterin ungehalten. „Wieso fragen Sie?“

Brinkhoff ließ ihre Frage unbeantwortet. „Sie scheinen sich sehr wenig für Ihre Mieter zu interessieren“, sagte er stattdessen. „Ist das nicht ein bisschen ungewöhnlich? Ich als Vermieter wüsste schon gern, wer bei mir wohnt.“

„Es ist ein Unterschied, ob man über wesentliche Dinge informiert ist oder ob man aus reiner Neugierde das Leben seiner Mitmenschen durchleuchtet“, entgegnete Frau Kärnter kühl. „Ich bin nicht der Typ für Tratsch im Treppenhaus und ich habe auch kein Sofakissen, mit dem ich es mir am geöffneten Fenster bequem mache, falls Sie so etwas erwartet haben. Wir sind hier nicht in Nippes, junger Mann! Ich kann meine Zeit mit nützlicheren Dingen ausfüllen.“

„Natürlich“, murmelte Brinkhoff. Insgeheim fragte er sich, warum die Frau so angriffslustig war.

Als ob sie seine Gedanken gelesen hätte, holte Irmgard Kärnter in diesem Moment tief Luft: „Es tut mir leid. Es ist nur … das war alles ein bisschen viel für mich. Und ich würde gerne wissen, was mit der Katze geschieht. Wird die Polizei sich um sie kümmern? Ich will sie jedenfalls nicht länger in meiner Wohnung haben!“

„Was für eine Katze?“, fragte Brinkhoff erstaunt.

„Die Katze von Herrn Borowsky natürlich! Ich habe sie im Badezimmer eingesperrt.“

Der Kommissar sah die Vermieterin verständnislos an. „Ich verstehe nicht ganz …“

Irmgard Kärnter fiel ihm erneut ins Wort. „Das habe ich doch vorhin alles schon Ihren Kollegen zu Protokoll gegeben“, wiederholte sie ärgerlich. „Durch das Geschrei der Katze bin ich erst darauf aufmerksam geworden, dass etwas in der Wohnung von Borowsky nicht stimmt. Ich habe das Gejaule bis nach unten gehört. Daraufhin habe ich die Polizei informiert, wir sind mit dem Zweitschlüssel nach oben gelaufen, haben geklingelt, und als uns nicht aufgemacht wurde, habe ich die Tür geöffnet. Der Kater ist wie der Blitz an mir vorbeigefegt und in meine Wohnung gelaufen. Seitdem sitzt er bei mir im Badezimmer! Ich traue mich nicht in seine Nähe. Er faucht mich jedes Mal mit gesträubtem Fell an, wenn ich die Tür öffne. Und er hat auf die Badematte uriniert!"

Brinkhoff verkniff sich ein Grinsen und ließ sich von Irmgard Kärnter den Weg zum Badezimmer zeigen. Er kniete sich hin und schob vorsichtig die Tür auf. Die Katze hatte sich hinter der Toilette versteckt und beobachtete den Kommissar mit funkelnden Augen. Langsam streckte er seine Hand aus und sprach beruhigend auf das Tier ein. Nach ein paar Minuten reckte die Katze ihren Hals nach vorne und schnüffelte an seinen Fingern. Kurz darauf hatte Brinkhoff das Tier auf dem Arm und kraulte ihm sanft den Nacken.

„Süß", sagte er und lächelte. „Wie heißt er denn?"

Irmgard Kärnter zuckte mit den Schultern. „Ich habe keine Ahnung. Werden Sie ihn mitnehmen?"

Brinkhoff zögerte. „Ich weiß nicht genau. Ich werde ihn auf jeden Fall gleich mit nach oben nehmen. Meine Kollegin kann dann entscheiden, was mit dem Tier passiert."

„Gott sei Dank." Frau Kärnter atmete auf.

Mit der Katze auf seinem Arm fiel es dem Kommissar schwer, die Zeugenvernehmung fortzusetzen. Einen Augenblick lang hatte er den Faden verloren. „Haben Sie eigentlich für jede Wohnung einen Zweitschlüssel?", fiel ihm dann ein.

Die Vermieterin musterte ihn mit unverhohlenem Missfallen. „Selbstverständlich. Immerhin bin ich die Eigentümerin dieses Hauses. Und glauben Sie mir, in der Vergangenheit hat es sich schon oft genug als hilfreich erwiesen."

„Ach ja?"

„Letztes Jahr ist die Spülmaschine von Frau Nettersheim im zweiten Stock ausgelaufen, während sie bei ihrer Nichte Kaffeetrinken war, und im letzten Winter hat der Sturm eines der Dachfenster eingedrückt. Platzkes waren im Skiurlaub." Kärnter betonte das Wort Skiurlaub, als wäre es eine obszöne oder zumindest frivole Tätigkeit, auf die sie sich als Rheinländerin niemals einlassen würde.

„Verstehe. Wo bewahren Sie die Zweitschlüssel auf?"

Kärnter wies mit dem Kopf Richtung Diele. „Dort, an den Haken neben der Tür."

Brinkhoff überlegte. „Und außer Ihnen hat niemand Zugriff auf diese Schlüssel?"

Die Vermieterin sah den Kommissar überrascht an. „Nein. Natürlich nicht. Wieso fragen Sie?"

„Sie haben angegeben, dass die Tür von Herrn Borowsky nicht abgeschlossen war, die Kollegen haben das bestätigt. Also muss er den Täter selbst hereingelassen haben oder der Täter hat sich mithilfe eines Schlüssels selbst Zugang zur Wohnung verschafft. Spuren eines gewaltsamen Eindringens haben wir – bisher zumindest – nicht gefunden."

„Was wollen Sie damit andeuten?", fragte Kärnter empört.

Brinkhoff hob beruhigend die Hand. „Nichts. Gar nichts. Ich zähle lediglich Fakten auf. Ist Ihnen denn sonst noch etwas aufgefallen?"

„Sie meinen, außer der schreienden Katze heute Morgen?"

„Der gestrige Abend würde uns mehr interessieren. Es scheint, als wäre Herr Borowsky gestern Abend ums Leben gekommen. Haben Sie vielleicht ungewöhnliche Geräusche gehört? Laute Stimmen aus der Wohnung über Ihnen, einen Streit? Oder ist Ihnen jemand begegnet, der Herrn Borowsky aufgesucht haben könnte?"

Frau Kärnter dachte einen Moment lang nach, schüttelte dann aber den Kopf. „Nein. Ich habe gestern Abend ferngesehen und nicht darauf geachtet. Aber ich bin sicher, dass da nichts war. Durch die Decken hört man viel, Altbau eben. Wenn etwas Ungewöhnliches geschehen wäre, hätte ich es sicher bemerkt … warten Sie … da war mal irgendwann ein Poltern … aber ich kann Ihnen nicht sagen, wann es war oder aus welcher Wohnung es gekommen ist. Nur, dass es über mir war. Und was Besucher angeht: Ich lasse abends die Jalousien herunter, weil ansonsten jeder freien Blick in meine Wohnung hat. Natürlich kann ich dann auch nicht sagen, ob und wer zu welcher Zeit das

Haus betreten hat. Vielleicht haben Sie bei den anderen Hausbewohnern mehr Glück. Die meisten sind allerdings momentan zur Arbeit – bis auf die Studenten in der Wohnung neben Herrn Borowsky natürlich. Die stehen selten vor zehn Uhr auf", fügte sie abschätzig hinzu.

Der Kommissar nickte. „Ich werde es trotzdem probieren", erwiderte er. Dann startete er einen letzten Versuch, ein paar neue Informationen zu erhalten. „Aufgrund seines Zustandes vermuten wir, dass Herr Borowsky sehr krank war", erklärte er so neutral wie möglich. „Vielleicht hat er sogar regelmäßige medizinische Versorgung benötigt. Wissen Sie etwas von einem Pflegedienst oder ist Ihnen in den letzten Monaten vielleicht aufgefallen, dass Herr Borowsky schlechter aussah als sonst?"

„Ein Pflegedienst?" Irmgard Kärnter sah den Kommissar entgeistert an. „Ich habe nichts dergleichen bemerkt. Ich bin sogar sehr sicher, dass hier keiner war. Das wäre mir aufgefallen. Ein Auto mit so einem Firmenzeichen regelmäßig vor der Tür … nein", sagte sie nochmals entschieden. „Ganz sicher nicht. Das hätte ich dann doch bemerkt." Plötzlich stockte sie. „Obwohl, er hat regelmäßig Besuch bekommen seit einiger Zeit. Mal ein junger Mann, mal eine junge Frau. Die Besuche dauerten nie länger als anderthalb Stunden. Und wenn er tatsächlich krank war, würde es erklären, wieso ich ihn in den letzten Monaten gar nicht mehr zu Gesicht bekommen habe", sagte sie langsam. „Ich habe gar nicht darüber nachgedacht, aber ich bin sicher, dass ich Herrn Borowsky das letzte Mal im Frühsommer gesehen habe. Im Mai oder Juni, glaube ich. Danach nicht mehr. Was hat er denn gehabt?"

„Tut mir leid", begann Brinkhoff. „Aber der Stand der Ermittlungen …"

Wieder wurde er von der Vermieterin unterbrochen. Die Frau sah ihn mit großen, schreckgeweiteten Augen an. „Aids! Er hat diese Krankheit gehabt, oder? Er war bestimmt homosexuell."

„Wie kommen Sie darauf?", fragte Brinkhoff überrascht.

„Ich bin vielleicht alt, aber nicht dumm, Herr Kommissar!", erwiderte Irmgard Kärnter schnippisch und ging entschlossen zur Tür. Anscheinend wollte sie die Unterredung beenden. „Ich habe nur zwei und zwei zusammengezählt. Ein alleinstehender junger Mann im besten Alter, der plötzlich schwer erkrankt. Das kann doch nur bedeuten, dass er diese … diese Neigung hatte und dann Aids bekommen hat." Das Gesicht der Vermieterin verhärtete sich. „Wenn ich das gewusst hätte, hätte ich ihn niemals als Mieter genommen. Dessen können Sie sicher sein. So etwas hätte ich nicht im Haus geduldet."

Brinkhoff lächelte gezwungen und bedankte sich knapp bei Irmgard Kärnter. Mit der Katze auf dem Arm und einer gehörigen Portion Wut im Bauch machte er sich auf den Weg zurück zum Tatort und zu Maria Plasberg.

Als die Vermieterin die Tür hinter ihm geschlossen hatte, musste sie sich auf der Kommode im Flur abstützen. Es dauerte einige Minuten, bis sich ihr Puls wieder beruhigt hatte. Mit zitternden Händen befingerte sie den Rand des Umschlags, den sie am Morgen unter einen Stapel Papiere geschoben hatte. Wenn Borowsky wirklich so krank gewesen war, dass er die Wohnung nicht mehr hatte verlassen können, von wem stammte dann der Umschlag?

Zwei

Maria Plasberg holte tief Luft, nachdem sie Torsten Brinkhoff zur Zeugenbefragung ins Erdgeschoss geschickt hatte. Ihr war schwindelig und sie ging in die Küche, wo sie sich auf einen der wackeligen Stühle fallen ließ, die um den kleinen Esstisch herumstanden. Sie hatte Atembeschwerden und ihre Augen tränten unangenehm, seit sie die Wohnung von Borowsky betreten hatte. Normalerweise trat diese allergische Reaktion nur auf, wenn sie in die Nähe von Katzen kam, aber hier war weit und breit keine zu sehen. Im Moment war die Kommissarin jedoch auch viel zu beschäftigt, sich über ihren neuen Kollegen zu ärgern, um dem Grund für ihren Tränenfluss nachzugehen.

Was für ein eingebildeter Schnösel! Arrogant und wichtigtuerisch! „Da muss ihn aber jemand ziemlich gehasst haben!“, äffte sie Brinkhoff im Stillen nach. Lackaffe! Der Typ glaubte wohl, er sei etwas Besonderes, weil Kollege Beerbaum ihn protegierte! Na ja, auf eine Sonderbehandlung würde er bei ihr jedenfalls umsonst hoffen. Bei ihr gab es keinen Minderheitenschutz; sie hatte sich auch ganz allein durchbeißen müssen. Brinkhoff würde entweder lernen, dass bei ihr nur Ergebnisse zählten, oder er würde mit fliegenden Fahnen untergehen. Bisher war das Einzige, was ihn in ihren Augen für eine Mitarbeit an diesem Fall qualifizierte, seine Homosexualität. Wenn Borowskys Tod in irgendeinem Zusammenhang mit seinem Sexualleben stand, dann konnte Brinkhoff sicher nützlich sein, denn Schwule waren eine gesellschaftliche Gruppe, zu der sie keinerlei Bezug hatte. Dann doch lieber die üblichen Machos. Bei denen wusste sie wenigstens, woran sie war und wie sie sich ihnen gegenüber verhalten musste.

Die Ratte an ihrer Schulter begann zu vibrieren und Maria Plasberg suchte hektisch ihr Privathandy.

„Ja?“

Ihre Tochter Ruth war am anderen Ende der Leitung und eröffnete ihr, dass die letzten beiden Unterrichtsstunden ausgefallen waren, sie jetzt schon zu Hause sei und der Abfluss in der Küche außerdem endgültig verstopft wäre. Plasberg sah nervös auf ihre Uhr. Halb zwölf. Nie im Leben würde sie heute früher Dienstschluss machen können.

„Ruth, Mäuschen, ich kann hier nicht weg“, sagte sie und ihre Stimme klang plötzlich viel weicher, als sie ihre Kollegen jemals gehört hatten. „Warte auf deinen Bruder. Niklas kommt gegen eins nach Hause und dann geht ihr zusammen zu eurem Vater. Ich sage ihm Bescheid und hole euch dann am späten Nachmittag ab, okay? ... Was? ... Ja, Schatz, wieder eine Leiche ... nein, ich werde dir nicht sagen, wie sie aussieht.“ Wieso nur ging für ihre Tochter in letzter Zeit eine solche Faszination vom Grauen aus?

Sie seufzte und wählte die Nummer ihres geschiedenen Mannes, der mit seiner neuen Familie nur wenige Straßen von Plasbergs Haus in Porz entfernt wohnte. Sie hätte ihn zwar lieber am anderen Ende der Welt oder auf dem Mond gesehen, aber für die Kinder war es zugegebenermaßen praktisch, insbesondere weil ihr Vater gerade Hausmann spielte und eigentlich immer Zeit für sie hatte. Niklas und Ruth hatten zwar nichts gesagt, aber Maria Plasberg wusste sehr gut, wie gerne die Kinder sich bei ihm aufhielten, der im Moment nur damit beschäftigt war, sein neues Baby zu versorgen, während seine Frau das Geld verdiente, als stellvertretende Geschäftsführerin des protzigen, neuen Weltstadthauses von *Peek & Cloppenburg* auf der Schildergasse. Ein intaktes Familienleben, das sie, Plasberg, ihren Kindern nicht bieten konnte, auch wenn sie sich noch so viel Mühe gab. Die Kommissarin fühlte eine Mischung aus ohnmächtiger Wut und schlechtem Gewissen in sich hochsteigen, während sie darauf wartete, dass jemand das Gespräch annahm.

„Ich bin's, Eric", sagte sie schließlich, „kannst du heute die Kinder nehmen? … Ja, ein neuer Fall … gut, danke … gegen eins … was? Eric, was soll das? Ich hab einen Job mit unregelmäßigen Arbeitszeiten, das weißt du ganz genau!" Ungeduldig hörte sie der Stimme am anderen Ende der Leitung zu. „Prioritäten setzen? Was soll denn diese dämliche Bemerkung? Hör zu, ich werde mich nicht mit dir darüber streiten, wieso ich … ja, ich hole sie dann am späten Nachmittag! Wiederhören!" Erst als sie das Handy in ihre Handtasche schob, merkte Plasberg, dass sie sich während der Unterhaltung mit ihrem Exmann auf die Lippe gebissen hatte und dass er es wieder einmal mit nur wenigen Worten geschafft hatte, durchblicken zu lassen, für was für eine Art von Mutter er sie hielt. Was sie am meisten dabei ärgerte, war allerdings, dass es ihm gelang, sie insgeheim an sich selbst zweifeln zu lassen. Nur gut, dass Brinkhoff nichts von dem Telefonat mitbekommen hatte. Eine Frau, die Beruf und Familie nicht miteinander vereinbaren konnte, war ein gefundenes Fressen für die männlichen Kollegen bei der Kripo.

Der Gedanke an Brinkhoff brachte sie zurück in Borowskys Küche und sie sah sich um. Genau wie Irmgard Kärnter und die Kollegen von der Streife einige Stunden zuvor registrierte sie das ungespülte Geschirr, die klebrigen Stellen überall, die überquellende Mülltonne und die Essensreste von verschiedenen Schnellimbissen. Wieso gab es hier so viele Essensreste, wenn der Kerl augenscheinlich nicht mehr in der Lage gewesen war, normale Nahrung zu sich zu nehmen?

Der Linoleumboden war ebenfalls fleckig und schmutzig. Alles Zeichen einer beginnenden Verwahrlosung. Nach regelmäßigen Einsätzen eines Pflegedienstes sah das nicht aus. Plasberg öffnete den Kühlschrank und entdeckte weitere Medikamente, darunter ein paar angebrochene Beutel der Sondennahrung, von der der Arzt gesprochen hatte. Gewöhnliche Lebensmittel enthielt der Kühlschrank kaum. Ein paar Eier mit überschrittenem Mindesthaltbarkeitsdatum, ein paar Joghurts, eine vergammelte, aufgeschnittene Zitrone und … Katzenfutter! Also hatte ihr Körper sie nicht belogen! Die Kommissarin zog die Stirn in Falten. Aber wo war die verdammte Katze?

In einem der Türfächer stand ein kleines, braunes Fläschchen, auf dessen gelbes Etikett „Rush" gedruckt war. Plasberg öffnete vorsichtig den Verschluss und schnupperte misstrauisch. Ein merkwürdig fauliger Geruch stieg ihr in die Nase und gleich darauf hatte sie das Gefühl, jeden Moment aus den Schuhen zu kippen. Sie hielt sich an der Kühlschranktür fest, um nicht das Gleichgewicht zu verlieren, während ihr Kreislauf in den Keller rutschte. Was um alles in der Welt …? So schnell wie es gekommen war, ging das Schwindelgefühl vorüber. Sie schüttelte den Kopf, besorgte sich bei den Kollegen des Erkennungsdienstes ein Plastiktütchen, schob das Fläschchen hinein und steckte es in ihre Handtasche. Sie würde Brinkhoff danach fragen, vielleicht konnte er mit diesem Zeug etwas anfangen.

Die Kommissarin wanderte ins Bad. Der strenge Geruch von Katzenpisse schlug ihr entgegen, als sie die angelehnte Tür aufschob. Plasberg hielt sich angeekelt die Nase zu. Das Katzenklo in der Ecke war bestimmt seit Tagen nicht gesäubert worden. Überall lagen die kleinen Steinchen der Katzenstreu und knirschten unter ihren Schuhsohlen. Auf der Wäschetruhe neben der Toilette lagen noch mehr Pornohefte, auf der Konsole über dem Waschbecken eine Zahnbürste, ein Rasierapparat, ein Aftershave, eine Nagelfeile, Ohrentropfen. Borowsky schien allein gelebt zu haben – abgesehen von dieser Katze, die unsichtbar blieb. Das Porzellanbecken und die Badewanne hatten dunkle Schmutzringe und Zahnpastaflecken, auch hier war mit Sicherheit nicht saubergemacht worden. Über der Konsole war ein kleiner Spiegelschrank angebracht, der Nagelschere, Heftpflaster, Hämorrhoidensalbe und Nasenspray sowie eine Tube Gleitgel enthielt. Alles nicht außergewöhnlich, nicht ein Hinweis, der ihr irgendetwas sagte.

Blieb nur noch das Wohnzimmer. Weiße Raufasertapete, an den Wänden ein Druck vom Kölner Dom aus der Zeit, als man sich im 19. Jahrhundert endlich dazu bequemt hatte, das Mammutprojekt fertigzustellen, und ein paar Männerakte. Der Laminatfußboden war ziemlich abgenutzt. Das einzige, was scheinbar nicht angetastet worden war, waren der Fernseher, die Hifi-Anlage, um die ein paar CDs herumlagen, und ein schwarzes Sofa. Ansonsten herrschte das Chaos. Wie ein Storch mit großen, gespreizten Schritten stakste Plasberg durch die wahllos auf den Boden geworfenen Bücher, Akten und Zettel. Hier hatte jemand ganze Arbeit geleistet, systematisch alles durchwühlt. Bis der Erkennungsdienst hier fertig war, würde einige Zeit vergehen. Die Bücherregale an der Wand waren komplett leer gefegt worden, Plasbergs Blick registrierte ein paar Romane und historische Werke, darunter viele Titel, die sich mit dem Holocaust beschäftigten. Vielleicht war Borowsky Historiker gewesen? Unter dem Fenster stand ein Schreibtisch mit PC und Drucker, daneben ein Telefon mit Anrufbeantworter, der aber keine Nachrichten gespeichert hatte. An den Monitor des Computers war das Foto einer Katze geheftet. Maria Plasberg drehte das Foto um und las auf der Rückseite den Namen „Bombadil".

Da haben wir das Vieh ja endlich!, dachte sie. Die Schubladen des Schreibtisches standen offen und waren ebenfalls durchsucht worden. Die Kommissarin bückte sich und hob einige der Papiere auf. Rechnungen, darunter eine von der GEZ, eine von Amazon, datiert vom Anfang des Monats. Borowsky hatte ein Buch bestellt: „Der Engel-Ratgeber". Plasberg verzog die Mundwinkel. Hatte der Mann sich auf sein bevorstehendes Ende vorbereiten wollen oder nur einen Hang zu Trivialem? Dann noch eine Visacard-Abrechnung, die die Amazonbestellung auflistete, und Kontoauszüge von … Plasberg suchte nach dem Datum … von vor zwei Tagen. Und sie waren per Einschreiben geschickt worden, zusammen mit der Zurückweisung der Kreditkartenabrechnung. Wie merkwürdig. Die Kommissarin versuchte sich einen Reim darauf zu machen. Anhand der Kontodaten konnte sie erkennen, dass Borowsky mit beinahe zweitausend Euro im Soll gestanden hatte, das Limit seines Dispositionsrahmens war fast überzogen. Damit war wohl die Kreditkartenabrechnung nicht mehr gedeckt gewesen. Die letzte gedeckte Abbuchung hatte vorige Woche an einem Geldautomaten am Heumarkt stattgefunden. 500 Euro. Wie schaffte es ein todkranker Patient von seiner Wohnung in der Gleueler Straße bis zum Heumarkt? Das waren immerhin drei oder vier Kilometer. Ob er sich ein Taxi genommen hatte? Aber warum dann bis zum Heumarkt fahren und nicht einen Automaten in der Nähe aufsuchen?

„Wo ist hier der nächste Geldautomat?“ Plasberg richtete ihre Frage an den Mitarbeiter des Erkennungsdienstes, der mit seiner Spurensuche ebenfalls im Wohnzimmer beschäftigt war. „Keine Ahnung, wahrscheinlich am Gürtel.“ Der Mann machte sich nicht mal die Mühe aufzusehen. Der Gürtel war eine weitere Verkehrsader Kölns, die die innerstädtischen Bezirke umschloss, ähnlich wie die Ringe den alten Stadtkern. Nur wenige hundert Meter entfernt hinter den Unikliniken kreuzte er die Gleueler Straße.

„Haben Sie hier irgendwo Bargeld gefunden?“

„Bisher nicht.“

Plasberg runzelte die Stirn. Ein todkranker Patient, der über keinerlei Geld verfügt. Wofür hatte er seine finanziellen Reserven aufgebraucht? Die Kommissarin schob die ersten Fragen beiseite und kramte weiter in den auf dem Boden liegenden Sachen herum. Druckerpapier, ein iPod, Tesafilm, Reißzwecken und Büroklammern. Die üblichen Schreibtischutensilien, alles kunterbunt verstreut.

Dann wurde es wieder interessanter. Sie schob einen Duden und ein altes Fremdwörterbuch zur Seite, die sie neben dem umgekippten Papierkorb entdeckt hatte. Darunter lagen ein paar graue Kladden, alle handbeschrieben mit dem Vermerk „Recherche" und dann jeweils verschiedenen Untertiteln. Plasberg öffnete zwei Ordner mit der Beschriftung „Grundsteinlegung Altenheim Chorweiler" und „Stadtteilfest Severinsstraße". Leer. Die dazugehörigen handschriftlichen Notizzettel mit unzusammenhängenden Stichworten lagen verstreut daneben, ebenso Ausdrucke mit Informationen aus dem Internet, Entwürfe, die aussahen, als ob sie zur Vorbereitung von Zeitungsartikeln gedient hatten, ein paar Schnappschüsse. Dann hatte Borowsky sich wohl eher mit Schreiben seinen Lebensunterhalt verdient, vielleicht als Journalist. Wenn ja, dann schien er noch nicht sehr weit gekommen zu sein, denn auch die anderen Ordner deuteten eher darauf hin, dass er für eine Lokalredaktion gearbeitet hatte. Die Kommissarin konnte sich nichts Langweiligeres vorstellen, als über die Goldene Hochzeit eines Metzgerehepaars aus Poll oder die Premiere eines neuen Stückes im Millowitsch-Theater berichten zu müssen – aber die Geschmäcker waren ja bekanntlich verschieden. Wahrscheinlich war es für andere Leute unvorstellbar, ihren Lebensunterhalt damit zu verdienen, Mördern hinterherzujagen. Fragte sich nur, für welche Zeitung Borowsky tätig gewesen war oder ob er als freier Mitarbeiter für unterschiedliche Auftraggeber gearbeitet hatte. Die Kommissarin verstaute den Schwung Akten zur späteren Einsicht in ihrer Tasche und arbeitete sich auf allen vieren weiter durch das Chaos auf dem Wohnzimmerboden, auf der Suche nach etwas, das ihr weitere Informationen über das Opfer preisgeben würde. Endlich, in der hintersten Ecke unter der Heizung, stieß sie auf ein kleines, braunes Adressbüchlein. Bingo, Jackpot! Sie blätterte das Heft flüchtig durch und ließ es dann ebenfalls in der Ratte verschwinden.

Obwohl sie sich damit einen verärgerten Blick des Erkennungsdienstmitarbeiters einfing, tastete Plasberg die Unordnung ein weiteres Mal ab. Man konnte ja nie wissen. Kurz darauf hielt sie triumphierend ein durchsichtiges Plastiktütchen in der Hand, in dem ein paar kleine braune Klumpen verpackt waren. Plasberg brauchte gar nicht genau hinzusehen, um zu wissen, dass es sich um Haschisch handelte. Borowsky hatte also was geraucht. Nicht, dass das irgendetwas zu bedeuten haben musste, schließlich taten das heute Hinz und Kunz, aber immerhin, es war vielleicht eine erste Spur. Kein normaler Raubmörder ließ so etwas zurück. Oder es war ein Hinweis darauf, wofür der Tote sein Geld verpulvert hatte. Plasberg überlegte. Von der Gleueler Straße war es nicht allzu weit in die Gegend um die Kyffhäuserstraße mit all ihren Studentenkneipen, Cafés und Bars. Dort bekam man ohne Probleme alle Drogen, die man wollte. Aber hatte Borowsky diese Entfernung überhaupt noch zurücklegen können? Die Kommissarin übergab das Tütchen an den Kollegen der Spurensicherung und wies ihn an, den PC auf dem Schreibtisch nach einer Überprüfung auf Fingerabdrücke ebenfalls mitzunehmen. Vielleicht ließ sich ja auf der Festplatte etwas Brauchbares finden. Dazu hatten sie Spezialisten.

„Haben Sie sonst was Interessantes gefunden?", fragte sie den Beamten.

„Brieftasche mit Kredit- und Scheckkarten", brummte der Mann und nickte in die Richtung eines weiteren Tütchens. „Hat unter dem Sofa gelegen."

„Also definitiv kein Raubmord", überlegte Plasberg laut.

„Kann ich jetzt meine Arbeit in Ruhe weitermachen?"

Plasberg nickte geistesabwesend. Der Täter hatte etwas gesucht. Aber was? Und hatte er es gefunden? Gerade wollte sie das Wohnzimmer verlassen, als sie im Türrahmen stehen blieb. Es war weniger, dass ihr ein weiterer Gegenstand besonders ins Auge gefallen wäre, als vielmehr sein Fehlen.

„Doktor?"

Der Arzt war gerade dabei, den Totenschein auszustellen, und schaute zerstreut aus dem Schlafzimmer zu Plasberg herüber, wobei er ständig nervös zwinkerte. Plasberg konnte dem Mann kaum in die Augen schauen und musste sich beherrschen, um sich von dem Zwinkern nicht anstecken zu lassen.

„Wenn sich jemand zu Hause von einem Pflegedienst versorgen lässt, muss das nicht auf irgendeine Art und Weise dokumentiert werden, in irgendwelchen Mappen?"

„Eigentlich schon."

„Aber hier fehlen solche Unterlagen, jedenfalls hab ich in der gesamten Wohnung bisher nichts Entsprechendes entdeckt. Könnte die Mappe beim Pflegedienst gelandet sein?"

„Eher unwahrscheinlich", überlegte der Arzt. „Normalerweise werden diese Dokumentationsmappen beim Patienten gelagert, damit die Pflegekräfte sie nicht ständig mit sich herumschleppen müssen. Sie haben ja keine Ahnung, was heutzutage für die Kasse alles minutiös dokumentiert werden muss. Da ist zum Beispiel ..." Seine Miene hellte sich auf, er schien erfreut, dass sich jemand für eines der zahllosen verwaltungstechnischen Details interessierte, mit denen er sich als Mediziner Tag für Tag herumschlagen musste.

Plasberg hob die Hand und unterbrach ungeduldig seinen Redefluss. „Verschonen Sie mich mit einer Abhandlung über die Auswirkungen der Gesundheitsreform."

„Wie Sie wollen", erhielt sie beleidigt zur Antwort. „Sie müssen sich vorstellen, dass das Pflegepersonal im ambulanten Dienst meist mehrere Patienten am Tag versorgt und kreuz und quer durch die Stadt fährt. Es kommt auch nicht jeden Tag dieselbe Pflegekraft, denn die arbeiten ja nicht sieben Tage die Woche. Eine Mappe vor Ort ist wesentlich effizienter, als die ganzen Unterlagen immer mit sich herumzutragen."

Plasberg dachte nach. Angesichts des Gesundheitszustands des Opfers erschien ihr die tägliche Betreuung zwingend notwendig. Tatsache aber blieb, dass Hinweise auf deren Erscheinen bisher nicht aufgetaucht waren. „Kann Borowsky sich eventuell auch allein versorgt haben?"

Der Arzt wiegte unentschlossen den Kopf hin und her und zwinkerte erneut nervös. „Vorstellbar wäre es", sagte er vorsichtig. „Er müsste gut eingewiesen worden sein oder selber als Krankenpfleger gearbeitet haben. Der Hausarzt müsste damit einverstanden gewesen sein. Allerdings halte ich es eher für unwahrscheinlich, wenn man seinen reduzierten Allgemeinzustand in Betracht zieht. Verstehen Sie mich nicht falsch, er war sicherlich noch in der Lage herumzulaufen, zumindest in der eigenen Wohnung, aber eine Selbstversorgung – das wäre wohl zu anstrengend für ihn gewesen."

„Also ein schlampiger Pflegedienst, der es mit der Dokumentation nicht so genau nimmt?"

Der Arzt zuckte mit den Achseln. „Ihr Fall, nicht meiner!", grinste er, rieb sich seinen Köbes-Bauch und drückte ihr den Totenschein in die Hand, auf dem dick und fett „unnatürliche Todesursache" vermerkt war. „Ich bin übrigens fertig hier."

„Gut. Je eher die Leiche in die Rechtsmedizin kommt, desto schneller hab ich einen Bericht von denen auf dem Schreibtisch."

In diesem Augenblick kehrte Brinkhoff in die Wohnung zurück.

„Und?", fragte Plasberg kurz angebunden.

„Ich habe einen Tatzeugen ausfindig gemacht", verkündete Brinkhoff triumphierend und deutete auf eine fette schwarzweiße Katze, die er auf seinem Arm trug. Dabei lächelte er zum ersten Mal. „Die Vermieterin ist erst durch sein Geschrei darauf aufmerksam geworden, dass etwas nicht stimmt. Niedlich, nicht?" Er trat einen Schritt näher an Maria Plasberg heran – was sich als keine gute Idee herausstellte.

„Nehmen Sie das Vieh weg von mir!", schnauzte Plasberg ihn an und begann zu niesen. „Wollen Sie mich umbringen? Ich hab eine Allergie gegen Katzenhaare!"

Brinkhoff wich ein paar Meter zurück. „Sorry", murmelte er. „Kann ja kein Mensch ahnen."

„Haben Sie sonst noch was rausbekommen? Vielleicht etwas Relevantes?" Plasbergs sarkastische Stimme war unter dem Taschentuch, mit dem sie sich ausgiebig die Nase schnäuzte, kaum zu verstehen.

Er schüttelte den Kopf und fasste die Unterredung mit Irmgard Kärntner zusammen.

„Dafür, dass sie sich um niemanden kümmert, ist sie aber eine sehr gut informierte Hausbesitzerin", kommentierte Plasberg ironisch. „Wahrscheinlich ist die Frau der Albtraum aller Mieter hier. Und ihr ist kein Fahrzeug eines ambulanten Pflegedienstes aufgefallen, das regelmäßig vor der Haustür parkt? Merkwürdig."

Brinkhoff verneinte. „Kärnter behauptet, Borowsky nicht gut gekannt zu haben. Ich habe da meine Zweifel, um ehrlich zu sein. Ich hatte das Gefühl, dass sie mehr über ihn weiß, als sie gesagt hat."

„Was ist mit Freunden und Familie?", fragte Plasberg.

„Fehlanzeige. Immerhin behauptet sie, dass er als Journalist gearbeitet hat."

„Als freier Mitarbeiter oder irgendwo fest angestellt?"

Brinkhoff zuckte mit den Schultern.

Die Kommissarin seufzte. „Schade, dass die Katze nicht sprechen kann", erklärte sie mit noch reichlich verschnupfter Stimme. „Dann könnten wir vermutlich alle früh Feierabend machen mit einem gelösten Mordfall in der Tasche."

„Die Kärnter wusste noch nicht mal den Namen der Katze."

„Bombadil", erwiderte Plasberg abwesend.

„Wie?"

„Im Wohnzimmer am PC klebt ein Foto von ihr. Oder wohl eher von ihm. Auf der Rückseite steht ‚Bombadil'. Ist eine Figur aus *Der Herr der Ringe*, so eine Art fetter Waldschrat. Mein Sohn liest das Buch gerade – eigentlich macht er zurzeit nichts anderes, das und Skateboard fahren. Ah ja, und das hier habe ich auch gefunden." Die Kommissarin zog das braune Fläschchen mit der stinkenden Flüssigkeit aus der Handtasche. „Haben Sie eine Ahnung, was das ist?"

Brinkhoff beäugte das gelbe Etikett. „D-Das ist P-Poppers", stotterte er verlegen. „Ein Rauschmittel, das bei Schwulen und in der Technoszene sehr beliebt ist. Senkt die Hemmschwelle für ein paar Sekunden und erzeugt einen kurzen Rauschzustand." Er drehte den Verschluss ab, roch vorsichtig an dem Fläschchen und zuckte zurück. „Ist aber schon älter", sagte er.

„Poppers?"

„Amylnitrit", warf der Arzt ein. „Ein flüchtiger Schnüffelstoff, der blutdrucksenkend wirkt. Ist eigentlich zum kurzzeitigen Einsatz bei Angina-Pectoris-Anfällen gedacht, weil es die Herzkranzgefäße erweitert. Kann in Verbindung mit Viagra tödlich sein, aber ansonsten relativ harmlos. Fällt noch nicht mal unter das Betäubungsmittelgesetz. Besitz und Konsum sind nicht strafbar, allerdings darf es eigentlich nur von Apotheken abgegeben werden."

„Wo hat Borowsky es dann her?“, fragte Plasberg und Brinkhoff musste sich ein Lächeln verkneifen, weil die Kommissarin so ahnungslos war. Langsam verstand er, warum sie auf seiner Mitarbeit bestanden hatte.

„Das Zeug gibt's in jedem Sexshop und in vielen Schwulenkneipen unter der Hand zu kaufen. Über das Internet kann man es auch beziehen.“

„Ist es teuer?“

Brinkhoff schüttelte den Kopf. „Ich schätze, so zwischen zehn und zwanzig Euro das Fläschchen.“

„Sie schätzen?“

Brinkhoffs Gesichtsfarbe verdunkelte sich, bis sie einer überreifen Tomate glich. „Ich weiß es“, murmelte er verlegen.

Plasbergs Augen blitzten verächtlich auf, aber sie ging mit keinem Wort auf Brinkhoffs Eingeständnis ein. „Also haben wir einen schwulen, vielleicht aidskranken Mann als Opfer, der eigentlich schon im Sterben liegt und trotzdem noch durch ein paar Messerstiche vorzeitig ins Jenseits befördert wird von einem Täter, der es anscheinend nicht abwarten kann. Außerdem hat die Leiche am Hinterkopf eine starke Prellung unklarer Herkunft, die auf Gewalteinwirkung oder einen Sturz schließen lässt – was zumindest das Poltern am Abend erklären könnte. Die Wohnung sieht aus wie ein Schweinestall und ist offensichtlich vom Täter nach etwas durchsucht worden“, versuchte sie den Stand der Dinge zusammenzufassen. „Obwohl das Opfer nur aus Haut und Knochen besteht und zahllose Medikamente, darunter Morphium, einwirft, schnüffelt es fröhlich weiter Poppers, liest Pornos und vom Pflegedienst fehlt jede Spur. Außerdem hat Borowsky hin und wieder mal gekifft. Ich habe eben ein bisschen Haschisch im Wohnzimmer gefunden“, erklärte sie, als sie Brinkhoffs erstaunten Blick sah. „Und die Einzige, die irgendetwas von dem Mord bemerkt hat, ist eine hässliche, übergewichtige Katze, und wir haben keine Tatwaffe. Das ist doch zum Kotzen!“

„Wie gesagt, das Poppers ist schon lange nicht mehr benutzt worden“, wiederholte Brinkhoff zaghaft. „In seinem Zustand war Borowsky bestimmt nicht mehr nach Sex zumute. Aber vielleicht erfahren wir ja von den anderen Nachbarn noch mehr über den Mann. Nebenan gibt's eine Studenten-WG, die werde ich mir als Nächstes …"

„Das mache ich lieber selbst", bügelte ihn Plasberg ab und machte Anstalten zu gehen. „Ich muss sowieso mal raus hier, sonst kriege ich gleich keine Luft mehr. Fragen Sie bei den übrigen Hausbewohnern nach."

„Die sind laut Vermieterin alle bei der Arbeit oder im Urlaub. Es gibt nur noch vier andere Mietparteien. Ich hab gerade schon auf die Klingelanlage gedrückt. Niemand reagiert."

„Herrgott, dann sehen Sie sich noch mal die Wohnung an!" Die Kommissarin kam sich vor wie eine Grundschullehrerin. Hatte der Kerl denn gar nichts gelernt unter Beerbaum?

„He!", rief Torsten Brinkhoff ihr verärgert nach. „Und w-was ist mit Bombadil? Die Vermieterin will ihn nicht haben!"

„Tja, Kollege", erklärte Maria Plasberg ungerührt, zog ihre Handschuhe aus und ließ Brinkhoff einfach stehen, „das Tier scheint Sie doch zu mögen. Sieht aus, als hätten Sie einen neuen Hausgenossen."

Als die Kommissarin an der Wohnung nebenan klingelte, blieb sie an der Fußmatte hängen und wäre beinahe gestolpert. „Gottverdammt!", fluchte sie leise.

Genervt wollte sie die Unebenheit am Boden glatttreten, aber als sie mit dem Schuh darüber strich, bemerkte sie einen Widerstand. Sie hob die Matte an – und starrte auf ein zehn Zentimeter langes Messer mit einem schwarzen Griff, an dem deutlich Reste von getrocknetem Blut zu erkennen waren. Plasberg kramte ein Taschentuch aus ihrer Handtasche und hob das Messer vorsichtig auf. In diesem Moment wurde die Wohnungstür aufgerissen. Mittlerweile war es nach zwölf Uhr, aber der junge Mann, der ihr öffnete, schien trotzdem gerade erst aus dem Bett gestiegen zu sein. Die Augen waren noch schlafverklebt und er trug nur eine hastig übergestreifte Jeans. Die Kommissarin schätzte ihn auf Mitte zwanzig. Seine Haare waren bis auf wenige Millimeter kurz geschoren und sein durchtrainierter Oberkörper war nackt. Eine schmale, lang gezogene Narbe, die in einer sichelförmigen Linie von der linken Augenbraue bis zur Schläfe verlief, verlieh ihm ein merkwürdig entstelltes und rohes Aussehen.

„Plasberg, Kripo Köln, Mordkommission", stellte sich die Kommissarin vor und zückte mit der freien Hand ihre Dienstmarke.

Ebenso gut hätte sie behaupten können, sie käme von RTL oder vom Jupiter. Der Mann blickte starr auf die blutige Klinge, deren Spitze gerade gegen ihn gerichtet war, und schien die Kommissarin gar nicht zu hören.

Plasberg senkte das Messer. „Ich möchte Ihnen gerne ein paar Fragen stellen, Herr …?"

„Sch-Scheibner. M-Milo Scheibner", antwortete er und erwachte aus seiner Erstarrung. Jetzt drückte er sich an die Wand, das Messer in Plasbergs Hand keine Sekunde aus den Augen lassend.

O Gott, dachte Plasberg, hoffentlich nicht noch ein Stotterer. Davon hab ich schon einen an der Backe kleben!

Aber Milo Scheibner hatte sich scheinbar vom ersten Schock erholt und sein Selbstvertrauen wiedergefunden. Er zuckte gleichgültig mit den Schultern und stieß die Wohnungstür unsanft mit dem Fuß auf, sodass Plasberg eintreten konnte. Dann führte er die Kommissarin in die Küche, wo eine junge Frau und ein weiterer Mann etwa gleichen Alters mit einem verspäteten Frühstück beschäftigt waren.

Die Küche war erheblich größer als die von Borowsky, wenn auch genauso unaufgeräumt. Berge von Abwasch türmten sich in der Spüle, der billige PVC-Boden wies Brandlöcher auf, neben der Fensterbank stand ein verkümmerter Farn und versuchte verzweifelt, durch die schmierigen Fensterscheiben Licht aufzusaugen, an der Wand hing ein zerfledderter Druck von van Goghs Selbstbildnis mit verstümmeltem Ohr. Auf den Küchenregalen lagen aufgeschlagene Lehrbücher, CDs und Gewürztüten durcheinander. Den Mittelpunkt des Raums aber nahm ein großer Küchentisch ein, an dem mindestens sechs Personen bequem sitzen konnten. Die Stühle genauso wie der

Rest der Einrichtung waren kunterbunt zusammengewürfelt. Eine typische Studentenwohnung.

„Morgen, Leute“, sagte Milo Scheibner. „Ich hab die Kripo mitgebracht. Spült schnell den Stoff im Klo runter!“ Er stieß ein hohles Gelächter aus, in das die beiden anderen nicht einstimmten. Stattdessen warfen sie sich unsichere Blicke zu. Plasberg vermutete, dass die drei irgendwo in der Wohnung wahrscheinlich wirklich ein paar Gramm Haschisch gebunkert hatten, aber das war ihr im Moment egal. Der andere Mann stellte sich einsilbig als Ansgar Fischer vor, das Mädchen als Katrin Hancke. Während der Mann sich um Plasbergs Anwesenheit nicht zu kümmern schien und demonstrativ mit dem Schmieren eines Brötchens beschäftigt war, wurde die Kommissarin von den kühlen, blauen Augen des Mädchens eingehend gemustert.

„Kripo?“, fragte die schlanke, hoch gewachsene Frau schließlich, die etwas jünger als Milo Scheibner wirkte. Sie trug eine modisch geschnittene Jeans und einen sündhaft teuer aussehenden blauen Kaschmirpullover. Ihre strohfarbenen Haare waren zu einem Pferdeschwanz zusammengebunden und sie hatte ein dezentes Make-up aufgelegt. Alles an dem Mädchen sagte der Kommissarin, dass es aus einer betuchten Familie stammte, und sie fragte sich instinktiv, was es in einer Studenten-WG wie dieser verloren hatte. „Mordkommission“, ergänzte Maria Plasberg. „Sagt Ihnen der Name Axel Borowsky etwas?“

Jetzt endlich machte auch der zweite Mann der Wohngemeinschaft seinen Mund auf. Er war ziemlich stämmig und trotz der herbstlichen Jahreszeit saß er in Boxershorts am Tisch, hatte aber ein dickes Sweatshirt mit Kapuze angezogen. Seine dunkelblonden Haare waren zu Dreadlocks verfilzt und hingen ihm über die Augen. Über sein linkes Handgelenk hatte er ein Schweißband in den jamaikanischen Nationalfarben gestreift. „Der Typ von nebenan“, erwiderte er schmatzend. „Wieso? Ist was mit dem?“

„Er ist tot. Er wurde heute Morgen ermordet aufgefunden.“ Plasberg legte das blutige Messer effektvoll auf den Frühstückstisch, zwischen die Obstschale und den Quark, und wartete gespannt auf die Reaktionen. Alle drei Nachbarn starrten das Messer angewidert an.

„Ich habe einen Schrei gehört", fiel Hancke ein. „Aber da war ich noch im Halbschlaf."

„Um wie viel Uhr?"

Die junge Frau überlegte. „Heute Morgen. Kurz vor neun, glaube ich."

Plasberg war enttäuscht. „Das wird wohl Frau Kärnter gewesen sein. Sie hat die Leiche entdeckt."

Das Mädchen wurde bleich und wandte sich ab. Die beiden Männer glotzten die Kommissarin verständnislos an.

„Ermordet?", fragte Ansgar Fischer. „Damit?" Er deutete auf das Messer. Plasberg hatte den Eindruck, dass er die Realität nur häppchenweise verstand.

„Vielleicht." Die Kommissarin blieb so vage wie möglich. Bevor das Blut auf der Tatwaffe nicht mit Borowskys Blut verglichen worden war, wollte sie sich nicht festlegen. „Das Messer lag übrigens unter Ihrer Fußmatte. Ich habe es gerade dort gefunden."

„Unter unserer …? Aber wie kommt es dahin?"

„Das würde ich eigentlich gerne von Ihnen wissen."

Fischer grinste Plasberg frech an und hob die Hände, als wollte er sich ergeben. „Ich gestehe es! Ich hab ihn umgebracht, weil mir seine Katze auf die Nerven gefallen ist, und dann habe ich das Messer unter die Matte gelegt, um den Verdacht auf Katrin und Milo zu lenken!" Er begann wiehernd zu lachen, verstummte aber schnell wieder, als er sah, dass seine Mitbewohner ihn wütend ansahen. „He! Macht euch mal locker! Sollte ein Scherz sein!"

„Sehr witzig, du Penner!", erwiderte Scheibner und verzog wütend das Gesicht.

„Wann … wann ist denn das mit Borowsky passiert? Ich meine, wann ist er ermordet worden?", fragte das Mädchen zögernd.

„Gestern Abend."

„Gestern Abend? Ja, aber dann …" Milo Scheibner starrte die Kommissarin mit einem überraschten Gesichtsausdruck an und verstummte. Einen Moment lang hatte Plasberg den Eindruck, als müsste er um seine Fassung ringen, schließlich sagte er jedoch: „Wir waren gestern Abend alle hier in der Wohnung", obwohl Plasberg gar nicht danach gefragt hatte. „Ich war noch beim Training, hab mir dann was vom Chinesen geholt und anschließend gebüffelt, Katrin hat wie immer die ganze Zeit das Telefon blockiert … und Ansgar hat Video geguckt."

„Du warst beim Chinesen? Hab ich gar nicht mitbekommen!", sagte Hancke überrascht.

„Dreimal darfst du raten, warum!"

Hancke zog beleidigt eine Schnute.

„Wann genau sind Sie zurückgekommen?", fragte Plasberg.

Milo Scheibner zögerte und warf den anderen einen kurzen Blick zu. „Ich weiß nicht. Ich hab nicht auf die Uhr gesehen", erwiderte er.

„Vorher waren Sie beim Training?"

„Ja, ich studiere Sport und Sportmedizin."

Wie interessant, dass alle drei ohne zu fragen ihre Alibis preisgeben!, dachte Plasberg, während sie in dem unerschöpflichen Fundus ihrer Handtasche nach Notizblock und Kuli suchte. „Wo genau waren Sie denn beim Sport?"

„Wozu wollen Sie das denn wissen?", kam die unwillige Rückfrage.

„Reine Routine", erwiderte Plasberg ruhig und wartete. Scheibner nannte ihr verärgert die Adresse eines Fitnessstudios, die sich die Kommissarin notierte.

„Sie studieren auch?", fragte sie Scheibners Mitbewohner.

„Informatik", erwiderte die Boxershorts und schob sich den letzten Rest des Brötchens in den Mund.

„Kunstgeschichte und Psychologie", antwortete das Mädchen. „Mein Bruder, Milo und ich teilen uns die Wohnung. Ansonsten könnten wir uns die Miete nicht leisten."

„Ihr Bruder?", sagte Plasberg überrascht.

Ansgar Fischer grinste erneut. „Gleicher Vater, unterschiedliche Mütter. Wir haben irgendwo in der Schweiz noch einen kleinen Bruder. In seiner Sturm- und Drangzeit war unser Alter ein echter Hurenbock."

„Ist das so?“, murmelte Plasberg höflich. „Und Sie können beide Herrn Scheibners Aussage bestätigen? Sie waren abends alle drei zu Hause?“

Katrin Hancke und Ansgar Fischer nickten simultan. „Was soll das überhaupt?“, fragte Fischer etwas zu aggressiv für Plasbergs Geschmack. „Sind wir irgendwie verdächtig? Ist ja abgefahren!“

„Reine Routine. Wir gehen lediglich jeder Spur nach“, wiederholte die Kommissarin und setzte ein unverbindliches Lächeln auf. „Immerhin habe ich ein blutiges Messer unter Ihrer Fußmatte gefunden.“

„Das kann jeder dahin gelegt haben!“, wandte Scheibner ein. „Außerdem als Mörder wäre ich ja total bescheuert, die Mordwaffe unter meiner eigenen Fußmatte zu verstecken!“

Plasberg ließ seine Annahme unkommentiert im Raum stehen. „Kannten Sie Axel Borowsky gut? Immerhin sind Sie seine Nachbarn und er war fast in Ihrem Alter.“

Die Boxershorts lachte auf und fischte eine selbstgedrehte Zigarette aus der Tasche des Sweatshirts. „In unserem Alter? Er ist beinahe doppelt so alt wie wir!“

„Also kannten Sie ihn näher?“

„Das habe ich damit nicht sagen wollen“, brummte er.

„Wir wohnen erst seit einem Jahr hier. Wir waren nur Nachbarn“, erklärte Katrin Hancke, zupfte an ihrem Pullover und legte dann zwei sorgsam manikürte Hände in den Schoß. „Keine Freunde. Unsere Sozialisation ist eine völlig andere als seine. Da gab es kaum Schnittmengen.“

„Wie bitte?“

Scheibner lachte. „Sie dürfen Katrins Gerede nicht so ernst nehmen. Sie wirft gerne mit Fachausdrücken aus ihren Psychokursen um sich und lässt hin und wieder die höhere Tochter heraushängen – auch wenn sie sich sonst viel Mühe gibt zu verdrängen, woher sie stammt“, grinste er. „Was sie meint, ist, dass Axel eine Schwuchtel ist … war … und einer Generation über uns angehört. Wir hatten wenig Gemeinsamkeiten.“

„Arschloch!“, murmelte die Angesprochene und schaute mit gesenkten Augen auf den Tisch, eine Reaktion, die Plasberg nicht entging.

„Wissen Sie irgendetwas über Herrn Borowskys Lebensumstände? Freunde? Familie? Besucher? Seine Arbeit?"

„Wir waren nur Nachbarn", wiederholte Scheibner gleichgültig. „Wir hängen nicht die ganze Zeit am Türspion ..."

„Journalist!", unterbrach Fischer seinen Mitbewohner mit vollem Mund. „Ich glaube, er war Journalist. Ich hab mal vor Monaten seinen Namen unter einem Artikel im Lokalteil des *Stadt-Anzeigers* gelesen. Ich hab noch gedacht: He, ist ja krass, den Typen kennst du doch! Wenn es derselbe war", fügte er einschränkend hinzu. „Ich meine, so selten ist der Name ja wahrscheinlich auch nicht."

Plasberg notierte sich diesen Hinweis, der ihre eigenen Vermutungen und die Aussage der Vermieterin zu bestätigen schien. „Und Sie sind niemals jemandem auf der Treppe begegnet, der bei ihm zu Besuch war, und er hat niemals etwas über Freunde oder Verwandte erzählt?"

Scheibner schüttelte den Kopf und Plasberg glaubte ihm kein Wort. Niemand, mit dem man ein Jahr lang Tür an Tür wohnte, blieb für den Wohnungsnachbarn ein völlig unbeschriebenes Blatt, zumindest nicht in Köln. Ob es Auseinandersetzungen um falsch einsortierten Müll waren, laute Musik nachts um drei oder das Geräusch einer Bohrmaschine in der geheiligten Mittagsruhe – der Rheinländer an sich steckte seine Nase gerne in Angelegenheiten, die ihn nichts angingen. Plasberg hatte sich in ihren jahrelangen Ermittlungen immer wieder auf die unstillbare Neugierde von Fremden verlassen können. Irgendwann bekam jeder einmal laute Stimmen oder einen Streit in der Nachbarwohnung mit und solche Ereignisse blieben meist im Gedächtnis haften. Auch diese drei Studenten mussten sich zumindest eine Meinung über Borowsky gebildet haben und die Kommissarin fragte sich, warum sie nicht bereit waren, diese Meinung mit ihr zu teilen. Dass ihr Nachbar schwul war, hatten sie ja auch mitbekommen.

„Was war mit Borowskys Katze?", wandte sie sich an Ansgar Fischer. „Sie haben vorhin gesagt ..."

„Das war nur ein Versuch, die Stimmung aufzulockern!", verteidigte sich Fischer. „Das Vieh ist ein- oder zweimal ausgebüxt und in unsere Bude gelaufen. Beim letzten Mal hat er in unseren Farn gepisst." Er deutete mit dem Kopf auf die Pflanze neben dem Fensterbrett.

„Können Sie mir irgendetwas über den gestrigen Abend sagen? Haben Sie etwas Ungewöhnliches bemerkt oder gehört? Laute Geräusche? Schreie? Poltern? Die Vermieterin, Frau Kärnter, hat angegeben, ein Poltern aus einer der Wohnungen über ihr gehört zu haben."

Erneut schüttelten Katrin Hancke und Milo Scheibner augenblicklich und entschieden die Köpfe.

„Ich weiß nicht", rutschte es Ansgar Fischer heraus. „Vielleicht war da was, ich bin mir allerdings nicht sicher." Aus den Augenwinkeln sah die Kommissarin, dass Scheibner unmerklich zusammenzuckte und gleich darauf versuchte, so unbeteiligt wie möglich auszusehen. Plasberg wartete geduldig, bis die Boxershorts ihre Gedanken gesammelt hatte. „Ich hab 'ne DVD geguckt, wie gesagt, ich steh auf Horrorfilme … und in dem Film gab es eine Szene, wie jemand auf eine Türklingel drückt und dann ein Treppenhaus raufläuft, bevor er niedergemetzelt wird. Die Szene war voll real, wenn Sie verstehen, was ich meine, irgendwie total laut und abgefahren. Erst hab ich geglaubt, ich hab ein Déjà-vu oder so was, bis ich drauf gekommen bin, dass es tatsächlich irgendwo live im Haus geklingelt hat und jemand die Treppe im Hausflur hochgelaufen ist und zwar fast gleichzeitig mit der Szene im Film. Das Haus ist ziemlich hellhörig und mein Zimmer grenzt ans Treppenhaus. Da kriegt man fast alles mit." Ansgar Fischer sah die Kommissarin erwartungsvoll an, als hätte er mit dieser Aussage den Fall für sie gelöst.

„Und es hat nebenan bei Axel Borowsky geklingelt?"

Die Dreadlocks wiegten sich unentschlossen hin und her. „Kann sein."

„Was heißt das? Ja oder nein?"

„Also, ich bin jetzt nicht aufgesprungen, um nachzusehen, wo die Tür aufgedrückt wird. Das war mir doch scheißegal", regte sich Fischer auf. „Aber wenn es auf einer anderen Etage geschellt hätte, wäre der Klingelton nicht so laut zu hören gewesen. Zufrieden?"

„Und wann war das?“ Maria Plasberg musste sich Mühe geben, dem Studenten nicht zu zeigen, für was für einen Schwachkopf sie ihn hielt.

„O Mann, keine Ahnung. Wenn ich Video gucke, vergesse ich die Zeit. Vielleicht halb neun? Milo war gerade nach Hause gekommen, glaub ich.“

„Also ist Herr Scheibner gegen halb neun nach Hause gekommen?“, bohrte sie nach, während Scheibner im Hintergrund immer unruhiger wurde.

„Äh, kann sein“, stotterte Fischer. „Weiß nicht. Vielleicht war Milo auch schon länger da, und ich hab es nicht mitbekommen. Kann auch sein, dass es eine Stunde früher war. Wie gesagt, wenn ich Videos sehe, bin ich immer total weg.“

Aber nicht weggetreten genug, um nicht mitzubekommen, wenn es im Haus klingelt!, dachte Maria Plasberg nachdenklich. Dabei registrierte sie, dass Ansgar Fischer seinen Mitbewohner erschrocken anblickte und die Angaben über den Zeitpunkt seiner Heimkehr nachträglich so weit wie möglich relativierte. Vielleicht war doch was dran an seinem Herumgestammel. Für den Augenblick ließ sie es jedoch auf sich beruhen.

„Können Sie mir sonst noch irgendetwas sagen, was mir vielleicht weiterhelfen könnte?“ Wieder setzte sie ihr zuckersüßes, unverbindliches Lächeln auf.

„Ich glaube, dass Axel krank war“, sagte Katrin Hancke plötzlich. Scheinbar gedankenversunken rührte sie in ihrem Kaffee und ließ sich Zeit, bis sie weitersprach. „Ich hab ihn vor ein paar Wochen vor der Tür getroffen und er war sehr dürr und abgemagert und hat sich am Geländer festklammern müssen, um nicht umzukippen.“

„Wir vermuten, dass Borowsky Aids im Endstadium hatte“, erwiderte Plasberg mit möglichst viel Härte in ihrer Stimme und wartete gespannt auf die Reaktionen.

„Wie bitte?“

„Wirklich?“

„O Mann, heilige Scheiße!“

Das Entsetzen der drei schien echt zu sein – oder hervorragend einstudiert.

„Haben Sie vielleicht das Auto eines Pflegedienstes in der Nähe des Hauses bemerkt? Wir glauben, dass Herr Borowsky zumindest zeitweise ambulant versorgt worden ist. Oder sind Ihnen regelmäßige Besuche zu immer der gleichen Tageszeit aufgefallen? Die Vermieterin hat solche Besuche erwähnt."

„Das kann ich mir gut vorstellen", fuhr Ansgar Fischer dazwischen. „Die Alte hat doch den ganzen Tag nichts Besseres zu tun, als die Nase in anderer Leute Angelegenheiten zu stecken."

Milo Scheibner schüttelte den Kopf und antwortete für alle drei. „Wir sind meist an der Uni", erklärte er.

„Außer heute", erwiderte Maria Plasberg.

„Jetzt sind noch Semesterferien." Scheibner sah der Kommissarin angriffslustig in die Augen. „Die Uni geht erst Mitte Oktober wieder los."

„Gut." Ohne darauf einzugehen, dass er eine Antwort auf ihre Frage vermieden hatte, zurrte Maria Plasberg ihre Handtasche fest um die Schulter. „Wir werden Sie leider noch vorladen und Ihre Zeugenaussagen protokollieren müssen. Keine Angst, nur eine Formalität."

„Das ist doch Scheiße!", wandte Fischer ein. „Ich wollte übers Wochenende mit ein paar Kumpeln nach Berlin fahren!"

„Ja, und?"

„Oh, alles klar! Ich dachte, wir dürften jetzt die Stadt nicht verlassen oder so. Kommt ja immer bei Krimis, der Spruch."

Plasberg seufzte. Hoffentlich würde ihr Sohn nicht auch so werden. „Sie hören von uns – aber erst mal danke für Ihre Hilfe. Wenn Ihnen vorher noch was einfällt: hier ist meine Telefonnummer." Sie drückte Ansgar Fischer ihre Karte in die Hand und stand auf. An der Küchentür wurde sie noch einmal zurückgerufen.

„Frau Plasberg?"

Milo Scheibner lenkte mit seinen Augen ihren Blick auf den Küchentisch. Seine Lippen umspielte ein kaum merkliches Lächeln. „Sie haben Ihr Messer liegen lassen."

Die Kommissarin hatte die Tür noch nicht richtig hinter sich zugezogen, als Milo Scheibner seiner Wut, die er während Plasbergs Anwesenheit mühsam zurückgehalten hatte, freien Lauf ließ. „Du Vollidiot!", brüllte er Ansgar Fischer an. „Wie kannst du der Tussi so einen Scheiß erzählen? Halb neun! Warum hast du nicht einfach dein dummes Maul gehalten?"

„Aber du bist doch wirklich erst um halb neun zurück gewesen! Ich hab's doch gehört! Was ist daran so schlimm?" Fischer starrte eingeschüchtert auf die geballte Faust seines Mitbewohners.

„Woher willst du das wissen? Du bist doch die ganze Zeit in deinem Zimmer gewesen!"

„Ich hab's doch gerade versucht, der Kommissarin zu erklären. Ich hab dieses Video gesehen und dann war da das zeitgleiche Klingeln, als du zur Tür rein bist. Außerdem, was soll's? Du hast doch mit dem Mord an Axel nichts zu tun, oder?"

Katrin Hancke verdrehte die Augen und sah Fischer vorwurfsvoll an. Dann stand sie auf und schlang in einer beruhigenden Geste ihre Arme um Milo Scheibner. „Ist doch alles halb so schlimm", sagte sie. „Sie können dir nichts nachweisen. Mach dir keine Sorgen."

Fischer sah die beiden verwirrt an. „Ich verstehe kein Wort", sagte er. „Natürlich haben die Bullen nichts gegen ihn in der Hand." Er verstummte, als er das sachte Schließen der Wohnungstür hörte und die drei Studenten starrten sich an. Kein Zweifel, die Kommissarin hatte jedes Wort gehört.

„Verdammte Scheiße!", zischte Scheibner mit unterdrückter Stimme. „Du bist ein solcher Schwachkopf! Was glaubst du, was passiert, wenn diese Kommissarin herausbekommt, dass ich gestern bei der Schwuchtel war! Für die bin ich dann doch sofort der Hauptverdächtige! Aber dann steckst du mit drin, das schwöre ich dir! Dann ist es mir scheißegal, dass du Katrins Bruder bist! Du warst sowieso nicht eingeplant." Er riss sich aus der Umarmung seiner Freundin, ging auf sein Zimmer und schloss sich ein. Er brauchte Zeit zum Nachdenken.

Im Gegensatz zum Rest der Studentenwohnung war der Raum, den er bewohnte, makellos sauber und aufgeräumt, und auch die Einrichtung bildete einen scharfen Kontrast zu den zusammengestückelten Möbeln der gemeinschaftlichen Zimmer. Den Parkettfußboden hatte er vor einem halben Jahr neu abschleifen lassen und auch das japanische Futonbett, auf das er sich jetzt warf, war neu, ebenso der Plasmafernseher in der Ecke, den *Saturn* vor zwei Wochen geliefert hatte. Milo Scheibner mochte neue, teure Dinge und er war gewillt, einiges dafür zu tun, um sie sich leisten zu können – etwas, das ihn mit seiner Freundin verband. Der große Unterschied zwischen ihnen bestand darin, dass Katrin Hancke mit einem goldenen Löffel im Mund geboren worden war, während er sich alles hatte erkämpfen müssen. Und er dachte nicht daran, es sich wegnehmen zu lassen, gerade jetzt nicht, wo er sich endlich auf einem aufsteigenden Ast befand. Seit gestern Abend war alles anders.

Zu blöde, dass Ansgar die Sache mit Axel mitbekommen hatte. Sie hatten geglaubt, dass Ansgar sich von seinem Horrorfilm nicht ablenken lassen würde, aber er hatte sie überrascht, als er zum Klo ging. Katrin und er hatten gar keine andere Wahl gehabt, als ihren Mitbewohner einzuweihen, nicht mit all den Sachen, die auf dem Küchentisch ausgebreitet waren. „He, was ist denn das da für'n Zeug? Ist das nicht unser Haus? Ist ja abgefahren!" Ansgar hatte sich über die Unterlagen gebeugt und Milo Scheibner hätte ihm am liebsten seine neugierige Fresse poliert. Aber da war es schon zu spät gewesen. Wohl oder übel hatten sie Katrins Bruder erklären müssen, dass sie mit diesen Informationen, die ihm Borowsky übergeben hatte, noch eine Menge Kohle machen konnten.

Eigentlich hatte er keine Ahnung, wieso Axel Borowsky ausgerechnet ihm sein Wissen anvertraut hatte. Im Grunde hatten sie sich beide nicht leiden können. Borowsky hatte ihn für ein arrogantes Arschloch gehalten, als sie sich kennenlernten, und er selbst hatte nicht hinter dem Berg gehalten mit dem, was er über Schwule dachte. Schwanzlutscher waren das doch alle, perverse Arschficker! Aber Borowsky hatte sich nicht einschüchtern lassen, stattdessen hatte er sich ausgeschüttet vor Lachen. „Und du?", hatte er geantwortet. „Glaubst du, ein beschissener Sportstudent, der sich seinen Lebensunterhalt durch Dealen aufbessert, ist was Besseres?" Trotzdem hatten sie sich danach auf eine bestimmte Art und Weise verstanden, beinahe respektiert – vielleicht, weil sie im jeweils anderen viele Eigenschaften entdeckten, die sie selbst besaßen: Ehrgeiz, Skrupellosigkeit bei der Durchsetzung ihrer Ziele und eine gewisse Verachtung für Menschen, die Schwäche zeigten. Moral spielte in ihrer beider Leben nur eine untergeordnete Rolle. Borowsky hatte sehr schnell verstanden, dass Scheibner bereit war, Risiken einzugehen. Vielleicht gab es aber auch einen ganz anderen Grund, dass er jetzt in den Genuss von Borowskys Unterlagen gekommen war: Außer ihm hatte Borowsky zum Schluss niemanden mehr gehabt, dem er vertrauen konnte.

Milo Scheibner tastete mit geschlossenen Augen nach der Fernbedienung seiner *Bang-&-Olufsen*-Anlage, die seit ein paar Tagen an der Wand hing und mit allen technischen Extras versehen war, die er sich vorstellen konnte. Einen Moment später plätscherte leise Jazzmusik durch den Raum.

Katrin hat recht, versuchte er sich zu beruhigen. Die Bullen haben nichts gegen dich in der Hand. Sie haben keine Ahnung und mit ein bisschen Glück kommen sie auch nicht dahinter. Der Plan würde funktionieren. Und diese Plasberg hatte nicht gerade den hellsten Eindruck gemacht. Die hatte wirklich geglaubt, er würde das Messer anfassen.

Andererseits, er hatte eine Akte bei der Polizei, in der seine Fingerabdrücke registriert waren, und sie würden bestimmt den Stoff bei Axel finden. Ganz so einfach war es also nicht. Die Bullen würden zwei und zwei zusammenzählen und auf fünf kommen. Es sollte ihn wundern, wenn er die Kommissarin zum letzten Mal gesehen hatte. Sie und ihre idiotische Handtasche. Es wäre besser, ein paar Vorsichtsmaßnahmen zu ergreifen.

Scheibner starrte missmutig an die Decke und langte nach dem griffbereiten silbernen Zigarettenetui neben dem Bett.

„Milo?“ Die Stimme seiner Freundin drang durch die Tür. „Milo, mach auf, bitte!“

„Lass mich in Ruhe“, knurrte er und drehte die Musik lauter. Jetzt tönte die laszive Stimme von Amy Winehouse durch das Zimmer und blendete alle anderen Geräusche aus. Katrin Hanckes Schritte entfernten sich und Scheibner lachte plötzlich auf. Wenn er es recht bedachte, musste er der Kommissarin eigentlich dankbar sein. Immerhin wusste er etwas, was sie nicht wusste, und sie hatte ihm unbeabsichtigt zusätzliche Informationen geliefert, die er vielleicht verwerten konnte. Besser noch: Plasberg hatte ihm Macht verliehen. Alles, was er tun musste, war, ein paar Hebel in Bewegung zu setzen, den Startknopf zu drücken.

Er griff zu seinem Handy und wählte die Nummer der Auskunft. „Ich hätte gerne eine Nummer in Köln", sagte er und zog an seiner Zigarette. „Nein, die Adresse habe ich nicht, nur den Namen … Ja, Moment." Scheibner buchstabierte der Mitarbeiterin des Callcenters den Namen und grinste dann breit. Es gab nur einen Eintrag, wie er erwartet hatte. „Ja, geben Sie mir beides, Festnetzanschluss und die Mobilnummer … nein, nicht weiterverbinden." Schnell kritzelte er ein paar Zahlen auf ein Blatt Papier und legte dankend auf. Er würde sein Opfer noch ein bisschen in Sicherheit wiegen. Ein oder zwei Tage, bis er selbst aus dem Schneider war. Dann erst würde er zuschlagen.

Sein einziges Problem war Katrin, der Rest war einfach. Katrin würde mitspielen müssen. Er stand auf und rannte hinter seiner Freundin her, die sich in ihr eigenes Zimmer zurückgezogen hatte. „Wir müssen ein paar Sachen ändern", sagte er. „Sozusagen Plan B. Ich weiß nämlich, wer Borowsky umgebracht hat."

„Ja", erwiderte Hancke überrascht. „Ich auch. Das ist doch offensichtlich."

„Eben nicht. Du täuschst dich."

Drei

„Nach meinem Besuch haben sich Borowskys Nachbarn in die Haare gekriegt. Ich habe den Anfang ihres Streits noch mitbekommen. Die drei Früchtchen haben etwas zu verbergen", sagte Maria Plasberg überzeugt.

Mittlerweile war es früher Nachmittag. Die trübe Bewölkung des Morgens hatte ihre Drohung wahrgemacht, es regnete. Der Wind fuhr in das bunte Laub der Bäume vor dem Polizeipräsidium und peitschte das Wasser in so dichten Böen gegen die Fenster, dass nicht einmal mehr die Köln Arcaden, das neue Einkaufszentrum gegenüber, zu erkennen waren. Vor einigen Jahren war das Präsidium von der Innenstadt nach Köln-Kalk gezogen – an einen der sozialen Brennpunkte der Stadt, hauptsächlich bewohnt von, wie es mittlerweile politisch korrekt hieß, bildungsfernen Schichten und Menschen mit Migrationshintergrund. Aber auch diese neudeutschen Wortungetüme konnten nicht verschleiern, dass dieser Stadtteil einer der problematischsten und unsichersten Kölns war. Die demonstrative Präsenz der staatlichen Ordnungsmacht hatte daran nichts geändert, außer das Gewissen der Kommunalpolitiker zu beruhigen.

Plasberg und Brinkhoff hatten die Besichtigung des Tatorts in der Gleueler Straße abgeschlossen und die Wohnung bis auf Weiteres versiegelt, nachdem auch die Spurensicherung ihre Arbeit beendet hatte. Borowskys Leiche lag inzwischen gekühlt in der Rechtsmedizin und sein Adressbüchlein auf dem Tisch der Hauptkommissarin. Sie kaute auf einem Bleistift und hampelte unruhig mit den Beinen hin und her. Ihr Büro lag am hinteren Ende des Gangs in einem der oberen Stockwerke und war schon von weitem zu erkennen, weil es das einzige war, das man nicht einsehen konnte. Zwar besaß es, wie alle anderen, eine Glasfront zum Flur hin, aber Plasberg, die die auf Transparenz und wortreich als „Bürgernähe" angelegte Innenarchitektur des Präsidiums nicht leiden konnte, hatte die Scheiben kurzerhand blickundurchlässig gemacht. Das allein hatte schon den Personalrat auf Hundertachtzig gebracht und in verschiedenen Gesprächen waren Vokabeln wie „Extrawurst", „Abkapselung", „unkollegiales Verhalten" und „demonstrative Missachtung der Vorschriften" gefallen. Was aber das Fass zum Überlaufen gebracht hatte, war das Material, das Maria Plasberg als Sichtschutz für ihr Büro ausgewählt hatte: die Coverblätter von Magazinen wie *Playboy, Penthouse, Matador* und *Hustler* – eng aneinander geklebt und mit den Titelseiten nach außen.

Plasberg betrachtete ihr Machwerk als ironischen Kommentar auf den latenten Machismo ihrer Kollegen und genauso wurde es auch verstanden. Nach dem Einschreiten des Personalrates hatte sie außerdem die perfide Idee ersonnen, die Gleichstellungsbeauftragte der Stadt einzuschalten, um ihre Interessen zu schützen. Schließlich seien genau die gleichen Blätter in den Schreibtischschubladen und den Innentüren so mancher Spinde ihrer männlichen Kollegen zu finden. Der Streit um Plasbergs Bürodekoration schwelte nun schon seit mehreren Monaten und war noch lange nicht ausgestanden. Bis zu einer Entscheidung jedoch blieb Plasbergs Sichtschutz zum Ärger – oder zur heimlichen Freude – ihrer männlichen Kollegen da, wo er war: auf den Glasscheiben zum Flur.

So ungewöhnlich wie die Außenwand ihres Büros gestaltet war, so pragmatisch stellte sich dem Besucher die Inneneinrichtung dar. Normalerweise teilte Plasberg sich das knapp zwanzig Quadratmeter große Büro mit dem Kollegen Vogt, aber seine Hälfte des Zimmers und sein Arbeitsplatz waren zurzeit verwaist. Auf Plasbergs Seite gab es einen Schreibtisch mit Telefon und PC, dahinter ihren Schreibtischstuhl und davor eine unbequem aussehende Sitzgelegenheit für Besucher. An den Wänden befanden sich Regale mit schwarzen Aktenordnern, eine detaillierte Stadtkarte von Köln und eine weiße Pinnwand, die Plasberg nutzte, um die relevanten Fakten eines jeden neuen Falls bildlich darzustellen: Fotos und Notizzettel; Gedankenblitze, die sie zusammenhanglos mit einem dicken Filzschreiber auf die Pinnwand schrieb, die Namen der involvierten Personen versehen mit Pfeilen, die ihre mögliche Beziehung zueinander dokumentieren sollten. Nach jedem gelösten Fall säuberte Plasberg die Pinnwand, sodass die Fläche jetzt noch ziemlich leer war. Einzig ein Foto von Axel Borowsky, das Plasberg in Ermangelung einer besseren Vorlage aus dem Personalausweis kopiert und vergrößert hatte und das daher kaum Ähnlichkeit mit dem Opfer aufwies, prangte in der Mitte.

Brinkhoff biss hungrig in das Salamibrötchen, das er sich beim Bäcker besorgt hatte, und antwortete nicht auf die Vermutung der Kommissarin. Er war gerade eben erst wieder zu Plasberg gestoßen. Das Brötchen war das Erste, was er heute zwischen die Zähne bekam, und sein Magen knurrte. Die letzten anderthalb Stunden hatte er damit zugebracht, Axel Borowskys Kater in seine Wohnung zu verfrachten und danach auf der Kalker Hauptstraße im *Fressnapf* alles zu besorgen, was Bombadil anscheinend zum täglichen Leben benötigte: Katzenklo, Katzenstreu, Katzenfutter, Katzengras, Vitamintabletten für Katzen, Spielzeugmäuse ... die Liste schien endlos. Als jemand, der noch nie ein Haustier besessen hatte, war er von dem riesigen Angebot völlig überfordert gewesen und hatte sich in die Hände einer hilfsbereiten Angestellten begeben, die ihm eine Grundausstattung zusammengestellt hatte. Auch hatte er keine Ahnung gehabt, wie anspruchsvoll – und teuer – die Anschaffung eines Haustiers war. Hätte er sich beim Bezahlen sprachlich äußern müssen, wäre er aus dem Stottern gar nicht mehr herausgekommen. Der Kassiererin genügte jedoch zum Glück seine Kreditkarte. Trotzdem hatte er vergessen, einen Kratzbaum zu kaufen, was Bombadil nach einer kurzen, aber kritischen Inspektion seiner neuen Behausung dadurch wettmachte, dass er Brinkhoffs Sofa zur Krallenschärfung nutzte. Da er die Couch erst vor zwei Monaten gekauft hatte, war Torsten Brinkhoffs Laune also nicht die beste.

Plasberg jedoch schien auf irgendeine Reaktion von ihm zu warten. „Verbergen? Was sollten die Studenten denn verbergen?“, nuschelte er schließlich und verschluckte sich beinahe.

„Die drei sind erstaunlich gelassen mit der Information über den Mord an ihrem Nachbarn umgegangen. Die waren mehr von der Nachricht geschockt, dass Borowsky Aids hatte.“

„Vermutlich hatte“, berichtigte Brinkhoff.

„Was?“

„Dass er es wirklich hatte, wissen wir noch nicht hundertprozentig.“

Plasberg zog die Augenbrauen hoch. Korinthenkacker!, dachte sie.

„Und dann war da neben dem Streit dieser Augenkontakt zwischen den beiden Männern, als es darum ging, wann Scheibner nach Hause gekommen ist. Scheibner schien etwas dagegen zu haben, dass wir wissen, wann genau er zurück war. Außerdem müssen sie das Opfer besser gekannt haben, als sie zuzugeben bereit waren“, fuhr sie unbeirrt fort, „alle drei haben ihn beim Vornamen genannt und nicht Borowsky. Lässt doch auf eine gewisse Intimität schließen, oder?“

Brinkhoff zuckte mit den Achseln und kaute weiter. Seiner Meinung nach besagte das überhaupt nichts. Plasberg hatte keine Ahnung. Studenten in diesem Alter und aus einer bestimmten Szene duzten unter Umständen alles und jeden. Und was die Kaltschnäuzigkeit der Leute anging, wunderte ihn das überhaupt nicht. Die MTV-Generation von heute wuchs auf mit Arbeitslosigkeit, Gewalt im Fernsehen und rassistischer Hip-Hop-Musik, die das Ausleben von Aggressionen zum Normalfall erklärte. Wenn er sich drei Stunden täglich Werbespots für Jamba-Klingeltöne reinziehen würde, würde er wahrscheinlich auch unter einem gewissen Realitätsverlust leiden. Aber er hatte keine Lust, die Kommissarin zu korrigieren.

„Und drittens“, redete sie weiter, „habe ich diesen Milo Scheibner in Verdacht, ganz genau gewusst zu haben, dass ich das Messer mit Absicht auf dem Tisch hab liegen lassen. Er hat es demonstrativ nicht angefasst. Vielleicht wollte er vermeiden, dass ich seine Fingerabdrücke bekomme. Aber wahrscheinlich hat er sowieso eine Akte, ich hab schon Bescheid gegeben, das zu prüfen. Und er hat Borowsky eine Schwuchtel genannt. Das kann man doch so interpretieren, dass er nicht viel für seinen Nachbarn übrig hatte, oder?“, fragte sie anzüglich.

Brinkhoff starrte Plasberg überrascht an und ignorierte die letzte Anspielung. „Sie wollten ihm die Tatwaffe unterschieben? Sollten wir nicht erst mal untersuchen lassen, ob der Täter auf dem Messer Fingerabdrücke hinterlassen hat?“

„Wenn es überhaupt die Tatwaffe ist.“

„Ja, natürlich“, murmelte Brinkhoff.

„Aber ich wette mit Ihnen um hundert Mäuse, dass wir entweder in Fingerabdrücken ertrinken, was die Wohnung betrifft, oder keinen einzigen finden werden, weder aus der Wohnung noch von dem Messer. Ich werde das Gefühl nicht los, dass der Mord an Borowsky bis ins letzte Detail durchgeplant war“, erwiderte Plasberg. Dass sie mit ihrem kleinen Experiment, das sie mehr aus Intuition denn aus rationalen Erwägungen heraus veranstaltet hatte, gegen jede seriöse kriminalistische Vorgehensweise verstieß, scherte sie im Moment einen Dreck. Sie hatte unter anderem deshalb eine so hohe Aufklärungsrate, weil sie sich eben nicht jedes Mal an die Vorschriften hielt, und sie beabsichtigte auch diesmal nicht, anders vorzugehen, Brinkhoffs Einwände hin oder her. Sollte er doch zum Kollegen Beerbaum gehen und petzen! „Ich hab das Messer natürlich ins Labor gegeben", fügte sie dann unwirsch hinzu.

„Mich würde ja interessieren, wie das Verhältnis der drei untereinander aussieht. Ich meine, zwei heterosexuelle Männer und eine Frau in einer WG ist doch ungewöhnlich, oder?"

„Sie haben eine schmierige Fantasie, Kollege", grinste die Kommissarin gehässig. „Und ich dachte immer, dass Leute wie Sie alternativen Lebensweisen gegenüber furchtbar aufgeschlossen sind!"

Brinkhoff zuckte innerlich zusammen. „Ich finde, das ist eine berechtigte Frage", verteidigte er sich. „Wenn Katrin Hancke mit einem der beiden Männer was hat, wieso wohnt dann noch der zweite Mann bei ihnen? Wäre es nicht ... normaler, wenn ein Pärchen zusammenwohnt ... ich meine alleine ... zu zweit?"

Plasberg wartete genüsslich, bis Brinkhoff sich vollends verheddert hatte. Dann klärte sie ihn darüber auf, dass Fischer und Hancke Halbgeschwister waren, daher die unterschiedlichen Nachnamen. „Vielleicht wäre es lohnenswert, auch über die beiden ein paar Nachforschungen anzustellen." Plasberg machte sich eine Notiz auf einem Zettel. „Im Übrigen denke ich, dass Scheibner und Hancke ein Paar sind", fügte sie hinzu, als ob nicht Brinkhoff ihre Gedanken in diese Richtung gelenkt hätte, sondern sie selbst auf die Idee gekommen wäre. „Abgesehen davon, dass Hancke seine Schwester ist, wäre Fischer auch gar nicht der Typ für eine Zweierbeziehung. Der würde keine zwei vernünftigen Sätze zusammengestammelt bekommen, wenn eine Frau ihn anspricht."

Schweigend hörten die beiden dem Regen zu, der langsam nachließ. Die Isolierung eines Fensters war rissig. In der Ecke des Rahmens hatte sich Wasser gesammelt und tropfte auf den Boden. Plasberg holte ein Tuch aus ihrer Handtasche und wischte die Pfütze auf.

„Und Sie haben die drei oder einen von ihnen wirklich in Verdacht?“, wagte Brinkhoff schließlich zu fragen.

„Sie verheimlichen irgendwas. Und ich kann es nicht ausstehen, wenn mir jemand nur die halbe Wahrheit sagt und meine Untersuchungen behindert!“ Plasberg schlug mit der flachen Hand auf die Tischplatte. Der Kommissar zuckte zusammen.

Meine Untersuchung!, dachte er dann aufgebracht. Jetzt ist es schon ihre Untersuchung! „Aber es ist doch eher u-unwahrscheinlich, dass Scheibner Borowsky aus welchen Gründen auch immer umbringt und dann die Tatwaffe ausgerechnet unter der Fußmatte seiner eigenen Wohnung versteckt. Zumal sie aus Borowskys eigenem Haushalt stammt. Das ergibt doch keinen Sinn.“

„Mann, Brinkhoff, das weiß ich auch!“, fuhr Plasberg ihn wütend an. „Trotzdem verheimlichen sie irgendwas und das ist im Moment die einzige Spur, die wir haben.“

Torsten Brinkhoff ließ ganz leise seinen Atem ausströmen. Am liebsten wäre er schreiend aus dem Büro gerannt. Die Frau hatte eine Laune!

„Ich werde sein Alibi überprüfen“, lenkte er ein.

Plasberg stellte sich vor die Pinnwand, wo sie mit einem schwarzen Filzschreiber schnell die Namen der Studenten neben das Foto von Borowsky schrieb. Scheibners Name fiel dabei etwas größer aus als die der beiden anderen und wurde mit einem dicken Fragezeichen versehen.

„Unsere ersten Verdächtigen“, konstatierte Brinkhoff ironisch und biss wieder in sein Brötchen, aber Plasberg ließ sich nicht beirren.

„Können Sie gleichzeitig denken und kauen?“, fragte sie, wartete aber Brinkhoffs Antwort nicht ab. „Versuchen Sie wenigstens, mir gedanklich zu folgen. Borowsky hatte die Wohnungstür nicht abgeschlossen, richtig?“ Ihr Kollege nickte gereizt. „Er hat am Abend seines Todes Besuch bekommen. Dazu passt, dass Ansgar Fischer gegen halb neun Uhr im Hausflur ein Klingeln und Schritte im Treppenhaus gehört haben will, auch wenn ich seine Aussage mit Vorsicht genieße. Dafür spricht auch, dass es keine Hinweise auf Gewaltanwendung an der Wohnungstür gibt. Die Kärnter hat außerdem ein Poltern gehört, was bedeuten kann, dass er und sein Besuch sich gestritten haben könnten. Entweder also kannte Borowsky seinen Mörder und hat ihn hereingelassen …“

„Oder?“

„Von der Kärnter wissen wir, dass niemand ihren Schlüssel entwendet haben kann. Also hatte der Mörder vielleicht einen eigenen Schlüssel.“

„Ein Freund, von dem wir nichts wissen? Der Pflegedienst, wenn es ihn gab?“

„Zum Beispiel. Vielleicht auch unsere Studenten. Vielleicht haben sie ihm mal während eines Urlaubs die Blumen gegossen und einen Nachschlüssel behalten …“

Brinkhoff schüttelte entschieden den Kopf. „Warum sollten sie das tun, es sei denn, die drei oder einer von ihnen hätte den Mord von langer Hand geplant? Außerdem war B-Borowsky krank. Der war in den letzten Monaten bestimmt nicht im Urlaub. Und warum sollte jemand, der einen Schlüssel hat, vorher klingeln?“

Plasberg nickte seufzend, setzte sich zurück an ihren Schreibtisch und blätterte in Axel Borowskys Adressbuch.

In ungelenken Blockbuchstaben waren auf mehreren Seiten Einträge vermerkt; die meisten allerdings schon ziemlich verblasst. Neuere Einträge gab es nicht. Alles in allem ungefähr vierzig Namen, komplett mit Anschriften und Telefonnummern, manche sogar mit E-Mail-Adressen. Bevor ihn seine Erkrankung in die Knie gezwungen hatte, schien Borowsky ein sehr gewissenhafter, ordentlicher Mensch gewesen zu sein.

„Sind die Eltern schon informiert?“

Maria Plasberg schüttelte den Kopf. „Nicht mehr nötig. Der Vater ist vor zehn Jahren gestorben, die Mutter vorletztes Jahr. Ich hab schon unseren Computer befragt. Aber es gibt eine ältere Schwester.“ Sie wühlte in dem Zettelwust auf ihrem Schreibtisch. „Name: Nadja Auermann.“

„Das M-Model?“, fragte Brinkhoff. Fast wäre ihm sein letzter Bissen Brötchen im Hals stecken geblieben.

„Was für ein Model?“, fragte Plasberg zurück.

Torsten Brinkhoff rollte die Augen. „So eine große Blonde. Eins der zehn bestbezahlten Supermodels!“

„Nie gehört. Aber im Gegensatz zu Ihnen habe ich auch keine Zeit, Modezeitschriften zu lesen. Ist sie um die fünfzig und wohnt in Köln-Nippes?“

Brinkhoff schnaubte belustigt auf. „Nein, natürlich nicht. Eher Mitte dreißig, würde ich sagen. Und sie wohnt wahrscheinlich in Los Angeles oder Malibu oder so.“

„Dann wird es sich wohl nur um eine Namensgleichheit handeln. Ich werde da jedenfalls nachher vorbeifahren. Dann müssen wir uns noch um den Arbeitgeber kümmern. Ansgar Fischer hat behauptet, Borowsky sei Redakteur beim *Stadt-Anzeiger* gewesen. Die Kärnter glaubt auch, dass er was mit Journalismus zu tun gehabt hat. Das würde immerhin mit den Unterlagen übereinstimmen, die ich in Borowskys Wohnzimmer gefunden habe.“ Sie zog die Kladden, die sie am Tatort in ihre Handtasche gepackt hatte, hervor und warf sie Brinkhoff zu, der sie sofort durchblätterte.

„Stadtteilfest Severinsstraße, Altenstift Chorweiler … also ein Reporter für den Lokalteil?“

„Ich kenne den Chefredakteur der Zeitung, allerdings nur flüchtig. Wendsteiner, ein kleines Männchen mit schlechten Zähnen und nikotingelben Fingern, ein fürchterlicher Wichtigtuer“, sagte Plasberg angewidert. „Ich werde mich mit ihm in Verbindung setzen. Vielleicht kann er ja ein bisschen mehr Licht in Borowskys Charakter bringen. Außerdem habe ich zwei Beamte abgestellt, die sich bei den Anwohnern in den umliegenden Häusern umhören sollen, ob ihnen etwas Merkwürdiges aufgefallen ist zur Tatzeit. Und für Sie habe ich auch was Nettes.“ Plasberg kritzelte etwas auf ein Blatt Papier und schob es Brinkhoff hinüber. „Die Adresse des Hausarztes. Stand dick markiert auf der ersten Seite. Den dürfen Sie sich heute noch vornehmen.“

„Ich dachte, ich soll Scheibners Alibi überprüfen?“

Plasberg nickte, während sie zum Telefon griff. „Genau. Anschließend."

Es dauerte ein paar Sekunden, bis Brinkhoff klar wurde, dass Plasberg das Gespräch als beendet ansah. Eilig knüllte er die Brötchentüte zusammen und nahm seine Jacke.

„Schönen Feierabend", murmelte er beim Hinausgehen.

Plasberg reagierte nicht. „Dienstbeginn ist bei uns übrigens um sieben Uhr dreißig", gab sie ihm stattdessen noch mit auf den Weg.

Brinkhoff musste sich Mühe geben, die Tür hinter sich nicht zuzuknallen.

Auf dem Weg nach draußen wäre er um ein Haar mit Lutz Beerbaum zusammengestoßen, der hemdsärmelig Richtung Aufzug lief und einen Kaffee in seiner Hand balancierte. Da der Mann fast ebenso breit wie groß war, sah es aus, als ob ein Ball gemächlich den Flur hinunterrollen würde.

„Die Frau m-m-macht mich alle!", stöhnte Brinkhoff. „Wenn ich diesen Fall ohne Nervenzusammenbruch überstehe, hab ich was gut bei dir!"

Beerbaum klopfte ihm beruhigend auf die Schulter und verschüttete dabei die Hälfte seines Kaffees, der eine hässliche Pfütze auf dem Boden hinterließ, um die sich Beerbaum nicht kümmerte. „So schlimm wird es schon nicht sein."

„Ich bin ihr nicht pünktlich genug, sie hat was gegen m-meine Haare – als ob ich was dafür könnte, dass sie immer abstehen –, außerdem hält sie mich für unterbelichtet und lässt mich Handlangerdienste machen. Die Rosinen hält sie für sich zurück! Und sie hat durchblicken lassen, dass es ihr tausend Mal lieber wäre, wenn Vogt nicht krank wäre", platzte es aus ihm heraus.

„Es ist das erste Mal, dass du an einer Morduntersuchung beteiligt bist, und Vogt kennt ihre Arbeitsweise. Für Plasberg ist es unbequem, sich auf einen neuen Kollegen einzustellen", erinnerte ihn Beerbaum, während sie zusammen den Gang entlangliefen. „Oder wäre es dir lieber, wenn sie dich aus dem Fall herausnehmen würde?"

„Nein, natürlich nicht."

„Außerdem ist sie die Leiterin der MK. Sie bestimmt die Richtung der Ermittlungen – und trägt die Verantwortung dafür."
„Sie trägt auch die Verantwortung für mein zerkratztes Sofa!", erwiderte Brinkhoff empört und berichtete Lutz Beerbaum von seinem neuen Mitbewohner.
Beerbaum grinste amüsiert. „Die Katze wäre ohne dein gütiges Herz im Tierheim gelandet", sagte er schließlich. „Und du bist doch schon lange auf der Suche nach einer festen Beziehung."
„Aber doch nicht mit einem fetten Kater!"
Beerbaum lachte und bog in seine Abteilung ab. „Reiß dich zusammen, Torsten", wiederholte er seinen Ratschlag vom Morgen. „Plasberg ist gut, zumindest, was ihre Ermittlungsarbeit angeht. Von ihr kannst du noch was lernen."
Aber in Mitarbeiterführung ist sie eine glatte Null!, dachte Brinkhoff, während er in den Aufzug stieg.

Maria Plasberg ließ sich unterdessen mit dem Chefredakteur des *Kölner Stadt-Anzeigers* verbinden, allerdings mit wenig Erfolg. Seine Sekretärin teilte ihr mit, dass sich Herr Wendsteiner in einer Redaktionskonferenz befinde und unabkömmlich sei. Ob sich die Kommissarin nicht lieber an die Abteilung Öffentlichkeitsarbeit wenden wolle? Erst als Plasberg sie anblaffte, dass sie keineswegs die Absicht habe, an einer Führung durch das Haus teilzunehmen, sondern ihren Chef wegen der Ermittlungen in einem Mordfall befragen wolle, machte sie Fortschritte. Die Sekretärin notierte sich Plasbergs Nummer und zehn Minuten später rief Wendsteiner zurück.
Plasberg konnte Heinrich Wendsteiner nicht ausstehen. In der Vergangenheit war sie wiederholt mit Journalisten vom Lokalressort des *Stadt-Anzeigers*, aber auch anderer Blätter aneinandergeraten, die sich über ihren rüden Ton beschwert hatten, wenn sie an Informationen zu Fällen, die unter Plasbergs Kommando bearbeitet wurden, herankommen wollten. Da die Kommissarin die Zusammenarbeit mit der Presse meist als unnötig, zumindest aber als lästig empfand und ihr Kritik an ihren Umgangsformen erst recht unangenehm aufstieß, war ihr bei einer der letzten Begegnungen mit der Presse das Wort „Wa-

denbeißer“ herausgerutscht, und Wendsteiner – nachdem er von dem Zwischenfall erfahren hatte –, hatte dies zum Anlass genommen, sich an höchster Stelle über sie zu beschweren, was ihr natürlich einen Rüffel von ihrem Vorgesetzten eingebracht hatte. Dementsprechend unfreundlich war die Konversation zwischen den beiden, als sie seinen Rückruf entgegennahm.

„Sie!“, sagte der Chefredakteur. Plasberg konnte förmlich sehen, wie er am anderen Ende der Leitung ein Gesicht zog, als ob er in ein Stück faules Obst gebissen hätte. „Ich habe keine Zeit für Sie, Frau Plasberg, ich habe den Redaktionsschluss für die morgige Ausgabe im Nacken. Im Übrigen hatte ich gehofft, Sie wären zum Streifendienst abkommandiert worden. Also, was wollen Sie?“

Die Kommissarin ließ sich nicht einschüchtern. Sie war schon mit ganz anderen Leuten fertig geworden. „Herr Wendsteiner!“, erklärte sie. „Ich freue mich auch, Sie zu hören. Sagt Ihnen der Name Borowsky etwas? Axel Borowsky?“

Das zögerliche Schweigen am anderen Ende der Leitung signalisierte Plasberg, dass Wendsteiner überrascht war – oder zumindest Mühe hatte, sich zu erinnern.

„Einer meiner Mitarbeiter. Wieso?“, sagte er schließlich. Ohne dass er es wollte, mischte sich verhaltene Neugier in seine Stimme. Es kam selten genug vor, dass die Polizei etwas von der Presse wollte, und Maria Plasberg, die er für eine frigide, neurotische Zicke hielt, schon gar nicht. Die würde sich eher einen Fuß abhacken, als freiwillig mit ihm zu sprechen. Es musste also wirklich wichtig sein.

„Wofür war er zuständig?“

„Sie können Fragen stellen! Lokalredaktion, denke ich.“

„Geht das auch ein bisschen ausführlicher?“

„Ich wüsste nicht, wieso ich Ihnen gegenüber Auskunft über meine Mitarbeiter geben sollte, Frau Kommissarin“, erklärte er mit eisiger Stimme.

„Wieso? Das kann ich Ihnen sagen: weil Axel Borowsky im Moment in der Rechtsmedizin liegt und obduziert wird.“

„Ein Redakteur unserer Zeitung ist ermordet worden?“

„Sieht ganz so aus.“

Wendsteiner pfiff leise durch die Zähne und hantierte nervös mit einer halbleeren Tüte Hustenbonbons. „Na schön, kommen Sie vorbei", sagte er schließlich und legte auf. Einen Augenblick lang starrte er das schwarze Telefon auf seinem Schreibtisch an, dann rief er seine Sekretärin.

Eine halbe Stunde später saß Maria Plasberg in Wendsteiners Büro.

Der Chefredakteur war ein Mann der alten Schule. Während in anderen großen Medienunternehmen Männer mit Managerqualitäten und ebensolchem Aussehen die Sessel der Macht erobert hatten, war Wendsteiner geblieben, wie und was er immer war: eine unangenehme, schmierige Erscheinung. Die Zukunft mochte ihn hinwegfegen, aber noch bot er dem Zeitgeist Paroli. Gerade 1,70 Meter klein, trug er einen grauen Anzug, der ihm eine Nummer zu groß war und seinen Gesprächspartnern den Eindruck vermittelte, als versinke Wendsteiner jeden Moment in den Stofffalten. Unansehnliche Aschef lecken zierten die Vorderseite seines Jacketts. Seine beginnende Glatze versuchte der 53-Jährige dadurch zu kaschieren, dass er sich die Haare an den Seiten lang wachsen ließ und dann quer über den Kopf kämmte. Vom jahrelangen Kettenrauchen hatte seine Gesichtshaut einen fahlen und ledrigen Teint bekommen, seine Zähne einen gelblichen Belag und der Zeige- und Mittelfinger seiner rechten Hand waren nikotingefärbt. Lediglich seine wachen dunklen Augen, die Plasberg wie ein Insekt beobachteten, ließen darauf schließen, dass dem verbrauchten Körper ein Intellekt innewohnte, der durchaus in der Lage war, den aufreibenden Posten eines Chefredakteurs auszufüllen.

Wendsteiner bot der Kommissarin einen Kaffee an, den sie dankend ablehnte. Er selbst kippte schnell eine Tasse herunter, rumorte dann in seinem Schreibtisch, der die Ausmaße eines kleinen Ruderbootes besaß, kramte eine Zigarre aus der obersten Schublade, schnitt ein Ende ab, warf es in den Aschenbecher und zündete sie gemächlich an, bis sich ein Glutring gebildet hatte. Erst dann nahm er einen Zug und lehnte sich zurück.

Maria Plasberg verfolgte das Ritual angewidert und rümpfte die Nase. „In Ihren Büros herrscht noch kein Rauchverbot?"

Wendsteiner lachte amüsiert auf. „Das sind die kleinen Vorteile, die meine Position als Chefredakteur mit sich bringt. Natürlich herrscht hier Rauchverbot, dafür hat die Gewerkschaft schon vor Jahren gesorgt. Ich halte mich nur nicht daran. Sie rauchen nicht?"

„Nein. Nicht mehr", sagte Plasberg missmutig. Sie hatte sich das Rauchen vor Jahren mühsam abgewöhnt, mit Rücksicht auf die Kinder – nicht, dass es etwas genutzt hätte. Niklas, ihr Sohn, hatte trotzdem damit angefangen.

Wendsteiner schien seine Zigarre noch mal so gut zu schmecken und er blies einige Rauchringe in die Luft. „Meine Zeit ist begrenzt, wie Sie sicher verstehen werden", sagte er schließlich, wobei er Plasberg nicht aus den Augen ließ. „Also, was ist mit Borowsky passiert?"

„Wir haben heute Vormittag seine Leiche in seiner Wohnung gefunden. So wie es aussieht, wurde er erstochen."

Wendsteiner verzog keine Miene. „Und was habe ich damit zu tun?"

„Wir untersuchen im Moment das Umfeld des Opfers, Familie, Freunde, Arbeitgeber, um uns ein besseres Bild machen zu können. Sie kennen die Vorgehensweise der Polizei."

„War es Raubmord?"

„Wir stehen noch am Anfang der Ermittlungen", wich die Kommissarin aus. „Was veranlasst Sie zu dieser Vermutung?"

„Ach, kommen Sie, Frau Plasberg! Lassen wir die Spielchen", erwiderte Wendsteiner verächtlich. „Er war ein Homo, so viel wissen Sie bestimmt schon. Was liegt näher als anzunehmen, dass er sich einen Stricher geangelt hat und dabei an den Falschen geraten ist? Denken Sie nur an Mooshammer!"

Plasberg schüttelte den Kopf. „Im Gegensatz zu Mooshammer war Axel Borowsky keine alte, aufgetakelte und steinreiche Tunte. Und in seinem Zustand hat er wohl kein großes Interesse mehr an sexuellen Aktivitäten gehabt."

„In seinem Zustand?" Wendsteiner horchte auf. „Was meinen Sie?"

„Jetzt erzählen Sie mir nicht, dass Sie nichts bemerkt haben. Dass der Mann sterbenskrank war, war doch wohl offensichtlich!"

Der Chefredakteur verzog verärgert das Gesicht. „Wissen Sie eigentlich, wie viele Menschen in einer Redaktion arbeiten? Da kann ich mich nicht tagtäglich um das Aussehen jedes einzelnen Mitarbeiters kümmern. Außerdem war Borowsky seit einem halben Jahr krank geschrieben. Ich habe ihn zum letzten Mal im … warten Sie … März gesehen, kann aber auch April gewesen sein. Ich hatte allerdings keine Ahnung, dass er so schwer erkrankt war. Was hatte er denn?"

„Wir warten noch auf das Ergebnis der Rechtsmedizin, aber wir tippen auf Aids."

Wendsteiner nickte und ein schmales Lächeln umspielte seine Lippen. „Also doch. Es gab natürlich Gerüchte. Sie wissen ja, wie das im ‚hilije' Köln ist. Hier bleibt nichts geheim und vergessen wird hier auch nichts."

„Und ich dachte immer, in Köln heißt es ‚leeve und leeve losse'", konterte Plasberg. „Also, was für Gerüchte?"

Der Chefredakteur tippte ein paar Tasten seines Laptops an. Anscheinend hatte er sich nach ihrem Telefonat auf das Gespräch vorbereitet. „Bevor sich Borowsky endgültig hat krank schreiben lassen, hat er schon häufiger gefehlt. Immer wieder ein paar Tage. Das hat im August des vergangenen Jahres angefangen." Wendsteiner scrollte auf der Seite weiter nach unten. „Anfang September drei Tage krank, Ende September, Ende Oktober eine Woche, das hat sich so durchgezogen. Und wenn man weiß, dass er schwul ist … war … dann zählt man zwei und zwei zusammen. Ich habe mir das eine Weile angesehen und dann im Februar dieses Jahres auf Bitten des Ressortchefs Lokales ein Gespräch mit ihm geführt. Ich habe ihm deutlich zu verstehen gegeben, dass wir uns als eine der wichtigsten Zeitungen der Region keine Mitarbeiter leisten werden, auf deren kontinuierliche Anwesenheit und deren Input wir uns nicht verlassen können. Und dann kam im März eine Krankmeldung, die bis heute immer wieder verlängert wurde. Ich habe eigentlich auch nicht mehr damit gerechnet, dass er zurückkommt. Am liebsten hätte ich den Mann gefeuert."

„Und warum haben Sie es nicht getan?"

„Weil es verdammt schwierig ist, eine Kündigung während einer laufenden Krankmeldung vor einem Arbeitsgericht durchzubekommen. Darum!“ Der Chefredakteur schnaubte wütend auf.

Die Kommissarin ignorierte seine Verärgerung. Stattdessen stand sie auf und schaute sich in Wendsteiners Büro um. Überall hingen Fotografien, die den Chefredakteur zusammen mit Persönlichkeiten des öffentlichen Lebens zeigten: Wendsteiner mit Alfred Neven DuMont, dem Verlagsinhaber; Wendsteiner mit dem Oberbürgermeister und dem derzeitigen RP, Wendsteiner mit dem Leiter des Kölner Rosenmontagszuges. Da hatte wohl jemand ausgezeichnete Verbindungen – und eine Profilneurose.

„Wann ist Borowsky zum *Stadt-Anzeiger* gekommen?“

„Was? Warten Sie …“ Wendsteiner hatte Plasbergs gemächlichen Rundgang durch sein Büro mit wachsendem Unwillen beobachtet und studierte jetzt erneut seine Eintragungen. „Ist schon einige Zeit her. Er hat vorher beim *Express* gearbeitet und ist dann hier in die Lokalredaktion gewechselt. Warum?“

Die Kommissarin ließ die Gegenfrage unbeantwortet. „Waren Sie zufrieden mit ihm?“

„Sie meinen abgesehen von seinen häufigen Krankmeldungen?“

Plasberg nickte.

„Seine Arbeit war … zufriedenstellend, soweit ich weiß“, erklärte Wendsteiner zurückhaltend und betrachtete eingehend die Glut seiner stinkenden Zigarre.

In diesem Moment klopfte es an der Tür und Wendsteiners Sekretärin steckte den Kopf zur Tür hinein. „Das Layout für morgen wartet“, erinnerte sie ihn und sah Plasberg bedeutsam an.

„Ja, ja, gleich!“ Wendsteiner winkte seine Sekretärin ungeduldig hinaus und seufzte. „Ich kannte Borowsky wirklich nicht besonders gut. Aber mein Eindruck war, dass er so ein Weltverbesserertyp war. Er hatte Ambitionen auf den politischen Teil, wie die meisten Journalisten, die glauben, sie hätten eine Message, die sie den Lesern unbedingt mitteilen müssen. Sie wissen schon, beeinflusst von der Bürgerrechtsbewegung in der ehemaligen DDR, aktiv in der Wendezeit, soweit ich mich erinnere, immer Begriffe wie Freiheit, Solidarität und Demokratie auf den Lippen.“

„Richtig!“, sagte Plasberg. „Er ist ja in Erfurt geboren – und was heißt aktiv in der Wendezeit?“

Wendsteiner zuckte die Schultern. „Ich glaube, er war ’89 an den Montagsdemonstrationen in Leipzig beteiligt. Aber da müssen Sie seine Kollegen fragen oder seinen direkten Vorgesetzten, die hatten näheren Kontakt.“

„Sein politisches Engagement scheint Sie nicht besonders beeindruckt zu haben.“

„Wenn jemand keine besonders gute Schreibe hat, dann sind mir seine politischen Ideale egal, vor allen Dingen, wenn er im Lokalteil beschäftigt ist. Jeder hat hier klein anzufangen und sich seine Sporen zu verdienen. Und Borowskys Artikel strahlten eine gewisse Lustlosigkeit aus, wenn Sie verstehen, was ich meine.“

„In seinen Unterlagen zu Hause waren Textentwürfe über Berichte zur Grundsteinlegung eines Altenstifts in Chorweiler und eines Stadtteilfestes in der Severinsstraße.“

„Genau das meine ich. Mit so etwas fängt man hier an. Und wenn man sich dann bewährt, werde ich mir überlegen, ob man den Mitarbeiter vielleicht auch für andere Aufgaben einsetzen kann.“

„Und bei Borowsky haben Sie diese Überlegung nicht angestellt?“

„Nein. Seine Artikel hatten so einen gewissen ironischen Unterton. Zwischen den Zeilen konnte ich herauslesen, dass er sich zu Wichtigerem berufen fühlte und seine damalige Aufgabe nicht besonders ernst nahm. Miserable Einstellung für einen Journalisten.“ Zerstreut verteilte Wendsteiner Asche auf seiner Krawatte.

Die Kommissarin überlegte. Wenn jemand der Meinung war, er habe etwas Besseres verdient, handelte er sich oft den Unmut seines Umfeldes ein, vor allen Dingen, wenn er diese Einstellung auf den Lippen trug oder wie Borowsky auf andere Weise zur Schau stellte. „Hatte der Mann irgendwelche Feinde? Kollegen, die ihn nicht mochten?“

„Und ihn deshalb umgebracht haben?“ Wendsteiner zog die Augenbrauen nach oben. „Sie haben eine blühende Fantasie, Kommissarin.“

Plasberg seufzte innerlich. Der Chefredakteur fiel ihr mit seiner herablassenden Art zunehmend auf die Nerven. Leute wie er waren schuld daran, dass sie mit der Presse nichts zu tun haben wollte. „Woran hat Borowsky gearbeitet, bevor er endgültig krank wurde?"

„Das weiß ich wirklich nicht, Frau Plasberg."

Die Kommissarin ließ sich nicht beirren. „Wird so was nicht irgendwie registriert? Ich meine, Sie verteilen doch die Aufgaben an die einzelnen Redakteure? Wissen Sie dann nicht, wer gerade mit welcher Sache beschäftigt ist?"

Wendsteiner grinste belustigt über die Ahnungslosigkeit der Kommissarin bezüglich der Hierarchien einer Tageszeitung. „Ich bin der Chefredakteur eines überregionalen Blattes", sagte er und Plasberg hatte den Eindruck, dass er sie am liebsten Schätzchen genannt hätte. „Für so etwas sind die Ressortchefs der einzelnen Abteilungen zuständig, in diesem Falle der Redaktionsleiter Lokalnachrichten, Kopischke. Da der aber zurzeit auf Dienstreise ist, sollten Sie sich an seinen Stellvertreter Stumping wenden. Vielleicht kann der Ihnen weitere Einzelheiten über Borowsky sagen, immerhin hat er tagtäglich mit ihm zusammengearbeitet."

„Schön. Und wo kann ich den Mann finden?"

Wendsteiner drückte einen Knopf an seinem Telefon und bat seine Sekretärin, Plasberg zu Arnold Stumping zu führen. „Ich habe in zehn Minuten ein Hintergrundgespräch mit dem Ministerpräsidenten. Kann ich sonst noch irgendwie weiterhelfen?" Sein Ton drückte aus, dass er der Meinung war, schon mehr als genug für Plasberg getan zu haben.

„Sie dürfen sich für weitere Fragen zur Verfügung halten", erwiderte die Kommissarin mit einer gewissen Genugtuung, als sie das säuerliche Gesicht des Chefredakteurs sah. Diese Runde ging an sie.

Wendsteiner erholte sich jedoch schnell. „Aber natürlich. Wie wäre es übrigens, wenn Sie meine Mitarbeiter als Gegenleistung für meine freizügigen Informationen ausnahmsweise über Ihre Ermittlungen in diesem Fall auf dem Laufenden halten?", fragte er süffisant und klopfte, während er die Kommissarin verabschiedete, auf seinem Sakko herum, um die Asche loszuwerden. „Diesmal hat der *Stadt-Anzeiger* ja sozusagen ein persönliches Interesse an der Aufklärung des Mordes."

„Die Anteilnahme am tragischen Schicksal eines Mitarbeiters, den Sie am liebsten gefeuert hätten?", gab Plasberg schlagfertig zurück und schulterte ihre Handtasche. „Natürlich werde ich Ihre Mitarbeiter informieren, genauso detailliert wie immer." Sie nickte dem Chefredakteur kurz zu, übersah geflissentlich dessen ausgestreckte Hand und folgte seiner Sekretärin durch die Redaktion.

Jetzt, am späten Nachmittag, wurde es in den Großraumbüros zunehmend hektischer, je näher der Redaktionsschluss rückte. Faxgeräte surrten, Telefone klingelten und Redakteure hämmerten eifrig auf ihre Tastaturen. Das beruhigende Plätschern der Brunnenanlage im Innenhof des Zeitungsverlags, das durch die gekippten Fenster hereindrang, klang bei dieser Geräuschkulisse ein wenig deplatziert.

„Was ist los?", fragte Plasberg die Sekretärin des Chefredakteurs, während sie die hochroten Köpfe und angespannten Mienen einiger Journalisten im Vorbeigehen betrachtete. „Ist etwas schiefgelaufen?"

„Ach, das ist ganz normal", bekam sie mit einer abwinkenden Handbewegung zur Antwort. „Änderung in letzter Minute. Der Chef hat sich entschieden, in der morgigen Ausgabe einen anderen Aufmacher zu benutzen. Wir werden die Titelseite und den Wirtschaftsteil umstellen müssen."

An den Schreibtischen der Lokalredaktion ging es nur wenig ruhiger zu. Arnold Stumping, der stellvertretende Ressortleiter Lokales, ein hochaufgeschossener, schlanker Mann in den Vierzigern, mit dunklen Haaren, modischem Dreitagebart und einem ausgesprochen sportlichen Aussehen, empfing die Kommissarin, indem er sie zu sich winkte, während er hemdsärmelig in ein Telefon sprach und mit der anderen Hand die Computertastatur vor sich bearbeitete. Er beendete beide Tätigkeiten kurz darauf und ließ sich erschöpft in seinen Bürostuhl zurücksinken. „Tut mir leid, kurz vor Redaktionsschluss sind alle immer ein wenig angespannt. Kommissarin Plasberg, nehme ich an? Wir zumindest kennen uns noch nicht – auch wenn ich schon viel über Sie gehört habe."

Plasberg nickte. Stumping schob einen Stoß Unterlagen zur Seite und bot der Kommissarin die frei gewordene Ecke seines Schreibtischs als Sitzplatz an. „Käffchen? Oder ein paar Muzemandeln? Es ist zwar noch ein wenig hin bis Karneval, aber meine Frau weiß, dass ich für die Dinger töten könnte, und backt hin und wieder außerhalb der Session welche."

Plasberg schüttelte den Kopf, während Stumping sich ein paar der mit Puderzucker bestäubten Gebäckstücke in den Mund stopfte und genießerisch das Gesicht verzog. „Sie sind also ein Karnevalist?", fragte sie und setzte sich.

„Mitglied bei den Blauen Funken und der Nippeser Bürgerwehr", erwiderte Stumping nicht ohne Stolz. „Kommt wahrscheinlich daher, dass ich in eine waschechte Kölner Familie eingeheiratet habe. Meine Frau war schon mit 15 Jahren Funkenmariechen. So was färbt ab. Und Sie?"

Plasberg hob die Augenbrauen. „Ich hab mal zu Beginn meiner Laufbahn als junge Streifenpolizistin zwei Jahre Dienst über die Karnevalstage gehabt. Das hat gereicht, um mir die Lust am Karneval für den Rest meines Lebens zu verderben."

Stumping sah sie ein wenig befremdet an, als könnte er nicht glauben, dass solche Begleiterscheinungen einem den Spaß am Feiern vermiesen konnten. „Sie sind übrigens bei meinen Kollegen nicht sonderlich beliebt, wissen Sie das?", sagte er schließlich.

„Berufsrisiko", antwortete Plasberg ungerührt.

Stumping grinste. „Sie wollen ein paar Dinge über Axel Borowsky wissen, hat mir der Chef gesagt?"

„Richtig. Erzählen Sie mir etwas über Borowsky."

Das Klingeln des Telefons unterbrach sie, aber Stumping ignorierte den Anruf. „Also stimmt es, dass er umgebracht worden ist?"

„Sieht ganz so aus." Plasberg studierte das Gesicht des Redakteurs aufmerksam, während sie seine Frage beantwortete.

Stumping seufzte und fuhr sich durch seinen dichten Haarschopf. „O Mann", sagte er. „Was für ein armes Schwein!" Er bemerkte Plasbergs fragende Miene und sagte: „Ich habe gewusst, dass er infiziert war. Ich meine, wie viel Pech kann man in seinem Leben eigentlich haben? Erst so was und dann fällt man auch noch einem Mörder zum Opfer. Das ist doch grotesk!"

„Sie beide kannten sich also näher?"

„Sie meinen, ob er und ich ...?" Stumping lachte auf und zeigte Plasberg den Ehering an seiner rechten Hand. „Wie gesagt, ich bin glücklich verheiratet, Frau Kommissarin. Sie sind auf dem falschen Dampfer. Borowsky und ich stammen aus derselben Ecke. Wir sind beide in Erfurt geboren und groß geworden. Nur bin ich schon ein paar Jahre vor dem Mauerfall in den Westen geflüchtet. Wir haben uns allerdings erst hier kennengelernt. Die einzigen Ossis in der Redaktion: das verbindet."

„Verstehe." Plasberg kramte ihren Papierblock aus der Handtasche und machte sich Notizen. „Wann hat er Ihnen von seiner Infektion erzählt?"

Stumping legte die Stirn in Falten. „Eigentlich gar nicht. Ich meine, er wollte es mir im Grunde nicht erzählen, aber ich habe zufällig ein Telefonat mitangehört, das er vom Schreibtisch aus mit seinem Hausarzt geführt hat, da ging es um Helferzellen und Viruslast. Da wusste ich sofort Bescheid und hab ihn unter vier Augen darauf angesprochen. Das war kurz bevor er dann endgültig krank wurde, im Februar, glaube ich."

„Helferzellen? Viruslast?" Plasberg hatte sich via Internet einen ersten Überblick über Aids und HIV verschafft und diese Begriffe in dem Zusammenhang erstmals gelesen. Wie kam es, dass jemand wie Stumping sich damit auskannte? Doch der stellvertretende Ressortleiter klärte die unausgesprochene Frage direkt auf.

„Das Kind einer Freundin meiner Frau ist vor Jahren durch eine verseuchte Blutkonserve während eines Rumänienurlaubes angesteckt worden. Furchtbare Sache. Autounfall. Das Mädchen bekam eine Bluttransfusion. Daher kenne ich mich ein bisschen mit der Terminologie aus ... das Kind ist inzwischen gestorben."

Plasberg erinnerte sich vage an den Skandal, der Ende der achtziger oder Anfang der neunziger Jahre für Aufruhr in den

Medien gesorgt hatte. Tausende Menschen, vor allem Kinder, waren infiziert worden. „Haben Sie Borowsky gemocht?", fragte sie.

„Er war ein ganz netter Kerl, aber außerhalb der Arbeit hatten wir keinen Kontakt. Ich meine, gemeinsame Vergangenheit hin oder her, hier im Westen haben wir ganz unterschiedliche Leben geführt. Ich habe meine Familie und meine Freunde und er ..." Stumping schwieg. „Er war eben schwul, da gab es keine großen gemeinsamen Interessen", sagte er dann. „Aber die Sache mit der Infektion, das hat mir wirklich leid getan. Einen solchen Tod verdient nicht einmal mein ärgster Feind."

„Hatte Borowsky denn Feinde?"

Stumping sah die Kommissarin mit großen Augen an. „Sie meinen hier in der Redaktion?"

„Ich meinte das allgemein."

Der Lokalredakteur überlegte. „Im Büro hat er ein paar Kollegen genervt, weil er ein kleiner Weltverbesserer und ein wenig naiv war. Er hat sich ein bisschen schwer damit getan, sich an den Konkurrenzkampf und die Ellenbogengesellschaft hier im Westen anzupassen. Letztendlich hat ihm vielleicht doch die Geborgenheit – oder besser: die Sicherheit – gefehlt, die man in der DDR irgendwie auch hatte. Aber Feinde? Nein."

„Und wie passt das mit seinem Engagement bei den Montagsdemonstrationen zusammen?"

Stumping lächelte. „Zigtausende sind damals mitgelaufen, Kommissarin. Und viele von denen haben nicht verstanden, dass Freiheit auch den Verlust ihrer vom Staat verordneten sozialen Sicherheit bedeuten kann. Borowsky war einer davon, denke ich."

Plasberg lenkte das Gespräch schnell wieder auf trittsicheres Gelände. „Wendsteiner hat mir gesagt, Borowsky habe sich in der Lokalredaktion unterfordert gefühlt, er hätte lieber für den politischen Teil geschrieben. Könnte es nicht sein, dass jemanden dieser Ehrgeiz hier gestört hat?"

Stumping zuckte mit den Schultern. „Stimmt schon, das hat Borowsky hin und wieder durchblicken lassen. Das war wohl ein Traum von ihm. Aber mal ganz ehrlich ... dafür fehlte ihm das Zeug. Und das haben auch alle Kollegen gewusst. Niemand in der Redaktion hat sich durch Borowsky an seinem beruflichen Weiterkommen gehindert gefühlt, das können Sie mir glauben. Dazu war er eine zu kleine Nummer. Und ganz im Vertrauen: Unter Wendsteiner wäre Borowsky nie etwas geworden. Der Chef ist ein reaktionärer alter Sack. Als der spitzgekriegt hat, dass Borowsky schwul ist, hat er ihn keines Blickes mehr gewürdigt."

„Wie hat er es denn herausbekommen?"

Stumping zuckte erneut mit den Achseln. „Borowsky ist damit zwar nicht hausieren gegangen, aber er hat es auch nicht gerade zu vertuschen versucht. Wäre ja auch lächerlich. Gerade in den Medien gibt es viele Schwule. Außerdem bleibt hier nichts geheim, Frau Kommissarin. Die Gerüchteküche kocht immer. Ist das bei der Polizei etwa anders?"

Nein, dachte Plasberg grimmig. Auch sie hatte eine ziemlich gute Vorstellung von dem, was im Polizeipräsidium über sie geredet wurde. „Was ist mit der Familie oder Freunden? Hat Ihr Kollege mal von denen gesprochen?"

„Von Freunden weiß ich nichts", erklärte Stumping bedauernd und dachte angestrengt nach, „aber er hat mal einen Neffen erwähnt, mit dem er sich wohl ganz gut verstand."

„Der Sohn seiner Schwester? Wissen Sie den Namen?"

„Dino ... Tino ... klang irgendwie italienisch, so weit ich mich erinnern kann. Aber mehr weiß ich nicht. Nur, dass die Familie seines Neffen auch in Köln wohnt."

Das stimmte mit dem überein, was die Kommissarin schon in Erfahrung gebracht hatte. Borowskys Familie hatte sie als Nächstes auf ihrer Liste stehen. Plasberg glaubte, fürs Erste genug gehört zu haben, hüpfte vom Schreibtisch und packte ihre Notizzettel wieder weg. „Eine Sache wüsste ich noch gerne", sagte sie. „Woran hat Borowsky gearbeitet, als er krank wurde? War das irgendetwas Ungewöhnliches?"

„Sie meinen, mehr als irgendein achtzigster Geburtstag oder das Richtfest eines neuen Kindergartens in Niehl oder Porz?" Plasberg nickte und Stumping rief einige Dateien in seinem Computer auf. „Schwer zu sagen", murmelte er, „das ist schon so lange her … Da!“ Stumping zeigte auf eine Eintragung auf dem Bildschirm, die Plasberg im ersten Moment überhaupt nichts sagte. „Die Krankmeldung kam am 14. März und … nein … hier … da ist es! … Wie interessant!“

„Was?“

„Das hatte ich völlig vergessen. Borowsky hat sich für Stadtteilgeschichte begeistert und Anfang des Jahres vorgeschlagen, in loser Folge Recherchearbeiten über einige Kölner Stadtteile zu veröffentlichen. Also ein etwas größeres Projekt. Kopischke fand die Idee ganz vielversprechend für den Lokalteil: Entstehungsgeschichte, wichtige lokalpolitische, stadtteilbezogene Ereignisse im Laufe der Geschichte, von der Römerzeit bis heute. Ich weiß noch, dass wir darüber diskutiert haben, mit welchem Stadtteil wir anfangen sollten. Ich war mehr für die Innenstadt, also das Gebiet um den Alter Markt und die Altstadt, weil es das älteste Siedlungsgebiet ist, aber Borowsky meinte, das wäre schon zu ausgelutscht. Darüber wüsste doch sowieso jeder Bescheid. Er wollte partout mit seinem eigenen Stadtbezirk anfangen. Kam mir ein bisschen ungewöhnlich vor.“

„Also Sülz und Lindenthal“, warf Plasberg nachdenklich ein. „Ist es denn zu einer Veröffentlichung gekommen?“

Stumping lachte und drohte Plasberg mit dem Zeigefinger. „Sie sind wohl keine Stammleserin, was, Frau Kommissarin? Ja, wir haben daraus eine ziemlich erfolgreiche Serie gemacht, den letzten Teil über Chorweiler haben wir vor ein paar Wochen veröffentlicht. Allerdings alles ohne Borowskys Beteiligung. Er hat zwar mit den Recherchen über Lindenthal angefangen, aber als er dann krank wurde, haben Worms und Antes die Sache übernommen. Und wir haben dann doch mit dem Innenstadtbereich angefangen.“

„Sie wissen also nicht, wie weit Borowsky mit seinen Recherchen vor seiner Erkrankung gekommen ist?“

„Da müssten sie die beiden Kollegen fragen, die auf seine Vorarbeit zurückgegriffen haben. Aber Andrea Antes ist zurzeit im Urlaub und Kajo Worms arbeitet mittlerweile für den *Spiegel*.“

„In Hamburg?“ Plasberg zog einen Flunsch, notierte sich aber trotzdem die Namen und Telefonnummern, die Stumping ihr gab. Das Ganze hörte sich nach einer Sackgasse an, aber man konnte nie wissen.

„Übrigens“, sagte der Lokalredakteur und stand ebenfalls auf, „wir haben hier noch ein paar persönliche Sachen von Borowsky. Ich weiß nicht, ob Sie die vielleicht sehen wollen?“ Er führte die Kommissarin zu einem Wandschrank, aus dem er einen Pappkarton herauskramte. „Hier sind seine persönlichen Dinge drin. Als klar wurde, dass Borowsky längere Zeit nicht wiederkommt, hat Kopischke seinen Schreibtisch anderweitig vergeben und seine Sachen hier zwischengelagert.“

Plasberg kniete sich auf den Boden und öffnete den Karton. Ein karierter Schal, ein Terminkalender, Schmierblätter, Kulis, Bleistifte, Textmarker in verschiedenen Farben, ein Radiergummi, ein angebrochenes Päckchen Kaugummis. „Nicht gerade eine Schatztruhe“, bemerkte sie. Dann fingerte sie vom Boden des Kartons ein Foto heraus, offensichtlich die Kopie eines Originals. Die schwarzweiße Originalfotografie war vergilbt und ziemlich zerfleddert und stammte offensichtlich aus einer Zeit, in der Bildaufnahmen noch nicht selbstverständlich zum Alltag gehört hatten. Die Kommissarin schätzte, dass sie in den zwanziger oder dreißiger Jahren entstanden war. Die Aufnahme zeigte eine Gruppe von Menschen, anscheinend eine Familie mit drei Kindern in unterschiedlichem Alter, die vor einem Haus standen, das der Kommissarin vage bekannt vorkam. Wenn man sich die Stuckverzierungen und den rankenden Wein wegdachte und die Häuser, die direkt angrenzten, und sich an der Fassade des Erdgeschosses Graffiti vorstellte … „Das ist das Haus, in dem Borowsky gewohnt hat!“, sagte sie überrascht. „Anscheinend noch vor dem Krieg aufgenommen, denn jetzt stehen nebenan andere Häuser und die Geschäfte sind auch nicht mehr da!“

Stumping betrachtete das Bild interessiert. „Meinen Sie? Vielleicht hat er es im Rahmen seiner anfänglichen Recherche irgendwo aufgetrieben?“, sagte er fragend. „Er wollte ja mit seinem Stadtteil anfangen. Ich nehme an, die Kollegen haben es für eine Art Familienfoto gehalten und deshalb bei seinen persönlichen Sachen gelassen."

„Nein, das kann nicht sein", erwiderte Plasberg kopfschüttelnd. „Borowsky stammt aus Erfurt, wie Sie mir noch mal bestätigt haben. Ich meine, wenn das seine … was weiß ich – Großeltern? – sind, was machen sie dann vor dem Haus, in dem er bis gestern gelebt hat? Da muss ein anderer Zusammenhang bestehen." Sie legte das Foto zurück, packte den Karton unter den Arm und dankte Stumping für seine Hilfsbereitschaft. Im Gegensatz zu ihrer Verabschiedung von Wendsteiner meinte sie es diesmal ernst.

Vier

Torsten Brinkhoff brauchte eine Weile, bis er die angegebene Adresse gefunden hatte. Die Praxis von Dr. Stefan Grassling lag in der Engelbertstraße, einer unscheinbaren Abzweigung in der Nähe des Zülpicher Platzes. Im Erdgeschoss des fünfstöckigen Bürokomplexes brannte Licht hinter den mit Lamellen verdeckten Fensterscheiben. In der Haustür spiegelte sich das Reklameschild und die dunklen Fenster von *Engelbät*, einer Studentenkneipe, die für ihre riesige Auswahl an Crepes bekannt war. Durch den offen stehenden Eingang quollen die Gitarrenriffe von *Deep Purple's* „Smoke on the Water" in voller Lautstärke auf die Straße, während ein muskelbepackter und tätowierter Bierlieferant *Sion*-Kölschfässer in die geöffnete Kellerluke hievte. Nebenan standen in einer Hofeinfahrt die überquellenden Müllcontainer des *Kaisers*-Supermarktes, dessen Eingang zum Ring hin ausgerichtet war. Vor dem Haus waren drei Blumenkübel aufgestellt, in denen ein paar Sträucher ihr tristes Dasein fristeten, umrahmt von rot blühenden Geranien, die die Köpfe hängen ließen. Aufgrund des anhaltenden Regens stellte Brinkhoff seinen Wagen nur ein paar Schritte entfernt ins Halteverbot neben *Gilbert's Pinte*, einer weiteren Veedelskneipe. Bisher hatte er noch nie ein Knöllchen kassiert; die Politessen ließen sich meist von seinem stotternden Charme und seiner gezückten Dienstmarke beeindrucken, wenn er gerade noch rechtzeitig angerannt kam, bevor sie einen Strafzettel unter den Scheibenwischern seines Autos befestigen wollten.

Axel Borowskys Hausarzt war in der schwulen Szene Kölns ziemlich bekannt, weil er eine der wenigen HIV-Schwerpunktpraxen in der Stadt betrieb. Selbst Brinkhoff hatte den Namen des Arztes schon gehört, aber noch nie seine Bekanntschaft gemacht. Zwei etwas gestresst wirkende Arzthelferinnen, die nur ein kurzes, mechanisches Lächeln für ihn übrig hatten, empfingen ihn an der Rezeption. Als Brinkhoff erklärte, dass er nicht in die Sprechstunde wollte, sondern von der Kripo war, sahen sich die beiden überrascht an und baten ihn in einem Nebenraum, während eine von ihnen ins Sprechzimmer eilte, um den Arzt zu informieren.

Brinkhoff nahm auf der einzigen vorhandenen Sitzgelegenheit Platz, einer Liege, die mit Einwegpapier bedeckt war. Offenbar war er ins Labor verfrachtet worden, denn auf dem Regal an der gegenüberliegenden Wand entdeckte er einen Blutdruckmesser und eine ganze Batterie von Röhrchen, in die vermutlich die entnommenen Blutproben kamen. Darüber waren in großen Schubfächern Einwegspritzen, Kanülen, Kompressen und Pflaster sortiert. Brinkhoff fühlte sich unwohl. Jedes Mal, wenn er eine Arztpraxis oder ein Krankenhaus betrat – und sei es nur zu Besuch –, bekam er hypochondrische Anfälle. Tatsächlich begann er in diesem Moment ein Ziehen in seinem linken Bein zu verspüren, das den Oberschenkel hinaufwanderte und sich bis in seine Hüfte ausbreitete. Wahrscheinlich hatte er als Kind zu häufig Krankenhäuser von innen gesehen, als sein Vater über Wochen und Monate vergeblich versuchte, gegen den Prostatakrebs anzukämpfen, und die eingebildeten Beschwerden, die ihn heute immer wieder plagten, waren die Reste eines kindlichen, unbewussten Abwehrreflexes.

Bevor er sich jedoch näher mit seinen Symptomen befassen konnte, wurde die Tür des Labors geöffnet, und ein Mann mittleren Alters streckte ihm zurückhaltend, aber doch neugierig die Hand entgegen.

Dr. Grassling trug eine teure, randlose Brille, dunkle, kurz geschnittene Haare, in denen das Grau begann, sich durchzusetzen. Sein Gesicht war blass und die eng zusammenstehenden Augen machten einen müden Eindruck.

Nicht gerade besonders Vertrauen erweckend, dachte Brinkhoff, als er sich vorstellte und mit seiner Dienstmarke auswies. Aber vielleicht täuschte er sich auch.

Das Wartezimmer, in das Brinkhoff im Vorbeigehen einen kurzen Blick hatte werfen können, war immerhin bis auf den letzten Platz besetzt. Ein ununterbrochener Chor von Schniefen, Husten und Niesen war aus dem Raum gedrungen.

„Die Kriminalpolizei habe ich nicht häufig zu Besuch“, sagte der Arzt. „Was kann ich für Sie tun? Die Praxis ist heute ziemlich voll.“

„Es wird nicht lange dauern“, erwiderte der Kommissar. „Es geht um einen Ihrer P-Patienten. Axel Borowsky.“

Dr. Grassling schien seine Klientel gut zu kennen, denn bei der Nennung des Namens nickte er sofort. „Was ist mit ihm?“

„Er ist tot.“

Der Arzt blickte ihn erstaunt an. „Ich verstehe nicht. Wieso informiert mich die Polizei von seinem Tod? Normalerweise wäre der zuständige Pflegedienst doch …“

„Herr Borowsky ist heute Morgen ermordet in seiner Wohnung aufgefunden worden“, informierte ihn Brinkhoff. „Und der Pflegedienst ist einer der Punkte, über die ich mit Ihnen sprechen möchte.“

„Ermordet?“ Dr. Grasslings Müdigkeit war wie weggewischt. „Wie? Von wem?“

„Zwei Messerstiche. Einer in die Brust, einer in den Bauch. Den Täter versuchen wir gerade zu ermitteln.“

„Moment!“ Grassling riss die Tür des Labors noch einmal auf und rief seinen Helferinnen zu, dass er nicht gestört werden wolle. Danach widmete er seine Aufmerksamkeit wieder dem Kommissar. „Mein Gott, das ist ja tragisch. Der arme Kerl.“

Brinkhoff räusperte sich. „Wir stehen noch am Anfang der Ermittlungen“, sagte er. „Deshalb wäre ich Ihnen dankbar, wenn Sie mir so viel wie möglich über Borowsky erzählen könnten.“

Grassling schüttelte unentschlossen den Kopf. „Ich weiß nicht“, antwortete er. „Sie verstehen sicher, dass ich unter ärztlicher Schweigepflicht stehe.“

Brinkhoff seufzte. Das Zögern der Ärzte, wenn es um Details aus dem Privatleben ihrer Patienten ging, war ihm nicht neu. Aber er brauchte Informationen, wenn er den Tod des Mannes aufklären wollte. Grasslings Rückzug auf die Schweigepflicht ließ sich notfalls unter Hinweis auf die Möglichkeit weiterer Verbrechen umgehen, doch Brinkhoff versuchte es erst einmal ohne diese kleine Notlüge.

„Doktor, dass Borowsky Aids im Endstadium hatte, war nicht zu übersehen“, sagte er ungeduldig. „Aus dem desolaten Zustand des Opfers und den Medikamenten am Tatort hat der Notarzt seine eigenen Schlüsse gezogen. Sie würden uns damit also kein Geheimnis verraten. Und um ehrlich zu sein, interessiert mich auch mehr Borowskys Umfeld, seine sozialen Kontakte, als der Verlauf seiner Krankengeschichte. Es wäre schön, wenn Sie in dieser Beziehung mit uns zusammenarbeiten würden.“

Grassling überlegte kurz und nickte dann zögernd. „Also gut. Aber ich werde Ihnen dabei nicht viel weiterhelfen können.“ Er fuhr sich durch die Haare. „Der Kollege hat natürlich recht“, sagte er. „Borowsky war am Ende. Über eine Million Viruskopien und der CD4-Status nicht mehr der Rede wert.“ Torsten Brinkhoff sah den Arzt fragend an und Grassling erklärte ihm in wenigen Worten, dass beide Werte eine – wenn auch nicht die einzige – Aussage über den Zustand des Immunsystems darstellten, das bei Borowsky praktisch zusammengebrochen und nicht mehr vorhanden war. „Er war austherapiert und das wusste er auch. Die letzte Kombinationstherapie war, soweit ich mich erinnere, die vierte, und sie hat nichts mehr gebracht außer weiteren Nebenwirkungen. Er konnte sein Gewicht nicht mehr halten, hatte eine Pilzinfektion in Magen, Darm und Speiseröhre und andauernde Durchfälle. Ich habe zwar künstliche Ernährung angesetzt, aber …“ Grasslings Worte versiegten und er schaute zu Boden. „Zusätzlich ist vor einem halben Jahr ein schnell wachsendes Karzinom in seiner Lunge diagnostiziert worden. Chemotherapie wäre ein probates Mittel gewesen im Normalfall, aber Borowsky hätte diese Behandlung nicht überlebt. Er hat nur die Wahl gehabt, entweder an der Chemotherapie oder an den Auswirkungen von Aids und Krebs zu sterben. Im Grunde genommen ein armes Schwein. Das Einzige, was ich noch für ihn tun konnte, war, eine Schmerztherapie anzusetzen."

Brinkhoff blickte sein Gegenüber betroffen an. „Aids und Krebs? M-Manche Leute trifft das Schicksal wirklich hart. Ist das nicht sehr ungewöhnlich?"

„Die Krebserkrankung könnte durch den HI-Virus beschleunigt worden sein. Herr Borowsky war wohl auch genetisch vorbelastet. In seiner Familie hat es schon vorher Krebserkrankungen gegeben. Sein Vater, wenn ich mich recht erinnere."

Brinkhoff musste unwillkürlich an seinen eigenen Vater denken. „Verstehe. Wie lange hätte er noch gehabt, Ihrer Meinung nach?"

Der Arzt lachte kurz auf. „Sie werden niemals einen Arzt kennenlernen, der sich freiwillig auf ein Todesdatum für einen Patienten festlegt. Aber lassen Sie es mich so formulieren: Es hätte mich gewundert, wenn er den Jahreswechsel erlebt hätte."

„Und jetzt haben wir Ende September", murmelte Brinkhoff. „Das heißt also, er war regelmäßig bei Ihnen in Behandlung?"

„Einer meiner ältesten Patienten. Er kommt … kam … bestimmt seit zehn oder elf Jahren zu mir."

„So lange?"

Grassling lächelte erneut. „Heutzutage können Sie mit Aids alt werden, wenn Sie Glück haben. Es ist zwar unheilbar, aber dank der verschiedenen Kombinationstherapien zu einer chronischen Krankheit geworden. Ich habe inzwischen HIV-Patienten, die sich in die Rente verabschiedet haben, und zwar, weil sie das reguläre Rentenalter erreicht haben und nicht, weil ihnen das Virus den Garaus zu machen droht."

„Aber bei Axel Borowsky war das nicht so."

„Nein. Leider nicht", seufzte der Arzt. „Trotz aller medizinischen Fortschritte kann die Infektion immer noch tödlich sein."

„Sie haben gerade gesagt, dass Sie bei Borowsky eine Schmerztherapie angesetzt hatten. Die Morphiumtabletten, die wir in seiner Wohnung gefunden haben, gehörten dazu? MST 20?“

Der Arzt blickte erstaunt auf. „MST? Nein, ich habe kein MST verordnet, das weiß ich genau. Borowsky hat Durogesic-Pflaster erhalten.“

„Wo ist der Unterschied?“, fragte der Kommissar verwirrt.

„Sie meinen abgesehen von der Darreichungsform? Einfach gesagt, MST ist ein Morphinpräparat und diese Durogesic-Pflaster, deren Wirkstoff subdermal, also über die Haut aufgenommen wird, basieren auf Fentanyl. Das ist ein synthetisches Opioid, das erheblich stärker ist als Morphin. Man klebt diese Pflaster einfach auf den Körper und sie wirken bis zu 72 Stunden schmerzlindernd oder schmerzstillend, wenn der Patient richtig eingestellt ist.“

„So ein Pflaster haben wir aber nicht gefunden.“

„Das wundert mich nicht. Der Pflegedienst muss sie in seinem BTM-Schrank unter Verschluss halten. Durogesic-Pflaster fallen unter das Betäubungsmittelgesetz. Genauso übrigens MST-Tabletten.“

„Nein, ich meine, dass auch Borowsky, als wir ihn gefunden haben, keines dieser Pflaster am Körper trug – und das hätte doch bei einer Schmerztherapie eigentlich so sein müssen, oder?“

„Ja“, erwiderte der Arzt langsam. „Das hätte so sein müssen.“ Er griff zum Telefon. „Moment. Ich werde mich von meinen Sprechstundenhilfen mit dem Pflegedienst verbinden lassen. Dann können wir das klären.“

„B-Bitte nicht!“, unterbrach Brinkhoff schnell. „Wir machen das. Ich meine, die Polizei kümmert sich jetzt um diesen Fall.“

„Oh, verstehe.“ Der Arzt legte das Telefon beiseite.

„Wann haben Sie Ihren Patienten zuletzt gesehen?“

Dr. Grassling zuckte die Schultern. „Wahrscheinlich letzte Woche bei meinen Hausbesuchen. Augenblick …“ Er drehte sich um und drückte den Knopf neben einem kleinen Lautsprecher in der Wand. „Die Akte Borowsky, bitte.“

„Sie machen Hausbesuche?“ Brinkhoff war erstaunt. Es gab nicht mehr viele Ärzte, die diese Mühe auf sich nahmen.

„Nennen Sie es die Reste meines beruflichen Idealismus“, erwiderte Grassling. „Es kostet mich zwar einen Haufen Zeit, verlängert zweimal die Woche meinen Arbeitstag um vier bis fünf Stunden und ist ein defizitäres Geschäft, aber … danke, Sandra!“ Er unterbrach sich, nahm die Patientenakte in Empfang und blätterte ein paar Eintragungen durch. „Hier können Sie übrigens sehen, wie schlecht es Borowsky ging“, sagte er plötzlich und hielt Brinkhoff einen Laborbericht unter die Nase. „Wie ich schon sagte, über eine Million Viruskopien, mit steigender Tendenz.“ Dr. Grassling zog eine Röntgenaufnahme hervor und hielt sie provisorisch gegen eine Lampe. „Hier, sehen Sie den Fleck auf dem rechten Lungenflügel? Das ist das Karzinom … und da und dort erste Metastasen.“ Der Arzt blätterte weiter in der Akte. „Gewöhnlich habe ich einmal die Woche nach Herrn Borowsky geschaut, immer donnerstags. Zuletzt vor einer knappen Woche. Donnerstag, den 21. September. Mein nächster Hausbesuch wäre morgen fällig gewesen.“

„War denn irgendetwas bei Ihrer letzten Visite anders als sonst? War Borowsky aufgebracht, nervös, ängstlich?“

Der Arzt schüttelte den Kopf. „Nein, eigentlich nicht … bis auf … nein …“

„Doktor?“

Grassling äußerte sich unangenehm berührt. „Es ist mir gerade erst wieder eingefallen, als wir darüber gesprochen haben, wie lange er noch zu leben hatte. Genau die Frage hat er mir vorige Woche gestellt.“

„Und was haben Sie geantwortet?“

„Das Gleiche, was ich Ihnen gesagt habe.“

„Wie hat er darauf reagiert?“

„Gar nicht, soweit ich mich erinnern kann.“

„Sie sagen einem Ihrer Patienten, dass er das nächste Jahr wahrscheinlich nicht mehr erleben wird, und er reagiert gar nicht darauf? Das finde ich schwer vorstellbar!“

Der Arzt runzelte verärgert die Stirn. „Was wollen Sie von mir, Herr Kommissar? Er ist nun mal nicht vor meinen Augen zusammengebrochen! Ich denke, dass ihn meine Antwort nicht sonderlich überrascht hat. Er hat ja durchaus bemerkt, was mit ihm geschieht."

Brinkhoff hob beschwichtigend die Hand. „Und ein Besuch pro Woche reichte aus?"

Dr. Grassling sah den Kommissar verständnislos an, den Gedankensprung seines Gegenübers hatte er nicht mitvollzogen. „Was meinen Sie?"

„Na ja, ein sterbenskranker Patient, ganz allein auf sich gestellt ... das ist doch etwas ungewöhnlich, oder? Ich hatte heute Morgen den Eindruck, dass er kaum noch imstande gewesen sein konnte, allein zu laufen."

„Er war zwar ein bisschen wackelig, aber sonst noch ganz gut auf den Beinen, als ich ihn letzte Woche gesehen habe. Auch dank der Therapie mit Durogesic. Außerdem ist er doch von einem ambulanten Pflegedienst versorgt worden. Die Krankenschwestern und Pfleger vor Ort haben mich auf dem Laufenden gehalten, wenn etwas Besonderes anlag. Eine Selbstversorgung stand natürlich außer Frage, schon seit Längerem."

„Ah ja, der Pflegedienst. In seiner Wohnung gab es keinerlei Hinweise auf eine ambulante Versorgung. Wir haben zwar einen Infusionsständer gefunden, die Ernährung, das Opfer trug eine Braunüle auf dem Handrücken, aber so etwas wie Unterlagen eines Pflegedienstes: Fehlanzeige."

„Ja, aber ..." Dr. Grassling sah Brinkhoff überrascht an. „Das ist doch völlig unmöglich! Von einer Kündigung des Pflegevertrags wäre ich doch in Kenntnis gesetzt worden! Dann hätte ich sofort eine Krankenhauseinweisung in die Wege geleitet."

„Haben Sie vielleicht die Adresse und Telefonnummer des betreffenden Dienstes?"

Grassling blätterte in der Akte von Borowsky und zog schließlich eine Visitenkarte heraus. „Es ist ein kleiner, stadtteilbezogener Pflegedienst, mit dem ich schon öfter zusammengearbeitet habe. Bisher immer ohne Probleme."

Brinkhoff bedankte sich und schob die Karte in die Hintertasche seiner Hose. „Was war Borowsky eigentlich für ein Mensch?", fragte er.

Der Arzt runzelte die Stirn. „Einer wie viele andere auch mit dieser Diagnose. Zuerst recht lebenslustig, aber im Laufe der Zeit, wenn sie merken, dass sie den Wettlauf mit dem Virus trotz allem nicht gewinnen können, immer verbitterter. Na ja, zugegeben, bis vor einem halben Jahr war er ganz guter Dinge, wie ich den Eindruck hatte, hin und wieder geradezu euphorisch, wollte irgendwelche Tatsachen zurechtrücken, wie er sich ausdrückte. Aber als dann auch noch die Krebsdiagnose kam …"

„Was für Tatsachen?"

Der Arzt zuckte mit den Schultern. „Keine Ahnung. Aber dann wurde sein Gesundheitszustand massiv schlechter, genauso wie seine psychische Stabilität. Manische Depressionen, kennt man ja bei diesem Krankheitsbild."

„Wussten Sie, dass er homosexuell war?"

Dr. Grassling schnaubte mehr oder weniger belustigt auf. „Was glauben Sie, wie viel Prozent meiner Patienten schwul sind, Herr Kommissar? Natürlich wusste ich, dass er schwul war. Was spielt das für eine Rolle?"

Torsten Brinkhoff machte erneut eine beschwichtigende Geste. „Das wissen wir noch nicht. Vielleicht keine. Was war mit seinem Umfeld? Freunde, Verwandte, Liebhaber?"

„Er hat als nächste Angehörige eine Schwester angegeben", sagte der Arzt nach einem weiteren Blick in die Akte. „Nadja Auermann. Ansonsten weiß ich nichts. Er war nicht besonders gesprächig, was seine Privatsphäre anging, und ich habe nicht danach gefragt. Wenn ich mich auch noch darum kümmern würde, könnte ich gleich rund um die Uhr arbeiten … früher kam er allein in die Sprechstunde, und als ich dann zu Hausbesuchen zu ihm gekommen bin, war er ebenfalls meist allein."

„Was heißt meist?"

„Na ja, es kam auch schon mal vor, dass jemand vom Pflegedienst gerade anwesend war, wenn ich zur wöchentlichen Visite vorbeikam. Ein Pfleger oder eine Krankenschwester."

„Er hatte keinen festen Partner?", bohrte Brinkhoff noch einmal nach.

„Wie ich schon sagte: Ich weiß es nicht!", erwiderte Grassling scharf. „Wenn er einen hatte, dann hat er ihn zumindest mir gegenüber nie erwähnt." Er machte eine kurze Pause und entschuldigte sich dann für seinen genervten Tonfall. „Tut mir leid. Aber ich habe im Moment einfach mehr zu tun, als gut für mich ist. Die Erkältungswelle hat dieses Jahr früher eingesetzt als sonst."

„Schon gut. Ich werde Sie auch nicht länger aufhalten." Brinkhoff stand auf und war im Begriff, sich zu verabschieden, als der Arzt ihn zurückhielt.

„Eine Frage, Herr Kommissar. Darf ich?"

„Bitte."

Dr. Grassling zögerte einen Moment. „Borowsky hätte nur noch ein paar Wochen zu leben gehabt. Wieso sollte ihn dann jemand umbringen? Ich meine … das hört sich jetzt vielleicht ein wenig makaber an … aber warum dann nicht einfach die biologische Lösung abwarten?"

Brinkhoff zuckte mit den Schultern. „Wenn wir das wüssten, wären wir seinem Mörder sicher ein ganzes Stück näher."

Auf dem Weg zu Milo Scheibners Fitnessstudio, dem Studenten aus der WG, ging ihm die Bemerkung des Arztes nicht aus dem Kopf und er erinnerte sich, dass er sich am Morgen, als er Borowskys Leiche gesehen hatte, das Gleiche gefragt hatte. Vor einigen Stunden war ihm als mögliches Motiv nur Hass eingefallen, Hass, der nicht abwarten wollte, bis die Natur ihr angefangenes Werk vollendete. Was aber, wenn der Mörder gar nicht gewusst hatte, dass Borowsky todkrank war?

Als er den Wagen in der Tiefgarage des Mediaparks abstellte, bemerkte Brinkhoff geistesabwesend, dass die Schmerzen in seinem Bein und seiner Hüfte verschwunden waren.

Während der Kommissar an dem künstlich angelegten kleinen See vorbeilief, auf dem ein paar festgezurrte Tretboote vor sich hin dümpelten, begann es dunkel zu werden und am Mediaturm sprang die bläuliche Abendbeleuchtung an. Brinkhoff musste daran denken, dass er vor einigen Wochen gegenüber seinem Chef Lutz Beerbaum erwähnt hatte, wie großstädtisch ihm diese Ecke Kölns gegenüber einigen anderen Vierteln vorkam, und mit welcher Häme Beerbaum ihm daraufhin über die Entstehungsgeschichte des Komplexes berichtet hatte. Mit der Errichtung dieses Parks auf dem ehemaligen Eisenbahngelände hatte die Stadt Köln nämlich großspurig ihren Anspruch untermauern wollen, das westliche Medienzentrum zu sein, aber es hatte lange gedauert, bis sich die entsprechenden Institutionen hier angesiedelt hatten. Den Anfang hatte ein riesiges Multiplexkino gemacht, danach war lange nichts geschehen, weil es finanzielle Schwierigkeiten der verschiedenen Investoren gab. Jahrelang hatte der Mediapark als Bauwüste aus halbfertigen Betongerippen brachgelegen und war zur Zielscheibe erst spöttischer und dann erboster Zeitungskommentare geworden. Getreu dem kölschen Motto „Et hät noch immer jot jejange" klärten sich jedoch die Probleme auf wundersame Weise im Laufe der Zeit und mittlerweile waren alle Gebäude fertiggestellt, sodass jetzt tatsächlich so etwas wie ein Medienkonglomerat entstanden war. Neben dem Kino hatte sich der Radiosender *Eins Live* einquartiert, die deutsche Zentrale von EMI residierte dort, es gab ein Literaturhaus, Verlage, Eventveranstalter, Kulturprojekte, aber auch das unvermeidliche Ärztezentrum, Hotels, Büros, überteuerte Eigentumswohnungen und Cafés.

„Holmes Place", Brinkhoffs Ziel, war oben in einem komplett verglasten Nebengebäude des Cinedomes untergebracht, sodass man während seiner sportlichen Betätigung freie Sicht auf das Innenleben des Multiplex-Kinocenters und einen herrlichen Blick über die Stadt hatte. Neben den üblichen Trainingsmaschinen eines Fitnessstudios gab es Aerobic-Kurse, Yoga, Pilates, eine Sauna, eine Bar und sogar einen Pool, das Ganze in einem eleganten Ambiente. „Holmes Place" gehörte ganz offensichtlich zur oberen Preisklasse der Sportstudios. Brinkhoff fragte sich, wie Milo Scheibner als Student sich den sicherlich horrenden Monatsbeitrag leisten konnte. Er als Beamter konnte das vermutlich nicht.

In diese missmutigen Gedanken versunken öffnete Brinkhoff die Eingangstür und wäre fast mit einem bärtigen jungen Mann zusammengestoßen, der auf dem Weg nach draußen war. Der Kommissar entschuldigte sich stotternd und reichte ihm die heruntergefallene Sporttasche, aber sein Gegenüber registrierte ihn kaum und lief sofort weiter. Brinkhoff sah ihm sehnsüchtig hinterher. Er hatte eine Schwäche für blonde, blauäugige Männer, auch wenn er das nie zugegeben hätte. Da waren zwei oder drei Affären in seiner Vergangenheit, an die er mit Wehmut zurückdachte.

Die Rezeption war erstaunlicherweise nicht besetzt. Brinkhoff zögerte, denn er hatte erwartet, dass zumindest irgendjemand ihn am Betreten des Studios hindern würde. Er nutzte die Gelegenheit und schlenderte weiter. Dabei warf er einen Blick in einen Übungsraum, in dem er knapp zwanzig Männer und Frauen jüngeren Alters ausmachen konnte, die ekstatische und seltsam anmutende Bewegungen und Schrittkombinationen zu wummernden Discobeats vollführten. Etwas erhöht auf einem kleinen Podium stand eine Blondine mit dicht geflochtenen Zöpfen und gab mit anfeuernder Stimme die nächsten Schritte vor. Ein Aerobic-Kurs. Brinkhoff wandte sich schaudernd ab. Er hatte dieser Art von körperlicher Gruppenbetätigung noch nie etwas abgewinnen können. Die choreografierten Bewegungen hatten für ihn immer etwas Marionettenhaftes, eine Art Karaoke-Kasperletheater. Der wahre Grund seiner Ablehnung bestand aber darin, dass er keinerlei Rhythmusgefühl besaß und sich vor Jahren, bei seinem einzigen Versuch, an einer Aerobic-Stunde teilzunehmen, bis auf die Knochen blamiert hatte, weil er ständig aus dem Takt geriet und die anderen Kursteilnehmer mit seinen unkoordinierten Bewegungen so behinderte, dass der Aerobic-Lehrer ihn anschließend gebeten hatte, erst dann wiederzukommen, wenn er seine Extremitäten besser unter Kontrolle hatte. Mit hochrotem Kopf und einem über Wochen angeschlagenen Selbstvertrauen war er aus der Stunde geflüchtet.

Mit dem Geräteraum konnte Brinkhoff schon eher etwas anfangen. Immerhin ging er selbst dreimal die Woche zum Training. Fachmännisch begutachtete er Marken und Zustand der Geräte, denn beides sagte etwas über die Qualität des Fitnessstudios aus. In diesem Falle waren es die allerneuesten Modelle, der Hersteller hatte einen guten Ruf. Die Geräte waren ordentlich gewartet und gepflegt. Der Boden war wohl etwas abgenutzt, aber sauber, und trotz des großen Andrangs im Raum war die Luft frisch und angenehm. Auch das Publikum passte in diesen Rahmen. Zwar waren die meisten Männer und Frauen, die sich hier abquälten, durchtrainiert und gut in Form, aber niemand machte den Eindruck, als hätte er seine Muskelkraft verbotenen Substanzen zu verdanken. Brinkhoff konnte nur wenige Ausländer ausmachen, aber dafür einige Schwule, deren Gesichter er schon mal in den einschlägigen Bars und Kneipen der Stadt gesehen hatten.

Einer der Männer bemerkte Brinkhoffs Ankunft, stutzte und ließ dann mit Getöse seine Hanteln auf den Boden fallen. Gleich darauf stand er neben Brinkhoff und begrüßte den Kommissar.

„He, Torsten, was machst du denn hier? Willst du jetzt endlich auch mal ein bisschen was für die Bauchmuskeln tun?", witzelte der kahl rasierte Mann, der ein enganliegendes Muskelshirt mit dem Aufdruck eines *tribal tattoos* trug und dazu eine blaue Jogginghose. Seine nackte Haut war überzogen mit einem feinen Schweißfilm. Auf der Brust baumelte ein iPod und im rechten Ohr des Mannes steckte ein Kopfhörer.

Fast hätte Brinkhoff ihn nicht erkannt. Sonst sah er Markus Clement nur in hochgekrempelter Domestos-Jeans, Boots und grüner Bomberjacke, wenn sie sich hin und wieder auf ein Bier in der Altstadt trafen. In Brinkhoffs Universum kam er dem, was man normalerweise als Freund bezeichnete, am nächsten – auch wenn sich ihre Bekanntschaft auf den Platz vor einem Tresen beschränkte und sich ihre Gespräche meist um belangloses Zeug drehten, das Brinkhoff zwei Stunden später wieder vergessen hatte. Tatsächlich hätte er auch nichts dagegen gehabt, wenn aus dieser Bekanntschaft etwas mehr entstanden wäre – und wenn es sich nur um eine Nacht gehandelt hätte –, aber Markus hatte derartige Absichten nie erkennen lassen und Torsten Brinkhoff war zu schüchtern, um sein Glück auf die Probe zu stellen.

„N-Nein", brachte er schließlich heraus. „Du weißt doch, dass ich auf der anderen Rheinseite trainiere. Der Weg hierhin wäre mir zu weit." Tatsächlich befand sich das Fitnesscenter, in dem er Mitglied war, in der Nähe des Polizeipräsidiums in Kalk, damit er nach Dienstschluss nur ein paar Straßen überqueren musste.

„Aha!“, nickte Clement, aber an seinem Gesichtsausdruck war abzulesen, dass er kein Wort verstand. „Und was machst du dann hier?“

„Ich bin … eh … dienstlich unterwegs.“

„Uuh! Schick!“, grinste Clement. „Verhaftest du gleich jemanden? Ja komm, mach mal, das hab ich bisher nämlich immer nur im Fernsehen gesehen!“

„Sei nicht bescheuert, Markus!“, erwiderte Brinkhoff genervt. „Sag mir lieber, wo hier jemand vom Personal rumspringt, mit dem ich mich mal unterhalten kann.“

Clement sah sich um und deutete auf einen schmächtigen Mann mit hellen Haaren und Dreitagebart, der über eine der Maschinen gebeugt war und einem Neuanfänger die Einstellung der Gewichte und die korrekte Körperhaltung erklärte. „Sascha steht normalerweise am Empfang, aber einer der Trainer ist kurzfristig ausgefallen. Worum geht's denn?“ Clement sah den Polizeibeamten neugierig an. „Ist was passiert?“

„Frag nicht so blöd. Glaubst du im Ernst, du bekommst darauf eine Antwort? Sei lieber ein bisschen kooperativ und hol mir unauffällig diesen Sascha nach vorne. Ich will den Betrieb hier nicht unnötig stören.“

Clement nörgelte noch ein wenig herum, trollte sich dann aber und machte den Angestellten des Fitnessstudios diskret auf die Anwesenheit der Polizei aufmerksam. Kurz darauf stand der Mann bei Brinkhoff an der Rezeption und fragte aufgeregt: „Wie sind Sie hier reingekommen? Wo ist Kati?“

„Ich habe keine Ahnung, wo Ihre Kollegin ist“, antwortete der Kommisar. „Vielleicht auf dem Klo?“

Der junge Mann seufzte genervt auf. „Niemals die Rezeption verlassen, habe ich ihr eingeschärft. Sonst kann jeder hier rein.“ Erst jetzt fiel ihm ein, dass er sich noch nicht vorgestellt hatte.

„Martens, Sascha Martens. Sie sind von der Polizei?“

„Kriminalpolizei“, erläuterte der Kommissar, ohne zu erwähnen, dass er bei der Mordkommission arbeitete. „Torsten Brinkhoff. Ich würde Ihnen gerne ein paar Fragen zu einem Ihrer Mitglieder stellen: Milo Scheibner."

Martens schüttelte den Kopf. „Sagt mir nichts. Worum geht es denn überhaupt?"

Brinkhoff ignorierte die Frage. „Er ist also hier kein Mitglied im Fitnesscenter?"

„Das kann ich so nicht beantworten. Da müsste ich erst in der Kartei nachsehen." Er deutete auf den PC hinter der Rezeption.

Martens schien einer von der langsamen Sorte zu sein. „Wären Sie dann vielleicht so freundlich …?" Brinkhoff setzte ein gewinnendes Lächeln auf.

„Eh … fällt das nicht unter Datenschutz?", fragte Martens zögernd. „Brauchen Sie dazu nicht irgendwie so ein offizielles Schreiben oder so? Ich meine, ich bin hier nur angestellt. Vielleicht wäre es besser, wenn Sie sich an den Geschäftsführer wenden. Der ist allerdings erst morgen Vormittag wieder da." Brinkhoff konnte Martens ansehen, dass er Angst hatte, seinen Job aufs Spiel zu setzen.

„Natürlich kann ich morgen mit einem ‚offiziellen Schreiben' wiederkommen. Aber ich bin mir sicher, dass das dann erheblich mehr Aufsehen erregt als meine kleine inoffizielle Anfrage jetzt", bluffte er.

Martens gab sich schnell geschlagen. „Schon gut", murmelte er und sucht die Datenbank nach den Mitgliederkarteien ab. „Schaller, Scharnhorst … Scheibner. Da ist er. Milo Scheibner. Mitglied bei uns seit neun Monaten. Hat den Studentenrabatt. Was ist mit ihm?"

„Können Sie mir sagen, ob er gestern Abend zum Training hier war?"

„Ich hatte zwar gestern Abend auch Dienst, aber ich kenne nicht alle unsere Mitglieder mit Namen … also, ich meine, ich kann nicht mit jedem Namen ein Gesicht verbinden. Dafür sind es echt zu viele, Kommissar."

„Mitte zwanzig, kurz geschorene Haare, etwas größer als Sie, durchtrainiert und er hat eine sichelförmige Narbe zwischen der linken Augenbraue und der Schläfe. Außerdem hat er eine ziemlich große Klappe", versuchte Brinkhoff ihm auf die Sprünge zu helfen. Er war froh, dass er Plasbergs Beschreibung von Scheibner so gut in Erinnerung behalten hatte.

„Oh, der!“, sagte Martens. „Jetzt, wo sie das mit der Narbe sagen … ja, der war hier. Der ist fast jeden Tag hier.“

„Können Sie sich noch an die Uhrzeit erinnern?“

„Ach du Scheiße. Sie können Fragen stellen! Hier geht es abends zu wie im Taubenschlag. Besonders nach Feierabend!“

„Also war er nach Feierabend hier?“

Martens zögerte. „Wahrscheinlich.“

Brinkhoff seufzte entmutigt. „Und Sie haben natürlich auch keine Ahnung, wann er gegangen ist? Erfasst Ihr System nicht die An- und Abmeldezeiten?“

Martens’ Gesicht verhärtete sich. Anscheinend war er nicht bereit, dem Kommisar weitere Auskünfte zu erteilen.

„Wie gesagt, ich kann auch morgen wiederkommen. In Uniform. Mit ein paar Kollegen“, drohte Brinkhoff.

Sascha Martens überlegte angestrengt. „Warten Sie“, knurrte er schließlich. „Daran kann ich mich auch so erinnern. Er ist so gegen halb sieben abgehauen. Wenn ich Spätdienst habe, mache ich um diese Zeit eine Zigarettenpause vor der Tür. Darf ich zwar eigentlich nicht, aber … dabei habe ich ihn weggehen sehen.“

Schau an!, dachte Brinkhoff überrascht. Plasberg hatte recht! Scheibner hatte nicht die Wahrheit gesagt. Selbst wenn man mitrechnete, dass er noch bei einem Chinesen sein Abendessen abgeholt hatte, hätte er eigentlich weit vor halb neun Uhr zu Hause aufkreuzen müssen, denn das Fitnesscenter lag nicht allzu weit von seiner Wohnung entfernt. Mit der Straßenbahn oder dem Fahrrad den Ring entlang und über den Aachener Weiher war es ein Weg von vielleicht fünfzehn Minuten. Er musste zwischendurch also noch woanders gewesen sein. Bei Borowsky?

„Sind Sie sicher?“, fragte er vorsichtshalber nach. Es ärgerte ihn maßlos, dass Plasbergs Instinkt sie nicht belogen hatte.

„Klar. Ich mache immer um halb sieben meine Zigarettenpause. Länger halten meine Lungen den Nikotinentzug nicht durch. Hat der Scheibner denn was ausgefressen?“

„Nein, wieso?“, fragte Brinkhoff unschuldig.

„Hören Sie, Sie kreuzen hier hochoffiziell auf, fragen nach einem unserer Mitglieder – ich bin auch nicht auf den Kopf gefallen!“, empörte sich Sascha Martens. „Außerdem kriegt man so einiges mit, wenn man hier acht Stunden an der Rezeption steht“, fügte er hinzu, und Brinkhoff hatte den Eindruck, dass Martens diese letzte Bemerkung eher aus Versehen herausgerutscht war.

„Und was bekommt man so mit?“, hakte er schnell nach.

Aber Martens hatte dicht gemacht und hob abwehrend die Hände. „Das war nur so dahergeredet. Vergessen Sie's.“

Der Kommissar versuchte es mit einer anderen Frage. „Wie hoch ist denn der Monatsbeitrag für Studenten?“

„Zurzeit achtzig Euro pro Monat im Jahresabo. Dafür können Sie die Sauna kostenlos besuchen und bekommen einen persönlichen Trainer, der Ihnen ein Programm zusammenstellt, das genau auf Ihre Belange zugeschnitten ist. Möchten Sie auch Mitglied werden?“ Bei der Aussicht, einen neuen Kunden gewinnen zu können, hellte sich Martens' Gesicht auf.

Brinkhoff pfiff leise durch die Zähne. Achtzig Euro! Milo Scheibner hatte entweder von Haus aus Geld oder einen wirklich einträglichen Nebenjob. Dankend verneinte er Martens' Frage. „Haben Sie eigentlich viele Studenten als Kunden?“, wollte er stattdessen wissen.

Martens schüttelte den Kopf. „Bei den Preisen?“, brummte er abweisend. Mehr war aus ihm erst mal nicht herauszubekommen.

Aber Brinkhoff hatte fürs Erste auch genug gehört. Außerdem war er plötzlich hundemüde und wollte nach Hause. Er bedankte sich bei dem Mann und hinterließ auch bei ihm seine Dienstnummer.

„Sehen wir uns nachher auf ein Bier?“, rief Clement ihm nach, als er sich zum Gehen wandte. „Ich wollte noch auf einen Sprung am Rudolfplatz vorbei, ins *Ex-Corner*!“

Brinkhoff schüttelte den Kopf. Mit dem jungenhaften Publikum der Bar konnte er nichts anfangen, außerdem war die Kneipe immer zum Bersten voll. Manchmal kam man kaum durch die Tür. „Tut mir leid, Markus, aber ich muss mich um meinen neuen Mitbewohner kümmern!" Er grinste breit, als er das erstaunte Gesichte von Clement sah.

Für den ersten Tag bei der Mordkommission hatte er sich doch ganz gut geschlagen, überlegte er auf dem Nachhauseweg. Plasberg war zwar ein Kotzbrocken, aber trotzdem musste er zugeben, dass er Gefallen an seiner neuen Aufgabe zu finden begann. Vielleicht war es ein wenig naiv gedacht, aber einen Mordfall zu bearbeiten, hatte etwas von einer Schnitzeljagd oder einem riesigen Puzzle, bei dem sein Kombinationsvermögen und seine Fähigkeit, logische Schlussfolgerungen zu ziehen, weitaus mehr beansprucht wurden, als das bei der Sitte jemals der Fall gewesen war. Ja, er war definitiv froh, bei dieser Ermittlung dabei zu sein.

Fünf

Maria Plasberg hatte einige Mühe, die Anschrift in Köln-Nippes zu finden, die sie Axel Borowskys Adressbuch entnommen hatte. Auch ein kurzer Halt und die Frage an eine Passantin hatten ihr nicht weitergeholfen.

„Kleine Wat-für-'en-Stroß, Liebelein?", hatte sie als Gegenfrage von einer älteren Dame kassiert, die damit beschäftigt war, während einer kurzen Regenpause akribisch das erste Herbstlaub auf dem Bürgersteig vor ihrer Wohnung zusammenzufegen.

„Hartwichstraße. Kleine Hartwichstraße."

„Es dat nit in Vingst? Isch mein, dat Hertha, minge Kusin, hätt mal doh jewohnt. Evver dat es uch schon zwanzig Johr her. Hingerher es dat dann nach Bilderstöckchen jezogen." Die Frau stützte sich auf ihren Besen und machte sich bereit für ein kleinen Schwätzchen. „War auch schön die Wohnung … mit Zentralheizung."

„Nein. Muss hier in Nippes sein", erwiderte Plasberg schnell und beschloss, doch auf ihre eigenen Ortskenntnisse zu vertrauen. Ein paar Mal war sie in ihrem alten, verrosteten Golf um den Block gefahren, hatte sich durch diverse Einbahnstraßen gefädelt, bis sie endlich die richtige Adresse in der Nähe der S-Bahn-Station entdeckte. Borowskys Schwester wohnte in einem unscheinbaren zweistöckigen Hinterhaus, dessen kleiner Vorgarten mit Maschendraht abgezäunt war und aus nichts als einer schmalen, holprig geteerten Fläche und einem winzigen Stück Rasen bestand, auf dem ein brauner Fußball lag.

Plasberg hüpfte durch das matschige Gras vor ihrem Wagen, um so schnell wie möglich aus dem immer noch niedergehenden Regen herauszukommen, und drückte auf die Klingel, neben der ein Namensschild mit der Aufschrift „Kaminsky/Auermann“ angebracht war. Schnell näher kommendes Hundegekläff antwortete ihr. Plasberg verzog unwillig das Gesicht. Sie hatte nichts übrig für Haustiere. Ihren Kindern erlaubte sie noch nicht einmal die Haltung von Goldfischen, auch wenn sie noch so bettelten. Sobald der Reiz des Neuen verflogen war, blieb die Versorgung der Viecher immer an den Eltern hängen und Plasberg hatte keine Lust und erst recht keine Zeit, mit einem Dackel dreimal am Tag Gassi zu gehen oder das Aquarium von einer Algenplage zu säubern.

Plasberg hörte eine laute Stimme, dann wurde die Tür aufgerissen und ein hoch aufgeschossener Junge starrte sie mürrisch an. Er war ungefähr im selben Alter wie ihr Sohn Niklas und hatte einen wirren Haarschopf, dessen Farbton ihrer eigenen Haarfarbe sehr nahe kam, aber definitiv künstlich erzeugt worden war. Im Gegensatz zu Niklas schienen diesen jungen Mann die Auswirkungen der Pubertät jedoch noch voll im Griff zu haben; sein Gesicht war mit Akne übersät und seine Arme und Beine wirkten viel zu lang für seinen Körper. Wie alle Jugendlichen in seinem Alter achtete er peinlich genau auf die korrekte Kleidung, denn er trug ein übergroßes Kapuzenshirt, eine speckige, abgetragene Lederjacke, Baggy-Jeans, aus denen karierte Boxershorts herauslugten, und ungeschnürte Sneaker. Mit fahrigen Bewegungen hielt er eine schwarze Promenadenmischung am Halsband zurück, die anscheinend nichts lieber getan hätte, als Plasberg an Ort und Stelle zu zerfleischen. Die Kommissarin behielt die gefletschten Zähne wachsam im Auge.

„Coole Haare!", nuschelte der Junge zur Begrüßung und schrie dann gelangweilt nach hinten in die Wohnung: „Is' nicht Kevin. Is' irgend 'ne Frau!" Ohne Plasberg eines weiteren Blickes zu würdigen, zerrte er den Hund fluchend zurück ins Haus und ließ die Kommissarin vor der Tür stehen.

Eine Frau um die fünfzig in einer Kittelschürze und mit Krampfadern, wie sie Plasberg zuletzt vor zwanzig Jahren bei ihrer Mutter gesehen hatte, löste den Jungen an der Haustür ab. Sie trug eine schlecht sitzende Dauerwelle, etliche Pfunde zu viel auf den Rippen und war umgeben von einer Duftwolke aus Bratkartoffeln und Flönz.

„Ja?", sagte sie misstrauisch.

„Sie sind Nadja Auermann?", fragte Plasberg.

„Und wenn schon", kam die mürrische Antwort. „Wieso?"

„Maria Plasberg, Kripo Köln. Es geht um Ihren Bruder, Axel Borowsky", erklärte die Kommissarin mit gezückter Dienstmarke.

„Der!", sagte Auermann gedehnt und zog die Mundwinkel nach unten. „Was ist mit dem?"

„Darf ich vielleicht reinkommen? Ich muss Ihnen ein paar Fragen stellen."

Borowskys Schwester machte eine desinteressierte Handbewegung. „Von mir aus. Ich muss aber in der Küche nach dem Essen sehen. Walter kommt gleich von der Schicht und hat dann Hunger." Ohne näher zu erklären, wer Walter war, führte sie die Kommissarin in die Küche, wo der Geruch nach Bratkartoffeln und gebratener Blutwurst noch intensiver war und Plasberg daran erinnerte, dass sie an diesem Tag noch nicht viel gegessen hatte.

Die Küche machte einen armseligen, abgenutzten Eindruck. Schränke und Regale waren mindestens zwanzig Jahre alt, die weiße Lackierung hatte im Lauf der Jahre einen fahlen Grauton angenommen. Die klobige, hellbraune Sitzecke vor dem Tisch, auf dem die aktuelle Ausgabe des *Express* lag, war aus billigem Holz, die Sitzpolster verschlissen. Es gab keine Bilder an den Wänden und keine Pflanzen auf der Fensterbank. Auf eine wohnliche Atmosphäre schien hier niemand Wert zu legen oder hatte solche Ambitionen vor langer Zeit aufgegeben. Der einzige Luxus im Raum war ein riesiger amerikanischer Kühlschrank, dessen chromblitzende Front einen absurden Kontrast zur übrigen Tristesse der Küche bot. Auf der Fensterbank dudelte ein kleines Kofferradio Schlagermusik.

Nadja Auermann wandte sich ihrer Pfanne zu, ohne Plasberg einen Stuhl anzubieten. „Also, was ist mit meinem Bruder? Nicht, dass es mich wirklich interessiert, aber wenn Sie sich schon die Mühe gemacht haben, hierher zu kommen."

Maria Plasberg hasste es, Angehörigen von Mordopfern die Todesnachricht zu überbringen. Sie hatte das Gefühl, nie den richtigen Ton zu treffen, und ihr war immer unwohl bei den unweigerlich ausbrechenden Emotionen, die auf ihre Mitteilung folgten.

„Frau Auermann", sagte sie schließlich einfach, „Ihr Bruder wurde heute Vormittag tot in seiner Wohnung aufgefunden. Es tut mir leid."

Die Reaktion von Borowskys Schwester hatte Maria Plasberg allerdings nicht erwartet. Keine Spur von Tränen oder ungläubigem Schock. Nadja Auermann rührte gleichmütig weiter in ihrer Pfanne und machte sich nicht einmal die Mühe, die Kommissarin anzuschauen.

„Ha!", sagte sie stattdessen und gab noch etwas mehr Salz an die Kartoffelscheiben. „War ja abzusehen. Kommt halt davon, wenn man so lebt wie der! Dann kriegt man irgendwann die Rechnung präsentiert … haben Sie übrigens 'ne Ahnung, wie das mit dem Erbschein funktioniert?" In Nadja Auermanns Weltbild war ein Beamter so gut wie der andere.

Plasberg notierte in Gedanken interessiert, dass Borowsky nach Ansicht seiner Schwester vermögend gewesen sein könnte, fuhr aber mit ihren Fragen fort, ohne sich etwas anmerken zu lassen. „Sie wussten also, dass Ihr Bruder krank war?"

„Krank war der schon als Kind!", bekam Plasberg mit einem verächtlichen Unterton zu hören. „Hat sich schon mit vierzehn in den Hallenbädern rumgetrieben und Schweinereien veranstaltet. Aber Sie meinen wahrscheinlich diese Schwulenseuche."

Plasberg hatte zwar auch nicht allzu viel für Homosexualität übrig, aber die Art und Weise, mit der die Frau über ihren Bruder sprach, war ihr doch zuwider. „Ihr Bruder ist nicht an Aids gestorben“, teilte sie ihr mit. „Er ist ermordet worden.“

Jetzt endlich erhielt sie eine angemessene Reaktion. Auermann ließ den Pfannenwender fallen und drehte sich überrascht um.

„Wie, ermordet?“, fragte sie die Kommissarin verständnislos. „Sie meinen, den hat jemand umgebracht? So wie im *Tatort?*“ Auermann brauchte ein paar Sekunden, bis sie sich von dieser Neuigkeit erholt hatte. Dann stemmte sie die Arme in die Hüften und sagte: „Wundert mich nicht.“

Plasberg sah die Frau fragend an und sagte nichts. Aus Erfahrung wusste sie, dass man Menschen wie Nadja Auermann besser einfach reden ließ. Meist erzählten sie von ganz allein, was man wissen wollte.

„Na ja, Sie wissen schon“, erklärte Borowskys Schwester dann auch, „das ganze Gesocks, mit dem er Umgang hatte. Diese ... Schwulen. War bestimmt einer von denen. Bei denen hat er sich ja auch diese Krankheit geholt. Nehme ich jedenfalls an“, fügte sie dann einschränkend hinzu. „Erzählt hat er mir darüber natürlich nichts. Wir haben uns ja sowieso nichts zu sagen gehabt, der Axel und ich. Wir leben in zwei verschiedenen Welten.“

Das glaube ich gern!, dachte Plasberg sarkastisch. „Hatte Ihr Bruder denn Streit mit irgendjemandem?“

Auermann zuckte die Schultern. „Woher soll ich das wissen? Als ob mein Bruder mir jemals irgendwas über seine Freunde gesagt hätte! Ich hätte das auch gar nicht wissen wollen! Das ist doch alles unnatürlich.“

Plasberg seufzte innerlich. Es hatte den Anschein, als wüsste Borowskys Schwester noch weniger über seine Lebensumstände als sie selbst. „Wann haben Sie Ihren Bruder zuletzt gesehen oder gesprochen?“

„Gesehen? Das ist bestimmt schon ein Jahr her, wenn nicht länger. Telefoniert hab ich mit ihm vor ein paar Wochen oder so. Er hat angerufen, um mir zu sagen, dass er nicht mehr so lange zu leben hat, weil ... ich bin aus allen Wolken gefallen.“ Erst jetzt schien sie den Tod ihres Bruders zu begreifen, denn plötzlich wurde ihre Stimme für einen kurzen Moment zittrig. Sie setzte sich schwerfällig an den Küchentisch und durch ihre ablehnende Haltung schimmerte ein Anflug von Trauer. „Ermordet, sagen Sie? Den Axel? Aber warum denn?“

Die Kommissarin schwieg einen Augenblick taktvoll, bevor sie ihre nächste Frage stellte. „Sie haben also kaum Kontakt zu Ihrem Bruder gehabt?“

Auermann verneinte. „Wir haben uns nie gut verstanden. Schon als Kinder nicht. Sehen Sie, ich bin fast zwölf Jahre älter als er, da waren keine großen Gemeinsamkeiten. Er war ein Nachzügler. Ich bin schon in die Lehre gegangen, als er noch im Sandkasten gespielt hat. Außerdem hab ich das nie begriffen, wieso er lieber mit Männern … Sie wissen schon. Und er hat damit nie hinterm Berg gehalten, sogar unseren Eltern musste er es auf die Nase binden. Das hat unseren Vater ins Grab gebracht, als hätte der nicht schon genug mitgemacht, früher. Aber das war Axel ja egal. Wenn man schon so einer ist, dann hängt man das doch nicht an die große Glocke! Und als mein erster Mann starb, da hab ich ja dann den Walter kennengelernt, mit dem hat er sich auch nicht gut verstanden, die beiden haben sich jedes Mal über Politik gestritten und so im Laufe der Zeit …“ Sie ließ die Hände mit einer schicksalsergebenen Geste in den Schoß sinken. „Außerdem wollte ich nicht, dass der Axel meinen Sohn hier, den Timo, ansteckt mit seinen Schwulitäten. Kinder sind ja so leicht zu beeinflussen in dem Alter.“

Die Kommissarin sah Borowskys Schwester irritiert an. Sollte sie sich so sehr vertan haben, als sie vermutet hatte, dass der Junge etwa in Niklas' Alter war? „Wie alt ist Ihr Sohn, wenn ich fragen darf?“

„Achtzehn.“

Plasberg schüttelte unmerklich den Kopf. „Verstehe“, sagte sie laut. „Sie haben sich also auseinandergelebt. Aber vor ein paar Wochen hat Ihr Bruder Sie dann angerufen.“

Auermann nickte. „Ja, aus heiterem Himmel. Ich hatte bestimmt schon drei Monate nichts mehr von ihm gehört. Ich wusste ja noch nicht mal, dass er diese Krankheit hat, und das schon seit Jahren! Aber dann am Telefon hat er es mir gesagt.

Sogar ein bisschen geheult hat er." Erneut wurde ihre Stimme ein wenig brüchig.

„Aber Sie haben ihn nicht besucht?"

„Nein … ich wollte schon, immerhin ist er ja trotz allem mein Bruder, aber Walter hat gesagt, ich kann das nicht machen, weil wer weiß schon, wie man sich mit so was anstecken kann, und er wollte diese Seuche nicht im Haus haben. Man hört und liest ja so einiges." Der Blick von Borowskys Schwester fiel unwillkürlich auf die vor ihr liegende Zeitung. Dann stand sie genauso schwerfällig auf, wie sie sich hingesetzt hatte, und widmete sich gedankenverloren wieder ihren Bratkartoffeln. „Und jetzt ist er tot. Wie … wie ist es denn passiert?"

„Er ist erstochen worden." Aus den Augenwinkeln registrierte Plasberg einen zurückschreckenden Schatten im Flur und dann das Knarren von Holzdielen. Als sie genauer hinsah, war der Schatten weg.

„Und Sie wissen nicht, wer es getan hat?"

„Wir sind erst am Anfang unserer Ermittlungen, Frau Auermann. Ich hatte gehofft, Sie könnten uns weiterhelfen."

„Ich? Wie denn?"

„Was ich zum Beispiel nicht verstehe, ist, warum Sie eine Erbschaft erwarten, obwohl Sie sich mit Ihrem Bruder nicht verstanden haben?"

„Weil ich als seine Schwester die nächste Angehörige bin!" Borowskys Schwester starrte Plasberg entgeistert an. „Ja, wem sollte er denn seinen Besitz sonst vermachen? Etwa einem von seinen … Freunden?" Auch dieser Gedanke schien ihren Horizont zu übersteigen.

„Hatte Ihr Bruder denn Vermögen?"

Nadja Auermann kniff plötzlich ihren Mund zusammen. „Er wird schon was auf der hohen Kante gehabt haben. Immerhin hatte er ja keine Familie zu versorgen", erwiderte sie. Borowskys Schwester schien tatsächlich keine Ahnung gehabt zu haben, dass ihr Bruder ziemlich pleite gewesen war.

Plasberg wechselte das Thema. „In der Wohnung Ihres Bruders sind mir viele Bücher über den Holocaust aufgefallen", sagte sie. „Hatte das mit seinem Beruf zu tun?"

Nadja Auermann seufzte und starrte die kahle Wand an. „Nein, wohl eher nicht. Sehen Sie, wir … unsere Familie war früher jüdisch. Bis auf unseren Vater sind alle von den Nazis umgebracht worden. Großeltern, Tanten, Onkel, alle vergast oder erschossen. Unser Vater hatte mit seinem Glauben nichts mehr am Hut und wir Kinder sind ohne Religion groß geworden. Mein Bruder hat sich schon als Kind immer für die … die Vergangenheit interessiert, hat damit Vater genervt, obwohl der nur in Ruhe gelassen werden wollte mit den alten Geschichten. In der DDR war das sowieso ein schwieriges Thema. Was nützt es auch, der Vergangenheit nachzutrauern?"

Die Kommissarin schwieg betreten. „Wie kommt es eigentlich, dass sie beide in Köln gelandet sind, Sie und Ihr Bruder?", fragte sie schließlich. „Sie stammen doch aus den neuen Ländern?"

Borowskys Schwester verzog verbittert das Gesicht. „Der Axel ist nach dem Mauerfall hierher gekommen. Dass unsere Eltern krank waren, hat ihn nicht interessiert. Das hat er mir überlassen. Ich habe die beiden gepflegt, erst den Vater, dann unsere Mutter. Mein Bruder ist immer nur für ein paar Tage zu Besuch gekommen und hat dann schnell wieder das Weite gesucht." Nadja Auermann schnaubte verächtlich auf. „Nicht ein Mal hat er mir seine Hilfe angeboten! Konnte das Siechtum wohl nicht ertragen."

„Siechtum?"

„Wie würden Sie es denn bezeichnen, wenn der eine an Lungenkrebs stirbt und die andere mit Alzheimer vor sich hin dämmert? Unsere Mutter hat nicht mal mehr ihren eigenen Namen gewusst!"

„Und nach dem Tod Ihrer Mutter?"

„Der Walter hat Arbeit bei *Ford* bekommen", brummte Auermann. „Drüben haben die ja alles plattgemacht nach der Wende. Deshalb sind wir hierher. Blieb uns ja gar keine andere Wahl! Glauben Sie, es war leicht, alles aufzugeben und in Köln noch mal neu anzufangen? Aber da fragt ja keiner nach, was man da für Gefühle hat …"

Plasberg schloss ihr Notizbuch. Sie hatte den Eindruck, alles gehört zu haben, was ihr weiterhelfen konnte. „Eine letzte Frage hätte ich noch, Frau Auermann. Eine reine Formalität, keine Sorge. Können Sie mir sagen, wo Sie gestern Abend waren?"

„Hier, zu Hause, wie immer! Wo sollte ich denn sonst gewesen sein?"

„Und Ihr Lebensgefährte und Ihr Sohn können das sicherlich bestätigen?"

„Walter? Nein, der war wie jeden Dienstag beim Stammtisch. Und Timo …" Sie zögerte verunsichert und die Kommissarin hatte das unbestimmte Gefühl, dass Nadja Auermann keine Ahnung hatte, wo ihr Sohn gewesen war. „Timo war bei einem Freund. Ich war alleine hier, wieso?"

„Reine Neugierde."

Nadja Auermann nickte automatisch, aber Plasberg konnte sehen, dass sie mit ihren Gedanken ganz woanders war. „Die Beerdigung … ich weiß gar nicht …"

„Wenn die Obduktion abgeschlossen ist, erhalten Sie von uns Bescheid", erklärte Plasberg.

„Obduktion? Sie … Sie schnippeln den Axel auf?" Auermann starrte die Kommissarin mit schreckgeweiteten Augen an. „Aber warum denn?"

„Vorschriften", sagte Plasberg, ohne in die Details der polizeilichen Ermittlungsweise bei unnatürlichen Todesfällen zu gehen. Eine weitergehende Erklärung hätte bei dieser Frau sowieso keinen Sinn gehabt. Sie warf einen heimlichen Blick auf ihre Uhr und stellte fest, dass es schon nach fünf Uhr war. Höchste Zeit zu gehen.

Auermann begleitete die Kommissarin ein Stück den Flur entlang. „Wissen Sie", sagte sie zum Abschied, „der Axel … ich denke immer, wenn er damals zum Arzt gegangen wäre, wäre ihm das alles erspart geblieben."

„Aids ist nicht heilbar", erwiderte Maria Plasberg etwas mitfühlender als zuvor. „Und soweit ich das bisher beurteilen kann, hat sich Ihr Bruder zumindest zeitweise in ärztlicher Behandlung befunden."

Erneut erntete sie einen verständnislosen Blick. „Wie? Ach so. Das meine ich nicht, Frau Kommissarin. Ich denke, als er damals gemerkt hat, dass er … dass er diese Neigung hat, da hätte er zu einem Doktor gehen sollen. Vielleicht hätte ihm jemand helfen können." Sie sah sich verloren in ihrem Haus um. „Ich meine, was ist so schlimm daran, ein nettes Mädchen kennenzulernen, ein Heim und eine Familie zu gründen?"

Plasberg folgte ihrem Blick, hielt aber den Mund, weil sie keine Antwort auf diese Frage hätte geben können, die Auermann nicht verletzt hätte. Außerdem war sie sicherlich die denkbar ungeeignetste Person, um dieser Frau die wissenschaftlichen Theorien über die Entstehung von Homosexualität näher zu bringen. Die Kommissarin setzte ihr unverbindliches Lächeln auf und verabschiedete sich so schnell wie möglich.

Draußen war es mittlerweile dunkel geworden, früher als üblich um diese Jahreszeit. Gewitterwolken verdüsterten den grauen Nachmittag. Der Regen hatte noch immer nicht aufgehört und fiel jetzt in dünnen Bindfäden. Am Horizont blitzte und donnerte es. Die Straße war menschenleer, die Beleuchtung ausgefallen, nur eine der Lampen flackerte in unregelmäßigen Abständen auf und gab ein lautes Surren von sich. Die Kommissarin konnte kaum fünf Meter weit sehen, während sie zum Auto zurückkehrte.

Plasberg fluchte leise. Dunkle, enge Straßen wie diese waren ihr unangenehm. Sobald sie aus Auermanns Haustür getreten war, wurde sie außerdem das Gefühl nicht los, aus der Dunkelheit heraus beobachtet zu werden. Jemand, der sich immer gerade außerhalb ihres Blickfelds aufhielt und ihr langsam folgte. Plasberg lief den regenglänzenden Gehweg entlang, versuchte, sich nichts anmerken zu lassen, und tastete nach ihrer Dienstwaffe. Die Wurzeln eines Baumes hatten den Asphalt des Bürgersteigs aufgebrochen und die Kommissarin stolperte über die Unebenheit. Die nassen Zweige eines Busches griffen nach ihr und sie zuckte zusammen, als die Feuchtigkeit durch ihre Jacke sickerte. Plasberg ging schneller. Sie glaubte, hinter sich Schritte zu hören, das Geräusch nasser Sohlen auf matschigem Gras, aber als sie sich umdrehte, starrte sie ins Leere.

„Hallo?", rief sie in die Schatten, aber natürlich antwortete ihr niemand. Sie schloss hastig ihr Auto auf und ließ sich mit einem Seufzer der Erleichterung auf den Fahrersitz fallen, froh, sowohl der Dunkelheit und dem Regen als auch dem Mief und der Tristesse von Nadja Auermanns kleinbürgerlicher Hölle entkommen zu sein.

Für einen Moment lehnte sie die Stirn auf das Lenkrad und schloss die Augen, bis ihr Herzschlag sich beruhigt hatte. Mach dich nicht lächerlich! Da ist niemand! Plasberg schaltete das Radio ein und das leise Geklimper eines Country-Songs ließ sie ihren klaren Kopf zurückgewinnen.

Die Finger der Kommissarin trommelten wie von selbst auf das Steuer und ihre Gedanken begannen, um Borowskys Schwester zu kreisen.

Wenn Homosexualität auf Erziehung und Einflüsse der unmittelbaren Umgebung zurückzuführen wäre, dann hätte sie der Frau tausend gute Gründe nennen können, warum ihr Bruder schwul geworden war, dachte sie. Vielleicht sollte sie Brinkhoff mal fragen, wieso er auf Männer stand. Vielleicht hatte er ja auch so ein abstoßendes Vorbild gehabt.

Gerade wollte sie sich anschnallen und den Motor starten, als es einen heftigen Knall gab und wie aus dem Nichts der Abdruck einer Handfläche auf der Windschutzscheibe erschien. Plasberg fuhr zusammen und schrie erschrocken auf. Sekunden später klopfte es heftig am Fenster der Beifahrertür und eine körperlose Fratze suchte den Innenraum des Wagens ab. Es dauerte einen Moment, bis die Kommissarin das Gesicht erkannte. Das Klopfen hielt an.

O nein, dachte sie, während sie langsam ausatmete, bitte nicht! Ich bin sowieso schon spät dran!

Verärgert über den Schreck, den sie sich hatte einjagen lassen, entriegelte sie die Tür. Ohne um Erlaubnis zu fragen, sprang die Gestalt in den Wagen und setzte sich neben sie. Timo Auermann schien schon eine ganze Weile auf die Kommissarin gewartet zu haben, denn seine Kleidung war völlig durchnässt und er zitterte vor Kälte. Als er seine langen Beine unter die Konsole des Beifahrersitzes faltete, bildete sich eine Wasserpfütze unter seinen Schuhen.

„Sehr witzig!", fauchte Plasberg ihn an.

Timo Auermann grinste. „Aber hat doch funktioniert. Sie hätten sich fast in die Hose gemacht!"

Plasberg schwieg. „Machst du das öfter?", fragte sie schließlich.

„Was? Leute erschrecken?"

„Gespräche belauschen, die dich nichts angehen." Sie hatte den Schatten im Flur erkannt.

„War ja nicht zu überhören", bekam sie mürrisch zur Antwort. Timo starrte geradeaus in den Regen, der auf die Windschutzscheibe prasselte, und schien Plasberg gar nicht wahrzunehmen. „Haben Sie 'ne Kippe?", fragte er schließlich betont lässig.

Die Kommissarin schüttelte den Kopf. „Im Wagen wird nicht geraucht."

Der Junge verzog verächtlich das Gesicht, sagte aber nichts. Plasberg wartete geduldig.

„Mein Onkel ist tot?", fragte Timo endlich, obwohl es mehr eine Feststellung war.

„Ja."

„Und er ist erstochen worden?"

„Ja."

Timo schluckte hörbar. „Scheiße", sagte er dann, „der war voll okay, der Axel."

Plasberg betrachtete den Jungen aufmerksam. In zwei oder drei Jahren, wenn er die letzten Ausläufer der Pubertät hinter sich gelassen hatte, würde er mal ein gut aussehender Kerl sein. Die Ansätze dazu waren schon jetzt erkennbar: ein breites Kreuz, ein gleichmäßiges, ausdrucksstarkes Gesicht, ein entschlossener Mund. Im Moment allerdings wirkte er trotz seiner achtzehn Jahre eher wie ein verschrecktes, unglückliches Kind, das seine Unsicherheiten und Ängste hinter einer Fassade von Unnahbarkeit zu verstecken suchte. Immerhin, die Trägheit, mit der der Junge die Kommissarin an der Haustür begrüßt hatte, schien wie weggeblasen zu sein. Tatsächlich rutschte Timo immer wieder unruhig auf seinem Sitz hin und her und seine Füße tanzten ungeduldig auf dem Boden. Er war so anders als kurz zuvor an der Haustür, dass Plasberg daran zweifelte, dass seine Verwandlung natürlichen Ursprungs war.

Der Kommissarin fiel Stumpings Bemerkung über Borowskys gute Beziehung zu seinem Neffen wieder ein und sie schob alle anderen Gedanken beiseite. „Hast du deinen Onkel gut gekannt?“, fragte sie.

„Jedenfalls besser als die da!“, erklärte Timo wütend und deutete mit seinem Kinn auf sein Elternhaus. Seine Augen glitzerten feucht. „Die haben den Axel doch nur als perverse Sau gesehen.“

„Also hast du ihn näher gekannt?“, fragte Plasberg noch mal vorsichtig.

Timo nickte. „Aber meine Mutter und mein Stiefvater wissen nichts davon. Die hätten mich alle gemacht.“ Er sammelte sich einen Moment und fuhr sich dabei durch seine zotteligen, feuchten Haare. „Wir haben uns zwei-, dreimal im Monat getroffen, früher, als er noch nicht richtig krank war. Wir sind dann ins Kino, oder mal zu ’nem Heimspiel vom FC oder haben einfach nur zusammen abgehangen. Mit dem konnte man richtig gut quatschen, der war cool drauf, nicht so spießig wie meine Alten.“

„Dir hat es nichts ausgemacht, dass er schwul war?“

„Nee, wieso? War mir völlig egal. Er hat mich ja nicht angegraben. Man konnte einfach gut mit ihm reden.“

„Und worüber habt ihr so gesprochen?“

Timo zuckte mit den Schultern. „Über alles halt. Musik, Schule, meine Alten, diese Aids-Sache, Frauen …“

„Frauen?“, fragte Plasberg ungläubig.

„Klar doch! Nur weil er auf Kerle steht, muss er doch nicht völlig ahnungslos sein, was Frauen betrifft, oder?“ Die Stimme des Jungen war etwas lauter geworden, als wollte er seinen Onkel und dessen Lebensweise verteidigen.

Plasberg grinste. „Schon gut. Und später? Ich meine, hast du ihn auch noch gesehen, als er dann krank wurde?“

„Ja. Sogar noch öfter. Ich bin einmal die Woche heimlich zu ihm gefahren und hab ihn besucht. Ich konnte ihn doch damit nicht hängen lassen! Meinen Alten hab ich was von Fußballtraining erzählt.“ Plötzlich schossen ihm die Tränen aus den Augen und er fing an, hemmungslos zu schluchzen. „Er sah so scheiße aus zum Schluss“, stammelte er, „ich hab so was noch nie gesehen vorher! So dünn und klapprig und eingefallen …“

Plasberg holte ein Taschentuch aus den Tiefen ihrer Handtasche und reichte es dem Jungen, der sich lautstark die Nase damit schnäuzte.

„Seit wann war er denn so krank? Ich meine, seit wann konnte er nicht mehr arbeiten?“

„Ein halbes Jahr ungefähr“, nuschelte der Junge ins Taschentuch, und als er sich wieder einigermaßen gefangen hatte, fluchte er: „Ich hoffe, Sie finden das Schwein, das ihn erstochen hat!“

„Glaub mir, wir tun unser Bestes. Vielleicht kannst du mir ja sogar helfen: Wann hast du deinen Onkel zum letzten Mal gesehen?“, fragte die Kommissarin.

Timo überlegte. „Vorgestern, am Montag, wie immer. Wieso?“

„Ist dir vielleicht irgendwas aufgefallen? Irgendwas, was anders war als sonst?“

Timo schüttelte den Kopf. „Eigentlich nicht. Er war so schwach, dass er kaum aus dem Bett gekommen ist, um mir die Tür aufzumachen. Hatte ziemliche Schmerzen. Meinen Sie so was?“

Maria Plasberg seufzte. „Ich weiß nicht, was ich meine, Timo. Bisher haben wir noch keine Ahnung, wo wir mit der Suche anfangen sollen.“

„Da war was mit dem Pflegedienst“, murmelte der Junge plötzlich. Er drehte den Kopf zur Seite, starrte aus dem Beifahrerfenster und sah wieder dem Regen zu, der auf dem schmalen Rasenstück vor dem Haus immer größere Pfützen bildete. „Er hatte dem Pflegedienst gekündigt. Er war ziemlich sauer auf die und hat sie rausgeschmissen. Er hat mir gesagt, er könnte das auch schon allein hinkriegen.“

Plasberg horchte auf. Also doch ein Pflegedienst! „Hat er dir gesagt, warum er sauer auf die Leute war? Oder weißt du, wie oft sie deinen Onkel versorgt haben? Oder ihre Namen?“

„Nein. Keine Ahnung. Die waren immer schon weg, wenn ich kam. Ich glaub, Axel war es peinlich, er wollte nicht, dass ich mitkriege, wie die ihn versorgten. Ich hab nie einen von denen gesehen. Nein, stimmt nicht“, verbesserte er sich dann, „einmal hab ich einen gesehen. Am Samstagabend.“

„Also warst du Samstag und Montag bei deinem Onkel?“

„Ja“, sagte Timo zögernd.

„Hast du nicht gerade gesagt, du wärst nur einmal die Woche bei ihm zu Besuch gewesen?“

„Na und? Wollen Sie mir vorwerfen, dass ich hin und wieder öfter da war?“, fragte Timo aufbrausend. „Immerhin war er todkrank!“

„Keine Spur“, beschwichtigte ihn Plasberg. „Ich will einfach nur die Fakten in die richtige Reihenfolge bringen. Du hast also am Samstag einen der Pflegekräfte in der Wohnung deines Onkels angetroffen. Einen Mann oder eine Frau?“

„Einen Mann. Ich war gerade in der Ecke bei einem Kumpel, der auf der Kerpener Straße wohnt, und bin anschließend auf einen Sprung zu Axel rein“, murmelte Timo noch immer verstimmt. „Richtig gesehen hab ich den Pfleger aber nicht, er war gerade dabei zu gehen, als ich kam. Er hat eine ziemliche Flappe gezogen und mir nur kurz zugenickt, als er die Wohnung verlassen hat. Als ob er Streit mit meinem Onkel gehabt hätte. Und Axel war auch angepampt, aber er hat mir nicht gesagt, warum er so sauer war. Ich bin dann auch direkt wieder gegangen, weil er seine Ruhe haben wollte. Glauben Sie, dass einer von denen …?“

„Im Moment glaube ich noch gar nichts“, erwiderte Plasberg nachdenklich. „Und als du zwei Tage später wieder bei deinem Onkel warst, hat er dir erzählt, dass er die ambulante Versorgung gekündigt hat?“

„Genau. Voll krass, oder?“

„Hat er gesagt, ob jemand vom Pflegedienst bei ihm war nach diesem Samstagabend?“

„Nein. Aber danach waren die bestimmt nicht mehr da, weil seine Wohnung nicht mehr geputzt worden war. Das haben irgendwelche Zivis vorher immer erledigt und als ich ihn am Montag besucht habe, sah es unordentlicher aus als sonst.“ Timo begann wieder, auf dem Sitz herumzurutschen. „Hören Sie, ich muss mich vom Acker machen. Meine Mutter fängt sonst an, blöd zu fragen."

„Okay. Aber etwas würde ich noch ganz gerne wissen. Hast du eine Ahnung, ob dein Onkel Geld gehabt hat?"

Timo grinste verschmitzt. „Sie meinen, ob er meiner Mutter seine Kohle vermacht hat?"

„Eigentlich wollte ich eher wissen, ob er ein Testament oder einen letzten Willen aufgesetzt hat ... wenn er überhaupt Geld hatte. Wenn er es nicht getan hat, würde deine Mutter nämlich als nächste Angehörige tatsächlich als Erbin in Frage kommen."

Fast hätte der Junge angefangen zu lachen. „Sie hat ihn mit Sicherheit nicht um die Ecke gebracht, Frau Kommissarin. Für so was hat die keine Fantasie." Dann fügte er noch mit überraschender Logik hinzu: „Und warum hätte sie sich die Mühe machen sollen? Er wäre doch sowieso bald krepiert."

„Aber meine Frage hast du nicht beantwortet."

„Von Kohle weiß ich nichts", sagte Timo ungeduldig. „Keine Ahnung, ob er welche hatte. Ist mir auch egal. Er hat immer ein bisschen Bargeld im Nachtschränkchen aufbewahrt, glaube ich."

„Aber in seinem Nachtschrank war kein Geld, als wir die Wohnung durchsucht haben", erwiderte die Kommissarin überrascht.

Timo zuckte desinteressiert mit den Schultern, aber er vermied den Blickkontakt mit Plasberg. „Komisch", murmelte er schließlich. „Verstehe ich nicht."

„Ich auch nicht", erwiderte Plasberg. „Jedenfalls noch nicht."

Borowskys Neffe hatte es jetzt sehr eilig, aus dem Wagen auszusteigen. Er zog sich wieder seine Kapuze über die Haare und öffnete die Beifahrertür. Plasberg drückte ihm noch schnell die Karte mit ihrer Telefonnummer in die Hand. „Danke, Timo", sagte sie aufrichtig.

„Schon okay, Frau Kommissarin. Übrigens, die Handtasche sieht echt Kacke aus", grinste er zum Abschied. Dann sprang er mit langen Schritten und gebeugtem Kopf zurück zum Haus.

Na, wenigstens einer, der aufrichtig um Borowsky trauert, dachte Plasberg, während sie ihre Tasche kritisch betrachtete. Und der Junge hat recht. Das Ding ist scheußlich!

Damit startete sie den Motor und machte sich auf den Weg nach Porz zu ihrem Exmann, um Ruth und Niklas abzuholen, der zum Handballtraining gefahren werden wollte.

Irmgard Kärnter wartete, bis die große Standuhr in ihrer Diele kurz vor Mitternacht zeigte und sie einigermaßen sicher sein konnte, dass niemand im Haus mehr wach war. Tatsächlich wartete sie schon seit mehreren Stunden, um genau zu sein, seitdem die Polizei die Untersuchungen vorläufig abgeschlossen und sie durch die Gardinen am Küchenfenster beobachtet hatte, wie als Letzte der Beamten die kleine Rothaarige und der stotternde Schwachkopf das Haus verlassen hatten.

Zu diesem Zeitpunkt war sie schon längst zu dem Entschluss gekommen, dass sie etwas unternehmen musste. Noch einmal. Zu viel stand auf dem Spiel. Durch Borowskys Tod hatte sich nichts geändert, gar nichts.

Sie hätte am Morgen ihre Chance nutzen sollen, aber mit ihrem Anruf bei der Polizei hatte sie eine Kettenreaktion in Gang gesetzt, die nicht mehr zu stoppen war.

Nachdem sie und die Polizisten Borowsky gefunden hatten, war aber auch alles so schnell gegangen. Die Streifenbeamten hatten Fragen gestellt, nochmals gefragt, in ihre Walkie-Talkies gesprochen, dann war ein Notarzt aufgetaucht und noch mehr Polizei, Leute in Schutzanzügen, die Spuren sichern sollten und aussahen wie ein Entseuchungskommando; Passanten waren vor dem Haus stehen geblieben und in ihrem Vorgarten herumgetrampelt. Sie hatte überhaupt nicht klar denken können. Dann hatte dieser dämliche Kater auf ihren Badezimmervorleger gepinkelt, sie angefaucht, sodass sie sich nicht mehr auf ihre eigene Toilette getraut hatte, und zum guten Schluss hatte sie sich noch die Fragen von diesem Brinkhoff anhören müssen. Aber dieser Mensch hatte sicherlich nichts gemerkt, dessen war sie sicher. Zumindest hatte der Kommissar sich des Katers angenommen. Am Mittag waren zwei Männer aufgetaucht und hatten die Leiche ihres Mieters in etwas abtransportiert, das wie ein Blechsarg aussah.

Danach war es ruhiger geworden. Gegen vier Uhr hatte Irmgard Kärnter etwas getan, was sie sich schon seit Jahren nicht mehr gegönnt hatte, weil ihr Magen es eigentlich nicht vertrug: Sie hatte sich einen bitteren, schwarzen Kaffee gekocht. Erst dann, als sie ihre kalten, aufgeregten Hände um die heiße Tasse gelegt hatte, war ihr klar geworden, dass sie ein weiteres Mal in die Wohnung gehen musste, nur um ganz sicher zu sein, dass Borowsky nicht gelogen hatte.

Die Finger der Vermieterin blätterten durch die Unterlagen, die auf ihrem Schoß lagen und die sie am Abend zuvor auf ihrer Fußmatte gefunden hatte. Jemand hatte an ihrer Tür geklingelt, aber als sie geöffnet hatte, lag da nur das braune Kuvert, zusammen mit der handschriftlichen Zeile: „Bald bin ich nicht mehr der Einzige, der die Wahrheit kennt." DIN-A-4-Bögen mit Kopien von behördlichen Dokumenten, staubgeschwärzt und noch in Frakturschrift geschrieben, fielen ihr entgegen. Die Kopien alter, schwarzweißer Fotos mit gezackten Rändern, auf denen eine Familie mit ernsten Mienen in die Kamera blickte – als ob sie ahnten, dass die Zukunft ihnen kein Glück bringen würde. Der Vater, im Dreiteiler und mit einem dunklen Hut in der Hand, wie es der damaligen Mode entsprach, stand aufrecht am linken Bildrand, in seiner Weste verschwand die Kette einer Taschenuhr. Neben ihm die Mutter, eine unscheinbare Frau Mitte dreißig. Vor den Eltern standen drei Kinder. Ein vielleicht zwölfjähriges Mädchen, das die dunklen Haare zu zwei Zöpfen geflochten hatte, und zwei jüngere Buben, die sich zum Verwechseln ähnlich waren. Augenscheinlich Zwillinge. Beide trugen die gleichen karierten Hemden und die gleichen kurzen Hosen, was ihre Ähnlichkeit noch verstärkte. Einer hielt einen Kreisel und eine kleine Peitsche in der Hand. Irmgard Kärnter konnte sich noch sehr gut an diese Menschen erinnern. Das Mädchen war ihre beste Freundin gewesen.

Es gab keine andere Möglichkeit, sie konnte sich nicht irren, denn im Hintergrund beider Fotos war das Haus zu erkennen, ihr Haus. Auf dem einen Bild sah man zwar nur das Erdgeschoss und die Fenster waren noch mit dem Stuck verkleidet, den ihr Vater nach dem Krieg hatte abschlagen und durch die Rauputzfassade ersetzen lassen, aber Irmgard Kärnter erkannte es trotzdem. Auf der Kopie des zweiten Fotos, das der Umschlag enthalten hatte, war das Haus komplett abgelichtet, mitsamt der noch immer vorhandenen hohen Eingangstür, dem „Gott zum Gruße", das darüber eingemeißelt war, und den Weinreben, die sich schon damals an den Erkern bis in den zweiten Stock hinaufrankten und die sie vor langer Zeit hatte entfernen lassen müssen, weil sie das Mauerwerk beschädigten. Links und rechts des Hauses konnte man Teile der angrenzenden Gebäude mit dem Metzgerladen und der Wäscherei erkennen, die später, 1943, den Bomben zum Opfer gefallen waren.

Für einige Sekunden war Irmgard Kärnter wieder siebzehn Jahre alt. Sie spürte die namenlose Furcht, die sie überfallen hatte, wenn sie, vom Heulen der Sirenen aufgewacht, die notwendigsten Sachen im stets bereitstehenden Köfferchen, eine Decke unterm Arm, in den Keller geflüchtet war, wo sie mit ihrer Mutter und den Nachbarn zusammengekauert zwischen Einmachgläsern und einem alten Waschzuber das Ende der Bombardierung herbeigesehnt hatte, ihre Mutter immer mit einem tonlosen, verzweifelten Gebet auf den Lippen, doch ein weiteres Mal verschont zu bleiben. Niemals würde sie diese Eindrücke vergessen.

Mit einem Stoßseufzer kam die Vermieterin in die Realität zurück und blätterte weiter in den Zetteln, die eine Vergangenheit heraufbeschworen, die sie tief in ihrem Unterbewusstsein vergraben hatte. Als wenn das alles noch nicht schlimm genug wäre, enthielt der Umschlag neben den Fotos Abschriften und Kopien von Grundbucheintragungen, sogar Briefe und offizielle Dokumente, die nur eines besagen konnten und Irmgard Kärnters Verdacht bestätigten: Borowsky hatte mehr gewusst, als ihr lieb sein konnte.

Zwar nützte ihm dieses Wissen nichts mehr, trotzdem konnte sie die Sache nicht auf sich beruhen lassen, denn was Irmgard Kärnter in den Händen hielt, waren nur Kopien, und das bedeutete, irgendwo waren die Originale – und solange die sich nicht in ihrem Besitz befanden, würde sie keine Nacht mehr ruhig schlafen können. Aber was, wenn Borowsky die Originale beiseite geschafft hatte – bevor er ihr seine Beweise vor die Tür gelegt hatte? Wie hatte er das in seinem Zustand überhaupt bewerkstelligt?

Wie hatte er sich die Treppe nach unten geschleppt, ohne dass sie etwas davon bemerkt hatte? Sie brauchte Gewissheit. Ihr blieb gar nichts anderes übrig, als ein weiteres Mal nach oben zu gehen. Nicht auszudenken, in welche Lage sie geraten könnte, wenn er das Material an jemand anders weitergegeben hatte.

Die Aussagen des Kommissars hatten ihr zumindest eine Erklärung verschafft: Warum Borowsky die Informationen, die er gesammelt hatte, noch nicht selbst gegen sie verwendet hatte. Den Willen dazu hatte er sicherlich gehabt, davon war sie überzeugt.

„Sie glauben doch nicht ernsthaft, dass Sie damit durchkommen, Frau Kärnter?“ Plötzlich stand Borowsky wieder vor ihr, wie Anfang März, als er unvermutet bei ihr geklingelt hatte, um ihr zu sagen, wer er war. Natürlich hatte sie ihm anfangs kein Wort geglaubt. Die Wahrheit war einfach unvorstellbar gewesen. Sie hatte nicht glauben können, dass er sich über ein Jahr lang verstellt, sich in ihr Haus geschlichen und als jemand anders ausgegeben hatte, nur um sie eines Tages vor vollendete Tatsachen stellen zu können. Sie erinnerte sich noch immer an sein süffisantes, wissendes Grinsen, an den Brief mit der Unterschrift ihres Vaters in seinen Fingern, an die Art, wie Borowsky hochnäsig auf seinen Absätzen gewippt und auf sie herabgesehen hatte. Sie hatte ihm ins Gesicht gesagt, dass ihm ohne Beweise sowieso niemand Glauben schenken würde. Borowsky hatte den Kopf geschüttelt damals. „Die Beweise werde ich finden, Frau Kärnter! Und dann wird der Gerechtigkeit Genüge getan!“ Sie aber hatte seine Worte für leere Drohungen gehalten, hatte sich in Sicherheit gewiegt und darauf vertraut, dass die Zeit die alten Geschichten unter sich begraben hatte, wie damals ihr Vater. Erst seit gestern Abend wusste sie es besser. Wie, um alles in der Welt, hatten diese Unterlagen den Krieg und die Zeit danach überlebt?

Aber Borowsky war vielleicht schon zu krank gewesen, um sein Vorhaben bis in die letzte Konsequenz umzusetzen. Die Beweise, die sie jetzt in den Händen hielt, mochte er zusammengetragen haben – aber hatte er sie verwerten und jemand anderem davon erzählen können? Wenn nicht, dann war die Vergangenheit mit ihm gestorben. Wenn ja, dann … Allein die

Vorstellung, dass jemand mit solch einer Krankheit in ihrem Haus gewohnt hatte, ließ Irmgard Kärnter erschaudern. Sobald alles vorbei war, würde sie die gesamte Wohnung ausräuchern lassen. Sie konnte noch immer nicht glauben, dass sie die ganzen letzten Monate keinen Verdacht geschöpft hatte. Wo war ihr Instinkt geblieben?

Die Wanduhr, ein Erbstück ihres Vaters, schlug Mitternacht. Geisterstunde. Als Kind hatte sie an Geister, Gespenster und Heinzelmännchen geglaubt, sich im Dunkeln vor knarrenden Bodendielen, dem Knacken der Schränke und wehenden Vorhängen gefürchtet. Diesmal würde sie selbst zu einem Geist werden und die Dunkelheit für sich nutzen.

Irmgard Kärnter stand auf und griff zum Schlüsselbund und der Taschenlampe, die sie sich zurechtgelegt hatte. In Filzpantoffeln, die jeden ihrer Schritte unhörbar machten, schlich sie hinaus in den Hausflur und kletterte noch einmal die Treppen hinauf in den ersten Stock. Sie machte kein Licht. Ihre Hände tasteten sich unsicher am Geländer entlang. Oben angekommen knipste sie die Lampe an und suchte mit dem Lichtstrahl das Schlüsselloch. Doch dann ließ sie die Hände sinken und starrte entsetzt auf die Tür von Borowskys Wohnung. Was ihr fehlte, um ihre Nachtruhe wiederherzustellen, war mit einem Schlag unerreichbar. Zwischen Tür und Türrahmen war ein offizielles Dokument angebracht, das selbst ihr als Eigentümerin des Hauses den Zutritt verwehrte. Damit hatte sie nicht gerechnet. Die Wohnung war von der Polizei versiegelt worden.

Sechs

Torsten Brinkhoff wachte am nächsten Morgen auf mit dem Gefühl, als müsste er gleich ersticken. Sein Brustkorb fühlte sich an, als hätte jemand einen Stein darauf gelegt. Jeder Atemzug war entsetzlich anstrengend.

Jetzt ist es so weit!, war sein erster Gedanke. Du hast einen Herzinfarkt, mit zweiunddreißig Jahren. Und dabei hast du nichts von all dem gemacht, was du auf jeden Fall erleben wolltest, nicht mal das Konzert mit Barbra Streisand!

Er öffnete die Augen und starrte in zwei unheimliche, gelbe Schlitze, umrahmt von einem schwarz-weiß gefleckten Kopf, die ihn kühl und aufmerksam beobachteten.

„Verdammt, Bombadil!", murmelte er dann erleichtert und schubste den unbeirrt schnurrenden Kater von seiner Brust. „Willst du mich umbringen?"

Bombadil sprang mit erhobenem Schwanz vom Bett und setzte sich in den Durchgang zur Küche. Brinkhoff rieb sich den Schlaf aus den Augen und folgte dem Kater. Bombadil strich seinem neuen Herrchen um die Beine und blieb dann vor seinem leeren Futternapf stehen, während er den Kommissar auffordernd ansah.

„Hunger?", fragte Brinkhoff.

Der Kater maunzte zustimmend.

Nachdem er seinen neuen Hausgenossen versorgt hatte, warf Brinkhoff die Kaffeemaschine an und aß hungrig eine Banane. Auf dem Teppich des Schlafzimmers absolvierte er ein paar Sonnengrüße – eine Yoga-Übung, die er vor Jahren in einem Kurs gelernt hatte und die angeblich Hunderte von Muskeln aktivierte und seinen Kreislauf in Schwung brachte. Sein morgendliches Frühsportprogramm schloss er immer mit dreißig Liegestützen ab. Er war gerade bei Nummer fünfundzwanzig, als Bombadil, der offensichtlich sein Frühstück beendet hatte, sich genau vor seinem Gesicht niederließ und damit begann, sich ausgiebig seinen Katzenhintern zu lecken.

„Das ist ja widerlich!", entfuhr es Brinkhoff etwas atemlos. „Kannst du das nicht etwas diskreter machen? Bisher gab es in diesem Haushalt klare Regeln, wo man seine Morgentoilette vollzieht: im Badezimmer!"

Der Kater würdigte Brinkhoff keines Blickes und der Kommissar war auch nicht wirklich verärgert. Tatsächlich begann es ihm Spaß zu machen, seine Wohnung mit der Katze zu teilen. Gestern Abend, als er nach Hause gekommen war, hatte er über eine

Stunde lang mit Bombadil und dessen Gummimaus gespielt und darüber völlig die Zeit vergessen. Er hatte auch herausgefunden, dass Bombadil total verrückt auf Fliegen reagierte, die er ohne Rücksicht auf Verluste quer durch alle Räume jagte – erstaunlicherweise, ohne dass irgendetwas zu Bruch ging. Und jetzt empfand Brinkhoff es als angenehm, schon am Morgen jemanden zu haben, mit dem er reden konnte – vor allen Dingen jemanden, der zumindest so tat, als würde er zuhören, aber keine eigene Meinung äußerte. Brinkhoff hatte zu seinem Erstaunen schon am Abend gemerkt, dass er nicht stottern musste, wenn er sich mit seinem Kater unterhielt. Schade, dass Katzenbesitzer kein Beruf war. Torsten Brinkhoff hätte sonst seinen Traumjob gefunden.

Das Klingeln des Telefons riss den Kommissar aus seinen Gedanken.

„Borowsky hatte doch einen Pflegedienst! Er hat ihn nur ein paar Tage vor seinem Tod gekündigt!" Maria Plasberg verlor keine Zeit mit Begrüßungsformeln.

„Ich w-weiß", stammelte Brinkhoff. „Der Hausarzt hat m-mir gestern eine Visitenkarte des Dienstes gegeben. Der Name des Vereins ist *Herzlich versorgt e. V.*"

Einen Moment herrschte überraschte Stille am anderen Ende der Leitung. „Ach, und wann gedachten Sie mir diese Information zukommen zu lassen, Herr Kollege?", platzte Plasberg schließlich wütend heraus.

„Eh … gleich im Büro bei der Besprechung", erwiderte Brinkhoff verwirrt.

„Dann sehen Sie zu, dass Sie Ihren Hintern so schnell wie möglich hierher bewegen", raunzte die Kommissarin ihn an und warf den Hörer auf die Gabel.

Brinkhoffs gute Laune war im Eimer. Den zweiten Tag hintereinander kein Frühstück. So schnell wie möglich sprang er in seine Klamotten, spritzte sich ein wenig Wasser ins Gesicht und raste nach unten zu seinem Auto. Dann machte er sich auf den Weg ins Präsidium.

Normalerweise fanden die morgendlichen Besprechungen des KK 11 im Konferenzraum statt, aber als er dort eintraf, fand er nur einen leeren Raum mit abgestandener Luft vor. Ratlos ging er zu Plasbergs Büro, hinter dessen provisorischem Sichtschutz die schneidende Stimme der Kommissarin ertönte, die anscheinend schon wieder damit beschäftigt war, jemanden zur Schnecke zu machen. Angewidert warf er einen flüchtigen Blick auf die Dutzende nackter Busen, die ihm von den Titelbildern der Illustrierten entgegenbaumelten, dann klopfte er vorsichtig an und öffnete die Tür. Plasberg winkte ihn herein und setzte ihr Gespräch unbeirrt und lautstark fort.

„Eric, was soll das? … Dann pass eben besser auf die Kinder auf … nein, ich denke nicht daran, Ruth für etwas zu bestrafen, das sie gar nicht getan hat! … Ach, jetzt mach dich doch nicht lächerlich! Ich wiegele unsere Kinder nicht gegen deine neue Familie auf. Aber vielleicht solltest du deine Aufsichtspflicht nicht so lax handhaben … Ja, Wiederhören!" Verdrossen beendete sie ihr Telefonat.

„Ärger?", fragte Brinkhoff unverbindlich, während er sich setzte.

„Geht Sie einen feuchten Kehricht an, Kollege", fuhr die Kommissarin auf. Dann jedoch schien sie ihre Meinung zu ändern und erklärte etwas versöhnlicher: „Mein Exmann behauptet, unsere achtjährige Tochter hätte gestern versucht, sein neues Baby – also das Kind, das er mit seiner jetzigen Frau hat – umzubringen … was natürlich völliger Quatsch ist. Er steckt es tagsüber in so eine Art Hüpfsack, den er mit zwei Gummiseilen im Türrahmen befestigt, damit es nicht ständig abhauen kann. Und Ruth spielt gerade für ihr Leben gern Fußball …"

Brinkhoffs Unverständnis schien sich in seinem Gesicht widerzuspiegeln, denn Plasberg sah sich zu weiteren Ausführungen genötigt. „Sie hat ihre kleine Halbschwester als Torwart benutzt und ihr im Eifer des Gefechts einen Ball vor den Latz geknallt – wohlgemerkt keinen richtigen Fußball, sondern einen Softball. Dem Blag ist nichts passiert, aber mein Ex glaubt jetzt, Ruth habe den unbewussten Wunsch, ihre Nebenbuhlerin um die Gunst des Papas quasi vom Platz fegen zu wollen. Er war früher mal Psychologe, bevor er zum Hausmann mutiert ist … was für ein Arschloch!"

Brinkhoff versuchte, sein Lachen hinter einem Hustenanfall zu verbergen. Die Anekdote über ihre Familie ließ Plasberg in seinen Augen etwas menschlicher erscheinen. Es war das erste Mal, dass er etwas über das Privatleben der Kommissarin erfuhr. Bisher hatte er wie alle anderen Kollegen nur gewusst, dass sie allein erziehende Mutter war, aber die offensichtliche Empörung über ihren geschiedenen Mann hatte Plasberg ihren Grundsatz vergessen lassen, ihr Privatleben abzuschirmen. Nach zwei Tagen Dienst mit ihr wusste er immerhin schon, dass sie einen Sohn hatte und kannte den Namen ihrer Tochter und deren Lieblingshobby.

„Tut mit leid wegen vorhin", versuchte er die Gunst der Stunde zu nutzen.

„Schon gut", winkte Plasberg ab. Geistesabwesend kramte sie in ihrer Handtasche. Das Modell des Tages war pink, aus Plastik und mit bunten Blüten besetzt, die natürlich ebenfalls aus Kunststoff waren. Torsten Brinkhoff fühlte sich unwillkürlich an die Badekappen älterer Damen erinnert. „Der Chef hat die Besprechung verkürzt. Bis auf uns zwei und die Kollegen Möller und Terzheim sind sowieso alle krank und die beiden sind mit einem anderen Fall beschäftigt. Wir können von Glück sagen, dass zurzeit relativ wenig los ist. Unsere Klientel scheint auch unter Grippe zu leiden." Plasberg ließ die pinkfarbene Scheußlichkeit auf den Boden fallen und sah Brinkhoff auffordernd an. „Also, was haben Sie gestern erreicht?"

Brinkhoff berichtete von seinem Besuch bei Dr. Grassling und dessen Bestätigung, dass Borowsky Aids und keine lange Lebenserwartung mehr gehabt hatte. Dann erzählte er Plasberg von der zusätzlichen Krebsdiagnose und den Unstimmigkeiten bei den Medikamenten.

„Wir haben also ein Morphiumpräparat gefunden, das der Arzt gar nicht verordnet hat, und das, was er verordnet bekommen hat, hat Borowsky gar nicht genommen?", fragte Plasberg nach, während ihr Brinkhoff die Visitenkarte des Pflegedienstes über den Schreibtisch schob. „Wie merkwürdig!"

„Oder er hat dieses Pflaster vom Pflegedienst gar nicht erhalten", schlug Brinkhoff eine weitere Möglichkeit vor.

Die Kommissarin studierte die Visitenkarte eingehend. „*Herzlich versorgt*? Was für ein bescheuerter Name!“, murmelte sie und erzählte Brinkhoff von ihrem eher ergebnislosen Gespräch mit Nadja Auermann und der wesentlich aufschlussreicheren Unterhaltung mit Axel Borowskys Neffen Timo. Während sie redete, stand sie auf und kritzelte die Namen der beiden an die Pinnwand, unter die der drei Studenten aus Borowskys Nachbarwohnung. Dann setzte sie noch den Namen des Pflegedienstes darunter und versah ihn mit einem großen Fragezeichen.

„Also, der Arzt hat Borowsky letzte Woche Donnerstag einen Besuch abgestattet und nach seinen Angaben war zu diesem Zeitpunkt der Pflegedienst noch im Einsatz“, versuchte Plasberg zu rekapitulieren. „Am Samstagabend bekommt Timo Auermann bei seinem unangekündigten Besuch das Ende eines Streits zwischen einem Pfleger und seinem Onkel mit – jedenfalls kann man es so interpretieren. Zumindest hatte der ominöse Pfleger schlechte Laune. Am Montag besucht Timo Auermann seinen Onkel erneut und erfährt, dass der in der Zwischenzeit den Pflegedienst gefeuert hat, warum auch immer. Auf jeden Fall ist Borowsky sehr aufgebracht. Scheint so, als ob am Wochenende irgendwas passiert ist, was unser Opfer dazu bewogen hat, auf die Dienste des Vereins zu verzichten. Ein Streit mit dem unbekannten Pfleger? Etwas ganz anderes? Auf jeden Fall muss es etwas Gravierendes gewesen sein, denn Timo Auermann hat gesagt, dass sein Onkel so schwach gewesen sei, dass er kaum noch die Tür öffnen konnte. Und jemand, der sich kaum aufrecht halten kann, verzichtet nicht ohne guten Grund auf Hilfe. Nach dem letzten Besuch seines Neffen ist Borowsky dann von niemandem mehr gesehen worden, bis seine Vermieterin ihn am Mittwochmorgen erstochen in seinem Schlafzimmer auffindet.“ Plasberg sah Brinkhoff an. „Es wird Zeit, dass wir diesen Verein näher unter die Lupe nehmen.“

„Wir sollten auch Borowskys Vermögensverhältnisse untersuchen. Seine Schwester scheint ja ziemlich scharf auf das Erbe zu sein“, warf Brinkhoff ein.

„Kein Wunder. Sie hätten mal die Wohnung sehen sollen. Trostlos.“

„Sie hat auch kein Alibi für die Tatzeit."

„Die hat ihren Bruder nicht umgebracht", sagte Plasberg mit einer wegwerfenden Handbewegung. „Ihr Sohn hat recht, dafür ist sie zu fantasielos. Aber andererseits war sie tatsächlich sehr interessiert an dem Erbschein. Wobei ich nicht glaube, dass es da viel zu holen gibt. Borowsky war pleite. Das Girokonto war bis zum Anschlag überzogen und eine Visacardabrechnung ist von der Bank nicht eingelöst worden. Vielleicht geht es ja auch um irgendwas anderes als Geld?" In wenigen Worten informierte sie Brinkhoff über ihren Besuch beim *Kölner Stadt-Anzeiger* und das Foto aus Borowskys Besitz. Aber auch ihr Kollege konnte sich keinen Reim darauf machen. Dann sagte Plasberg: „Übrigens war Borowsky noch ein paar Tage vor seinem Tod an einem Geldautomaten am Heumarkt und hat 500 Euro abgehoben. Geld, das nirgendwo in seiner Wohnung war."

„Er war auf der Bank? In seinem Zustand? Woher wissen Sie das?", fragte Brinkhoff.

„In seinem Wohnzimmer lagen Kontoauszüge herum, aus denen man Ort und Zeit der Auszahlung ersehen konnte. Da fällt mir ein, ich wollte die Bank noch anrufen, wieso sie Borowsky die Auszüge per Einschreiben geschickt hat …"

Der Kommissar starrte seine Kollegin entgeistert an. Und Plasberg hatte den Nerv, sich über vorenthaltene Informationen zu beschweren? „So werden wir den Fall nie lösen", murmelte er leise.

„Wie bitte?"

„Wenn wir uns n-nicht g-gegenseitig informieren, kommen wir in diesem Fall nie weiter", sagte er vorwurfsvoll. Dann dachte er einen Moment nach. „Und wenn jemand das Geld für ihn abgehoben hat? Irgendwer muss ihn doch in der letzten Zeit zu Hause mit Bargeld versorgt haben. Selbst wenn man sehr krank ist, braucht man hin und wieder Geld für Getränke, Lebensmittel, Fernsehzeitschrift, was weiß ich. Vielleicht die Leute vom Pflegedienst?"

„Würden Sie dem Mitarbeiter eines Pflegedienstes Ihre Eurochequekarte und Ihre Geheimzahl geben?"

„Wenn ich sonst niemanden hätte … was ist mit seinem Neffen? Dem hat er doch vertraut!"

„Timo hat gesagt, er hätte keine Ahnung von den finanziellen Verhältnissen seines Onkels."

„Und wenn er gelogen hat?"

Die Kommissarin zog die Stirn in Falten, während sie zum Telefon griff und sich mit der Zweigstelle von Borowskys Bank verbinden ließ. Aber sie hatte kein Glück. Der zuständige Kundenbetreuer war erst nächste Woche wieder im Dienst und seine Vertretung hatte keine Ahnung, warum die Kontoauszüge per Einschreiben geschickt worden waren. Plasberg legte verärgert auf und wechselte das Thema: „Was ist mit Milo Scheibners Alibi?", fragte sie ihren Kollegen.

„Geplatzt!", erklärte Brinkhoff. „Sie hatten recht. Mit dem stimmt was nicht." Er fasste kurz seine Unterhaltung vom vorherigen Abend mit Sascha Martens vom Sportstudio zusammen.

„Also eine Lücke von knapp zwei Stunden, bevor er gegen halb neun Uhr wieder zu Hause aufgetaucht ist", sagte Plasberg nachdenklich. „Schau an, schau an. Dieser Mistkerl!"

Es klopfte an der Tür und ein Angestellter aus der Poststelle brachte die Post herein.

„Na endlich!" Die Kommissarin riss einen großen braunen Umschlag auf, der den Bericht der Rechtsmedizin über die Obduktion von Axel Borowsky enthielt. Plasberg überflog ihn und ihr Gesicht wurde immer interessierter, je länger sie las. „Na, immerhin", sagte sie schließlich. „An Borowskys Leiche sind ein paar blaue Stofffasern gefunden worden. Jetzt müssen wir nur noch das passende Kleidungsstück dazu finden, natürlich immer vorausgesetzt, wir ermitteln einen Verdächtigen … o Mann!" Plasberg stockte, rieb sich genervt die Augen und warf Brinkhoff den Bericht auf den Tisch.

„Was ist?"

„Diese Prellung an Borowskys Hinterkopf … sie stammt wohl nicht von einem Schlag. Der obduzierende Arzt hat winzige Faserrückstände von Tapete am Schädel gefunden, sonst keinerlei Beweise einer Fremdeinwirkung, jedenfalls nicht am Kopf. Vielleicht ist Borowsky auch nur gestürzt. In seinem Zustand war er wahrscheinlich ziemlich klapprig auf den Beinen."

„Oder es hat ihn jemand geschubst", überlegte Brinkhoff.

„Das gibt der Tatablauf meines Erachtens nicht her", widersprach die Komissarin. „Wenn Borowsky vom Täter erst gestoßen wurde, mit dem Kopf gegen die Wand neben dem Bett geknallt ist und dann ohnmächtig wurde, wie konnte er sich dann noch mal aufrappeln und in die Zimmerecke kriechen, wo wir ihn erstochen gefunden haben? Ich meine, warum hat ihn der Täter nicht schon erstochen, als er bewusstlos neben dem Bett lag?"

„Gibt es eine Möglichkeit, den Zeitraum einzugrenzen, wann sich Borowsky die Beule zugezogen hat?"

Plasberg seufzte frustriert. „Dienstagabend. Mehr ist nicht drin."

Brinkhoff schwieg einen Moment. „Hat der Erkennungsdienst schon irgendwas rausbekommen?"

Plasberg schüttelte den Kopf. „Die sind noch nicht fertig. Aber ich hab vorhin schon mal angerufen und es sieht schlecht aus. Es wimmelt in der Wohnung nur so von Fingerabdrücken, wovon die meisten älter oder verwischt sind. Die können von den Mitarbeitern des Pflegedienstes, vom Hausarzt, von der Kärnter, Timo Auermann oder sonst wem stammen. Für eine heiße Spur reicht das nicht aus. Und wenn der Täter mit Handschuhen gearbeitet hat, sind wir in der Beziehung aufgeschmissen. DNA-Spuren wollen sie zwar nicht ausschließen, aber Sie kennen ja den Erkennungsdienst. Bloß nicht festlegen. Die lassen über das LKA und BKA alles durch den Computer laufen, aber ich bezweifle stark, dass wir da irgendeine Übereinstimmung finden werden. Da müsste unser Mörder schon im Rahmen anderer Ermittlungen auffällig geworden sein. Na ja, immerhin konnten sie bestätigen, dass das Messer wirklich die Tatwaffe war. Die Blutspuren an der Klinge stammen von Borowsky."

Brinkhoff nahm endlich das rechtsmedizinische Gutachten zur Hand und studierte es genauer. „Hier steht noch etwas Interessantes: Bei Borowsky sind tatsächlich Krebsmetastasen in der Lunge gefunden worden, die nach Ansicht des Rechtsmediziners ziemlich schmerzhaft gewesen sein müssen. In seinem Blut sind aber nur geringe Spuren eines Betäubungsmittels nachweisbar und zwar Morphium. Kein Wort zu Fentanyl."

Plasberg griff erneut zum Telefon. Nach einer längeren Wartezeit, während der sie ungeduldig mit den Fingern auf die Tischplatte trommelte, wurde sie vom diensthabenden Toxikologen der Rechtsmedizin darüber aufgeklärt, dass mit den üblichen Screeningmethoden Fentanyl nicht nachweisbar sei und dass ihn niemand aufgefordert habe, danach zu suchen.

„Dann betrachten Sie sich jetzt als aufgefordert! Ich will wissen, ob der Mann Durogesic-Pflaster erhalten hat oder nicht!", schnappte die Kommissarin und legte auf. Zu ihrem Kollegen gewandt fragte sie: „Sonst noch irgendetwas Besonderes?"

Brinkhoff las weiter in dem Bericht und schüttelte den Kopf. „Sie haben recht: Bis auf die zwei Messerstiche und die Prellung am Hinterkopf keine weiteren Spuren von Gewalteinwirkung. Und der Stich in die Brust hat zum Exitus geführt, der Stich in den Bauch war allerdings der erste."

„Wann war der genaue Todeszeitpunkt?"

„Zwischen 19 und 22 Uhr."

„Also kommt Milo Scheibner doch in Frage."

Brinkhoff zog ungläubig die Stirn in Falten. „Und mit was für einem Motiv?"

Plasberg zuckte die Schultern. „Keine Ahnung. Auf jeden Fall werden wir uns den Mann noch mal vorknöpfen. Aber zuerst diesen Pflegedienst." Sie grunzte amüsiert. „*Herzlich versorgt*. Also wirklich!" Entschlossen sammelte sie ihre Handtasche vom Boden auf. „Los, Brinkhoff! Wir fahren da zusammen hin. Von mir aus können wir meinen Wagen nehmen. Dienstfahrzeuge sind zurzeit mal wieder knapp, habe ich gehört."

Der Kommissar blickte überrascht auf. „Und was wird aus den Protokollen der bisherigen Zeugenvernehmungen? Wann sollen wir die tippen?"

Plasberg sah ihren Kollegen ungehalten an. „Später … danach. Glauben Sie im Ernst, wir haben jetzt Zeit, uns mit Papierkram aufzuhalten?"

Torsten Brinkhoff hatte noch nie die Gelegenheit gehabt, in Plasbergs Auto mitzufahren. Eigentlich hätte er bei einer Frau in ihrer Lebenssituation – allein erziehend, berufstätig, verbeamtet – einen gepflegten und aufgeräumten Mittelklassewagen erwartet, aber nachdem er die Bekanntschaft mit zwei ihrer Handtaschen gemacht hatte, war er nicht sonderlich überrascht, als Plasberg vor einem abgewirtschafteten *Golf* stehen blieb, der schon lange keine Autowäsche mehr gesehen hatte und den man nur noch als Rostlaube bezeichnen konnte. Unaufgeräumt wäre ein sehr milder Ausdruck für das gewesen, was der Kommissar im Innern vorfand. Der Aschenbecher quoll über von Bonbon- und Kaugummipapierchen, ein kleines Schminkset war auf der Anzeigenkonsole deponiert, in der Tasche der Seitentür steckten ein völlig zerfledderter Stadtplan von Köln und mehrere *Spiderman*-Comics, auf dem Boden flogen ein paar CDs herum, die mit Sicherheit auch nicht der Kommissarin gehörten, es sei denn, sie stand auf schwarzen Rap und Eminem. Unter dem Rückspiegel baumelte ein nach künstlichem Wald stinkender Duftbaum und auf der Rückbank thronten ein leerer Kasten Wasser und ein Babysitz.

„Es ist ein bisschen unordentlich hier", stellte Plasberg unnötigerweise fest. „Ich bin nicht zum Aufräumen gekommen."

„Haben Sie nicht gesagt, Ihre Tochter sei acht?", sagte Brinkhoff und deutete fragend auf den Babysitz, während er die CDs vom Boden aufhob und einen angeknabberten Schokoriegel mit spitzen Fingern aus der Ritze des Beifahrersitzes holte.

„Ich bin schon sehr lange nicht zum Aufräumen gekommen!", erwiderte Plasberg scharf.

„Ach so", murmelte Brinkhoff und wünschte, er hätte den Mund gehalten.

Die Kommissarin sah auf die Uhr. „Es macht Ihnen doch nichts aus, wenn wir einen kleinen Umweg fahren, oder?" Die Frage war eigentlich keine Frage, sondern die Bekanntgabe einer kurzfristigen Planänderung. „Ich muss nur eben an Niklas' Schule vorbei. Die haben gleich Pause und ich habe vergessen, meinem Sohn zu sagen, dass am frühen Nachmittag die Handwerker kommen. Der Abfluss in der Küche ist verstopft. Ich kann ihn nicht anrufen, sein Handy ist kaputt."

Plasberg startete den Wagen und verließ den Parkplatz mit quietschenden Reifen. Ein paar Passanten, die gerade die Straße überqueren wollten, sprangen erschrocken zurück auf den Bürgersteig. Brinkhoff klammerte sich am Haltegriff der Tür fest. Plasberg raste mit achtzig Stundenkilometern durch die Stadt und schien nicht daran zu denken, das Tempo zu drosseln. Der Kommissar überlegte krampfhaft, wie er seine Chefin von ihrem Geschwindigkeitsrausch herunterholen konnte, bevor sie einen Unfall verursachte.

„Wissen Sie, was ich merkwürdig finde?", begann er schließlich zaghaft.

„Was?" Plasberg drückte energisch auf die Hupe und nahm einem schwarzen BMW die Vorfahrt auf die Abbiegespur zur Zoobrücke.

„Dass Borowsky anscheinend keine Freunde und keine Vergangenheit hatte. Keine Fotoalben in der Wohnung, keine Postkarten …"

„Das mit der nicht existenten Vergangenheit scheint ein Familienproblem zu sein." Plasberg schilderte ihrem Kollegen, was sie von der Schwester über die Familiengeschichte der Borowskys erfahren hatte. „Danach wollte sein Vater von der Vergangenheit nichts mehr wissen. Vielleicht hat er das Verhalten an seinen Sohn weitergegeben. Außerdem vergessen Sie Borowskys Adressbuch."

„Wieso? Was ist damit?", fragte Brinkhoff, während sie über den Rhein fuhren. Über ihnen schaukelten einige Gondeln der Rheinseilbahn gemächlich ihrem Ziel im Rheinpark entgegen.

„Da standen eine ganze Menge Namen drin, die meisten hier aus der Stadt."

„Die sollten wir vielleicht auch noch alle abklappern", seufzte Brinkhoff. Auch wenn es die Personen, die er im Zuge von Ermittlungen befragen musste, wahrscheinlich ganz anders empfanden, er selbst kam sich dabei immer wie ein Vertreter vor, der von Haustür zu Haustür zog und um Informationen bettelte.

„Nicht nötig", winkte Plasberg ab. „Das macht Vogt."

„Vogt? Ich dachte, der liegt mit Grippe im Bett?" Brinkhoff runzelte erstaunt die Stirn.

„Auf so was nehmen wir bei einer laufenden Ermittlung keine Rücksicht. Wenn jemand in der Lage ist, etwas zu den Ermittlungen beizutragen, dann tut er es. Das erwarte ich einfach." Maria Plasberg hatte wieder ihren gewohnt ruppigen Ton angenommen; ihre etwas versöhnlichere Laune hatte sich wie eine Fata Morgana in der klaren Luft des Herbsttages verflüchtigt.

„Das ist ja absurd!", rutschte es Brinkhoff heraus.

„Haben Sie ein Problem damit, Brinkhoff?", fuhr Plasberg ihn an.

„I-ich … äh … nein." Der Kommissar biss sich auf die Zunge, um nicht seiner Empörung freien Lauf zu lassen. Wenn er jetzt etwas sagte, würde er von Plasberg mit einem Fußtritt zu den Sexualdelikten zurückversetzt werden, und dafür machte ihm seine neue Aufgabe viel zu viel Spaß. Trotzdem kochte er innerlich.

Nachdem sie die Zoobrücke hinter sich gelassen hatten und auf der Inneren Kanalstraße Richtung Norden nach Nippes abgebogen waren, bremste Plasberg abrupt und kam vor einem Gebäudekomplex aus der Kaiserzeit zum Stehen, den Brinkhoff niemals als Schule erkannt hätte. Der viergeschossige, weißgetünchte und mit großen rostbraunen Backsteinen abgesetzte Bau erstreckte sich fast über einen ganzen Häuserblock und mutete eher an wie eine Kadettenanstalt. Die riesigen, lang gestreckten Fenster ließen erahnen, wie hoch und weit die dahinterliegenden Räume sein mussten.

„Die haben ein Planetarium hier?" Brinkhoff deutete erstaunt auf ein schmales Hinweisschild, das neben dem Eingang angebracht war.

„Und eine Sternwarte." Plasberg eilte zwei Schritte vor Brinkhoff die Treppen hinauf, kreuzte den grün gestrichenen Eingangsbereich und öffnete linkerhand eine Tür, die auf den Pausenhof führte. Der Lärm von mehreren hundert tobenden und schreienden Kindern schwappte ihnen um die Ohren.

Der Platz, der nun vor ihnen lag, war asphaltiert und erinnerte in seiner einfallslosen Gestaltung mehr an den Freigang einer Jugendvollzugsanstalt. Ein paar steinerne Tischtennisplatten und ein heruntergekommener Laubengang, der notdürftigen Schutz vor Regen bot, waren die einzigen Attraktionen. Immerhin gab es zwei riesige, alte Laubbäume am Rande des Platzes, die den tristen Eindruck ein wenig milderten.

„Wieso geht Ihr Sohn hier zur Schule?“, fragte Brinkhoff. Er hatte immer gedacht, dass Plasberg irgendwo im Rechtsrheinischen wohnte. Ihr Sohn musste also jeden Morgen die halbe Stadt durchqueren.

„Niklas hatte ein paar Probleme auf seiner alten Schule“, antwortete die Kommissarin knapp. „War besser, ihn auf eine andere zu schicken.“ Tatsächlich war ihr Sohn vor drei Jahren von der Schule geflogen, weil er andauernd den Unterricht geschwänzt hatte. Erst mithilfe eines Schulpsychologen hatte Plasberg herausgefunden, dass dies Niklas' Reaktion auf die Scheidung seiner Eltern gewesen war. Mittlerweile aber hatte sich das Problem gelegt und die Kommissarin sah keinen Grund, Brinkhoff in ihre familiären Verhältnisse einzuweihen – zumal sie ihrem Sohn gegenüber immer noch ein schlechtes Gewissen hatte.

Plasberg und Brinkhoff drängelten sich durch die Schülermassen des Blüchergymnasiums, die quer durch alle Altersgruppen ihren aufgestauten Bewegungsdrang abreagierten und die beiden Kommissare alle paar Sekunden rücksichtslos anrempelten. Anarchie und Chaos schienen die Umgangsformen während der Pause zu bestimmen. In mehreren Ecken fanden kleinere Raufereien statt und von einer Aufsichtsperson war weit und breit nichts zu sehen. Wie aus dem Nichts fiel Brinkhoff das Schlagwort von „marodierenden Jugendbanden“ ein, das er bisher eher mit den Vorortslums lateinamerikanischer Großstädte assoziiert hatte. Viel fehlte hier auch nicht mehr.

Je weiter die Kommissare auf den Schulhof vordrangen, desto höher wurde der Lärmpegel und desto unübersichtlicher die Menge der Schüler. „Wie wollen Sie denn in diesem Getümmel Ihren Sohn finden?“, brüllte Brinkhoff seiner Chefin ins Ohr.

„Das ist nicht schwer!“, schrie sie zurück und deutete auf eine kleine Gruppe von Teenagern, die sich etwas abseits am Rand des Schulhofs befanden. Im Gegensatz zu den anderen Kindern und Jugendlichen stand diese Gruppe fast bewegungslos an Ort und Stelle, dafür jedoch umgab sie eine deutlich sichtbare Dunstwolke.

„Ah!“, sagte Brinkhoff. „Die Raucherecke. Ich dachte, Rauchen ist an Schulen mittlerweile verboten?“

Plasberg sah ihn mitleidig an.

Ein ungefähr siebzehnjähriger Junge mit einem übergroßen Parka und hängender Jeans, der noch einige Momente zuvor und von Plasberg unbemerkt ein junges Mädchen umarmt hatte, trat hastig eine brennende Zigarette aus und löste sich aus der Gruppe, sobald er die Kommissarin entdeckt hatte.

„Mum!“, sagte er entsetzt und sah sich verstohlen nach seinen Freunden um. „Was willst du denn hier?“

„Hallo, Niklas“, erwiderte Plasberg. „Keine Sorge, wir sind direkt wieder weg. Ich wollte dir nur Bescheid sagen, dass nach der Schule die Handwerker kommen, um den Abfluss in der Küche zu reparieren. Ich hab vergessen, es dir heute Morgen zu sagen. Also trödel nicht herum auf dem Heimweg, okay?“

Niklas zog einen Flunsch. „O Mann, kannst du das nicht erledigen? Wieso muss ich solche Sachen immer machen?“

„Weil ich arbeite, damit meine gefräßigen Kinder etwas zu essen bekommen“, erwiderte Plasberg genervt. Es war nicht das erste Mal, dass sie diese Diskussion führten. „Hast du wieder geraucht?“

„Nein“, log Niklas und trat einen Schritt zurück, damit seine Mutter seinen Zigarettenatem nicht bemerkte. Er betrachtete neugierig den neben seiner Mutter stehenden Brinkhoff. „Ist das dein neuer schwuler Kollege?“, fragte er plötzlich.

Brinkhoff glaubte sich verhört zu haben. „W-wie bitte?“, fragte er entgeistert zurück.

„Mum hat mir gestern Abend von Ihnen erzählt“, erklärte Plasbergs Sohn gleichmütig. „Keine Sorge, ich find’s cool. Lassen Sie sich nur nicht unterkriegen, meine Mutter ist da leider noch ein bisschen rückständig. Aber das gibt sich.“ Damit drehte er sich um und lief wieder zu seinen Freunden zurück. Anscheinend war die Audienz beendet.

„Sie h-haben Ihrem Sohn erzählt, dass ich schwul bin?“, fragte Brinkhoff, während er an Plasbergs Seite zum Wagen zurücklief. „Das g-glaube ich einfach nicht!“

„Na und? Ich habe ihm auch erzählt, dass Sie stottern. Was ist daran so schlimm?"

„Was daran schlimm ist?", regte sich Brinkhoff auf. Er wusste gar nicht, wo er anfangen sollte. „Es geht ihn nicht das Geringste an!"

Aber die Kommissarin hörte ihm gar nicht zu. Stattdessen beobachtete sie einen schlaksigen jungen Mann mit feuerrot gefärbten Haaren und einem von Akne zerfressenen Gesicht, der gelangweilt ein paar Tauben, die unter einem der Laubbäume nach etwas Fressbarem pickten, mit kleinen Kieselsteinen bewarf. Plasberg suchte Deckung hinter einer Gruppe kichernder Mädchen, um nicht gesehen zu werden. „Timo Auermann!", murmelte sie erstaunt. „Was für ein Zufall."

„Was?"

Plasberg deutete auf den Teenager. „Das ist Borowskys Neffe. Ich hatte keine Ahnung, dass er mit Niklas auf dieselbe Schule geht. Aber er wohnt ja auch nicht weit von hier. Vielleicht sind sie sogar in derselben Jahrgangsstufe. Interessant."

Die Kommissare verließen den Schulkomplex. Am Parkplatz angekommen, schloss Plasberg die Wagentüren auf und setzte die Unterhaltung mit ihrem Kollegen fort, als wäre sie nie abgelenkt worden. „Dann sind Sie also einer von den Verkappten?", fragte sie. „Dann wundert es mich nur, dass die halbe Behörde davon weiß."

„Nein, ich bin keiner von den Verkappten!", erwiderte Brinkhoff wütend. „A-Aber ich suche mir immer noch selber aus, wem ich davon erzähle und wem nicht. Und Ihr Sohn gehört eindeutig nicht dazu!"

Der Rest der Fahrt verlief in eisiger Stille, beide Kommissare dachten darüber nach, womit sie es verdient hatten, mit dem jeweils anderen zusammenarbeiten zu müssen. Brinkhoff wartete auf eine Entschuldigung, aber Maria Plasberg schien dazu keine Veranlassung zu sehen, jedenfalls kam kein Wort über ihre Lippen. Brinkhoff wünschte, er hätte sich nicht überreden lassen, zusammen mit Plasberg in einem Wagen zu ihrem Termin zu fahren.

Er brach sein Schweigen erst in der Nähe der Universität, als sich die Kommissarin auf die falsche Spur einzuordnen drohte. „Wir müssen links abbiegen", brummte er. „Die Bachemer Straße ist links."

Plasberg warf ihm einen kühlen Blick zu, bog wortlos nach links ab und brachte kurz darauf das Auto vor einem schmalen, dreistöckigen Gebäude mit einem Kastanienbaum vor der Tür zum Stehen.

„Wir sind da", sagte sie mürrisch und deutete auf vier Fenster im Erdgeschoss, die mit dem blauweißen Logo des Pflegedienstes beklebt waren.

Der erste Teil des Vereinsnamens war durch ein rotes Herz ersetzt worden. Für Brinkhoffs Geschmack strahlten Schriftzug und Name des Dienstes eine etwas anbiedernd wirkende Betroffenheit aus, die sich schlecht mit seiner Vorstellung von der Professionalität eines ambulanten Pflegedienstes vereinbaren ließen. Aber vielleicht hatte Borowsky gerade diese Portion Betroffenheit gefallen.

Die Haustür stand auf und die beiden Kommissare betraten das Treppenhaus. Drei Stufen führten zum Pflegedienst, dessen Tür sich nach einem kurzen Druck auf die Klingel automatisch öffnete.

Sieben

Die Örtlichkeiten von *Herzlich versorgt* bestanden aus vier gegenüberliegenden Räumen, die durch einen schmalen, nüchtern weiß gestrichenen Flur miteinander verbunden waren. Am Ende des Ganges gab es eine Toilette und eine kleine Teeküche. Plasberg und Brinkhoff hörten Stimmen und unterdrücktes Gelächter aus den hinteren Büros, das Rattern eines Druckers und emsiges Tippen auf einer Computertastatur. In der Küche brodelte eine Kaffeemaschine und der Duft von frisch gebrühtem

Kaffee wehte ihnen entgegen. Brinkhoff dachte wehmütig an seinen Milchkaffee, den er ungetrunken zu Hause hatte stehen lassen müssen.

Eine gestresst wirkende Frau Mitte vierzig, deren blonde, nackenlange Haare mit dunklen Strähnen durchsetzt waren und einen neuen Schnitt vertragen hätten, trat aus einem der vorderen Büros und kam auf sie zu, einen Stapel Briefe unter den Arm geklemmt. Ihre Augenbrauen waren gezupft und hauchdünn nachgezogen worden, ein karminroter Lippenstift und zu dick aufgetragenes Make-up verliehen ihren Gesichtszügen etwas Puppenhaftes. Kleine Fältchen neben ihrer Lippenpartie schufen den Eindruck von permanent verärgert heruntergezogenen Mundwinkeln. Sie trug ein figurbetontes, gedecktes Kostüm, das Brinkhoff eher bei einer Aufsichtsratssitzung eines mittelgroßen Konzerns erwartet hätte als bei der Mitarbeiterin eines ambulanten Pflegedienstes.

Die Frau schenkte den Kommissaren ein knappes, aufgesetztes Lächeln. Brinkhoff sah für einen flüchtigen Augenblick Lippenstiftreste auf ihren Schneidezähnen aufblitzen. „Ja, bitte?"

„Kripo Köln, Mordkommission. Mein Name ist Plasberg und das ist mein Kollege Brinkhoff", eröffnete Maria Plasberg das Gespräch und zückte ihre Dienstmarke. „Wir möchten den Leiter des Pflegedienstes sprechen."

Die gemalten Augenbrauen der Frau fuhren in die Höhe. „Das bin ich. Annette Bergmann-Pohl. Sie sind von der Mordkommission?" Ihr Blick blieb ungläubig an Plasbergs pinkfarbener Handtasche hängen. Einen Augenblick später wurde ihr anscheinend bewusst, dass alle Geräusche und Stimmen in den angrenzenden Räumen verstummt waren, denn sie bat die Kommissare hastig in ihr Büro und schloss die Tür hinter sich.

Das Büro der Pflegedienstleitung war ebenso nüchtern gehalten wie der Flur des ambulanten Dienstes. An den Wänden hingen Ansichten einiger romanischer Kirchen von Köln, Zeichnungen, die aussahen, als wären sie im Dutzend gekauft worden, dann gab es noch einen Aktenschrank, einen Schreibtisch und einige Stühle. Auf einem Beistelltisch neben der Tür lagen ein paar Broschüren des Pflegevereins zur Ansicht aus.

Plasberg blätterte in dem Faltblatt und erfuhr, dass das Einzugsgebiet von *Herzlich versorgt* Lindenthal, Sülz und Braunsfeld umfasste.

„Kaffee?“ Bergmann-Pohl drehte ihnen den Rücken zu und machte sich an einer Thermoskanne auf der Fensterbank zu schaffen.

Brinkhoff hätte gerne ja gesagt, aber Maria Plasberg schüttelte den Kopf. „Es geht um einen Ihrer Patienten“, erklärte sie schnell, nachdem sie und Brinkhoff Platz genommen hatten. „Axel Borowsky. Er ist gestern Morgen tot in seiner Wohnung aufgefunden worden.“

Für einen Moment ging ein Ruck durch die Pflegedienstleitung, dann hatte sie sich wieder im Griff. „Borowsky … Borowsky. Ja, natürlich, der Aids-Patient!“ Bergmann-Pohl hantierte noch immer mit dem Rücken zu den Kommissaren an der Kaffeekanne. „Gleueler Straße … er ist tot? Mein Gott, das ging aber dann doch viel schneller, als wir vermutet hatten. Die Kollegen haben ihm schon noch ein paar Wochen gegeben. Aber ich verstehe nicht. Sagten Sie nicht, Sie sind von der Mord …“

„Die Kollegen?“, schnitt ihr Plasberg das Wort ab.

„Meine Mitarbeiter, die in die Pflege involviert waren“, verbesserte sich Bergmann-Pohl.

Endlich wandte sie ihnen ihr Gesicht zu. Die Frau schien nicht sonderlich schockiert über die Todesmitteilung zu sein, jedenfalls war in ihrer Mimik keinerlei Gefühlsregung zu erkennen. Brinkhoff musste an Plasbergs sarkastische Reaktion beim Anblick von Borowskys zusammengesunkenem Leichnam denken und schüttelte sich unwillkürlich. Zu viele Menschen, die beim täglichen Umgang mit dem Tod abstumpften.

„Herr Borowsky ist nicht an Aids oder Krebs gestorben. Er ist ermordet worden“, warf er ein.

Bergmann-Pohl schrak zusammen. Die starre Maske der Gleichgültigkeit fiel von ihr ab und sie sah die Kommissare fassungslos an. „Jemand hat ihn umgebracht? Wie?“

„Wie?“, fragte Plasberg verwundert zurück. Normalerweise war die erste Frage bei einer solchen Nachricht ein Warum oder ein Wann oder ein Wer. „Er ist erstochen worden.“

„Erstochen? Aber ich habe doch noch persönlich am Samstag mit ihm telefoniert! Samstagabend, um genau zu sein." Annette Bergmann-Pohl schien ehrlich entsetzt zu sein.

„Und warum, wenn ich fragen darf? Ich meine, ist das Wochenende nicht eine ungewöhnliche Zeit, um mit Patienten zu telefonieren?"

Die Pflegedienstleitung fuhr mit einer Hand nervös durch ihre Frisur und zupfte ein paar Haarsträhnen zurecht. „Er hatte auf Band gesprochen und mir mitgeteilt, dass er unsere Dienste nicht mehr benötigt", sagte sie schließlich knapp, als bedauerte sie, vorher so freigiebig mit ihren Äußerungen gewesen zu sein.

Plasberg runzelte die Stirn. „Ich verstehe nicht. Was heißt das: nicht mehr benötigt? War er plötzlich gesund geworden?"

„Gesund? Natürlich nicht! Er ... er wollte sich von *Herzlich versorgt* trennen."

Plasberg wollte gerade nachfragen, als Brinkhoff eine Frage dazwischenschob. „In w-welchem U-Umfang haben sie Herrn B-Borowsky eigentlich betreut?"

Bergmann-Pohl registrierte den Sprechfehler des Kommissars und sah Plasberg an, als wollte sie wissen, wieso jemand mit einer solchen Behinderung bei der Polizei arbeiten konnte. „Er ist von uns morgens und abends pflegerisch versorgt worden und dreimal die Woche haben wir für eine Stunde nachmittags einen Zivildienstleistenden hingeschickt, als Haushaltshilfe", erwiderte sie schließlich ungnädig.

„Gut." Plasberg nahm den Gesprächsfaden mit einem verärgerten Seitenblick auf Brinkhoff wieder auf. „Und Sie sagen, er hat Sie, also Ihren Pflegedienst, gefeuert."

„Wenn Sie es so ausdrücken wollen", erwiderte Bergmann-Pohl gedehnt und beide Kommissare spürten, wie unangenehm ihr dieses Eingeständnis war. „Ich höre das Band regelmäßig ab, auch am Wochenende, und habe natürlich gleich zurückgerufen und versucht, ihn umzustimmen, in seinem eigenen Interesse, aber er war nicht davon abzubringen. Daraufhin habe ich den Mitarbeitern, die bei ihm am Sonntag und Montagmorgen eingeteilt waren, den Dienst abgesagt. Was blieb mir anderes übrig? Am Dienstag kam dann die schriftliche Kündigung des

Pflegevertrags. Sogar die Pflegemappe hat er sofort zurückgeschickt.“

„Ah! Dann ist schon eine der Fragen, die wir hatten, beantwortet“, sagte Brinkhoff.

Maria Plasberg warf ihrem Kollegen einen weiteren undefinierbaren Blick zu. „Allerdings gibt es noch eine Reihe anderer Fragen“, ergänzte sie. „Zeugenaussagen zufolge hat es am Samstagabend eventuell einen Streit zwischen Borowsky und einem Ihrer Mitarbeiter gegeben. Könnte die Kündigung damit etwas zu tun haben?“

„Davon weiß ich nichts“, erwiderte Bergmann-Pohl erstaunt. „Was für ein Streit?“

„Wir hatten eigentlich gehofft, das von Ihnen zu erfahren. Darf ich das Kündigungsschreiben sehen?“, fragte Plasberg.

„Ich weiß wirklich nicht, was Sie das angeht, Frau Kommissarin“, zögerte die Pflegedienstleiterin, wühlte aber dann doch in den Ablagekästen auf ihrem Schreibtisch.

„Dieser Brief ist mit der normalen Post eingegangen?“ Plasberg überflog das Schreiben, das nur aus den nötigsten Sätzen bestand und in dem Axel Borowsky ohne genauere Angabe „aus persönlichen Gründen“ eine weitere Betreuung durch Bergmann-Pohls Pflegeverein ablehnte. Der Brief war auf einem PC getippt worden. „Allen unseren Eindrücken nach war Borowsky körperlich sehr geschwächt. Das ist doch korrekt, oder?“

„So wie ich das aus den Berichten meiner Mitarbeiter weiß, ja.“

„Wie kann es dann sein, dass dieser Brief mit der Post abgeschickt wurde? War Herr Borowsky denn noch in der Lage, das Haus zu verlassen?“

„Ich weiß nicht“, erwiderte Bergmann-Pohl überrascht. „Ich glaube nicht … darüber habe ich noch gar nicht nachgedacht.“

Plasberg grübelte einen Augenblick und kam dann wieder auf das vorhergehende Thema zu sprechen. „Hat Borowsky Ihnen vielleicht mündlich Gründe für seine Kündigung genannt?“

Annette Bergmann-Pohl schüttelte den Kopf.

„Sind Sie sicher? Es gibt da nämlich ein paar Unstimmigkeiten bei der Medikamentenvergabe.“

„Was für Unstimmigkeiten?“

„Borowsky bekam laut ärztlicher Anordnung von Dr. Grassling Durogesic-Pflaster gegen seine Schmerzen verabreicht. In seinem Blut sind aber nur geringe Mengen Morphium nachzuweisen, also nicht der Wirkstoff, den wir erwartet hatten, sodass wir bisher davon ausgehen müssen, dass er zumindest das letzte Durogesic-Pflaster nicht erhalten hat. Dafür spricht auch, dass auf seinem Körper kein Pflaster zu finden war, als wir die Leiche gestern entdeckt haben, und dass in seiner Wohnung MST-20-Tabletten gefunden wurden." Plasberg feuerte ihre Worte wie Geschosse ab.

„Was wollen Sie damit andeuten? Dass wir den Patienten nicht weisungsgemäß versorgt und ihm stattdessen MST gegeben haben?" Annette Bergmann-Pohl sah die Kommissare entrüstet an. Sie fühlte sich sichtlich in ihrem Berufsethos verletzt. „Wenn Sie schon so grundlose Anschuldigungen erheben, sollten Sie überlegen, was Sie damit unterstellen! MST 20 hat eine wesentlich geringere Schmerzabdeckung als ein Durogesic-Pflaster. Sie beschuldigen meinen Pflegedienst, einen unserer Patienten absichtlich Schmerzen leiden zu lassen! Welchen Grund sollten meine Mitarbeiter haben, so etwas zu tun?" Bergmann-Pohl war ganz rot im Gesicht geworden vor lauter Empörung. „Die Verabreichung der Betäubungsmittel wird sowohl im BTM-Buch von den Pflegekräften abgezeichnet, als auch ein weiteres Mal in der Dokumentationsakte des jeweiligen Patienten vermerkt. Ich bin sicher, dass alles seine Richtigkeit hat."

„Na, dann belehren Sie uns eines Besseren und lassen Sie uns einen Blick in diese Bücher und Dokumente werfen", sagte Plasberg mit einem entwaffnenden Lächeln.

„Nein." Bergmann-Pohl kniff die Lippen zu einem schmalen Strich zusammen. Wenn an der Behauptung der Kommissarin etwas dran war, dann musste sie sich erst selbst ein Bild machen, bevor sie der Polizei Einsicht gewährte. Und dazu brauchte sie Zeit. „Es tut mir wirklich sehr leid, Frau Kommissarin, aber das geht zu weit. Sie können nicht einfach hier auftauchen und unter fadenscheinigen, halbgaren Andeutungen unsere Patientenakten und Firmeninterna einsehen. Da müssen Sie sich schon etwas mehr einfallen lassen."

Plasberg hob die Augenbrauen. Anscheinend hatte sie ohne es zu ahnen, in ein Wespennest gestochen. Trotzdem beharrte sie für den Moment nicht auf ihrem Wunsch. Es gab Mittel und Wege, Bergmann-Pohl zur Einsichtnahme zu zwingen.

„Gut", ruderte sie zurück. „Wir werden sehen. Also hat Herr Borowsky keinerlei Gründe genannt, weshalb er nicht mehr von Ihnen versorgt werden wollte – abgesehen von diesem nicht sehr informativen Kündigungsschreiben?"

„Er käme allein zurecht, hat er behauptet", antwortete die Pflegedienstleitung noch immer verärgert.

„Hielten Sie das für eine realistische Selbsteinschätzung?"

„Natürlich nicht! Der Mann, entschuldigen Sie, wenn ich mich so drastisch ausdrücke, war ein Wrack! Wie gesagt, meine Mitarbeiter haben ihm allenfalls noch ein paar Wochen gegeben! Außerdem wäre er mit der Versorgung der künstlichen Ernährung gar nicht allein zurechtgekommen. Und er hat Infusionen bekommen, soweit ich mich erinnere, aber da müsste ich erst die Kollegen fragen, die bei dem Patienten im Einsatz waren."

„Sie selber fahren keine Einsätze?"

„Ich bin die Geschäftsführerin und PDL. Dafür habe ich meine Mitarbeiter." In ihrer Stimme schwang eine gewisse Erleichterung mit, als wäre sie froh, zwischen sich und der Versorgung der Patienten vor Ort eine gewisse Distanz geschaffen zu haben.

„PDL?", fragte Brinkhoff nach.

„Pflegedienstleitung. Ich kümmere mich um die Abrechnungen mit den Krankenkassen und Sozialämtern, den Bürokram und die Organisation der Dienstpläne, leite die Teamsitzungen, mache die Patientenakquise, führe die Mitarbeitergespräche …"

„Kollege Brinkhoff, haben Sie etwas dagegen, wenn ich hier die Fragen stelle?" Der Ton der Kommissarin war scharf und unmissverständlich. „Also, nur um das richtigzustellen: Sie waren sich darüber im Klaren, dass Ihr Patient nicht ohne Ihre Hilfe zurechtkommt und nur noch eine sehr geringe Lebenserwartung hat, und haben trotzdem die Betreuung eingestellt? Das finde ich, gelinde ausgedrückt, erstaunlich." Sie sah die Pflegedienstleitung erwartungsvoll an.

„Herr Borowsky war frei in seinen Entscheidungen. Ich konnte ihn ja nicht zwingen."

„Hm. Dieser Pflegevertrag", bohrte Plasberg weiter. „Ist es denn üblich, dass er fristlos gekündigt werden kann?"

„Nein", Bergmann-Pohl zögerte erneut, „üblich ist das nicht."

„Aber in diesem Fall?"

„Da gab es Gründe." Die Pflegedienstleitung wich der Antwort offensichtlich aus, zumindest war sie ihr unangenehm. „Sehen Sie, Frau Kommissarin, um ehrlich zu sein, Borowsky war ein schwieriger Patient. Meine Mitarbeiter haben sich ständig beschwert. Er war launisch, unhöflich, unkooperativ bei der Pflege und hatte ständig etwas auszusetzen. Die Kollegen im Einsatz mussten ihren Dienstwagen zum Beispiel immer in einer Nebenstraße parken, weil Herr Borowsky darauf bestand, dass niemand im Haus bemerken sollte, dass er von uns medizinisch versorgt wurde. Sie können sich vorstellen, wie unpraktisch und zeitaufwendig das gewesen ist. Ich war ganz froh, dass er sich anderweitig umgesehen hatte."

„Anderweitig umgesehen? Was heißt das?"

„Er wird wohl einen anderen Pflegedienst beauftragt haben."

„Ich dachte, er hätte Ihnen gesagt, dass er alleine zurechtkäme?", sagte Plasberg scharf.

„Zuerst … zuerst hat er das behauptet. Und dann hat er mir gesagt, er hätte einen anderen Dienst gefunden." Die Pflegedienstleitung spielte nun nervös mit den Ringen an ihren Fingern. „Es klang alles ein bisschen wirr."

„Das tut es jetzt immer noch. Können Sie mir den Namen des anderen Dienstes nennen? Haben Sie sich mit ihm in Verbindung gesetzt?"

Bergmann-Pohl schüttelte den Kopf. „Tut mir leid", erwiderte sie betreten. „Aber Sie sehen ja selbst, wie viel ich zu tun habe." Sie deutete mitleidheischend auf ihren mit Unterlagen überfluteten Schreibtisch.

„Und Sie haben sich auch nicht mit der Pflegekasse oder dem Hausarzt in V-Verbindung gesetzt?" Brinkhoff konnte nicht anders. Trotz Plasbergs Warnung redete er wieder dazwischen. „Soweit ich informiert bin, hätte Dr. Grassling bei einer Kündigung des Pflegevertrags sofort eine Krankenhauseinweisung in die Wege geleitet."

„Ich … ich … äh … wollte es diese Woche noch tun. Es ist bisher einfach untergegangen. Wir hatten erst gestern wieder zwei Todesfälle und der ganze Papierkram und die Organisiererei, Sie wissen wahrscheinlich selbst, wie das ist."

„Nein", sagte Plasberg, „ich weiß nicht, wie das ist, wenn man schlampig arbeitet." Annette Bergmann-Pohl sah die Kommissarin an, als wäre sie geohrfeigt worden.

Plasberg und Brinkhoff tauschten einen Blick aus und stimmten stumm überein, dass bei diesem Pflegedienst scheinbar nicht nur der Schreibtisch der Leiterin unordentlich war. „Wir würden gerne mit den Mitarbeitern sprechen, die Herrn Borowsky betreut haben. Insbesondere mit dem Pfleger, der ihn Samstagabend versorgt hat. Geht das?"

Die Pflegedienstleiterin nickte ungnädig. „Wenn es unbedingt sein muss. Allerdings erst morgen. Ich kann Ihnen eine Liste zusammenstellen. Ich muss die Dienstpläne von letzter Woche durchsehen, wer bei Herrn Borowsky eingesetzt war, und die entsprechenden Mitarbeiter informieren."

„Auswendig wissen Sie das nicht?"

„Wir haben zurzeit über dreißig Patienten zu betreuen. Natürlich weiß ich die Dienstplaneinteilung nicht auswendig. Schon gar nicht die von letzter Woche!"

„Kommt es eigentlich häufig vor, dass sie Aids-Patienten versorgen?", mischte sich Brinkhoff erneut in das Gespräch ein. Je länger er Bergmann-Pohl gegenübersaß, desto unsympathischer wurde ihm die Frau.

„Nicht mehr so häufig wie noch vor ein paar Jahren."

„Ach! Und woran liegt das?"

„Mit denen lässt sich kein Geschäft mehr machen", erklärte Bergmann-Pohl kalt. „Seit der Entwicklung von neuen Medikamenten werden sie nicht mehr so häufig krank und benötigen weniger Hilfe. Onkologische Patienten sind da wirtschaftlicher. Im Übrigen habe ich noch nie gern Aids-Patienten versorgt. Das gab immer Unruhe und Ärger mit den anderen Patienten und deren Angehörigen. Die hatten häufig Ängste, was das Infektionsrisiko betrifft. Und ganz im Vertrauen, Herr Kommissar: Homosexuelle Patienten sind allgemein ziemlich schwierig, nicht nur Borowsky." Bergmann-Pohl wurde plötzlich wieder redselig und beugte sich verschwörerisch nach vorne, als ob sie Brinkhoff ein Geheimnis anvertrauen wollte. Dabei bemerkte sie gar nicht, dass Brinkhoffs Mundwinkel wütend zu zucken begannen. „Man kann ihnen einfach nichts recht machen. Sie hinterfragen die Pflege, nörgeln andauernd herum und glauben, sie hätten ein Recht auf Mitleid wegen ihres Zustandes. Dabei haben sie sich den ja nun wirklich selbst zuzuschreiben, im Gegensatz zu Geriatriepatienten zum Beispiel."

Brinkhoff wollte gerade in aller Schärfe etwas erwidern, als er unter dem Stuhl einen heftigen Tritt gegen sein Schienbein bekam.

„Gut." Mit einem vielsagenden Blick zu ihrem Kollegen stand die Kommissarin auf und beendete das Gespräch. „Dann kommen wir morgen um vierzehn Uhr wieder, wenn Sie nichts dagegen haben. Bitte informieren Sie Ihre Mitarbeiter. Schönen Tag noch." Brinkhoff folgte ihr, sich nur mühsam beherrschend. In der Tür drehte sich Plasberg noch einmal um. „Zwei Fragen noch, Frau Bergmann-Pohl: Hatten Ihre Mitarbeiter Zugang zu Herrn Borowskys Scheckkarte? Ich meine, haben Ihre Mitarbeiter auch finanzielle Angelegenheiten für ihn geregelt, sind sie zum Geldautomaten gelaufen, haben Geld für ihn abgehoben?"

„Nein!" Bergmann Pohl schüttelte heftig mit dem Kopf. „Natürlich nicht! Wenn wir bemerken, dass ein Patient seine Finanzen nicht mehr selbst regeln kann, dann schalten wir normalerweise ein Familienmitglied oder einen amtlichen Betreuer ein."

„Gab es denn einen amtlichen Betreuer?"

„Nein."

„Und wer hat ihm dann geholfen, Bargeld abzuheben? Wir wissen, dass von seinem Konto kurz vor seinem Tod 500 Euro abgebucht wurden."

„Da müssten Sie meine Mitarbeiter morgen drauf ansprechen. Aber vielleicht hatte Herr Bororwsky ja Freunde, die ihm bei solchen Dingen geholfen haben? Ich bin nicht über jedes Detail vor Ort informiert."

„Dachte ich mir fast", murmelte Plasberg unhörbar. „Hatten Sie als Pflegedienst eigentlich einen Schlüssel zu Borowskys Wohnung?"

Die Pflegedienstleiterin schüttelte ein letztes Mal den Kopf. „Herr Borowsky hat darauf bestanden, uns immer selbst die Tür zu öffnen."

Nach dieser Antwort rauschte die Kommissarin aus dem Büro, mit Brinkhoff im Schlepptau.

Sobald die Beamten das Gebäude verlassen hatten, suchte Annette Bergmann-Pohl im Regal ihres Büros die Akte Borowsky heraus. Sie war so froh gewesen, diesen unangenehmen Patienten loszusein, dass sie die Akte einfach weggestellt hatte, nachdem sie sie am Dienstag mit der Post erhalten hatte. Nicht einen Blick hatte sie hineingeworfen. Jetzt ärgerte sie sich über ihre kindische Reaktion. Hätte sie ihre Pflichten nicht vernachlässigt, wäre sie besser informiert gewesen. Hastig öffnete sie die DIN-A-4-Mappe. Sie brauchte nur wenige Sekunden, um zu begreifen, dass ihr Dienst sich in immensen Schwierigkeiten befand und sie sich persönlich in einer sehr prekären Zwickmühle, denn so wie die Dinge lagen, konnte sie nicht angemessen reagieren, ohne sich selbst in Gefahr zu bringen. Sie war gezwungen, die Machenschaften ihres Mitarbeiters zu decken.

Im Auto machte Torsten Brinkhoff seiner Wut im Bauch Luft. „Diese blöde Zimtzicke!", schimpfte er lautstark. „W-was glaubt die eigentlich, wer sie ist! Zieht ohne mit der Wimper zu zucken mit ihren dämlichen Vorurteilen vom Leder und …" Brinkhoff war so außer sich, dass er nach Luft schnappen musste. „Sie hat Borowskys K-Kündigungsschreiben akzeptiert, obwohl er in seinem Zustand gar nicht ohne Weiteres aus der Betreuung hätte aussteigen können, weil Sie einen Aids-Patienten loswerden wollte, und sie hat wissentlich die Meldung an den Hausarzt und die Kasse verschleppt! So was ist u-u-unterlassene Hilfeleistung!"

„Sie müssen noch viel lernen, Brinkhoff", unterbrach Plasberg seine Tirade spitz. „Wenn man die Leute reden lässt, erfährt man manchmal mehr, als wenn man konkrete Fragen stellt.

Aber ich glaube auch nicht, dass sie uns die Wahrheit gesagt hat, jedenfalls nicht die ganze. Man riskiert nicht seine Zulassung als Pflegedienst, nur weil man nicht mit Aids-Patienten kann. Dann nimmt man sie erst gar nicht auf. Da steckt noch mehr dahinter. Allein ihre Weigerung, uns einen Blick in diese Akten werfen zu lassen. Die Dame muss noch gewichtigere Gründe gehabt haben, dass sie froh war, Borowsky loszusein."

„Und welche?"

Plasberg steckte den Schlüssel ins Zündschloss und startete den Motor. „Keine Ahnung. Vielleicht erfahren wir morgen mehr. Im Übrigen wäre ich Ihnen sehr verbunden, wenn Sie mir in Zukunft nicht ständig ins Wort fallen würden bei einer Zeugenbefragung."

„Ich wollte doch nur ...", protestierte Brinkhoff.

„Es ist mir egal, was Sie wollten! Ich schätze es nicht, wenn man mich unterbricht. Richten Sie sich gefälligst nach meinen Anweisungen! Eigenständig arbeiten können Sie, wenn Sie Ihre eigene MK leiten."

Brinkhoff schwieg. „Die Bergmann-Pohl hat doch nur versucht, sich bei uns einzuschleimen, nachdem wir mitbekommen haben, was für einen Mist sie gebaut hat!", platzte er dann heraus.

Plasberg seufzte genervt. „Was wollen Sie eigentlich, Brinkhoff? Sie sind doch nicht aidskrank."

„Was soll denn das jetzt schon wieder heißen? Für die Bergmann-Pohl ist doch aidskrank und schwul dasselbe!"

„Sie lassen sich bei den Ermittlungen von Ihren persönlichen Gefühlen und Ansichten leiten, Herr Kollege."

„Was für ein Quatsch!", fuhr Brinkhoff endgültig aus der Haut. Mittlerweile war er so verärgert, dass er nicht einmal mehr mitbekam, wie laut seine Stimme wurde. „Na ja, dass Sie mit der A-Alten übereinstimmen, kann ich mir gut vorstellen."

Maria Plasberg nahm ihre Hand vom Zündschlüssel. „Wie bitte?" Für einen Moment glaubte sie, sie hätte sich verhört.

„Hören Sie doch auf! So wie Sie mich behandeln, sind Sie doch mindestens genauso schwulenfeindlich wie diese Pflegedienstleiterin!" Brinkhoff rutschte dieser Satz heraus, bevor er darüber nachdenken konnte, was er sagte.

Plasberg erstarrte. „Raus“, sagte sie leise.

„Was?“

„Sie verlassen auf der Stelle meinen Wagen.“ Plasberg holte tief Luft und ihr Blick bohrte sich an Brinkhoff vorbei in die Windschutzscheibe. Ihre Stimme war so scharf und schneidend wie das Surren eines Pfeils. „So etwas muss ich mir von einem kleinen, überprotegierten Möchtegern-Kriminalisten wie Ihnen nicht sagen lassen! Unsere Zusammenarbeit ist hiermit beendet. Ich werde Ihren Vorgesetzten darüber informieren, dass ich Ihre Mitarbeit an dem Fall nicht länger benötige. Und jetzt raus!“ Den letzten Satz brüllte sie fast.

Brinkhoff sah die Kommissarin ungläubig an. Dann sprang er wutentbrannt aus dem Wagen und knallte die Beifahrertür hinter sich zu. Die Kommissarin verließ die Parkbucht mit quietschenden Reifen und würdigte ihren am Straßenrand stehenden Kollegen keines Blickes mehr.

„Scheiße!“, fluchte Brinkhoff. „Scheiße!“ Zornig trat er gegen den Kastanienbaum vor dem Haus und schrie danach laut auf. Plasbergs Wagen bog um die Ecke und war nicht mehr zu sehen.

Das war es jetzt mit deiner Karriere bei der Kripo!, dachte Brinkhoff, während er sich seinen schmerzenden Fuß hielt, und Tränen der Wut schossen ihm in die Augen. Diese blöde ... Tussi!

Wenn Plasberg seinen Zornesausbruch an die große Glocke hängte, konnte er von Glück reden, wenn er wieder zur Sitte unter Beerbaum zurückkehren durfte. Genauso gut könnte es ihm aber blühen, zu den Kfz-Delikten strafversetzt zu werden und da bis zur Pensionierung zu verschimmeln. Noch mal in das Team einer Mordkommission berufen zu werden, das konnte er sich jetzt jedenfalls abschminken. Warum hatte er nicht einfach sein Maul gehalten! Warum war er ihr nicht in den Arsch gekrochen, wie er sich das erst gestern vorgenommen hatte? Er hätte bestimmt nicht ewig mit der Plasberg zusammenarbeiten müssen! Und was hatte die Kuh bloß gegen ihn? Frauen wie sie waren doch normalerweise verrückt nach Schwulen, weil sie von denen nicht permanent blöde angemacht wurden und sich nicht ständig den Rücken freihalten mussten. Im Grunde wären er und die Kommissarin prädestiniert gewesen für eine gute Zusammenarbeit – aber nein, die Plasberg musste ja einen schlimmeren Machismo raushängen lassen als alle männlichen Heterokollegen der Direktion zusammen. Scheißdreck!

Brinkhoff humpelte die Bachemer Straße entlang, ohne genau zu wissen, was er jetzt machen sollte. Das Beste war wahrscheinlich, ins Polizeipräsidium zurückzukehren und mit Beerbaum zu reden. Aber erst musste er sich ein bisschen besser unter Kontrolle haben und seine Nerven beruhigen. Wenn er jetzt aufgeregt und wütend zu Beerbaum ins Büro stürmte, würde er die Sache nur noch schlimmer machen. Beerbaum hatte ihm gesagt, dass er nur dann etwas gegen Plasberg unternehmen würde, wenn sie Brinkhoff unter Zeugen wegen seiner Homosexualität herunterputzen würde. Aber genau das hatte die Kommissarin ja bisher vermieden. Stattdessen hatte sie lieber die Nadelstichtaktik angewandt. Hier eine Anspielung, da eine dumme Bemerkung, bis ihm selbst der Kragen geplatzt war. Und er war darauf hereingefallen. Ganz schön gerissen! Was er bloß bloß nicht verstand, war, wieso sie dann angeblich auf seine Mitarbeit bestanden hatte. Hatte sie sich wirklich etwas davon versprochen, dass er als Schwuler besser zur Aufklärung an dem Borowsky-Mord geeignet war als jemand anders? Aber gesetzt den Fall, Beerbaum hatte ihm gegenüber gestern Morgen am Telefon die Wahrheit gesagt – und warum sollte er lügen? –, dann musste Plasberg tatsächlich enttäuscht sein von seiner Leistung. Bisher hatte er nicht viel zu den Ermittlungen beitragen können, außer dass er die Preise für Poppers im Kopf hatte und sachkundig feststellen konnte, dass das Fläschchen schon älter war.

Brinkhoff blieb stehen, um einen Moment zu verschnaufen. Mittlerweile tat sein Fuß höllisch weh und schien auch langsam anzuschwellen. Das fehlte ihm gerade noch, dass er sich beim Tritt gegen die Kastanie den Knöchel gebrochen hatte! Brinkhoff machte ein paar weitere, vorsichtige Schritte. Zumindest auftreten konnte er noch. Vielleicht doch nur eine Verstauchung … auf jeden Fall brauchte er eine Pause.

Der Kommissar sah sich um und bemerkte erst jetzt, dass er sich mittlerweile auf der Zülpicher Straße befand. Er musste hinter dem Philosophikum hergelaufen sein und am Krankenhaus Weyertal vorbei, ohne dass er etwas davon mitbekommen hatte. Wenige Meter entfernt entdeckte er eines der vielen Studentencafés, die sich rund um die Uni etabliert hatten. Er schleppte sich dorthin, ließ sich stöhnend am erstbesten Tisch auf einen Stuhl fallen und lagerte seinen geschwollenen Fuß auf einem weiteren Stuhl. Geistesabwesend blätterte er durch die Getränkekarte und bestellte bei der Bedienung, einer jungen Frau in Schlabberjeans und bauchfreiem schwarzen T-Shirt, einen Cappuccino.

Die Frau brachte ihm das Getränk, zeigte dann mit ihrem Kuli auf sein hochgelagertes Bein und fragte spöttisch: „Sportverletzung?"

„N-Nein", erwiderte Brinkhoff überrascht. „Wieso?"

Die Bedienung zuckte mit den Achseln. „Ich dachte nur. Du siehst aus wie die Sportstudenten, die hier immer abhängen. Die haben ständig irgendwelche Zerrungen, Risse, Verstauchungen. Manchmal komme ich mir hier vor wie in einem Sanatorium."

„Sportstudenten?" Brinkhoff wurde plötzlich hellhörig. „A-Aber studieren die nicht alle draußen in Junkersdorf an der Sporthochschule?"

„Schon. Aber die meisten haben ja auch noch andere Studienfächer hier an der Uni. Nur mit Sport als Schulfach können die sich später als Lehrer nicht über Wasser halten. Jedenfalls ist das hier so 'ne Art Stammkneipe für die geworden. Wahrscheinlich weil wir die einzigen sind, die ständig DSF laufen haben." Sie deutete auf den Großbildschirm über der Theke, auf dem gerade ein Tennismatch flimmerte.

Brinkhoff sah sich verstohlen im Café um. Außer seinem waren nur noch zwei Tische besetzt, die Bedienung hatte also nicht viel zu tun und war vielleicht bereit, sich auf ein kleines Schwätzchen einzulassen.

„Das heißt also, hier tauchen immer wieder dieselben N-Nasen auf?"

„Ich sag ja, viel Stammpublikum hier, vor allen Dingen am Wochenende." Die junge Frau schob gelangweilt ihren Kaugummi von einem Mundwinkel in den anderen.

Nervös wagte Brinkhoff einen Schuss ins Blaue. „Dann kennst du w-wahrscheinlich auch den M-Milo … Milo Scheibner?“, fragte er in der Hoffnung, dass die Bedienung ihn nicht durchschauen würde.

Der Kauvorgang wurde für einen winzigen Augenblick unterbrochen. „Sagt mir nichts.“

„Ziemlich große Klappe, ganz kurz rasierte Haare und eine Narbe zwischen linkem Auge und der Schläfe.“

„Hm.“ Sie musterte den Kommissar zurückhaltend, als überlegte sie angestrengt, ob Brinkhoff vertrauenswürdig war oder nicht. Anscheinend gelangte sie zu einem positiven Ergebnis, denn plötzlich beugte sie sich näher zu Brinkhoff. „Was willst du denn von dem Typen?“, fragte sie.

„Ich … eh … na ja …“ Der Kommissar druckste herum, als wäre er verlegen oder schüchtern. Tatsächlich hatte er keine Ahnung, was er antworten sollte.

Die Bedienung grinste amüsiert. „Verstehe schon“, erwiderte sie und tätschelte Brinkhoff die Schulter. „Mach dir mal nicht ins Hemd. Milo soll dir was zu rauchen besorgen, oder?“

Brinkhoff sah überrascht auf. Bingo!, dachte er und verkniff sich ein triumphierendes Lächeln. „J-Ja, genau“, improvisierte er dann schnell. „Ein Freund hat mir gesagt, er könnte mir was verkaufen.“

„Milo ist meist abends hier. Aber ich weiß von nichts.“ Die junge Frau zwinkerte ihm zu und wollte gerade den Tisch verlassen, als der Kommissar etwas mühsam seine Dienstmarke aus der Hosentasche kramte und sie ihr so vor die Nase hielt, dass die anderen Gäste im Lokal nichts davon mitbekamen.

„Kripo Köln“, sagte er schließlich ernst. „Wie wäre es, wenn Sie doch noch einen Moment hierbleiben. Ich hätte da noch ein paar zusätzliche Fragen.“

„Ach, du Scheiße! Ein Bulle!“, entfuhr es der Bedienung. „Und ich dachte, Sie wären ein besonders verklemmter Student.“ Sie hielt sich entsetzt die Hand vor den Mund.

„Reingefallen“, erwiderte Brinkhoff. „Milo Scheibner dealt hier also ein bisschen? Sie machen sich übrigens strafbar, wenn Sie einen Dealer schützen.“

Die junge Frau seufzte und zwängte verschämt die Hände in die Hosentaschen. „Ich will ihn nicht schützen“, antwortete sie zögernd, „aber Scheibner ist ein unangenehmer Typ, der macht Ärger, wenn Sie verstehen, was ich meine.“

Brinkhoff wartete.

„Ja, stimmt“, gab sie schließlich zu. „Milo dealt ein bisschen, hin und wieder. Nichts Schlimmes, nur Hasch und ein bisschen Koks … und natürlich nicht hier im Café“, sie sah Brinkhoff erschrocken an, „aber ich hab das halt so mitbekommen von dem, was die Gäste so erzählen, verstehen Sie?“

Der Kommissar nickte und dachte an die Andeutungen, die Sascha Martens im Fitnesscenter gemacht hatte. „Wissen Sie zufällig, ob er vorgestern Abend hier war?“

Die Bedienung überlegte und schüttelte den Kopf. „Dienstagabend? Da war ich in der Spätschicht. Also hätte ich ihn gesehen, wenn er hier gewesen wäre, aber er war nicht da. Das letzte Mal hab ich ihn am Samstagabend hier gesehen, als er mit ein paar Freunden ein Basketballspiel geguckt hat. Was wollen Sie denn eigentlich von ihm?“

Brinkhoff lächelte sie an und legte ihr einen 5-Euro-Schein auf den Tisch. „Danke für die Auskünfte. Sie haben mir sehr weitergeholfen“, erklärte er. „Wie ist eigentlich Ihr Name?“

„Sabrina. Sabrina Herrmann.” Die junge Frau sah Brinkhoff eingeschüchtert zu, wie er sich ihren Namen, ihre Adresse und Telefonnummer auf einem Bierdeckel notierte und in die Tasche steckte. „Kriege ich jetzt Ärger?“

„Keine Sorge“, sagte Brinkhoff. „Ich denke nicht.“

„Ist übrigens eine echt coole Masche, das mit dem Stottern“, erklärte Herrmann. „Da fällt bestimmt jeder drauf rein.“

Brinkhoff schüttelte den Kopf. „Keine M-Masche“, antwortete er verlegen. „Ist echt.“ Dann stand er auf und humpelte so schnell er konnte aus dem Café, ohne seinen Cappuccino auch nur angerührt zu haben.

Ein Motiv!, jubelte er innerlich. Ich habe ein Motiv für Milo Scheibner gefunden! Wenn jetzt noch der Erkennungsdienst Scheibners Fingerabdrücke wenigstens auf dem Tütchen mit Haschisch in Borowskys Wohnung fand, hatten sie eine hieb- und stichfeste Verbindung zwischen den beiden hergestellt.

Er konnte es gar nicht abwarten, mit Plasberg zu telefonieren. Kaum war er im Freien, zückte er sein Handy und wählte aufgeregt den Anschluss der Kommissarin im Büro. Die Auseinandersetzung mit ihr hatte er komplett vergessen.

Acht

Während Brinkhoff im Rückspiegel immer kleiner wurde, drückte Maria Plasberg weiter aufs Gaspedal, bis der Kommissar mit der nächsten Kurve aus ihrem Gesichtsfeld verschwand. Erst auf der Inneren Kanalstraße passte sie ihr Fahrverhalten der vorgegebenen Geschwindigkeit an und versuchte, ihre Nerven zu beruhigen.

Maria Plasberg wusste sehr genau, dass sie unter ihren Kollegen als wenig umgängliche Einzelkämpferin verschrien war, aber im Laufe der Jahre war ihr das egal geworden. Hauptsache, sie konnte ihre Arbeit machen. Dafür ließ sie ihre Mitarbeiter reden, was sie wollten. Aber sie dachte nicht daran, sich von einer Rotznase wie Brinkhoff vorwerfen zu lassen, dass sie ihn, wie indirekt auch immer, diskriminierte. Schon gar nicht, wenn das ein vorgeschobenes Argument war und es dem Mann eigentlich darum ging, dass er sich nicht in die bestehenden Hierarchien einfügen wollte!

Wieso war sie bloß auf die Schnapsidee verfallen, Brinkhoff könnte der MK nützlich sein? Dass er schwul war, hatte ihr bisher in keinster Weise geholfen, stattdessen hatte er nur Ärger gemacht. Plasberg konnte es nicht ausstehen, wenn jemand glaubte, ihm stehe eine Extraportion Samthandschuhe zu, nur weil er ein paar Eigenschaften mit sich herumschleppte, die sich im Polizeidienst als hinderlich erwiesen. Und Homosexualität war mit Sicherheit nicht hinderlicher für eine Karriere bei der

Kripo als der Umstand, eine Frau zu sein. Aber sie hatte sich wenigstens alleine durchgebissen, hatte Beleidigungen, Chauvi-Witze, Anfeindungen und Vorurteile über sich ergehen lassen, hatte auf ihr Können gesetzt. Da, wo sie jetzt war, war sie aus eigener Leistung und trotz aller Widerstände hingekommen und es hatte sie Jahre gekostet. Und Torsten Brinkhoff? Der hatte sich nach seiner Versetzung zur Kripo ganz schnell unter die schützenden Fittiche von Beerbaum begeben. Plasberg hatte ihn dafür nicht ausstehen können und ihn für ein Weichei, eine Memme ohne Rückgrat gehalten – und augenscheinlich korrekt eingeschätzt. Jedenfalls war es völlig grotesk, dass er sie jetzt bezichtigte, schwulenfeindlich zu sein! Wenn sie sich etwas zuschulden hatte kommen lassen, dann höchstens, dass sie ihn wie jeden anderen Kollegen auch behandelte. Eigentlich hatte sie ihm sogar einen Gefallen getan, als sie Beerbaum gebeten hatte, ihn zu ihrer Mordkommission abzustellen. Eine solche Chance, sich zu beweisen, würde er nicht mehr so schnell bekommen. Brinkhoff hätte ihr auf Knien dafür danken müssen! Stattdessen war er vorlaut und konnte sich nicht anpassen.

Plasberg trommelte unruhig aufs Lenkrad, während sie vor einer roten Ampel hielt.

Ob sie vielleicht ein klitzekleines bisschen überreagiert hatte? Vielleicht hätte sie sich nicht die Blöße geben sollen, ihn aus dem Auto zu werfen? Nein, es war eine Unverschämtheit gewesen, sie mit diesem aufgedonnerten Püppchen von Pflegedienstleitung zu vergleichen. Sie hatte es nicht nötig, sich so etwas bieten zu lassen. Sie dachte nicht daran, sich von einer blöden Schwuppe politische Inkorrektheit vorhalten zu lassen! ... Und diese nervige Stotterei, jedes Mal, wenn er aufgeregt war! Man konnte ja nicht klar denken, wenn der Typ den Mund aufmachte! Ständig war man versucht, die Sätze für ihn zu beenden, damit er zu Potte kam. Und diese bescheuerte Frisur! Als ob er noch mitten in der Pubertät steckte! Selbst Niklas, ihr Sohn, hatte diese David-Beckham-Phase schon vor einem Jahr hinter sich gelassen! Und der war gerade siebzehn!

Plasberg ließ den Motor aufheulen und legte den Gang ein, dass es im Getriebe nur so krachte. Vor ihr tauchte das Polizeipräsidium auf und die Kommissarin war so wütend auf Brinkhoff und auf sich selbst, dass sie am liebsten wieder mit dem Rauchen angefangen hätte.

Aber vielleicht war sie auf Brinkhoff auch nur so sauer, weil sie ein bisschen neidisch war?, überlegte sie mit einem Anflug von Selbstkritik. Neidisch, dass er als Außenseiter in diesem intriganten Männerladen besser zurechtkam als sie? Dass er in Lutz Beerbaum einen Chef gefunden hatte, der ihn ein wenig in Schutz nahm? So jemanden hatte sie sich damals auch gewünscht, als sie vor Jahren aus der Eifel nach Köln versetzt wurde, in eine Stadt, die ihr damals riesig, unübersichtlich und abgewirtschaftet erschien, deren Machtstrukturen sie nicht durchschaute und wo sie sich nach Feierabend zu Hause verkrochen hatte, um mit der ungewohnten Reizüberflutung fertig zu werden. Aber außer ihrem damaligen Mann war niemand da gewesen und Plasberg hatte gelernt, dass sie auch allein zurechtkam.

Etwas nachdenklicher geworden, stieg die Kommissarin aus ihrem Auto, nahm im Präsidium den Aufzug bis zu ihrer Etage und ließ sich im Büro niedergeschlagen auf ihren Stuhl fallen. Erst jetzt wurden ihr langsam die Implikationen ihrer unüberlegten Handlung klar. Sie würde Beerbaum informieren müssen und sie würde ihren Direktionsleiter um einen neuen Mitarbeiter in der Mordkommission bitten müssen, und beide würden von ihr genau erfahren wollen, wie, warum und was zwischen Brinkhoff und ihr vorgefallen war. Je nachdem, wie Brinkhoff sich verhielt, würde der Personalrat sich einschalten und um ein weiteres Gespräch mit ihrem stotternden Kollegen würde sie wahrscheinlich auch nicht herumkommen. Plasberg sah im Geiste eine endlose Reihe von Unterredungen an sich vorüberziehen, die zu nichts führen und letztendlich nur ihren Ruf als frustrierte, unausstehliche Neurotikerin festigen würden. All das würde sie viel Zeit und Nerven kosten, die sie sicherlich besser für den vorliegenden Fall verwenden konnte. Ob sie es nicht doch noch einmal mit Brinkhoff versuchte? Aber nur, wenn er sie endlich als Leitung der MK akzeptierte und ihr nicht ständig ins Wort fiel, ihr widersprach oder sich ihren Anweisungen widersetzte! Verdammt, warum nur musste sie sich immer mit so einem Mist herumschlagen?

Plasberg wollte gerade seufzend auf ihrem Schreibtisch nach Brinkhoffs Handynummer fahnden und legte sich ein paar entschuldigende Worte zurecht, als ihre geblümte Handtasche, die sie hinter sich über den Stuhl gehängt hatte, laut und vernehmlich zu furzen begann.

Plasberg zuckte zusammen und starrte entgeistert auf das pinkfarbene Grauen an ihrer Seite. Was um alles in der Welt …? Das Furzen wurde lauter, es schien aus dem Inneren der Tasche zu kommen. Hastig öffnete Plasberg den Verschluss und wühlte, bis sie schließlich den Urheber des widerlichen Geräuschs zu fassen bekam. Es war ihr eigenes Handy, aber Plasberg hatte keine Ahnung, wieso es plötzlich einen so ekelerregenden Laut von sich gab. Bis gestern Abend hatte es ganz normal geklingelt.

Gestern Abend … Plasberg schlug sich vor den Kopf. Sie hatte Niklas ihr Handy mitgegeben, als sie ihn zum Handballtraining gefahren hatte, weil seines ja kaputt war, damit er sie nach Beendigung des Spiels anrufen konnte, um abgeholt zu werden. Wahrscheinlich hatte die kleine Kröte heimlich einen neuen Klingelton heruntergeladen und fand die Vorstellung wahnsinnig komisch, seine Mutter hereingelegt zu haben. Die Kommissarin schaute auf das Display. Natürlich. Ihre eigene Festnetznummer.

„Sehr witzig, Niklas!“, sagte sie wütend ins Handy, als sie das Gespräch annahm, und hörte als Antwort das vergnügte Gelächter ihres Sohnes. „Unglaublich komisch!“

„Ist wenigstens noch jemand bei dir?“, fragte ihr Sohn, nachdem er sich einigermaßen beruhigt hatte. Die Vorstellung, seine Mutter vor anderen Leuten in Verlegenheit gebracht zu haben, schien ihn königlich zu amüsieren, denn er begann schon wieder zu kichern.

„Tut mir leid, da muss ich dich enttäuschen“, erwiderte Plasberg, musste aber gegen ihren Willen doch grinsen. Der Gedanke, gerade in ein Gespräch mit ihrem Direktionsleiter, einem überaus humorlosen Menschen, verwickelt zu sein, während dieses Ding plötzlich seine verdammten Furzgeräusche machte, besserte ihre Laune erheblich. „Also, was willst du?“, fragte sie.

„Ich wollte heute Nachmittag mit ein paar Kumpeln auf der Domplatte skaten. Okay?"

„Nein, Niklas!", erwiderte Plasberg prompt. „Du musst auf Ruth aufpassen."

„Nee, nicht schon wieder!", protestierte ihr Sohn lautstark. „Ich bin doch nicht das Kindermädchen meiner Schwester."

„Du weißt genau, wie die Regel lautet", erinnerte die Kommissarin Niklas. „Wenn ich nachmittags nicht zu Hause bin ..."

„... bin ich für Ruth verantwortlich! Ja, ja, ja!", nörgelte Niklas. „Ich hab aber keinen Bock mehr darauf!"

„Nimm Ruth doch mit!"

„Was? Bist du irre? Meine Kumpel lachen sich tot, wenn ich mit Ruth im Schlepptau ankomme", erwiderte Niklas entgeistert.

Plasberg seufzte. Ihr Familienleben mit ihrem Job unter einen Hut zu bringen, verlangte schon normalerweise eine Menge an Kompromissen, Organisationstalent und Disziplin, denn selbst an normalen Arbeitstagen kam sie nicht vor sechzehn Uhr nach Hause, die Kinder jedoch schon sehr viel früher. Daher stand sie meist am Abend nach dem Dienst auch noch am Herd, um für Niklas und Ruth Essen zu kochen, das ihr Sohn am nächsten Tag nur noch aufzuwärmen brauchte. Zweimal in der Woche aßen die Kinder bei der Familie ihres Exmannes – eine Pille, die Plasberg nur widerwillig geschluckt hatte. Danach hatten Ruth und Niklas ihre Hausaufgaben zu machen, bis ihre Mutter vom Dienst kam. Dieses System funktionierte allerdings nur, wenn Plasberg keinen neuen Fall zu bearbeiten hatte. Wurde die Mordkommisssion unter ihrer Leitung einberufen, brach das System unweigerlich zusammen, denn dann konnte von geregelter Arbeitszeit keine Rede mehr sein. Dann kam es vor, dass die Kommissarin erst abends um acht oder zehn Uhr zu Hause auftauchte oder zu einem wichtigen und unvorhergesehenen Termin wieder weggerufen wurde. Wochenenden waren meist auch gestrichen. In der heißen Phase von Ermittlungen zu einem Mord fielen locker ein paar Dutzend Überstunden an und Rücksichtnahme auf ihre Probleme als allein erziehende Mutter konnte sie von ihren männlichen Kollegen nicht erwarten. Die lauerten nur darauf, dass Plasberg sich eine Blöße gab.

Als sie noch mit Eric verheiratet war, hatte ihr Mann in solchen Fällen die Betreuung der Kinder übernommen, aber seit der Scheidung kam Plasberg sich vor, als jonglierte sie mit ein paar Bällen zu viel. Bisher hatte sie sich mit Babysittern, Tagesmüttern und Vertröstungen auf die Zeit nach Abschluss eines Falles über Wasser gehalten, wenn sie ihre Überstunden abfeiern konnte, aber Babysitter waren auf die Dauer zu teuer – und in Niklas' Fall auch mehr als lachhaft – und die andauernden Vertröstungen zogen bei ihren Kindern langsam auch nicht mehr. Das Schlimmste an der Situation aber war das ständige schlechte Gewissen. War sie im Dienst, hatte sie das Gefühl, ihre Kinder zu vernachlässigen, war sie zu Hause, dachte sie darüber nach, wie viel Arbeit im Büro auf sie wartete.

In letzter Zeit war Plasberg aus reiner Verzweiflung mehr und mehr dazu übergegangen, ihrem Sohn die Verantwortung für seine jüngere Schwester zu übertragen. Doch Niklas hatte seine eigenen Interessen und sie konnte von einem Siebzehnjährigen nicht erwarten, sich wie ein Erwachsener zu verhalten. Das Ganze war wie ein gordischer Knoten und Maria Plasberg hatte noch nicht das richtige Schwert gefunden, um ihn zu durchschlagen. Sie zögerte eine endgültige Antwort auf die Frage ihres Sohnes hinaus.

„Sag mal, hast du einen Jungen namens Timo Auermann in deiner Jahrgangsstufe?“, fragte sie stattdessen.

„Timo? Ja, wieso?“, brummte Niklas. Die Ausweichtaktiken seiner Mutter waren ihm nur allzu vertraut.

„Was ist das für einer? Kennst du ihn näher?“

„Nee, eigentlich nicht. Ist nicht in meiner Clique. Gehört mehr zu der Dope-Fraktion. Hat er was ausgefressen?“

„Dope-Fraktion?“, fragte Plasberg entsetzt. „Was meinst du damit?“

„O Mann, Mum, jetzt tu nicht so, als ob dir neu ist, dass überall an den Schulen ein bisschen gedealt wird!“, antwortete Niklas genervt. „Du müsstest das doch am besten wissen, wenn du bei den Bullen arbeitest.“ Manchmal hatte er das Gefühl, seine Mutter stellte sich absichtlich naiv.

„Ich arbeite nicht bei den Bullen, sondern bei der Kripo. Hör auf, so abfällig über meinen Beruf zu sprechen", wies ihn seine Mutter zurecht. „Heißt das, Timo dealt?"

„Keine Ahnung. Er ist nur ziemlich häufig auf Droge – und zwar nicht nur Joints. Das ist alles, was ich weiß. Was ist jetzt mit dem Skaten?"

„Niklas, bitte!", flehte die Kommissarin ihren Sohn an. „Du musst auf Ruth aufpassen! Ich kann hier nicht weg."

Das Schweigen am anderen Ende der Leitung sagte Plasberg alles. Sie konnte sich nur zu gut vorstellen, wie sich die Enttäuschung auf dem Gesicht ihres Sohnes breitmachte.

„Ich mach es wieder gut", sagte sie schwach. „Ich verspreche es!"

„Du und dein blöder Job!", antwortete ihr Sohn wütend und knallte den Hörer auf die Gabel.

„Niklas?" Es dauerte eine Sekunde, bis Plasberg merkte, dass ihr Sohn das Gespräch beendet hatte. Seufzend legte sie ihr Handy auf den Tisch. Anscheinend konnte sie es heute niemandem recht machen. Erst dann fiel ihr ein, dass sie vergessen hatte, Niklas zu fragen, ob der Abfluss repariert worden war.

Bevor sie jedoch in Selbstmitleid verfallen konnte, klingelte erneut das Telefon, diesmal aber ihr Dienstapparat. Anfangs konnte Plasberg weder den Anrufer identifizieren noch ein Wort verstehen, weil die Hintergrundgeräusche zu laut waren. Es hörte sich an, als würde eine Straßenbahn in unmittelbarer Nähe vorbeifahren. Dann immerhin konnte sie Brinkhoffs Stimme erkennen, der aufgeregt und hektisch und mit viel Stottern auf sie einredete. Wahrscheinlich hatte er sich ein Herz gefasst und wollte sie für den Rauswurf aus der MK zur Schnecke machen. Plasberg wappnete sich innerlich gegen den Wust von Beschimpfungen, die sie jeden Moment um die Ohren gehauen bekommen würde.

„… F-F-Fuß v-verstaucht … Café … n-n-neue Zeugin …", verstand sie jedoch plötzlich überrascht, „Sch-Scheibner hat m-m-mit Drogen …"

„Was?“, rief sie genervt ins Telefon. „Ich verstehe kein Wort!“ Etwas beherrschter sagte sie dann: „Ganz ruhig, Brinkhoff. Wenn Sie stottern, verstehe ich nur die Hälfte. Atmen Sie erst mal tief durch und dann fangen Sie noch mal von vorne an.“

Ein paar Sekunden herrschte Funkstille und dann berichtete ihr Torsten Brinkhoff etwas weniger aufgeregt von seinem Gespräch mit Sabrina Herrmann.

„Okay“, sagte Plasberg, nachdem ihr Kollege fertig war. „Gar nicht schlecht.“ Genau wie Brinkhoff hatte sie ihre Auseinandersetzung im Auto sofort vergessen und konzentrierte sich auf die neue Spur. „Wenn Scheibner mit Drogen dealt und Borowsky ein kleines Tütchen Hasch in seiner Wohnung aufbewahrt, liegt die Vermutung nahe, dass Scheibner sein Lieferant war. Das lief wahrscheinlich unter Nachbarschaftshilfe.“

„Ich denke, er hat sich abfällig über Borowsky geäußert? Ich meine, warum sollte er Borowsky was zu rauchen besorgen, wenn er Schwule nicht ausstehen kann?“

„Das ist solchen Typen wie Scheibner egal. Hauptsache, die Kohle stimmt.“ Sie wühlte auf ihrem Schreibtisch den endgültigen Bericht des Erkennungsdienstes hervor, der ihr am Vormittag zugestellt worden war, während sie mit Brinkhoff unterwegs zu Annette Bergmann-Pohl war. Während sie den Bericht las, breitete sich ein zufriedenes Lächeln auf ihrem Gesicht aus. „Ha! Saubere Arbeit. Der ED hat ein paar Fingerabdrücke auf dem Plastikbeutel gefunden, die mit Sicherheit nicht von Borowsky stammen. Und jetzt raten Sie mal, wessen Fingerabdrücke wir schon aktenkundig haben und mit denen auf dem Plastiktütchen aus Borowskys Schreibtisch übereinstimmen?“

„Milo Scheibners?“

„Erfasst. Scheibner ist früher schon mit dem Gesetz in Konflikt gekommen. Ist mal wegen Kleindealerei und Nötigung aufgefallen. Da das Ganze aber schon ein paar Jährchen her ist, ist er damals noch nach Jugendstrafrecht verurteilt worden. Hat ein paar Sozialstunden ableisten müssen. In letzter Zeit war er unauffällig.“

„Er hat uns also belogen, als er gesagt hat, er kenne Borowsky nicht näher.“

Plasberg blätterte weiter in den Unterlagen des Erkennungsdienstes. „Scheibners Fingerabdrücke sind auch in Borowskys Wohnung gefunden worden ... im Wohnzimmer und in der Küche ... die Tatwaffe ist allerdings sauber. Mist. Genau, wie ich gesagt habe. Auf der einen Seite zu wenig, auf der anderen Seite zu viele Fingerabdrücke. Aber wer weiß, was wir finden, wenn wir Scheibner noch ein bisschen in die Mangel nehmen. Bisher jedenfalls reicht das Ganze gerade mal aus für einen Anfangsverdacht, es sei denn, er hätte was von dem Bargeld spitzbekommen, von dem Timo Auermann erzählt hat. Das wäre ein weiterer Ansatzpunkt. Apropos Auermann: Mein Sohn kennt den Jungen tatsächlich. Wie ich vermutet hatte, dieselbe Jahrgangsstufe. Er sagt, Auermann würde ziemlich häufig Hasch rauchen. Und wenn Scheibner Borowsky mit Stoff versorgt hat, vielleicht ja auch den Neffen? ... Brinkhoff?" Ein lautes Knacken in der Leitung verstümmelte die Antwort ihres Kollegen. „Die Verbindung ist plötzlich miserabel. Wo sind Sie eigentlich?"

„Universitätsstraße. Ich stehe jetzt an der Haltestelle von der Linie 9. Hat ein bisschen gedauert mit meinem Fuß."

„Ihrem Fuß?", fragte Plasberg verwirrt. „Was ist mit Ihrem Fuß?"

„V-verstaucht", murmelte Brinkhoff vage. „Ich bin umgeknickt."

„Sie wollen die Straßenbahn nehmen? Und dann ausgerechnet die 9?", schnaubte Plasberg ungehalten. Die Linie 9 war als die langsamste und unzuverlässigste Straßenbahn der ganzen Stadt verschrien, weil sie im Innenstadtbereich oberirdisch fuhr und an jeder Ampel halten musste. „Setzen Sie sich gefälligst in ein gottverdammtes Taxi und kommen Sie her! Glauben Sie, ich beackere den Fall allein, nur weil Sie sich den Fuß verstauchen?"

Ganz gegen seinen Willen musste Brinkhoff schmunzeln. Wenn das die Art und Weise war, mit der Plasberg versuchte, sich zu entschuldigen, konnte er damit leben, jedenfalls vorläufig. „Okay", sagte er. „Bin in zwanzig Minuten da ... Chefin."

Während sie auf Brinkhoff wartete, versuchte Plasberg ein bisschen Ordnung in den Fall zu bringen, tippte die Zeugenaussagen ab, ordnete die bisher vorliegenden Gutachten in die Akte, las noch einmal die Protokolle der Streifenbeamten vom Leichenfund und den Obduktionsbericht. Gleichzeitig nutzte sie diese Arbeit, um ihre eigenen Gedanken zu ordnen, aber je länger sie nachdachte, desto mehr kam sie zu dem Ergebnis, dass sie bisher kaum Fortschritte gemacht hatten. Eine Schwester ohne Alibi, aber auch ohne wirkliches Motiv; ein schlampig geführter Pflegedienst, dessen Leitung froh war, einen unangenehmen Patienten loszuwerden; ein Neffe, der zu viel Drogen nahm; ein Nachbar, der gelogen und das Opfer mit Haschisch versorgt hatte. Vielleicht hatte er auch etwas mit dem Morphium zu tun?

Aber die neuen Erkenntnisse über Milo Scheibner konnten alles und nichts bedeuten, genauso wie die Ungereimtheiten, die bei dem Pflegedienst aufgetaucht waren. Die Euphorie, die sie während des Telefonats mit Brinkhoff verspürt hatte, verebbte genauso schnell, wie sie gekommen war. Die Kommissarin wanderte ruhelos in ihrem kleinen Büro auf und ab, kratzte sich mit einem Kuli hinter dem Ohr. Aus den anderen Diensträumen drangen vereinzelte Stimmen ihrer Kollegen und das Schrillen eines Telefons. Frau Keller, die Sekretärin, die dem KK11 zugeteilt war, klopfte ohne viel Hoffnung an und fragte Plasberg schüchtern nach ihren überfälligen Stundenabrechnungen vom August. Plasberg winkte sie wortlos hinaus.

Trotzdem waren die bisherigen Ermittlungen nicht völlig ergebnislos verlaufen. Sie und Brinkhoff hatten immerhin herausgefunden, warum niemand im Haus des Opfers etwas von einem Pflegedienst bemerkt und dass *Herzlich versorgt* keinen Schlüssel von der Wohnung des Toten gehabt hatte. Borowsky musste also den Täter selbst hereingelassen haben – und Scheibner hatte kein Alibi für diese Zeit. Aber wer hatte Borowsky mit Geld versorgt, wenn nicht jemand vom Pflegedienst? Freunde, von denen die Polizei bisher nichts wusste? Doch Timo Auermann?

Plasberg kannte diesen Punkt am Anfang einer Ermittlung nur zu gut: Sie bekam viele lose Fäden in die Hand, die vielleicht irgendwo hinführten, vielleicht aber auch nicht. Nur hin und wieder war bei Morddelikten sofort eine heiße Spur zu erkennen. Meist war es eher so, dass sie erst einmal auf gut Glück im Nebel herumstocherte und – um im Bild zu bleiben – einen Faden nach dem anderen aufrollen musste, um zu sehen, wer oder was am anderen Ende hing. Erst mit der Zeit ließ sich erkennen, ob und wie diese Fäden miteinander verknüpft waren. Es war ein Spiel, bei dem man Geduld aufbringen musste, um ans Ziel zu gelangen. Allerdings war Geduld genau die Tugend, die bei Plasberg am wenigsten ausgeprägt war.

In diesem Moment wurde die Bürotür erneut geöffnet und die gekrümmte Gestalt von Karsten Vogt schob sich herein. Obwohl er sich in eine dicke Winterjacke gewickelt, einen Schal und eine Mütze übergezogen hatte und von seinem Kopf außer der knallroten Nase kaum etwas zu erkennen war, wirkte er krank und elend. Der Geruch einer ätherischen Erkältungssalbe umgab ihn wie eine Aura. Anstelle einer Begrüßung schnäuzte er demonstrativ in ein Taschentuch und ließ sich stöhnend auf den Stuhl hinter seinem Schreibtisch fallen.

„Hallo, Vogt!“ Plasberg übersah den vorwurfsvollen Blick ihres Mitarbeiters. „Was Neues?“

Vogt nickte. „Ja“, sagte er mit belegter Stimme und unterdrückte einen aufkommenden Hustenreiz. „Mir geht's schlecht.“

Plasberg ignorierte auch diesen Wink mit dem Zaunpfahl. „Und sonst? Haben Ihre Befragungen irgendetwas ergeben?“

„Nein. Nicht wirklich. Ich weiß nicht, wie Borowsky in den letzten Monaten gelebt hat. Wahrscheinlich wie eine Art Einsiedler. Jedenfalls haben die Leute, deren Adressen Sie mir gegeben hatten, schon ewig nichts mehr von ihm gehört.“

„Er hatte keine Freunde, keine Bekannten?“

Vogt hob die Hand und nieste lautstark in ein weiteres Taschentuch. „Mist“, murmelte er und betrachtete missmutig den Rotz in seinem Tempo. „Doch, doch“, fuhr er dann fort. „Diese Menschen waren seine Freunde, aber er hat den Kontakt zu ihnen abgebrochen.“ Er zog seinen Notizblock zurate. „Der Letzte, der was von Borowsky gehört hat, ist ein gewisser Ralf Marschoff. Aber selbst dieser Kontakt liegt über sechs Monate zurück. Die anderen hatten noch länger nichts von ihm gehört.“

„Ungefähr zu dieser Zeit begann es Borowsky richtig schlecht zu gehen, laut seinem Neffen und dem Hausarzt. Bei der Zeitung haben sie etwas Ähnliches gesagt. Und keiner hat sich die Mühe gemacht, mal nachzuhaken, was mit Borowsky los war? Schöne Freunde!"

„Ich glaube, dazu hatten sie keine Veranlassung. Borowsky hat sich ganz bewusst zurückgezogen. Einigen hat er erzählt, er würde nach Berlin ziehen – das waren wohl die Leute, die ihn nicht besonders gut kannten. Und den anderen hat er gesagt, er hätte zu viel zu tun, er wolle in Ruhe gelassen werden."

„Und das haben die alle so hingenommen? Keiner von denen hat mal nachgefragt, was mit ihm los ist?" Plasberg konnte nicht glauben, was sie da hörte.

„Marschoff hat wohl versucht nachzuhaken", fuhr der Kommissar fort, geräuschvoll ein Hustenbonbon schmatzend, während er gleichzeitig versuchte, seinen leidenden Gesichtsausdruck beizubehalten. „Er war der Einzige, der den Verdacht hatte, dass Borowsky krank sein könnte. Er hat mir erzählt, er hätte ein paar Mal versucht, Borowsky zu besuchen, aber der hätte nie die Tür aufgemacht. Dann hat er sich auf Anrufe verlegt, aber als Borowsky noch nicht einmal seine Nachrichten auf dem AB beantwortet hat, hat Marschoff auch aufgegeben."

„Wie merkwürdig." Plasberg ließ sich auf ihren Stuhl fallen, lehnte sich zurück und starrte aus dem Fenster. „Man sollte doch meinen, dass jemand, der sterbenskrank ist, sich nach menschlichen Kontakten sehnt und nach jedem angebotenen Strohhalm greift."

„Eine Tante von mir hatte Knochenkrebs", erwiderte Vogt. „Die hat das genauso gemacht. Drei Monate vor ihrem Tod hat sie ihre Wohnung aufgelöst, ist freiwillig in ein Hospiz gezogen und hat sich von dem Tag an geweigert, jemanden aus ihrer Familie zu sehen oder zu sprechen. Irgendwann hat dann die Hospizleitung angerufen, um meinem Vater mitzuteilen, dass sie gestorben ist."

„Hm. Sonst noch was?", fragte Plasberg.

Vogt zögerte. „Eine der angegebenen Telefonnummern gehörte zu einem Rabbi aus der jüdischen Gemeinde in Köln."

„Einem Rabbi?", sagte Plasberg überrascht. „Nadja Auermann hat uns doch erzählt, die Familie sei ohne Religion aufgewachsen! Was hat er gesagt?"

„Nichts … ich meine, er hat sich auf seine geistliche Schweigepflicht berufen. Das Einzige, was er mir am Telefon sagen wollte, war, dass Borowsky ihn nur einmal besucht hat, vor ungefähr vier Monaten. Über den Inhalt des Gesprächs hat er nichts erzählt."

„Vor vier Monaten? Also nachdem er schwer erkrankt war. Vielleicht wollte er sich seelischen Beistand holen, ist kurz vor seinem Tod zur Religion seiner Väter zurückgekehrt oder so was?"

Vogt zuckte die Schultern und die Kommissarin beschloss, dem Rabbiner in den nächsten Tagen einen Besuch abzustatten.

„Na schön", sagte sie. „Dann hätte ich noch eine andere Aufgabe für Sie, Vogt."

„Äh … Frau Plasberg? Chefin?" Vogt räusperte sich unglücklich und hüstelte Mitleid erregend. „Ich bin wirklich krank. Kann ich nicht wieder nach Hause gehen?"

„Dürfen Sie", sagte Plasberg großzügig. „Wenn Sie die Nachbarn von Borowsky befragt haben, die Brinkhoff gestern nicht angetroffen hat. Wir wissen immer noch nicht, ob denen was aufgefallen ist zur Tatzeit."

Vogt lächelte selbstzufrieden. „Das hab ich als Erstes gemacht. Ich hab mir schon gedacht, dass ich das noch aufgebrummt kriege. Aber auch da nur Fehlanzeige. Das ältere Ehepaar oben im Dachgeschoss befindet sich seit zwei Wochen im Urlaub auf Mallorca, die scheiden also als Zeugen aus. Die Wohnung neben Irmgard Kärnter im Erdgeschoss wird von einem Ehepaar bewohnt, das einen Blumenladen in der Innenstadt betreibt. Dieses Ding mit den gepfefferten Preisen in der Richmod-Passage … Sie wissen schon. Haben Sie mal gesehen, was die für eine läppische rote Rose haben wollen?"

Plasberg schüttelte ungeduldig den Kopf und fragte sich, wen Vogt wohl mit einer Rose hatte beglücken wollen.

„Jedenfalls waren die beiden am Abend des Mordes mit Freunden im Theater, sind direkt vom Geschäft dahin und waren erst gegen Mitternacht wieder zu Hause. In der Wohnung über Borowsky wohnt ein Herr Josef Müller, der Mann arbeitet beim Finanzamt in der Nähe vom Barbarossaplatz. Ich hab ihn zwar nur telefonisch erreicht, aber er war zum fraglichen Zeitpunkt auch nicht zu Hause, weil er Dienstags abends immer kegeln geht. Und neben ihm, also schräg über Borowsky, wohnt so eine alte Schachtel namens Elisabeth Nettersheim. Mein Gott, die Wohnung hätten Sie sehen müssen! Das Telefon hat einen Stoffbezug, alle Sitzmöbel haben Schutzdeckchen und an der Wand hängt ein riesiges Ölgemälde vom Elbsandsteingebirge … äh, wo war ich?" Vogt warf einen Blick auf seinen Notizblock. „Ach ja. Also, die Nettersheim war zwar zu Hause, aber sie ist so schwerhörig, dass nicht mal eine Betonmischmaschine neben ihrem Bett sie aus dem Schlaf wecken würde. Sie geht abends um neun Uhr mit einem Likörchen ins Bett und ist dann jenseits von Gut und Böse. Übrigens war sie auch daheim, als Kollege Brinkhoff gestern seine Glück versucht hat. Aber sie hat sein Klingeln nicht gehört, was mich nicht wundert. Man kann sich eigentlich nur schreiend mit ihr verständigen."

„Also haben wir nur Ansgar Fischers vage Aussage, dass jemand zur Tatzeit im Haus geklingelt hat, und die Aussage der Kärnter, dass es irgendwann am Abend über ihr gepoltert hat." Plasberg warf frustriert den Kuli, mit dem sie während Vogts Bericht gespielt hatte, auf den Tisch. „Verdammt", fluchte sie, „wir kommen einfach nicht weiter!"

Karsten Vogt schnäuzte sich erneut lautstark die Nase.

„Schon gut", sagte die Kommissarin, „verziehen Sie sich meinetwegen in Ihr Bett, Vogt. Das heißt, nein … warten Sie eine Sekunde", hielt sie ihren Mitarbeiter zurück. „Sie können erst noch den Schreibkram hier fertig machen. Ich habe jetzt anderes zu tun. Gehen Sie ins Büro nebenan, Kayser und Hallstetter sind ja noch krank, da stört Sie keiner."

Vogt starrte entsetzt auf den Stapel Unterlagen, die Plasberg ihm in die Hand drückte. „Aber es dauert mindestens zwei Stunden, bis ich damit durch bin!", protestierte er.

„Je eher Sie fertig sind, desto früher können Sie gehen. Und morgen erwarte ich Sie zur Frühbesprechung, ist das klar?"

Vogt nickte wütend. „Verstanden. Übrigens", fragte er schnippisch, „wie macht sich denn der neue Kollege Brinkhoff?"

Männer!, dachte Plasberg belustigt. Immer Angst um ihren Platz in der Hackordnung!

„Er macht sich ganz gut", sagte sie beiläufig und schickte Vogt aus dem Büro. Dann griff sie zum Telefon, um Milo Scheibner zusammen mit seinen Mitbewohnern für den Nachmittag ins Polizeipräsidium zu bestellen und ein paar Erkundigungen über Hancke und Fischer einzuziehen. Was sie vorhatte, war ein wenig riskant, juristisch anfechtbar und konnte theoretisch auch zu einem Rohrkrepierer werden, aber Plasberg war sicher, dass sie und Brinkhoff auf der richtigen Spur waren.

Wie immer, wenn er nervös war, fuhren die Kuppen seiner Finger wie von selbst durch seinen borstigen, blonden Kinnbart und rieben die darunterliegende Haut wund. Obwohl er wusste, dass diese Angewohnheit seine Neurodermitis nur noch verschlimmerte, konnte er nicht damit aufhören. Im Grunde müsste er den Bart abrasieren; sein Arzt hatte es ihm schon oft genug gesagt.

Lars Moritz fühlte sich nicht wohl. Obwohl es frisch war und der kühle Herbstwind durch die geöffneten Fenster in die Büroräume von *Herzlich versorgt* fegte, schwitzte er. Aber es war nicht der Schweiß einer körperlichen Anstrengung, der ihm über den Rücken lief und sein T-Shirt unangenehm klamm und kühl an seinem Rücken kleben ließ, sondern der pure Angstschweiß. Er konnte spüren, wie kleine Rinnsale seiner Furcht an der Wirbelsäule herunterliefen und sich hinten im Hosenbund sammelten.

Bergmann-Pohl hatte gerade die Teamsitzung beendet, zu der das Pflege- und Hauswirtschaftspersonal einmal wöchentlich zusammentraf. Sie war außergewöhnlich schlecht gelaunt gewesen, noch mehr als üblich, wenn er den gemurmelten Bemerkungen seiner Kollegen Glauben schenken konnte. Er hatte die Frau erst zweimal gesehen, immerhin war er noch relativ neu im Team und dann auch nur zur Aushilfe angestellt. Es war nicht nötig, dass er jede Woche an der Besprechung teilnahm.

Diesmal allerdings schon. Bergmann-Pohl hatte bestimmt und unnachgiebig geklungen, als sie ihn am Vormittag telefonisch zur Teamsitzung beordert hatte. Seinen Einwand, dass er andere Verpflichtungen habe und diese so kurzfristig nicht absagen oder verschieben könnte, hatte sie erst gar nicht gelten lassen. „Sie werden an dieser Besprechung teilnehmen, Herr Moritz, oder Sie können sich einen neuen Nebenjob suchen. Nach Ihrer Aktion am Samstag können Sie von Glück reden, dass ich Sie überhaupt noch weiter beschäftige! Habe ich mich verständlich ausgedrückt?" Moritz hatte unkontrolliert zu zittern begonnen, als er begriff, dass Bergmann-Pohl wusste, was er getan hatte. Also hatte er notgedrungen zugesagt. Was blieb ihm auch anderes übrig? Was er nur nicht verstand, war, wieso sie ihn nicht auf die Straße setzte. Allerdings hatte er eine vage Ahnung – und diese Ahnung hatte ihm den Mut gegeben, auch wirklich zur Dienstbesprechung zu erscheinen.

Doch anstatt ihn direkt nach seiner Ankunft in ihr Büro zu zitieren, hatte Bergmann-Pohl seine Anwesenheit ignoriert und zu seiner Verwunderung die anberaumte Sitzung des Teams geleitet, ohne sich ihren Zorn auf ihn anmerken zu lassen – mit dem Ergebnis, dass Moritz wie auf heißen Kohlen saß.

Schon im Vorfeld der Besprechung waren Gerüchte grassiert, dass der Pflegedienst von der Polizei Besuch bekommen hatte. Warum, hatte Moritz wie alle anderen aber erst am Ende der Teamsitzung erfahren, als sie nach zwei Stunden endlich den letzten Patienten durchgegangen waren und die Dienstpläne für die kommende Woche in den Händen hielten. Bergmann-Pohl hatte die Mappe mit den Protokollen zugeklappt und die aufkommende Unruhe im Raum mit einem Stirnrunzeln und einem nervösen Räuspern quittiert. Schon als er dann die Akte mit der Aufschrift „Borowsky, Axel" auf dem Tisch bemerkte, hatte Lars Moritz gewusst, dass es Ärger geben würde. Er hatte seine eiskalten Hände in den Hosentaschen vergraben und versucht, möglichst unbeteiligt auszusehen.

„Wie einige von Ihnen vielleicht schon wissen, hat Herr Borowsky es vorgezogen, unsere Dienste nicht länger in Anspruch zu nehmen", hatte Bergmann-Pohl in ihrer affektierten Art begonnen. „Genauer gesagt, hat er den Pflegevertrag gekündigt, und ich habe dieser Kündigung nur allzu gerne entsprochen. Schließlich war er seit geraumer Zeit unzufrieden und uns allen bekannt als ausgesprochen schwieriger Patient."

Moritz hatte rund um den Tisch hochgezogene Augenbrauen bemerkt und ein unruhiges Füßescharren. Den fragenden Gesichtern nach zu urteilen schien diese Bemerkung für seine Kollegen sehr überraschend zu kommen. Die Schwierigkeiten hatten wohl nicht das Pflegepersonal betroffen.

Angelika Strehlich, eine Krankenschwester, deren Gesicht unglaublich viele Sommersprossen zierten, meldete sich zögernd zu Wort. „Warum hat Borowsky uns gekündigt? Ich meine, er brauchte doch unsere Hilfe."

Der Blick der Pflegedienstleitung blieb einen Moment an Moritz hängen. „Er hat persönliche Gründe geltend gemacht", erklärte sie irritiert.

„Aber ..."

Bergmann-Pohl jedoch hatte Einwänden und Protesten keinen Raum geboten. „Leider müssen wir uns trotzdem noch eine Weile mit Herrn Borowsky beschäftigen", fuhr sie fort, während sich in ihrer Miene deutliches Missfallen über diese Tatsache widerspiegelte. „Er ist gestern Morgen ermordet in seiner Wohnung aufgefunden worden." Um die Dramatik ihres letzten Satzes zu unterstreichen, machte Bergmann-Pohl eine künstliche Pause, wie eine Schauspielerin in einem Hollywoodfilm, und Moritz hätte sich am liebsten übergeben. Plötzlich war es ganz still geworden im Raum und er konnte sein Herz pochen hören. Sein Blick bohrte sich in die Tischplatte, aber er konnte trotzdem spüren, wie einige seiner Kollegen verstohlen Augenkontakt zu ihm suchten. Es war leicht auszurechnen, dass er somit der letzte Mitarbeiter war, der Borowsky versorgt und lebend gesehen hatte. Man brauchte nur einen Blick auf den Dienstplan der letzten Woche zu werfen und nachzuschauen, wer den Wochenenddienst abgedeckt hatte. Moritz' Hände in den Hosentaschen ballten sich unwillkürlich zu Fäusten, während die Pflegedienstleitung weitersprach. „Natürlich hat die Kriminalpolizei bereits ihre Untersuchungen aufgenommen und im Zuge ihrer Ermittlungen hat sie darum gebeten, mit den Mitarbeitern sprechen zu können, die in der vergangenen Woche an Borowskys Versorgung beteiligt waren. Das betrifft laut Dienstplan die Kollegen Armbruster, Strehlich, unsere beiden Zivildienstleistenden und den Kollegen Moritz. Ich möchte diese Personen bitten, sich morgen um vierzehn Uhr hier einzufinden. Kriminalhauptkommissarin ... äh ... Plasberg und Oberkommissar Brinkhoff werden Ihnen dann ein paar Fragen stellen. Das wäre alles. Einen schönen Tag noch. Und Herr Moritz, Sie kommen bitte in mein Zimmer. Ich möchte Sie unter vier Augen sprechen.“ Damit war Bergmann-Pohl aufgestanden, hatte ihre Unterlagen vom Tisch aufgesammelt, war mit einem säuerlichen Lächeln aus dem Zimmer und in ihr Büro gerauscht. Lars Moritz hatte das Gefühl, dass unter ihm der Boden schwankte. Das mulmige Gefühl in seiner Magengegend wurde stärker.

Moritz achtete nicht auf die aufgeregten Gespräche, die sich um ihn herum entwickelt hatten. Ein Mord an einem Patienten! Die beiden jungen Zivis saßen verschreckt auf ihren Stühlen und redeten gleichzeitig aufeinander ein; Klaus Armbruster gestikulierte heftig, während er mit Bergmann-Pohls Stellvertreterin, Gerda Merzinger, diskutierte. Moritz sah aus den Augenwinkeln, wie Angelika Strehlich auf ihn zukam. Er schüttelte abweisend den Kopf und duckte sich schnell aus dem Besprechungsraum. Er konnte jetzt nicht reden. Vielleicht gab es eine Möglichkeit, an die Akte heranzukommen, ohne dass die Bergmann-Pohl etwas merkte? Aber sie wusste doch sowieso schon Bescheid. Moritz lief in Richtung ihres Büros und blieb unschlüssig davor stehen. Die Tür war angelehnt, er konnte die Stimme seiner Chefin am Telefon hören.

Du bist der letzte Mitarbeiter, der ihn lebend gesehen hat! Was war, wenn sie auch noch den Rest erfahren hatte? Lars Moritz kratzte weiter hektisch an seinem Bart und hatte das beklemmende Gefühl, nichts gegen die aufkommende Hysterie in seinem Inneren tun zu können. Die Polizei würde ihn verdächtigen, sie würden in seiner Vergangenheit herumwühlen ... sie würden herausbekommen, was an dem Samstag passiert war, und sie würden erfahren, wo er Dienstagabend gewesen war.

Früher, als Kind, hatte er sich manchmal ausgemalt, wie es wäre, wenn er Zauberkräfte besäße. Er hatte nachts in seinem Bett gelegen, die Schatten betrachtet, die vom Mond an die Wände geworfen wurden, und sich überlegt, was er dann alles ändern würde. Er wünschte sich dann, niemals wieder Sauerkraut essen zu müssen, den Mut zu besitzen, endlich Kalle Esslinger aus der Parallelklasse die Tracht Prügel zu verabreichen, die er verdiente, und seine Eltern so zu verhexen, dass sie sich nicht andauernd stritten. Aber es hatte weiterhin jeden Freitag Sauerkraut gegeben, er war noch monatelang von Kalle Esslinger verprügelt worden, bis er endlich den Mut gefunden hatte, ihm Paroli zu bieten, und seine Eltern hatten sich scheiden lassen. Trotzdem, jetzt, vor dem Büro von Bergmann-Pohl, wünschte er sich erneut verzweifelt, übernatürliche Kräfte zu besitzen. Er würde den ganzen Samstag ungeschehen machen – nein, besser noch auch alles, was danach passiert war.

Er stand noch immer im Flur und starrte abwesend auf Bergmann-Pohls Bürotür, als Angelika Strehlich ihn einholte. „Alles in Ordnung mit dir, Lars?“, fragte sie teilnahmsvoll.

Moritz nickte zögernd. „Ja … ja, geht schon. Ich kann nur nicht glauben, dass …“ Er ließ den Satz unvollendet.

„Geht mir genauso. Was will die Pohl denn von dir? War irgendwas am Samstag bei deinem Einsatz?“ Strehlichs dunkle, gelockte Haarmähne wippte bei jeder Kopfbewegung und ihre Augen sahen ihn fragend an.

„Nein, natürlich nicht. Was soll gewesen sein? Ich habe Borowsky nach Plan versorgt. So wie es in der Doku stand“, antwortete Moritz. Dabei fiel sein Ton aggressiver aus, als er es eigentlich beabsichtigt hatte.

Strehlich ruderte beleidigt zurück. „Entschuldigung! Es hätte ja sein können, dass …“

„Was? Glaubst du vielleicht, ich hab ihn umgebracht?“ Moritz schluckte hörbar.

„Quatsch! Natürlich glaube ich nicht, dass du … ach, was soll's!“ Sie zuckte mit den Schultern und ließ Moritz stehen. Am Büroausgang drehte sie sich noch einmal um. Während sie ihren

Anorak zuknöpfte, rief sie Moritz zu: „Wir sehen uns morgen, Lars, okay?“ Dann klappte die Tür hinter ihr zu.

Der Gedanke an morgen und an die Mitarbeiterbefragung durch die Polizei fühlte sich an, als stünde er am Rand einer tiefen Schlucht, und wenn ihm bis morgen keine glaubwürdigen Antworten eingefallen waren, dann würden die Felsbrocken, die ihm jetzt noch Halt boten, unter seinen Füßen wegbrechen und mit ihm in den Abgrund stürzen.

„Sie können hereinkommen. Und schließen Sie die Tür hinter sich“, riss ihn die Stimme von Annette Bergmann-Pohl aus seinen Gedanken.

Sie erwartete ihn hinter ihrem Schreibtisch stehend, die aufgeschlagene Patientenmappe von Axel Borowsky vor sich auf dem Tisch. Bergmann-Pohls Augen funkelten wütend, als er eintrat, und sie kam ohne Umschweife zur Sache. „Ich möchte detailliert wissen, was am Samstag in der Gleueler Straße während Ihres Einsatzes bei Borowsky vorgefallen ist!“, herrschte sie ihn an.

„Ich … ich weiß nicht, was Sie meinen.“ Es war besser, sich dumm zu stellen, um herauszubekommen, wie viel und was die Frau wusste. Vielleicht gab es doch noch einen Ausweg. „Ich habe Borowsky nach Plan versorgt, wie es in der Dokumentation und in der Pflegeplanung vorgegeben war“, sagte er zögernd. Dann schob er vorsichtig nach: „Vorher habe ich ihm die Abrechnung für September in die Hand gedrückt.“

War da eine kleine Unsicherheit in ihrem Gesicht, als er die Abrechnung erwähnte? Lars Moritz schöpfte Hoffnung. Bergmann-Pohl hatte ihm die Patientenabrechnung am Tag vor seinem Einsatz in die Hand gedrückt, damit er sie Borowsky persönlich übergeben konnte. Ein normaler Vorgang, der sich an jedem Monatsende bei allen Patienten wiederholte, um Portokosten für den Dienst zu sparen. Ob sie den Köder geschluckt hatte?

„Es geht nicht um die Abrechnung“, wischte Bergmann-Pohl seine Worte hastig beiseite. „Es geht um das hier!“ Sie hielt ihren Finger auf eine Eintragung in der Dokumentation, mit der er die Verabreichung des Durogesic-Pflasters abgezeichnet hatte.

Moritz schluckte. „Was … was ist damit?“

Seine Vorgesetzte sah ihn scharf an. „Sie haben eine strafbare Handlung begangen!“, brüllte sie zornig. „Sie haben Borowsky kein Pflaster gegeben! Ihre Eintragungen in der Dokumentation und im BTM-Buch sind gefälscht! Sie haben nur so getan, als hätten Sie es verabreicht!“

Lars Moritz wurde blass. „Ich … ich …”, stotterte er, aber Bergmann-Pohl war so in Fahrt, dass sie ihn gar nicht zu Wort kommen ließ.

„Hören Sie bloß auf, mich anzulügen! Borowsky ist von der Polizei obduziert worden. Sie verdächtigt uns, den Patienten nicht gemäß den Anordnungen des Arztes versorgt zu haben, weil in seinem Blut Spuren von Morphium nachweisbar sind. Und die können nur von dem MST stammen, das bei Borowsky gefunden wurde! Mir ist schleierhaft, woher das MST stammt! Das kann er doch nur von Ihnen haben! Wie kommen Sie dazu, Durogesic gegen MST auszutauschen? Sie haben den Mann völlig unterdosiert! Er muss höllische Schmerzen gehabt haben in den letzten Tagen. Können Sie mir sagen, was das soll?“

„Aber ich habe ihm kein MST gegeben“, versuchte Moritz auszuweichen. „Wie sollte ich denn an MST herankommen? Im BTM-Schrank war doch gar keins! Borowsky war der einzige Patient, den wir zurzeit schmerztherapeutisch behandeln.“

Bergmann-Pohl sprang auf und lief hinüber zu dem kleinen, weißen Schränkchen, in dem die Medikamente, die unter das Betäubungsmittelgesetz fielen, unter Verschluss gehalten wurden. Bis auf einige Durogesic-Pflaster war es leer. Zumindest in diesem Punkt schien ihr Angestellter die Wahrheit zu sagen.

„Und wie ist er dann an das MST herangekommen? Er wird es wohl kaum in der Apotheke gekauft haben! Und was ist mit dem Pflaster? Wieso haben Sie ihm das nicht gewechselt? Laut Plan hätte er am Samstag von Ihnen ein neues erhalten müssen. An seiner Leiche war laut Polizei keines zu finden. Und wieso haben Sie die Vergabe trotzdem abgezeichnet?“

„Ich weiß nicht, wie er an das MST gekommen ist. Ich habe am Samstag keins bei ihm gesehen.“ Und das war die Wahrheit. Axel musste es sich besorgt haben, nachdem … Laut fügte er hinzu: „Borowsky hat … hat die medizinische Versorgung verweigert."

Bergmann-Pohl hielt überrascht inne. „Was?"

„Er wollte sich von mir nicht behandeln lassen", wiederholte Moritz stur. „Ich wollte keinen Ärger, weil ich das erste Mal bei ihm eingesetzt war. Deshalb habe ich die Vergabe trotzdem abgezeichnet." Die Lüge ging ihm glatt über die Zunge, als hätte er sie vorher einstudiert. „Das Pflaster habe ich unterwegs in eine Mülltonne geworfen. Es tut mir leid."

„Und wieso wollte sich Borowsky nicht von Ihnen behandeln lassen?", fragte Bergmann-Pohl, und ihre Stimme klang plötzlich nicht mehr ganz so rechtschaffen und wütend wie vorher. Auch ihr Tonfall war leiser geworden.

Lars Moritz fühlte sich auf einmal erheblich besser. Seine Nervosität und sogar der Juckreiz in seinem Bart waren auf einmal verschwunden. Er ahnte plötzlich, dass Bergmann-Pohl keinen blassen Schimmer hatte, was am Samstag zwischen ihm und Borowsky wirklich vorgefallen war. Es gab vielleicht doch noch eine Chance, unbehelligt aus der ganzen Sache herauszukommen.

„Er hat die Abrechnung gelesen", warf er seinen Köder noch einmal aus und wartete, bis Bergmann-Pohl seine Antwort und alles, was damit zusammenhing, erfasst hatte. Es war zwar nur ein Teil der Wahrheit, ein für ihn völlig unerheblicher Teil, aber mehr als das brauchte die Pflegedienstleitung nicht zu wissen.

„Und … und Sie haben diese Abrechnung auch gelesen?" Bergmann-Pohls Frage kam stockend.

Moritz nickte langsam.

„Ich verstehe." Annette Bergmann-Pohl starrte ihn zornig an, aber Moritz hielt ihrem Blick stand. Es war ein schweigendes Kräftemessen. Dann riss sie mit einem Ruck die letzte Seite aus Borowskys Patientenakte, auf der Moritz die Einträge zu seinem Einsatz vermerkt hatte, und zerfetzte sie in Dutzende kleiner Schnipsel. Dasselbe tat sie mit dem Blatt des BTM-Buchs, in dem Moritz seine gefälschte Vergabe des Durogesic-Pflasters abgezeichnet hatte. Die Papierfetzen landeten in ihrem Mülleimer. „Mehr kann ich nicht für Sie tun", sagte sie anschließend. „Ich hoffe, wir verstehen uns."

Lars Moritz' Herz raste und er hatte Mühe, einen gelassenen Anschein zu wahren. Er nickte schweigend.

„Unsere Unterhaltung ist beendet. Wir sehen uns morgen."

Nachdem Moritz ihr Büro verlassen hatte, ließ sich die Pflegedienstleitung erschöpft auf ihren Schreibtischstuhl fallen. Zum ersten Mal hatte sie das Gefühl, dass ihr alles über den Kopf wuchs.

Neun

Die drei Studenten machten keinen so überheblichen Eindruck mehr wie noch am Vortag. Insbesondere Ansgar Fischer schien von dem nunmehr offiziellen Rahmen der Unterhaltung mit der Polizei beeindruckt zu sein, jedenfalls war aus seinen Antworten der lässige Unterton verschwunden. Nicht einmal die nackten Busen an der Glaswand konnten ihn zu einer anzüglichen Bemerkung verleiten. Katrin Hancke dagegen schwieg die meiste Zeit und sah sich verhalten in Plasbergs Büro um; Torsten Brinkhoff, der mittlerweile ins Präsidium zurückgekehrt war und mit einem bandagierten Fuß hinter dem zweiten Schreibtisch saß, hatte jedoch den unbestimmten Eindruck, dass sie ihre vordergründige Gelassenheit gut einstudiert hatte. Nur Milo Scheibner zeigte keinerlei Anzeichen von Nervosität. Er schien die Ruhe selbst zu sein, blickte gelangweilt aus dem Fenster auf die magere Aussicht über Köln-Kalk.

Brinkhoff wollte gerade Hancke und Fischer nach draußen schicken, um, wie üblich, einen Zeugen nach dem anderen anzuhören, als die Hauptkommissarin ihn unterbrach.

„Ich glaube, wir lassen es so, wie es ist", wies sie Brinkhoff an und bedeutete den Studenten, Platz zu behalten.

„Ja, aber ..." Brinkhoff wollte einwenden, dass bei einer solchen Vorgehensweise die Aussagen juristisch nicht verwertbar wären, wurde aber von Plasberg mit einem kurzen Blick zum

Schweigen gebracht. Mit einem Achselzucken ließ sich Brinkhoff auf seinen Stuhl zurücksinken. Schon wieder eine Extratour der Kommissarin. Wenn sie sich die Zeugenaussagen versauen wollte, bitteschön!

Plasberg kümmerte sich nicht weiter um ihren Kollegen, sondern wiederholte in Kurzform, was die Studenten ihr am Tag zuvor erzählt hatten, und wartete das zustimmende Nicken der drei ab, bevor sie grimmig lächelte und sagte: „Gut. Und jetzt würde ich gern die Wahrheit erfahren."

Schweigen und drei erstaunte Blicke antworteten ihr. „Glauben Sie uns etwa nicht?", fragte Hancke schließlich.

„Ihre Aussage zweifele ich nicht an, Frau Hancke, aber sie ist auch viel zu vage, um eine Rolle zu spielen. Mir geht es eigentlich mehr um das, was Herr Scheibner zu Protokoll gegeben hat."

„Und was soll daran nicht stimmen?" Milo Scheibner griff provokant nach einer Schneekugel mit dem Kölner Dom auf Plasbergs Schreibtisch, die die Kommissarin letztes Jahr von ihrer Tochter zum Muttertag geschenkt bekommen hatte. Mit einer lässigen Handbewegung schüttelte er die Kugel, bis die Kathedrale von Schneegestöber umgeben war.

„Wir haben uns die Freiheit genommen, ihr Alibi zur Tatzeit zu überprüfen, und sind da auf ein paar Ungereimtheiten gestoßen, die wir furchtbar gern klären würden." Plasbergs Stimme bekam einen ironischen Tonfall, der kaum zu überhören war. Sie hielt die Hand auf, um von Scheibner die Kugel zurückzuverlangen.

„Was denn für Ungereimtheiten?"

„Sie haben zum Beispiel behauptet, nach dem Sport – und nachdem Sie sich beim Chinesen noch etwas zu essen geholt hatten – direkt nach Hause gegangen zu sein. Ihr Mitbewohner hat bestätigt, dass Sie gegen 20:30 Uhr dort eingetroffen sind."

Ansgar Fischer öffnete den Mund, um zu protestieren, aber Plasberg wehrte seinen Einwand mit erhobener Hand ab. „‚Holmes Place' im Mediapark haben Sie aber schon gegen 18:30 Uhr verlassen. Ein Zeuge hat Sie gehen sehen. Wollen Sie mir allen Ernstes weismachen, Sie hätten zwei Stunden für den Rückweg gebraucht, obwohl das Fitnessstudio nur wenige Kilometer von Ihrer Wohnung entfernt liegt?"

„Ich hab eben getrödelt!", entgegnete Scheibner wütend. „Und ... und ich hab unterwegs einen Bekannten getroffen, mit dem ich noch eine Weile gequatscht habe. Ist doch nicht verboten, oder?"

„Natürlich nicht. Aber dann können Sie mir sicher auch Namen und Adresse dieses Bekannten nennen."

Milo Scheibner lief rot an und schwieg.

„Außerdem", fuhr Plasberg ungerührt fort, „haben wir eine Zeugenaussage, dass Sie Ihr Einkommen ein bisschen aufbessern, indem Sie mit Drogen dealen, zum Beispiel in einem bestimmten Café auf der Zülpicher Straße, wo Sie anscheinend zu den Stammkunden zählen."

„Was? Wer sagt das?"

„Unser Informant."

Scheibner lachte spöttisch. „Ich kann mir schon denken, wer das ist! Sabrina Herrmann ist doch bloß sauer auf mich, weil ich ihr einen Korb gegeben habe, als sie mich angemacht hat vor ein paar Wochen. Die will mich nur in was reinreiten!"

Plasberg ließ sich nicht beirren. „Bei der Untersuchung des Tatorts sind uns chinesische Essensreste im Mülleimer von Borowskys Küche aufgefallen. Der Take-Away am Rudolfplatz neben McDonald's. Interessanter Zufall, oder? Und dann haben wir noch dies hier gefunden, und zwar in einer Schreibtischschublade von Axel Borowskys Wohnung." Plasberg legte als Trumpfkarte das durchsichtige Tütchen mit Haschisch auf den Tisch, das sie vor der Vernehmung von den Kollegen der Spurensicherung geholt hatte. „Außer Borowskys Fingerabdrücken sind da noch ein paar andere drauf – und zwar Ihre. Sie haben uns belogen, als Sie gestern erzählt haben, dass Sie Borowsky nicht näher kannten. Außer auf dem Tütchen haben wir Ihre Fingerabdrücke auch noch in der Küche und dem Wohnraum des Tatorts gefunden. Haben Sie im Ernst geglaubt, wir würden Ihre Vergangenheit nicht durchleuchten?"

Scheibner schluckte hörbar und sah seine Mitbewohner hilfesuchend an. Katrin Hancke schüttelte fast unmerklich den Kopf und Ansgar Fischer starrte Scheibner mit offenem Mund an.

„Hören Sie, Frau Kommissarin, ich hab mit der ganzen Sache nichts zu tun, ich schwöre es Ihnen!“, antwortete Scheibner schließlich. „Es stimmt, ich habe Borowsky ab und zu ein bisschen was verkauft, aber das war schon alles. Mit dem Mord habe ich nichts zu tun!“

„Wie oft haben Sie denn mit Borowsky Geschäfte getätigt?“, fragte Brinkhoff. Diesmal hatte er ein kurzes Kopfnicken Plasbergs abgewartet, bevor er sich am Gespräch beteiligte.

„Anfangs vielleicht einmal im Monat. In der letzten Zeit häufiger, einmal die Woche oder so.“

„Wenn Sie ihn beliefert haben, waren Sie auch bei ihm in der Wohnung?“

Scheibner wand sich auf seinem Stuhl hin und her. „Ja, war ich“, gab er schließlich zögernd zu. „Er war ja so klapprig, dass er gar nicht mehr vor die Tür gehen konnte.“

„Und am Dienstag, da waren Sie auch bei ihm?“, fragte Plasberg.

Scheibner senkte den Blick.

„Herr Scheibner, waren Sie am Dienstagabend in Axel Borowskys Wohnung?“, wiederholte die Kommissarin ungeduldig ihre Frage.

„Ja, war ich!“, brüllte Scheibner plötzlich. „Aber da war er noch am Leben! Ich hab ihn nicht umgebracht! Warum sollte ich das denn tun? Und wenn ich es gewesen wäre, hätte ich das Messer bestimmt nicht unter meiner eigenen Fußmatte versteckt!“

Maria Plasberg musste eingestehen, dass die Frage nach seinem Motiv und dem Verhalten nach der Tat völlig ungeklärt waren und sie im Dunkeln tappte. Wenigstens bislang. Trotzdem ließ sie sich jetzt nicht irremachen. Durch sein Geständnis, Borowsky am Abend seines Todes gesehen zu haben, war Scheibner automatisch zum Hauptverdächtigen geworden. Der Ablauf eines Mordes und aller damit zusammenhängenden Handlungen folgte immer einer eigenen, inneren Logik, zwingenden Notwendigkeiten, die sich aus der Tat selber und den nachfolgenden Bemühungen des Mörders ergaben, die Tat zu vertuschen. Möglicherweise hatte sie bei Milo Scheibner einfach nur noch nicht den richtigen Ansatz gefunden.

„Erzählen Sie mir von Ihrem Besuch bei Borowsky“, sagte sie. „Und zwar in allen Einzelheiten.“

Scheibner seufzte. „Die Schwuchtel hat mich angerufen, als ich beim Training war, ob ich ihm was vorbeibringen könnte.“

„Die ‚Schwuchtel‘?“

„Borowsky“, verbesserte sich Scheibner.

„Sie wissen, dass wir das Telefonat leicht anhand der Verbindungsdaten nachprüfen können?“

„Ich sage die Wahrheit“, beharrte der Student.

„Gut. Und wann hat er mit Ihnen telefoniert?“

„Gegen achtzehn Uhr. Ich habe gesagt, dass ich um halb acht bei ihm wäre.“

„Ach, haben Sie immer einen Vorrat Haschisch dabei?“

„Nein, natürlich nicht. Normalerweise bewahre ich das Zeug zu Hause auf.“

„Wo?“

„In einem Karton unter meinem Bett“, erklärte Scheibner wütend. „Was soll die Frage? Aber im Fitnesscenter hatte mich jemand versetzt, der mir eigentlich was abkaufen wollte …“

„… und deshalb mussten Sie vor Ihrem Besuch bei Borowsky nicht noch mal extra in Ihre eigene Wohnung.“

„Ja, genau.“

„Und weiter?“

„Ich hab dann noch mein Training beendet und bin um halb sieben gegangen, das stimmt. Bei Axel war ich ungefähr eine Stunde später, also gegen halb acht, und um halb neun bin ich rüber in meine eigene Wohnung.“

„Aber Herr Fischer behauptet, er habe erst gegen halb neun ein Klingeln im Treppenhaus gehört.“

„Das war ich nicht“, knurrte Scheibner. „Ich war schon um halb acht bei Borowsky.“

„Und was haben Sie da eine Stunde gemacht? So lange kann es ja wohl kaum dauern, ihm ein Tütchen mit Haschisch zu übergeben.“

„Er wollte ein bisschen Gesellschaft und ich wollte mein Bami Goreng in Ruhe essen“, sagte Scheibner mit einem flüchtigen Seitenblick auf Hancke. „Zu Hause hätte mir Katrin die Hälfte davon weggegessen. Bei Axel konnte ich sicher sein, dass er nichts abhaben wollte. Der hatte keinen Appetit – wir haben ein wenig … geplaudert."

„Sie haben geplaudert? Mit einer ‚Schwuchtel'? Worüber haben Sie sich unterhalten?"

Milo Scheibner zuckte mit den Schultern. „Dies und das. Nichts Besonderes. Er hat im Wohnzimmer auf dem Sofa gelegen und wir haben zusammen Nachrichten gesehen. Zwischendurch ist er immer mal wieder weggedöst."

„Hat er einen Streit mit dem Pflegedienst erwähnt?"

„Nein. Das haben wir Ihnen doch schon gestern gesagt: Wir wussten nichts von einem Pflegedienst oder dass er überhaupt versorgt wird."

„Aber Sie haben schon bemerkt, dass Herr Borowsky ernsthaft krank war?", fragte Plasberg spöttisch.

„Er hat gesagt, er hätte eine dicke Grippe. Ich habe nicht näher nachgefragt. Grippe haben ja im Moment alle."

Plasberg hätte fast laut aufgelacht. „Ich glaube Ihnen kein Wort, Herr Scheibner. Wollen Sie mir ernsthaft erzählen, Sie hätten nichts davon mitbekommen, dass er zu immer den gleichen Tageszeiten Besuch erhielt, obwohl Sie direkt nebenan wohnen? Sogar der Vermieterin im Erdgeschoss ist das aufgefallen. Und dass Sie von seinen Medikamenten in der Wohnung nichts bemerkt haben? Dem Infusionsständer? Und auch nicht von seiner PEG-Sonde? Sie haben doch gerade eben selbst gesagt, er wäre so schwach gewesen, dass er nicht mehr vor die Tür gehen konnte!"

Die Muskeln in Scheibners Gesicht arbeiteten. „Also schön", gab er schließlich nach einem weiteren Blick auf Hancke zu. „Klar haben wir das mit dem Pflegedienst mitbekommen. Jedenfalls hintenrum. Borowsky hat uns nichts darüber erzählt. Aber wir haben natürlich gemerkt, dass da regelmäßig jemand kam, monatelang, jeden Tag. Und hin und wieder haben wir auch auf der Treppe jemanden vom Pflegepersonal getroffen. Ließ sich ja gar nicht vermeiden, dass man sich durch Zufall mal über den Weg läuft. Borowsky war da wohl ein bisschen naiv mit seinem Wunsch, das Ganze geheim zu halten. Wir haben uns einfach unseren Teil dabei gedacht und den Mund gehalten. Aber von Medikamenten oder einem Infusionsständer und irgendeiner Sonde weiß ich wirklich nichts", verteidigte er sich. „Er stand ja nicht nackt vor mir, woran hätte ich das bemerken sollen? Und was seinen Gesundheitszustand betraf, da wollte ich ihn nicht nach fragen."

„Wussten Sie, dass er dem Pflegedienst gekündigt hatte und seit Samstag nicht mehr betreut wurde?"

„Nein", erwiderte Katrin Hancke überrascht und auch Ansgar Fischer sah erstaunt aus. Milo Scheibner schwieg.

„Herr Scheibner?", bohrte Plasberg nach.

„Nein … ja."

„Was denn nun?", fragte die Kommissarin ungeduldig.

Scheibner setzte ein betretenes Gesicht auf. „Ja, ich wusste es", sagte er dann. „Borowsky hat es mir am Dienstag erzählt. Als er mich im Sportstudio anrief, hat er mich noch gefragt, ob ich ihm auch MST besorgen könnte, weil er Schmerzen hatte."

„Also von Ihnen stammt das Morphium!" Es war, wie Plasberg vermutet hatte. „Und das hatten Sie auch mal so eben in der Tasche?"

„Nein, natürlich nicht." Scheibner war die Wendung, die das Gespräch nahm, sichtlich unangenehm. Immer wieder rieb er mit feuchten Händen über seine Oberschenkel. Der Handel mit Haschisch war eine Sache. Dass er jetzt aber auch den Handel mit Opiaten zugeben musste, warf ein weitaus schlechteres Bild auf ihn, und das wusste er. „Ich musste es erst besorgen. Über einen Mittelsmann. Deshalb hab ich ja auch eine Stunde gebraucht, um zu ihm zu kommen."

Plasberg stellte ihren Ärger über Scheibners Taktik, mit wichtigen Informationen nur häppchenweise herauszurücken, für den Augenblick zurück. Vielleicht wusste der Mann ja auch, was es mit der undurchsichtigen Kündigung von *Herzlich versorgt* auf sich hatte. „Hat Borowsky Ihnen erzählt, warum er mit dem Pflegedienst nichts mehr zu tun haben wollte?"

„Ich hab nicht nachgefragt. Das ging mich nichts an und es war mir auch egal. Hauptsache …" Scheibner brach ab.

„Hauptsache, er zahlte, wollten Sie sagen?“, beendete Plasberg den Satz.

„Hören Sie“, platzte Scheibner verärgert heraus. „Axel war schwul und ich bin es nicht. Er war über zehn Jahre älter als ich. Wir waren Nachbarn und haben hin und wieder ein paar Worte gewechselt. Ich hab ihm ab und zu ein bisschen Dope vertickt, ansonsten hat jeder von uns den anderen in Ruhe gelassen. Ich habe mich nicht besonders für ihn interessiert, das ist alles! Er war einfach nur eine Schwuchtel, die ein angenehmer Kunde war.“

Plasberg wechselte das Thema. „Hat Borowsky Sie eigentlich immer direkt bezahlt?“

„Ja, immer“, brummte Scheibner. „Ich kann es mir nicht leisten, auf Pump zu verkaufen.“

„Wo hat er sein Geld aufbewahrt?“

„Keine Ahnung. Am Dienstag hat er es aus dem Schlafzimmer geholt.“

„Und wieso haben Sie mir gestern nicht gesagt, dass Sie über den Pflegedienst Bescheid wussten?“

„Wir respektieren die Privatsphäre anderer Leute“, mischte sich Scheibners Freundin ein.

„Dummes Geschwätz!“, fuhr die Kommissarin sie an. „Sie haben eine Morduntersuchung behindert!“ Dann lehnte sie sich in ihrem Stuhl zurück und sah Scheibner nachdenklich an. „Wissen Sie, ich stelle mir das so vor: Als Sie am Dienstagabend bemerkt haben, wie schwach er ist, haben Sie die Möglichkeit gesehen, das Schlafzimmer zu durchforsten, ob nicht noch ein bisschen mehr Geld vorhanden war. Ich meine, Borowsky konnte Ihnen ja kräftemäßig nichts entgegensetzen, Sie wären also kein Risiko eingegangen und hätten leichtes Spiel gehabt. Sie konnten ihn sowieso nicht ausstehen aufgrund seiner Homosexualität. Und als er dann doch etwas dagegen hatte, dass Sie ihn um sein Bargeld erleichtern, haben Sie ihn einfach erstochen und die Leiche in der Ecke seines Schlafzimmers liegen lassen, wo ihn dann Irmgard Kärnter am nächsten Morgen um neun Uhr gefunden hat. Raubmord nennt man so was.“

Milo Scheibner war kalkweiß geworden, während Plasberg ihm ihre Theorie darlegte. „Das ... das ist nicht wahr! Das stimmt nicht. So was könnte ich nicht. Ich bin kein Mörder!“, stotterte er.

„Laut Aussage seines Neffen hatte Borowsky immer einiges an Bargeld im Haus. Im Nachtschrank seines Schlafzimmers. Laut der in seiner Wohnung aufgefundenen Kontoauszüge müssen es mindestens 500 Euro gewesen sein, wenn nicht mehr. Als wir die Wohnung nach seinem Tod durchsucht haben, war aber nichts da. Und Sie und Ihre Mitbewohner sind doch seit einiger Zeit ziemlich knapp bei Kasse, wenn ich richtig informiert bin, oder?“

„Was wollen Sie damit sagen?“, fragte Katrin Hancke überrascht.

„Gar nichts. Ich konstatiere nur. Ihr Vater hat Ihnen und Ihrem Bruder vor ein paar Monaten den Geldhahn zugedreht, das heißt, sie alle waren auf jede zusätzliche Einnahmequelle angewiesen.“

„Woher wissen Sie das?“

Plasberg lächelte mitleidig. „Oh, bitte.“ Sie dachte nicht daran, dem Mädchen zu verraten, dass sie gute Kontakte zu einigen Banken besaß.

Katrin Hancke senkte den Kopf. „Mein Vater ist ein Arschloch“, sagte sie leise und starrte auf den Boden. „Er kann Milo nicht leiden und hat mir den Umgang mit ihm verboten. Und als ich mich geweigert habe, Milo nicht mehr zu sehen, hat er seine Zahlungen eingestellt.“

Ansgar Fischer begehrte auf. „Wenn Sie glauben, Katrin und ich hätten Milo zu einem Mord angestiftet, dann haben Sie einen Sprung in der Schüssel!“

„Das ist doch grotesk!“, brüllte Scheibner und funkelte Hancke und Fischer wütend an. „Jemand anders hat das Geld genommen! Ich war es nicht! Ich hab nichts gewusst von irgendwelchem Bargeld! Borowsky hat sich ein paar von den MST reingepfiffen und als die anfingen zu wirken, bin ich gegangen. Ich habe ihn nicht umgebracht! Wie oft soll ich Ihnen das denn noch sagen?“

Plasberg stand auf. „So oft Sie wollen. Wir werden das sicherlich in den kommenden Tagen klären können, Herr Scheibner.

Bis morgen Vormittag der Haftrichter Zeit für Sie hat, werde ich Sie aber erst mal vorläufig festnehmen. Vielleicht fällt Ihnen ja noch etwas ein, was Sie mir bisher nicht gesagt haben. Dann bin ich ganz in Ihrer Nähe. Eine Wohnungsdurchsuchung wegen des Geldes und Ihres kleinen illegalen Privatunternehmens werde ich auch gleich in die Wege leiten. Sollte sich der Tatverdacht gegen Sie in den nächsten vierundzwanzig Stunden nicht erhärten, sind Sie wieder ein freier Mann. Das ist doch schon mal was, oder?" Ein letztes Mal lächelte sie Scheibner an, dann griff sie zum Telefon, um ein paar Kollegen für eine Wohnungsdurchsuchung zusammenzutrommeln. Kurz darauf wurde Scheibner von zwei Polizeibeamten abgeführt.

Katrin Hancke und Ansgar Fischer hatten den letzten Worten der Kommissarin mit offenem Mund zugehört. Erst nachdem ihr Mitbewohner aus dem Raum gebracht worden war, löste sich ihr Schock.

„Das … das können Sie doch nicht machen", sagte Fischer und schüttelte sich empört die Dreadlocks aus dem Gesicht. „Der Milo, der macht so was nicht, da leg ich meine Hand für ins Feuer. Ich meine, das ist doch voll krass, was Sie hier abziehen!"

Auch Katrin Hancke versuchte, Plasberg umzustimmen und sie von Scheibners Unschuld zu überzeugen, aber die Kommissarin war jetzt so in ihrem Element, dass sie kaum zuhörte. Hancke verlegte sich auf den Versuch, Plasberg ein paar Steine in den Weg zu legen.

„Sie können unsere Wohnung nicht einfach so auf den Kopf stellen", sagte sie. „Dazu brauchen Sie einen Durchsuchungsbefehl."

„Wenn Gefahr im Verzug ist, geht es auch mal ohne eine richterliche Genehmigung", widersprach Maria Plasberg.

„Gefahr im Verzug?", wiederholte Ansgar Fischer. „Haben Sie ein Rad ab?"

„Glauben Sie im Ernst, ich lasse Sie beide jetzt nach Hause gehen und in aller Gemütsruhe Beweise vernichten, während ich auf die Ausstellung des Durchsuchungsbefehls warte? Die Kollegen werden Sie mitnehmen und Sie dürfen der Wohnungsdurchsuchung beiwohnen", entgegnete Plasberg schroff.

„Beweise? Was denn für Beweise?“, fragte Fischer und glotzte die Kommissarin verständnislos an.

„Sie glaubt, Milo hat das Geld von Borowsky bei uns versteckt, was denn sonst!“, raunzte Hancke ihn an.

„Aber er hat es doch gar nicht genommen! Hat er doch selbst gesagt! Der bringt doch nicht jemanden wegen 500 Euro um!“

Plasberg antwortete nicht. Stattdessen forderte sie die beiden eindringlich auf, die Durchsuchung ihrer Wohnung durch die Kollegen nicht zu behindern. Als sie die Studenten gerade aus ihrem Büro und in die Obhut von zwei Polizeibeamten bugsieren wollte, drehte sich Fischer noch einmal um, als wollte er noch etwas sagen, aber dann überlegte er es sich scheinbar anders und knallte hinter Hancke und sich die Tür ins Schloss.

„Geschafft“, seufzte die Kommissarin und riss das Fenster des kleinen Büros auf, um frische Luft hereinzulassen. Der Autolärm von der Kalker Hauptstraße verschaffte sich ebenfalls Einlass.

Torsten Brinkhoff sah seine Vorgesetzte skeptisch an. „Was geschafft?“, fragte er. „S-Selbst wenn Ihre Theorie stimmt, beweist das nur, dass Scheibner Borowsky mit Drogen versorgt und ihm das Bargeld geklaut hat. Den Mord können wir ihm nicht nachweisen, weil wir keine Fingerabdrücke auf der Tatwaffe haben. Und dass Fischer und Hancke ihn vielleicht dazu angestiftet haben, also wirklich …“

„Schön, das ist reine Vermutung gewesen. Aber Katrin Hancke hat zugegeben, dass sie Geldprobleme haben“, argumentierte Plasberg. „Scheibner war zur möglichen Tatzeit in Borowskys Wohnung. Von dort haben wir seine Fingerabdrücke! Wenn wir in seiner Wohnung auch noch das Geld finden, das Borowsky gehört hat, reicht das für einen dringenden Tatverdacht. Dann kriegen wir beim Richter eine U-Haft durch. Außerdem waren Sie doch vor der Vernehmung ganz heiß darauf, Scheibner als Täter anzusehen“, beharrte sie. Es behagte ihr überhaupt nicht, von Brinkhoff auf die Risiken ihrer Vorgehensweise aufmerksam gemacht zu werden.

„Die Art und Weise Ihrer Zeugenvernehmung war völlig irregulär. Wenn der Richter herausbekommt, dass Sie alle drei Zeugen gleichzeitig vernommen haben, zerreißt er das Protokoll der Aussagen in der Luft – und Sie gleich mit dazu! Im Übrigen habe ich m-meine Meinung über Scheibner geändert. Ich glaube ihm."

„Wie bitte?", schnaubte Plasberg. „Wieso?"

Brinkhoff überlegte. „Am meisten stört mich der Ort, an dem wir das Messer gefunden haben. Scheibner ist nicht so blöd, es unter die eigene Fußmatte zu schieben. Da wollte jemand eine falsche Fährte legen, noch dazu eine ziemlich plumpe." Brinkhoff stand auf und humpelte zur Pinnwand, wo er ein großes X neben Borowskys Namen malte. Darunter schrieb er die Worte Messer, Fußmatte und Tathergang. „Sehen wir das Ganze doch mal von einer psychologischen Seite", erklärte er seine Aufzeichnungen. „Was ich am M-Mord an Borowsky am auffälligsten finde, ist die Art und Weise, wie Borowsky getötet wurde, nämlich mit zwei Messerstichen. Der erste davon in den Bauchraum, der ihn nicht sofort getötet hat, aber ziemlich schmerzhaft und qualvoll gewesen sein muss. In Borowskys Zustand wäre es wahrscheinlich jedem leichtgefallen, ihm sofort einen tödlichen Stich in die Herzgegend zu versetzen. Er war ja kaum in der Lage, sich zu wehren. Vielleicht haben wir es ja wirklich mit einem Täter zu tun, der sein Opfer absichtlich leiden sehen wollte?"

Plasberg wollte einen Einwand erheben, aber Brinkhoff ließ sich nicht unterbrechen. „Das aber kann doch eigentlich nur heißen, dass die Tat vorsätzlich und nicht, wie Sie Scheibner unterstellen, im Affekt ausgeführt worden ist. Und das wiederum bedeutet, dass als Motiv eigentlich nur Rache oder Hass in Betracht kommen, und zwar von jemandem, der Borowsky gut gekannt hat. Diese Hypothese würde auch erklären, warum die Tatwaffe bei unseren drei Studenten unter der Fußmatte lag: Vielleicht hat der Täter gewusst, dass Scheibner Borowsky mit Hasch versorgt, und wollte unsere Untersuchungen in diese Richtungen lenken – was ihm ja auch gelungen ist. Oder er wollte sie einfach nur schnell loswerden, und die Fußmatte der Nachbarwohnung war das erstbeste Versteck, das dem Täter eingefallen ist. Abgesehen davon, wenn Scheibner Borowsky im

Affekt umgebracht hätte, hätte er alles getan, um zu leugnen, dass er Borowsky am Dienstagabend gesehen hat. Sein jetziges Eingeständnis, auch wenn es ein bisschen spät kommt, ergibt keinen Sinn im Zusammenhang mit dem Mord. Sie haben doch gestern selber gesagt, dass Sie glauben, der Täter habe alles geplant und sich ziemlich professionell verhalten. Dann kommt noch dazu, dass wir Scheibners Fingerabdrücke nur in der Küche und im Wohnzimmer gefunden haben. Im Schlafzimmer, wo der Mord passiert ist, hat er keinen einzigen hinterlassen. Ganz zu schweigen von der Tatwaffe. Außerdem haben wir immer noch nicht geklärt, woher die Beule an Borowskys Hinterkopf stammt. Selbst wenn es so war, wie Sie vermuten, Scheibner Borowsky beklauen wollte, und es zu einem Kampf gekommen ist – dann hat er ihn entweder gegen die Wand gestoßen, wo Borowsky bewusstlos zusammengebrochen ist, oder er hat ihn erstochen. Beides zusammen gibt der Tathergang nicht her. Ihre eigenen Worte." Brinkhoff schüttelte vehement den Kopf. „Das spricht alles gegen Scheibner als Täter. Und wenn wir nur mal annehmen, dass Scheibner uns jetzt die Wahrheit gesagt hat, wie erklären wir dann, dass Fischer gegen 20:30 Uhr die Türklingel und Schritte im Hausflur gehört hat? Scheibner kann es nicht gewesen sein, er war da laut Ansgar Fischers erster Aussage gerade wieder in seiner eigenen Wohnung. Es muss also noch jemand Borowsky besucht haben, und zwar nach Milo Scheibner." Brinkhoff setzte sich auf die Schreibtischkante und sah die Kommissarin erwartungsvoll an.

Plasberg schwieg. „Wissen Sie was, Brinkhoff? Sie haben kaum gestottert", sagte sie schließlich.

„Oh … äh …d-danke."

„Aber was Ihre Theorie über den Täter betrifft, so hat die ganze Sache einen großen Haken: Wer, bitteschön, soll es denn sonst gewesen sein?"

Brinkhoff zuckte mit den Schultern. „Keine Ahnung."

„Ich im Moment auch nicht", sagte Plasberg nachdenklich. „Trotzdem ist die Hypothese nicht ganz abwegig."

Brinkhoff schnippte mit den Fingern. „Bleiben wir doch mal bei Ihrer Theorie, dass Scheibner und Borowsky sich wegen

Geld in die Haare gekriegt haben“, sagte er aufgeregt. „Vielleicht passt es ja so zusammen: Scheibner geht ins Schlafzimmer, durchsucht den Raum auf der Suche nach mehr Kohle. Borowsky folgt ihm, es kommt zu einem Gerangel. Scheibner stößt Borowsky von sich, der knallt mit dem Kopf gegen die Wand und bricht bewusstlos zusammen, worauf Scheibner sich schnell die 500 Euro einsteckt und dann fluchtartig die Wohnung verlässt. Kurz darauf kommt Borowsky aber wieder zu sich, jedenfalls so rechtzeitig, dass er ein Klingeln an seiner Wohnungstür hört, sich zur Tür schleppt und damit unwissentlich seinen späteren Mörder hereinlässt.“

„Ein sehr enges Zeitfenster und alles sehr spekulativ“, bemerkte Plasberg. „Borowsky dürfte danach nur ein paar Sekunden oder Minuten bewusstlos gewesen sein. Außerdem haben Sie jetzt die fehlenden Fingerabdrücke im Schlafzimmer vergessen. Und die Annahme steht und fällt mit Ansgar Fischers vager Aussage über die genaue Uhrzeit des Klingelns, das er gehört hat. Außerdem müssten wir annehmen, dass uns Scheibner erneut belogen hat.“

„Heißt das, ich habe Sie überzeugt, dass Scheibner nicht der Mörder ist?“

„Ich bin im Moment von gar nichts überzeugt. Ich versuche nur, alle denkbaren Möglichkeiten durchzuspielen“, sagte die Kommissarin. Sie stand auf und hängte sich entschlossen ihre Handtasche um. „Warten wir ab, ob Borowskys Geld nicht doch bei Scheibner auftaucht. Außerdem können wir seine Klamotten durchforsten, ob ein passendes Gegenstück zu den blauen Stofffasern an Borowskys Leiche im Kleiderschrank hängt. Die Ergebnisse haben wir spätestens morgen früh. Wenn sie identisch sind, spricht das doch eher für Scheibner, oder? Wenn nicht“, Plasberg zögerte einen Moment, „dann widmen wir uns den anderen Möglichkeiten. Übrigens, ist Ihnen auch aufgefallen, dass Borowsky die letzten drei Tage vor seinem Tod ziemlich viel Besuch bekommen hat? Erst taucht sein Neffe Samstag und Montag auf, und Dienstagabend, kurz vor seinem Ableben, erhält er gegen 19:30 Uhr Besuch von Milo Scheibner, und möglicherweise gegen 20:30 Uhr von einem mysteriösen Fremden. Die Leute scheinen sich ja förmlich die Klinke in die Hand gegeben zu haben. Ist doch erstaunlich, wenn man bedenkt, dass wir erst davon ausgegangen sind, er wäre völlig vereinsamt gewesen, oder?"

Brinkhoff nickte. „Ist mir auch schon aufgefallen. Aber wenn wir schon beim Rätselraten sind, dann habe ich noch eins: Warum hat Borowsky nicht Dr. Grassling darüber informiert, dass er mit dem Pflegedienst nichts mehr zu tun haben wollte? Ich m-meine, er hat bestimmt starke Schmerzen gehabt und greift trotzdem lieber auf den illegalen Umweg Milo Scheibner zurück, um an schmerzstillende Medikamente heranzukommen, die noch dazu nicht so wirksam sind? Das ergibt doch keinen Sinn."

Plasberg sah ihren Kollegen zustimmend an. „Noch ein Stück des Puzzles, das wir nicht einordnen können", sagte sie, während sie zur Tür ging.

„Äh … wohin gehen wir denn jetzt?", fragte Brinkhoff und deutete verwirrt auf Plasbergs Handtasche.

„Na, in Scheibners Wohnung, Kartons und Kleiderschränke durchwühlen."

„O nein, b-bitte nicht. Wir werden da bestimmt nichts finden", stöhnte der Kommissar. „Und mein Fuß! Ich kann kaum noch laufen."

„Dann beißen Sie eben die Zähne zusammen, Brinkhoff", sagte Plasberg und schloss die Bürotür hinter ihnen.

Während sie den Flur entlanggingen, kamen ihnen aus dem Aufzug zwei Kollegen des KK 14, Raubdelikte, entgegen, die ihnen kurz zunickten. Als sich die Fahrstuhltür hinter Plasberg und ihm schloss, hörte Brinkhoff, wie der eine Beamte dem anderen zuraunte: „Die Hexe und die Schwuchtel. Früher sind sie zusammen verbrannt worden, jetzt arbeiten sie gemeinsam in einer MK." Beide brachen in unterdrücktes Gelächter aus.

Plasberg drehte sich blitzschnell herum und drückte auf den Halteknopf, sodass die Türen des Aufzugs einen Spaltbreit geöffnet stehen blieben. „Beten Sie, dass Sie niemals einer MK unter meiner Leitung zugeteilt werden, Kollege!", rief sie durch die Lücke. „Denn dann lasse ich Sie jede einzelne Akte in meinem

Büro mit der Hand abstauben! Und der Kollege Brinkhoff wird Ihnen dabei zusehen!" Plasberg ließ den Knopf los, die Türen schlossen sich und der Aufzug setzte sich nach unten in Bewegung.

Brinkhoff schaute die Kommissarin entgeistert an.

Plasberg grinste. „Wenn Sie hier nicht untergebuttert werden wollen, Brinkhoff, dann müssen Sie sich angewöhnen, tougher zu sein als diese Machohengste. Sonst werden Sie in diesem Laden niemals respektiert."

„Aber ich ... ach, vergessen Sie's." Brinkhoff wollte eigentlich sagen, dass er sehr gut auf sich selber aufpassen konnte und keinesfalls so wie Plasberg als Einzelkämpfer, als Ausgestoßener enden wollte. Aber er hatte heute schon genug Ärger mit der Hauptkommissarin gehabt, deshalb schluckte er seinen Widerspruch hinunter.

Zehn

Während Plasberg und Brinkhoff mit der Zeugenanhörung der drei Studenten beschäftigt waren, hatte Timo Auermann einen schlechten Tag. Einen sehr schlechten Tag. Geistesabwesend bretterte er mit seinem Skateboard Richtung Ebertplatz, immer wieder mit dem Fuß automatisch vom Boden Schwung holend. Fahrrädern und Passanten wich er aus, ohne sie wirklich zur Kenntnis zu nehmen. Am Hansaring bog er ab, fuhr vorbei an *Saturn* bis zur KVB-Haltestelle Christophstraße, wo er die Fahrbahn kreuzte und sich von den romanischen Türmen von St. Gereon in die Innenstadt lenken ließ.

Alles, woran er denken konnte, war, was für einen Mist er gebaut hatte. Und jetzt konnte er seinen Fehler nicht mehr gutmachen, denn die Polizei hatte die Wohnung bestimmt versiegelt. Außerdem würde ihm das auch nichts nützen, denn zurücklegen konnte er die Kohle sowieso nicht mehr, weil er sie nicht mehr hatte. Aber das fehlende Bargeld war nur der kleinste Teil seines Problems. Wenn die Bullen auch noch den Rest herausbekommen würden, steckte er bis zum Hals in der Scheiße. Und das Schlimmste war, dass er im Moment dringend neuen Stoff brauchte. Jetzt eine feine, weiße Linie, dieses Kribbeln in der Nase und die Welt sähe gleich viel besser aus. Er hätte wieder das wunderbare Gefühl von Klarheit, Kontrolle und Unbesiegbarkeit. Aber sein Koks reichte nur noch für ein Mal und er konnte sich nicht entschließen, es ganz aufzubrauchen.

Vor seiner Mutter hatte er seine Angst am Morgen noch ganz gut verbergen können, aber die merkte ja sowieso nichts. Er hatte beim Frühstück einfach die Klappe gehalten, so getan, als müsste er noch Hausaufgaben machen, und sich darauf eingestellt, die Ohren auf Durchzug zu schalten, sobald sie mit ihrer ewig gleichen Nörgelei anfing. Aber seine Mutter war am Morgen seltsam einsilbig gewesen, hatte wortlos Toast und Eier gemacht, mit dem Geschirr hantiert und war mit ihren Gedanken ganz weit weg gewesen. Timo hatte rote Ränder um ihre Augen entdeckt, als hätte sie heimlich geweint. Ob sie wegen Axel geheult hatte? Timo war kurz davor gewesen, ihr ins Gesicht zu lachen und sie anzuschreien, dass sie nicht so tun solle, denn schließlich hätte sie sich die ganzen Jahre keinen Deut um ihren Bruder geschert. Nur mit Mühe hatte er sich beherrschen können. Als er es nicht mehr ausgehalten hatte, war er grußlos vom Frühstückstisch aufgesprungen, hatte seine Schultasche gepackt und war mit seinem nagelneuen Skateboard zur Schule gefahren. Aber das hatte seine Laune nicht verbessert, im Gegenteil. Jedes Mal, wenn er einen Blick auf das Brett warf, war seine Angst größer geworden und kurz vor der Schule hätte er das Ding am liebsten irgendwo im Gebüsch verschwinden lassen.

Im Unterricht war er unaufmerksam gewesen, mehr noch als sonst. Zweimal, in Mathe und Deutsch, hatten die Lehrer ihn drangenommen und er hatte keine Ahnung gehabt, worum es eigentlich ging. Nicht, dass er es sonst wusste – dazu ließ er sich viel zu selten im Unterricht blicken. Er hatte sowieso keinen Bock auf Schule und würde am liebsten alles hinschmeißen. Seine Mitschüler hatten gegrölt vor Lachen und er hatte einen roten Kopf bekommen und hilflos seinen Mund auf- und zugemacht wie ein gestrandeter Fisch. Blöde Wichser! In den Pausen hatte er sich abseits seiner Kumpel in einer Ecke herumgedrückt und alle, die sich ihm näherten, so lange grimmig angestarrt, bis sie ihn in Ruhe ließen. Als das Klingelzeichen zum Ende der letzten Schulstunde läutete, war es eine Erlösung. Nach dem Unterricht hatte er auf dem Klo eine Tüte geraucht, um sich zu entspannen. Zumindest davon hatte er zum Glück noch genug.

Timo nahm mit dem Fuß neuen Schwung auf und kreuzte mit seinem Skateboard die Domplatte. Erst vor ein paar Wochen war er hier noch mit Axel gewesen. Das letzte Mal, dass er seinen Onkel dazu bewegen konnte, die Wohnung zu verlassen. Schmal war er da schon gewesen, abgemagert, aber noch nicht so vom Tode gezeichnet wie in den letzten Tagen. Auf dem Roncalliplatz, wo sich sonst nur ein paar Skater, Touristen und die Tauben herumtrieben, hatte es im Juli Open-Air-Konzerte gegeben. Timo hatte gehofft, die vielen Menschen und die ausgelassene Stimmung würden seinen Onkel auf andere Gedanken bringen, ihm vielleicht sogar wieder ein bisschen Spaß am Leben vermitteln, aber das war naiv gewesen. Axel waren die Menschenmassen unangenehm geworden und dann war ihm die Puste ausgegangen und sie waren mit dem Taxi zurückgefahren. Timo stiegen die Tränen in die Augen, als er daran zurückdachte.

Einige Meter entfernt hatten sich ein paar Jungen zum Skaten getroffen und übten Treppensprünge. Einige davon kannte Timo aus der Schule. Zwischen ihnen turnte ein kleines Mädchen herum, bis es von einem der Jungen angeschnauzt wurde und sich schmollend in einiger Entfernung auf die unterste Treppenstufe setzte. Timo betrachtete den Jungen etwas genauer. Niklas Plasberg … Plasberg. Der Name war ihm aus anderen Zusammenhängen seltsam vertraut. Mist, hätte er doch bloß nichts geraucht, dann könnte er jetzt klarer denken! Plasberg … Plasberg. Der Name schwirrte noch einige Momente in seinem Kopf herum und dann, plötzlich, war die Verbindung da. Timo Auermann wäre fast vom Skateboard gefallen. Natürlich! Wieso war ihm das nicht schon gestern eingefallen, als die Kommissarin bei ihm zu Hause aufgetaucht war? Er wusste schon seit Jahren, dass Niklas' Mutter bei den Bullen arbeitete, er hatte nur keine Ahnung gehabt, dass sie bei der Kripo war. Voll krass! Verdammte Scheiße!

Timo fuhr unentschlossen Richtung Rhein, vorbei an den vielen unübersichtlichen Baustellen der neuen U-Bahntrasse am Kurt-Hackenberg-Platz. Die Arbeit auf den Baustellen dort ruhte, die Arbeiter saßen gelangweilt am Straßenrand, rauchten Zigaretten und tranken Bier; Timo beobachtete ein paar Archäologiestudenten, die gegenüber der Philharmonie mit Messern und Pinseln im Dreck herumkratzten. Wahrscheinlich hatten sie wieder irgendwelche antike Überreste entdeckt. Mal waren es nur Tonscherben, mal die Fundamente eines römischen Kellers, aber jeder Fund bedeutete eine Verzögerung der Bauarbeiten, da alle Entdeckungen zumindest gesichtet, beurteilt, verzeichnet und eventuell sogar geborgen werden mussten. In dem Tempo war die neue U-Bahntrasse wahrscheinlich in zwanzig Jahren noch nicht fertig. Eine der Studentinnen hob den Kopf, nahm ihren Schutzhelm ab und wischte sich den Schweiß von der Stirn. Sie bemerkte den Jungen am Baustellenzaun und lächelte ihn an. Timo wurde rot und fuhr hastig weiter.

Er ratterte an den Touristenrestaurants vorbei, die sich am Fuße der Altstadt wie eine Perlenkette aneinanderreihten, und erreichte endlich die Uferpromenade, an deren Anlegeplätzen die Fähren der Köln-Düsseldorfer Rheinschifffahrt noch immer Tagesausflügler aufnahmen, dem kühlen Wetter zum Trotz. Am Geländer der Promenade stoppte er und starrte in die braunen Wassermassen.

Warum hatte er gegenüber der Kommissarin bloß nicht seine Klappe gehalten? Warum hatte er das mit dem Geld gesagt? Warum hatte er ihr überhaupt irgendetwas gesagt? Jetzt würden sie ihm bestimmt auf die Schliche kommen. Es war nur eine Frage der Zeit, bis die Kommissarin mit der hässlichen Handtasche wieder bei ihnen vor der Tür stehen würde, um ihn zum Verhör abzuführen. Und diesmal würde sie nicht so verständnisvoll sein wie gestern Abend. Obwohl, jetzt, wo er wusste, wer sie war, ließ sich das doch vielleicht zu seinem Vorteil nutzen?

Er vergrub seine Hände in den Hosentaschen und fingerte nach dem kleinen Kärtchen, das Niklas' Mutter ihm zugesteckt hatte, bevor er aus ihrem Auto ausgestiegen war. Er hatte sich die Angaben darauf mittlerweile bestimmt zwanzigmal durchgelesen und kannte ihre Telefonnummer schon auswendig. Nur anzurufen, das traute er sich nicht. Und wenn er zumindest das mit dem Skateboard zugab? Das würde noch halbwegs plausibel klingen, wie der Streich eines dummen Jungen, und niemand würde auf die Idee kommen, ihn mit dem Rest in Verbindung zu bringen.

Ohne es zu merken, hatte sich Timo wieder in Bewegung gesetzt und fand sich plötzlich am Heumarkt wieder, an der Straßenbahnhaltestelle, die von der KVB Richtung Köln-Kalk angefahren wurde. Als die nächste Bahn ratternd ankam, atmete der Junge einmal tief durch und stieg ein.

Während die Linie 1 den Rhein überquerte und danach unterirdisch Richtung Polizeipräsidium weiterfuhr, überlegte Axel Borowskys Neffe, wie er das, was er getan hatte, Maria Plasberg verständlich machen konnte. Dabei beobachtete er nervös die Fahrgäste und hielt sich immer in der Nähe einer der Türen auf, damit er im Notfall an der nächsten Haltestelle herausspringen konnte, falls jemand einstieg, der wie ein Kontrolleur aussah.

Bis zu der Kriminalhauptkommissarin drang er jedoch gar nicht vor. Zwar konnte er sich am Pförtner in der Eingangshalle vorbeimogeln und den Fahrstuhl nach oben nehmen, aber dann war Schluss. Ein pickeliger, erkälteter und ausgesprochen schlecht gelaunter Mann erklärte ihm zwischen Tür und Angel, dass Plasberg beschäftigt war, und setzte ihn auf einen der Stühle im Gang vor Plasbergs Büro, ohne sich weiter um ihn zu kümmern. Timo Auermann studierte eine Zeitlang interessiert die nackten Busen, die ihm die Einsicht verwehrten, aber danach wurde er unruhig. Er lauschte dem unverständlichen Stimmengewirr, das aus dem Büro drang. Einmal hörte er jemanden brüllen und glaubte, das Wort „Bargeld" zu verstehen. Danach verließ ihn das bisschen Mut, das er zusammengekratzt hatte, und er schlich davon, ohne dass es jemand bemerkte.

Als Plasberg und Brinkhoff die Vernehmung der drei Studenten beendeten, befand sich Timo Auermann schon lange nicht mehr im Gebäude. Ratlos, was er nun tun sollte, versuchte er von einer Telefonzelle aus, ein Handy anzurufen, dessen Nummernfolge er auswendig konnte. Aber der Besitzer hatte sein Mobiltelefon ausgeschaltet. Milo Scheibner war nicht erreichbar.

Elf

Die Durchsuchung von Milo Scheibners Wohnung erwies sich als völliger Reinfall, wie Brinkhoff vorhergesagt hatte. Er, Maria Plasberg und drei weitere Polizeibeamte stellten alle Räume auf den Kopf, aber auf einen größeren Geldbetrag stießen sie nicht. Zwei blaue Hemden und ein blaues Sweatshirt, fein säuberlich gefaltet im obersten Regal des Kleiderschrankes, entsprachen schon auf den ersten Blick kaum dem Farbton der an Borowskys Leiche gefundenen Stofffaser. Plasberg konfiszierte die Kleidungsstücke trotzdem. Und auch das Haschischdepot, von dem Scheibner gesprochen hatte, fiel den Beamten nicht in die Hände. Der Karton, in dem er angeblich seine Vorräte aufbewahrte, war leer und sauber, nicht einmal ein paar Staubkörner waren zurückgeblieben. Nur ein paar braune Krümel unter seinem Bett brachte Plasberg zum Vorschein, als sie persönlich über den glänzenden Parkettboden kroch. Das Rauschgift hatte Scheibner wahrscheinlich nach dem ersten Gespräch mit der Kommissarin am Vortag in Sicherheit gebracht. Plasberg verrieb die Krümel zwischen den Fingern, roch daran und ließ die Hand angewidert sinken.

„Erde“, murmelte sie wütend. „Er hat uns reingelegt.“

Mit kaum verhohlener Genugtuung verfolgten Katrin Hancke und Ansgar Fischer die vergeblichen Bemühungen der Polizisten von der Küche aus und boten ihnen süffisant lächelnd Erfrischungsgetränke an, die die Beamten auf Plasbergs Anweisung hin ablehnten.

Gegen zwanzig Uhr brach die Hauptkommissarin die Durchsuchungsaktion ab und schickte Brinkhoff und die anderen Polizisten nach Hause. „Genug für heute“, sagte sie missmutig, als Brinkhoff zu seinem Wagen humpelte, den er benutzt hatte, um vom Polizeipräsidium in die Gleueler Straße zu fahren. Plasberg hatte ihr eigenes Auto genommen. „Gehen Sie nach Hause und kümmern Sie sich um Ihren Fuß. Kühl und hoch lagern und dann wieder bandagieren, dann geht das morgen wieder“, riet sie ihm zum Abschied. Brinkhoff war so kaputt, dass er kaum noch ein Wiedersehen über die Lippen brachte, als er sich hinters Lenkrad zwängte.

Zu Hause versorgte er erst einen sich vernachlässigt fühlenden und daher ziemlich schnippischen Bombadil, danach legte er sich mit einem Eisbeutel auf dem Fuß vor den Fernseher. Nach Mitternacht wachte er zu dem Gelächter einer Sitcom auf auf und schleppte sich ins Bett.

Die Plasberg hat einen totalen Knall!, war das Letzte, was er dachte, bevor er völlig erschöpft wieder einschlief.

Maria Plasberg parkte ihren Wagen vor dem kleinen Reihenhaus in Porz. Vor vielen Jahren hatte sie das Haus zusammen mit ihrem Mann gekauft und für einen wahr gewordenen Traum gehalten. Ein idealer Ort, um Kinder großzuziehen: wenig Autoverkehr, nette Nachbarn, die ebenfalls Kinder hatten, viel Natur. Von hier waren es nur wenige Meter bis zum Rhein und zur Anlegestelle der Fähre. Oft hatte sie in ihrer Freizeit am Ufer gestanden, die Landemanöver der Schiffe beobachtet und im Sommer die Sonne über dem weit entfernten Köln untergehen sehen. Jetzt zahlte sie noch immer die Hypotheken ab und das Haus erinnerte sie an ihre gescheiterte Ehe – während Eric nur ein paar Straßen weiter einfach ein neues Leben begonnen hatte.

Plasberg öffnete die Haustür, warf ihre Handtasche achtlos in die Ecke und rief ein müdes „Ich bin zurück, Kinder!“ in die Wohnung, das allerdings nicht beantwortet wurde. Aus Niklas’ Zimmer drang ausnahmsweise mal gedämpfte, ruhige Musik, nicht der aggressive, weiße Hiphop, den er sonst bevorzugte, und aus der Küche kam ein merkwürdiges, emsiges Schaben. Als Plasberg den Raum betrat, unterbrach ihre Tochter Ruth schuldbewusst ihre eifrige Arbeit, die darin bestand, die letzten Reste Stracciatella aus einem Einlitertopf herauszukratzen.

„Er hat gesagt, ich kann mir mein Abendbrot aussuchen!“, verteidigte sie sich sofort, als sie den entgeisterten Blick ihrer Mutter sah.

„Wer hat das gesagt?“

„Na, wer schon! Mein doofer Bruder“, maulte Ruth und rülpste verstohlen. „Mir ist schlecht“, fügte sie kleinlaut hinzu.

„Hast du etwa den ganzen Eimer Eiscreme gegessen?“

Ruth nickte verschämt.

„Dann wundert es mich nicht, dass dir jetzt schlecht ist. Geschieht dir ganz recht.“ Plasberg sah sich entmutigt in der Küche um. Auf dem Herd entdeckte sie eine schmutzige Pfanne, das dreckige Geschirr vom Mittagsessen war nicht in die Spülmaschine eingeräumt, sondern stand verkrustet in der Spüle, eine Pfütze klebrigen Orangensafts war auf dem Esstisch eingetrocknet und die Usambaraveilchen auf dem Fensterbrett waren auch seit einer Ewigkeit nicht mehr gegossen worden. Die Kommissarin drehte versuchsweise den Wasserhahn des Spülbeckens auf. Immerhin schien der Handwerker da gewesen zu sein. Der Abfluss funktionierte wieder.

Im Grunde sieht es hier nicht viel anders aus als in der Küche von Borowsky, dachte Plasberg demoralisiert. Wenn sie doch bloß mehr Zeit hätte, sich um ihre Kinder und den Haushalt zu kümmern. Aber wenn sie in diesem Fall weiterhin irgendwelchen Phantomen nachjagte, würde sie noch eine ganze Weile keine Zeit haben.

„Wie war's in der Schule?“, fragte sie und wischte Ruth geistesabwesend mit einem Zewa Eiscremereste aus den Mundwinkeln.

„Lena hat behauptet, Frauen könnten gar keine Kommissare werden, weil sie nicht so gut schießen können wie Männer“, erwiderte Ruth empört. „Ich hab der doofen Kuh gesagt, dass du schon mindestens vier Verbrecher abgeknallt hast.“

„Erstens sagt man nicht ‚abgeknallt‘ und zweitens habe ich noch nie jemanden erschossen“, antwortete ihre Mutter, nahm Ruth die Eiscremedose aus der Hand und warf sie in den Mülleimer. „Hat es etwas genützt?“, fragte sie dann.

„Klar. Lena hat danach die Klappe gehalten", grinste Ruth. „Mama, bist du wenigstens schon mal bei einer wilden Schießerei dabei gewesen?"

Die Frage wurde mit einem solchen Flehen in der Stimme vorgetragen, dass Maria Plasberg keine Ahnung hatte, wie sie ihrer Tochter die Illusion nehmen sollte, dass ihre Mutter ständig mit gezogenem Revolver durch die Stadt hetzte und Jagd auf gemeingefährliche Gangster machte.

Um sich der enttäuschenden Antwort zu entziehen, wechselte Plasberg das Thema. „Wo ist Niklas?"

„In seinem Zimmer", erwiderte Ruth. „Er hat sich mit seinem Besuch eingeschlossen und ich darf ihn nicht stören", ergänzte sie dramatisch.

„Eingeschlossen? Mit wem hat er sich eingeschlossen?", fragte Plasberg alarmiert.

Ruth schüttelte den Kopf. „Er hat gesagt, er hilft mir nie wieder bei den Hausaufgaben, wenn ich petze." Plasberg hörte den letzten Satz schon nicht mehr, weil sie durch das Haus stürmte und an die Zimmertür ihres Sohnes hämmerte, hinter der immer noch leise, getragene Musik dudelte.

„Mach die Tür auf, Niklas! Sofort!" Sie presste ihr Ohr an die Tür und hörte unterdrückte, aufgeregte Stimmen und hektisches Geraschel. Plasberg rüttelte an der Türklinke. „Ich zähle bis zehn, Niklas! Eins, zwei, neun …"

Die Tür wurde aufgerissen und ihr Sohn starrte sie entsetzt an. „Was … wieso bist du schon da?", stammelte er nervös.

Plasberg schnupperte misstrauisch, aber der süßliche Geruch eines Joints, den sie befürchtet hatte, fehlte.

„Du hast Besuch?"

„Ja …", antwortete Niklas eine Spur zu zögerlich und versperrte Plasberg unbeholfen die Sicht in sein Zimmer, „ein Kumpel."

„Aha. Und wieso schließt ihr euch ein?" Erst jetzt fiel ihr auf, dass Niklas mit Boxershorts und T-Shirt recht spärlich bekleidet war für einen kühlen Herbstabend. Mit einer bösen Vorahnung verrenkte sie den Kopf, um an Niklas vorbei doch einen Blick auf den Besuch ihres Sohnes erhaschen zu können. „Wo ist er denn, dein Kumpel?“

„Er … fühlt sich nicht wohl. Er liegt … äh … im Bett.“ Niklas' Kopf glich einer roten Paprikaschote.

„Was?“ Plasberg schob ihren protestierenden Sohn zur Seite und stapfte zu Niklas' Bett, wo sich jemand in letzter Sekunde die Bettdecke über den Kopf zog. Entschlossen riss sie das Plumeau weg – und starrte in die angstgeweiteten Augen eines jungen Mädchens, etwa in Niklas' Alter, das ebenfalls nur noch ein T-Shirt und einen Slip trug. „Das ist dein Kumpel?“, fragte sie entgeistert.

„Das ist Nina. Sie ist meine Freundin“, nuschelte Niklas und schaute betreten zu Boden.

Die Kommissarin ließ das Plumeau los und das Mädchen zog die Decke bis zum Hals und hielt sie eingeschüchtert mit beiden Fäusten fest. „Hallo, Frau Plasberg“, murmelte sie.

„Du … du hast eine Freundin?“, fragte Plasberg schwach. „Seit wann?“ Sie hatte das Gefühl, dass die ganze Situation ihrer Kontrolle entglitt, und außerdem das dringende Bedürfnis, sich zu setzen. Mit letzter Kraft ließ sie sich auf den Schreibtischstuhl ihres Sohnes gleiten, abgesehen vom Bett die einzige Sitzgelegenheit.

„Schon seit drei Monaten“, erklärte Niklas patzig, der langsam seine Fassung wiedergewann. „Wenn du mehr Zeit hättest, hätte ich sie dir schon längst mal vorgestellt.“

„Ich dachte, du wolltest mit dem Skateboard auf die Domplatte“, sagte Plasberg, als ob das mit der vorliegenden Situation irgendetwas zu tun gehabt hätte.

Niklas stellte sich schützend vor seine Freundin. „Können wir uns vielleicht anziehen? Dann kann ich dir hinterher alles erklären.“

„Oh … ja, natürlich.“ Plasberg sprang auf und verließ das Zimmer fluchtartig. Plötzlich kam sie sich wie ein Eindringling vor. Automatisch ging sie in die Küche zurück und begann, das schmutzige Geschirr in die Spülmaschine zu stapeln, ohne zu bemerken, was sie tat. Ruth war verschwunden; anscheinend hatte sie es vorgezogen, vor dem sich abzeichnenden Familiendrama in ihre eigenen vier Wänden zu flüchten.

Seit wann um alles in der Welt zeigte Niklas Interesse an Mädchen? Er war doch die letzten Jahre völlig auf sein dämliches Skateboard fixiert gewesen! Plasberg konnte die unzähligen kaputten Hosen und die ständig zerschrammten Knie förmlich vor sich sehen. Hatte sie irgendwas in der Entwicklung ihres Sohnes verpasst? Und wieso ging er mit dieser … dieser Nina, wieso ging er schon mit ihr ins Bett? Hätte es für den Anfang nicht gereicht, wenn sie ein bisschen rumknutschen würden, so wie normale Teenager? Der Gedanke, dass ihr Sohn, den sie vor gerade mal siebzehn Jahren schreiend vor Schmerzen in einer Klinik zur Welt gebracht hatte, schon Sex hatte, war ihr fast unheimlich.

Ein verschämtes Räuspern hinter ihrem Rücken ließ Plasberg hochschrecken. Niklas und Nina standen Hand in Hand in der Küchentür, als müssten sie sich aneinander festhalten. Plasberg hatte keine Ahnung, wer von ihnen dreien am peinlichsten berührt war. Zumindest waren die Kinder jetzt vollständig bekleidet. Niklas' Freundin hatte sich sogar die langen, dunklen Haare gekämmt.

„Tja … hm … wollt ihr einen Kaffee?", versuchte Plasberg die Stille zu durchbrechen und kam sich gleich darauf ziemlich bescheuert vor. Sie hatte ihrem Sohn noch nie einen Kaffee angeboten. Wenn er welchen wollte, machte er sich selber eine Tasse. Aber vielleicht war ab jetzt ja alles anders.

„Es ist nach acht, Mum", sagte Niklas. „Wenn ich jetzt Kaffee trinke, schlafe ich die ganze Nacht nicht." Mum! Auch so eine Neuerung, an die sich Maria Plasberg noch nicht gewöhnt hatte. Früher hatte ihr Sohn Mama gesagt, seit ein paar Monaten bestand er auf der britischen Form dieser Anrede, als ob sie etwas Distanz zwischen ihnen schaffen würde.

Plasberg versuchte einen neuen Anlauf. Sie setzte ihr strahlendstes Lächeln auf, streckte ihre Hand aus und sagte: „Freut mich, dich kennenzulernen, Nina. Ich kann zwar nicht behaupten, dass mein Sohn bisher viel über dich erzählt hat, aber …" Ihre Stimme verlor sich im Nichts. Wieder der falsche Anfang.

Nina starrte ihre Hand an, als wären der Kommissarin plötzlich zwei zusätzliche Finger gewachsen.

„Also schön", seufzte Plasberg, schickte die freundlichen Begrüßungsformeln zum Teufel und nahm am Küchentisch Platz. „Setzt euch gefälligst hin. Wie lange geht das schon so mit euch beiden?"

Jetzt endlich kam Bewegung in die beiden Teenager. Sie setzten sich zu Plasberg und sahen sich an.

„Etwa drei Monate", erwiderte Niklas und grinste ein verliebtes Lächeln, bei dem sich seine Mundwinkel stolz von einem Ohr bis zum anderen zogen.

„Vier", antwortete Nina. „Vier Monate." Dabei grinste sie genauso verliebt zurück. Plasberg spürte, wie sich die Hände der beiden unter der Tischplatte fanden, und fühlte sich dieser überbordenden Romantik in keinster Weise gewachsen.

„Wo habt ihr euch kennengelernt?"

„In der Schule. Wir sind im selben Jahrgang."

„Und ... wie lange habt ihr schon ... geht ihr schon ..." Plasberg hätte am liebsten gefragt, seit wann die beiden miteinander ins Bett gingen, rettete sich dann aber gerade noch rechtzeitig in eine neutralere Formulierung „Ich meine, wie lange seid ihr schon intim miteinander?"

Niklas sah seine Mutter trotzdem entrüstet an. „So was fragt man nicht, Mum", erklärte er.

„Na ja, ich finde nur, dass ihr für so was noch ziemlich jung seid, oder?"

Beide Teenager rollten gleichzeitig die Augen. „Jetzt sei nicht so uncool, Mum", erwiderte Niklas. „Wir sind alt genug!"

„Ganz offensichtlich", murmelte Plasberg. „Aber ihr ... macht es doch hoffentlich nicht ohne ... ich meine, ihr verhütet doch, oder?"

Anscheinend hatte Plasberg mit ihrer Frage einen wunden Punkt getroffen, denn Ninas strahlendes Lächeln brach plötzlich in sich zusammen und ihre Mundwinkel begannen zu zucken.

„Wir wollten ... wir haben verhütet", stotterte Niklas. „Wirklich! Papa hat uns ..."

„Wie bitte? Dein Vater hat davon gewusst und es auch noch unterstützt?“ Plasberg fiel aus allen Wolken und ihre Stimme wurde immer lauter, während sie endgültig die Fassung verlor.

„Er … er hat mir die Kondome gegeben“, verteidigte sich Niklas schrill. „Er hat gesagt, wenn es schon sein muss, dann besser mit als ohne, aber …“

„Das sieht deinem Vater mal wieder ähnlich! Typisch!“ Wenn sie auf ihrem Exmann herumhacken konnte, war Plasberg in ihrem Element. Sie wollte sich gerade in einer Schimpftirade über die negativen Eigenschaften ihres geschiedenen Mannes ergehen, als sie von ihrem Sohn jäh abgewürgt wurde.

„Darum geht es doch gar nicht, Mama!“, schrie Niklas plötzlich wütend. „Warum kannst du nicht mal zuhören? Nina ist schwanger!“

Plasberg starrte ihren Sohn mit offenem Mund an. „Was?“, fragte sie und in der nachfolgenden Stille hätte man das Fallen einer Stecknadel hören können.

„Die Gummis, die Papa mir gegeben hat, waren schon abgelaufen“, erklärte Niklas schließlich mit belegter Stimme, während Nina leise zu schluchzen begann. „Aber das haben wir erst hinterher gesehen. Eins dieser Dinger ist gerissen, aber da war es schon zu spät. Nina kriegt ein Baby. Aber das ist noch nicht alles …“

„Ich gehe nicht mehr nach Hause!“, unterbrach Nina. „Meine Eltern machen Hackfleisch aus mir, wenn sie das erfahren.“

Die Kommissarin brauchte ein paar Sekunden, bis sie begriff, was Niklas und seine Freundin ihr gerade erklärt hatten. „Na, super!“, seufzte sie dann. Nina neben ihr heulte auf wie ein Schlosshund. Plasberg reichte ihr ein Taschentuch. „Das heißt, deine Eltern wissen noch gar nicht, dass du schwanger bist?“

Nina schüttelte den Kopf.

„Und wo willst du die Nacht … o nein, kommt ja gar nicht in Frage!“, sagte Plasberg aufgebracht, als sie den bittenden Blick ihres Sohnes sah.

„Ich hab zu Hause gesagt, dass ich bei einer Freundin schlafe“, erklärte Nina.

Plasberg sah die beiden Jugendlichen entgeistert an. „Das habt ihr euch ja fein ausgedacht! Und wann wollt ihr es Ninas Eltern sagen?“

Niklas druckste herum und senkte den Blick auf die Tischplatte. „Wir dachten, du könntest vielleicht ...“

„Ich? Habt ihr einen Knall? Ich soll die Suppe auslöffeln, die ihr euch eingebrockt habt? Nein, das könnt ihr mal schön selber erledigen. Ich muss arbeiten! Ich muss einen Mordfall lösen! Gott im Himmel, warum müsst ihr damit zu mir kommen? Warum seid ihr nicht zu deinem Vater damit gegangen, Niklas? Der hat euch da ja erst hineingeritten!“

Nina schluchzte auf und Niklas sah aus wie ein getretener Hund, während Plasbergs Stimme immer lauter wurde. Schließlich stand sie auf und hantierte schweigend mit der Kaffeemaschine.

„Mum?“, fragte Niklas leise. „Was sollen wir denn jetzt tun?“

„Kaffee trinken“, erwiderte Plasberg resigniert und stand auf. „Heute Nacht macht sowieso keiner von uns ein Auge zu.“

Zwölf

Als Brinkhoff am nächsten Morgen zur Frühbesprechung des KK 11 im Büro erschien, war der Stuhl von Maria Plasberg leer. Niemand hatte etwas von der Kommissarin gehört und auch über das Handy war sie nicht zu erreichen. Es blieb Brinkhoff überlassen, die Runde der Kollegen über die mageren Fortschritte im Fall Borowsky zu unterrichten. Zwar versuchte er, die Verhaftung Milo Scheibners als Erfolg zu verkaufen, aber seine eigene mangelnde Überzeugung von dessen Schuld verhinderte eine stichhaltige Darstellung der gestrigen Ereignisse.

„... bisher haben wir keine andere h-heiße Spur“, schloss er daher seine Ausführungen kleinlaut.

„Sie haben also eine Wohnungsdurchsuchung ohne einen Beschluss durchgeführt, noch dazu mit der höchst zweifelhaften Begründung, dass Gefahr im Verzug sei, sind dabei auf keinerlei neue Erkenntnisse gestoßen, aber dieser Milo Scheibner befindet sich trotzdem noch in Gewahrsam wegen Mordverdacht?", fragte Heribert Eikner, der als Chef des KK 11 die Sitzung leitete, und schob seine dicke Hornbrille die Nasenwurzel hoch. Wütend biss er in einen der drei Berliner, die vor ihm auf dem Tisch lagen und die er in schöner Regelmäßigkeit während jeder Frühbesprechung verzehrte. „Wenn das wieder so eine Extratour von der Kollegin Plasberg wird …", drohte er Brinkhoff mit vollem Mund und einem zuckrigen Zeigefinger. Der Kommissar hätte sich daraufhin am liebsten unter der Tischplatte verkrochen und die Kollegen mussten sich beherrschen, um sich ein Lachen zu verkneifen.

„Wir haben die Fingerabdrücke", wandte er schüchtern ein.

„Die nur beweisen, dass Scheibner sich irgendwann mal in der Wohnung des Opfers aufgehalten hat. Na, toll!" Eikner blätterte in dem Bericht der Spurensicherung. „Ohne seine eigene Aussage, dass er am Mordabend dort war, könnten Sie noch nicht einmal etwas Genaueres zu dem Zeitpunkt sagen. Und so wie ich das sehe, sind seine Fingerabdrücke nicht im Schlafzimmer, also nicht in unmittelbarer Nähe des Tatorts gefunden worden. Was ist mit den Stofffasern?"

Brinkhoff wollte gerade antworten, als Karsten Vogt ihm ins Wort fiel. „Das Ergebnis steht noch aus."

„Dann haben Sie im Moment gar nichts in der Hand. Die Fingerabdrücke sind nicht auf der Tatwaffe und Sie können mit keinem Motiv aufwarten. Ohne ein Geständnis können Sie dem Kerl nichts nachweisen. Wir können ihn allenfalls wegen Drogenhandels im kleinen Stil drankriegen."

„Frau Plasberg meint, wenn wir Scheibner noch etwas länger festhalten, dann …"

„Plasberg, Plasberg!", rief Eikner unwirsch. „Es interessiert mich nicht, was die Plasberg meint! Glauben Sie im Ernst, ich setze mich dem hämischen Grinsen des Untersuchungsrichters aus, wenn ich mit so ein paar fadenscheinigen Gründen ankomme? Sehen Sie zu, dass wir den Mann loswerden. Von mir aus übergeben Sie Scheibners Fall den Kollegen von der Organisierten Kriminalität. Dann können die entscheiden, was sie weiter mit ihm machen."

„Heißt das …?"

„Das heißt, dass wir uns nicht länger mit Scheibner beschäftigen", fiel der Chef des KK 11 Brinkhoff ins Wort. „Habe ich mich klar ausgedrückt?"

„Natürlich, Chef", antwortete Vogt geflissentlich und vermied dabei jeden Blickkontakt mit Brinkhoff.

„Gut. Und was haben Sie als Nächstes vor?" Eikner beäugte Brinkhoff durch seine Brillengläser.

„Die M-M-Mitarbeiter des Pflegedienstes zu v-vernehmen", erwiderte Brinkhoff und verfluchte innerlich sein Stottern. „Wir wissen immer noch nicht, warum Borowsky dem Dienst gekündigt hat. Und Frau Plasberg vermutet, dass die Pflegedienstleitung noch einen anderen Grund hatte, weswegen sie froh war, Borowsky loszuwerden. Außerdem soll es einen Streit mit einem Mitarbeiter gegeben haben. Dann gibt es da noch die ehemaligen Kollegen bei der Zeitung. Die müssen wir kontakten."

Eikner wühlte in seinen Unterlagen. „Ah ja, diese Andrea Antes und Kajo Worms. Diese Serie über Stadtteilgeschichte. Was hat das denn mit dem Mord zu tun?"

„Wahrscheinlich nichts. Es gibt da aber noch ein paar Unklarheiten …"

„Na schön", seufzte Eikner nicht sonderlich angetan, „aber sehen Sie zu, dass Sie bald ein paar brauchbare Ergebnisse vorweisen können. Nächster Fall …"

Brinkhoff wischte sich verstohlen den Schweiß von der Stirn und hörte den Ausführungen der Kollegen, die über die Bearbeitung anderer Fälle berichteten, nur mit halbem Ohr zu. Sobald die Besprechung vorüber war, flüchtete er erleichtert in Plasbergs Büro. Karsten Vogt folgte ihm. Brinkhoff wollte sich gerade setzen, als Vogt die Tür ins Schloss fallen ließ und beiläufig, aber mit giftigem Unterton bemerkte: „Das ist mein Schreibtisch!"

„E-Entschuldigung", sagte Brinkhoff verwirrt und blieb unschlüssig im Raum stehen.

„K-Keine U-Ursache!", äffte ihn Vogt nach, ließ sich demonstrativ hinter seinem Schreibtisch nieder und schnäuzte sich die Nase. Danach spielte er gelangweilt mit einem Kuli und sah an Brinkhoff vorbei aus dem Fenster, als würde sein neuer Kollege gar nicht existieren.

Brinkhoff nahm schließlich auf einer Ecke von Plasbergs Schreibtischplatte Platz. „Sie können mich nicht leiden", konstatierte er.

„Sie haben es erfasst." Vogt lächelte ihn säuerlich an. „Schlimm genug, dass ich mit der Plasberg in einer MK arbeiten muss, aber dann noch mit jemandem wie Ihnen ..."

„Was soll das heißen: mit jemandem wie mir?"

Vogt wollte gerade zu einer boshaften Erwiderung ansetzen, als die Tür aufflog und Audrey Hepburn hereinrauschte. Im ärmellosen kleinen Schwarzen mit Perlenkette, dunkler Sonnenbrille und einem kunstvoll drapierten schwarzen Kopftuch bot Maria Plasberg eine atemberaubende Erscheinung. Doch ganz offensichtlich kam sie nicht vom Frühstück bei Tiffanys.

„Vogt, können Sie mir einen Kaffee holen?", knurrte sie, ohne auf ihre Verspätung einzugehen.

Karsten Vogt öffnete den Mund, um zu protestieren, dass er kein Dienstbote sei, aber dann besann er sich eines Besseren und schlich aus dem Büro.

„Hab ich was verpasst?" Plasberg nahm die Sonnenbrille ab und Brinkhoff entdeckte dunkle Ringe unter ihren Augen.

„Wo waren Sie? Eikner will, dass Scheibner auf freien Fuß kommt. Er will keinen Ärger mit dem Richter, weil Scheibners Fingerabdrücke weder im Schlafzimmer noch auf der Tatwaffe zu finden sind. Das Ergebnis der Stofffaserrückstände ist noch nicht da. Und der Chef ist nicht zufrieden mit den bisherigen Ermittlungsergebnissen", informierte er seine Vorgesetzte.

Plasberg machte eine abfällige Handbewegung. „Das ist er nie", sagte sie desinteressiert. „Er bekommt Druck von oben wegen der steigenden Kriminalitätsrate."

Erst vor wenigen Tagen hatte es in der Lokalpresse mehrere Artikel gegeben, die aufrechneten, dass Köln im Landesdurchschnitt nicht gerade blendend dastand, wenn es um Gewaltverbrechen und die allgemeine Sicherheit ging, ganz zu schweigen von den Taschendiebstählen, bei denen Köln die einsame Spitze der bundesdeutschen Großstädte war.

„Außerdem möchte Vogt seinen Arbeitsplatz nicht mit mir teilen."

„Wie bitte? … Großer Gott!", herrschte Plasberg ihn unerwartet lautstark und wütend an, als hätte Brinkhoffs letzte Bemerkung ein Fass zum Überlaufen gebracht. „Habt ihr Männer denn nichts Besseres zu tun, als Sandkastenrivalitäten auszufechten? Das ist ja wie im Kindergarten!"

Brinkhoff zuckte zusammen. „Ärger?", fragte er zögernd.

„Das geht Sie einen Scheißdreck an", antwortete Plasberg abweisend. Sie war nicht in der Stimmung, über ihr Privatleben zu plaudern. Immerhin raffte sie sich zu der Frage auf, wie es dem verstauchten Fuß ihres Kollegen ging.

„Ist noch dran", erklärte Brinkhoff eingeschnappt.

„Dann eben nicht", murmelte Plasberg und seufzte geistesabwesend. Dass ihr Hauptverdächtiger freigelassen werden sollte, passte ihr überhaupt nicht, aber im Moment sah sie keine Möglichkeit, Eikners Entscheidung in Frage zu stellen. „Na schön." Sie griff zum Telefon und veranlasste mit ein paar Worten, dass Milo Scheibner wieder auf freien Fuß gesetzt wurde, und wandte sich anschließend an Brinkhoff. „Sagen Sie Vogt, er soll an Scheibner dranbleiben. Ich will wissen, was er macht."

„Aber Vogt hat Eikner versprochen, dass wir Scheibners Akte an das Rauschgiftdezernat weitergeben. Die sollen sich um ihn kümmern."

Plasberg hörte gar nicht richtig zu. „Vogt kann so etwas gar nicht entscheiden. Erst, wenn er seine eigene MK leitet. Und lassen Sie Eikner meine Sorge sein. Der ist in ein paar Stunden sowieso im Wochenende", erklärte sie geistesabwesend. Danach nahm sie kurzentschlossen ihre Handtasche, die heute groß und schwarz war, und setzte ihre Sonnenbrille wieder auf. „Ich muss noch mal weg", erklärte sie knapp. „Wir treffen uns um vierzehn Uhr bei diesem Pflegedienst." Damit stöckelte sie wieder aus dem Büro hinaus.

„Was? He!", rief Brinkhoff ihr überrascht nach. „Und was soll ich in der Zwischenzeit machen?"

„Ich will die Akte von Axel Borowsky bei diesem Pflegedienst einsehen. Dazu brauchen wir eine richterliche Genehmigung. Kümmern Sie sich darum!", bekam er als Antwort zugerufen.

„Wo geht die Plasberg denn jetzt hin?", fragte Karsten Vogt, der in diesem Moment um die Ecke bog. „Die ist doch gerade erst gekommen!"

Brinkhoff zuckte mit den Schultern. „Ich habe keine Ahnung." Er schlenderte zum Schreibtisch der Kommissarin.

Vogt blickte etwas ratlos auf den Becher Kaffee, den er in der rechten Hand hielt. „Ich mag ihn nicht mit Milch. Wollen Sie …?"

„Ja, danke. Plasberg hat sowieso eine neue Aufgabe für Sie." Brinkhoff nahm seinem Kollegen den Becher ab und erklärte ihm nicht ohne eine gewisse Genugtuung, wozu Plasberg ihn abgestellt hatte. Dabei räkelte er sich demonstrativ auf Plasbergs Stuhl und schlürfte genüsslich den Kaffee.

„Ich soll Scheibner beschatten? Das ist doch wohl nicht Ihr Ernst? Das glaube ich einfach nicht!" Vogts Stimme wurde laut. „Eikner hat nichts von einer Freilassung gesagt!"

„Was?" Brinkhoff sah seinen Kollegen bestürzt an. „Aber er hat doch …"

„… nur gesagt, dass nur wir uns nicht mehr mit Scheibner beschäftigen", betonte Vogt. „Die Kollegen von der Organisierten Kriminalität haben mit unseren Beweisen genug gegen ihn in der Hand, um ihn weiter festzuhalten."

Jetzt begriff Brinkhoff, dass er einen Fehler begangen und den Chef des KK 11 völlig missverstanden hatte. „Verdammt!", fluchte er und tippte hastig Plasbergs Nummer ins Telefon, damit sie die Freilassung Scheibners wieder rückgängig machen konnte. Aber der Ruf ging ins Leere. Die Kommissarin hatte ihr Handy ausgeschaltet.

„Und jetzt?", fragte er kleinlaut.

Vogt riss seinen Mantel vom Haken. „Ich geh schon", schimpfte er. „Die Plasberg hat ja wohl einen Knall! Das ist das letzte

Mal, dass sie mich zum Botenjungen degradiert. Das wird Folgen haben. Was glaubt die Frau eigentlich, wer sie ist? Für so einen Scheißjob haben wir Leute!"

Tatsächlich war es nicht üblich, dass Mitglieder einer Mordkommission an Observierungen teilnahmen. Solche undankbaren Aufgaben wurden meist von Spezialkräften übernommen, die nicht unmittelbar an den Ermittlungen beteiligt waren. Nur bei Plasberg war wie immer alles anders. Zu seiner Überraschung bemerkte Torsten Brinkhoff, dass er nicht der Einzige war, der Schwierigkeiten mit Plasbergs Arbeitsmethoden hatte. Entschuldigend zuckte er die Schultern und murmelte ein Dankeschön.

„Ach, ficken Sie sich doch ins Knie, Brinkhoff!", schnauzte Vogt ihn an. Dann knallte er die Tür hinter sich zu, nur um sie gleich darauf noch einmal aufzureißen. „Übrigens, was hat Timo Auermann eigentlich gestern hier gewollt?"

„Auermann?" Brinkhoff sah seinen Kollegen verständnislos an.

„Ja, ich hab ihn gestern Nachmittag hier im Flur aufgelesen, als Sie und Plasberg mit der Vernehmung der Studenten beschäftigt waren. Ich hab ihm gesagt, er soll warten, bis Sie fertig sind. Mir wollte er nichts sagen. Hat er sich denn nicht bei Ihnen gemeldet?"

„Nein, hat er nicht. Warum haben Sie uns nicht Bescheid gesagt?"

Vogt stöhnte schuldbewusst. „Weil Plasberg mich vorher dazu verdonnert hatte, ihren Schreibkram zu erledigen. Danach hat mir so der Kopf gedröhnt, dass ich nur noch ins Bett wollte. Ich hab's einfach vergessen."

Brinkhoff griff erneut zum Telefon, aber bei Auermanns nahm niemand den Hörer ab und auch die Kommissarin war noch immer nicht erreichbar.

„Scheiße", murmelte Brinkhoff. „Wo ist sie denn?"

Zum ersten Mal seit Tagen ließ sich die Sonne wenigstens für ein paar Minuten wieder durch die Wolken blicken. Über dem Dom war es am Himmel noch düster, aber in Kalk sah es plötzlich nach einem angenehmen Herbsttag aus. Es war immer wieder erstaunlich, wie exakt der Rhein als Wetterscheide funktionierte. Milo Scheibner blinzelte überrascht in den aufgelockerten Himmel und setzte seine Sonnenbrille auf. Es fühlte sich gut an, wieder frei zu sein – nicht, dass er jemals daran gezweifelt hatte, dass sein Aufenthalt in Polizeigewahrsam nur von begrenzter Dauer sein würde. Vor einer halben Stunde hatte man ihn entlassen; der Beamte war mürrisch und wortkarg gewesen, als bedauerte er, dass er jemanden wie Scheibner laufen lassen musste, aber trotzdem: Sein Plan hatte funktioniert. Katrins Bedenken waren völlig unbegründet gewesen. Scheibner suchte in der Brusttasche seiner Jacke nach seiner Zigarettenschachtel und sog den Rauch der ersten Zigarette seit fast vierundzwanzig Stunden gierig in seine Lungen, während er sich an einen Tisch im Café *divine* in den Einkaufsarkaden neben dem Polizeipräsidium setzte und einen Cappuccino bestellte. Katrin war noch nicht da.

Um ihn herum strömten die ersten Einkaufslustigen in das Shoppingcenter, viele von ihnen ältere türkische Ehepaare auf der Suche nach Schnäppchen oder Sonderangeboten, die Männer die verbrauchten Gesichter hinter einem Bart versteckend, die Frauen, in Kopftücher und lange Mäntel gehüllt, meist zwei Schritte hinter ihnen gehend, die geschwollenen Füße in ausgetretenen Schuhen. Scheibner verzog angewidert das Gesicht. Köln-Kalk war noch heruntergekommener, als er es in Erinnerung hatte. Obwohl die Türkinnen, wenn sie jung waren … abwesend starrte er der Bedienung hinterher, die ihm soeben seinen Kaffee auf den Tisch gestellt hatte. Netter Arsch.

Scheibner schlürfte das heiße, bittere Getränk und streckte sich, während er darauf wartete, dass das Koffein seinem Kreislauf neuen Schwung verlieh. Viel geschlafen hatte er in der letzten Nacht nicht. Unterbringung und Service hatten nicht gerade Hotelstandard entsprochen. No risk, no fun!, hatte er Katrin gesagt, als sie alles durchgesprochen hatten, vorgestern, nachdem sie von Borowskys Tod erfahren hatten. Jetzt konnten sie den Rest durchziehen, ohne von den Bullen weiter behelligt zu werden. Nach der unbegründeten Festnahme war er gegen jeden Verdacht erhaben.

Die Kellnerin kam erneut in seine Nähe und bediente einen pickeligen, schniefenden Mann zwei Tische weiter, der in eine Illustrierte vertieft war. Die Titten der Frau waren auch nicht schlecht. Scheibner zwinkerte dem Mädchen zu, als Katrin Hancke um die Ecke bog.

„Na, endlich“, begrüßte er seine Freundin, die ihm einen Kuss auf die Lippen drückte.

„Ich bin sofort nach deinem Anruf losgegangen.“ Hancke bestellte sich ein Mineralwasser und musterte ihren Lebensgefährten. „Geht's dir gut? Ich hab mir Sorgen gemacht.“ Ihre Stimme klang nervös und bedrückt.

„Wieso? Ist irgendwas passiert?“

„Nein, die Polizei hat die Wohnung durchsucht und nichts gefunden. Nur die Erdkrümel unter deinem Bett. Die Plasberg war ziemlich sauer.“

„Nicht so laut!“, fuhr Scheibner sie an und sah sich schnell um. Niemand befand sich in Hörweite. Neben dem Mann mit der Zeitschrift hatte sich eine Familie mit zwei kleinen Kindern niedergelassen, die lautstark die Eiskarte diskutierten. Scheibner konnte sich ein hämisches Grinsen plötzlich nicht länger verkneifen. „Kann ich mir vorstellen. Das Gesicht hätte ich zu gerne gesehen. Und die Unterlagen?“

„Die hole ich jetzt gleich nach oben. Die Bullen waren zwar im Keller, aber sie haben natürlich nur unseren durchsucht“, flüsterte Hancke.

„Du hast sie über Nacht dort liegen lassen?“, zischte Scheibner wütend.

„Was hätte ich denn sonst machen sollen? Was hätte ich sagen sollen, wenn mich jemand sieht?“

„Du gehst jetzt gleich nach Hause und holst das Zeug wieder hoch!“

Borowskys Unterlagen bei der kaum abwendbaren Wohnungsdurchsuchung vor der Polizei zu verstecken und trotzdem an einem sicheren Ort aufzubewahren, war der schwierigste Teil ihres Plans gewesen. Stundenlang hatten sie darüber gebrütet, nachdem Plasberg sie tags zuvor telefonisch zur Vernehmung einbestellt hatte. Dann war Ansgar die rettende Idee gekommen. In einem Anfall von sozialem Engagement hatte er vor Monaten der alten Nettersheim, die nicht nur schwerhörig, sondern auch nicht mehr gut zu Fuß war, angeboten, ihr hin und wieder Getränke aus dem Keller zu holen. Seitdem besaßen die Studenten einen Zweitschlüssel. Bevor sie alle drei zusammen ins Präsidium gefahren waren, hatte Katrin Borowskys Unterlagen im Keller deponiert. Dennoch war es riskant, die Sachen dort länger zu lagern.

„Ist gut", erwiderte Hancke.

„Aber pass auf, dass dich niemand sieht. Vor allen Dingen nicht die Kärnter."

Hancke überlegte. „Ich nehm einen Korb Wäsche mit nach unten und dann wieder hoch. Das ist völlig unverdächtig. Sie würde die Unterlagen nicht mal dann zwischen den Wäschestücken vermuten, wenn sie direkt vor mir steht."

Scheibner nickte seufzend sein Einverständnis. „Was ist mit Ansgar?", fragte er dann.

„Der ist gestern Abend übers Wochenende nach Berlin gefahren. Wie er vorgehabt hat."

„Hat er noch irgendetwas gesagt?"

„Nein, aber wir konnten auch nicht ungestört miteinander reden. Die Bullen haben uns nach dem Verhör im Präsidium ja direkt nach Hause eskortiert und die Bude auf den Kopf gestellt, und kurz darauf hat ihn einer seiner Kumpel schon abgeholt. Ich hatte den Eindruck, dass er ganz froh war, ein bisschen Abstand zu kriegen."

„Vielleicht wächst ihm die ganze Sache ein wenig über den Kopf? Gut, dass er erst mal weg ist. Je weniger er mitbekommt, desto weniger kann er ausplaudern." Scheibner kratzte sich am Kopf. Wirklich zu blöde, dass Katrins Bruder sie in der Küche überrascht hatte. Immerhin wusste er von dem Rest nichts.

„Milo?"

„Hm?"

„Bist du sicher, dass wir weitermachen sollten? Jetzt können wir immer noch aufhören! Wir können immer noch zu dieser Plasberg gehen und sagen, was Borowsky vorgehabt hat."

„Und uns die Chance unseres Lebens durch die Lappen gehen lassen? Bist du bescheuert? Kommt nicht in Frage!", fuhr

Scheibner wütend auf. Der picklige Mann drehte ihm kurz das Gesicht zu, fischte nach seinem Handy und begann zu telefonieren. Scheibner dämpfte schnell seine Stimme. „Und außerdem: Wie erklären wir dieser Kuh, dass wir ihr das nicht schon früher erzählt haben? Red jetzt keinen Mist! Die Plasberg hat uns die Show doch abgekauft. Das Schlimmste haben wir schon hinter uns, der Rest ist einfach."

„Du hast mir kein Wort von dem Morphium gesagt. Dafür hätten sie dich länger festhalten können."

„Haben sie aber nicht", sagte Scheibner großspurig, obwohl er für einen Moment ins Schwitzen gekommen war, als er Plasberg gegenüber zugeben musste, dass er Borowsky MST besorgt hatte. Das war nicht geplant gewesen.

„Dann lass uns wenigstens die andere Sache vergessen. Was soll es da schon groß zu holen geben?"

„Das ist doch nicht unser Problem. Wir haben Borowsky schließlich nicht umgebracht."

Katrin Hancke schwieg. „Ich habe nur Angst, dass du mit zu vielen Bällen gleichzeitig jonglierst", sagte sie schließlich.

„Bleib locker, Mädchen", sagte Scheibner zuversichtlich. „Ich studiere Sport, schon vergessen? Meine Hand-Augen-Koordination ist ausgezeichnet." Er trank seinen Kaffee aus und forderte seine Freundin mit einem Blick auf, ihn wieder zu verlassen. Sie gab ihm erneut einen Kuss und strich ihm über den Kopf.

„Pass auf dich auf", murmelte sie ihm zum Abschied ins Ohr.

„Ja, schon gut. Wir sehen uns nachher. Ich melde mich, wenn ich fertig bin", sagte er und schaute ihr nach, bis sie im Eingang des U-Bahnzugangs Kalk-Post verschwunden war. Danach rief er auf dem Display seines Mobiltelefons die Liste der gespeicherten Nummern auf und wählte die Festnetznummer, die er sich vor zwei Tagen von der Auskunft besorgt hatte. Nach dem dritten Klingeln ging jemand an den Apparat. Aber zu seiner Überraschung war es eine Frauenstimme, die sich meldete.

„Hallo? … Ich hätte gerne Lars Moritz gesprochen … ja, ich warte." Es dauerte einen Augenblick, bis Scheibner hörte, dass der Telefonhörer weitergereicht wurde. Dann sagte er: „Lars Moritz? Mein Name ist Milo Scheibner. Wir sind uns ein paar

Mal im Treppenhaus über den Weg gelaufen, das letzte Mal am Dienstagabend gegen halb neun … wo? Bei Axel Borowsky natürlich … ich finde, wir sollten uns treffen, Kumpel. Oder soll ich direkt zur Polizei gehen?“

Als Scheibner sein Mobiltelefon wieder verstaute, grub sich ein siegessicheres Grinsen in seine Mundwinkel.

Irmgard Kärnter konnte die Ungewissheit nicht länger ertragen. Die Blicke der Menschen auf den Fotos verfolgten sie bis in den Schlaf. Sie hatte versucht, die Unterlagen wegzulegen, aus ihrem Gedächtnis zu verbannen, aber ohne Erfolg. Wie unter Zwang hatte sie die Fotos immer wieder aus der Schublade geholt und angestarrt, war mit dem Finger die undeutlichen Konturen der Menschen nachgegangen, hatte ihre Augen nicht abwenden können. Alles andere hatte im Laufe der letzten Stunden und Tage an Bedeutung verloren – der Termin beim Zahnarzt, der tägliche Spaziergang nach dem Essen, bei dem sie in „ihrem“ Veedel rund um den Lindenthalgürtel nach dem Rechten sah, hier mit der Bedienung vom Metzger Schulz ein Schwätzchen hielt, dort mit dem Besitzer der Trinkhalle an der KVB-Haltestelle Neuigkeiten ausstauschte: alles unwichtig, alles an den Rand gedrängt. Jetzt lag der Umschlag mitsamt den Kopien der Bilder und Dokumente auf ihrem Küchentisch und je länger sie zögerte, desto mehr hatte sie das Gefühl, dass sie ein Loch in die Maserung der Oberfläche brannten.

Sie hatte nichts zu verlieren. Es war Borowskys Schuld. Niemals hatte sie sich etwas zuschulden kommen lassen, niemals etwas vorzuwerfen gehabt. Und jetzt? Irmgard Kärnter kratzte gedankenverloren über ihren Handrücken. Selbst über seinen Tod hinaus versuchte der Mann in ihr Leben hineinzupfuschen. Das musste ein Ende haben. Und keine Polizeiabsperrung der Welt würde sie daran hindern können. Sie würde die Originale in seiner Wohnung finden und ihre Ruhe wiederbekommen. Ein für allemal.

Je länger sie darüber nachgedacht hatte und je mehr Zeit verstrichen war, desto sicherer war sie geworden, dass auch die Polizei noch nichts gefunden hatte in Borowskys Wohnung, ansonsten hätten sich diese rothaarige Kommissarin und ihr stotternder Kollege schon längst wieder bei ihr blicken lassen. Ängstlich hatte sie jedem Geräusch auf der Straße gelauscht, war zusammengezuckt, wenn ein Wagen vor der Tür hielt, hatte ihr Herz pochen gespürt, wenn es im Haus klingelte. Aber die Polizei musste die Unterlagen übersehen haben. Oder Borowsky hatte sie so gut versteckt, dass die Beamten sie nicht gefunden hatten. Und sie auch nicht. Oder – und das war ein Gedanke, den Irmgard Kärnter noch immer nicht zu Ende zu denken wagte – er hatte seine Drohung wahrgemacht und seine Informationen an einen Dritten weitergegeben.

Deshalb musste sie endlich Gewissheit haben. Sie musste es nur geschickt anstellen. Niemand durfte den Einbruch zu ihr zurückverfolgen können. Niemand durfte sie beobachten, während sie das Siegel durchbrach. Die beste Tageszeit war also jetzt, vormittags. Da war das Haus so gut wie leer, abgesehen von der schwerhörigen Nettersheim und Borowskys Nachbarn. Aber der langhaarige Hippie war weg und diesen Scheibner hatte sie seit gestern nicht mehr gesehen. Die junge Frau war allein zu Hause. Am Abend vorher waren Fischer und Hancke zusammen mit den Kommissaren vorgefahren. Kärnter hatte einen Moment lang befürchtet, dass sie tatsächlich ihretwegen gekommen waren, aber alle waren in den ersten Stock gehastet. Dem Lärm nach zu urteilen, war die Wohnung der Studenten komplett auf den Kopf gestellt worden. Ob Scheibner wegen des Mordes an Borowsky festgehalten wurde? Uninteressant. Sie würde jetzt handeln müssen. Eine bessere Chance würde sich ihr kaum bieten.

Noch etwas zögerlich öffnete Irmgard Kärnter die Wohnungstür und spähte hinaus in den Hausflur. Sie glaubte, einige Geräusche aus der Wohnung gegenüber zu hören, aber das musste eine Sinnestäuschung sein. Heute war ein ganz normaler Wochentag und Rübels waren um diese Uhrzeit immer schon in ihrem Blumenladen in der Richmod-Passage. Häufig hörte sie früh am Morgen die Haustür zufallen, wenn die beiden sich auf den Weg zum Blumengroßmarkt machten. Schon etwas gefasst erklomm sie die ersten Treppenstufen, als unter ihr im Keller eine Tür zugeworfen wurde. Irmgard Kärnter schrak zusammen und drehte sich um. Hinter ihr kam Katrin Hancke die Treppe hoch, mit einem Korb Wäsche im Arm.

„Wollten Sie zu uns?“ Die junge Frau wich ihrem Blick aus und sah zu Boden. Zum wiederholten Mal fragte sich Irmgard Kärnter, was wohl hinter der gepflegten, zurechtgemachten Fassade des Mädchens steckte.

Schnell schüttelte die Vermieterin den Kopf. „Nein. Ich … Frau Nettersheim. Ein Käffchen.“ Sie zwang ein Lächeln auf ihre Lippen. Etwas anderes war ihr auf die Schnelle nicht eingefallen. „Gehen Sie ruhig vor. Sie sind schneller als ich.“

Sie wartete, bis Hancke sich mit der Wäsche an ihr vorbeigezwängt hatte und sie die Wohnungstür im ersten Stock auf- und zuklappen hörte. Dann erst wagte sie sich selbst in den ersten Stock. Als sie vor Borowskys Tür stand, warf sie einen zögernden Blick in Richtung der Wohnungstür, hinter der Hancke verschwunden war. Sie konnte nur beten, dass das Mädchen nicht auf die Idee kam, durch den Spion zu linsen. Einen Augenblick lang verließ sie der Mut und sie starrte das Siegel der Polizei an, das zwischen Tür und Türrahmen geklebt war. Sollte sie wirklich? Dann gab sie sich einen Ruck und steckte den Zweitschlüssel ins Schloss. Als die Tür aufsprang, zerriss das amtliche Siegel.

Maria Plasberg war tatsächlich nicht bei der Sache. Zum ersten Mal in ihrer Karriere war ihr ein Fall völlig egal. Dass Milo Scheibner nicht mehr zum Kreis der Verdächtigen gezählt werden konnte, hatte sie nur am Rande registriert, nicht einmal die Tatsache, dass Eikner den Studenten trotz eines offensichtlichen Rauschgiftdeliktes unbedingt gehen lassen wollte, war ihr merkwürdig vorgekommen; es interessierte sie im Moment auch nicht sonderlich, dass sie und Brinkhoff damit wieder am Anfang der Untersuchung standen. Ihre Gedanken kreisten in diesem Moment ausschließlich um ihre privaten Probleme.

Der Junge ist gerade siebzehn!, fluchte sie innerlich, während sie ihren Golf über die Severinsbrücke auf die linksrheinische Stadthälfte lenkte. Siebzehn! Und das Mädchen auch! Das sind doch noch Kinder! Und Eric ist ein Vollidiot. Kondome mit abgelaufenem Haltbarkeitsdatum! Typisch.

Nachdem sie gestern Abend ihrem Ärger lange und lautstark Luft und anschließend den vergeblichen Versuch gemacht hatte, die beiden Jugendlichen aufzumuntern, hatte sie sie mangels einer besseren Idee schlafen geschickt, und zwar zusammen in Niklas' Zimmer. Es wäre Plasberg idiotisch vorgekommen, sie jetzt in getrennten Betten und getrennten Räumen unterzubringen.

Sie hatte noch die Küche zu Ende aufgeräumt, nach ihrer Tochter Ruth gesehen, die unruhig im Kreise ihrer Stofftiere träumte, und sich anschließend den Rest der Nacht schlaflos im Bett gewälzt. Die Stunden waren an ihr vorbeigezogen, ohne dass sie einer Lösung der verfahrenen Situation auch nur ein Stückchen näher gekommen wäre. Gegen ein Uhr hatte sie, peinlich berührt, durch die Wand den Lattenrost von Niklas' Bett quietschen hören, gegen zwei Uhr war sie damit beschäftigt gewesen, ihrem Exmann wegen seiner Fahrlässigkeit Furunkel an den Hintern zu wünschen, gegen vier Uhr hatten sich ihre Gedanken über die auf sie zukommenden Probleme zu einer riesigen Wand aufgetürmt. Erst als sie den Entschluss gefasst hatte, sich den Bitten der Jugendlichen zu beugen und am nächsten Morgen Ninas Eltern einen Besuch abzustatten, war sie ein wenig ruhiger geworden und wäre auch tatsächlich eingeschlafen, wenn nicht plötzlich Ruth in der Schlafzimmertür gestanden, sich über Bauchschmerzen beklagt und danach einen Liter Stracciatella-Eiscreme ausgekotzt hätte. Natürlich hatte Plasberg dann den Wecker überhört, weil sie erst kurz vor dem Klingeln endlich eingedöst war.

Jetzt kurvte sie übermüdet und schlecht gelaunt im wohlhabenden Kölner Stadtteil Marienburg herum. Hier wohnten die oberen Zehntausend der Stadt, alter und neuer Kölner Geldadel, verborgen hinter Zäunen und in schönen Villen. Der Verkehr war kaum der Rede wert, nur hin und wieder kreuzte ein funkelnder BMW oder ein Mercedes der S-Klasse ihren Weg. Selbst die Straßen und Bürgersteige waren gepflegter als im Rest der Stadt. Prüfend warf die Kommissarin einen Blick in den Rückspiegel und schaute in die verängstigten und aufgeregten Gesichter ihres Sohnes und seiner Freundin, die im Auto gewartet hatten, während Plasberg kurz im Büro gewesen war. „Sind wir hier richtig?"

„Die nächste Straße links, direkt das erste Haus", brachte Nina nervös heraus. „Frau Plasberg, ich ... ich glaube, mir wird schlecht!"

„Nichts da!", herrschte Plasberg das Mädchen an. „Kotzen kannst du während der Schwangerschaft noch genug. Jetzt reißt du dich gefälligst zusammen!"

Das Gebäude, vor dem sie ihren klapprigen Golf zum Stehen brachte, war eine geräumige, zweigeschossige Backsteinvilla aus den sechziger Jahren, zurückgesetzt hinter einem gepflegten Rasen liegend und verdeckt von einer großen Trauerweide. Am Ende der Auffahrt standen zwei Garagen mit geöffneten Toren. Auch hier war ein Mercedes zu sehen und daneben ein etwas kleineres Auto, ein Ford Ka. Das Stadtauto der Dame des Hauses, wie Plasberg vermutete.

Sie lud die beiden Teenager mit zusammengekniffenen Lippen aus, knallte die Tür ihres Wagens so heftig zu, dass ein Schwarm Spatzen aufgeregt aus der Krone der Trauerweide stob, marschierte auf das Anwesen zu wie ein General, der den Anführer einer gegnerischen Armee zwecks einer Unterredung über die Bergung der Kriegsverwundeten aufsuchte, und drückte energisch auf die Klingel.

Als die Haustür aufschwang, sah Plasberg sich einer sorgsam geschminkten und makellos frisierten Dame gegenüber, ein paar Jahre älter als sie selbst, die so zerbrechlich wirkte, als könnte ein leichter Windstoß sie gleich auf und davon tragen. Sie trug ein maßgeschneidertes hellgrünes Kostüm und auch um ihren Hals hing eine Perlenkette. Deren Wert überschritt aber ganz sicher das halbe Monatseinkommen einer allein erziehenden, geschiedenen Kommissarin.

Kühle blaue Augen musterten Plasbergs verunglückten Aufzug abschätzig. „Ja, bitte?"

„Plasberg, Kripo Köln, Mordkommission", rutschte der Kommissarin ihre übliche Vorstellung heraus, während sie automatisch ihre Dienstmarke zückte.

Die Frau ihr gegenüber wurde noch ein wenig blasser, als sie sowieso schon war. „Mordkommission?“, flüsterte sie.

Plasberg biss sich verärgert auf die Zunge, schüttelte den Kopf und nahm die Sonnenbrille ab. Sie war heute wirklich nicht in Hochform. „Entschuldigung. Eine Sache der Gewohnheit. Mein Name ist Maria Plasberg“, begann sie erneut. „Ich bin die Mutter von Niklas.“ Sie trat zur Seite und gab den Blick auf Niklas und Nina frei, die versucht hatten, sich hinter Plasbergs Rücken unsichtbar zu machen.

„Ah“, erwiderte die Frau halb erleichtert, halb verunsichert. „Karola Sternbrück.“ Sie blieb in der Tür stehen und starrte Plasberg und die Jugendlichen verständnislos an.

„Dürfen wir vielleicht hereinkommen?“, fragte Plasberg. „Ich könnte mir vorstellen, dass wir einiges zu besprechen haben.“

Karola Sternbrück zögerte. „Besprechen? Mein Mann telefoniert gerade …“

Plasberg drängelte sich einfach an ihr vorbei, die Teenager im Schlepptau. Sie war lange genug bei der Polizei, um die Tatsache, dass sie ein ungebetener Gast war, ignorieren zu können.

Im ersten Moment hatte sie das Gefühl, den Ausstellungsraum eines Designermöbelherstellers zu betreten. Hellgraue, edle Teppiche bedeckten das Parkett, ebenso helle, moderne Sitzmöbel bildeten die spartanische Ausstattung des weitläufigen Wohnraums, dessen verglaste Front die Sicht auf einen nicht minder gepflegten Garten erlaubte. An den Wänden hingen zwei großflächige, abstrakte Bilder und auf einem niedrigen Chromtisch stand in einer schmalen Vase eine einsame langstielige weiße Lilie. Nirgendwo war auch nur ein Hauch von Staub oder gar eine zerlesene Zeitung zu sehen. Das Ensemble – als nichts anderes konnte Plasberg die Örtlichkeit bezeichnen – bildete einen scharfen Kontrast zu dem beengten Reihenhäuschen, das die Kommissarin bewohnte. Dort stapelte sich die Bügelwäsche neben dem Fernseher, auf Sofa und Sesseln lungerten ständig ihre Kinder und deren Freunde, der Teppichboden war abgenutzt und fleckig.

„Eindrucksvoll“, murmelte Plasberg. „Und so hell!“ Vorsichtshalber setzte sie die Sonnenbrille wieder auf.

Karola Sternbrück sah die Kommissarin mit einer Mischung aus anerzogener Zurückhaltung und unverhohlenem Missfallen an. „Sie sind …?“

„Die Mutter von Niklas, wie ich bereits sagte. Mir scheint, Ihre Tochter, mein Sohn und damit auch wir haben ein gemeinsames Problem.“

„Was für ein Problem?“, fragte Ninas Mutter verwirrt. „Und wieso gemeinsam? Ich kenne Sie und Ihren Sohn doch gar nicht!“

„Sehen Sie, mir ging es bis gestern mit Ihrer Tochter nicht anders. Eltern sind ja meistens die Letzten, die es erfahren.“ Maria Plasberg bemühte sich um einen lockeren Ton – vielleicht etwas zu locker, denn Karola Sternbrücks Augen verengten sich zu schmalen Schlitzen.

„Die was erfahren?“, fragte sie.

„Ihre Tochter ist schwanger“, erklärte Plasberg unverblümt. „Und mein Sohn Niklas scheint der Vater zu sein.“

Karola Sternbrück zuckte zurück und ihre linke Hand glitt unbewusst an ihre Perlenkette. „Oh“, brachte sie entsetzt heraus. „Sie meinen, Nina …?“ In diesem Moment wurde eine Tür im hinteren Bereich des Hauses geöffnet und Karola Sternbrück unterbrach sich erleichtert: „Das ist mein Mann. Harald, wir haben Besuch! Frau Plasberg mit ihrem Sohn … äh … Niklas!“

Ninas Vater war ungefähr im selben Alter wie seine Frau, groß und mit einem leichten Wohlstandsbauch versehen, die grau werdenden Haare hatte er glatt zurückgekämmt. Er trug einen ebenso grauen Anzug und seinem festen Händedruck entnahm Plasberg, dass er es gewohnt war, wichtige und schnelle Entscheidungen zu treffen, und Widerspruch nur ungern hörte. Ein Macher. Er nickte Maria Plasberg flüchtig zu. „Was können wir für Sie tun?“, sagte er etwas desinteressiert, um im selben Atemzug seine Frau zu fragen, ob sie seine schwarze Aktenmappe gesehen hatte. „Tut mir leid, ich fürchte, wir haben nicht viel Zeit“, erklärte er mit einem demonstrativen Blick auf seine Uhr. „Meine Frau wollte mich gerade zum Flughafen bringen …“ Erst als er seine Tochter in Begleitung der fremden Personen erspähte, stockte sein Redefluss. „Nina? Was tust du hier? Wieso bist du nicht in der Schule?“

Niklas' Freundin lief rot an und senkte den Kopf, blieb aber stumm.

Die Kommissarin seufzte. Die Jugendlichen waren dermaßen verschüchtert, dass sie zu nichts zu gebrauchen waren. Also erklärte sie selbst in knappen Worten noch einmal den Grund ihres Besuchs. Harald Sternbrücks Gesichtsausdruck wurde immer ungläubiger, je länger die Kommissarin redete.

„Sie meinen, meine Tochter ist schwanger? Und Ihr Sohn hat sie in diese Situation gebracht?", fragte er anschließend noch einmal nach. Auch seinem Tonfall war zu entnehmen, dass er keineswegs erfreut war. „Nina! Kannst du vielleicht auch mal was …?"

„Ich glaube kaum, dass man hier von einer Alleinschuld meines Sohnes sprechen kann", fuhr Plasberg mit einem süßlichen Lächeln dazwischen. „Schließlich gehören zu so etwas immer zwei, und ich habe nicht den Eindruck, dass Nina gegen ihren Willen mit meinem Sohn geschlafen hat."

„Ach was, Blödsinn! Meine Tochter ist siebzehn!"

„Mein Sohn auch."

„Nina!" Karola Sternbrück ließ endlich ihre Perlenkette los und trat zu ihrer Tochter. Aufgebracht schüttelte sie sie an den Schultern. „Jetzt sag doch auch was dazu! Hast du …? Bist du … ?" Anscheinend brachte sie das S-Wort nicht über die Lippen.

Als Antwort brach das Mädchen wie am Abend vorher in Tränen aus.

„Das darf ja wohl alles nicht wahr sein!", sagte ihr Vater entgeistert und blickte irritiert nochmals auf seine Uhr. Das Familiendrama passte ganz offensichtlich nicht in seinen Zeitplan. Kurzentschlossen rang er sich zu einer Entscheidung durch und sein Gesicht spiegelte wider, dass dies sein vorerst letztes Wort in dieser Sache war. „Ich habe jetzt keine Zeit, mich um diese unerfreuliche Angelegenheit zu kümmern. Ich muss meinen Flug erwischen. Karola, ruf mir bitte ein Taxi und bleib bei unserer Tochter. Nina, du hast Hausarrest, bis ich wieder aus München zurückkomme! Wir werden heute Abend telefonieren! Und Sie …", dabei musterte er Plasberg und Niklas wie zwei Hausierer, die ihm gerade einen Staubsauger andrehen wollten, „verlassen jetzt bitte mein Haus. Mein Anwalt wird sich mit Ihnen in Verbindung setzen. Ich wünsche nicht, dass Sie noch einmal Kontakt mit uns oder meiner Tochter aufnehmen." Während er sprach, drängte er die überraschte Plasberg und Niklas aus dem Haus.

„Das wird sich wohl kaum vermeiden lassen", entgegnete die Kommissarin. „Schließlich gehen die beiden in eine Klasse. Und wozu brauchen Sie einen Rechtsanwalt?"

„Um die Kosten der Abtreibung festzulegen, für die Sie aufkommen werden. Was denn sonst? Glauben Sie, ich lasse zu, dass meine Tochter sich mit siebzehn Jahren ihr Leben verpfuscht?"

„Abtreibung? Sollten wir da nicht erst einmal die beiden Betroff…" versuchte Plasberg zu sagen, aber in diesem Augenblick wurde ihnen resolut die Haustür vor der Nase zugeschlagen.

„Abtreibung? Ich will keine Abtreibung! Es ist auch mein Kind!", brüllte Niklas plötzlich verzweifelt. Der gesamten Auseinandersetzung hatte er schweigend und schuldbewusst zugehört, aber nun trommelte er auf einmal mit beiden Fäusten gegen die Tür. „Nina! Nina!"

Es kostete Plasberg viel Mühe und Überredung, ihren aufgelösten Sohn zum Auto zu zerren. Auf der Heimfahrt versuchte Plasberg ihn damit zu beruhigen, dass Ninas Vater es bestimmt nicht ernst gemeint hatte und erst mal Zeit brauchte, um einen klaren Kopf zu bekommen. Dann würde man auch wieder mit ihm reden können. Sicher war sie sich darin allerdings nicht; immerhin war Nina minderjährig und letztendlich unterstand das Mädchen noch der Erziehungsgewalt seiner Eltern. Und vielleicht war ja eine Abtreibung tatsächlich die beste Lösung? Plasberg erinnerte sich an die Zeit, als sie zum ersten Mal schwanger war. Damals war sie sechsundzwanzig Jahre alt gewesen und hatte sich viel zu jung und völlig überfordert gefühlt. Wie würde es da Nina erst ergehen?

„Hast du schon mal darüber nachgedacht, dass Ninas Vater recht haben könnte?", fragte sie vorsichtig.

„Ninas Vater ist ein Arschloch!", erklärte Niklas heftig. „Einer von diesen Börsenfritzen, denen nichts im Leben wichtiger ist als ihre Aktienfonds. Blöder Wichser!"

„Ach ja?", gab Plasberg zurück und ihre Stimme wurde laut. Plötzlich schwappte ihr Ärger über das verpatzte Gespräch nach oben und ließ sich nicht mehr zügeln. „Vielleicht macht der Mann sich nur Sorgen um seine Tochter!" Sie hatte keine Ahnung, wieso sie auf einmal Harald Sternbrück verteidigte. Sie konnte den Mann nicht ausstehen.

„Was?" Niklas sah seine Mutter wutentbrannt an. „Hast du das etwa vorher mit ihm zusammen ausgeheckt?"

„Natürlich nicht!", erwiderte Plasberg scharf – und dann verlor sie plötzlich endgültig die Nerven und hieb mit ihrer Faust zornig auf das Lenkrad. „Ihr habt doch keinen blassen Schimmer, worauf ihr euch einlasst!", brüllte sie ihren Sohn an. „Glaubst du, es ist einfach, ein Kind großzuziehen? Glaubst du, das macht man mal eben so mit links? Kinder sind eine riesige Verantwortung und ihr ... ihr habt noch nicht einmal die Schule fertig! Gottverdammt, Niklas!"

Niklas war während des Wutausbruchs seiner Mutter ganz still und bleich im Gesicht geworden. Nur seine Kieferknochen schoben sich in einer mahlenden Bewegung hin und her. Als Maria Plasberg kurz Atem holte, um ihre Schimpftirade fortzusetzen, sagte er mit gepresster Stimme: „Fahr rechts ran. Ich will aussteigen." Seine Augen starrten geradeaus, als wäre seine Mutter Luft für ihn geworden.

„Was?", fragte die Kommissarin. Im ersten Moment glaubte sie, sich verhört zu haben. „Aber wir sind erst auf Höhe des Südfriedhofs!"

„Ist mir egal! Du sollst mich aussteigen lassen!"

Plasberg trat auf die Bremse und hielt mitten auf dem Zollstockgürtel an. Niklas sprang aus dem Wagen. „Du!", schrie er seine Mutter an. „Du bist auch nicht besser als er!" Dann knallte er die Beifahrertür zu und rannte über die Straße.

Plasberg starrte ihrem Sohn verblüfft hinterher. Während sie zu dem vereinbarten Termin mit Brinkhoff in die Bachemer Straße fuhr, dachte die Kommissarin wehmütig darüber nach, dass sie wirklich schon bessere Tage erlebt hatte.

Milo Scheibner schlenderte über die Mittelstraße und die Ringe, die die Innenstadt Kölns wie ein Halbmond bis zum Rhein hinunter einschlossen. Die unzähligen Markengeschäfte ließ er ebenso unbeachtet wie die Cafés, Pizzaläden und Hamburgerketten, die sich in dieser Ecke aneinanderreihten. Jetzt, am Freitagmittag, wurde es langsam voll in der Stadt. Horden von Teenagern zockelten aufgeregt schnatternd an ihm vorbei. Während die Mädchen das Make-up zentimeterdick aufgetragen hatten und trotz des kühlen Wetters meist mit kurzen, bauchfreien T-Shirts herumliefen, sahen viele der Jungen mit ihren Baggies, den XXL-Shirts und den verkehrt aufgesetzten Baseballcaps wie überdimensionale Kleinkinder aus. An der nächsten Ecke kam Scheibner ein schwules Pärchen entgegen, das mit Tüten von *Fred Perry*, *Adidas* und *GAP* beladen den Rudolfplatz ansteuerte. Dort gab es eine ganze Reihe von Schwulenkneipen und -cafés.

Er zündete sich eine weitere Zigarette an, sog den Rauch tief in seine Lungen und ließ ihn durch die Nase wieder entweichen. Dabei schloss er für einen Moment die Augen und versuchte, an nichts zu denken, um das Adrenalin in seinem Blut auf einen erträglichen Level zurückzufahren. Einen klaren Kopf zu behalten, war jetzt das Wichtigste. Konzentration und Ruhe bewahren, sich nicht das Heft aus der Hand nehmen lassen. Es würde nichts schief gehen.

Scheibner versuchte sich zusammenzureißen, aber es gelang ihm nicht. Ein breites Grinsen stahl sich wieder auf sein Gesicht und er brach in lautes Lachen aus. Es war alles so einfach! Er hatte mit Problemen gerechnet, irgendetwas, das ihm einen Strich durch die Rechnung machen und den dreisten Plan, den er sich aus einer Augenblickslaune heraus zurechtgelegt hatte, zunichte machen würde, aber nichts war geschehen. Im Gegenteil, er hatte jeden Grund, übermütig zu sein.

Ein entgegenkommender Passant drehte im Vorbeigehen den Kopf nach ihm. Scheibner sah sich verstohlen um, ob sein plötzlicher Gefühlsausbruch noch mehr Aufmerksamkeit erregt hatte. Auffallen war nicht gut.

Ungeduldig wartete er an der Fußgängerampel, bis der Verkehr die Straße freigab und die Ampel auf Grün sprang. Es war schon nach halb zwei, Scheibner beschleunigte seinen Gang. Er wollte duschen und dann endlich Katrin erzählen, wie sein Treffen mit Moritz gelaufen war. Bevor er die Straße überquerte und die Innenstadt über den Aachener Weiher verließ, blickte er noch einmal um sich. Der pickelige, schniefende Typ war nirgendwo mehr zu sehen. War aber auch ein Kinderspiel gewesen, ihn abzuhängen.

Scheibner hatte ihn bemerkt, als der Mann fast gleichzeitig seinen Kaffee in den Köln Arcaden gezahlt hatte und ihm dann auf der anderen Seite der Straße gefolgt war, die Zeitschrift in der linken Hand wie eine Fliegenklatsche gefaltet, in der rechten Hand ein zerknülltes Tempotuch, wobei er immer wieder einen verstohlenen Blick auf Scheibner warf. Plasberg ließ ihn also von einem ihrer Helfer beschatten! Gar nicht so dumm, die Alte. Sie traute ihm noch immer nicht über den Weg. Langsam bekam er Respekt vor ihr.

Milo Scheibner war in der Nähe des Polizeipräsidiums zusammen mit seinem Verfolger in die Linie 1 Richtung Innenstadt gestiegen, aber an der nächsten Haltestelle, Deutz-Kalker-Bad, als der Kerl sich mal wieder geräuschvoll die Nase putzte, gerade noch aus dem Wagen gesprungen, bevor die Bahn ihren unterirdischen Weg fortsetzte. Er hatte noch das dämliche Gesicht seines Schattens durch das Fenster gesehen. Wenn das alles war, was Plasberg gegen ihn aufzubieten hatte … Trotzdem war er danach vorsichtig gewesen und nervös. Was, wenn sie noch mehr Beamte in Zivil auf ihn angesetzt hatte? Um so sicher wie möglich zu sein, dass er unbeobachtet war, hatte er noch ein weiteres Mal die Bahn gewechselt und war ein paar Umwege gelaufen. Dass er dadurch zu spät zum vereinbarten Treffpunkt mit Moritz kam, war ihm dabei ganz recht. Das würde ihn noch mehr verunsichern.

Nicht, dass er sich hätte Sorgen machen müssen. Moritz war ein nervliches Wrack, das hatte er schon erkennen können, als er noch hundert Meter von ihm entfernt gewesen war. Der Mann hatte auf dem Mäuerchen gegenüber dem Hauptportal des Doms gesessen, jeden Vorbeigehenden, der auch nur eine vage Ähnlichkeit mit Scheibner aufwies, misstrauisch angestarrt und wie ein Verrückter an seinem Bart gekratzt. Scheibner hatte den Treffpunkt mit Bedacht gewählt. Inmitten des Trubels von Touristen und Pendlern, die vom Bahnhof über den Domplatz in die Innenstadt liefen, würde ihr Gespräch niemandem auffallen. Er hatte sich unaufgefordert neben Moritz gesetzt und an ihm vorbeigesehen, desinteressiert seinen Blick auf einen Kreidemaler auf der Domplatte gerichtet, der dort Da Vincis „Mona Lisa“ in Übergröße reproduzierte.

„Wie kommst du an meine Festnetznummer?“, fragte Moritz und als Scheibner keine Antwort gab: „Was willst du von mir? Axel ist tot.“

„Was du nicht sagst! Muss übrigens ein ziemlich unschönes Bild gewesen sein, aber das weißt du ja.“ Scheibner schnaubte amüsiert auf. „Wir hatten am Mittwoch übrigens Besuch von den Bullen, Katrin, Ansgar und ich. Sie haben Fragen gestellt.“

Moritz’ Blick wurde unruhiger. „Fragen? Was für Fragen?“

Scheibner ließ sich Zeit mit seiner Antwort. „Zum Beispiel, ob uns irgendetwas aufgefallen ist am Dienstagabend“, antwortete er schließlich. „Zum Beispiel, ob Borowsky von einem Pflegedienst versorgt worden ist und warum er mit denen plötzlich nichts mehr zu tun haben wollte.“

Moritz lachte hohl auf. „Na und? Dass ich als Letzter von *Herzlich versorgt* bei ihm war am Samstag, können die ruhig wissen.“

„Auch, dass du Dienstag noch mal bei ihm warst? Privat, nicht als Pfleger?“ Scheibner beobachtete angewidert, wie Moritz’ Finger durch seinen Bart fuhren und weiße Schuppen auf seine Hose rieselten.

„Ich war nicht …“

„Erzähl keinen Scheiß, Kerl!“ Scheibners Stimme klang roh und verächtlich. „Ich habe dich gesehen. Ich war bis halb neun bei ihm, und als ich in meine eigene Wohnung zurückgegangen bin, hat es bei Borowsky geklingelt und du bist die Treppe hochgekommen.“

Lars Moritz sah ihn erschrocken an. „Das ist nicht wahr!“

Scheibner tat so, als wollte er die Unterhaltung abbrechen und machte Anstalten, aufzustehen. „Na, dann wird es ja nicht so schlimm sein, wenn ich dieses kleine, unbedeutende Detail der Polizei erzähle.“

„Warte!“ Moritz’ Finger krallten sich in Scheibners Jacke und hielten ihn fest.

Scheibner schüttelte seine Hand ab wie Ungeziefer. „Fass mich nicht an!“, knurrte er.

Moritz protestierte stotternd. „Es war ein Unfall! Ich wollte ihn nicht …“

Aber Scheibner ließ ihn nicht zu Wort kommen. „Ach ja? Na, dann pass mal gut auf!“ Er baute sich breitbeinig vor Moritz auf, dann beugte er sich zu ihm herunter und flüsterte ihm ins Ohr. „Natürlich wolltest du ihn umbringen. Und du hattest auch jeden Grund dazu.“ Er wartete, bis Moritz’ Augen ihm sagten, dass er verstanden hatte, was Scheibner über ihn und Borowsky wusste. Scheibner grinste. „Klar, er hat’s mir erzählt. Kurz bevor du aufgetaucht bist, hab ich ihm noch ein bisschen Dope vorbeigebracht, da hat er mir gesagt, dass du und er …“

„Warum hätte er dir so was erzählen sollen?“ Moritz schüttelte ungläubig den Kopf.

Scheibner zuckte die Schultern. „Warum nicht? Er hatte schließlich nichts mehr zu verlieren.“

„Ich glaube dir kein Wort. Das ist ein Bluff.“

„Du willst einen Beweis? Kannst du haben! Er hat mir ein Foto gezeigt, aufgenommen an einem Strand, könnte die Ostsee gewesen sein.“ Mehr brauchte er nicht anzudeuten, denn Moritz war alle Farbe aus dem Gesicht gewichen.

„Das Foto“, murmelte er.

Scheibner hatte einen Moment verständnisvoll getan. „Nach dem, was er mit dir gemacht hat, verstehe ich sogar, warum du ihn umgebracht hast“, sagte er. „Hätte ich an deiner Stelle auch getan. Borowsky war ein Arschloch.“ Dann wurde seine Miene wieder kalt und berechnend. „Wenn Leute wie ihr sich gegenseitig fertigmachen, soll’s mir recht sein, ihr seid sowieso nur Abschaum. Und jetzt werde ich davon auch noch profitieren … Ironie des Schicksals!“

„Es war ein Unfall!“, wiederholte Moritz schwach. „Ich wollte ihn doch gar nicht umbringen! Ich wollte doch nur noch mal mit ihm reden.“

„Gut“, unterbrach Scheibner ungeduldig. „Wie gesagt, dann kann ich ja jetzt zur Polizei gehen und erzählen, was ich weiß.“

Lars Moritz vergrub sein Gesicht in den Händen und schüttelte den Kopf. „Was willst du von mir?", flüsterte er.

„Na, was schon! Eine kleine Entlohnung dafür, dass ich mein Maul halte."

„Aber ich habe kein Geld!"

Mit einem Satz sprang Scheibner auf Moritz zu, packte ihn am Kragen, zog ihn hoch und rammte ihm sein Knie in den Schritt. „Versuch nicht, mich zu verarschen, du mieses Stück Scheiße! Borowsky hatte genug Kohle im Haus, um sich für die nächsten Wochen mit Stoff zu versorgen, und du hast sie mitgehen lassen, nachdem du ihn kaltgemacht hast! Also erzähl mir nicht, dass du kein Geld hast." Er ließ Moritz wieder los, der schmerzgekrümmt und leise wimmernd auf das Mäuerchen zurücksackte und in sich zusammensank. „Die Kohle ist die erste Rate", zischte er ihm zu. „Du hast bis übermorgen Zeit, das Geld zu besorgen. Wir treffen uns am Sonntag zur selben Zeit wieder hier. Wenn du nicht kommst und mich nicht bezahlst, werde ich ausplaudern, wer Borowsky getötet hat. Und am Sonntag sprechen wir dann über die weiteren … wie sagt man … ah ja: Zahlungsmodalitäten."

Dann hatte er sich umgedreht und war gegangen, ohne Moritz eines weiteren Blickes zu würdigen.

Als Scheibner jetzt die Treppen in den ersten Stock zu seiner Wohnung hochlief, nahm er mit jedem Schritt zwei Stufen auf einmal. Katrin wartete auf ihn, gerade hatte er noch mal angerufen, um ihr zu sagen, dass er in fünf Minuten zu Hause sein würde. Hoffentlich hatte sie die Unterlagen aus dem Keller geholt. Oben angekommen, blieb er jedoch wie angewurzelt stehen. Jemand hatte sich Zutritt zu Borowskys Wohnung verschafft. Das polizeiliche Siegel war aufgebrochen und die Tür nur angelehnt. Scheibner schob sie etwas weiter auf und schlich in die Wohnung, die bis vor zwei Tagen Axel Borowskys Zuhause gewesen war. Als er am Schlafzimmer vorbeikam, konnte er die getrockneten Blutflecken auf der Erde und an der Wand sehen. Sie sahen aus wie Rost.

Aus dem Wohnzimmer hörte Scheibner ein Rascheln und als er um die Ecke schielte, sah er zu seiner Überraschung den gebeugten Rücken seiner Vermieterin, die mit beiden Händen die Papiere und Unterlagen auf dem Boden durchwühlte. Beflügelt durch den Erfolg seines Treffens mit Lars Moritz, beschloss Milo Scheibner, seine Pläne zu ändern. Ursprünglich hatte er abwarten wollen, bis sich die Wogen um Borowskys Tod ein wenig geglättet hatten, hatte die Kärnter ein wenig im Ungewissen schmoren lassen wollen, aber warum sollte er sich eine solche Gelegenheit entgehen lassen? Warum nicht zwei Fliegen mit einer Klappe schlagen? Lautlos schlich er sich näher heran.

„Frau Kärnter! Auf der Suche nach etwas Bestimmtem?"

Irmgard Kärnter zuckte zusammen, als wäre sie vom Schlag getroffen worden. „Großer Gott, Herr Scheibner! Sie haben mich zu Tode erschreckt!" Hektische rote Flecken wanderten über das Gesicht der Frau, die sich mit einer Schnelligkeit vom Boden aufrappelte, die Scheibner ihr nicht zugetraut hatte. „Gerade wollte ich hoch zu Frau Nettersheim, da sehe ich, dass die Tür aufsteht, da musste ich doch mal nachsehen. Sehen Sie sich bloß die Unordnung an", plapperte sie, ohne einmal Luft zu holen. „Die Polizei hat gesagt, der Einbrecher hätte nach etwas Bestimmtem gesucht. Ist das Ganze nicht schrecklich? Der arme Herr Borowsky …"

Scheibner hörte nicht weiter zu. Erst jetzt registrierte er das Chaos im Wohnzimmer wirklich und runzelte irritiert die Stirn. So hatte es nicht ausgesehen, als er am Dienstagabend Borowsky verlassen hatte. Der war ein überaus pingeliger Mensch gewesen, ein Ordnungsfanatiker. Jede Buchstütze, jeder Kugelschreiber hatte bei der Schwuchtel einen festen Platz gehabt. Wieso hatte Lars Moritz die Wohnung so verwüstet, nachdem er Borowsky getötet hatte? Um Spuren zu verwischen, einen Einbruch vorzutäuschen? Cleveres Bürschchen, hätte er ihm gar nicht zugetraut. Und die Kärnter nutzte das Chaos aus, um die Habseligkeiten des Toten zu durchwühlen.

„… darf gar nicht daran denken, was die Nachbarn denken werden! Ein Mord in meinem Haus!"

„Ihr Haus?" Mit einem Ruck war Scheibner wieder ganz Ohr. „Liebe Frau Kärnter, das ist doch wohl nicht ganz richtig, oder?"

Irmgard Kärnter hielt in ihrem Redefluss inne und sah Milo Scheibner verstört an. „Ich … ich weiß nicht, was Sie meinen …“

Scheibner lächelte dünn. „Tatsächlich nicht? Dann lassen Sie es mich anders formulieren: Was Sie hier suchen, werden Sie nicht finden.“

„Wie bitte?“

„Jetzt stellen Sie sich nicht dümmer, als Sie sind. Das ist ja schon fast beleidigend.“ Scheibners Stimme nahm einen ähnlich schneidenden und kalten Tonfall an wie bei dem Gespräch mit Moritz. „Glauben Sie mir, der Tod von Axel Borowsky wird Ihnen nichts nützen, gute Frau. Er hat gewusst, dass er nicht mehr die Zeit haben würde, das, was ihm zusteht, wiederzubekommen. Am Abend, bevor er umgebracht wurde, hat er mir daher die Unterlagen übergeben. Dumm gelaufen für Sie. Sie dürfen mich als eine Art Testamentsvollstrecker betrachten. Von nun an werden Sie sich mit mir auseinandersetzen müssen. Und glauben Sie mir, ich bin nicht so nachsichtig und zögernd wie Borowsky.“

„Sie … Sie haben jetzt die Originale?“, brachte Irmgard Kärnter heraus. „Ich glaube Ihnen kein Wort!“

Scheibner schüttelte bedauernd und herablassend den Kopf. „Das ist gar keine gute Einstellung für unsere weitere Zusammenarbeit, glauben Sie mir.“

„Zeigen Sie mir die Unterlagen! Ich will sie sehen! Und zwar die Originale.“ Sie versuchte, Strenge und Autorität in ihre Stimme zu legen, aber was herauskam, hörte sich quäkig und ängstlich an.

Milo Scheibner tippte sich lächelnd an die Stirn. „Frau Kärnter, ich glaube, Sie verkennen Ihre Lage. Sie befinden sich nicht in der Position, Forderungen zu stellen. Schon gar nicht, nachdem Sie ein polizeiliches Siegel aufgebrochen haben und unbefugt in diese Wohnung eingedrungen sind. Trotzdem, vielleicht reicht es Ihnen als Beweis, wenn ich Ihnen sage, dass mir bekannt ist, dass Sie am Dienstagabend unerwartet Post vor ihrer Tür gefunden haben. Einen dicken, braunen Umschlag mit Kopien von allerhand Fotos, behördlichen Dokumenten, Grundbucheintragungen … soll ich weitersprechen?“ Scheibner grinste breit. Die Unterhaltung mit seiner Vermieterin begann ihm richtig Spaß zu machen.

Irmgard Kärnters Hände zitterten. Sie hatte geglaubt, mit Borowskys Tod endlich ihren Frieden wiedergefunden zu haben. Sie hatte gehofft, dass mit dem Erlöschen von Borowskys Stimme auch die Geister der Vergangenheit endlich Ruhe geben würden, aber nun standen sie in der Person dieses widerlichen, arroganten und viel zu selbstsicheren Menschen wieder höchst lebendig vor ihr. Das konnte sie nicht zulassen. Kalter Schweiß bildetet sich auf ihrer Stirn.

„Meine Herztabletten," murmelte sie. „O Gott, ich muss meine Tabletten nehmen. Warten Sie hier. Ich bin gleich wieder da." Hastig und mit geducktem Kopf schob sie sich an Scheibner vorbei. Milo Scheibner hörte verdutzt ihre Schritte auf der Treppe und zuckte mit den Schultern. Gut, er konnte warten, bis die Alte ihr Herzklopfen wieder im Griff hatte. Auf ein paar Minuten mehr oder weniger kam es nicht an. Hatte ihr wohl ganz schön zugesetzt, dass er jetzt im Besitz der Informationen war. Er konnte es ihr noch nicht einmal verübeln. Wer hätte gedacht, dass Borowsky so ein rachsüchtiges, kleines Miststück gewesen war? Sogar über seinen Tod hinaus wollte er es der Kärnter heimzahlen. Im Grunde war er, Scheibner, nur ein williger Handlanger. Er erfüllte Borowskys letzten Wunsch und würde seinen gerechten Anteil erhalten – wie ein Testamentsvollstrecker. Scheibner wanderte ins Schlafzimmer und sah auf den Hinterhof hinaus. Unten auf der Wäscheleine flatterten im Wind ein paar Oberhemden und die grünen Schürzen der Blumenhändler aus dem Parterre. Der mickrige, halb abgestorbene Ahornbaum daneben ließ seine ersten Blätter im Herbstwind fallen. Vielleicht sollten sich Katrin und er mal einen Karibikurlaub gönnen? Vielleicht könnte er sie ja dann überzeugen, dass er es ernst meinte mit seinen Zukunftsplänen. Vielleicht wäre sie dann nicht mehr so ausweichend. Geld würde ab jetzt ja keine Rolle mehr spielen.

Scheibner hörte, wie sich unsichere Schritte wieder auf ihn zubewegten. „Na", sagte er, ohne sich umzudrehen, „hat das Herz den ersten Schock überstanden?" Dann spürte er einen heftigen Schlag auf den Kopf.

Dreizehn

Als Torsten Brinkhoff um Punkt vierzehn Uhr in die Bachemer Straße einbog, sah er seine Kollegin gerade aus ihrem Wagen steigen. Geistesabwesend nickte sie ihm zu. Offensichtlich war Maria Plasberg noch schlechter gelaunt als am Morgen, denn ihre Mundwinkel umspielte ein verärgerter Zug.

„Wo waren Sie?", fragte er. „Ich habe die ganze Zeit versucht, Sie übers Handy anzurufen."

„Wieso? Ist irgendwas?"

„Kann man so sagen." Brinkhoff hielt die Kommissarin einen Moment vor dem Büro von *Herzlich versorgt* zurück. „Axel Borowskys Neffe war gestern im Polizeipräsidium." Verlegen beugte er sich nach unten und hob eine der stacheligen Früchte auf, die der Kastanienbaum an der Straße auf die Erde hatte fallen lassen. „Er wollte Sie sprechen."

„Was?" Plasberg schreckte hoch. „Wann?"

„Als wir Scheibner und Co. vernommen haben. Vogt hat ihn in den Flur gesetzt und ist nach Hause gegangen, nachdem er ihm gesagt hatte, er solle warten. Aber das hat er augenscheinlich nicht getan. Ich habe schon versucht, ihn zu erreichen, aber bei Auermanns geht auch niemand ans Telefon."

„Hat der Junge nicht gesagt, was er von mir wollte?"

Brinkhoff schüttelte den Kopf.

Plasberg ließ sich die Telefonnummer geben und versuchte selbst, Timo Auermann anzurufen. „Jetzt ist besetzt", sagte sie und ließ das Handy sinken. „Na schön. Ist nicht zu ändern im Moment. Wir kümmern uns gleich darum. Aber Vogt kann sich auf was gefasst machen, das schwöre ich Ihnen! Solche Pannen dürfen nicht passieren."

„L-Lassen Sie Vogt besser in Ruhe. Er l-löffelt gerade die Suppe aus, die ich ihm eingebrockt ha-habe", erwiderte der Kommissar betreten.

„Was für eine Suppe?" Plasberg sah ihren Kollegen verständnislos an, und Brinkhoff erklärte ihr langatmig, dass er Eikner bei der Frühbesprechung falsch verstanden hatte und Plasberg

Scheibner aufgrund seiner Fehlinformation freigelassen hatte. „Eikner wollte ihn weiter festha-halten wegen der Rauschgiftvergehen. Ich hab's verm-masselt."

Zu seinem Erstaunen nahm Plasberg die Sache mit Humor und nicht allzu ernst. „Mir hätte auffallen müssen, dass Sie da was missverstanden haben", beruhigte sie Brinkhoff. „Mein Fehler. Aber machen Sie sich nicht ins Hemd. Scheibner kriegen wir noch. Erst mal ist Vogt ja jetzt an ihm dran." Damit war für sie die Sache erledigt. Brinkhoff atmete erleichtert auf, als er die Tür zum Pflegedienst öffnete. Die Kastanie warf er auf den Bürgersteig zurück.

Wie schon am Tag zuvor wurden die Kommissare von Annette Bergmann-Pohl empfangen. „Dies sind die Beamten der Mordkommission, die den Tod von Axel Borowsky untersuchen", stellte sie Plasberg und Brinkhoff kurz angebunden den vier Mitarbeitern vor, die sich in ihrem Büro versammelt hatten. „Sie haben darum gebeten, Ihnen ein paar Fragen stellen zu dürfen, weil Sie in die Pflege des Patienten involviert waren. Und bevor Unklarheiten entstehen: Dieser Termin kann nicht als Dienstzeit abgerechnet werden."

Damit setzte sich Bergmann-Pohl hinter ihren Schreibtisch, scheinbar davon ausgehend, bei der Befragung der Mitarbeiter anwesend sein zu dürfen. Maria Plasberg machte ihr jedoch einen Strich durch die Rechnung. Anstatt mit der Befragung zu beginnen, dankte sie der Pflegedienstleiterin, dass sie ihr eigenes Büro für die Polizeiarbeit zur Verfügung stellte, und bat sie dann freundlich, aber bestimmt, den Raum zu verlassen. Bergmann-Pohl sah die Kommissarin überrascht an, raunte etwas wie „So war das aber nicht vereinbart", fügte sich dann jedoch. Als die Tür hinter ihr ins Schloss fiel, ging ein hörbares Aufatmen durch die Reihen der Angestellten. Plasberg bedeutete Brinkhoff, die Befragung der Mitarbeiter allein durchzuführen. Sie begnügte sich vorerst damit, ihren Notizblock aus der Handtasche zu ziehen und sich ruhig in eine Ecke zu setzen.

Brinkhoff sah seine Chefin erstaunt an. Nach ihrer Reaktion auf seine Zwischenfragen bei der gestrigen Unterhaltung mit Bergmann-Pohl hatte er nicht damit gerechnet, überhaupt den

Mund aufmachen zu dürfen. „A-Anhand der Dienstliste, die uns Ihre Chefin freundlicherweise zur Verfügung gestellt hat, ist zu ersehen, dass Sie die Mitarbeiter sind, die in der Woche vor Axel Borowskys Tod bei ihm eingesetzt waren“, begann er nervös. „Was m-meine Kollegin und mich interessiert, ist, was für ein Mensch Herr Borowsky war, welche Aufgaben Sie bei der Pflege zu erledigen hatten, ob Ihnen bei Ihrer Arbeit irgendetwas Ungewöhnliches aufgefallen ist …“

Die Tür wurde aufgerissen und ein Mann Mitte bis Ende dreißig, dessen Kinn und Wangen hinter einem blonden Bart versteckt waren, stürzte atemlos ins Zimmer.

„Tut mir leid“, keuchte er, lächelte entschuldigend und ließ seinen Rucksack in eine Ecke fallen. „Ich bin mit der Straßenbahn steckengeblieben. Da war irgendwo ein Unfall am Neumarkt.“

Brinkhoff musterte den Neuankömmling überrascht, schüttelte dann irritiert den Kopf und fuhr mit der Befragung fort.

„Axel Borowsky war eigentlich ein ganz Netter“, machte eine junge Frau mit einem dunklen Lockenkopf und unzähligen Sommersprossen im Gesicht den Anfang. „Wir sind immer gut miteinander klargekommen.“

„Und Sie sind …?“

„Angelika Strehlich, Krankenschwester.“

Der Kommissar verglich ihre Angaben mit denen auf der Dienstliste. „Sie waren die Tage vor seinem Tod im Spätdienst eingeteilt. Was heißt das?“

„Das bedeutet, dass ich gegen 17:00 Uhr für anderthalb Stunden bei ihm war und gegen 18:30 Uhr wieder gegangen bin.“

„Die ganze Woche, jeden Tag?“

„Ja, bis auf das Wochenende. Da hatte ich frei.“

„Und welche Aufgaben hatten Sie während Ihres Einsatzes?“

Strehlich schürzte die Lippen. „Na ja, das Übliche halt. Ich habe Axel die Medikamente gegeben, die durchgelaufene Ernährung abgehängt, Glukose, also Flüssigkeit, über Infusion verabreicht, weil er ja nicht mehr ausreichend trank, sowie die anderen Infusionen, die Dr. Grassling verschrieben hatte. Und in der Zwischenzeit habe ich ihm schnell was zum Abendbrot gemacht und nachgeschaut, ob er für den restlichen Abend alles bereitstehen hatte."

„Ich dachte, er konnte nicht mehr richtig essen und hat deshalb künstliche Ernährung bekommen?", fragte Brinkhoff überrascht nach.

„Na ja, schon, aber Joghurt, Puddings und Suppen, also alles, was weich war, das ging schon noch. Auch wenn er meistens keinen Hunger hatte."

„Morgens hat er auch mal ein Ei und ein paar Löffel Müsli gegessen", mischte sich ein anderer Krankenpfleger in das Gespräch, ein Mann Mitte zwanzig mit einer Hasenscharte und linkischen Bewegungen. Klaus Armbruster hatte in der Woche vor Borowskys Tod im Frühdienst gearbeitet. „Ich hab ihn morgens gewaschen oder ihm beim Duschen geholfen, wenn er es nicht allein geschafft hat, die Ernährung angehängt, das Bett gemacht."

„Wir haben Pizzareste in seiner Küche gefunden. Aber Sie sagen, er habe nur weiche Sachen gegessen", hakte Brinkhoff noch einmal nach.

„Pizza? Die war bestimmt nicht von ihm."

Der Kommissar wandte sich an die beiden jungen Männer, die etwas abseits saßen und offensichtlich gerade mal die zwanzig erreicht hatten. „Und was war Ihre Aufgabe?"

„Wir … wir sind die Zivis", erklärte einer der beiden namens Kevin Müllers eingeschüchtert. Er war ganz in Schwarz gekleidet, mit einer zerrissenen Jeans, einem übergroßen Ledergürtel, der ihm fast über die Knie hing, und einem T-Shirt, auf dem die Konzertdaten einer Tournee von *Rammstein* aufgelistet waren. „Ich und Micha hier", er deutete auf seinen fahlen, ebenfalls schwarz ausstaffierten Nebenmann, „wir sind abwechselnd nachmittags vorbeigekommen, zweimal die Woche, um ein bisschen seine Wohnung aufzuräumen, zum Putzen oder um einzukaufen, jeweils für zwei Stunden. Aber geredet haben wir mit ihm nicht viel, weil wir ja zu arbeiten hatten", betonte er sofort abwehrend.

„Hatten Sie den Eindruck, dass Borowsky viele Freunde hat?"

„Freunde? Nein. Er war eigentlich immer allein. Hin und wieder hat er mal von seinem Neffen gesprochen … er hat viel

Fernsehen geschaut, meist irgendwelche Sitcoms. Nur gelacht hat er nie über die Gags."

„Welchen Eindruck hatten Sie von Herrn Borowsky überhaupt während Ihrer Einsätze?"

„Welchen Eindruck?", fragte Angelika Strehlich.

„Na ja", Brinkhoff zögerte, „war er ausgeglichen oder besonders fröhlich, besonders traurig, irgendwie verärgert oder aufgeregt in der letzten Zeit?"

„Wissen Sie, Herr Kommissar, jemand, der weiß, dass er bald sterben wird, ist meist nicht besonders fröhlich", antwortete Klaus Armbruster mit einem leisen Anflug von Ironie. „Ich habe ihn zumeist als ziemlich still und in sich gekehrt erlebt. Jemand, der in Ruhe gelassen werden wollte."

„Ihre Chefin hat aber behauptet, er sei schwierig gewesen, ein Patient, der ständig gemeckert und genörgelt habe."

„Die Sichtweise der Pflegedienstleitung und unsere Wahrnehmung unterscheiden sich manchmal", erwiderte Armbruster vorsichtig und sah seine Kollegen an, als bitte er um ihre Rückendeckung.

„Verstehe", sagte Brinkhoff so neutral wie möglich. „Wie kommt das?"

„Nun", räusperte sich Angelika Strehlich, „sie muss sich ja auf ganz anderen Gebieten mit den Patienten befassen als wir. Wir machen die Versorgung vor Ort, sie ist für den wirtschaftlichen Aspekt des Dienstes zuständig."

„Und da hat Axel Borowsky Schwierigkeiten gemacht?"

Strehlich blieb vage. „Ich glaube, es gab Unstimmigkeiten, was die Abrechnungen betraf. Aber das müssen Sie unsere Chefin schon selbst fragen."

„Sie haben sich also nie bei Frau Bergmann-Pohl über Borowsky beschwert?"

„Nein, natürlich nicht. Klar musste man hin und wieder mit ihm über die Notwendigkeit einiger Pflegemaßnahmen diskutieren, aber ich fand es im Gegenteil mal ganz angenehm, einen Patienten zu betreuen, der nicht widerspruchslos alles über sich ergehen ließ." Die Kollegen von Strehlich bestätigten diese Aussage.

Brinkhoff nickte und wechselte das Thema. „Wie würden Sie den körperlichen Zustand des Patienten beurteilen? Ich meine in den letzten Tagen, bevor er umgebracht wurde."

„Er war ganz schön klapprig", wagte sich einer der beiden Zivildienstleistenden vor. „Letzte Woche Donnerstag, da hatte ich meinen letzten Einsatz bei ihm, da wäre er beinahe auf dem Weg zum Klo umgekippt. Ich hab ihn gerade noch stützen können."

„Aber er war schon noch in der Lage, allein umherzulaufen?"

„Ja, zumindest innerhalb der eigenen vier Wände. Ansonsten hätten wir auch darauf bestanden, einen Schlüssel für seine Wohnung zu erhalten."

„Hätte er sich Ihrer Meinung nach gegen einen Angriff wehren können?"

Alle Mitarbeiter schüttelten entschieden den Kopf und Klaus Armbruster ergänzte: „Er hat nur noch achtundvierzig Kilo auf die Waage gebracht. Den hätte man nur anzutippen brauchen, dann wäre er umgefallen."

Ein unterdrückter Seufzer entfuhr einem der anderen Mitarbeiter, aber der Kommissar hatte seine Augen auf seine Notizen gerichtet.

„Okay", sagte er zögernd. „Andere Frage: Sie haben Ihren Dienstwagen auf Wunsch von Borowsky immer etwas abseits der Wohnung abgestellt?"

Armbruster und Strehlich bejahten. „Er hatte Angst, dass seine Vermieterin etwas von der ambulanten Versorgung und seiner Erkrankung mitbekommen könnte. Er wollte keine Schereien."

„Ist die Versorgung durch Sie nicht zwangsläufig aufgefallen? Tragen Sie keine weiße Dienstkleidung?"

„Nein, Herr Kommissar", grinste Strehlich. „Wir arbeiten bei einem Pflegedienst, nicht in einer Klinik. Wir tragen unsere normalen Klamotten."

„Hm. Ist Ihnen denn hin und wieder einer der Nachbarn im Haus begegnet?"

Klaus Armbruster schüttelte den Kopf, aber Angelika Strehlich sagte: „Doch. Die Nachbarn direkt nebenan haben natürlich mitbekommen, dass wir bei Borowsky Einsätze fuhren. Diese

Wohngemeinschaft. Studenten, nehme ich an. Einer von denen, so ein Typ mit einer ziemlich auffälligen Narbe im Gesicht, hat mich mal angesprochen, was Borowsky denn hätte. Aber ich habe ihm natürlich keine Auskunft gegeben. Das fällt unter die Schweigepflicht. Ich habe ihm gesagt, das müsste er Axel schon selbst fragen."

Maria Plasberg hatte die Vernehmung die ganze Zeit schweigend verfolgt. Nachdenklich und still hatte sie die anwesenden Mitarbeiter des Pflegedienstes beobachtet und ihre Aufmerksamkeit richtete sich nun auf den Einzigen, der bisher noch nichts gesagt hatte, den Mann, der zu spät zur Befragung erschienen war. „Sie sind Lars Moritz, nehme ich an?", fragte sie, nachdem sie Brinkhoffs Kopie der Dienstliste zu Rate gezogen hatte.

Moritz, der der Befragung seiner Kollegen in sich gekehrt gelauscht hatte, schrak zusammen. „Ja."

„Sie hatten an dem Wochenende Einsatz bei dem Patienten, als Borowsky überraschend dem Pflegedienst gekündigt hat, stimmt das?"

Moritz hustete verlegen und sah zu Boden. „Ja. Das stimmt."

„Und Ihnen ist ebenfalls nichts Besonderes aufgefallen, das uns in irgendeiner Form weiterhelfen könnte? Ich meine, hat es eine Auseinandersetzung zwischen Ihnen gegeben, die Borowsky vielleicht verärgert oder aufgeregt hat? Sein Neffe Timo hat ausgesagt, dass sein Onkel sich ihm gegenüber abfällig über den Pflegedienst geäußert hat. Da muss doch etwas vorgefallen sein, Herrgott noch mal!" Plasberg klang verärgert.

Moritz schüttelte den Kopf. „Es tut mir leid", sagte er und wich dem Blick der Kommissarin aus. „Aber ich kannte Axel Borowsky eigentlich gar nicht. Sehen Sie, ich arbeite als Aushilfe hier und der Einsatz am Samstag war bei diesem Patienten mein erster …" Er zuckte bedauernd mit den Schultern.

Klaus Armbruster mischte sich ein. „Es war eigentlich mein Dienstwochenende", gestand er. „Aber ich hatte meiner Freundin versprochen, mit ihr nach Holland zu fahren, und Lars war so nett, kurzfristig für mich einzuspringen. Er hat mit all dem überhaupt nichts zu tun."

Angelika Strehlich eilte ihren Kollegen zu Hilfe. „Hören Sie, Frau Kommissarin. Wir verstehen, dass Sie auf unsere Mitarbeit angewiesen sind, und natürlich haben wir vorher darüber gesprochen, ob uns etwas aufgefallen ist bei Borowsky. Aber es war alles wie immer, genauso wie in der Woche vorher und in der Woche davor. Axel war still und zurückhaltend, manchmal ein bisschen mürrisch. Vielleicht war er noch verschlossener als sonst, zumindest, nachdem Dr. Grassling am Donnerstag seinen Hausbesuch gemacht hatte. Er hat so gut wie nichts mehr gegessen, war sehr einsilbig, aber hat, so gut es ging, bei der Pflege mitgeholfen. Wir alle hatten ein wenig das Gefühl, dass er uns absichtlich auf Distanz hielt, aber das ist schließlich sein gutes Recht gewesen. Was immer ihn dann wütend gemacht oder verärgert hat, muss nach unseren Einsätzen passiert sein, denn bei uns war alles in Ordnung."

Brinkhoff schaltete sich wieder in das Gespräch ein. „Okay, dass Borowsky in sich gekehrt war nach der Visite seines Arztes, ist verständlich. Dr. Grassling hat uns informiert, dass er an diesem Donnerstag Herrn Borowsky etwas Unangenehmes mitteilen musste. Trotzdem ist uns da noch einiges unklar. Irgendetwas muss im Zusammenhang mit Ihren Einsätzen geschehen sein, denn ansonsten hätte Borowsky ja keinen Grund gehabt, *Herzlich versorgt* von heute auf morgen zu kündigen. Das passt mit Ihren bisherigen Aussagen einfach nicht zusammen. Außerdem hat Borowskys Neffe Timo Auermann ausgesagt, dass Sie Ihren Einsatz ziemlich schlecht gelaunt beendet hätten, als er seinen Onkel am Samstagabend überraschend besucht hat." Bei dem letzten Satz sah er Moritz an.

Der Krankenpfleger rieb sich heftig den Bart. „Stimmt, als ich zur Tür hinausging, kam mir ein Junge entgegen", sagte er schließlich zögernd. „War das Borowskys Neffe? Aber ich war eigentlich nicht schlecht gelaunt. Ich habe Borowsky nach Plan versorgt und ihm währenddessen ein bisschen von mir erzählt, weil wir uns ja noch nicht kannten … es hat wahrscheinlich alles ein wenig länger gedauert als bei Angelika und Klaus, denn wenn man als Aushilfe arbeitet, sitzt nicht jeder Handgriff so automatisch, vielleicht hat ihn das verärgert? Ich hab ihm was zu essen angeboten, aber er wollte nichts … hab ihm was zu trinken ans Bett gestellt, dann habe ich ihm die Abrechnung für September in die Hand gedrückt und bin gegangen. Das war's. Alles ganz normal." Moritz zuckte bedauernd mit den Schultern. „Am nächsten Tag hat mich die PDL angerufen und mir den Sonntagsdienst bei Borowsky abgesagt."

„Die Abrechnung für September?" Plasberg horchte auf. „Was heißt das?"

„Bevor wir mit den Kranken- oder Pflegekassen abrechnen, bekommen die Patienten jeden Monat eine Durchschrift der durchgeführten Leistungen zur Unterschrift. Und wenn sie teilweise selber zahlen, so wie Herr Borowsky, dann bekommen sie eine Rechnung." Angelika Strehlich klang etwas unsicher und entschuldigte sich, dass diese Dinge grundsätzlich von der Pflegedienstleitung erledigt wurden. Allerdings sei es üblich, dass die Krankenpflegekräfte die fertigen Rechnungen den Patienten überbrachten, um Porto zu sparen.

„Aber der Monat ist doch noch gar nicht zu Ende!", wandte Plasberg ein.

Angelika Strehlich zuckte mit den Schultern. „Es ist normal, die Rechnungen ein paar Tage vorher fertig zu machen, wenn abzusehen ist, dass sich an den Leistungen nichts ändert. Dann können sie schneller bei der Kasse eingereicht werden und der Dienst bekommt das Geld für die erbrachten Leistungen schneller. So viel ich weiß, sind die Pflegekassen ausgesprochen langsam, was die Erstattungen betrifft."

Plasberg zog interessiert die Augenbrauen nach oben. Strehlichs Bemerkung roch geradezu nach möglichen finanziellen Manipulationen seitens der Pflegedienstleitung. Den für sie wichtigsten Aspekt der Mitarbeiterbefragung hatte sie sich jedoch für zuletzt aufbewahrt. „Ich möchte mich gerne noch mit Ihnen über Durogesic-Pflaster unterhalten", sagte sie abrupt und rutschte auf ihrem Stuhl nach vorne.

„Äh … was?", fragte Angelika Strehlich überrascht.

„Diese Pflaster, die sie Axel Borowsky aufgeklebt haben, heißen doch so, oder?"

„Ja, schon. Aber was haben die mit seinem Tod zu tun?"

„Das weiß ich noch nicht. Vielleicht nichts. Erklären Sie mir einfach, was Sie tun müssen, wenn Sie die Dinger aufkleben."

„Nun ja ..." Angelika Strehlich strich sich eine ihrer Locken aus der Stirn. „Diese Pflaster sind dazu da, um chronischen Schmerzpatienten die Schmerzen zu nehmen. Sie haben einen morphinähnlichen Wirkstoff, der bis zu 72 Stunden wirkt. Das ist für den Patienten angenehmer und sicherer als eine orale Medikamentenvergabe. Man muss beim Wechsel der Pflaster beachten, dass man sie nicht auf dieselbe Körperstelle klebt und ..."

„Ist es richtig, dass der Wirkstoff Fentanyl erheblich stärker ist als, sagen wir, bei MST-Tabletten?", unterbrach Plasberg.

„Das ... das käme auf die Stärke der MST-Tabletten an. Die gibt es auch in unterschiedlichen Dosierstärken."

„Schön, nehmen wir MST 20 als Beispiel."

„Na ja, Durogesic-Pflaster sind schon stärker", gab Strehlich zu. „Wenn man davon ausgeht, dass man nur eine MST 20 nimmt. Aber ich verstehe immer noch nicht ..."

„Das heißt also, jemand, der plötzlich kein Durogesic-Pflaster mehr erhält, hätte ziemlich starke Schmerzen, auch wenn er versuchen würde, das Pflaster durch MST 20 zu ersetzen?"

Die Mitarbeiter des Pflegedienstes schauten sich verständnislos an. Unruhe machte sich in dem Raum breit.

„Ja, natürlich", sagte Klaus Armbruster kopfschüttelnd, „aber Axel Borowsky hat doch immer ein Durogesic-Pflaster bekommen."

Strehlich ergänzte: „Ich habe Axel letzte Woche Mittwoch in der Spätschicht eins aufgeklebt und Lars hat am Samstagabend bei seinem Einsatz das Pflaster gewechselt. Und wir können es Ihnen sogar beweisen!"

Triumphierend ging sie zum BTM-Schrank an der Wand und holte ihren Schlüssel aus der Hosentasche. „Alle Medikamente, die unter das Betäubungsmittelgesetz fallen, müssen in einem gesonderten Schrank aufbewahrt werden, nämlich hier drin. Zusätzlich muss jede BTM-Vergabe aus rechtlichen Gründen vom diensthabenden Pfleger abgezeichnet werden", erklärte sie. „Abgesehen davon müssen wir die Medikamentenvergabe zwar auch noch für die Kasse in der Patientenmappe abzeichnen, aber das hier ist wichtiger." Sie nahm ein kleines, gelbes Heft aus dem Schrank und hielt es der Kommissarin entgegen. „Sehen Sie, hier habe ich unterzeichnet und da, auf der nächsten Seite …" Strehlich stockte und ließ das Heft sinken. Ihre Augen wanderten zu Lars Moritz. „Jemand hat die letzte Seite herausgerissen!", flüsterte sie. „Was hast du …?"

In diesem Augenblick wurden sie vom Klingeln von Plasbergs Diensthandy unterbrochen. Die Kommissarin unterdrückte einen Fluch und lief hinaus auf den Flur, um das Gespräch entgegenzunehmen. Schon nach wenigen Augenblicken war sie wieder im Zimmer.

„Brinkhoff, wir müssen das hier abbrechen. Sofort."

„Ja, aber …"

„Keine Zeit für Erklärungen", sagte Plasberg schnell und wandte sich dann kurz an die Mitarbeiter des Pflegedienstes, um ihnen für die Beantwortung ihrer Fragen zu danken. Dann drehte sie sich zu dem bärtigen Krankenpfleger. „Herr Moritz, Sie halten sich zu unserer Verfügung. Wir haben noch ein paar Fragen an Sie und werden Sie im Laufe des Tages noch einmal aufsuchen. Haben Sie verstanden?"

„Aber ich habe nichts getan!", presste Moritz hervor und kratzte sich heftig den Bart. In seinen Augen leuchtete Panik auf. „Ich schwöre, dass ich …"

Plasberg würgte ihn ab. „Wir klären das später. Gehen Sie nach Hause und warten Sie dort auf uns. Oder möchten Sie, dass ich Sie in Gewahrsam nehmen lasse?"

Die Kommissarin bluffte, aber die kleine Notlüge verfehlte ihre Wirkung nicht. Moritz versprach unter heftigem Kopfnicken zu kooperieren.

Plasberg rannte wieder auf den Flur, um Annette Bergmann-Pohl zu suchen.

Brinkhoff schloss sich ihr verwirrt an. „Könnte ich vielleicht mal erfahren, was eigentlich los ist?", fragte er.

„Gleich. Haben Sie den Wisch vom Richter?"

Brinkhoff nickte.

„Gut." Die Kommissarin war so in Fahrt, dass sie um ein Haar mit der Pflegedienstleitung zusammengeprallt wäre, die gerade aus einem der anderen Büros auf sie zukam.

„Es hat ein paar unvorhergesehene Entwicklungen gegeben", sagte sie. „Wir müssen hier leider abbrechen und uns zu einem späteren Zeitpunkt mit Ihren Mitarbeitern weiter unterhalten. Allerdings möchte ich Sie bitten, mir die Akte von Axel Borowsky auszuhändigen. Das BTM-Buch werden wir auch mitnehmen."

„Das … das geht nicht." Bergmann-Pohl wich überrascht einen Schritt zurück. „Die Unterlagen sind Eigentum des Pflegedienstes. Außerdem habe ich die Abrechnung mit der Pflegekasse noch nicht abgeschlossen."

Plasberg gab Brinkhoff ein Zeichen, und er drückte Bergmann-Pohl den richterlichen Beschluss über die Befugnis zur Einsichtnahme in die Akte Borowsky in die Hand.

„Und jetzt hätte ich gerne die entsprechenden Unterlagen", sagte die Kommissarin. „Und zwar so schnell wie möglich. Wir haben es sehr eilig."

Mit versteinertem Gesicht ging Bergmann-Pohl zurück in ihr eigenes Büro. Dort zog sie den Aktenordner mit der Aufschrift „Borowsky, Axel" aus dem Regal und drückte ihn Plasberg in die Hand. Dann begleitete sie die Kommissare mit zusammengekniffenen Lippen zum Ausgang und ließ grußlos die Tür hinter ihnen ins Schloss fallen.

„Was ist denn los?", fragte Brinkhoff aufgebracht. „Warum brechen wir eine Zeugenbefragung ab? Das sah doch so aus, als ob La-Lars Moritz etwas mit dem Pflaster zu tun hatte!"

„Später", blockte Plasberg Brinkhoffs Einwände schroff ab. „Das war Vogt. Es hat einen weiteren Toten gegeben."

Vierzehn

„Noch einen Toten?“ Brinkhoff hetzte zu seinem Wagen, aber Plasberg pfiff ihn zurück.

„Lassen Sie Ihr Auto stehen. Wir sind schneller zu Fuß.“

„Ich verstehe kein Wort …“

„Milo Scheibner – in der Wohnung von Borowsky“, sagte sie über die Schulter.

„Scheibner?“, wiederholte Brinkhoff verblüfft. „Vogt war doch auf den angesetzt! Und die Wohnung ist versiegelt!“

Die Kommissarin zuckte mit den Achseln. „Vogt hat Scheibner gefunden. Mehr weiß ich auch nicht.“ Anstatt sich jedoch in Spekulationen über diese unerwartete Wendung in ihrem Fall zu ergehen, schob Plasberg die Gedanken an Milo Scheibner für den Moment beiseite und kam noch einmal auf die Befragung der Mitarbeiter von *Herzlich versorgt* zu sprechen.

„Was war vorhin los mit Ihnen?“, fragte sie. „Als Moritz hereinkam, sahen Sie aus, als hätten Sie einen Geist gesehen!“

„Er kam mir irgendwie bekannt vor, aber mir fällt einfach nicht ein, woher. Wahrscheinlich eine Verwechslung“, murmelte er mehr zu sich selbst und wurde rot, als er bemerkte, wie Plasberg zu grinsen begann.

„Also, ich fand die Befragung recht aufschlussreich“, erklärte die Kommissarin schnell und wich angewidert einem Haufen Hundekot aus. „Ich habe doch von Anfang an gewusst, dass an diesem Pflegedienst etwas faul ist.“

„Hab ich das jetzt richtig verstanden? Moritz hat Borowsky das Pflaster nicht gegeben? Und um diese Aktion zu vertuschen, hat er die Seite aus dem BTM-Buch gerissen?“

„Ist zumindest möglich. Wir werden den Mann nachher befragen.“

„Aber warum verweigert man als Krankenpfleger einem sterbenskranken Patienten die Schmerztherapie?“

Plasberg antwortete erst nach einer Weile. „Moritz gibt Borowsky am Samstag die Abrechnung von September, und nur Stunden später kündigt Borowsky fristlos dem gesamten Pflegedienst", sagte sie. „Wenn das nicht ursächlich zusammenhängt, fresse ich einen Besen. Vielleicht hat Borowsky nach der Durchsicht der Rechnung eine Ungereimtheit festgestellt, Moritz zur Schnecke gemacht und der hat daraufhin versucht, es ihm mit unlauteren Mitteln heimzuzahlen."

„Sie meinen, Bergmann-Pohl hat versucht, die Abrechnungen zu fälschen?"

„Wäre doch immerhin möglich. Wir müssen jedenfalls so bald wie möglich diese Unterlagen hier durchsehen. Die Dame war jedenfalls nicht sehr erfreut, dass wir die Sachen einkassiert haben." Sie klopfte auf ihre schwarze Audrey-Hepburn-Handtasche, in der sich die Pflegeakte von Axel Borowsky befand.

„Aber wäre so eine Tat von Moritz nicht ein bisschen drastisch?" Brinkhoff runzelte skeptisch die Stirn.

„Er konnte ja nicht ahnen, dass Borowsky daraufhin den Pflegedienst kündigt. Vielleicht wollte er ihm das Pflaster am nächsten Tag verabreichen. Nur, dass er da nicht mehr bei Borowsky eingesetzt war."

„Aber Moritz hat ausgesagt, er habe sich nicht mit Borowsky gestritten. Was wiederum im direkten Widerspruch zu Timo Auermanns Aussage steht." Der Kommissar stöhnte. „Dieser Fall wird immer verwirrender", beschwerte er sich.

„Na ja, Timo hat eigentlich nur gesagt, dass Moritz ziemlich verärgert ausgesehen hat", gab Plasberg zu. „‚Als ob' er Streit mit Borowsky gehabt hätte."

Aber Brinkhoff gab nicht so schnell auf. „Für mich ergibt das immer noch keinen Sinn. Warum sollte Moritz Borowsky so etwas antun, nur weil der sich über die Bergmann-Pohl aufregt? Dann hätte er schon mit der Pflegedienstleitung unter einer Decke stecken müssen – und das kann ich mir beim besten Willen nicht vorstellen! Was ich auch immer noch nicht verstehe, ist, wie Borowsky diese Kündigung abgeschickt hat", sagte er. „Er wird sich am Montag ja wohl kaum aufs Rad geschwungen haben und zur Post gefahren sein! Und der nächste Briefkasten ist auch nicht direkt nebenan."

„Sie meinen, eine spontane, aber nur kurzfristige Genesung?" Plasberg musste widerwillig grinsen. „Wäre das erste Mal, dass ich bei einer Ermittlung mit einem Wunder konfrontiert werde. Aber nein, das glaube ich auch nicht. Irgendjemand muss das für ihn erledigt haben. Genau wie die Sache mit dem Geldautomaten. Interessant, nicht wahr?" Mittlerweile waren sie am alten und neuen Tatort angelangt. Plasberg gab sich einen Ruck. „Kommen Sie, Brinkhoff, schauen wir uns den Schlamassel an!"

Wie schon am Mittwoch wurden die Kommissare an der Gleueler Straße 67 von mehreren Streifenwagen und zwei Beamten empfangen, die den Zugang zum Haus von Irmgard Kärnter absperrten und neugierigen Passanten den Zutritt verwehrten. Die ganze Szenerie wirkte seltsam unverändert.

Einer der Polizisten winkte Plasberg und Brinkhoff durch. „Sie kennen ja den Weg", sagte er lapidar. Plasberg warf dem Mann einen eisigen Blick zu und eilte ins Treppenhaus.

In Borowskys Wohnung wartete Karsten Vogt schon auf sie, bleich und nervös. „Ich hab Scheibner verloren", erklärte er ohne ein Wort der Begrüßung. „Er hat gemerkt, dass ich ihm gefolgt bin, und mich abgehängt."

„Und wieso haben Sie mich nicht verständigt?", herrschte ihn Plasberg an.

„Ich hab's versucht, aber Sie waren nicht zu erreichen!", verteidigte sich Vogt aufgebracht. „Er hat sich in einem Café mit Katrin Hancke getroffen. Etwa eine Viertelstunde lang. Ich habe versucht, Sie anzurufen, aber Ihr Handy war ausgeschaltet."

Plasberg verstummte. Sie hatte bei ihrer Unterredung mit Ninas Eltern ungestört sein wollen. Es war nicht Vogts Schuld. „Verdammter Mist!", fluchte sie mit unterdrückter Stimme. „Warum haben Sie dann nicht wenigstens Brinkhoff verständigt?"

„Brinkhoff?" Vogt klang entgeistert.

„Eikner wird uns alle einen Kopf kleiner machen", murmelte Plasberg. „Und das mit Recht." Ohne es nach außen zu zeigen, war die Kommissarin zutiefst schockiert. Ein Mensch hatte sein Leben verloren, weil sie sich nicht richtig verhalten hatte. In all ihren Dienstjahren war ihr eine solche Nachlässigkeit noch nie passiert. Wenn sie Brinkhoff am Morgen richtig zugehört hätte, wäre ihr aufgefallen, dass er Eikner falsch verstanden haben musste.

Scheibner könnte noch am Leben sein, im sicheren Gewahrsam der Polizei. Stattdessen hatte sie ihren persönlichen Problemen Vorrang eingeräumt. Ihre Finger suchten den Verschluss ihrer Handtasche und klappten ihn mehrmals gedankenverloren auf und zu. Nein, Niklas' und Ninas Schwierigkeiten waren nicht der Hauptgrund ihres Versagens; sie waren nur ein Faktor in einer unübersichtlichen Gemengelage. Ihr Fehler hatte darin bestanden, sich nicht auf ihren Instinkt zu verlassen. Sie hatte von Anfang an das Gefühl gehabt, dass Scheibner in diesen Fall verwickelt war, wenn nicht als Mörder von Borowsky, dann auf irgendeine andere Weise. Aber anstatt zu versuchen, ihren Instinkt mit Beweisen zu untermauern, hatte sie sich einlullen lassen. Und weil sie gespürt hatte, dass dieser Fall ihr entglitt, sie nicht begriff, worum es hier eigentlich ging, hatte sie sich von den Problemen ihres Sohnes nur zu gerne ablenken lassen – anstatt sich um das Naheliegende zu kümmern: Scheibner und seine Beziehung zu Borowsky. Plasberg rieb sich abgespannt die Augen und seufzte. „Na schön, was ist passiert?", fragte sie.

„Scheibner ist vom Café in den Köln Arcaden Richtung Innenstadt gefahren. Mit der Bahn. Er hat gemerkt, dass ich ihm auf den Fersen war, und mich mit einem billigen Trick gelinkt. Nachdem ich Scheibner verloren hatte und Sie immer noch nicht erreichen konnte, bin ich erst ins Büro zurück, aber es war niemand da, der mir sagen konnte, wo Sie sind. Also hab ich mich auf den Weg zu Scheibners Wohnung gemacht, weil ich gehofft hatte, er würde vielleicht irgendwann nach Hause kommen. Unterwegs hat mich dann die Leitstelle angefunkt. Der Anruf ist um ... 14:33 Uhr eingegangen, fünf Minuten später war ich da." Vogt musste kurz im Protokoll nachschauen, um sich der Zeit zu versichern.

„Wer hat ihn gefunden?"

„Raten Sie mal."

„Doch nicht schon wieder die Kärnter?"

Vogt nickte. „Der Arzt war gerade bei ihr. Sie ist völlig runter mit den Nerven."

Plasberg stöhnte auf. Eine hysterische alte Frau war das Letzte, was sie jetzt gebrauchen konnte. „Wissen Fischer und Hancke schon Bescheid?"

„Nur die Hancke. Bei dem Trubel mit Einsatzwagen und Notarzt war das ja auch nicht geheim zu halten. Sie ist in ihrer Wohnung. Fischer ist gestern Abend nach Berlin gefahren, Freunde besuchen. Der weiß noch von nichts."

„Gut. Um Hancke und die Kärnter kümmern wir uns gleich. Mich würde brennend interessieren, wieso Scheibner sich mit der Hancke in Kalk getroffen hat, anstatt einfach nach Hause zu fahren. Aber jetzt will ich erst mal die Leiche sehen."

Plasberg schob Vogt unsanft zur Seite und bahnte sich ihren Weg vorbei an den Mitarbeitern des Erkennungsdienstes zum Tatort im Wohnzimmer. Brinkhoff folgte ihr. „Großer Gott, was ist das für ein Gestank?", sagte die Kommissarin angewidert, als sie den Raum betrat.

„Oh, hab ich ganz vergessen", rief Vogt ihr zu. „Die Kärnter hat sich übergeben, als sie Scheibner gefunden hat. Wundert mich nicht, so wie er zugerichtet ist."

Plasberg öffnete rasch das Fenster, um frische Luft hereinzulassen.

Milo Scheibners Leiche lag mit dem Gesicht nach unten vor dem Fenster, den Kopf – oder besser das, was davon übrig war – in einer Blutlache. Der Schädel war auf der rechten Seite zerschmettert worden, Knochensplitter ragten aus der klaffenden Wunde; Gehirnmasse war über seine Schläfen herabgetropft. Blut war auch an den Heizkörper unter dem Fenster gespritzt und in dunklen Farbnasen nach unten gelaufen. Ganz offensichtlich war er überrascht und mit voller Wucht von hinten niedergeschlagen worden, der Verletzung nach zu urteilen mit einem schweren Gegenstand. Er hatte keine Chance gehabt, sich zur Wehr zu setzen.

„Frau Kommissarin! Sie scheinen keine besonders gute Woche zu haben." Der Notarzt, den Plasberg und Brinkhoff in dem Chaos völlig übersehen hatten, saß auf dem kleinen, schwarzen Sofa und füllte den Totenschein aus. Es war derselbe Mann, der auch schon Borowskys Leiche begutachtet hatte.

„Sehr komisch", knurrte Plasberg missgelaunt. „Können Sie mir schon was zur Tatwaffe sagen?"

Der Arzt deutete auf einen schweren metallenen Kerzenständer, der in der Nähe von Scheibners Leiche auf dem Boden zwischen den verstreuten Unterlagen lag. „Ich will Ihren Untersuchungsergebnissen nicht vorgreifen, aber das da scheint mir mit ziemlicher Sicherheit die Mordwaffe zu sein. Hat genau die richtige Größe und Schwere für so eine Wunde." Er zwinkerte nervös mit den Augenlidern.

Plasberg begutachtete den Kerzenständer, ohne ihn anzufassen. An dem Metall klebte Blut und etwas, was nach Gehirnmasse aussah. „Geben Sie das zur Untersuchung weiter. Fingerabdrücke, DNA-Spuren … das Übliche", befahl sie Brinkhoff und Vogt, ohne sich zu ihren Kollegen umzudrehen. „Wann ist der Mord begangen worden?" Plasberg hatte zwar von der Tatzeit durch Vogts Angaben eine ungefähre Vorstellung, aber sie wollte sicher sein. Weitere Fehler konnte sie sich nicht leisten.

Der Notarzt sah auf die Uhr. „Ich würde sagen, vor ungefähr einer Stunde." Er stand auf, drückte der Kommissarin den Totenschein in die Hand und verabschiedete sich. Im Gehen drehte er sich noch einmal um. „Übrigens, der Täter muss beide Hände benutzt haben."

„Wie kommen Sie darauf?", fragte Brinkhoff. Er hatte die ganze Zeit angeekelt, aber auch fasziniert auf Scheibners Leiche gestarrt und war froh, dass er jetzt einen Grund hatte, seinen Blick loszureißen.

„Die Art der Verletzung. Sie können froh sein, dass Sie überhaupt noch etwas vom Schädel erkennen können. Wahrscheinlich ist er etwa so erschlagen worden." Der Arzt hob mit beiden Fäusten einen imaginären Gegenstand über seinen Kopf und ließ ihn wie einen schweren Hammer niedersausen. Zufrieden mit seiner kleinen Vorstellung nickte er den beiden Kommissaren zu und verschwand.

„Also wollte jemand hundertprozentig sichergehen, dass er Scheibner mit einem einzigen Schlag tötet", sagte Brinkhoff und sah sich seufzend in Borowskys Wohnzimmer um. „Was zum Teufel wollte er hier eigentlich? Was ist so wichtig, dass Scheibner den Bruch einer Versiegelung in Kauf nimmt?"

„Na, ganz offensichtlich hat er etwas gesucht. Und er hat gedacht, wir könnten es übersehen haben. Also befindet es sich vielleicht noch in diesem Raum." Plasberg zog sich Einmalhandschuhe über, kniete sich neben Scheibner und drehte die Leiche am Oberkörper für einen Moment nach vorn. Der Arzt hatte recht gehabt. Von Milo Scheibners Gesicht war nicht mehr viel übrig geblieben, die Gesichtskonturen waren zu einer blutigen Masse verschwommen. Augen, Nase und Mund waren zu einem fleischigen Brei geworden. Wenn der Tote nicht noch dieselben Sachen getragen hätte wie gestern bei seiner Festnahme, hätte sie nicht sicher sein können, dass es sich um Scheibner handelte. „Er hat sich noch nicht einmal umgezogen", bemerkte sie. „Er muss also direkt von diesem Café hierhergekommen sein. Ich will jedes Fitzelchen in diesem Raum auf Fingerabdrücke und DNA-Spuren überprüft sehen. Die Spurensicherung soll jedes einzelne Zettelchen, jeden Schnipsel, jedes Staubkorn hier katalogisieren, wie beim ersten Mord, und dann mit der ersten Aufstellung vergleichen. Vielleicht fehlt ja dann irgendetwas und wir haben eine Spur, wonach Scheibner gesucht haben könnte."

Von der Tür her wandte Vogt ein: „Aber vielleicht hat er ja gar keine Zeit mehr gehabt, das, was er gesucht hat, hier herauszuschaffen."

„Dann müsste es aber der Täter haben, oder?", erwiderte Brinkhoff.

„Wieso? Wenn Scheibner …"

„Meine Herren!" Ungeduldig unterbrach Plasberg die Diskussion. „Gehen wir doch Schritt für Schritt vor. Also: Vogt, Sie übernehmen die Kärnter und sagen ihr, dass ich sie gleich aufsuchen werde. Danach befragen Sie die Nachbarn, ob ihnen was aufgefallen ist. Brinkhoff, Sie kommen mit mir zur Freundin von Scheibner. Vielleicht kann sie uns sagen, was er hier zu suchen hatte."

Plasberg und Brinkhoff klingelten an der Nachbarwohnung. Es dauerte eine Weile, bis Katrin Hancke öffnete. Sie starrte die beiden Kommissare an und ließ den Blick von Plasbergs noch immer kunstvoll drapiertem Kopftuch über die Perlenkette zur Handtasche wandern. Ihre Mundwinkel begannen zu zucken und noch bevor die Kommissarin ein Wort des Bedauerns über Milo Scheibners Tod über die Lippen gebracht hatte, brach sich ein hysterisches Lachen seinen Weg durch Hanckes Kehle. Obwohl sie die Hand vor den Mund hielt und krampfhaft versuchte, sich zu beruhigen, zuckten ihre Schultern, bebte ihr Oberkörper, konnte sie nicht aufhören zu lachen. Immer lauter wurde ihr Lachanfall, Tränen traten ihr in die Augen, flossen über ihre Wangen und sie musste sich am Türrahmen abstützen, um nicht das Gleichgewicht zu verlieren. Erst als die Kommissarin ihr beruhigend auf die Schulter klopfte und ihr der Kommissar unbeholfen ein Taschentuch reichte, wurde ihr klar, das sie schon längst begonnen hatte zu weinen.

„Es … es war Lars Moritz", brachte sie schließlich keuchend heraus, nachdem sie sich ein wenig beruhigt und die Kommissare in die Küche geführt hatte. Plasberg machte sich ungefragt an der Kaffeemaschine zu schaffen. Scheibners Freundin stand unter Schock und sie ärgerte sich, dass Vogt versäumt hatte, den Arzt auch nach ihr sehen zu lassen.

„Moritz?", fragte Brinkhoff überrascht nach. „Der Krankenpfleger? W-Wieso Moritz? W-Wie kommen Sie darauf? Haben Sie ihn am Tatort gesehen?"

„Noch ein Wort mit W, Brinkhoff, und ich vergesse mich!", platzte Plasberg ungeduldig dazwischen.

Brinkhoff sah sie wütend an.

Katrin Hancke faltete ihre Hände im Schoß, so, wie sie es schon getan hatte, als Plasberg ihr vor zwei Tagen in dieser Küche zum ersten Mal begegnet war, und antwortete endlich ruhig: „Nein, ich habe ihn nicht gesehen. Aber ich weiß, dass er es gewesen sein muss, weil Milo ihn erpressen wollte." Sie sah Maria Plasberg an und hielt deren festem Blick stand.

„Ach! Und womit wollte er ihn erpressen?"

„Er hat ihn im Hausflur bemerkt. An dem Abend, als Borowsky ermordet worden ist. Am Dienstag."

Plasberg hantierte schweigend weiter an der Maschine herum, suchte eine Tasse aus dem Küchenregal und zwang Katrin Hancke mit sanfter Gewalt, den heißen, bitteren Kaffee zu trinken. Allmählich kehrte Farbe in das bleiche Gesicht des Mädchens zurück. „So. Und jetzt Schritt für Schritt, von vorne, Frau Hancke."

„Aber Sie müssen sich beeilen! Verhaften Sie den Mann! Sie verlieren nur Zeit! Ich sage Ihnen, er war es!“

„Frau Hancke, wir brauchen etwas mehr als vage Vermutungen.“

Hancke schüttelte erregt den Kopf. „Das sind keine Vermutungen! Am Dienstag, als Milo Axel besucht hat, um … um ihm das Dope und das MST vorbeizubringen, hat er Moritz gesehen. Das hat er mir erzählt. Milo hat Borowsky um halb neun verlassen. Ansgar hat Ihnen die Wahrheit gesagt, obwohl er es nicht sollte. Deshalb war Milo auch so sauer auf ihn. Sie sollten das nicht wissen, damit er nicht in Verdacht gerät. Als sich Milo gerade von Borowsky verabschiedete, hat es an dessen Tür geklingelt …“

„Das Klingeln, das Ihr Bruder gehört hat …“, unterbrach Brinkhoff.

„Genau. Milo ist rüber zu uns gegangen, hat aber noch Moritz im Treppenhaus nach oben kommen sehen. Moritz hat ihn nicht bemerkt. Milo war zwar überrascht, aber er hat sich nichts dabei gedacht. Er hat geglaubt, dass Moritz noch mal vorbeikommt, um irgendwelche Dinge abzuholen, die dem Pflegedienst gehörten – er hatte ja gerade erfahren, dass *Herzlich versorgt* nicht mehr für Axel arbeitete. Aber als Sie am nächsten Tag zu uns kamen und erzählt haben, dass Borowsky getötet worden ist, wusste Milo, dass es nur Moritz gewesen sein kann. Er war der Letzte, der abends bei ihm war.“

„Und dann hat er sich überlegt, dass er aus seinem Wissen Kapital schlagen könnte?“

Hancke nickte mit gesenktem Kopf. „Milo war so. Er war … immer auf seinen Vorteil bedacht. Skrupellos. Außer bei mir. Da war er liebevoll, zärtlich, verletzbar. Er hatte keine Gewissensbisse, Moritz zu erpressen. Wieso auch? Moritz ist ein Mörder.“

„Sie und er haben diesen Plan ausgeheckt?“, fragte Plasberg ungläubig.

„Ja. Mein Bruder hatte keine Ahnung. Er ist ein bisschen … naiv. Er hätte sich wahrscheinlich auch verplappert.“

„Und warum haben Sie in Kauf genommen, dass Ihr Freund von mir festgesetzt wurde? Warum haben sie bei der Vernehmung gestern im Präsidium alle gelogen?“

Hancke sah auf den Boden ihrer Kaffeetasse. „Das gehörte zu Milos Plan. Er hat ja gewusst, dass die Polizei seine Fingerabdrücke bei Axel finden würde, und er wusste auch, dass es eine Akte über ihn gibt. Dass Sie ihn des Mordes an Borowsky verdächtigen würden, war uns klar. Aber wir wussten auch, dass es Ihnen nicht gelingen würde, ihm den Mord nachzuweisen … weil er ihn ja auch nicht begangen hat. Und … wenn Sie ihn erst mal hätten gehen lassen …"

„So wie heute Morgen …"

„… dann hätte er völlig unbehelligt Moritz erpressen können."

Plasberg schüttelte verständnislos den Kopf. Wenn Hancke die Wahrheit sagte, dann hatten sie und Scheibner wie naive Kinder versucht, an einem Spiel für Erwachsene teilzunehmen, und Scheibner hatte dafür mit seinem Leben bezahlt.

„Ich verstehe noch immer nicht, wie Ihr Freund an Moritz herangekommen ist. Woher wusste er überhaupt, wer er war? Moritz war doch nur einmal bei Borowsky eingesetzt", warf Brinkhoff ein. Inzwischen hatte er auf einem Stuhl gegenüber von Katrin Hancke Platz genommen.

„Das Sportstudio", erwiderte Hancke. „Milo und Moritz sind im selben Sportstudio. „‚Holmes Place' im Mediapark. Milo wusste, dass er als Pfleger bei einem ambulanten Dienst namens *Herzlich versorgt* arbeitet."

Der Kommissar starrte sie mit offenem Mund an. „Daher! Ja, natürlich!" Er schlug sich vor die Stirn. „Da ist mir Lars Moritz über den Weg gelaufen."

Plasberg sah fragend zu ihrem Kollegen.

„Er kam mir doch so b-bekannt vor!", sagte Brinkhoff aufgeregt. „Erinnern Sie sich nicht? Sie haben mich doch vorhin noch selber darauf angesprochen. Als ich Mittwochabend Scheibners Alibi überprüft habe, hat mich ein junger, bärtiger Mann mit einem Lockenkopf angerempelt, als ich das Fitnessstudio betrat. Ich habe ihn nur flüchtig gesehen … das war Moritz!"

Plasberg zupfte unruhig an ihrem schwarzen Kopftuch herum, bis sie sich mit einem entnervten Seufzer das Ding vom Kopf zog und ihre Haare schüttelte. „Schön, also nehmen wir mal für den Moment an, dass Moritz Borowsky getötet hat, aus welchen Gründen auch immer. Wie kommen Sie darauf, dass Moritz auch noch für den Tod Ihres Freundes verantwortlich ist?", fragte sie. „Hat die Erpressung denn überhaupt schon stattgefunden?"

„Milo hat mich heute Mittag angerufen. Nachdem er von Ihnen wieder freigelassen worden ist, wollte er sich mit Moritz verabreden. Überprüfen Sie die Gespräche, die er von seinem Handy geführt hat. Moritz' Nummer und unsere eigene werden dabei sein."

„Das machen wir, darauf können Sie sich verlassen."

„War das auch der Grund, weshalb Sie sich mit Ihrem Freund heute Mittag in den Köln Arcaden getroffen haben?", erkundigte sich Brinkhoff. „Um mit ihm die letzten Details durchzugehen, bevor er sich mit Moritz trifft?"

Hancke wurde bleich. „Davon wissen Sie?"

„Ja, davon wissen wir."

Die junge Frau nickte zögernd. „Ja, das war der Grund", sagte sie schließlich leise und sah zu Boden.

„Wissen Sie, wo sich die beiden treffen wollten und wann?", fragte Plasberg.

Hancke verneinte. „Er wollte direkt nach seiner Verabredung mit Moritz nach Hause kommen. Er hat mir sogar danach kurz Bescheid gegeben, dass er auf dem Weg hierher sei."

„Nun, bis nach Hause hat er es ja auch geschafft. Nur nicht mehr in seine eigene Wohnung", murmelte die Kommissarin nachdenklich. „Haben Sie eine Ahnung, was Ihr Freund in Borowskys Wohnung gesucht haben könnte?"

„Nein."

Plasberg hakte nach. „Es muss für ihn ziemlich wichtig gewesen sein. Immerhin hat er in Kauf genommen, das Siegel zu brechen. Er muss gewusst haben, dass das eher früher als später auffällt."

„Ich weiß es nicht!" Hancke wurde plötzlich laut und ungehalten. „Glauben Sie, dass ich mich das nicht auch schon gefragt habe? Glauben Sie, ich habe mich nicht auch schon gefragt, ob es das alles wert gewesen ist? Glauben Sie, jemand von uns hat damit gerechnet, dass es so ausgehen könnte? Milo hat gesagt, Moritz wäre ein feiges Würstchen, das er jederzeit in die Tasche stecken könnte!“ Sie schlug die Hände vors Gesicht und begann erneut zu schluchzen.

Plasberg stand seufzend auf. Für den Moment hatte sie genug gehört. „Haben Sie jemanden, der sich um Sie kümmern kann?“, fragte sie.

„Mein Bruder ist in Berlin … ich … ich habe ihn noch nicht erreicht.“

„Wenn Sie es tun, soll er bitte wieder umgehend nach Köln kommen oder mich anrufen. Ich habe noch ein oder zwei Fragen an ihn.“

„An Ansgar? Der hat doch mit der Sache überhaupt nichts zu tun!“

„Vielleicht erinnert er sich jetzt doch ein bisschen konkreter an den Zeitpunkt des ominösen Klingelns im Hausflur am Dienstagabend. Das wäre wichtig.“

Brinkhoff und Plasberg ließen Hancke in der Küche sitzen und kehrten in Borowskys Wohnung zurück, die jetzt komplett von den Mitarbeitern des Erkennungsdienstes auf den Kopf gestellt wurde. Auch Karsten Vogt stieß dort wieder zu ihnen, um mitzuteilen, dass Irmgard Kärnter vernehmungsfähig sei.

Brinkhoff lehnte sich an die Wand im Flur und überlegte. „Moritz kann es nicht gewesen sein. Zumindest hat er Scheibner nicht umgebracht. Er hat ein Alibi. Er war bei der Mitarbeiterversammlung.“

„Schon, aber ist das ein ausreichendes Alibi?“, zweifelte Plasberg. „Immerhin ist er zu spät gekommen. Er war ziemlich außer Atem. Was, wenn nicht die Bahn, sondern der Mord an Scheibner für seine Verspätung verantwortlich war? Zeitlich könnte es eventuell hinkommen.“ Sie wies Vogt an, bei den Kölner Verkehrsbetrieben nachzufragen, ob es zur fraglichen Zeit einen maßgeblichen Vorfall bei der Straßenbahn gegeben hatte. Dann sagte sie: „Nehmen wir an, Hancke hat die Wahrheit gesagt: Scheibner trifft sich irgendwo in der Stadt mit Moritz und erpresst ihn mit seinem Wissen, dass er ihn am Dienstagabend bei Borowsky gesehen hat. Moritz könnte zum Schein darauf eingegangen sein.“

„Und wieso hat er Scheibner in Borowskys Wohnung umgebracht?“, fragte Vogt dazwischen. „Das ist doch völlig unlogisch.“

Plasberg dachte nach. „Er konnte ihn ja kaum am helllichten Tag auf einer belebten Straße töten. Vielleicht hat er ihn verfolgt. Er durfte damit rechnen, dass Scheibner irgendwann nach Hause gehen würde. Er ist ihm hinterhergelaufen, hat ihn im Treppenhaus eingeholt, in die versiegelte Wohnung gedrängt und ihm dann dort den Kerzenständer über den Schädel gezogen. Dort konnte er sicher sein, keine Zeugen zu haben. Danach ist er zur Mitarbeiterbefragung gerannt und nur ein paar Minuten zu spät gekommen.“

„Dann wären doch irgendwo Spuren eines Kampfes zu erkennen. Es müssten Einbruchspuren an der Tür zu sehen sein. Und glauben Sie wirklich, dass der Mann kaltschnäuzig das Blaue vom Himmel heruntergelogen hat?“, fragte Vogt zweifelnd.

„In dem Chaos, in dem sich die Wohnung schon vorher befunden hat, sind Spuren eines Kampfes nicht so auffällig. Das würden wir aber zweifelsfrei erkennen, wenn wir die Fotos vom Tatort nach der ersten und zweiten Tat vergleichen.“

„Das wäre alles nicht passiert, wenn Sie Scheibner nicht aus den Augen verloren oder mich angerufen hätten!“, blaffte Brinkhoff Vogt an.

„He, mal langsam!“, fuhr Vogt auf. „Wären Sie nicht so dämlich gewesen, Eikner misszuverstehen …“

„Oder wenn ich mein Handy nicht ausgeschaltet hätte“, schlichtete Plasberg den aufkommenden Streit. „Wir haben uns alle nicht mit Ruhm bekleckert! Auf jeden Fall ist Moritz eine heiße Spur. Wir werden uns aufteilen müssen. Die Befragung der Kärnter muss warten … nein, Vogt, Sie übernehmen das. Die Alte kennt Sie ja jetzt ebenfalls. Brinkhoff und ich werden uns Moritz vornehmen.“

„Sie glauben also, dass es Moritz gewesen sein könnte?“, fragte Brinkhoff.

Plasberg zuckte mit den Achseln und schulterte ihre Handtasche. „Wenn er Scheibner umgebracht hat, dann war er tatsächlich erpressbar, und wenn er erpressbar war, dann hat er auch mit dem Mord an Borowsky etwas zu schaffen. Warum sonst hätte er uns verschweigen sollen, dass er am Dienstagabend Borowsky einen Besuch abgestattet hat?"

„Aber wo ist das Motiv? Die beiden kannten sich doch erst seit Samstag, als Moritz das einzige Mal bei Borowsky in der Pflege eingesetzt war! Das ergibt doch keinen Sinn!"

„Noch nicht", gab Plasberg zu. „Vielleicht hat es doch was mit der Abrechnung zu tun, die Moritz ihm gegeben hat? Oder mit dem gottverdammten Durogesic-Pflaster? Oder Moritz hat gelogen und die beiden kannten sich? Wir sollten Borowskys Vergangenheit noch ein bisschen intensiver durchleuchten. Ich habe so das Gefühl, dass wir da erst an der Oberfläche gekratzt haben. Vielleicht stoßen wir noch auf etwas, was uns weiterhilft. Da gab es doch auch noch diese Kollegen, die mit Borowsky kurz vor seiner Erkrankung an irgendeiner Serie gearbeitet haben. Ich hab mir das irgendwo aufgeschrieben. Moment ..." Plasberg kramte wild in ihrer Handtasche und förderte nach einigen Augenblicken ihr zerfleddertes Notizbuch zutage, worin sie hastig zu blättern begann. „Ah, hier! Eine Serie über Stadtteilgeschichte. Borowsky war nach Aussagen seines Kollegen Arnold Stumping völlig versessen darauf, die ins Blatt zu bringen. Andere haben dann sein Material verwendet, als er krank wurde."

„Andrea Antes und Kajo Worms", warf Vogt ein.

„Genau. Antes ist in Urlaub und Worms sitzt in Hamburg beim *Spiegel*. Treiben Sie die beiden auf und befragen Sie sie, ob bei diesen Unterlagen irgendetwas Ungewöhnliches dabei war. Das, was Borowsky an Unterlagen noch beim *Stadt-Anzeiger* hatte, habe ich in einem Karton in mein Büro ... nein, habe ich nicht. Verdammt! Der Karton ist noch im Kofferraum meines Autos." Kurzentschlossen warf Plasberg Vogt ihre Autoschlüssel zu. „Sie nehmen meinen Wagen. Er steht noch vor dem Büro des Pflegedienstes. In dem Karton ist auch ein Foto dieses Hauses, aus den zwanziger oder dreißiger Jahren. Ich habe keine Ahnung, was das hiermit zu tun hat, aber Borowsky schien es wichtig zu sein, sonst hätte er es nicht im Büro aufbewahrt. Fahren Sie nach Vernehmung der Kärnter ins Präsidium zurück und recherchieren Sie ein bisschen." Je länger Plasberg redete, desto mehr geriet sie in Fahrt. Der Mord an Scheibner hatte die Dinge wieder in Bewegung gesetzt. „Ich werde mit Brinkhoff zu Moritz fahren und ihm ein bisschen auf die Finger klopfen und dann treffen wir uns alle im Präsidium zu einer Bespre…"

Plasbergs Redefluss wurde durch das Klingeln ihres Diensthandys unterbrochen. Die Kommissarin nahm das Gespräch an und wurde immer ernster, je länger sie dem Anrufer lauschte. „Okay", sagte sie schließlich. „Danke. Ich kümmere mich darum. Ich fahre persönlich hin. … ja, jetzt gleich. Wiederhören." Seufzend ließ sie das Handy in ihrer Handtasche verschwinden. „Das war Eikner. Timo Auermann ist verschwunden. Seine Mutter hat ihn gerade als vermisst gemeldet."

Brinkhoff pfiff durch die Zähne. „Seit wann ist er weg?"

„Er ist gestern nach der Schule nicht nach Hause gekommen."

„Kein Wunder. Er hat ja auch den Nachmittag auf einem Stuhl vor Ihrem Büro verbracht."

„Und danach ist er verschwunden. Verdammt!" Plasberg stampfte wütend mit dem Fuß auf und entschied schnell über die weitere Vorgehensweise. Eine ihrer besten Charaktereigenschaften war, dass es ihr auch in Stresssituationen gelang, einen kühlen Kopf zu bewahren – jedenfalls im Beruf. „Okay, Brinkhoff, Sie fahren allein zu Moritz", ordnete sie an. „Nehmen Sie sich ein oder zwei Beamte zur Verstärkung mit und wenn er nicht redet oder nicht da ist, stellen Sie seine Wohnung auf den Kopf. Sollte er tatsächlich nicht auffindbar sein, schreiben wir ihn zur Fahndung aus."

„Ohne Durchsuchungsbefehl die Wohnung durchsuchen? Nicht schon wieder!", stöhnte der Kommissar.

Aber Plasberg ließ sich nicht beirren. „Er ist momentan Hauptverdächtiger in einem Mordfall. Finden Sie irgendeinen Hinweis, der uns weiterbringt. Ich nehme ein Taxi, fahre zu Nadja Auermann und sehe, was ich da in Erfahrung bringen kann. Danach dann die Besprechung im Präsidium."

Ein paar Augenblicke später ließ Plasberg sich nach Nippes fahren und verwünschte ihre Unaufmerksamkeit.

Offensichtlich hatte sie Timo Auermann völlig falsch eingeschätzt. Als sie sich Mittwochabend mit ihm unterhalten hatte, hätte sie merken müssen, dass er etwas auf dem Herzen hatte. Warum sonst hatte er vor dem Haus auf sie gewartet und warum sonst war er erst dann zu ihr in den Wagen gesprungen, als er sicher sein konnte, dass seine Mutter nichts davon mitbekam? Stattdessen hatte sie ihn nur für einen traurigen Jungen gehalten, der sich wahrscheinlich zu häufig den Kopf zudröhnte und nach dem Tod seines Onkels ein bisschen Zuspruch suchte, den er von seiner stumpfsinnigen Mutter nicht erwarten konnte. Aber es schien noch mehr dahinterzustecken und sie hatte es nicht gemerkt. Anscheinend war ihr innerer Radar, zumindest was die Gefühle und Bedürfnisse von Teenagern betraf, überholungsbedürftig – das sah man ja schon an Niklas und Nina.

Tief in Gedanken versunken, bemerkte Plasberg plötzlich, dass der Taxifahrer, ein schnaufender, übergewichtiger Endfünfziger, sie erwartungsvoll im Rückspiegel ansah.

„Was?", fragte die Kommissarin. „Haben Sie was gesagt?"

„Ob et Se stüre däät, wenn isch Musik aanmach!", wiederholte der Taxifahrer in breitestem kölschen Singsang. Die Betonung bei Musik hatte er auf die erste Silbe gelegt. „Se sin ja als vun dä schweigsame Sorte!" Er schob eine CD in das Laufwerk und nach einigen Sekunden wurde der Innenraum des Wagens zu Plasbergs Entsetzen von lautstarker Karnevalsmusik erfüllt.

„Isch bin ja Ihremitglied bei dä Ruude Funke!", erklärte ihr der Mann stolz und schunkelte ein paar Takte von „Denn mir sin' kölsche Mädscher" mit. „Se wissen schon! Dä Karnevalsverein!"

„Tatsächlich?", erwiderte Plasberg schwach. „Wie schön!" Noch so ein Karnevalsjeck! Und sie konnte noch nicht aussteigen, weil das Taxi sich erst auf der Inneren Kanalstraße befand und gerade auf die Neusser Straße abbog.

„Minge Sohn kennt die!", sagte der Taxifahrer dann unerwartet.

„Wen?", fragte Plasberg verwirrt und sah sich nach vorbeilaufenden Passanten um.

„Na, die dat jraad am Singe is! Dat fussich Julche! Minge Sohn is Fernsehteschniker beim WDR, da ham die jetz schon die Proben für den elften elften jehabt. Un do war die auch dobei!"

„Wer?", fragte die Kommissarin. Sie hatte immer noch nicht wirklich begriffen, worum es eigentlich ging.

„Na, dat fussich Julche! Kennen Se die etwa nit?" Der Mann schien tief erschüttert zu sein.

Plasberg schüttelte den Kopf.

Mittlerweile waren sie auf der Höhe der Florastraße angekommen. Von hier aus waren es nur noch zwei Ecken und Plasberg ergriff die Möglichkeit zur Flucht. „Lassen Sie mich bitte hier raus", sagte sie. Hastig sprang sie aus dem anhaltenden Wagen und warf dem Taxifahrer, ohne nachzuzählen, ein paar Geldstücke in die Hand.

Köln!, dachte sie aufatmend, als die Beifahrertür zuschlug.

Wie bei ihrem ersten Besuch wurde sie an Nadja Auermanns Haustür von wütendem Hundegebell empfangen, diesmal allerdings öffnete ihr nicht Timo, sondern seine Mutter. Sie trug denselben Kittel wie zwei Tage zuvor, nur der Bratkartoffelduft, der sie damals umgeben hatte, fehlte. Sie hatte dicke Ringe unter den Augen, als hätte sie die ganze Nacht nicht geschlafen.

„Sie!", begrüßte Nadja Auermann die Kommissarin anklagend. „Lassen Sie uns doch endlich in Ruhe! Sie haben schon genug angestellt. Seit Sie aufgetaucht sind, ist der Junge völlig von der Rolle."

„Wann haben Sie Ihren Sohn zuletzt gesehen, Frau Auermann? Warum haben Sie ihn erst vorhin als vermisst gemeldet?" Plasberg gab sich keine Mühe, auf die Anschuldigungen von Timos Mutter einzugehen, und drängelte sich in den schmalen, schäbigen Flur des Reihenhäuschens. „Ist er schon häufiger über Nacht weggeblieben?"

„Wollen Sie mir jetzt auch deswegen noch Ärger machen? Was interessiert Sie das? Scheren Sie sich doch zum Teufel", erwiderte Axel Borowskys Schwester mürrisch.

Plasberg versuchte vergeblich, ihre Ungeduld zu zügeln. „Frau Auermann, wenn Sie mir nicht sagen, was mit Timo los ist, kann ich Ihnen nicht helfen", argumentierte sie barsch.

„Wir kommen schon allein zurecht. Wir brauchen Ihre Hilfe nicht“, murmelte Nadja Auermann. Dann griff sie plötzlich in die Tasche ihres Kittels und holte ein durchsichtiges Tütchen heraus, in dem sich die Reste eines feinen, weißen Pulvers befanden. „Das hier hab ich bei Timo im Zimmer gefunden. Wissen Sie, was das ist?“ Ihre Augen sahen die Kommissarin ängstlich an. „Ich hab Walter noch nichts davon gesagt …“

Plasberg nahm das Tütchen in die Hand und betrachtete es genauer, während sich ihr Magen zusammenzog. „Wahrscheinlich Kokain, Frau Auermann“, sagte sie seufzend. „Um sicherzugehen, muss ich das Zeug allerdings erst im Labor untersuchen lassen. Aber es sieht ganz so aus, als steckte Ihr Sohn in Schwierigkeiten. Wissen Sie, wo er es her hat?“

Nadja Auermann lachte humorlos auf. „Ich? Die meiste Zeit habe ich keine Ahnung, wo der Junge sich überhaupt herumtreibt. Er schwänzt die Schule, kommt und geht, wie es ihm passt, und redet kaum mit uns … aber der Walter und ich, wir können das ja nicht verstehen, wir sind ja nur die Spießer.“ Sie verzog gequält ihr Gesicht, als sie ihren Sohn imitierte.

„Haben Sie eine Ahnung, wo Timo jetzt sein könnte?“

„Er ist oben in seinem Zimmer“, antwortete Nadja Auermann müde.

Die Kommissarin hielt überrascht inne. „Aber …“

„Vor einer halben Stunde ist er wieder aufgetaucht. Durchgefroren, hungrig und verdreckt. Hat die Nacht wahrscheinlich irgendwo in einem Hauseingang verbracht wie ein Penner. Kein Wort hat er gesagt, als er wiederkam.“

„Ich möchte mit ihm reden.“

Auermann gab ihre Feindseligkeit auf und zuckte mit den Schultern. „Von mir aus, versuchen Sie's. Ich komm an ihn sowieso nicht ran. Gehen Sie ruhig hoch. Er hat sich eingeschlossen.“

Plasberg drückte sich an dem grimmig starrenden Hund vorbei und stieg die Treppe hinauf, deren Stufen unter ihren Füßen knarrten. An einer geschlossenen Tür hing ein Schild mit der Aufschrift „Eintritt verboten“. Plasberg klopfte energisch.

„Lass mich in Ruhe!“, hörte sie eine gedämpfte Stimme antworten.

„Hier ist Maria Plasberg, Timo", erwiderte die Kommissarin. „Können wir reden?"

„Nein", hörte sie Timo trotzig sagen, „jetzt will ich nicht. Gestern hatten Sie ja keine Zeit für mich."

„Timo, mach die Tür auf!" Plasberg wurde ungehalten. „Und was gestern betrifft: Ich habe nicht gewusst, dass du vor dem Büro auf mich wartest. Mein Kollege hat vergessen, mir Bescheid zu sagen. Es war ein Versehen."

Einen Moment herrschte Stille, dann drehte sich ein Schlüssel in der Tür und Timo Auermann ließ Plasberg zögernd herein.

„Mann, sehen Sie wieder abgefahren aus!", murmelte er zur Begrüßung, als er die Kommissarin sah. Die letzten vierundzwanzig Stunden hatten den Jungen sichtlich mitgenommen. Zwar hatte er frische Kleidung angezogen, aber eine Dusche hatte er anscheinend nicht für nötig befunden. Ein strenger Schweißgeruch umgab ihn. Die rotgefärbten Haare waren zu dicken Strähnen verklebt und in seinem Gesicht waren die Spuren der letzten, schlaflosen Nacht deutlich zu sehen. Nervös leckte er sich über die Lippen.

„Deine Mutter hat sich Sorgen gemacht", begann Plasberg etwas holprig. „Sie hat dich als vermisst gemeldet."

Timo verzog das Gesicht zu einer Grimasse. „Ja, klar", murmelte er zynisch. „Meine arme Mutter." Er ließ sich auf sein Bett fallen und drehte den Kopf zur Wand, als wäre die Kommissarin gar nicht da. Plasberg stand etwas unschlüssig im Raum, betrachtete das an die Wand geheftete Poster des FC Köln und setzte sich schließlich vorsichtig auf die Ecke eines Stuhls, der mit Schmutzwäsche überhäuft war. Der Geruch von verschwitzten Teenagersocken stieg ihr in die Nase.

„Du bist ein Tüftler?", fragte sie und blickte auf das in einer Ecke liegende, auseinandergeschraubte Innenleben eines Computers.

Der Junge antwortete nicht.

„Wir sollten uns unterhalten, Timo", sagte sie nach einer Weile. „Warum bist du von zu Hause abgehauen?"

„Ich bin nicht abgehauen. Ich hab mich nur ein bisschen rumgetrieben", erwiderte Timo endlich patzig.

Plasberg seufzte entmutigt. Sie wühlte in ihrer Handtasche und fischte von zuunterst eine zerdrückte Packung Zigaretten, die sie – seitdem sie mit dem Rauchen aufgehört hatte – dort für Krisen und Notfälle aller Art aufhob. Eigentlich galt diese Vorsorge ihren eigenen Krisen, aber in diesem Fall war es Borowskys Neffe, der aussah, als könnte er einen Nikotinschub vertragen. Plasberg bot ihm eine Zigarette an und registrierte aufmerksam die Gier in seinen Augen, als er mit dem Feuerzeug hantierte. „Timo, seit wann nimmst du das Zeug hier?" Sie wedelte energisch mit dem Tütchen.

Endlich wandte ihr der Junge seine Aufmerksamkeit zu. Als er sah, was die Kommissarin in der Hand hielt, zuckte er schuldbewusst zusammen. „Wo haben Sie das her?", fragte er.

„Deine Mutter hat es gefunden. In deinem Zimmer."

„Die hat mein Zimmer durchsucht?"

„Lenk nicht vom Thema ab", erwiderte Plasberg scharf. „Wie kommst du an Kokain?"

„Gehört mir nicht." Timo vermied es angestrengt, der Kommissarin in die Augen zu sehen. „Hat mir ein Kumpel in die Hand gedrückt. Ich soll es für ihn aufheben."

Mit zwei schnellen Schritten war Plasberg an dem Bett und zog den überraschten Jungen am Kragen seines verwaschenen T-Shirts nach oben. „Hör mir gut zu, Bürschchen!", sagte sie wütend. „Bisher habe ich eine relativ gute Meinung von dir gehabt, aber ich werde mich von dir nicht für dumm verkaufen lassen, verstanden? Ich kann dir eine Menge Ärger bereiten, wenn du mir nicht die Wahrheit sagst. Also überleg dir gut, was für Märchen du mir auftischst! Ich will wissen, seit wann du Koks nimmst und wo du es her hast!"

„Mann, jetzt .... jetzt machen Sie nicht so 'n Hype um das bisschen Stoff", stotterte Timo und ließ sich auf das Bett zurückfallen. „Ist doch nicht so tragisch. Ich nehm's auch nicht oft ... nur wenn ich mies drauf bin. Außerdem verpfeif ich doch meinen Dealer nicht."

„Tatsächlich? Hättest du lieber eine Anklage wegen Drogenbesitzes und Rauschmittelkonsums? Ich könnte dir ein paar Monate Jugendknast verschaffen, wenn ich meinen Einfluss geltend machen würde!", drohte ihm Plasberg. „Wie würde es dir gefallen, in Ossendorf einzusitzen?"

„Das tun Sie bestimmt nicht", antwortete Timo unsicher grinsend. „Mein Onkel ist vor ein paar Tagen ermordet worden!"

„Willst du mich auf die Probe stellen?" Die Kommissarin sah den Jungen herausfordernd an und bemerkte zufrieden, dass sein Grinsen in sich zusammenfiel.

„Ich bekomme tierischen Ärger, wenn herauskommt, wer den Bullen den Tipp gegeben hat", stöhnte der Junge.

„Keine Sorge, diese Information bleibt unter uns. Versprochen. Also, wer ist es?"

Timo zögerte. „Der Typ von nebenan", sagte er dann mürrisch. „Ich meine, der neben meinem Onkel wohnt."

„Milo Scheibner?", fragte Plasberg überrascht. Natürlich! Darauf hätte sie auch von selbst kommen können. Nichts und niemand lag näher, im wahrsten Sinn des Wortes. „Du hast deinen Stoff von Scheibner bezogen?"

Axel Borowskys Neffe nickte. „Ich wusste, dass Axel hin und wieder was rauchte, er hat auch kein Geheimnis daraus gemacht. Wozu auch? Wenn er ein bisschen breit war, ging's ihm sowieso viel besser. Er hat mir zwar nie was angeboten, aber ein paar Joints waren immer in der Wohnung. Scheibner hat Axel Gras vertickt. Ich hab ihn vor ein paar Monaten kennengelernt, als ich Axel besucht habe. Da war er auch gerade da. Die beiden haben so geheimnisvoll getan und sich in die Küche zurückgezogen, aber ich bin ja nicht dämlich ... ich hab an der Tür gelauscht. Und dann hab ich das Zeug in Axels Bademantel gefunden, als er geschlafen hat. Zwei Wochen später hab ich Scheibner dann zufällig vor dem Haus getroffen. Da hab ich ihn einfach angesprochen, ob er mir auch was besorgen könnte. Ist doch nicht so tragisch!"

„So ein Mist!", fluchte Plasberg. Ihr ursprünglicher Instinkt war richtig gewesen und Brinkhoff hatte falsch gelegen: Scheibner war tiefer in diese Sache verstrickt gewesen, als er zugegeben hatte. Hätte sie das vorher gewusst, hätte sie ihn niemals gehen lassen. Und er wäre noch am Leben. Ihr unterliefen eindeutig zu viele Fehler in diesem Fall.

„Woher hast du eigentlich das Geld?“, fiel ihr dann ein. „Kokain ist nicht gerade billig. Das hast du doch mit Sicherheit nicht vom Taschengeld finanziert!“

Timo schwieg und senkte den Kopf. „Ich hab’s abgezweigt“, nuschelte er schließlich.

„Abgezweigt?“, fragte Plasberg. „Wie? Wovon?“

„Von Axel. Von dem Bargeld aus seinem Nachtschrank … erst immer nur ein paar Scheine und dann, als er nicht mehr so richtig den Überblick hatte, war es ein bisschen mehr.“ Borowskys Neffe wurde rot, als er den Diebstahl gestand. „Ich … ich hab das Geld dafür geklaut.“

„Du hast das fehlende Geld genommen?“

Timo nickte. „Es tut mir leid. Ich weiß, ich hätte es nicht tun sollen, und wenn ich könnte, würde ich es auch wieder rückgängig machen, ehrlich!“

Plasberg lehnte sich zurück und ein Teil von Timos Dreckwäsche fiel zu Boden. „Na schön“, sagte sie. „Und warum wolltest du mich gestern im Büro besuchen?“

„Einfach so. Kein besonderer Grund“, log Timo.

„Erzähl mir keinen Mist, Junge!“, schnaubte Plasberg verärgert. „Man kommt nicht einfach so zur Polizei! Du wolltest mich sprechen und ich hatte keine Zeit für dich. Ich entschuldige mich dafür. Es tut mir leid. Aber damit muss es jetzt auch gut sein. Ich bin nicht in der Stimmung, darauf zu warten, dass du mir gnädigerweise verzeihst. Ich habe mittlerweile zwei Morde am Hals und keine Lust …“

„Zwei?“ Timo setzte sich auf und sah die Kommissarin überrascht an. „Es ist noch jemand ermordet worden?“

Plasberg nickte. „Ja. Milo Scheibner. Und zwar in der Wohnung deines Onkels. Wenn du mir also noch irgendwas verschwiegen hast, was mir weiterhelfen könnte, dann sag es mir gefälligst jetzt!“

„Milo ist tot?“ Timo Auermann schluckte und deutete verschämt auf das Skateboard, das neben seinem Bett lag. „Ich versuche schon die ganze Zeit, ihn anzurufen, aber sein Handy ist ausgeschaltet. … Es ist deswegen“, sagte er.

„Das Skateboard? Was ist damit?“

„Ich wollte es unbedingt haben, verstehen Sie? Es ist nämlich was Besonderes." Timo griff nach dem leicht gebogenen, grauschwarzen Brett und strich liebevoll darüber. „Es ist aus Esche und hat zwei Lagen Glasfasergewebe. Das ist ein Board für Profis."

„Du solltest dich mit meinem Sohn zusammensetzen, wenn du über Skateboards fachsimpeln willst", sagte Plasberg. Für den Augenblick vergaß sie, dass Niklas zurzeit bestimmt nicht danach zumute war, über Skateboards zu diskutieren.

„Es ist auch voll krass teuer", führte Timo weiter aus. Dann stockte er und sah die Kommissarin flehend an.

„Ja, und?" Plasberg begriff noch immer nicht.

„Dafür hab ich auch das Geld geklaut. An dem Montag, als ich Axel das letzte Mal gesehen habe."

Plasberg brauchte einen Moment, bis sie begriff, was Borowskys Neffe im Sinn gehabt hatte. „Und du hast gedacht, wenn du mir die Sache mit dem Skateboard auftischst, würde dir niemand auf die Schliche kommen, dass du auch Geld für Drogen genommen hast?", fragte sie ungläubig.

Timo wand sich vor Verlegenheit hin und her. „Na ja, irgendwas musste ich Ihnen doch sagen, weil ich neulich so blöd war und Ihnen davon erzählt habe, dass Axel Geld in seinem Nachtschrank aufbewahrt hat. Und als Sie dann gesagt haben, dass das Geld weg war, als Sie die Wohnung durchsucht haben …"

„… hast du gemerkt, dass du in Schwierigkeiten steckst", beendete Plasberg den Satz.

„Ich konnte ja nicht ahnen, dass meine Alte mein Zimmer durchwühlt!", verteidigte sich Timo unwirsch. „Dazu hat sie überhaupt kein Recht."

Dafür, dass Timo vorgehabt hatte, sie aufs Kreuz zu legen, hätte Plasberg dem Jungen am liebsten links und rechts eine Ohrfeige verpasst. „Dann würde ich jetzt gerne die ganze Geschichte von vorne erzählt bekommen. Scheibner kann dir nichts mehr tun. Er ist tot", sagte sie mühsam beherrscht.

Timo Auermann seufzte. „Ich war sauer auf Axel. Und ich wollte die Knete aus dem Nachtschrank eigentlich nicht nehmen, ehrlich … ich meine, abgesehen von der Kohle für den Stoff. Normalerweise, wenn ich irgendwas anderes haben wollte, hat er sich ja auch breitschlagen lassen und es mir gekauft oder mir das Geld dafür gegeben. Ich brauchte nur lange genug darüber zu reden. Aber diesmal nicht. Er hat mir kaum zugehört an dem Montag, so als ob es ihn überhaupt nicht interessierte. Er hatte auch ziemliche Schmerzen. Der letzte Pfleger hat ihm sein Schmerzpflaster nicht gegeben. Axel hat ständig nur über den Pflegedienst geflucht und dass er mit denen nichts mehr zu tun haben wollte."

„Warum hat er nichts dagegen unternommen, dass der Pfleger ihm sein Medikament nicht gegeben hat? Warum hat er nicht einfach die Leitung angerufen?"

Timo zuckte die Schultern. „Kam mir fast so vor, als hätte er plötzlich Angst vor denen bekommen."

„Angst?"

Timo nickte. „Ja, er wollte, dass keiner von denen jemals wieder seine Bude betritt, und hat dauernd gesagt, dass er die Alte noch fertigmachen würde. Alle würden versuchen, ihn abzulinken."

„Die Alte? Hat er einen Namen genannt? Bergmann-Pohl vielleicht?"

Timo überlegte angestrengt. „Ich weiß nicht mehr, sorry."

„Hat er gesagt, warum?"

„Nein. Aber ich hab auch nicht nachgefragt, weil ich sauer war, dass er mir die Knete für das Board nicht geben wollte."

Plasberg sah die Szene förmlich vor sich. Der Junge hatte seinen Onkel als Goldesel benutzt und als die Quelle zu versiegen drohte, war er bockig geworden und hatte gegenüber den Problemen von Borowsky auf Durchzug geschaltet. Hätte Timo nachgefragt oder wenigstens besser zugehört, wäre sie jetzt vielleicht dem Grund für den Mord an seinem Onkel etwas näher gekommen. Am liebsten hätte Plasberg dem Jungen eine Tracht Prügel dafür versetzt, dass er das, was er wusste, nicht schon vorher preisgegeben hatte. Nicht nur Scheibner wäre weiter in Gewahrsam, auch die Mitarbeiterbefragung von *Herzlich versorgt* wäre etwas anders verlaufen.

Die Kommissarin zwang sich weiter zur Ruhe. „Warum wollte dir dein Onkel diesmal kein Geld geben?", fragte sie. „Hat er vielleicht gemerkt, dass du ihm Geld klaust?"

Timo senkte den Kopf und schwieg.

„Timo? Mach den Mund auf. Früher oder später finde ich die Wahrheit ja doch heraus."

„Es ist alles noch viel schlimmer", flüsterte der Junge und traute sich nicht, Plasberg anzusehen. Stattdessen starrte er auf seine abgewetzten, dreckigen Sportschuhe. „Axel und ich hatten einen Riesenkrach am Montag, weil ich … weil er …" Er stand auf und kramte in seinem Rucksack herum, den er unter dem Schreibtisch deponiert hatte. Als er zurückkam, hatte er einen Stapel Zettel und einen Briefbogen in den Fingern, die er Plasberg in die Hand drückte. „Deswegen", sagte er und verfiel in lethargisches Schweigen.

Plasberg hatte ähnliche Zettel schon einmal gesehen, in dem Chaos auf Borowskys Wohnzimmerboden, verstreut neben seiner Leiche. „Das sind Kontoauszüge deines Onkels", sagte Plasberg erstaunt, während sie die Zettel durchging. „Wie kommst du denn an die heran?"

„Ich hab sie abgefangen. Ich hab einen Briefkastenschlüssel, um ihm den Weg nach unten abzunehmen. Wenn ich vorbeikam, hab ich ihm die Post mit hochgebracht … bis auf die Auszüge. Sonst hätte er es ja gemerkt."

„Was gemerkt?", fragte Plasberg langsam begreifend. „Warte mal … du bist derjenige, der ihn mit Bargeld versorgt hat, richtig? Er hat dir die Geheimnummer seiner EC-Karte gegeben, damit du an den Geldautomaten Geld für ihn ziehen konntest. Und du hattest sogar die Kontovollmacht." Sie überflog das Schreiben, das Borowsky Anfang des Jahres für die Bank aufgesetzt hatte.

„Ja. Er hat damals gesagt, er würde mir vertrauen. Und ich bin ja schon volljährig."

„Aber du hast sein Vertrauen missbraucht."

Timo antwortete nicht und Plasberg studierte die Kontoauszüge genauer. Borowskys Neffe hatte über einen Zeitraum von mehreren Monaten eine stetige Summe Geld abgezogen, erst nur hin und wieder mal einen Fünfziger, dann hundert Euro und zum Schluss mehrmals hintereinander fünfhundert Euro. Dabei war das Guthaben des Kontos immer weiter geschrumpft, und schließlich immer stärker ins Soll geraten.

„Ich brauchte das Geld!“, verteidigte sich Timo plötzlich. „Ich brauchte den Stoff und Milo ist mit jedem Mal teurer geworden. Außerdem hat er gedroht, mich bei meinem Onkel zu verpfeifen!“

Plasberg war sicher, dass dies nur ein Bluff gewesen war, den Timo Auermann in seiner Angst und Naivität nicht durchschaut hatte. Hätte Scheibner Auermann verpfiffen, wäre er zwei Kunden auf einmal losgeworden.

„Und dann hat es dein Onkel doch herausgefunden“, sagte sie.

Timo nickte. „Eine Woche vor seinem Tod hatte ich das Limit des Dispositionskredits so ziemlich ausgereizt. Ich brauchte das Geld! Scheibner hätte mir sonst nichts mehr gegeben. Und ich brauch das Zeug doch!“ Er leckte sich erneut nervös über die Lippen. „Ich wusste aber nicht, dass Axel übers Internet Bücher bestellt hatte, bei Amazon. Die Bank hat dann die Zahlung über die Kreditkarte platzen lassen, weil mit dieser Summe der Dispokredit des Girokontos überschritten worden wäre.“

Plasberg erinnerte sich plötzlich an die Rechnung von Amazon, die sie in Borowskys Wohnzimmer gesehen hatte. „Der Engel-Ratgeber!“, sagte sie. „Natürlich!“

Timo starrte sie mit großen Augen an. „Woher wissen Sie davon?“

Die Kommissarin schüttelte ungehalten den Kopf. „Lenk jetzt nicht ab, Junge.“

„Die Bank hat sich mit ihm in Verbindung gesetzt, um mit ihm darüber zu sprechen. Am Montagvormittag. Er ist aus allen Wolken gefallen. Dann hat er mit ihnen vereinbart, dass sie ihm die letzten Kontoauszüge und die Rückweisung der Kreditkartenabrechnung am nächsten Tag per Einschreiben zuschicken, weil er ja selbst nicht mehr zum Briefkasten gehen konnte. Er wollte es schwarz auf weiß sehen, aber geglaubt hat er ihnen natürlich. Als ich ihn am Montagabend besucht habe, ist er nämlich komplett ausgerastet. Er hat mich angeschrien und beschimpft und einen … einen habgierigen kleinen Wichser genannt.“

Nicht ganz zu unrecht, dachte Plasberg, aber sie hielt wohlweislich ihren Mund. Viel empörter als über Timo Auermanns Betrug an seinem Onkel war sie über die Hinterhältigkeit Milo Scheibners, der nicht davor zurückgeschreckt war, einen pubertierenden Jugendlichen in den Drogenkonsum zu treiben, ihn auszunehmen wie eine Weihnachtsgans und dann auch noch zu bedrohen. Wahrscheinlich hatte er auch zumindest geahnt, woher Auermann das Geld hatte. Scheibner hatte ohne jeden moralischen Skrupel gehandelt, ein doppeltes Spiel gespielt. Was für ein widerwärtiger Typ.

„Und da hast du gedacht, dann nimmst du dir das Geld für dein Board eben auch noch selber … Übung hattest du ja genug."

„So ungefähr", erklärte Timo verschämt. „Ich war beleidigt, dass er mich mit diesen anderen, die ihn angeblich ablinken wollten, in einen Topf geworfen hat, und hab gedacht, wenn Axel mich sowieso schon für einen Arsch hält, dann kann ich …" Er seufzte und drückte niedergeschlagen an einem seiner Mitesser herum. „Wir waren im Wohnzimmer. Es ging ihm nicht gut wegen der Schmerzen. Ich hatte ihm eine Pizza mitgebracht, aber die wollte er natürlich nicht essen. Dabei hatte er seine Ernährung seit zwei Tagen nicht bekommen, weil er ja alle Termine von diesem Pflegedienst abgesagt hatte. Gewaschen war er auch nicht. Er hatte so eine vollgepisste Unterhose an und ein verschmiertes T-Shirt und gestunken hat er, nach Schweiß und so. Ich hab mich ziemlich geekelt. Zwischendurch ist er immer mal wieder eingedöst auf dem Sofa und als er richtig fest schlief, hab ich mich ins Schlafzimmer geschlichen und hab mir das Geld aus seinem Nachtschrank genommen. Auf dem Konto war ja nichts mehr zu holen und ich wusste ja, wo er seine Kohle aufbewahrte."

„Wie viel hast du dir genommen, Timo?"

„Alles, was noch da war. Dreihundertzwanzig Euro", nuschelte er. „Es tut mir leid, wirklich. Ich …"

Plasberg hob die Hand, um ihn zu unterbrechen. „Du hast also deinem Onkel das gesamte Bargeld gestohlen?"

„Das Board hat 265 Euro gekostet", flüsterte Timo.

Plasberg kratzte sich seufzend am Kinn. Wenn Timo Auermann Streit mit seinem Onkel gehabt hatte, dann hatte er auch möglicherweise ein Motiv gehabt, ihn umzubringen. „Wo warst du Dienstagabend, Timo?", fragte sie schließlich.

„Sie meinen, als Axel …" Borowskys Neffe starrte die Kommissarin mit weit aufgerissenen Augen an. „Das meinen Sie nicht ernst, oder? Sie glauben, dass ich …?" Die Tatsache, das Plasberg ihn nun als Täter in Erwägung zog, hatte zur Folge, dass er sich erneut hinter einer Wand aus verletztem Stolz und Feindseligkeit zurückzog.

„Wo warst du, Timo?", wiederholte die Kommissarin.

„Ich war zu Hause! Fragen Sie meine Mutter, die wird das bestätigen."

Plasberg schüttelte den Kopf. „Wird sie nicht. Vorgestern hat sie gesagt, du seist bei einem Freund gewesen. Hättest du länger an der Tür gelauscht, wüsstest du das. Also?"

Timo Auermann schwieg und sah die Kommissarin wütend an. „Ich hab ihn nicht umgebracht!"

„Aber du willst mir auch nicht sagen, was du zur Tatzeit gemacht hast? Zwischen halb neun und zehn Uhr abends?"

„Ich weiß nicht mehr", knurrte der Junge. „Ich kann mich nicht erinnern. Vielleicht hab ich ja zugedröhnt irgendwo an einer Straßenecke gelegen", fügte er bockig hinzu. „Würde doch zu Ihrem Bild von mir passen."

Plasberg sah ein, dass aus Borowskys Neffen im Moment nichts mehr herauszuholen war, und machte Anstalten, das Gespräch zu beenden. „Also gut, Timo. Fürs Erste war es das. Wenn du mir noch etwas zu sagen hast, dann weißt du, wo du mich findest."

Axel Borowskys Neffe schüttelte den Kopf und war plötzlich wieder der nette Junge, der seinen Onkel auf tragische Weise verloren hatte. Anscheinend glaubte er, dass Plasberg sich mit seiner Weigerung, über seinen Aufenthalt zur Tatzeit des ersten Mordes zu sprechen, auf Dauer zufriedengeben würde. „Tut mir echt leid, wenn ich Ihnen Schwierigkeiten gemacht habe. Wenn … wenn Sie wollen, zahle ich das Geld zurück … in Raten."

„Zurückzahlen?", fragte Plasberg spöttisch. „Wem denn, Timo? Dein Onkel ist tot."

Der Junge schluckte hörbar. „Dann nehmen Sie wenigstens das Skateboard mit … als Beweismittel oder so. Ich will es nicht mehr haben."

Die Kommissarin wandte ihr Gesicht ab, damit Timo Auermann ihr flüchtiges Lächeln nicht sehen konnte. Im Grunde glaubte sie nicht, dass Borowskys Neffe etwas mit dem Tod seines Onkels zu tun gehabt hatte. Tatsächlich war sie sich ziemlich sicher, dass Timo seine Lektion gelernt hatte. Er würde um eine Drogentherapie wahrscheinlich nicht herumkommen und deswegen würde sie gleich noch ein paar Worte mit seiner Mutter und seinem Stiefvater reden müssen – aber ansonsten schien der Tod seines Onkels ein heilsamer Schock für ihn gewesen zu sein. Mit seiner Schuld und seinem schlechten Gewissen würde er allerdings allein fertig werden müssen.

„Eine letzte Frage fällt mir da noch ein: Als du Montagabend deinen Onkel verlassen hast, hat er dir da zufällig noch einen Brief mitgegeben, den du in den Briefkasten werfen solltest?"

Der Junge sah sie erstaunt an. „Ja, das stimmt. Woher wissen Sie das?", erwiderte er. „Zuerst hat er ja gesagt, er will mich nie wieder sehen, weil … Sie wissen schon … weil ich ihn so abgelinkt habe. Aber er war echt in Ordnung, der Axel … ich meine, er hätte es mir verziehen auf Dauer, glaube ich. Ich hab ihm ja auch nichts gesagt von den Drogen, das hab ich mich nicht getraut. Und als er mir die Briefe in die Hand gedrückt hat zum Abschied, da hab ich gewusst, dass er sich demnächst wieder abgeregt haben würde. Ich hatte mir vorgenommen, ihn Ende der Woche erst mal wieder anzurufen und zu testen, ob die Luft noch dick ist, aber …" Timo verstummte. Bevor er eine langsame Versöhnung hatte einleiten können, war sein Onkel ermordet worden.

„Moment mal", sagte Plasberg. „Briefe? Waren es mehrere?"

„Ja. Zwei Briefe, einer davon an den Pflegedienst, den zweiten weiß ich nicht mehr … und auch noch diese Mappe, in die die Pflegekräfte ihre Einsätze eingetragen haben. Er hat gesagt, ich müsste alles unbedingt noch zur Post bringen."

„Also drei Sachen?“, fragte Plasberg überrascht. An wen war der andere Brief adressiert gewesen?

„Ja. Zwei Briefe und diese Mappe. Woher wissen Sie davon?“

„Ich habe nur ein bisschen kombiniert“, erwiderte Maria Plasberg nachdenklich und ging zur Tür.

„Werde ich jetzt Ärger kriegen?“, hielt Borowskys Neffe sie zurück. „Sie wissen schon, wegen dem Stoff?“

„Deine Mutter weiß es doch schon.“

„Nein, ich meine, wegen Rauschgiftbesitz und so …“

„Mach's gut, Timo”, erwiderte Plasberg und tat so, als hätte sie den letzten Satz nicht gehört.

Als die Kommissarin die Tür hinter sich ins Schloss fallen ließ, blieb der Junge verunsichert zurück.

Fünfzehn

Fast zur selben Zeit trat Karsten Vogt aufatmend an die frische Luft und überflog missmutig die wenigen Stichpunkte, die er sich notiert hatte. Irmgard Kärnters Wohnung hatte penetrant nach Lavendel gerochen – selbst sein Schnupfen konnte ihn nicht davor beschützen. Er hatte die Befragung der Vermieterin so knapp wie möglich gehalten, um nicht auch noch Kopfschmerzen zu bekommen.

Aber die Kärnter hatte auch nicht viel zu sagen gehabt, jedenfalls nichts zum eigentlichen Thema. Irritiert zog Vogt seine triefende Nase hoch. Plasberg würde das Ergebnis nicht gefallen. Irmgard Kärnters Aussage war nämlich völlig belanglos. Die Vermieterin hatte ihn unwirsch und mit einem Kratzer auf der Hand begrüßt, der entzündet aussah. Höflich hatte er sich erkundigt, ob sie sich verletzt habe, aber sie hatte seine Floskel brüsk beiseite gewischt und irgendetwas von Rosendornen im Vorgarten gemurmelt. Zum Mord an Scheibner konnte sie kaum etwas sagen. Sie hatte nichts gesehen und nichts gehört und war nur durch Zufall über seine Leiche gestolpert, als sie die Arbeit der Putzfrau, die freitags immer die Treppe reinigte, kontrollieren wollte. Vogt hatte sich langatmige Ausführungen darüber anhören müssen, was Irmgard Kärnter unter einem gründlich gesäuberten Hausflur verstand – nämlich auch den Boden unter den Kübelpflanzen zu putzen und das feuchte Abwischen des Geländers –, bevor die Vermieterin auf den Punkt kam. Bei ihrem Kontrollgang sei ihr aufgefallen, dass das Siegel der Polizei aufgebrochen worden war und die Tür offenstand. Sie sei nach kurzem Zögern und mit klopfendem Herzen in die Wohnung gegangen, habe eine weitere Leiche gefunden und geschrien. Worüber die Frau sich am meisten während Vogts Befragung aufgeregt hatte, war, dass niemand auf ihre gellenden Hilferufe reagiert hatte.

„Niemand ist gekommen!", hatte sie empört geklagt, während sie einen Kaffee aufsetzte. Vogt hatte hinter ihrem Rücken die Augen verdreht und innerlich gestöhnt. „Ich hätte einen Herzanfall bekommen können, und niemand hätte es bemerkt!"

Trotzdem musste er zugeben, dass Kärnter nicht ganz Unrecht hatte. Er war sicher, dass zumindest Katrin Hancke das Geschrei gehört haben musste. Scheibners Freundin hatte einen sehr gefassten Eindruck gemacht, als er selber kurze Zeit später bei ihr geklingelt und sie gebeten hatte, die Leiche ihres Lebensgefährten zu identifizieren. Dennoch: Genauso wenig wie Hancke hatte Irmgard Kärnter etwas Ungewöhnliches am Tatort gesehen, schon gar nicht jemanden, dessen Beschreibung auf Lars Moritz passen würde. Abgesehen von der aufgebrochenen Wohnungstür war es, als hätte sich Scheibners Leiche aus der Luft in Borowskys Wohnung materialisiert.

Die Befragung der anderen Mieter im Haus war ebenfalls nicht von Erfolg gekrönt gewesen. Die schwerhörige Alte aus dem zweiten Stock hatte sich Vogt gespart, sie hatte sowieso nichts gehört und von den anderen Bewohnern war niemand vor Ort gewesen. Die Polizei würde in den nächsten Tagen versuchen müssen, sie zu erreichen.

Aus diesem Grund war Vogt schneller als erwartet fertig. Insgeheim hatte er gehofft, dass Kärnter einen entscheidenden

Hinweis auf Scheibners Mörder würde liefern können und er mit den entsprechenden Informationen seinen Schnitzer bei der Überwachung von Scheibner wieder wettmachen konnte, aber damit sah es jetzt schlecht aus. Seine Aktien bei Plasberg würden weiter im Keller vor sich hindümpeln, während Brinkhoff mit der Vernehmung von Moritz vielleicht punkten konnte. Vogt unterdrückte einen Niesreiz und sah auf die Uhr. Kurzentschlossen lief er die Straße zurück, wo die Kommissarin ihr Auto bei *Herzlich versorgt* abgestellt hatte.

Der Zufall kam Vogt zuhilfe, denn als er in Plasbergs Wagen einstieg, entdeckte er auf der anderen Straßenseite Torsten Brinkhoff, der auf dem Parkplatz hinter der Bushaltestelle Hildegardiskrankenhaus wild gestikulierend auf einen ADAC-Mitarbeiter einredete, der anscheinend die Ruhe weg hatte, während er einen Blick unter die Kühlerhaube von Brinkhoffs Auto warf. Der Kommissar war also noch nicht einmal auf dem Weg zu Moritz. Vogt grinste schadenfroh. Plasberg würde gar nicht erfreut sein, wenn sie von dieser Verzögerung erfuhr. Er startete das Auto seiner Chefin und fuhr unbeobachtet an seinem Kollegen vorbei. Aber anstatt wie besprochen direkt nach Kalk ins Polizeipräsidium zurückzukehren, nahm er den Weg nach Nippes und fing Plasberg vor dem Haus der Auermanns auf der Straße ab, als sie gerade wieder in ein Taxi steigen wollte.

Er sprang aus dem Wagen und wedelte mit dem Schlüsselbund. „Ich dachte, Sie würden gerne mit Ihrem eigenen Auto zurück ins Büro fahren!“, rief er ihr zu.

Plasberg sah ihren Kollegen überrascht an, schickte das Taxi weg und nahm Karsten Vogt wortlos den Schlüssel ab. „Sie sollten doch nach der Kärnter Antes und Worms ausfindig machen. Halten Sie sich eigentlich nie an das, was man Ihnen aufträgt?“

„Ich wollte Ihnen direkt mitteilen, was die Kärnter ausgesagt hat, damit Sie auf dem Laufenden sind“, erwiderte Vogt beleidigt.

„Dafür gibt es ein Diensthandy, Vogt.“

„Das Sie nur selten anhaben!“

„Glauben Sie im Ernst, ich weiß nicht, warum Sie hier den Kavalier spielen?“, gab Plasberg verärgert zurück und bedeutete dem Kommissar, auf dem Beifahrersitz Platz zu nehmen, während sie den Motor startete. „Hat sich Brinkhoff gemeldet?"

„Nein, bei mir nicht", erwiderte Vogt unschuldig. „Bei Ihnen?"

„Nein. Eigentlich müsste er längst bei Moritz sein." Die Kommissarin bewegte den Wagen mit einem Ruck von der Bordsteinkante. „Und?"

„Und was?"

„Was hat die Kärnter gesagt?", fragte Plasberg genervt. „Hat sie irgendetwas bemerkt, irgendjemanden gesehen?"

„Nein", murmelte Vogt.

„Na, toll. Das ist ja wirklich eine immens wichtige Mitteilung, die Sie mir da unbedingt persönlich überbringen mussten."

Vogt versank so tief wie möglich im verschlissenen Polster des Beifahrersitzes. Sein Versuch, bei der Plasberg gut Wetter zu machen, schien ein Schuss in den Ofen zu sein. Warum hatte das Leben ihn mit so einer Frau als Vorgesetzten gestraft? Er konnte die Kommissarin immer weniger ausstehen, je länger er mit ihr zusammenarbeitete.

„Haben Sie etwas über Borowskys Neffen herausgefunden?", wechselte er das Thema.

„O ja!", sagte Plasberg. „Das Kerlchen ist inzwischen wieder aufgetaucht. Er hat sich die ganze Nacht mit seinem schlechten Gewissen in der Stadt herumgetrieben und ist nach Hause geschlichen, kurz nachdem seine Mutter ihn als vermisst gemeldet hatte."

„Schlechtes Gewissen?"

„Timo Auermann ist auf dem besten Wege, eine Drogenkarriere hinzulegen ... na ja, er hat jedenfalls seinen Koks- und Haschischkonsum mithilfe von Borowskys Geld bestritten, ohne dass der davon wusste", schwächte sie dann ab. „Und jetzt raten Sie mal, wer sein Dealer gewesen ist: Milo Scheibner!"

„Was?", fragte Vogt überrascht.

„Der Neffe hatte die Kontovollmacht von Borowsky und er war derjenige, der seinen Onkel mit Bargeld versorgt hat – zumindest so lange, bis er den Dispo des Girokontos ausgereizt hatte. Scheibner hat ihn mit Haschisch und Koks und was weiß ich noch versorgt und ausgenommen wie eine Weihnachtsgans. Der Junge war in seiner Naivität eine leichte Beute für den Kerl. Ach ja – außerdem hat Timo das Bargeld, das sein Onkel im Nachttisch aufbewahrt hat, mitgehen lassen und sich dafür ein neues Skateboard gekauft.“ Plasberg unterrichtete Vogt auch von dem Streit, den Borowskys Neffe mit seinem Onkel gehabt hatte.

Vogt horchte auf. „Und wann war das mit dem Streit? Am Samstag oder zwei Tage später?“

„An dem Montag, an dem er ihn zum letzten Mal besucht hat. Die Bank hatte sich da mit Borowsky in Verbindung gesetzt. Übrigens hat Timo auch an dem Tag den Brief von Borowsky an Bergmann-Pohl zur Post gebracht. Genauer gesagt zwei Briefe und die Dokumentationsmappe.“

„Zwei Briefe?“

„Richtig“, bestätigte Plasberg. „Leider konnte er sich nicht daran erinnern, wer der Empfänger des zweiten Briefes gewesen ist. Interessant, nicht wahr?“

„Und Sie glauben, dass der Neffe diesmal die Wahrheit gesagt hat?“

Plasberg zögerte. „Ja. Tue ich. Allerdings mehr aus einem Instinkt heraus als aufgrund von Tatsachen.“ Dass sie seit dem Abend vorher ihrer Intuition in Bezug auf das Verhalten von Teenagern gründlich misstraute, sagte sie Vogt nicht.

Während ihrer Unterhaltung waren sie an ihrem Ziel angelangt und Plasberg bog auf den Parkplatz des Polizeipräsidiums ab, wo sie um ein Haar auf den schwarzen BMW des Direktionsleiters Kriminalitätsbekämpfung auffuhr. Einparken war noch nie ihre Stärke gewesen.

Was fährt der Idiot auch einen so großen Wagen!, dachte sie wütend, während sie versuchte, die oberflächlichen Kratzspuren an der Stoßstange des Fahrzeugs ihres Vorgesetzten mit einem Taschentuch und etwas Spucke zu beseitigen. „Sie haben nichts gesehen, Vogt!“, wies sie ihren Kollegen barsch an.

Vogt nickte geistesabwesend und nahm irritiert den Faden des Gesprächs wieder dort auf, wo er durch Plasbergs dilettantischen Einparkversuch unterbrochen worden war. „Wo war Timo Auermann eigentlich am Dienstagabend? Könnte es nicht sein, dass er Borowsky umgebracht hat?“, fragte er.

„Will er mir nicht sagen“, gab Plasberg zu.

„Und Sie lassen es dabei bewenden? Aber Sie haben doch gerade selbst gesagt, er hat ein Motiv! Den Streit mit seinem Onkel. Und jetzt hat er auch kein Alibi.“

„Timo Auermann hat seinen Onkel nicht getötet! Das sagt mir mein Instinkt. Man beißt nicht die Hand, von der man gefüttert wird.“ Plasberg wurde lauter.

„Die Hand war leer!“

„Umso weniger ein Grund, ihn umzubringen“, beharrte Plasberg.

„Und der Streit?“ Vogt starrte seine Vorgesetzte entgeistert an. „Bei allem Respekt, Frau Plasberg: Was ist, wenn Sie sich irren? Lassen Sie mich den Jungen noch mal verhören, ganz offiziell im Präsidium. Vielleicht wird er ja gesprächiger, wenn wir ein wenig Druck auf ihn ausüben!“

„Sie lassen den Jungen in Ruhe“, knurrte Plasberg. „Der rückt schon von allein mit der Wahrheit heraus.“

„Sie wollen also nichts mehr in Bezug auf Timo Auermann unternehmen?“

„Wir sollten uns jetzt auf Lars Moritz konzentrieren – oder haben Sie ein Problem damit, Vogt?“ Plasbergs Ton war scharf und unnachgiebig. Egal, ob sie mit ihren Methoden richtig oder falsch lag – ihre Autorität konnte sie nicht in Frage stellen lassen.

Karsten Vogt schluckte. Ihm war gerade eine Idee gekommen, die ihn vielleicht ein für allemal von Plasberg befreien konnte. Er räusperte sich und nahm seinen Mut zusammen. „Wenn … wenn Sie die Spur von Auermann nicht weiterverfolgen, dann sehe ich mich gezwungen, das Eikner zu melden!“ Nur mit Mühe gelang es ihm, Plasbergs überraschtem Gesichtsausdruck standzuhalten.

„Tatsächlich?“ Die Kommissarin legte plötzlich ihr zuckersüßes, falsches Lächeln auf und ging, als wäre nichts geschehen, an ihren Kofferraum. „Tun Sie, was Sie nicht lassen können, Vogt!“, erklärte sie, während ihr Kopf hinter der geöffneten Haube des Kofferraums verschwand. „Aber vorher werden Sie gefälligst die Ihnen aufgetragenen Arbeiten erledigen! Soweit ich mich erinnere, hatte ich Sie angewiesen, diese Unterlagen durchzusehen und Borowskys ehemalige Arbeitskollegen ausfindig zu machen." Damit knallte sie ihm den Karton mit Borowskys Bürounterlagen vor die Füße und machte sich wutschnaubend auf den Weg in ihr Büro. „Und kommen Sie mir nicht unter die Augen, bis Sie ein paar brauchbare Informationen zusammengetragen haben! Benutzen Sie das Büro von Kayser und Hallstetter, die sind ja immer noch krank", rief sie ihm zu, ohne sich umzudrehen. „Danach können Sie so lange mit Eikner plaudern, wie Sie möchten!"

Wutschnaubend sah Vogt der Kommissarin nach. Vielleicht war es tatsächlich besser, wenn er Plasberg erst mal so wenig wie möglich unter die Augen kam, dachte er, während er den Karton vom Boden klaubte. Dämliche Kuh! Er wartete, bis Plasberg im Eingang des Polizeipräsidiums verschwunden war, dann zückte er sein Diensthandy und ließ sich mit der Sekretärin von Heribert Eikner verbinden. Erst nach diesem Gespräch machte er sich im Präsidium an die Arbeit. Es dauerte eine Weile, bis er sowohl Andrea Antes als auch Kajo Worms ans Telefon bekam, aber beide Unterhaltungen waren so aufschlussreich, dass Vogt kurz darauf noch einmal das Büro verließ, um dem Grundbuchamt einen Kurzbesuch abzustatten.

Plasberg schlug die Bürotür so heftig hinter sich zu, dass die Fenster in den Rahmen vibrierten, und ließ sich auf ihren Stuhl plumpsen. Männer, dachte sie verächtlich. Kaum hatte sie ein einigermaßen funktionierendes Arbeitsverhältnis mit Brinkhoff zustande bekommen, zickte Vogt wie eine gekränkte Diva. Kein Wunder, dass man sich nicht auf seine Arbeit konzentrieren konnte, wenn man sich andauernd mit solchen Nebenkriegsschauplätzen herumärgern musste.

Sie trommelte mit den Fingern auf ihren Schreibtisch. Sinnlos. So würde sie nicht weiterkommen. Unruhig sprang sie auf und stellte sich vor die Pinnwand, um ihre Gedanken zu ordnen. Das Beziehungsgeflecht der Personen, die in den Borowsky-Mord verwickelt waren, war in den letzten zwei Tagen immer dichter und unüberschaubarer geworden. Pfeile und Fragezeichen taumelten um die einzelnen Namen herum wie Bienen um einen Honigstock. Plasberg begutachtete das unübersichtliche Knäuel der Striche und fragte sich, ob ihre bewährte Pinnwand-Methode in diesem Fall wirklich hilfreich war. Dann fiel ihr Blick auf den etwas abseits stehenden Namen von Annette Bergmann-Pohl und sie erinnerte sich an die Pflegemappe, die sie seit dem Mittag mit sich herumschleppte. Durch den Mord an Milo Scheibner hatte sie sie fast vergessen.

Sie zog den Ordner aus ihrer Handtasche und er landete mit einem dumpfen Knall auf ihrem überladenen Schreibtisch. Seufzend machte sie sich an die Arbeit, auch wenn sie sich keine großen Chancen ausrechnete, noch etwas Belastendes zu finden. Die Pflegedienstleitung hatte nach Plasbergs erstem Besuch einfach zu lange Zeit gehabt, die Akte entsprechend zu frisieren.

Der Ordner über Borowsky bestand aus zwei Heftern. Der erste Teil beinhaltete das Protokoll des Aufnahmegesprächs, das Bergmann-Pohl mit Borowsky vor über einem halben Jahr geführt hatte, den Pflegevertrag und sauber abgeheftete Kopien von Leistungsabrechnungen der letzten Monate. Die Rechnungen waren mit Borowskys Unterschrift versehen sowie mit einem Stempel der Pflegekasse und der kaum leserlichen Unterschrift eines Sachbearbeiters. Die einzelnen Pflegeleistungen und die Beträge, die man für deren Erbringung abrechnen konnte, schienen durch irgendwelche Kennziffern und Buchstaben ersetzt worden zu sein – eine Art Bürokratenschlüssel –, aus denen niemand schlau wurde, der nicht direkt mit der Materie vertraut war, schon gar nicht die Kommissarin. Dementsprechend verfinsterte sich Plasbergs Miene, als sie versuchte, einen Sinn in diesem Abrechnungswirrwarr zu erkennen. Schließlich gab sie entmutigt auf. Es musste doch einen direkteren Weg geben, etwas Licht in dieses Kauderwelsch zu bringen! Ihr Blick blieb an dem Stempel der Pflegekasse hängen und der Unterschrift, die sie kaum entziffern konnte. Hansemann? Hausmann? Heremann? Plasberg schaute auf die Uhr. Freitagnachmittag, kurz vor siebzehn Uhr. Nur mit viel Glück würde sie bei der Kasse noch jemanden erreichen. Sie griff trotzdem zum Telefon.

Es dauerte eine Weile, bis sich jemand meldete und sie weiterverbunden hatte, aber schließlich hatte sie tatsächlich einen Verantwortlichen an der Strippe. Eine Frau Silvia Hausmann, Sachbearbeiterin und unter anderem zuständig für die Prüfung von Pflegeleistungen im ambulanten Pflegebereich. Und Frau Hausmann zeigte sich nach anfänglichem Zögern sehr gesprächsbereit, vor allem, nachdem Plasberg sich als Beamtin der Polizei zu erkennen gegeben hatte. Die Unterhaltung dauerte eine knappe Viertelstunde und nachdem sie das Telefonat beendet hatte, brummte Plasberg zwar der Schädel, aber sie hatte eine sehr gute Vorstellung davon, warum Annette Bergmann-Pohl sich so unkooperativ bei der Herausgabe der Abrechnungen gezeigt hatte.

Die Kommissarin gähnte erschöpft und ließ ihren Blick über das Chaos ihres Schreibtisches schweifen. Dabei bemerkte sie zwei Umschläge, die noch nicht dort gelegen hatten, als sie das letzte Mal im Büro gewesen war. Vielleicht sollte sie doch mal mit Aufräumen anfangen? Neugierig öffnete sie den ersten Umschlag. Er enthielt den abschließenden Bericht der Rechtsmedizin zu Borowskys Leiche. Der Gutachter wies ausdrücklich darauf hin, dass er nach nochmaliger Untersuchung keine Spuren von Fentanyl im Blut und an den in Frage kommenden Haut- und Gewebepartien gefunden hatte, an denen Durogesic-Pflaster üblicherweise aufgeklebt würden. Somit war der Verdacht der Kommissare endgültig bestätigt. Borowsky hatte seine verordnete Schmerztherapie nicht erhalten. Moritz hatte gelogen.

Der zweite Brief war ein weiterer Bericht der Spurensicherung, diesmal mit den abschließenden Ergebnissen über das, was die Untersuchungen von Borowskys Computer ergeben hatten. Plasberg überflog den Inhalt halbherzig und unkonzentriert, wurde aber schlagartig aufmerksamer, als ihr der Name Bergmann-Pohl ins Auge fiel. Sie las die Textpassagen ein zweites und dann ein drittes Mal und runzelte dann irritiert die Stirn. Die Informationen, die vor ihr lagen, kombiniert mit den Auskünften der Sachbearbeiterin, ergaben ein mögliches Tatmotiv der Pflegedienstleitung für den Mord an Axel Borowsky. Anstatt den Kreis der Verdächtigen immer weiter einzuengen, schien sie in diesem Fall immer mehr Menschen zu entdecken, die ein potenzielles Interesse am Tod von Borowsky gehabt haben könnten. Plasberg starrte aus dem schmutzigen Fenster ihres Büros, kaute auf einem Bleistift herum und fragte sich, ob sie Annette Bergmann-Pohl unterschätzt hatte.

Über diese neue Wendung ihrer Ermittlungen war sie so erstaunt, dass sie den anderen Hefter, der vor ihr lag, anfänglich nur flüchtig durchsah. Die Kladde, die Borowsky mithilfe seines Neffen zurückgeschickt hatte, enthielt die Dokumentationsmappe, die während des Versorgungszeitraums bei dem Patienten zu Hause gelagert wurde und in die die Pflegekräfte einen kurzen Abriss über den Verlauf ihrer Tätigkeit vor Ort eintrugen, einschließlich einer kurzen Beurteilung des Gesundheitszustandes des Patienten und eventuell vorgekommener Besonderheiten. Plasberg blätterte eine Seite nach der anderen durch.

Axel Borowsky war fast ein halbes Jahr von dem Pflegedienst versorgt worden. Der erste Pflegeeinsatz datierte vom 24. März. Das stimmte mit der zusätzlichen Krebsdiagnose und der Aussage von Dr. Grassling und Timo Auermann überein, dass es seinem Onkel ungefähr seit sechs Monaten zusehends schlechter gegangen war.

Anfangs schien er noch relativ mobil gewesen zu sein und auch die Vergabe von Medikamenten und Infusionen hatte sich in Grenzen gehalten. Bis Ende April hatte es nur einen Pflegeeinsatz pro Tag gegeben. Danach jedoch waren die kurzen und bis zu diesem Zeitpunkt immer ähnlich lautenden Berichte der Krankenpflegekräfte länger und ausführlicher geworden und dokumentierten eine schleichende und zunehmende Gesundheitsverschlechterung. Appetitlosigkeit, Gewichtsabnahme, Verlust von Mobilität und eine verstärkte Inanspruchnahme von Hilfestellungen bei der Körperpflege. Ab Mai war ein zusätzlicher Abendtermin von Pflegeeinsätzen vereinbart worden, nur an den Wochenenden war es bei einem Abendeinsatz täglich geblieben. Ab Juli hatte es Borowsky anscheinend auch nicht mehr geschafft, seinen Haushalt zu versorgen, denn seit diesem Zeitpunkt tauchten auch Berichte der Zivildienstleistenden in der Dokumentation auf, die seine Wohnung putzten und für ihn einkaufen gingen. Schließlich war es mit Borowskys Gesundheitszustand so rapide nach unten gegangen, dass die Pflegekräfte in Absprache mit dem Hausarzt eine zusätzliche, künstliche Ernährung verabreichten. Borowsky war zu diesem Zweck ein paar Tage in ein Krankenhaus eingeliefert worden, wo ihm ein Schlauch in den Magen gelegt worden war. Von diesem Zeitpunkt an waren auch die schmerzstillenden Durogesic-Pflaster angesetzt worden.

Die Kommissarin konzentrierte sich auf die Einträge in der Woche vor Borowskys Tod. Sie stammten, wie erwartet, von Klaus Armbruster im Frühdienst und Angelika Strehlich am späten Nachmittag. Mehrmals in der Woche war jeweils einer der Zivis für zwei Stunden vorbeigekommen, um sauberzumachen. Keiner der Einträge wies eine Besonderheit auf, jedenfalls keine, die Plasberg nicht schon durch die Mitarbeiterbefragung bekannt war. Am Donnerstag war in der krakeligen Schrift des Zivildienstleistenden der Vorfall vermerkt, dass Borowsky auf dem Weg zur Toilette beinahe umgekippt wäre. Die Kommissarin blätterte um. Auf der vorletzten Seite der Dokumentation befanden sich die Einträge vom Freitag vor Borowskys Tod, auch sie wiesen keine Besonderheit auf. Armbruster und Strehlich hatten ein paar der üblichen Anmerkungen zu ihren Tätigkeiten gemacht, Borowskys Zustand wie in der Woche zuvor als zunehmend schlechter, aber stabil beurteilt und ihre Einträge mit ihrem jeweiligen Namenskürzel versehen.

Die letzte Seite mit den Eintragungen vom Pflegeeinsatz Lars Moritz' am Samstag jedoch fehlte. Sie war herausgerissen worden, genau wie im BTM-Buch.

Sechzehn

In diesem Moment klingelte Plasbergs Diensthandy. „Na, endlich! Wieso hat das so lange gedauert?", knurrte die Kommissarin ungehalten in den Hörer, als sie Brinkhoffs Stimme hörte. „Haben Sie Moritz befragt?"

„Nein, noch nicht." Brinkhoffs klang verlegen.

„Wie bitte? Sie sollten seit über einer Stunde unterwegs zu dem Mann sein!"

„Ich hatte eine Autopanne. Der ADAC m-musste mir Starthilfe geben. Ich fahre jetzt sofort hin."

„Gott im Himmel, bin ich denn nur von Nieten umgeben?" In ihrem Ärger vergaß Plasberg nur zu gerne, dass auch sie in den letzten Stunden nicht fehlerfrei gehandelt hatte. „Na schön. Warten Sie vor dem Haus von Moritz auf mich. Wir werden ihn zusammen befragen", befahl sie Brinkhoff. Hier im Büro konnte sie im Moment sowieso nichts weiter tun und Moritz' Vernehmung war eine hervorragende Entschuldigung, den Papierkram noch ein wenig länger aufzuschieben. „Ich mache mich jetzt auf den Weg und wir treffen uns dort in zwanzig Minuten."

Plasberg griff nach ihrem Mantel, aber anstatt das Telefonat zu beenden, redete sie weiter auf Brinkhoff ein, während sie ihre Bürotür hinter sich zufallen ließ und zu ihrem Wagen eilte. „Ich habe übrigens herausgefunden, warum Bergmann-Pohl uns die Patientenakte von Borowsky so ungern überlassen hat."

„Und wieso?"

„Ich hatte ein sehr interessantes Telefonat mit der Sachbearbeiterin der Pflegekasse, die für die Prüfung der Abrechnungen von *Herzallerliebst* zuständig ist."

„*Herzlich versorgt*", korrigierte der Kommissar.

„Ja, ja, schon gut. Es sieht so aus, als hätte die Pflegekasse die gute Frau Bergmann-Pohl schon eine ganze Weile wegen des Verdachts auf Abrechnungsbetrug auf dem Kieker. Wie es scheint, hat sie nicht nur bei Borowsky, sondern auch bei anderen Patienten versucht, Leistungen abzurechnen, die der Pflegedienst gar nicht erbracht hat. Meist waren es Patienten, die schon nicht mehr ganz richtig im Kopf waren, aber noch keinen amtlichen Betreuer hatten, der ihre Finanzen verwaltet, also quasi Grenzfälle, sodass man ihr nie etwas nachweisen konnte. Borowsky scheint der Erste gewesen zu sein, bei dem Bergmann-Pohl ins Fettnäpfchen getreten ist. Denn – jetzt halten Sie sich fest – er hat einen Beschwerdebrief an die Pflegekasse geschrieben, und zwar datiert auf den Sonntag, nachdem er die

Abrechnung für September erhalten hat! Das war der zweite Brief, den Timo Auermann in die Post gegeben hat!"

„Auermann hat für Borowsky Briefe zur Post gegeben?" Brinkhoff klang verwirrt und Plasberg fiel ein, dass sie ihre Erkenntnisse ja nicht ihm, sondern Vogt mitgeteilt hatte. In knappen Sätzen brachte sie Brinkhoff auf den neuesten Stand, während sie auf den Parkplatz des Präsidiums lief und in ihrer Handtasche nach den Autoschlüsseln kramte. „... und es gibt noch mehr Neuigkeiten, die Bergmann-Pohl betreffen. Ich hab die Auswertungen des Erkennungsdienstes von Borowskys Computer auf meinem Schreibtisch gefunden. Daraus geht hervor, dass Borowsky nicht nur die kurze, offizielle Kündigung an den Pflegedienst geschrieben hat, die uns Bergmann-Pohl gezeigt hat, sondern er hat ihr separat mit rechtlichen Schritten gedroht. Das Ganze war auf der Festplatte gespeichert. Er hat ihr gedroht, die Pflegekasse zu informieren. Das passt doch wunderbar zur Aussage Timo Auermanns, dass sein Onkel am Montagabend gesagt hat, alle wollten ihn ablinken und er würde die Alte noch fertigmachen."

„Dieses Schreiben hat uns die Dame bei unserem ersten Gespräch verschwiegen. Hat sie nicht behauptet, Borowsky hätte gekündigt, weil er sich einen anderen Pflegedienst gesucht hätte?"

„Alles gelogen. Klang ja sowieso nicht sonderlich überzeugend. Und sie hat wahrscheinlich auch dieses zweite Schreiben vernichtet, denn warum sollte sie etwas derart Belastendes aufbewahren? Aber überlegen Sie mal, was das heißen könnte: Am Samstagabend, nachdem er die von Moritz überbrachte und überhöhte Leistungsabrechnung überprüft hat, spricht Borowsky der Pohl stinksauer auf Band, dass er mit dem Pflegedienst nichts mehr zu tun haben will. Die Pohl ruft zurück und versucht herauszufinden, was los ist, erhält aber keine genaue Antwort. Vielleicht hat ihr Borowsky wirklich nicht auf den Kopf zugesagt, dass er hinter ihre falschen Abrechnungen gestiegen ist, vielleicht war er zu fertig mit der Welt oder aufgebracht, keine Ahnung. Jedenfalls akzeptiert Bergmann-Pohl notgedrungen seine Entscheidung und sagt die Dienste der Krankenpflegekräfte für Sonntag und Montag ab. Am Sonntag setzt sich Borowsky an seinen Computer und schreibt drei Briefe. Ein offizielles Kündigungsschreiben an *Herzallerliebst* …"

„*Herzlich versorgt*", korrigierte der Kommissar stur.

„Ja, Brinkhoff. Seien Sie nicht so ein Korinthenkacker! Ein weiterer Brief geht ebenfalls an die Bergmann-Pohl, in der er ihr droht, die Pflegekasse über die gefälschten Abrechnungen zu informieren, und ein dritter geht an die Pflegekasse selbst."

„Aber angenommen, Moritz hat ihm tatsächlich sein Durogesic-Pflaster verweigert – aus welchen Gründen auch immer –, warum hat Borowsky diesen Vorfall nicht als Grund genommen, den Pflegedienst loszuwerden? Und wenn schon nicht das, warum hat er dann nicht wenigstens die vermuteten Finanzmanipulationen als Kündigungsgrund angegeben? Warum diese Anschuldigungen in einem separaten Drohbrief an Bergmann-Pohl schicken?"

„Lassen Sie Moritz mal beiseite. Um dessen Motivation kümmern wir uns gleich. Jetzt geht es erst mal nur um die Pflegedienstleitung."

„Einverstanden", seufzte Brinkhoff, auch wenn er Plasbergs Fixierung auf Bergmann-Pohl nicht nachvollziehen konnte.

„Vielleicht wollte Borowsky der Pohl Angst einjagen, weil er nicht hundertprozentig sicher war, dass sich seine Vermutungen bestätigen würden", mutmaßte die Kommissarin. „Die Betrugsvorwürfe hätten ja auch erst einmal geklärt werden müssen und das hätte sicher Wochen gedauert, in denen er wahrscheinlich weiterhin von einem Pflegedienst versorgt worden wäre, dem er nicht mehr vertraut. Indem er die beiden Briefe separat schickte, konnte er davon ausgehen, dass die Pohl der einfachen Kündigung des Pflegevertrags, in dem er private Gründe nennt, sofort zustimmt. Er droht in dem zweiten Schreiben interessanterweise auch nur an, mit seinen Anschuldigungen zur Kasse zu gehen. Ich sehe das als Druckmittel, mit dem er die Pohl glauben machen wollte, dass sie um eine Untersuchung ihrer Machenschaften herumkommen würde, wenn sie ihn aus dem Vertrag aussteigen lässt. Hat ja auch geklappt. Allerdings konnte die Bergmann-Pohl nicht wissen, dass Borowsky sie gewissermaßen hereingelegt hat und sie trotz ihrer Zustimmung der Kündigung bei der Kasse meldet." Plasberg hielt einen Moment inne. „Wo war ich? Ach ja, also: Borowsky steckt die beiden Schreiben an Bergmann-Pohl in einen Briefumschlag, den die Pflegedienstleitung am Dienstag zusammen mit der zurückgesandten Dokumentationsmappe erhält, alles abgeschickt mithilfe von Timo Auermann. Daraufhin sieht sie ihre Felle davonschwimmen und beschließt, Borowsky aus dem Weg zu räumen, was sie am gleichen Abend noch tut. Sie könnte ihn umgebracht haben, um ihre Haut retten zu wollen."

„Aber was sollte ihr das nutzen?", wandte Brinkhoff ein. „Wenn er doch gleichzeitig die Pflegekasse schon informiert hatte?"

„Das habe ich doch gerade versucht zu erklären! Sie wusste davon nichts. In dem Schreiben droht er nur mit einem solchen Schritt", wiederholte Plasberg. „Sie könnte ihn umgebracht haben, um genau das zu verhindern! Aber das Beste kommt noch. Die letzte Seite in der Dokumentationsmappe fehlt ebenfalls! Genau wie in dem BTM-Buch."

„Und Sie glauben, dass die Bergmann-Pohl diese Seite entfernt hat?"

„Sie oder Moritz. Beide hatten ein Motiv."

„Also, wenn Moritz etwas mit der unterlassenen Durogesicvergabe zu tun hat, dann ist sein Motiv sicherlich stärker. Ich meine, warum sollte die Pohl das tun? Die Pflegedokumentation hat doch gar nichts mit den Abrechnungen zu tun, oder? Da steht doch nur etwas zum Zustand des Patienten drin."

„Nicht nur", erwiderte Plasberg, die inzwischen bei ihrem Wagen angekommen war. Sie schloss die Tür auf, ließ sich auf den Fahrersitz fallen und klemmte ihr Handy zwischen Schulter und Wange, um das Auto starten und lenken zu können. „Es gibt auch ein Blatt, auf dem die Krankenpflegekräfte die Medikamentenvergabe und die Anzahl der geleisteten Pflegeeinsätze vermerken müssen. Eintragungen, die man leicht verändern kann, wenn man es darauf anlegt."

„Das spricht sowohl für Moritz als auch für Bergmann-Pohl", argumentierte Brinkhoff.

Plasberg war aber noch nicht fertig. „Warten Sie mal ... die Pohl hat doch heute zu uns gesagt, sie könnte uns die Mappe noch nicht aushändigen, weil sie die Abrechnungen noch gar nicht fertig hat. Wieso hat Moritz dann Borowsky diese Abrechnung schon am Samstag gegeben? Diese Angelika Strehlich hat zwar gesagt, dass es durchaus üblich ist, die Abrechnungen ein wenig früher fertig zu machen, aber könnte es nicht sein, dass die Pohl die Patienten erst unterschreiben lässt, dann ein bisschen die Leistungen frisiert und die Abrechnungen ein paar Tage später mit geändertem Datum an die Pflegekasse schickt? Moritz als Aushilfe hat vielleicht in der Dokumentation erwähnt, dass er Borowsky die Abrechnung dagelassen hat und deshalb hat Bergmann-Pohl die Eintragung verschwinden lassen. Genug Zeit dazu hatte sie jedenfalls nach unserem ersten Besuch."

„Wenn sie die Abrechnungen erst hinterher gefälscht hat, dann hätte Borowsky keinen Grund gehabt, die ihm vorgelegte anzuzweifeln. Die wäre dann ja noch korrekt gewesen", wandte Brinkhoff ein.

„Stimmt", sagte Plasberg enttäuscht. „Mist. Trotzdem muss es einen Grund geben, warum sie die Seite herausgerissen hat. Wenn sie es war", fügte sie einschränkend hinzu.

„Möglich", erwiderte Brinkhoff unsicher. „Vielleicht sollten wir der Dame noch einen weiteren Besuch abstatten und sie fragen, was sie Dienstagabend gemacht hat, als Borowsky umgebracht wurde. Wobei ... " Der Kommissar zögerte.

„Was ist, Brinkhoff? Spucken Sie es schon aus."

„Es ist nur ... ich habe gerade überlegt, wie ich an Bergmann-Pohls Stelle vorgegangen wäre, um Borowsky umzubringen."

„Ja, und?"

„Nun, ich hätte sicherlich nicht das Messer genommen und ihn erstochen. Als Pflegedienstleitung eines ambulanten Krankendienstes hat sie doch viel subtilere Möglichkeiten. Sie hätte den Mord wie einen U-Unfall aussehen lassen können: ein Medikament, das Borowsky bei seiner Selbstmedikation falsch dosiert und das dadurch tödlich wirkt, eine Spritze, die er falsch anwendet, so was in der Art."

„Sie hat erst am Dienstagvormittag durch die Briefe erfahren, dass Borowsky plant, ihre Finanzmanipulationen zu melden. Sie könnte in Panik geraten sein und das Ganze im Affekt getan haben“, spekulierte Plasberg.

„Möglich wäre es“, wiederholte Brinkhoff, aber er klang nicht sehr überzeugt. Plasbergs Theorie erinnerte ihn zu sehr an ihre Verdächtigungen gegenüber Milo Scheibner, die sich auch in Luft aufgelöst hatten. „Das heißt also, Bergmann-Pohl ist, zumindest was den Borowsky-Mord angeht, auch verdächtig?“

Plasberg seufzte. „Keine Ahnung. Ich gebe zu, dass das alles keinen rechten Sinn ergibt. Timo Auermann hat nämlich auch gesagt, dass er den Eindruck hatte, Borowsky hätte Angst gehabt. Jemand, der Angst hat, droht nicht. Trotzdem werden wir uns die Bergmann-Pohl morgen noch mal vornehmen. Irgendetwas ist da faul. Aber sehen wir zu, dass wir jetzt erst mal diesen Lars Moritz in die Finger kriegen“, sagte sie. „Der Mann muss uns einige Fragen beantworten!“ Dann rutschte ihr das Handy von der Wange und Brinkhoff hörte am anderen Ende der Leitung nur noch ein paar gedämpfte Flüche.

Die Kommissare rasten aus verschiedenen Richtungen der Stadt in die Severinsstraße, wo Moritz wohnte. Brinkhoff mochte die Südstadt, sie hatte einen verschrobenen Flair, etwas, das sich mit aller Macht gegen allzu große Veränderungen stemmte und noch einen Hauch urkölscher Tradition in sich trug. Wenn er keine Lust auf schwule Kneipen hatte, ging er ganz gerne in eine der Szenekneipen im Veedel zwischen Waidmarkt und Chlodwigplatz ein Kölsch trinken. Die Severinsstraße bildete das Zentrum der Südstadt und die unzähligen Eckkneipen und kleinen Supermärkte waren der Grundpfeiler des sozialen Lebens. Arbeiter, Studenten und überdurchschnittlich viele Ausländer, Schwule und Lesben führten hier eine relativ friedliche Koexistenz. Früher einmal war in der Südstadt die berühmte Stollwerck-Schokolade produziert worden und Trude Herr hatte hier jahrzehntelang ihr eigenes Theater besessen, bevor sie auf die Fidschi-Inseln ausgewandert war. Jetzt zehrte das Viertel von der Erinnerung an bessere Zeiten. Die Arbeitslosigkeit war hoch und viele Geschäfte standen leer. Immerhin gab es noch Brauereien in Familienbesitz und eine Zeit lang konnte sich die Südstadt sogar rühmen, ihren eigenen schiefen Turm zu besitzen – bei den Bauarbeiten zu der neuen U-Bahntrasse hatte das Fundament des Kirchturms von St. Johann Baptist nachgegeben und harrte ein Jahr der notwendigen Reparaturen, bevor der Streit, wer denn für die Kosten der Schadensbehebung zuständig sei, beigelegt worden war. Da solche Streitigkeiten sich in Köln länger hinzogen, hatte man zwischenzeitlich die zweifelhafte Sehenswürdigkeit einfach in die Stadtführungen einbezogen und versucht, die Touristen damit zu beeindrucken.

Mittlerweile war der Turm zwar wieder aufgerichtet worden, der U-Bahnbau allerdings nahm immer mehr Raum in Anspruch und beeinträchtigte die Severinsstraße als Haupteinkaufsmeile des Viertels. Immer häufiger gaben die kleinen Einzelhandelsgeschäfte den Kampf gegen die sinkenden Umsätze auf, machten Ramschläden Platz oder hinterließen leere Schaufenster, während die Baustellen sich weiter in das Herz des Viertels hineinfraßen. Stoßstange an Stoßstange schoben sich hupende Autofahrer durch die Einbahnstraße, behindert von provisorisch aufgestellten Kränen, Ampeln und Baufahrzeugen. Dreck und nasser Sand verschmutzten die Fahrwege. Den Einzigen, denen das Durcheinander nichts auszumachen schien, waren einige ältere Damen, die ihre Pudel Gassi führten und unbeeindruckt von dem Lärm einen kleinen Nachbarschaftsschwatz auf dem Bürgersteig abhielten.

Das Haus Nummer 160 war ein typischer Nachkriegsbau, schnell hochgezogen, mit drei Etagen, kleinen Fenstern und einer schmucklos verputzten, grauen Fassade. Die Räume im Erdgeschoss teilten sich ein türkischer Imbiss und ein Handyshop. Der Zugang zum Haus und den Geschäften lag versteckt hinter einer riesigen Baugrube, in der Kanalisationsrohre neu verlegt wurden, und war nur über ein paar Bretter zu erreichen, die am Rande der Baustelle über eine zwei Meter tiefe Ausschachtung gelegt worden waren. In der Grube packten einige Arbeiter ihre Geräte zusammen, der Feierabend stand bevor. Die Kommissare kamen fast gleichzeitig an und parkten ihre Autos einige Meter vom Haus entfernt. Plasberg versuchte vergeblich, den Matsch zu umgehen, der sich durch den Regen der letzten Tage um die Baustelle herum gebildet hatte. Schon nach wenigen Schritten hatte sich ein feuchter, schmutziger Rand auf ihren Schuhen gebildet.

Die Eingangstür stand offen, sie und Brinkhoff eilten das enge Treppenhaus hinauf bis zu einer Tür, auf der die Namen „Moritz/Kruse" standen. Sie mussten eine Zeit lang warten, bis ihnen auf ihr Klingeln geöffnet wurde.

Torsten Brinkhoff bemerkte, dass er feuchte Hände hatte, und fühlte seinen Puls in den Schläfen hämmern. Maria Plasberg schien seine Anspannung zu spüren, denn plötzlich zog sie ihn von der Tür zurück und erklärte mit leiser Stimme: „Wir wissen noch gar nichts über den Mann. Es kann alles nur ein dummer Zufall sein. Wir wollen ihn nur befragen. Sie halten die Klappe und werden mir das Reden überlassen, verstanden?"

„Ja, aber …", wollte Brinkhoff einwenden; Plasberg schüttelte jedoch unwirsch den Kopf.

„Kein aber!", sagte sie energisch. „Und hören Sie auf, an Ihrer Dienstwaffe herumzufummeln! Wir sind hier nicht in einem Fernsehkrimi."

Brinkhoff nahm schuldbewusst die Hand vom Futteral. „Tut mir leid", murmelte er.

Die Wohnungstür wurde von einer jungen Frau geöffnet. Nachdem die Kommissare ihre Dienstausweise vorgezeigt hatten, stellte sie sich als Anja Kruse, Lars Moritz' Freundin, vor und bat die Besucher in die Küche der kleinen Zwei-Zimmer-Wohnung. „Woanders ist sowieso kein Platz", brummte sie lethargisch.

Die Frau trug einen abgewetzten, unförmigen Bademantel über einem ausgeleierten T-Shirt und alte rosa Leggins. Wie ein Häufchen Elend ließ sie sich am Küchentisch nieder. Ihre Haare fielen ihr strähnig ins Gesicht und der säuerliche Geruch von Erbrochenem umgab sie. Vor ihr stand ein Glas Wasser und auf ihrem Schoß räkelte sich, unmittelbar nachdem sie Platz genommen hatte, eine rabenschwarze Katze, die die Neuankömmlinge desinteressiert beäugte.

Plasberg entfuhr ein entsetztes Stöhnen, als sie die Katze entdeckte. Nicht schon wieder!, dachte sie, als sie das altbekannte Kribbeln in ihrer Nase verspürte. Sicherheitshalber machte sie einen Schritt rückwärts.

„Halten Sie mir bloß Ihre Katze vom Leib!“, knurrte sie die junge Frau an. Dann sagte sie eine Spur freundlicher: „Wir würden gerne mit Herrn Moritz sprechen. Ist er zu Hause?“

Anja Kruse schüttelte den Kopf und Überraschung machte sich auf den Gesichtern von Plasberg und Brinkhoff breit.

„Er hatte die Anweisung, sich zu unserer Verfügung zu halten! Ist er denn gar nicht zu Hause gewesen?“

„Worum geht es denn?“, fragte Kruse matt zurück. „Ich meine, muss das unbedingt jetzt sein? Können Sie nicht einfach morgen wiederkommen? Mir geht's im Moment wirklich nicht so gut, das sehen Sie ja.“ Sie stieß plötzlich auf und hielt sich die Hand vor den Mund. Dann sagte sie hektisch: „Nicht schon wieder …“, schubste die Katze von ihrem Schoß und rannte ins Badezimmer, wo die Kommissare sie würgen hören konnten. Brinkhoff zog fragend die Augenbrauen hoch, aber Plasberg zuckte auch nur mit den Achseln.

Die Klospülung und der Wasserhahn im Badezimmer wurden betätigt und kurz darauf kam Kruse wieder in die Küche.

„Magen-Darmvirus?“, fragte der Kommissar mitfühlend.

Anja Kruse lachte freudlos auf und ließ sich kraftlos wieder auf den Stuhl fallen, ohne näher auf ihre Erkrankung einzugehen. „Kann ich jetzt endlich mal erfahren, worum es eigentlich geht?“

Plasberg ließ sich von ihr nicht aus der Ruhe bringen. „Haben Sie eine Ahnung, wo sich Ihr Freund im Moment aufhält?“

Die junge Frau zuckte mit den Schultern. „Entweder an der Uniklinik oder bei diesem Pflegeverein, wo er nebenher jobbt. Genau weiß ich es nicht.“

„An der Uniklinik? Was macht er denn da?“

Kruse sah die Kommissarin überrascht an. „Arbeiten, was sonst?“

„Lars Moritz arbeitet an der Uniklinik?“

„Ja, er ist Anästhesiepfleger, wieso? Aber er hat mir gestern erzählt, dass er heute mit der Polizei sprechen müsste wegen des Todes eines Patienten bei dem Pflegedienst", erklärte Kruse schließlich mürrisch. „Vielleicht dauert das länger."

„Das wissen wir. Wir haben die Befragung durchgeführt und ihn dann nach Hause geschickt, um ihm in Ruhe noch ein paar weitere Fragen stellen zu können. Inzwischen hat es einen weiteren Mord gegeben. Ein Milo Scheibner ist umgebracht worden. Sagt Ihnen der Name etwas?"

Kruse schüttelte den Kopf und fasste sich reflexartig an ihren Bauch. „Wieso einen weiteren Mord? Ist der Patient etwa umgebracht worden? Und was hat Lars mit all dem zu tun?"

„Das würden wir gerne Herrn Moritz fragen. Das und ein paar Dinge, die mit dem Tod von Herrn Borowsky zusammenhängen."

Anja Kruse sah die Kommissarin mit weit aufgerissenen Augen an. „Wollen Sie damit sagen, dass Lars mit den beiden Morden in Verbindung steht? Das kann doch nicht Ihr Ernst sein!"

„Ich will gar nichts damit sagen", erwiderte Maria Plasberg. „Aber so wie es aussieht, hatte er Kontakt zu beiden Toten. Wann erwarten Sie Ihren Freund zurück?"

„Ich … ich weiß nicht." Kruse klang einen Moment lang verunsichert. „Eigentlich hätte er längst wieder hier sein sollen. Ich habe schon versucht, ihn über Handy zu erreichen, aber die Mailbox ist ausgeschaltet. Wir wollten heute Nachmittag weiter packen. Wir wären auch schon viel weiter, wenn Lars nicht darauf bestanden hätte, seinen Kram selber zu packen. Ich durfte seine Sachen nicht anrühren."

„Sie fahren in Urlaub?"

Ein schwaches Lächeln huschte über Anja Kruses Gesicht, um gleich darauf wieder von dem genervten Gesichtsausdruck verdrängt zu werden. „Nein. Wir ziehen in ein paar Tagen um, deshalb sieht es hier auch so chaotisch aus … die Wohnung wird bald zu klein sein. Ich bin schwanger. Deshalb kotze ich im Moment auch den ganzen Tag. Von wegen nur morgendliche Übelkeit! Ich sage Ihnen, es ist die Hölle."

„Das geht vorbei", erwiderte Plasberg wissend.

„Ach, hatten Sie auch schon das Vergnügen?", fragte Kruse.

„Zweimal", bestätigte die Kommissarin. Sie erhob sich und warf, ohne um Erlaubnis zu fragen, einen kurzen Blick in die anderen Räume. Tatsächlich waren überall in der Wohnung Kartons und Kisten verstreut, manche noch leer, manche halbvoll mit Büchern, CDs und sorgsam in Zeitungspapier gewickelten Gegenständen, manche schon komplett gefüllt, verschlossen und beschriftet. Regalbretter waren von den Wänden abmontiert und Bilder abgehängt worden, der Kleiderschrank war ausgeräumt. Alles deutete auf einen geordneten Umzug hin, nichts auf eine überstürzte Flucht. Plasberg beschlichen erste Zweifel. Auch wenn sie Brinkhoff vor voreiligen Schlussfolgerungen gewarnt hatte, war die Tatsache, dass Moritz eine Verbindung zu beiden Mordopfern hatte, doch zu verführerisch, um den Mann nicht wenigstens theoretisch als Täter in Betracht zu ziehen, ganz abgesehen von Hanckes Verdächtigung und der Mutmaßung, dass er Borowsky nicht ordnungsgemäß versorgt hatte. Aber jemand, der gerade mit seiner schwangeren Freundin einen Umzug organisierte, passte nicht so richtig in das Profil eines kaltblütigen, zweifachen Mörders. Und was sollte das Motiv sein? Immerhin war da noch der Verdacht gegen die Bergmann-Pohl sowie Timo Auermanns ungeklärtes Alibi. Kontakte zu Borowsky und Scheibner hatte Lars Moritz nur deshalb, weil Scheibner der Nachbar Borowskys gewesen war. Aber sie waren auch in demselben Fitnessstudio. Plasbergs Instinkt sagte ihr, dass es solche Zufälle nicht gab, und sein Verschwinden machte ihn noch verdächtiger. Das Wichtigste war im Moment, seiner habhaft zu werden.

Die Kommissarin kramte ihr Handy aus der Handtasche und hielt mit dem Präsidium Rücksprache, um alles Notwendige für eine Fahndung einzuleiten. Sie gab die ihr bekannten Personendaten durch und forderte einen Streifenwagen an, um die restlichen Daten sowie ein Foto des Flüchtigen aus der Personalakte des Pflegedienstes zu besorgen, und organisierte mühsam eine Überwachung der Wohnung, indem sie sich Beamte aus anderen Kommissariaten auslieh. Falls Moritz den Wunsch verspüren sollte, doch noch zu Hause aufzukreuzen, wollte sie gewappnet sein.

Als die Kommissarin in die Küche zurückkehrte, hatte Anja Kruse ihre momentane Übelkeit vergessen und bestand darauf zu erfahren, wieso die Polizei auf die Idee kam, dass ihr Freund etwas mit den beiden Morden zu tun hatte. „Glauben Sie mir", protestierte sie, „das ist absurd! Ich kenne Lars schon seit Jahren. Der hat noch nie irgendwas angestellt. Der kann noch nicht mal einen Kaugummi im Supermarkt klauen." Jetzt war Kruse sogar ein bisschen amüsiert.

Plasberg dachte angestrengt nach. „Dürfen wir uns in Ihrer Wohnung nachher ein wenig umsehen?"

„Das haben Sie doch gerade schon getan!"

„Ich meinte, ein wenig intensiver."

Kruse zögerte. „Brauchen Sie dazu nicht einen Durchsuchungsbefehl oder so was?"

„Den ich sicherlich ohne Probleme besorgen kann. Und dann stehe ich morgen wieder vor der Tür."

„Na schön", gab Moritz' Freundin unwillig nach. „Aber nur, wenn Sie es kurz machen. Ich möchte wieder ins Bett. Sie werden sowieso nichts finden."

Nachdem Kruse zugestimmt hatte, entspannte sich die Atmosphäre in der Küche ein wenig. Plasberg versuchte, noch mehr Informationen aus Moritz' Lebensgefährtin herauszubekommen, und hätte das anschließende Gespräch sogar als angenehm empfunden, wenn sie nicht diesen turbulenten Tag nach einer schlaflosen Nacht gehabt hätte.

Die Kommissarin wandte ihre altbewährte Taktik an, die Menschen einfach reden zu lassen. Damit sie erst einmal auf einem neutralen Gebiet das Vertrauen von Anja Kruse gewinnen konnte – soweit das überhaupt möglich war –, lenkte sie das Gespräch vorsichtig in Richtung Schwangerschaft. Immerhin war das eine Erfahrung, die beide Frauen miteinander verband. Der Trick schien zu funktionieren, denn Moritz' Freundin erzählte plötzlich mehr, als sie eigentlich hatte preisgeben wollen. Darüber, dass Moritz sich scheinbar nicht über die Schwangerschaft freuen könne, obwohl sie seit Jahren versucht hatten, ein Kind zu bekommen; dass er launischer war als sonst; dass er immer häufiger und ohne einen plausiblen Grund zu nennen, verspätet nach Hause kam; und dass er in den letzten Wochen manchmal nach Alkohol roch. Fast schien es, als wäre Anja Kruse froh darüber, jemandem von ihren Sorgen erzählen zu können, wobei sie völlig vergaß, wen sie vor sich sitzen hatte.

„Es ist komisch", sagte sie, „ich verstehe gar nicht, wieso er so merkwürdig ist in letzter Zeit." Anja Kruses Stimme wurde bei dem letzten Satz sehr leise, als ob sie lieber verborgen hätte, dass ihre Beziehung zu ihrem Freund nicht so problemlos war, wie es zu Beginn der Unterhaltung den Anschein gehabt hatte.

Plasberg hakte sofort nach. „Ihr Lebensgefährte hat sich in letzter Zeit verändert?"

„Es … es hat bestimmt nichts mit dieser Sache hier zu tun", verteidigte Anja Kruse ihn zögernd. „Ich glaube, es hängt eher mit dem Baby zusammen. Seit wir wissen, dass ich schwanger bin, ist er … anders. Zurückgezogen, geistesabwesend und manchmal sogar richtig streitsüchtig. So kenne ich ihn gar nicht. Er sagt mir nicht, wohin er geht, wenn er die Wohnung verlässt. Vielleicht … vielleicht hat er das mit dem Kind noch nicht so ganz verkraftet …" Sie sah Plasberg hoffnungsvoll an, als könnte die Kommissarin ihre vagen Befürchtungen zerstreuen, und redete dann weiter. „Er weigert sich sogar, mit mir über die ganzen Anschaffungen zu sprechen, Sie wissen schon: Wiege, Kinderwagen und so 'n Zeug. Nicht mal über einen Namen will er diskutieren. Erst nach dem Umzug, sagt er immer. Aber das sind alles nur Ausflüchte …"

„Warum sind Sie beide so darauf fixiert, schon jetzt ein Kind zu bekommen?", fragte Plasberg. „Sie sind doch gerade … Anfang dreißig? Da ist doch noch Zeit."

Kruse zuckte mit den Schultern. „Lars ist Ende dreißig, aber abgesehen davon: warum nicht? Wir beide mögen Kinder und Lars ist es wahrscheinlich deshalb so wichtig, weil er aus einer kaputten Familie kommt. Sie wissen schon: Scheidungskind, den Vater nie richtig kennengelernt … das Übliche halt."

„Und jetzt ist es so weit und die Beziehung steckt in einer Krise", erwiderte die Kommissarin nachdenklich. „Interessant."

„Erst letzten Samstag hatten wir wieder Krach", gab Kruse zu. „Er kam am Abend von irgendeinem seiner Patienten zurück und war total schlecht gelaunt. Ich hab ihn nur gefragt, wie sein Tag war, weil wir uns seit dem Morgen nicht mehr gesehen hatten, und Lars ist daraufhin völlig ausgetickt. Er hat mich sogar angeschrien: Ich solle mich um meinen eigenen Mist kümmern, es ginge mich einen Scheißdreck an, was er während seiner Dienstzeit tue …"

Maria Plasberg warf Torsten Brinkhoff einen kurzen Blick zu. Samstagabend hatte Moritz seinen ersten und einzigen Einsatz bei Axel Borowsky gehabt.

„… dabei wollte ich nur nett sein, weil ich gemerkt habe, dass es nicht so toll gelaufen sein konnte", fuhr Anja Kruse fort, die von dem Blickwechsel nichts mitbekommen hatte. „Na ja, die Stimmung war danach im Eimer. Lars hat den Rest des Abends vor sich hin gebrütet und ich bin früh ins Bett gegangen. Wohin ich übrigens auch jetzt gerne wieder verschwinden würde, wenn Sie nichts dagegen haben. Ich fühle mich ziemlich klapprig."

Plasberg verstand den Wink mit dem Zaunpfahl, tat aber so, als hätte sie es nicht gehört. „Wissen Sie, wo ihr Freund am Dienstagabend zwischen 20:30 und 22:00 Uhr war?" Für die Tatzeit des Scheibner-Mordes hatte Moritz nur ein sehr wackeliges Alibi, Plasberg war neugierig, was er während der Zeit des Borowsky-Mordes gemacht haben wollte.

Anja Kruse starrte die Kommissarin kopfschüttelnd an. „Sie lassen wohl nicht locker, was? Lars war abends die ganze Woche über hier, mit mir. Wir haben Kartons gepackt. Wieso?" Sie sah Plasberg in die Augen, ohne den Blick zu senken, aber die Kommissarin hatte trotzdem das Gefühl, dass Kruse zum ersten Mal an diesem Abend log. Sie war ziemlich sicher, dass sie keine Ahnung hatte, wo ihr Freund zu diesem Zeitpunkt gewesen war. Plasberg wollte nachhaken, aber in diesem Moment wurde Kruse erneut kreidebleich und stürzte wortlos ins Badezimmer. Die Kommissarin ergriff die sich bietende Möglichkeit beim Schopf.

„Gehen Sie ins Wohnzimmer und sehen Sie sich ein bisschen um", sagte sie zu Brinkhoff. „Ich gehe und kümmere mich um die werdende Mutter. Ist wahrscheinlich sowieso gut, wenn ich wieder in Übung komme", fügte sie mehr zu sich selber hinzu.

„Aber es ist doch alles schon verpackt!", wandte Brinkhoff ein.

„Dann packen Sie eben alles wieder aus!“, zischte ihm die Kommissarin ins Ohr.

Zögernd betrat Brinkhoff das Wohnzimmer. Wie sollte er hier irgendetwas finden, was ihnen weiterhelfen könnte? Unschlüssig wanderte er zwischen den braunen Umzugskartons umher und las die Beschriftungen. „Krimskrams“ hatte jemand mit einem schwarzen Filzschreiber auf einen Karton geschrieben, „Bücher“ auf einen anderen, „Keller“ auf einen dritten. Welche dieser Kisten sollte er sich vornehmen? Eine? Alle? Wenn es nach Plasberg ging, wahrscheinlich alle. Brinkhoff fuhr sich müde durch seine widerspenstigen Haare und wollte sich gerade vor den Karton knien, der laut Aufschrift Krimskrams enthielt, als sein Blick auf zwei weitere Umzugskisten fiel, die nebeneinander an der Wand standen. „Schreibtisch/Anja“ und „Schreibtisch/Lars“. Brinkhoff öffnete den zweiten Karton. Obenauf fand er die üblichen Utensilien: Locher, Taschenrechner, ein früheres Marmeladenglas mit Stiften, Dosen voll mit Büroklammern und Heftzwecken, Druckerpapier, CD-Rohlinge, Floppy-Disks, einen zerfledderten Duden, ein medizinisches Nachschlagewerk, Notizblöcke. Nichts Außergewöhnliches.

Als die Badezimmertür aufging, fuhr Brinkhoff erschrocken zusammen, als würde er gleich bei etwas Illegalem ertappt. Plasberg begleitete die Freundin von Moritz ins Schlafzimmer. „Machen Sie sich keine Sorgen“, sagte sie so laut zu Kruse, dass Brinkhoff sie ebenfalls hören konnte. „Ich bringe Sie noch eben ins Bett. Die Übelkeit ist nur vorübergehend.“

„Hoffentlich“, hörte Brinkhoff Anja Kruse erschöpft murmeln. „Neun Monate halte ich das nicht aus.“

„Das ist nur am Anfang so. Sie werden sehen, in ein paar Wochen haben Sie diese Phase überstanden“, beruhigte Plasberg die junge Frau und tätschelte ihr fast mütterlich den Kopf. „Danach schwellen Ihnen allerdings die Beine an und Sie werden das Gefühl haben, eine Wassermelone mit sich herumzuschleppen. Ach ja, die ständigen Rückenschmerzen hätte ich beinahe vergessen.“

„O Gott“, stöhnte Kruse und dann klappte hinter den beiden die Schlafzimmertür zu. Brinkhoff atmete auf und widmete sich wieder dem Umzugskarton. Hastig wühlten sich seine Fingern nach unten durch, bis ihm plötzlich am Boden des Kartons mehrere unbeschriftete Din-A-4-Hefter in die Finger fielen. Der erste Hefter enthielt eine Sammlung von Notizen und Karteikarten. Brinkhoff sah sie flüchtig durch. Die Sachen hatten offensichtlich mit einer Fortbildung in Moritz' Job als Anästhesiepfleger zu tun, waren nummeriert und sortiert nach einem Schema, das Brinkhoff nicht verstand. Ein zweiter Ordner enthielt ähnliches Material, zusammen mit einigen Skripten und Mitschriften weiterer Fortbildungen. Der zuunterst liegende Ordner sah älter aus als die anderen, die Ränder waren abgewetzt und hatten Eselsohren und er war viel dünner. Als Brinkhoff das Band öffnete, mit dem er zusammengehalten wurde, rutschte ihm ein Kuvert mit ein paar Fotos entgegen. Er betrachtete die Fotos genauer und als er erkannte, wer darauf zu sehen war, stieß er einen überraschten Pfiff aus. Er wollte sich gerade dem restlichen Inhalt der unscheinbaren Mappe widmen, als sich die Schlafzimmertür öffnete und Plasberg heraustrat. Hektisch winkte er die Kommissarin zu sich und zeigte ihr seinen Fund. „Hier!“, sagte er aufgeregt. „Können Sie die beiden erkennen?“

Plasberg schaute sich die zwei Personen auf den Bildern an. „Der eine sieht aus wie Lars Moritz, eindeutig. Nur etwas jünger und ohne Bart. Und der andere … ist das nicht …? Nein, das kann nicht sein, oder?“ Die Kommissarin schien die Sprache verloren zu haben.

„Doch“, unterbrach Brinkhoff sie grinsend. „Wir sind auf Gold gestoßen.“

„Moment!“ Plasberg riss ihm eines der Fotos aus der Hand und verschwand damit im Schlafzimmer. Brinkhoff hörte leises Gemurmel und dann ganz deutlich Anja Kruses erregte, ungläubige Stimme. „Nein, das ist ja lächerlich! Das hätte er mir schon längst erzählt!“ Ein paar Augenblicke später kehrte die Kommissarin mit einem nachdenklichen Gesichtsausdruck wieder zurück. „Sie hat keine Ahnung, wer die andere Person ist. Behauptet sie jedenfalls. Sie hätte das Foto noch nie vorher gesehen.“

„Und sie streitet alles ab, was damit zusammenhängt?“

Plasberg nickte langsam. „Natürlich. Wenn man bedenkt, dass sie gerade schwanger ist, ist das ja auch ein ziemlicher Schock. Wir müssen Moritz finden. Unbedingt!“

Den Rest der Wohnung zu durchsuchen, ersparten sich die Kommissare fürs Erste. Das konnte im Laufe des nächsten Tages immer noch der Erkennungsdienst machen und würde doch auf nichts Interessanteres stoßen als das, was sie schon in den Händen hatten. Da waren sich Brinkhoff und Plasberg ausnahmsweise einig. Sie verabschiedeten sich von Anja Kruse, die seit der Betrachtung des Fotos verstört auf dem Bett lag. Sie baten die Frau, sie sofort zu verständigen, falls Moritz sich bei ihr meldete, und Kruse nickte ihr Einverständnis. Ihre Hände lagen schützend um ihren Bauch.

„Mir ist eben etwas eingefallen“, sagte sie, als Plasberg die Tür schließen wollte. „Heute Vormittag hat Lars einen Anruf gehabt. Ich weiß nicht, von wem. Nur, dass es ein Mann war, der noch nie bei uns angerufen hat. Danach war Lars ganz durcheinander und hat Hals über Kopf die Wohnung verlassen. Hilft Ihnen das irgendwie weiter?“

„Im Moment nicht. Aber vielleicht später. Haben Sie jemanden, den Sie anrufen können? Jemand, der sich um Sie kümmern kann?“, fragte Plasberg.

„Was?“, fragte Kruse verwirrt. „Nein … danke. Es geht schon. Ich komme klar, denke ich. Lars … ich will erst mit Lars reden. Und jetzt gehen Sie bitte.“ Damit drehte sie ihnen den Rücken zu und starrte aus dem Fenster.

„Gott sei Dank“, atmete Plasberg erleichtert auf, als sie im Freien waren. „Noch fünf Minuten länger in dieser katzenverseuchten Bude und ich wäre erstickt!“

„Sie sollten sich mal desensibilisieren lassen“, bemerkte Brinkhoff und versuchte, ein Frösteln zu unterdrücken. Inzwischen war es Abend geworden und ein kühler Wind pfiff um sie herum.

„Und Sie können sich Ihre Ratschläge sonst wo hinstecken“, knurrte Plasberg und sah an den Baustellen vorbei unentschlossen die Straße hinab. „Kommen Sie, wir gehen eine Kleinigkeit essen. Da vorne gibt es einen Italiener. Ich brauche dringend etwas Essbares und dann brauche ich einen Schnaps. Das ist ja wirklich ein Hammer!"

Brinkhoff, dessen Magen schon seit geraumer Zeit grummelte, nickte dankbar.

Siebzehn

In der Pizzeria roch es nach Kerzenruß und Knoblauch. Trotz des bevorstehenden Wochenendes waren die meisten Plätze leer. Dennoch setzten sich die beiden Kommissare an einen der Tische im hinteren Teil des Restaurants, wo sie ungestört miteinander reden konnten. Aus einer Lautsprecherbox, die zwischen künstlichen Efeuranken versteckt war, rieselten Schlager von Adriano Celentano auf sie herab. Jemand hatte versucht, mit einigen römischen Säulen aus Pappmaché an den Wänden das italienische Flair des Restaurants zu verstärken. Fotografien des Kolosseums vervollständigten das Ambiente. Ein junger Kellner mit schwarzen, stark gegelten Haaren und einem dunklen Bartschatten kam auf sie zu, grinste breit, als er den Kommissar sah, und zwinkerte ihm ungeniert zu. Brinkhoff wurde rot und geriet ins Stottern, während er seine Bestellung aufgab.

„Interessiert?", raunte Plasberg ihm zu.

„Ich k-kann doch n-nichts dafür!", verteidigte sich Brinkhoff hilflos, nachdem der Kellner ihre Getränke gebracht und wieder gegangen war, und hatte das Gefühl, dass seine Wangen wie Feuer brannten. Hastig nahm er einen Schluck Kölsch, nur um sofort enttäuscht das Glas wieder abzusetzen. „O je, das ist *Sion*", sagte er.

„Bitte?"

„*Sion* Kölsch", wiederholte der Kommissar. „Schmeckt mir nicht. Ich trinke am liebsten *Mühlen* oder *Früh*."

„Na, Sie scheinen sich ja schon ganz gut eingelebt zu haben. Ich kann einen Unterschied zwischen den Kölsch-Sorten bis heute nicht herausschmecken und ich lebe schon wesentlich länger als Sie in Köln." Plasberg grinste amüsiert und wechselte das Thema. „Geben Sie mir endlich diese Fotos", sagte sie.

Brinkhoff zerrte den Hefter unter seiner Jacke hervor und die Kommissarin öffnete das Kuvert mit den Bildern. Es waren vier Stück. Auf der Rückseite war das Datum der Filmentwicklung zu lesen: Oktober 2001. Alle Fotos zeigten dieselben beiden jungen Männer, die an einem Strand vor grauem Meer posierten. Im Hintergrund konnte man ein paar einsame Strandkörbe mit blauweißen Bezügen erkennen und die Silhouette von Dünen mit karger Vegetation. Der Himmel über den beiden Männern war wolkenverhangen und Wind fegte durch ihre Anoraks.

Wahrscheinlich Nord- oder Ostsee, dachte Plasberg, und dann auch eher im frühen Herbst als im Hochsommer.

Trotz des fehlenden Bartes und einer völlig anderen Frisur war der eine der beiden unschwer als Lars Moritz zu erkennen. Auf allen Fotos grinste er verschämt in die Kamera; fast sah es so aus, als flirte er mit der Person hinter der Linse. Der andere Mann war erheblich schwerer wiederzuerkennen. Die kurz geschnittenen, glatten Haare, der angedeutete Kinnbart und das breite Lachen, vor allem aber der ein wenig stämmige Körperbau ließen sich kaum mit der Person verbinden, die die Kommissare wenige Tage zuvor tot aufgefunden hatten. Trotzdem waren sich beide mittlerweile sicher, diese weit aufgerissenen Augen und die hervorstehenden Wangenknochen schon einmal gesehen zu haben, wenngleich unter ganz anderen Umständen.

„Kein Zweifel", sagte Brinkhoff, nachdem er die Fotos noch einmal eingehend studiert hatte. „Das ist Axel Borowsky."

„Ich hätte ihn fast nicht wiedererkannt", erwiderte Plasberg. „So gesund und … lebendig." Noch immer war sie überrascht von der Wendung, die der Fall zu nehmen schien.

„Und die beiden waren ein Paar!" Brinkhoff deutete auf die Posen, die die beiden Männer auf den Bildern einnahmen. Auf dem einen waren sie Hand in Hand zu sehen, auf zweien hatte Moritz seinen Arm um Borowskys Schulter gelegt und auf dem letzten fuhr Axel Borowsky Lars Moritz zärtlich durch die Haare.

Der Kellner näherte sich mit ihren Gerichten und die Kommissare unterbrachen ihr Gespräch, bis er ihnen umständlich das Essen serviert hatte. Brinkhoff tat, als bemerkte er nicht, dass der Unterarm des Kellners dabei mehrmals seinen Handrücken streifte. Während er Brinkhoffs Platz eindeckte, fiel der Blick des Mannes auf die Fotos.

„Hübsches Paar. Sind das Freunde von dir?", sagte er wie zur Bestätigung und lächelte den Kommissar an.

„Äh … nein", antwortete Brinkhoff gereizt und bedeutete dem Mann, dass er und die Kommissarin gerne in Ruhe gelassen werden würden. Der Kellner hob beschwichtigend die Hände und entfernte sich.

„Moritz war früher also mal schwul und er hatte was mit Borowsky?", fragte Plasberg, als bräuchte sie von Torsten Brinkhoff eine Bestätigung des Offensichtlichen. Dabei schnitt sie ein Stück von ihrer Salamipizza ab und fuchtelte ihrem Kollegen mit der Gabel vor der Nase herum.

Der Kommissar widmete sich seinen Spaghetti alla Carbonara. „Sieht ganz so aus", erwiderte er mit vollem Mund.

„Und jetzt ist er heterosexuell und seine Freundin bekommt ein Kind von ihm?"

„Warum nicht?", erwiderte Brinkhoff achselzuckend. „Nach dem Datum der Bilder liegt ihre Affäre einige Jahre zurück. Vielleicht steht Moritz ja auf Männer und Frauen."

Plasberg lachte ungläubig auf und schloss die Augen. „Ich begreife das alles nicht", sagte sie erschöpft. „Wir suchen nach Anhaltspunkten, die Moritz mit dem Mord an Scheibner in Verbindung bringen, und finden heraus, dass er und Borowsky sich kannten. Das verstehe, wer will."

„Und seine Freundin hat davon nichts gewusst?"

„Wovon? Dass sie sich kannten oder dass die beiden was miteinander gehabt haben?"

„Beides." Die Nudeln auf Brinkhoffs Teller verschwanden in kürzester Zeit. Erst während er aß, bemerkte er, wie viel Hunger er gehabt hatte.

Plasberg schüttelte den Kopf und beobachtete belustigt, wie Brinkhoff sein Essen herunterschlang. „Ich bin sicher, dass sie mir nichts vorgespielt hat. Sie hat diese Bilder zum ersten Mal in ihrem Leben gesehen. Moritz hat ihr nichts von seiner Vergangenheit erzählt."

Brinkhoff kratzte die letzten Spaghetti vom Teller und seufzte zufrieden auf. „Vergangenheit! Wie sich das schon anhört! Als hätte er was Unanständiges getan. Er war mit einem Mann im Bett, weiter nichts."

„Für manche Leute ist das etwas Unanständiges! Sie haben ja gesehen, wie Anja Kruse reagiert hat", antwortete Plasberg achselzuckend. Dabei vergaß sie wohlweislich, dass sie vor noch gar nicht allzu langer Zeit ähnlich gedacht hatte.

„Und wenn er beide umgebracht hat?", überlegte Brinkhoff laut. „Ich meine Moritz. Wenn er Scheibner und Borowsky getötet hat?"

Plasberg schüttelte unbefriedigt den Kopf. „Warum? Für den Mord an Scheibner haben wir nur Katrin Hanckes Aussage, dass Moritz von ihrem feinen Freund erpresst wurde ..."

„... weil Scheibner zur Tatzeit des Mordes an Borowsky Moritz im Hausflur gesehen hat", unterbrach der Kommissar. „Passt doch! Ein Mord, um ein früheres Verbrechen zu vertuschen."

„Und wieso sollte Moritz Borowsky umbringen? Wo ist das Motiv? Nur, weil sie früher mal was miteinander hatten? Sie haben doch gerade selbst angedeutet, dass das heute keinen mehr juckt. Aber selbst wenn: Warum hätte Moritz ihn dann erst jetzt umgebracht, warum nicht viel früher? Die Affäre liegt doch schon Jahre zurück! Da hat die Bergmann-Pohl ein besseres Motiv, weil Borowsky ihr beim Abrechnungsbetrug auf die Schliche gekommen ist. Selbst Timo Auermann hatte ein größeres Interesse, seinen Onkel tot zu sehen."

„Vielleicht hatten sie nach ihrer Affäre keinen Kontakt mehr und Moritz wusste gar nicht, wo er Borowsky finden konnte."

„Sie meinen, es war ein zufälliges Wiedersehen?"

„Wäre doch möglich."

„Möglich ist vieles. Die Frage ist nur, ob es wahrscheinlich ist." Plasberg war nun ebenfalls fertig mit Essen und kramte aus ihrer Handtasche einen kleinen Taschenspiegel heraus. Sie betrachtete ihre übermüdeten und immer noch tränenden Augen und setzte verdrossen ihre Sonnenbrille auf, obwohl im Restaurant dämmriges Licht herrschte. „Aber nehmen wir einfach mal an, es war tatsächlich so. Borowsky und Moritz sind also vor ein paar Jahren mal miteinander im Bett gewesen. Dann entscheidet sich Moritz, dass er lieber doch nicht homosexuell ist, beendet die Affäre, und die beiden verlieren sich aus den Augen. Moritz lernt Anja Kruse kennen. Und dann, eines Tages, wird er zufällig bei seinem ehemaligen Liebhaber als Pfleger eingesetzt, erscheint Samstag zum Dienst, fängt Streit mit ihm an und gibt ihm das schmerzstillende Medikament nicht. Dann geht er seelenruhig nach Hause, packt seine Umzugskisten und kehrt am Dienstag noch einmal zurück, um Borowsky aus heiterem Himmel zu erstechen. Einfach so? Das ist mir zu billig."

„Vielleicht hat Moritz Angst gehabt, Borowsky könnte ihn erpressen."

„Ach, und womit?"

„Er könnte gedroht haben, Moritz' schwangerer Freundin von ihrer Liebschaft zu erzählen", spekulierte Brinkhoff wild, auch wenn er wusste, dass diese Vermutung weit hergeholt war.

Die Kommissarin holte ihn auch sofort auf den Boden der Tatsachen zurück. „Woher sollte Borowsky denn gewusst haben, dass Moritz jetzt eine Freundin hat? Und außerdem – Anja Kruse war zwar schockiert und fassungslos, aber sie hat mir nicht den Eindruck gemacht, als würde sie deshalb ihren Freund verlassen", sagte sie und zerknüllte ihre Papierserviette.

„Täuschen Sie sich nicht. Die Leute haben mehr Vorurteile, als Sie glauben! Was würden Sie denn sagen, wenn Sie erfahren würden, dass Ihr Exmann vor der Ehe mit Ihnen etwas mit einem Mann gehabt hat?", schoss Brinkhoff zurück.

„Eric?" Die Idee erschien ihr so absurd, dass Plasberg in lautes Gelächter ausbrach. „Ich traue meinem Exmann ja einiges zu, aber das nicht!", sagte sie schließlich.

„Immerhin könnte man dadurch Timo Auermanns Aussage, dass er Moritz am Samstagabend sehr schlecht gelaunt bei Borowsky getroffen hat, in einem ganz neuen Licht sehen!"

Plasberg dachte plötzlich an etwas, das Timo Auermann ein paar Stunden zuvor gesagt hatte. Wie hatte der Junge sich ausgedrückt? Er hatte den Eindruck gehabt, dass Borowsky auf einmal Angst vor dem Pflegedienst gehabt hätte … vielleicht hatte Borowsky tatsächlich Angst gehabt, allerdings nicht vor dem gesamten Pflegedienst, sondern nur vor einer Person, nämlich vor Lars Moritz. Vielleicht war es nicht Borowsky gewesen, der etwas gegen Moritz in der Hand gehabt hatte – wie Brinkhoff vermutete –, sondern Moritz, der etwas gegen Borowsky in der Hand hatte. Das würde erklären, warum Borowsky von heute auf morgen dem Dienst gekündigt hatte. Vielleicht hatte er gehofft, damit Moritz wieder loszuwerden. Lars Moritz arbeitete als Aushilfe bei *Herzlich versorgt*. Da er für Klaus Armbruster an dem Samstag eingesprungen war, war sein Name auch nicht im Dienstplan aufgetaucht und Borowsky hatte nicht gewusst, dass jemand anders als der gewohnte Pfleger bei ihm auftauchen würde. Als Moritz dann in der Tür stand, hatte er Panik bekommen … aber angenommen, es hatte sich so abgespielt: Wieso hatte Moritz Borowsky dann nicht schon am Samstagabend umgebracht, sondern erst drei Tage später? Erschwerend kam hinzu, dass Moritz für die Tatzeit ein Alibi vorzuweisen hatte, und auch, wenn Plasberg sicher war, dass Anja Kruse ihren Freund deckte, konnte sie nicht das Gegenteil beweisen … und vor allen Dingen: Warum und womit sollte Moritz Borowsky bedrohen oder erpressen? Das Einzige, was mittlerweile feststand, war, dass Moritz Dreck am Stecken hatte – sonst wäre er nicht untergetaucht.

Plasberg schüttelte schließlich den Kopf. „Nein, nein, nein! Wenn ich diese Hypothese morgen bei der Frühbesprechung Eikner präsentiere, noch dazu komplett ohne Beweise, werde ich gekreuzigt."

„Morgen ist Samstag", erinnerte Brinkhoff Maria Plasberg. „Wochenende."

„Und?", fragte die Kommissarin lauernd. „Die MK tritt trotzdem zusammen. Oder denken Sie im Ernst, wir können es uns in einer solchen Situation leisten, mal eben zwei Tage auszuspannen? Dann denken Sie noch mal, Mann!"

Torsten Brinkhoff sackte in sich zusammen. Aber er hatte schon damit gerechnet und in Wochenendstimmung war er sowieso nicht. Immerhin gab ihm Plasberg in einem Nachsatz recht, dass der Chef des KK 11 am Wochenende wahrscheinlich nicht anwesend sein würde. „Zum Glück!", brummte sie. „Reichen Sie mir mal die Mappe, in der Moritz die Fotos aufbewahrt hat. Vielleicht ist da noch mehr drin."

Plasberg steckte die Hand in die Tüte und zog triumphierend zwei DIN-A-4-Seiten heraus, offensichtlich maschinell erstellt. Sie legte sie so auf den Tisch, dass auch Brinkhoff sie lesen konnte. Oben auf der ersten Seite standen Lars Moritz' Name und sein Geburtsdatum sowie eine Art Kennziffer, wie sie von Behörden benutzt wurde. Rechts daneben stand ein Datum von vor drei Wochen. Der Rest der Seiten war über und über mit Zahlen und Kürzeln bedruckt, die für Plasberg keinen Sinn ergaben. Für Brinkhoff aber offensichtlich schon, der sich plötzlich interessiert über den Tisch beugte und die Blätter eingehend studierte.

„Ich habe so etwas schon mal gesehen", murmelte er. „Das ist ein Laborbericht für eine Arztpraxis." Brinkhoff blieb plötzlich der Mund offen stehen. „Natürlich ... das sind die Auswertungen einer Blutabnahme. Hier steht auch die Anschrift des Instituts! Dr. Grassling hat mir vor zwei Tagen einen ähnlichen Bogen unter die Nase gehalten, als er mir zeigen wollte, wie schlecht Borowskys Gesundheitszustand kurz vor seiner Ermordung war. Sonst könnte ich mit den Kürzeln auch nichts anfangen." Er zeigte mit dem Finger auf ein paar der Abkürzungen. „Hier, sehen Sie ... das sind die Leberwerte ... Hämoglobinwerte und das hier ..." Er stutzte und sah Plasberg an. „... das sind die CD-4-Helferzellen und die Viruslast im Körper", beendete er langsam den Satz.

„Moment mal", sagte die Kommissarin überrascht. „Wollen Sie damit sagen ..."

Brinkhoff nickte. „Sieht ganz so aus. Moritz ist mit dem HI-Virus infiziert."

„O mein Gott", fluchte Plasberg leise. „Borowsky hat Moritz angesteckt, damals, während ihrer Affäre! Jetzt ergibt alles einen Sinn! Sie haben doch gesagt, dass Dr. Grassling erwähnt hat, Borowsky war einer seiner ältesten Patienten. Er hätte ihn seit über zehn Jahren behandelt. Das erfüllt den Tatbestand vorsätzlicher schwerer Körperverletzung! Mal angenommen, das hier ist Moritz' erstes Testergebnis und er hat bisher noch gar nicht gewusst, dass er positiv ist, dann …" Plasberg bekam große Augen, als ihr die Implikationen ihrer Vermutung klar wurden, „… dann hat er unwissentlich vielleicht auch seine Freundin angesteckt!"

„Und das Kind, das sie bekommt."

„Na, wenn das kein Motiv für einen Mord ist!", sagte Plasberg. „Moritz erfährt sein Testergebnis, sein Leben und das seiner Familie bricht vor seinen Augen zusammen, nachdem sie jahrelang versucht haben, ein Kind zu kriegen, und dann läuft er zufällig Borowsky über den Weg. Er stellt ihn am Samstag zur Rede, die beiden bekommen Streit – dessen Ende Timo Auermann mitbekommt, als Moritz wütend seinen Einsatz beendet. Borowsky kündigt am nächsten Tag den Pflegedienst und benutzt Bergmann-Pohls finanzielle Manipulationen, um einen Grund für die fristlose Kündigung des Pflegevertrags zu haben. Der wahre Grund aber ist, dass er Angst vor einer weiteren Begegnung mit Moritz hat – zu Recht, denn Moritz kehrt am darauffolgenden Dienstag zurück, bringt Borowsky um, wird aber dabei von Scheibner gesehen, der wiederum eins und eins zusammenzählt, und Moritz mit seinem Wissen erpresst. Daraufhin nutzt Moritz die erstbeste Gelegenheit und bringt auch noch Scheibner um."

„Aber es gibt da noch ein paar Ungereimtheiten, die mir nicht einleuchten", wandte Brinkhoff ein. „Erstens, selbst wenn Moritz keine Ahnung hatte, wo Borowsky in den letzten Jahren abgeblieben war, was ich ebenfalls für unwahrscheinlich halte – wozu gibt es eine Auskunft? –, wieso versucht er nicht, sich sofort nach Erhalt des Testergebnisses mit ihm in Verbindung zu setzen? Zweitens, er muss Borowsky doch anhand des Patientennamens auf seinem Dienstplan sofort wiedererkannt haben! Wieso lässt er sich überhaupt bei Borowsky als Pflegekraft einsetzen? Und drittens, wieso bringt er ihn erst am Dienstag um, warum nicht schon am Samstag?"

Die Kommissarin stützte den Kopf auf ihre Hände, stöhnte leise auf und nickte. Brinkhoff hatte recht – und sie brauchte dringend Feierabend. Vielleicht war sie morgen in der Lage, etwas klarer zu sehen. Ein Blick auf die Uhr sagte ihr, dass es schon nach acht Uhr war. Niklas und Ruth warteten wahrscheinlich schon seit Stunden auf ihre Rückkehr. Plasberg winkte den Kellner heran und bezahlte die Rechnung.

„Gehen wir schon?", fragte Brinkhoff erstaunt.

„Der Tag war doch nun wirklich lang genug, oder? Wenn die Fahndung nach Moritz etwas bringt, informiere ich Sie. Gehen Sie nach Hause und träumen Sie von Ihrem italienischen Verehrer! Mehr können wir im Moment sowieso nicht tun", spöttelte Plasberg.

„Ich vielleicht schon!", grinste Brinkhoff schlagfertig und zeigte ihr den Bierdeckel mit einer Telefonnummer, den ihm der Kellner unauffällig zugesteckt hatte. Als der Kommissar Plasbergs sprachloses Gesicht sah, fühlte er sich, als hätte er einen ersten Punktsieg über seine neue Chefin errungen. „Na schön", gähnte er dankbar. Nach dem Essen war er noch müder als vorher. Mittlerweile war der Wunsch nach einem heißen Bad und seinem Bett fast übermächtig. Brinkhoff verabschiedete sich von seiner Kollegin und versprach, am nächsten Morgen pünktlich im Büro zu erscheinen. Er wartete, bis Plasberg in ihren eigenen Wagen gestiegen war, und sah den Rücklichtern nach, bis sie in der Dunkelheit verschwunden waren. Dann setzte er sich hinter das Steuer seines eigenen Autos. Während der kurzen Fahrt über den Rhein zum Gotenring kurbelte er das Fenster herunter, um sich vom frischen Fahrtwind auf der Severinsbrücke seine Müdigkeit vertreiben zu lassen. Seine Gedanken kreisten wie in einer Endlosschleife um die beiden Morde. War es möglich, dass der Pfleger Borowsky und Scheibner ermordet hatte? Wie mochte es in einem Mann aussehen, der plötzlich vor den Trümmern seines Lebens stand?

Brinkhoff räusperte sich unwirsch und versuchte, das Gesicht des bärtigen Mannes aus seinem Kopf zu verbannen. Schließlich warf er eine CD in den CD-Player und summte ein paar Takte von Otis Reddings *Sittin' on the Dock of the Bay* mit. Danach begann er langsam, sich besser zu fühlen.

Mit schweren Gliedern und viel langsamer, als es eigentlich ihre Art war, steuerte Maria Plasberg ihren Wagen auf die Severinsbrücke, um auf die andere Rheinseite zu gelangen. Die letzten Wolken des schlechten Vorherbstwetters hatten sich verzogen und am Abendhimmel konkurrierte die Silhouette des LVA-Turms, wegen dem der Kölner Dom um ein Haar seinen Status als Weltkulturerbe verloren hätte, mit dem überdimensionalen Bogen der Köln-Arena.

Ihre Tochter hing vor dem Fernseher und sah sich eine Comedyshow an, als Plasberg die Tür öffnete, und die Kommissarin bekam sofort ein schlechtes Gewissen, als sie die matschigen Reste einer *McDonald's*-Verpackung auf dem Sofa und das mit Ketchup bekleckerte T-Shirt ihrer Tochter bemerkte. Ruth hatte wieder kein anständiges Abendbrot bekommen, und natürlich war es ihre Schuld. Sie hatte Überstunden gemacht und ihre Kinder mussten darunter leiden – auch wenn Ruth das Menü einer Schnellimbisskette mit Sicherheit eher als Festessen denn als Junkfood betrachtete.

„Hallo, mein Schatz!“ Plasberg nahm ihrer Tochter die Fernbedienung aus der Hand und drehte die Lautstärke herunter, damit sie nicht gegen das Gelächter aus dem Fernseher anbrüllen musste. „Wie war dein Tag?“

Ruth nahm ihre Augen nur einen kurzen Augenblick von der Glotze. „Ganz okay“, sagte sie gelangweilt und dann, wesentlich interessierter: „Werde ich jetzt Tante? Tante Ruth?“

„Was?“, fragte Plasberg verwirrt.

„Na ja, wenn Nina ein Baby bekommt und Niklas der Vater ist, werde ich die Tante von dem Baby. Ist doch logisch.“ Ruth verdrehte die Augen, eine Angewohnheit, die sie unbewusst von ihrer Mutter übernommen hatte.

„Du weißt es also schon“, seufzte Plasberg, räumte die Hamburgerreste beiseite und setzte sich neben ihre Tochter.

„Klar. Ist das nicht irre? Laura aus meiner Klasse ist auch schon Tante, aber ihr Bruder ist mega-alt, schon fast dreißig!“

Ruth klang hellauf begeistert, eine Begeisterung, die Plasberg nicht im Geringsten teilen konnte. Den ganzen Tag über hatte sie die unerfreuliche Begegnung mit Ninas Eltern und Niklas' anschließendem Wutausbruch verdrängt. „Ist Tanja dann eigentlich auch mit dem Baby verwandt?" Ruth sah ihre Mutter fragend an und versuchte angestrengt, die Beziehungsverhältnisse zwischen ihrer Halbschwester – dem Kind, das Eric Plasberg mit seiner zweiten Frau hatte – und dem kommenden Nachwuchs ihres Bruders zu ermitteln.

Plasberg entledigte sich einer Antwort, indem sie sich nach dem Verbleib des Urhebers des ganzen Ärgers erkundigte.

„Niklas ist in seinem Zimmer", antwortete Ruth missmutig. „Hat sich wieder eingeschlossen und das Telefon mitgenommen. „Keine meiner Freundinnen konnte mich heute anrufen."

Plasberg nickte grimmig und ging nach hinten. Erst Timo Auermann und jetzt ihr Sohn. Heute war anscheinend der Tag des An-verschlossene-Türen-von-Teenagern-Klopfens.

„Niklas? Ich bin zu Hause!", sagte sie und pochte an die Zimmertür.

„Lass mich in Ruhe. Verschwinde!", bekam sie wütend entgegnet.

„Niklas, bitte. Ich hatte einen langen und beschissenen Tag!"

„Stell dir vor, den hatte ich auch!" Wenn ihre Tochter sich Plasbergs Mimik angeeignet hatte, dann hatte Niklas den Sarkasmus seiner Mutter geerbt.

Plasberg stöhnte innerlich. „Es tut mir leid", versuchte sie es erneut und knibbelte an einem *Chiquita*-Bananen-Sticker herum, den ihr Sohn an den Türrahmen geklebt hatte, nur weil er zu faul gewesen war, ihn in den Mülleimer zu werfen. „Der Fall, an dem ich arbeite, wird immer komplizierter. Es hat schon wieder einen Mord gegeben."

Falls sie erwartet hatte, dadurch Verständnis bei ihrem Sohn zu wecken, war sie auf dem Holzweg. „Ach ja? Na, dann wird dir ein dritter Mord ja nichts mehr ausmachen! Dann bist du ja abgebrüht genug", warf ihr Niklas unter Anspielung auf die von Ninas Vater in Betracht gezogene Abtreibung vor. Dann stellte er die Musik laut. Anscheinend war die Audienz beendet.

Plasberg legte die Hand an die Zimmertür und ließ sie dann langsam wieder fallen. Wie konnte ihr Sohn so etwas von ihr denken? Glaubte er wirklich, so etwas ginge ihr nicht auch nahe? Verletzt wandte sie sich ab und lief in die Küche, um sich einen Tee zu machen. Mechanisch räumte sie das schmutzige Geschirr in die Spülmaschine, während sie darauf wartete, dass das Wasser kochte, wischte Brotkrümel von der Arbeitsplatte und vom Küchentisch. Da war nichts, was sie tun konnte, um ihrem Sohn zu helfen. Juristisch gesehen besaßen Ninas Eltern die Erziehungs- und Entscheidungsgewalt über ihre Tochter, solange sie minderjährig war. Im Übrigen hatte sie von Nina selbst noch keine klare Aussage darüber gehört, ob sie das Kind denn auch haben wollte. Plasberg konnte sich kaum etwas Schlimmeres vorstellen, als in diesem Alter schon so eine Verantwortung auferlegt zu bekommen.

Ein Türquietschen sagte ihr, dass Niklas seine Festung verlassen hatte.

„Warum willst du eigentlich jetzt schon unbedingt Vater werden?“, sagte sie, als ihr Sohn mit anklagendem Gesichtsausdruck im Türrahmen stand. „Andere Jungs in deinem Alter haben nichts anderes im Kopf als Fußball, Mädchen, Motorräder und Diskotheken. Du dagegen willst Verantwortung für ein Kind übernehmen? Das ist doch nicht normal!“

„Was weißt du schon, was normal ist! Du jagst den ganzen Tag hinter Mördern her! Ist das vielleicht normal?“, fauchte Niklas angriffslustig. „Außerdem weiß ich sehr gut, was es heißt, Verantwortung zu übernehmen. Was glaubst du, was ich getan habe, nachdem du dich von Papa hast scheiden lassen?“

Maria Plasberg zuckte zurück, als ob ihr Sohn sie geschlagen hätte. Niklas wusste ganz genau, in welchen Wunden er bohren musste. „Das ist nicht fair. Es … es tut mir leid“, murmelte sie und meinte damit all die Verletzungen, die ihre Kinder durch die Scheidung hatten ertragen müssen, die Umstellungen, die sie in Kauf genommen hatten, die Jahre der unbeschwerten Kindheit, die sie insbesondere Niklas gestohlen hatte, weil er sich mehr um seine Schwester hatte kümmern müssen, als ihm und ihr lieb gewesen war. Durch ihre Scheidung von Eric und ihren Aufstieg zur Leiterin einer Mordkommission hatte sie Niklas gezwungen, schneller erwachsen zu werden – und nun musste sie mit den Folgen leben.

„Fair?", erwiderte Niklas aufgebracht und Plasberg konnte sehen, dass seine Augen rot und geschwollen waren. „Warum sollte ich fair sein? Du und Ninas Eltern, ihr seid doch auch nicht fair!"

„Aber wie stellst du dir dein Leben in Zukunft vor?", fragte Plasberg. Plötzlich war ihr kalt und sie umschloss mit ihren Händen die Teetasse, um sich die Finger zu wärmen. „Was ist mit der Schule? Mit einer Ausbildung? Wie stellt ihr euch euer Leben vor? Du bist siebzehn! Bist du dir überhaupt sicher, dass du Nina wirklich liebst?"

„Wie sicher warst du dir, als du Papa geheiratet hast?", fragte ihr Sohn zurück.

Plasberg seufzte. „Sehr sicher, zugegeben, aber …"

„Kein aber. Es ist unser Kind und wir sind uns auch sicher." In Niklas' Antwort schwang Gewissheit mit.

„Aber wieso schon jetzt?", begehrte die Kommissarin trotzdem auf. „Warum nicht ein paar Jahre warten und es dann noch einmal versuchen, wenn ihr eine sichere Existenz aufgebaut habt? Ich meine, heutzutage ist eine Abtreibung doch keine große Sache mehr. Oder habt ihr da irgendwelche moralischen Bedenken? Ist Nina religiös oder so was?" Plasberg begriff die Motivation ihres Sohnes einfach nicht. Gleichzeitig fiel ihr auf, dass sie zum ersten Mal in ihrem Leben Niklas wie einen Erwachsenen behandelte, ein Gespräch mit ihm führte, in dem ihr Mutter-Sohn-Verhältnis nur noch zweitrangig war. Niklas mochte tatsächlich erst siebzehn sein, er fuhr für sein Leben gern Skateboard und trug diese grauenvollen Baggy-Jeans, aber schlagartig wurde Maria Plasberg klar, dass er kein Kind mehr war.

„Wir wollen es behalten, weil es da ist", erwiderte Niklas und lehnte sich an das Küchenregal. Zu Plasbergs Entsetzen nahm er eine Zigarette aus seiner Hosentasche und zündete sie sich an, ohne sie um Erlaubnis zu fragen, als wollte er damit seine gewachsene Unabhängigkeit unterstreichen. „Wir haben es nicht geplant, ist doch logo, so blöd sind wir nicht. Wäre schon besser gewesen, wenn das Baby erst später gekommen wäre, so nach 'ner Lehre oder so. Aber jetzt ist es passiert und wir finden es beide cool!"

„‚Cool'", sagte Plasberg skeptisch. Cool war in ihrem Verständnis von Niklas' Sprachgebrauch ein neuer Film mit Will Smith, ein Videoclip von Eminem oder die Fernsehserie *South Park*. „Windelnwechseln und eine durchwachte Nacht mit einem schreienden Blag sind nicht cool. Und bei einem Kind kannst du keine Pause-Taste drücken. Das hast du für die nächsten achtzehn Jahre am Hals, mindestens. Jeden Tag deines Lebens."

„Hast du Ruth und mich jemals als Belastung empfunden?"

„Nein, natürlich nicht! Ich versuche nur, dir klarzumachen, dass du keine Ahnung hast, auf was du oder ihr euch da einlasst."

„Das weiß man vorher nie. Oder hast du das damals gewusst, als du mit mir schwanger warst?", fragte Niklas altklug.

Plasberg fühlte sich ungerechterweise in die Defensive gedrängt. „Ich hatte deinen Vater", verteidigte sie sich. „Wir hatten finanzielle Sicherheit. Wir waren in der Lage, dir und Ruth ein Zuhause zu bieten. Das könnt ihr noch nicht."

Niklas wischte das Argument mit einem Kopfschütteln beiseite. „Du und Papa, ihr habt euch doch schon während des Studiums kennengelernt, oder?"

„Dein Vater war auf der Uni und ich auf der Polizeihochschule. Wieso?", fragte Plasberg misstrauisch.

„Hattet ihr damals auch schon Sex?"

„Wie bitte? Das geht dich überhaupt nichts an!"

„Ich meine ja nur … wenn du damals schon versehentlich mit mir schwanger geworden wärst, und nicht erst ein paar Jahre später … hättest du mich dann auch abgetrieben, nur weil es dir damals nicht in den Kram gepasst hätte?"

Plasberg schwieg. Sie hatte keine moralischen Skrupel vor einer Abtreibung, hatte die religiösen oder moralischen Bedenken der Gegner eines solchen Eingriffs nie nachvollziehen können, aber … „Nein", sagte sie schließlich zögernd. „Wahrscheinlich nicht."

Niklas sah sie triumphierend an. „Der Punkt geht an mich."

„Herrgott, noch mal, Niklas! Das hier ist kein Wettbewerb!"

„Mum", sagte Niklas leise. „Wir wollen nur versuchen, es besser zu machen. Aber ihr gebt uns nicht mal die Chance dazu!"

„Es besser zu machen?", sagte Plasberg betroffen. „Ist das ein Vorwurf?"

„Nein, natürlich nicht. Aber all das, was du einwendest …" Niklas suchte nach den passenden Worten. „Das sind alles Dinge, die sich regeln lassen würden. Irgendwie. Ihr könnt uns nicht einfach etwas wegnehmen, was uns gehört. Uns ganz alleine. Das steht euch nicht zu!" Er sah sie fest an und hielt ihrem Blick stand.

Maria Plasberg lehnte sich geschlagen in ihrem Stuhl zurück und seufzte erneut. Dann nickte sie langsam. Ihr Sohn hatte recht. Es war nicht ihre Entscheidung, sondern die von Nina und Niklas. Ob die beiden finanziell in der Lage waren, eine Familie zu ernähren, war eine zweitrangige Überlegung.

„Schön", sagte sie. „Also gut. Ich werde noch mal mit diesen grauenvollen Leuten sprechen und versuchen, sie zur Vernunft zu bringen. Aber nicht mehr heute. Ich bin völlig gerädert." Sie stand auf und strich ihrem Sohn liebevoll durch die Haare. „Und mach die Zigarette aus. Hier im Haus wird nicht geraucht."

„Mum!", sagte Niklas empört.

„Nichts da! Fluppe aus oder ich spüle die ganze Packung im Klo runter. Werdender Vater oder nicht."

Torsten Brinkhoff stieg langsam die Stufen zu seiner Wohnung empor und klimperte mit dem Haustürschlüssel in der Hosentasche. Endlich Ruhe! Er würde nur noch den Kater füttern und sich dann ins Bett legen und vielleicht noch einen Film schauen. Und dann würde er schlafen, schlafen, schlafen.

Als er jedoch um die Ecke bog, sah er zu seiner Überraschung jemanden vor seiner Tür sitzen, jemanden, dessen kahl geschorenen Kopf und abgewetzte grüne Bomberjacke er nur zu gut kannte. Wie angewurzelt blieb er stehen.

„Markus!", brachte Brinkhoff schließlich entgeistert heraus. „Was t-tust du hier?" Fieberhaft überlegte er, ob er sich vielleicht verabredet und das Treffen vergessen hatte. Aber Markus und er trafen sich immer nur auf neutralem Boden.

Markus Clement grinste verschmitzt und zog gleich darauf eine schmerzhafte Grimasse, während er sich vom Boden aufrappelte. „Hast du immer so unregelmäßige Arbeitszeiten?", fragte er ächzend. „Ich hocke schon seit einer Stunde vor deiner Tür."

„Wie bist du überhaupt hereingekommen?"

„Ich hab bei deinen türkischen Nachbarn geschellt und hab gesagt, ich wäre dein Stecher, der den Schlüssel vergessen hat."

„Was?" Brinkhoff wurde blass.

Clement grinste. „Kleiner Scherz. Reg dich ab. Die Haustür stand auf. Da bin ich einfach auf gut Glück nach oben gegangen."

„Ja, aber warum?"

„Ich wollte dich besuchen. Was dagegen?" Clement versuchte, so gelassen wie möglich auszusehen, als würde er jeden Tag vor Brinkhoffs Wohnung warten.

Besuchen? dachte Brinkhoff misstrauisch. Sie kannten sich seit einem Jahr und Markus war noch nie auf die Idee gekommen, ihn zu besuchen. Das höchste der Gefühle war eine Verabredung auf ein Bier. Wieso der plötzliche Sinneswandel?

Verwirrt schloss er die Wohnung auf und bat Markus herein. Kaum waren sie im Flur, als Bombadil maunzend und mit erhobenem Schwanz auf sie zusteuerte und sich an ihren Beinen rieb.

„Du hast mir nie erzählt, dass du eine Katze hast." Clement bückte sich und kraulte dem Kater das Fell. Bombadil begann hingebungsvoll zu schnurren.

„Doch", widersprach Brinkhoff. „Vorgestern Abend, als ich dich im Sportstudio getroffen habe."

Clement war verwirrt. „Wie? Das ist dein neuer Mitbewohner? Ein Kater? O Scheiße! Und ich dachte …" Er sah Brinkhoff verlegen an.

„Was?" Auf dem Gesicht des Kommissars begann sich ein breites Lächeln abzuzeichnen, als ihm langsam dämmerte, was

Markus Clement angenommen hatte. „Du bist eifersüchtig gewesen?"

„Aber nie im Leben!", protestierte Clement schwach. „Warum sollte ich eifersüchtig sein? So ein Quatsch."

„O doch! Du hast angenommen, ich hätte jemanden kennengelernt. Gib es zu!" Brinkhoff bekam plötzlich weiche Knie. „Und ich habe immer gedacht, du bist nicht an mir interessiert", fügte er leise hinzu.

„Tatsächlich? Dann denk noch mal." Markus Clement grinste erneut. Seine Bomberjacke fiel unbeachtet auf den Boden und er begann langsam und demonstrativ, sein Hemd aufzuknöpfen. „Wo ist das Bett?", fragte er. Torsten Brinkhoffs Müdigkeit war plötzlich verschwunden. Er schluckte und führte Clement ins Schlafzimmer.

Achtzehn

Die Mordkommission 3, die am nächsten Morgen um neun Uhr zur Frühbesprechung zusammentrat, war nicht besonders dynamisch. Karsten Vogt prustete alle paar Minuten in sein Taschentuch und ignorierte stoisch die Anwesenheit der anderen. Hallstetter und Kayser, zwei Kollegen, die sich tags zuvor am Nachmittag gesund gemeldet hatten in der irrigen Annahme, noch zwei freie Tage vor sich zu haben, trauerten ihrem verpfuschten Wochenende nach und starrten missmutig vor sich hin. Eikner hatte die beiden noch Freitagabend kurzerhand Plasbergs Mordkommission zugeteilt, nachdem er von Milo Scheibners irrtümlicher Freilassung und seiner Ermordung erfahren hatte.

Torsten Brinkhoff hatte zwar nur fünf Stunden geschlafen, aber war in bester Laune. Er konnte ein träumerisches Grinsen kaum unterdrücken und seine Gedanken drifteten immer wieder zu dem Mann, den er kurz zuvor schlafend in seinem

Bett zurückgelassen hatte. Selbst die Tatsache, dass Bombadil dem Kommissar einen Kratzer auf die Hand verpasst hatte, als er mit ihm spielte, tat seiner Stimmung keinen Abbruch. Noch immer konnte er nicht richtig glauben, dass er die Nacht mit Markus Clement verbracht hatte. Der Kommissar fühlte sich so ausgeglichen und energiegeladen wie schon lange nicht mehr.

Die vier Männer saßen im Besprechungsraum, sahen sehnsüchtig durch die schmutzigen Bürofenster des Konferenzraumes auf den strahlenden Herbstmorgen, der die Schlechtwetterfront über dem Rheinland abgelöst hatte, und tauschten Belanglosigkeiten aus, während Maria Plasberg auf sich warten ließ. Brinkhoff malte kleine Kreise auf seinen Notizblock und Karsten Vogt blätterte demonstrativ gelangweilt durch die Unterlagen zum Fall Borowsky. Jochen Hallstetter, ein kleiner, übergewichtiger Beamter, der nur noch zwei Jahre von seiner Pensionierung entfernt war und die Angewohnheit hatte, die Backen wie ein Hamster aufzuplustern, wenn er schlecht gelaunt war, sah in immer kürzeren Abständen auf seine Armbanduhr.

„Wenn sie bis Viertel nach neun nicht hier ist, gehe ich nach Hause!“, erklärte er schließlich wütend.

Brinkhoff griff zur Samstagsausgabe des *Express* und las im Sportteil den Bericht über das Spiel des FC vom vergangenen Abend. „Köln hat verloren?“, fragte er ungläubig. „Schon wieder?“

Hallstetter schnaubte resigniert auf. „Es war deprimierend“, sagte er und betonte jede einzelne Silbe. „So viele Flaschen auf einen Haufen.“

In diesem Moment wurde die Tür aufgerissen und Maria Plasberg stürmte ins Zimmer. Nichts an ihr deutete darauf hin, dass ihre Nachtruhe ähnlich kurz wie die von Brinkhoff gewesen war, wenn auch aus anderen Gründen. Ihr Gesichtsausdruck war energisch und voller Tatendrang. Tatsächlich sah sie frisch und ausgeruht aus, als hätte sie ein paar Wochen Urlaub hinter sich. Umgänglicher war sie deshalb noch lange nicht.

„Morgen, die Herren“, sagte sie, zog eine Grimasse, die man als Lächeln missdeuten konnte, und knallte ihre Handtasche wie einen Fehdehandschuh auf den Tisch. Nachdem sie mit ihrem Lieblingsaccessoire tags zuvor einen halbwegs geschmackvollen Ausflug in die sechziger Jahre gemacht hatte, war die aktuelle Wahl nicht ganz so glücklich. Kurz bevor sie aus dem Haus gehen wollte, war sie von einem Anruf aufgehalten worden und hatte nicht mehr die Zeit gehabt, die diversen Teile ihrer Aufmachung aufeinander abzustimmen. Das Ergebnis war eine silbrig glänzende Hose, deren Farbe Brinkhoff an einen toten Fisch erinnerte, kombiniert mit einer buntgestreiften Bluse und einem weinroten Jackett. Dazu hatte sich Plasberg für eine Handtasche entschieden, auf der unzählige Pailletten und Strasssteinchen glitzerten. Brinkhoff schloss entsetzt die Augen. „Vogt, holen Sie mir einen Kaffee“, kommandierte seine Chefin und zog sich einen Stuhl heran.

Während Vogt stumm den Raum verließ und es vermied, Plasberg in die Augen zu sehen, versuchte Brinkhoff, Blickkontakt mit der Kommissarin herzustellen, aber sie ignorierte ihn. „Tut mir leid, wenn ich Ihre Wochenendpläne durchkreuze“, begann sie stattdessen geschäftsmäßig, „aber der Dienst geht wie immer vor. Wir haben einen zweifach Mordverdächtigen frei herumlaufen und das können wir dem rechtschaffenen Bürger doch nicht zumuten. Er wird uns mit Recht fragen, was wir mit seinen Steuergeldern eigentlich anfangen!“ Plasberg lächelte säuerlich und blickte in der Runde ihrer irritierten Mitarbeiter. „Jetzt sehen Sie mich nicht so erstaunt an, meine Herren. Oder glauben Sie im Ernst, dieser Mist stammt von mir? Ich habe lediglich unseren besorgten Vorgesetzten zitiert, Kriminalhauptkommissar Eikner, der die Freundlichkeit besessen hat, heute Morgen in aller Herrgottsfrühe anzurufen, um mich an die Dringlichkeit der vorliegenden Ermittlungen zu erinnern. Also, was haben wir?“

„Etwas zumindest haben wir nicht“, erklärte Karsten Vogt, der gerade vom Kaffeeautomaten zurückkam. „Ihren Hauptverdächtigen. Moritz ist wie vom Erdboden verschluckt. Bisher war die Fahndung ein völliger Flop.“ Der Kaffeebecher, den er ungnädig auf Plasbergs Platz stellte, schwappte über und hinterließ einen nassen, bräunlichen Ring auf dem Tisch.

Die Kommissarin tat, als hätte sie Vogts kleinkarierten Racheakt nicht bemerkt. „Was ist mit den Kollegen, die die Wohnung observiert haben?"

Matthias Kayser, ein hagerer Blondschopf mit einer Hakennase, riesigen Händen und einer tiefen, dröhnenden Stimme, schüttelte den Kopf. „Nichts. Niemand hat die Wohnung betreten und Anja Kruse hat auch keinerlei Anstalten gemacht, sie zu verlassen. Wenn die beiden unter einer Decke stecken, dann sind sie sehr vorsichtig."

„Niemand hat gesagt, dass die beiden da zusammen drinhängen", widersprach Plasberg. „Es scheint doch wohl eher so zu sein, dass Kruse keine Ahnung hat von dem Doppelleben, das ihr Freund führt oder zumindest geführt hat." Sie reichte die Fotos herum, die Brinkhoff gestern in Moritz' Umzugskarton gefunden hatte.

„Wie jetzt …", sagte Hallstetter, nachdem er die Bilder eingehend betrachtet hatte, und kratzte sich am Kopf. „Borowsky und Moritz sind beide Schwuchteln? Ich dachte, die Kruse kriegt ein Kind von ihm?"

Torsten Brinkhoff öffnete gerade den Mund, um zu einer passenden Antwort anzusetzen, als Plasberg ihn mit einer ungeduldigen Handbewegung zurückhielt. „Ihre Meinung über bestimmte gesellschaftliche Gruppen behalten Sie bitte für sich, Kollege Hallstetter", raunzte sie den Beamten an. „Wir stellen ja auch nicht Ihre sexuellen Präferenzen infrage."

Kayser prustete lautstark hinter vorgehaltener Hand und Hallstetter starrte Plasberg mit offener Kinnlade an, hielt aber danach den Mund. Währenddessen begann die Kommissarin, die Ermittlungsergebnisse zu rekapitulieren, insbesondere den gestrigen Tag, an dem sich die Ereignisse überschlagen hatten. Kayser und Hallstetter waren zwar grob durch Eikner informiert worden, aber über die Einzelheiten der beiden Mordfälle waren sie nicht unterrichtet.

„… wir haben also eine ganze Reihe offener Fragen", schloss Plasberg ihren Bericht nach mehr als zwanzig Minuten. Sie hatte sich besonders viel Zeit genommen, damit alle Mitarbeiter auf dem gleichen Ermittlungsstand waren. „Da wäre zum einen die noch immer ungeklärte Frage, ob und warum Moritz Axel Borowsky …"

„Für Borowsky kann ich bei Moritz kein Tatmotiv erkennen", unterbrach Karsten Vogt, während er damit beschäftigt war, einen Pickel an seinem Kinn auszudrücken. „Niemand bringt jemanden um, nur weil er in grauer Vorzeit mal was mit ihm hatte. Oder ist das ein neuer Modetrend in der Schwulenszene, Brinkhoff?" Vogt starrte den Kommissar grinsend an und die anderen Kommissare mit Ausnahme von Plasberg kicherten leise.

„N-Nein. K-Kein Modetrend", erwiderte Brinkhoff und lief rot an.

„Sie haben nicht richtig zugehört, Vogt!", fauchte Plasberg und alle im Raum zuckten zusammen. Was war mit Vogt und der Kommissarin los? Für einen Moment sah es so aus, als ob die beiden aufeinander losgehen würden. „Wir müssen annehmen, dass Borowsky Moritz infiziert hat", fuhr Plasberg ein wenig gelassener fort. „Glauben Sie tatsächlich, dass die Aussicht auf Aids und einen qualvollen Tod kein Mordmotiv sind? Vor allen Dingen, wenn Borowsky damit auch noch für eine eventuelle Infizierung von Anja Kruse und des gemeinsamen Kindes verantwortlich ist, zumindest indirekt. Abgesehen davon wäre es besser, wenn Sie mich ausreden lassen würden. Ich wollte eigentlich darauf hinaus, dass wir immer noch nicht wissen, ob und warum Moritz Axel Borowsky das Durogesic-Pflaster vorenthalten hat, mehr nicht."

„Das Rachemotiv würde doch prima passen", schlug Kayser vor. „Er wollte ihn ein bisschen leiden sehen. Ihm Schmerzen zufügen."

„Und warum ihn dann erst drei Tage später umbringen?", widersprach Hallstetter. „Das ergibt keinen Sinn. Für mich ist die entscheidende Frage, was in diesen drei Tagen geschehen ist. Wenn Moritz gewollt hätte, dann hätte er Borowsky schon am Samstag um die Ecke gebracht. Daher scheidet er für mich als Täter aus, da muss ich Vogt zustimmen."

„Sag ich doch!", lächelte Vogt.

„Und was wollte er dann am Dienstagabend bei Borowsky?", warf Brinkhoff ein. „Er war zur richtigen Zeit am Tatort und er hatte ein Motiv."

„Da wir jetzt doch wieder beim Tatmotiv sind“, seufzte Plasberg, „haben Sie vielleicht Erkenntnisse, die auf jemand anderen als Moritz deuten, Vogt?“

„Ja, habe ich“, sagte Vogt mit einem süffisanten Unterton. Alle Köpfe drehten sich ruckartig zu ihm.

„Ach, wirklich!“, erwiderte die Kommissarin mit beißendem Spott. „Sie stecken voller Überraschungen in den letzten Tagen, Herr Kollege.“ Doch anstatt Karsten Vogt und seine anmaßende Art zu ignorieren und ihre Ausführungen fortzusetzen, erteilte sie ihm das Wort.

„Zuallererst ein kurzer Abstecher zum Mord an Scheibner“, begann der Kommissar. „Ich habe mit der KVB-Leitstelle telefoniert. Moritz hat gelogen, was den U-Bahn-Unfall betrifft. Es hat keinen Unfall am Neumarkt gegeben, schon gar nicht zur Tatzeit. Es gab am späten Nachmittag eine Betriebsstörung in Höhenhaus, aber um die Mittagszeit ist der KVB-Verkehr mehr oder weniger nach Plan gelaufen. Moritz muss aus einem anderen Grund zu spät zur Mitarbeiterbefragung gekommen sein. Sein Alibi ist damit geplatzt. Dann …“ Vogt räusperte sich wichtigtuerisch. „Während Sie und Brinkhoff die Moritz-Spur verfolgt haben, habe ich mich gestern ein bisschen mit Borowskys Vergangenheit beschäftigt“, erklärte er, ohne zu erwähnen, dass er diesen Auftrag von Plasberg erhalten hatte. „Ich habe mit seinen ehemaligen Kollegen beim *Stadt-Anzeiger* Kontakt aufgenommen. Die Antes habe ich irgendwo in einem provençalischen Nest in Frankreich an die Strippe bekommen und Kajo Worms unterwegs auf einer Dienstreise. Beide Gespräche waren sehr aufschlussreich.“ Vogt sah sich effektheischend in der Runde um und wurde Brinkhoff noch ein wenig unsympathischer. Nach dieser dramatischen Pause berichtete Vogt ausführlich, was er in seinen Unterhaltungen mit den beiden Journalisten erfahren hatte.

Beide hatten Schwierigkeiten gehabt, sich an die genauen Umstände zu erinnern, unter denen sie Borowskys Arbeit im März übernommen hatten, aber ein paar Einzelheiten waren ihnen doch eingefallen. Einzelheiten, die zumindest bei dem Mord an Borowsky in eine Richtung wiesen, die bisher für die

Polizei noch nicht erkennbar gewesen war. Andrea Antes machte Karsten Vogt darauf aufmerksam, dass Axel Borowsky wie besessen davon gewesen war, seine Artikelserie über Stadtteilgeschichte mit den Bezirken Sülz und Lindenthal zu beginnen, also dem Viertel, in dem er selbst auch wohnte. Während der Redaktionskonferenzen, an denen sie kurz vor seiner endgültigen Krankschreibung teilgenommen hatten, war er nicht bereit gewesen, eine andere redaktionelle Vorgehensweise auch nur in Betracht zu ziehen – in diesem Fall die Artikelserie als Aufhänger zu beginnen mit einem Bericht über die wesentlich interessantere Geschichte der Altstadt als Kern- und Entstehungspunkt des kölnischen Siedlungsgebietes.

„Borowsky hat es während einer dieser Sitzungen sogar auf einen lautstarken Krach mit dem Chefredakteur des Lokalteils, Kopischke, ankommen lassen. Antes konnte sich daran erinnern, weil er seinen Chef tatsächlich angeschrien hat. Kommt wohl selbst bei einer Zeitung nicht oft vor. Jeder im Raum war peinlich berührt und keiner konnte Borowskys Aufregung nachvollziehen, aber er ließ sich nicht davon abbringen. Hat sogar gedroht, den Kram hinzuschmeißen, wenn er nicht freie Hand bekäme“, erklärte Vogt. „Kopischke war anscheinend kurz davor, Borowsky rauszuwerfen, aber sein Kollege Stumping hat die Wogen noch mal geglättet.“

Mehr hatte Vogt nicht aus Andrea Antes herausbekommen, die gerade das Hotel verlassen wollte, als der Kommissar anrief. Kajo Worms allerdings hatte noch ein paar Einzelheiten beisteuern können. Karsten Vogt hatte Borowskys ehemaligen Kollegen, der mittlerweile in der Kulturredaktion des *Spiegel* arbeitete, über sein Handy erreicht, während er irgendwo vor Bremen im Stau steckte. Das war günstig gewesen, denn Worms hatte den Anruf als willkommene Unterhaltung betrachtet und Vogt ausführlich und bereitwillig Auskunft gegeben. Der Mann hatte keinen Hehl daraus gemacht, dass er Borowsky für eine journalistische Null hielt, der es seiner Meinung nach niemals über den Lokalteil einer Zeitung hinaus zu etwas gebracht hätte. Schlampige Recherchen, offensichtliches Desinteresse an Storys, die ihn nicht gereizt hatten, aber trotzdem geschrieben werden mussten, kein Biss im Schreibstil, keine griffigen Formulierungen. Worms' Urteil war vernichtend.

Dies alles deckte sich in etwa mit den Informationen, die der Mordkommission durch Plasbergs Unterhaltungen mit Wendsteiner und Stumping schon vorlagen. Die Kommissarin wurde dementsprechend unruhig. Vogt hörte sich für ihren Geschmack viel zu gerne selbst reden. Außerdem hatte sie noch ein Hühnchen mit ihm zu rupfen.

„Kommen Sie endlich auf den Punkt, Herr Kollege", unterbrach sie ihren Mitarbeiter gereizt.

Vogt nickte gekränkt. „Wenn diesmal vielleicht ich zu Ende reden dürfte? Worms und Antes haben nach Borowskys Erkrankung zusammen die Unterlagen gesichtet, die Borowsky für seine Story schon recherchiert hatte. Das meiste davon war unbrauchbar, wirre Notizen, die keinen Sinn ergaben und ohne erklärende Worte von Borowsky nicht zu verwerten waren. Im Übrigen – und das blieb Worms besonders deutlich im Gedächtnis – ist Borowsky während seiner Recherchearbeiten erstaunlich unprofessionell vorgegangen, selbst für einen Journalisten mit seinen begrenzten Fähigkeiten. Anstatt chronologisch vorzugehen, also die Stadtteilgeschichte von Sülz und Lindenthal von den Anfängen her aufzurollen und zu recherchieren, bezog sich alles, was die beiden in Borowskys Unterlagen vorgefunden haben, auf die Zeit von 1938 bis 1943. Nichts über die Gründungsgeschichte und Entwicklung der Stadtteile vor dem 19. Jahrhundert, nichts über die Eingemeindung 1888, nichts über Kaiserzeit oder Weimarer Republik. Zuerst haben die beiden gedacht, dass es vielleicht an der miserablen Quellenlage liegt und dass Borowsky Schwierigkeiten hatte, an verlässliche Informationen heranzukommen, die die Zeit vor dem Dritten Reich betreffen. Aber das kann es nicht gewesen sein, denn in den Archiven ist genug Material vorhanden, wenn man nur ein wenig sucht. Antes und Worms jedenfalls hatten keine Schwierigkeiten, etwas Brauchbares über diese Zeiträume herauszufinden."

„Vogt!" Plasbergs Geduld schien endgültig zur Neige zu gehen.

Der Kommissar putzte sich lautstark die Nase und stopfte das Taschentuch umständlich in die Hosentasche. „Moment. Ich bin gleich da! Jedenfalls – nachdem sie Borowskys PC und seinen Schreibtisch durchstöbert hatten, ist den beiden etwas ganz Merkwürdiges aufgefallen. Borowsky schienen insbesondere Berichte über die Enteignung jüdischen Eigentums und die Deportation der Kölner Juden zu interessieren. Er hat vor allem Informationen gesammelt, die sich auf das Haus Gleueler Straße 67 beziehen und nur auf die Zeit des Dritten Reiches. Dabei gibt es sicherlich historisch interessantere Gebäude in diesen Stadtteilen. Jeder normale Journalist hätte sich wahrscheinlich auf die Lindenburg gestürzt und deren Anfänge als Krankenanstalt und das spätere Aufgehen in der Uniklinik. Worms sagte sinngemäß, dass sie beide den Eindruck gehabt hätten, dass es gar keine anderen Recherchen gegeben habe."

Die Augenbrauen der Kriminalbeamten schossen allesamt in die Höhe. „Gleueler Straße 67? Ist das nicht die Adresse des Tatorts?", fragte Kayser etwas unbedarft. „Aber wieso …?"

„Richtig", erwiderte Plasberg. „In der Tat ist das etwas ungewöhnlich, aber vielleicht wollte Borowsky Geschichte beispielhaft am Schicksal eines bestimmten Hauses aufzeigen?", spekulierte sie.

Vogt schüttelte heftig den Kopf. „Nein, nein! Sein Interesse an der Sache war anscheinend rein persönlicher Natur. Worms hat nämlich daraufhin Borowsky zu Hause angerufen, um zu fragen, ob er vielleicht noch mehr Unterlagen hat und wieso er sich so intensiv um das Grundstück Gleueler Straße 67 gekümmert hat, und daraufhin hat Borowsky gesagt: ‚Weil es meins ist!' und aufgelegt."

„S-Seins?", stotterte Brinkhoff überrascht. „Aber die Hauseigentümerin ist Irmgard Kärnter!"

Plasberg hob die Hand, um Ruhe zu schaffen. „Was für Unterlagen waren es denn, die Antes und Worms gesichtet haben? Irgendwelche Dokumente, auf die wir Zugriff nehmen können … was weiß ich … alte Grundbucheintragungen, Eigentumsüberschreibungen oder etwas Ähnliches?"

„Daran konnte sich Worms nicht mehr erinnern", musste Vogt zugeben. „Er konnte mir nur sagen, dass es sich um Kopien handelte, keine Originale. Und da die beiden die Artikelserie ganz anders aufziehen wollten, waren die Informationen über das Haus in der Gleueler Straße für sie völlig uninteressant. Sie haben die Unterlagen weggeworfen und die Daten auf dem Computer gelöscht. Nicht mal auf die Festplatte könnten wir jetzt noch Zugriff nehmen, weil Borowskys Bürocomputer kurz nach seiner Erkrankung kaputtgegangen ist und entsorgt wurde."

„Na, toll", brummte Brinkhoff skeptisch. Allein die Tatsache, dass es Karsten Vogt war, der Hinweise entdeckt hatte, die in eine andere Richtung deuteten, ließen ihn Lars Moritz als Täter für wahrscheinlicher halten.

„Enteignung jüdischen Eigentums ...", murmelte Plasberg. „Seine Schwester hat doch gesagt, die Familie sei eigentlich jüdisch." Dann fiel ihr etwas ein. „Da war doch dieses Foto in dem Karton, den mir Stumping in die Hand gedrückt hat", sagte sie.

„An das konnte sich Worms noch vage erinnern", stimmte Vogt zu und holte das alte Bild hervor. Zusammen beugten sich Plasberg und ihre Kollegen über die vergilbte Fotografie. „Er hat es für eine Art Familienbild gehalten, etwas, das Borowsky persönlich gehört hat. Deshalb ist es auch nicht weggeworfen worden, sondern in dem Karton mit Borowskys Privatsachen gelandet. Worms und Antes haben es gar nicht in Zusammenhang mit dem Haus gebracht, das im Hintergrund abgebildet ist."

„Vielleicht ist das gar nicht mal so falsch", überlegte Plasberg. „Wenn Borowsky recht hatte, dann ist es vielleicht tatsächlich eine Art Familienfotografie." Sie sah sich die Figuren auf dem Bild genauer an. „Vom Alter her könnten die Erwachsenen der Generation seiner Großeltern angehören, die Kinder seiner Eltern."

„Aber Borowsky wurde in Erfurt geboren", wandte Brinkhoff ein.

„Der Krieg hat viele Familien entwurzelt", erwiderte Hallstetter und rückte seinen Stuhl zurecht. „Meine Familie stammt zum Beispiel aus Ostpreußen. Meine Großeltern sind mit einem

Pferdewagen über die Kurische Nehrung ins Reich geflohen, als die Russen immer näher rückten. Sie haben alles zurücklassen müssen: Hof, Vieh, ihre Eltern. Ich musste mir diese Geschichten als Kind andauernd anhören."

„Und wo ist da der Zusammenhang? Borowskys Familie ist im Krieg umgebracht worden. Juden, die in den Konzentrationslagern zu Tode gekommen sind."

„Bis auf Axel Borowskys und Nadja Auermanns Vater." Plasberg lehnte sich zurück und kaute nachdenklich auf ihren Fingernägeln. „Die Kinder mögen ja in Erfurt geboren worden sein, aber woher stammt die Familie? Warum glaubte Borowsky, dass ihm das Haus gehört, wenn Irmgard Kärnter die Besitzerin ist? Und wieso mietet er sich in gerade diesem Haus ein? Wir sollten gleich am Montag dem Grundbuchamt einen Besuch abstatten, vielleicht gibt es da einen Zusammenhang."

Vogt spielte seinen letzten Trumpf aus. „Das habe ich schon getan. Gestern Nachmittag", erklärte er lächelnd. Dann aber wurde er schlagartig wieder ernst. „Leider nicht sehr erfolgreich. Ich habe mir die Eintragungen angesehen. Das Haus Gleueler Straße 67 ist am 19. September 1938 in den Besitz eines Hermann Forster übergegangen. Verkäufer des Hauses war ein gewisser Simon Knappstein. Was darauf hinweist, dass es bei dem Geschäft nicht mit rechten Dingen zugegangen sein kann, ist neben dem Datum und dem jüdisch klingenden Namen des Vorbesitzers der Kaufpreis von wohl eher symbolischen 5000 Reichsmark. Aber die Unterlagen sind völlig korrekt. Und der Name Borowsky taucht nirgendwo in den Papieren auf." Er zuckte die Schultern. „Ich fürchte, diese Spur führt nirgendwo hin."

„Dann finde ich es umso merkwürdiger, dass Borowsky diese Behauptung aufgestellt hat … Wir müssen Borowskys Schwester erneut aufsuchen. Vielleicht kann sie uns ja sagen, was es mit dem Haus und dieser Fotografie auf sich hat." Die Kommissarin wühlte in ihrem Diskotäschchen nach einem Stift und machte sich ein paar Notizen. „Brinkhoff und ich übernehmen das. Nichtdestotrotz gibt es noch ein paar andere Fragen, die wir klären müssen. So interessant die Erkenntnisse auch sind, die Vogt da ausgegraben hat, sie bringen uns dem Mörder nicht näher. Ich wüsste auch nicht, wie wir sie mit Moritz in Verbindung bringen könnten. Also, Kayser und Hallstetter werden die Wohnungsdurchsuchung bei der Kruse übernehmen. Besorgen Sie sich einen Durchsuchungsbescheid vom zuständigen Richter. Ich hab ihn auf dem Weg ins Präsidium schon angerufen und die Sachlage geschildert. Er hat die Durchsuchung schon mündlich befürwortet. Außerdem will ich eine Bestätigung von Moritz' positivem HIV-Test haben. Setzen Sie sich mit dem Labor in Verbindung, das den Bericht verfasst hat, oder mit dem zuständigen Arzt."

„Aber heute ist Samstag!", erklärte Hallstetter verärgert. „Wie sollen wir denn da etwas erreichen?"

„Indem Sie sich Mühe geben! Ärzte sind doch immer irgendwie erreichbar und so ein Labor hat vielleicht einen Notdienst oder so was. Und Vogt, für Sie habe ich eine besondere Aufgabe." Brinkhoff meinte, in Plasbergs Augen so etwas wie Schadenfreude aufblitzen zu sehen. „Sie dürfen noch einmal unsere liebe Freundin Annette Bergmann-Pohl aufsuchen und sie mit der Aussage der Sachbearbeiterin der Pflegekasse konfrontieren. Ach ja … nehmen Sie die Pflegeakte mit. Jemand hat die letzte Seite der Eintragungen herausgerissen, die, auf denen der Einsatz von Moritz dokumentiert sein müsste, genauso wie beim BTM-Buch. Ich möchte erfahren, ob sie damit was zu tun hat und wenn ja, was. Und wenn die Frau stur bleibt, dann halten Sie ihr das hier unter die Nase." Plasberg drückte ihm eine Kopie der Ergebnisse der Spurensicherung von Borowskys Computer in die Hand.

„Was?", protestierte Vogt lautstark. Mit der Abkommandierung zu einer solchen Nebensächlichkeit hatte er anscheinend nicht gerechnet. „Aber ich dachte, wenn ich schon die ganzen Hintergrundinformationen über das Haus herausgefunden habe, dann könnte ich auch weiter mit diesem Aspekt beschäftigt blei…"

„Dann denken Sie noch mal, Kollege!", erwiderte Plasberg kurz angebunden und erhob sich. „Ich will wissen, wo Bergmann-Pohl sich zur Tatzeit des Mordes an Borowsky aufgehalten hat. Zumindest theoretisch hatte sie ein Mordmotiv, das wir nicht außer Acht lassen können."

„Das ergibt doch keinen Sinn! Für mich war es in beiden Fällen derselbe Täter. Das liegt doch wohl auf der Hand." Vogt sah Plasberg an, als hätte sie den Verstand verloren.

„Ja, ich weiß. Moritz war es Ihrer geschätzten Meinung nach aber auch nicht. Und gestern waren Sie noch der Ansicht, dass Borowskys Neffe etwas mit den Morden zu tun haben könnte", erwiderte Plasberg mit einer wegwerfenden Handbewegung. „So schnell ändern sich die Blickwinkel. Wir verfolgen alle Spuren, solange wir keine Beweise in der Hand halten. Aber Moritz bleibt nach wie vor unser Hauptverdächtiger. Selbst wenn wir von der Bergmann-Pohl kein Mordgeständnis bekommen, erfahren wir zumindest, was an den Geldunterschlagungen dran ist. Habe ich mich verständlich ausgedrückt?" Sie starrte Vogt verärgert an.

„Gibt es denn schon irgendwelche Neuigkeiten aus der Rechtsmedizin über Scheibner?", fragte Brinkhoff dazwischen.

Plasberg versenkte erneut die Hand in den Tiefen ihrer Handtasche und zog ein Blatt Papier heraus. „Ist heute Morgen um sieben im Büro eingegangen", sagte sie, die Eingangszeit des Faxes lesend. „Die Kollegen waren diesmal richtig schnell. Scheint so, als wären sie auch von oben ermahnt worden, sich ein wenig ins Zeug zu legen." Sie warf erneut einen missbilligenden Blick auf Vogt. „Über DNA-Spuren konnten sie noch nichts sagen, aber es gibt etwas anderes: an Scheibners Leiche sind Faserspuren entdeckt worden. Dunkelblaue. Könnten von einem Sweatshirt, einem Hemd oder einer Jeans stammen. Das hilft uns zwar im Moment auch nicht weiter …"

„Nein", meckerte Hallstetter. „Das tut es wirklich nicht. Die Hälfte der Menschheit hat dunkelblaue Sachen im Kleiderschrank."

„… aber es ist besser als nichts", beendete Plasberg ihren Satz und klappte ungeduldig ihre Handtasche zu.

„Bei Borowsky waren es auch blaue Faserreste", sagte Brinkhoff.

„Ja", nickte Plasberg. „Aber nicht derselbe Stoff. Trotzdem … Moritz hatte gestern ein blaues Hemd an."

Plasberg beendete die Frühbesprechung mit einem Kopfnicken und war schon verschwunden, während die Kommissare sich noch langsam von den Stühlen erhoben.

„Meine Fresse, ist die Plasberg schlecht drauf", murrte Hallstetter. „Die muss von Eikner ja ganz schön zusammengestaucht worden sein."

„Lassen Sie sie einfach in Ruhe", sagte Brinkhoff und räumte seine Papiere zusammen. „Sie hat im Moment eine ganze Menge Ärger am Hals."

Vogt schnaubte belustigt auf. „Ach, sind Sie jetzt zu ihrem Faktotum aufgestiegen?"

„Arschloch", murmelte Brinkhoff und folgte Plasberg in ihr Büro.

Eine Viertelstunde später saßen die beiden Kommissare in Plasbergs Wagen und schlängelten sich durch den samstäglichen Einkaufsverkehr der Kölner Innenstadt. Neumarkt, Hahnenstraße, die Ringe, alles war dicht. Als der Verkehr sich hinter einem Reisebus staute, der seine holländischen Touristen am Friesenplatz auslud, stöhnte Brinkhoff entnervt.

„Warum sind wir nicht über die Innere Kanalstraße gefahren? Samstags mit dem Auto durch die City ist doch zum Kotzen!"

„Weil ich Zeit zum Nachdenken brauchte!" Die schlechte Laune der Kommissarin war fast mit den Händen zu greifen, selbst die Luft um sie herum schien dicker zu sein als im Rest des Autos. Eine Weile saßen die beiden schweigend nebeneinander und Brinkhoff starrte aus dem Fenster, bis er die brütende Stille nicht mehr aushielt.

„Also, was ist los?", fragte er, ohne die Kommissarin anzusehen.

„Eikner", erwiderte Plasberg wie aus der Pistole geschossen – als hätte sie nur darauf gewartet, endlich gefragt zu werden. „Er hat die Unverschämtheit besessen, mich heute Morgen um sieben Uhr anzurufen, um mir mitzuteilen, wie ‚unglücklich' er darüber ist, dass wir noch keinen Tatverdächtigen dingfest gemacht haben. Dann hat er angedeutet, dass der Polizeipräsident höchstpersönlich eine schnellstmögliche Aufklärung wünscht, und gefragt, ob ich mich aufgrund meiner familiären Probleme vielleicht bei den Ermittlungen in diesem Fall überfordert fühle!" Plasbergs Stimme hatte einen sarkastischen Tonfall angenommen.

„Familiäre Probleme?“, fragte Brinkhoff. „Ich verstehe nur Bahnhof.“

Plasberg seufzte und nutzte die Fahrt nach Nippes, um dem Kommissar erst zögernd, aber dann immer aufgebrachter von der Situation zu erzählen, in der sich ihr Sohn und seine Freundin befanden.

„Wie der Zufall es will, sind Ninas Mutter und die Frau des Polizeipräsidenten gut befreundet. Ist ja nichts Ungewöhnliches hier in Köln. Wahrscheinlich fallen sie bei den repräsentativen Empfängen der Stadt gemeinsam über die Canapés her und tauschen den neuesten Tratsch über die Lokalprominenz aus“, erklärte Plasberg schmallippig. „Jedenfalls haben die beiden Damen wohl gestern miteinander telefoniert und so ist die ganze Geschichte mit Niklas und Nina dem Polizeipräsidenten zu Ohren gekommen und der hatte natürlich nichts Besseres zu tun, als sofort Eikner über mein Privatleben zu informieren und seiner Besorgnis Ausdruck zu verleihen, dass ich die Untersuchungen der MK zurzeit nicht mit dem nötigen Elan vorantreibe. Eikner wiederum hat mir durch die Blume zu verstehen gegeben, dass ich ihn in eine unmögliche Position gebracht habe und er mich am liebsten aus der Schusslinie ziehen würde, bis meine ‚private Situation‘ geklärt ist. Zwar hätte er mich gegenüber den Zweifeln des Polizeipräsidenten in Schutz genommen, aber das könnte er natürlich weiterhin nur dann tun, wenn die Ermittlungen baldmöglichst vorweisbare Fortschritte machten. Dieser scheinheilige Mistkerl! Tut so, als wäre er besorgt, wie es mir geht, dabei geht es ihm einzig und allein darum, sich den obersten Chef vom Leib zu halten! Und beide wissen ganz genau, dass wir nur mit halber Kraft arbeiten können, weil so viele Kollegen krank sind … Aber das ist noch nicht alles! Vogt hat doch tatsächlich die Frechheit besessen, sich ebenfalls gestern Abend bei Eikner über meine Ermittlungsmethoden zu beschweren! Er hat Eikner angerufen und ihm sorgenvoll mitgeteilt, dass er Zweifel hege, ob ich die laufenden Untersuchungen im Griff habe. Der Kerl wollte mir wohl seit Längerem eins auswischen, und jetzt hat er meine Entscheidung, Timo Auermann nicht weiter zu verhören, dazu benutzt, mich gegenüber

Eikner anzuschwärzen." Maria Plasbergs Mundwinkel zitterten vor Empörung und sie bog so abrupt auf die Neusser Straße ab, dass die Reifen ihres Golfs quietschten und Torsten Brinkhoff sich ängstlich am Haltegriff der Tür festklammerte. Die Kommissarin holte tief Luft. „Beide Tatsachen für sich wären wahrscheinlich nicht so schlimm gewesen, aber zusammengenommen hat sich Eikner wohl in die Ecke gedrängt gefühlt. Jedenfalls hat er mir 48 Stunden Zeit gegeben, ihm einen Täter zu präsentieren. Danach übergibt er den Fall jemand anderem."

„Was?", sagte Brinkhoff ungläubig. „Zwei Tage? Das ist doch total unrealistisch! Und so unfair! Sie können doch gar nichts dafür, was Ihr fast erwachsener Sohn macht."

„Das sieht Eikner ein bisschen anders", erwiderte Plasberg gereizt.

„Und Timo Auermann hat mit Sicherheit seinen Onkel oder Scheibner nicht umgebracht, auch wenn er kein Alibi hat. Das sieht doch ein Blinder!" Brinkhoff schluckte. „Was machen wir jetzt?", fragte er dann.

„Wir machen weiter wie bisher, was sonst?" Die Kommissarin hielt in der Kleinen Hartwichstraße vor dem Haus von Nadja Auermann. „Mehr als meine Arbeit machen kann ich auch nicht. Wenn das den Herren nicht passt, dann müssen sie sich in 48 Stunden einen anderen Dummen suchen." Plasberg schwieg und starrte geradeaus auf die Fahrbahn.

„Nina kann übrigens von ihren Eltern nicht zur Abtreibung gezwungen werden", sagte Brinkhoff in die Stille hinein.

„Was?"

„Na ja, das Selbstbestimmungsrecht des Mädchens bricht hier die Erziehungsgewalt über Minderjährige. Juristisch gesehen können die Eltern nichts machen, wenn Nina das Kind bekommen will. Wussten Sie das nicht?" Obwohl er noch nicht sehr lange bei der KK 12 unter Beerbaum arbeitete, war er mit diesem Problem bereits vertraut. Ungewollte Schwangerschaften gehörten bei diesem Kommissariat fast zum täglichen Brot.

„Nein", sagte Plasberg überrascht. „Wusste ich nicht. Danke für die Information … aber es ändert eigentlich auch nichts. Der moralische Druck, den die Eltern ausüben können, ist ja fast genauso schlimm. Wie sollen sich zwei pubertierende Jugendliche gegenüber negativ eingestellten Eltern behaupten?"

Brinkhoff grinste. „Die beiden haben doch Sie als Zufluchtsort! Oma P-Plasberg!" Fast hätte er lauthals gelacht.

Die Kommissarin sah ihn strafend an. „Vorsicht! Sie wandeln auf dünnem Eis, Kollege!"

Karsten Vogt fand die Adresse von *Herzlich versorgt* nach einem kurzen Blick auf den Stadtplan. Schnell hatte er die Bachemer Straße in der Nähe der Universität lokalisiert. Obwohl er in Bergheim wohnte und Köln nur selten privat sah, kannte er sich durch das jahrelange tägliche Pendeln und seine dienstlichen Einsätze gut genug aus, um sich zurechtzufinden. Viel problematischer war, dass ihn Maria Plasberg noch einmal zur Seite genommen hatte, kurz bevor sie das Präsidium Richtung Nadja Auermann verließ. Während Torsten Brinkhoff schon auf dem Weg nach unten war, hatte sie den Moment ausgenutzt.

„Wenn Sie glauben, es ist einer Zusammenarbeit förderlich, dass Sie hinter meinem Rücken gegen mich intrigieren, dann haben Sie sich getäuscht!"

Sie hatte ihm ihren Zorn direkt ins Gesicht geschleudert – und noch gestern hätte sich Vogt klammheimlich darüber gefreut, wie sehr er seiner Vorgesetzten eins ausgewischt zu haben schien. Aber mittlerweile lag eine Nacht des Grübelns und der Zweifel hinter ihm und Vogt hatte den Anruf bei Eikner längst bereut. Mit Maria Plasberg war nicht zu spaßen, wenn sie jemanden im Visier hatte. Sie konnte einem das Leben zur Hölle machen mit der Degradierung zu nervtötenden Botengängen, lästiger Schreibtischarbeit, unmöglichen Dienstzeiten, und er hatte ohne jeden Grund Brinkhoff aus der Schusslinie gezogen und sich selbst hineingestellt. Wenn ihm doch bloß nicht die Geduld gerissen wäre am Tag zuvor! Zusätzlich hatte es seine Situation bestimmt nicht verbessert, dass er auf den Anschiss eben auch noch ziemlich pampig reagiert und die Kommissarin darauf hingewiesen hatte, dass er vorher ihr Einverständnis eingeholt hatte – eine Formulierung, die zumindest interpretationswürdig war. Plasbergs Augen hatten sich zu wütenden, schmalen Schlitzen verengt und sie hatte das Gespräch wortlos beendet. Manchmal fragte er sich, wie die MK 3 bei einem solch miserablen Betriebsklima überhaupt in der Lage war, auch nur einen Fall zu lösen. Aber vielleicht war es ja die ständige Reibung, die die dafür notwendige Energie freisetzte.

Karsten Vogt schnaubte selbstmitleidig in sein Taschentuch. Er war es leid, als Schmirgelpapier missbraucht zu werden. Wenn Plasberg diese Ermittlungen überstehen sollte, wäre es wahrscheinlich besser, eine Versetzung zu beantragen. Die Kommissarin würde nicht vergessen, wie sehr er sie mittels Eikner unter Druck gesetzt hatte. Dann hatte er nichts mehr zu lachen.

Annette Bergmann-Pohl ließ den Kommissar fünf Minuten warten, bevor sie ihm die Bürotür öffnete. Das geschäftsmäßige Lächeln, das sie vorher immer zur Begrüßung der Kripobeamten aufgesetzt hatte, hatte sie sich diesmal gespart. Stattdessen nahm sie die Ankunft Vogts mit offensichtlicher Gereiztheit zur Kenntnis.

„Wie ich sehe, scheint Frau Plasberg es nicht mehr für nötig zu befinden, selbst hierherzukommen", kommentierte sie Vogts Erscheinen vor ihrer Tür. „Ist das ein gutes oder ein schlechtes Zeichen?" Die Anspannung, die seit Axel Borowskys Ermordung an ihr zerrte, war nicht spurlos an ihr vorübergegangen.

Vogt runzelte hinter ihrem Rücken die Stirn. Warum waren alle Frauen, mit denen er in letzter Zeit zu tun hatte, solche Zicken? „Die Kommissarin nimmt andere Termine wahr. Aber ich bin über alles unterrichtet."

„Haben Sie und Ihre Kollegen eigentlich vor, den Betriebsablauf auf absehbare Zeit täglich zu stören?" Bergmann-Pohl ging in ihr Arbeitszimmer zurück, ohne abzuwarten, ob der Kommissar ihr folgte. „Wenn ja, dann sagen Sie es mir bitte jetzt. Meine Mitarbeiter sind durch das ständige Auftauchen der Polizei dermaßen überdreht, dass ein normales Arbeiten kaum noch möglich ist, jedenfalls nicht hier im Büro! Die Hälfte der Arbeit ist liegen geblieben und ich muss es jetzt am Wochenende nacharbeiten."

„Tut mir leid, wenn wir Unannehmlichkeiten bereiten", erwiderte Vogt ungerührt. „Ermittlungen in einem Mordfall bringen es leider meistens mit sich, dass ein bisschen Staub aufgewirbelt wird."

In Bergmann-Pohls Büro ließ er sich auf einem der Besucherstühle nieder und kramte Axel Borowskys Krankenakte heraus. Die Pflegedienstleitung quittierte die Tatsache, dass er es sich bequem machte, mit einem resignierten Seufzen.

„Da wir gerade von Staub aufwirbeln sprechen", fuhr Vogt fort, „mir scheint, dass wir unter der Staubschicht bei Ihnen auf ein paar Dinge gestoßen sind, die Sie meinen Kollegen bei ihrer letzten Unterhaltung verschwiegen haben." Wenn die Frau auf ein Kräftemessen aus war, dann war er bereit, mitzuspielen.

„Tatsächlich?", sagte Bergmann-Pohl spöttisch. „Und die wären?"

„Nun, zum Beispiel, dass Sie durchaus ein Motiv hatten, Axel Borowsky umzubringen." Vogt sah die Pflegedienstleitung an.

„Ich? Wie kommen Sie denn auf diese Schnapsidee?" Sie lachte amüsiert, aber Vogt bemerkte, wie sich ihre Finger in die gepolsterten Armlehnen ihres Stuhles gruben.

„Wir wissen, dass Sie zumindest versucht haben, die Patientenabrechnungen mit der Pflegekasse zu manipulieren." Der Kommissar deutete auf die Akte Borowsky. „Die Kollegin Plasberg hatte gestern ein sehr interessantes Telefonat mit der zuständigen Sachbearbeiterin, die wohl gar nicht gut auf Sie und Ihren Pflegedienst zu sprechen ist. Es hat anscheinend schon in der Vergangenheit Meinungsverschiedenheiten und Missverständnisse bei den Abrechnungen anderer Patienten gegeben." Vogt sprach die Worte so betont aus, dass Bergmann-Pohl nicht umhin kam, die Anführungszeichen herauszuhören. „Bei einigen haben Sie Fehler eingeräumt und bei anderen war die Sachbearbeiterin zwar misstrauisch, konnte Ihnen aber keinen direkten Betrug nachweisen. Aber Sie waren sozusagen auf der Abschussliste."

„Was für eine Abschussliste?" Bergmann-Pohl gab sich ausgesprochene Mühe, den Kommissar nicht zu verstehen.

„Sagen wir es mal so: Die Sachbearbeiterin, eine Frau Hausmann, hat uns mitgeteilt, dass sie in einem ihrer letzten Gespräche mit Ihnen hat durchblicken lassen, dass es keine weiteren

Fehler und Missverständnisse in den Abrechnungen mehr geben dürfe, sonst würde sie rechtliche Schritte gegen Ihren Pflegedienst einleiten."

„Das ist ja lächerlich!", protestierte Bergmann-Pohl.

„Leider scheint die Dame bei Ihnen auf taube Ohren gestoßen zu sein oder Sie sind nicht besonders lernfähig. Wir vermuten, dass Sie sich bei Axel Borowsky einfach verschätzt haben", fuhr Vogt fort. „Aufgrund der Berichte Ihrer Mitarbeiter haben Sie wohl irrtümlich angenommen, dass Borowsky schon nicht mehr in der Lage wäre, die Korrektheit Ihrer Abrechnungen zu überprüfen, und haben ihm eine gefälschte Rechnung über die von Ihrem Pflegedienst im September erbrachten Leistungen zukommen lassen. Wahrscheinlich haben Sie damit gerechnet, dass er seine Unterschrift daruntersetzen würde, ohne überhaupt zu merken, was er da unterschreibt."

„Also, das ist doch …"

Vogt ignorierte die Reaktion der Pflegedienstleitung. „Tatsächlich war Borowsky zwar schwer krank, doch er hatte noch durchaus seine fünf Sinne beisammen", fuhr er näselnd fort. „Nachdem er Ihre gefälschten Rechnungen überprüft hat, hat er postwendend die Dienste von *Herzlich versorgt* telefonisch gekündigt, nicht etwa, weil er einen anderen Pflegedienst an der Hand hatte, wie Sie uns glauben machen wollten, sondern weil er keine Lust hatte, sich von Ihnen das Geld aus der Tasche ziehen zu lassen." Dass die Polizei mittlerweile vermutete, dass auch dies nur ein vorgeschobenes Argument war und der eigentliche Grund für Borowskys Kündigung seine Angst vor einem erneuten Zusammentreffen mit Moritz gewesen war, verschwieg Vogt wohlweislich. „Dass Borowsky Ihre finanziellen Unregelmäßigkeiten erkannt hatte, wird übrigens von einem Zeugen indirekt bestätigt. Wir wissen außerdem, dass Herr Borowsky nicht nur ein offizielles Kündigungsschreiben sowie die Dokumentationsmappe an Sie geschickt hat, sondern ebenfalls ein weiteres Schreiben, das direkt an Sie gerichtet war, in dem er Ihnen droht, die Pflegekasse über Ihre finanziellen Tricksereien zu unterrichten. Natürlich haben Sie vergessen, uns gegenüber den Empfang dieses Briefs zu erwähnen, weil er Sie direkt belastet."

„Das ist doch gar nicht wahr!", erwiderte Bergmann-Pohl aufgebracht. „Reine Spekulation!"

Vogt schüttelte den Kopf. „Keineswegs. Unsere Computerexperten haben einen entsprechenden Brief an Sie auf Borowskys Festplatte gefunden. Haben Sie wirklich geglaubt, die Polizei ist so dumm? Als Sie das Schreiben am Dienstag bekommen haben, wussten Sie, dass Sie schnell handeln mussten, um Borowsky daran zu hindern, sein Vorhaben auszuführen, denn sonst hätten Sie großen Ärger mit der Kasse bekommen, vielleicht sogar den Pflegedienst zumachen müssen. Borowsky hat Ihre berufliche Existenz bedroht und da haben Sie beschlossen, ihn aus dem Weg zu räumen. Ein stichhaltigeres Motiv kann ich mir gar nicht vorstellen! Besonders viele Skrupel haben Sie bei der Tat wahrscheinlich nicht gehabt, da Sie Aids-Patienten nach Ihrer eigenen Aussage nicht ausstehen können und Borowsky sowieso schon halb tot war."

Vogts Stimme war laut und anklagend geworden, als wollte er Bergmann-Pohl in die Enge treiben. Ein Trick, den er – ohne es zu bemerken – von Plasberg aufgeschnappt hatte. „Zuerst haben Sie die letzte Seite der Dokumentationsmappe mit den Eintragungen von Lars Moritz verschwinden lassen, der dort wahrscheinlich korrekterweise vermerkt hatte, dass er Borowsky die Septemberabrechnung übergeben hat – ein Hinweis, der uns unweigerlich hätte aufmerksam werden lassen, wenn wir ihn in die Finger bekommen hätten. Am Abend sind Sie dann zu Borowsky gefahren und haben sich gegen halb neun unter einem fadenscheinigen Vorwand Zutritt zu seiner Wohnung verschafft. Den Zeitpunkt kann einer der Nachbarn bestätigen, der die Türklingel zufällig gehört hat." Vogt erfand jetzt das Blaue vom Himmel, weil er bemerkte, dass Bergmann-Pohls Fassade zu bröckeln begann. Je länger er sprach, desto unruhiger wurde die Pflegedienstleitung. Sie rieb unablässig ihre Handgelenke und wich immer weiter in ihren Stuhl zurück. „Vielleicht haben Sie ja erst versucht, Axel Borowsky von seinem Vorhaben abzubringen, aber als er sich geweigert hat, haben Sie ihn kaltblütig erstochen. Keine Spuren zu hinterlassen, dürfte Ihnen nicht schwergefallen sein, denn als gelernte Pflegefachkraft sind Sie es ja gewohnt, sauber und steril zu arbeiten. Danach haben Sie die Wohnung fluchtartig verlassen und die Tatwaffe unter der Fußmatte der Nachbarn versteckt. Das Einzige, was Ihren Plan zunichte gemacht hat, ist die Tatsache, dass Sie nicht wussten, dass Borowsky seine Drohung, Sie bei der Pflegekasse anzuschwärzen, schon längst wahrgemacht hatte. Der Mord an ihm war also völlig umsonst." Vogt lehnte sich zurück, um die Reaktion der Pflegedienstleitung abzuwarten.

Annette Bergmann-Pohl hatte sich die Anschuldigungen mit wachsender Nervosität angehört, war unruhig auf ihrem Stuhl hin und her gerutscht, und bei den letzten Sätzen des Kommissars war sie aufgesprungen. Jetzt beugte sie sich erregt über den Schreibtisch und fauchte Vogt so wütend an, dass dieser sich ein paar Tropfen Spucke von der Wange wischen musste.

„Sie haben eine blühende Fantasie, Herr Kommissar! Nicht einmal die Hälfte Ihrer Mutmaßungen und Spekulationen beruht auf Tatsachen, die Sie beweisen können! Ich lasse mir von Ihnen keinen Mord in die Schuhe schieben! Sie haben Ihre Hausaufgaben nicht gemacht! Es stimmt: Ich habe versucht, ein bisschen mehr Geld aus der Versorgung von Borowsky herauszuschlagen – was nur recht und billig gewesen wäre! Haben Sie eine Ahnung, wie schwierig es ist, diesen Pflegedienst über Wasser zu halten? Immer neue Qualitätsanforderungen bei Leistungen, für die es von den Kassen immer weniger Geld gibt! Zeitvorgaben für Pflegeeinsätze, die gerade bei der Versorgung von Schwerstkranken völlig utopisch sind! Jemanden wie Borowsky zu pflegen und dabei noch wirtschaftlich zu arbeiten, ist ein Ding der Unmöglichkeit! Wissen Sie eigentlich, wie viele Pflegevereine in den letzten Monaten allein im Raum Köln Konkurs angemeldet haben? Glauben Sie mir, ich habe nicht vorgehabt, mir *Herzlich versorgt* kaputtmachen zu lassen. Ich habe diesen ambulanten Pflegedienst ganz allein aufgebaut. Er ist mein Lebenswerk!"

„Und weil Borowsky damit drohte, Ihren Betrug auffliegen zu lassen, stand er Ihrem Lebenswerk im Wege", beharrte Vogt.

Bergmann-Pohl verlor jetzt endgültig die Beherrschung. „Ich habe den Mann nicht umgebracht!", schrie sie den Kommissar an und ihre sorgfältig zurechtgemachte Maske aus minimaler Höflichkeit und sachlicher Zurückhaltung fiel endgültig in sich zusammen. „Das ist doch lächerlich!“

Vogt zog in aller Ruhe das Papier hervor, das ihm Plasberg am Ende der Besprechung mitgegeben hatte für den Fall, dass Bergmann-Pohl alles leugnen würde. „Hier“, sagte er knapp. „Das ist der Brief, den Borowsky Ihnen zusammen mit dem offiziellen Kündigungsschreiben geschickt hat. Er ist an Sie persönlich gerichtet.“

Die Pflegedienstleitung riss dem Kommissar den Brief aus der Hand und las ihn durch.

Sehr geehrte Frau Bergmann-Pohl,
anhand der September-Abrechnung kommen mir erhebliche Zweifel, dass die von Ihnen in Rechnung gestellten Leistungen mit denen übereinstimmen, die von Ihrem Dienst tatsächlich erbracht wurden. Ich muss daher auf eine weitere Betreuung durch „Herzlich versorgt“ verzichten, da meinerseits kein Vertrauen mehr besteht. Sie werden die sofortige Kündigung des Pflegevertrages akzeptieren, ansonsten sehe ich mich gezwungen, meinen begründeten Verdacht der Pflegekasse zu melden.
Hochachtungsvoll
Axel Borowsky

„Dieser Misterkerl!“, sagte sie und ließ das Blatt sinken.

„Also haben Sie ein identisches Schreiben erhalten?“

Bergmann-Pohl wühlte wortlos auf ihrem unaufgeräumten Schreibtisch herum und kramte einen Brief heraus, den sie Vogt hinwarf. Es war das Originalschreiben Borowskys.

Nachdem er es überflogen hatte, fragte er: „Und warum haben Sie uns das nicht schon früher gezeigt?“

Bergmann-Pohl lachte wieder auf. Nur war es diesmal ein Lachen mit einem hysterischen Unterton. „Sie können Fragen stellen! Weil es mich in einem schlechten Licht erscheinen lässt und ich mich des Mordes an Borowsky verdächtig gemacht hätte. Ihre Worte! Ich schaufele mir doch nicht mein eigenes Grab!“

Vogt seufzte. „Sie haben dazu beigetragen, die Polizeiarbeit zu behindern und die Aufklärung an einem Mordfall zu verzögern! Aber Sie haben recht, natürlich werden Sie durch das Schreiben schwer belastet."

Annette Bergmann-Pohl war mit ihren Nerven am Ende. Sie ließ sich wieder auf ihren Stuhl fallen und schlug die Hände vors Gesicht. „Ich habe ihn nicht umgebracht", murmelte sie. „Vielleicht hätte ich ein Motiv gehabt, aber nicht jeder, der einen Grund hat, einen anderen Menschen umzubringen, setzt es auch in die Tat um."

„Irgendjemand aber ist im Fall von Axel Borowsky zur Tat geschritten", erinnerte sie Vogt.

„Ich war es nicht."

„Wo haben Sie sich letzten Dienstag zwischen 20:30 Uhr und 22:00 Uhr aufgehalten, Frau Bergmann-Pohl?"

„Sie wollen ein Alibi von mir?" Bergmann-Pohl schüttelte müde den Kopf. „Ich war zu Hause."

„Allein?"

„Ja. Ich habe ein Buch gelesen. Das tut man normalerweise allein. Werden Sie mir jetzt meine Rechte vorlesen und mich verhaften?" Da war er wieder, der spöttische Unterton in ihrer Stimme.

Vogt lächelte kurz. „Wir sind nicht in einer amerikanischen Krimiserie, Frau Bergmann-Pohl."

„Also verdächtigen Sie mich doch nicht?"

„Wir verfolgen weiterhin jede Spur."

„Aber Sie verhaften mich nicht?"

„Noch liegt kein Haftbefehl gegen Sie vor." Vogt vermied es, die Pflegedienstleitung in Sicherheit zu wiegen. Aber er stand auf, um die Unterhaltung zu beenden. Immerhin hatte er erreicht, was Plasberg gewollt hatte. Bergmann-Pohl hatte ihre Verwicklung in den Fall Borowsky zugegeben. Eine Hauptverdächtige war sie im Grunde nie gewesen, aber diese Tatsache ging sie nichts an, solange die Kripo den Mörder nicht gefasst hatte. „Ich danke Ihnen, dass Sie sich endlich entschlossen haben, mit uns zu kooperieren. Halten Sie sich weiter zu unserer Verfügung, wir werden sicherlich noch mehr Fragen haben. Ach ja, eines können wir sofort klären: Warum haben Sie diese letzte Seite aus der Pflegedokumentation herausgerissen?" Vogt schlug die Akte auf und zeigte Bergmann-Pohl die Stelle, an der ein Blatt Papier entfernt worden war. „Weil Lars Moritz darauf vermerkt hatte, dass er die letzte Monatsabrechnung an Borowsky übergeben hatte?"

Bergmann-Pohl schüttelte den Kopf. „Solche Details werden nicht in der Pflegedokumentation vermerkt. Da geht es einzig und allein um Dinge, die mit dem Gesundheitszustand des Patienten zu tun haben. Aber Moritz hat bemerkt, dass die Abrechnungen nicht in Ordnung waren. Borowsky hat sich in seiner Gegenwart über die Rechnung beschwert, daraufhin hat er sie sich wohl näher angesehen und ist mir auf die Schliche gekommen. Und dann ist mir bei der Prüfung der Dokumentation und des BTM-Buches aufgefallen, dass er die Vergabe des Durogesic-Pflasters gefälscht hat, nachdem Ihre Kollegin mir gesagt hat, dass kaum Spuren von Fentanyl in Borowskys Leiche nachgewiesen werden konnten. Es war ein Deal. Er hat versprochen, den Mund über die Abrechnungen zu halten, ich habe die Seiten aus der Dokumentation und aus dem BTM-Buch herausgerissen. Keine Unterlagen, keine Beweise."

„Warum hat er die Vergabe des Pflasters überhaupt gefälscht?"

„Er sagt, Borowsky habe die medizinische Versorgung verweigert, nachdem er die Abrechnung in die Finger bekommen hatte. Moritz wollte keinen Ärger, weil er neu im Dienst ist. Deshalb hat er so getan, als ob er das Pflaster an Borowsky vergeben hätte."

Vogt sah sie ungläubig an. „Und das haben Sie ihm abgenommen?"

Bergmann-Pohl zuckte die Achseln. „Welchen Grund sollte er sonst gehabt haben?"

Vogt schwieg. Dass Moritz vielleicht Rache an Borowsky nehmen wollte für die HIV-Infektion, die er ihm verdankte, ging die Pflegedienstleitung ebenfalls nichts an. Moritz hatte sich nach seinem Handel mit Bergmann-Pohl in Sicherheit wiegen können. Aber er hatte nicht damit gerechnet, dass Timo Auermann sich an sein schlecht gelauntes Gesicht erinnern würde, als er mit ihm auf der Treppe zusammentraf, und er hatte mit Sicherheit außer Acht gelassen, dass die Polizei seine Lebensgefährtin zu seinem Einsatz bei Borowsky befragen würde. Was Vogt nur noch immer nicht begriff, war, wieso Moritz Borowsky erst am Dienstag umgebracht hatte und nicht schon am Samstag. Wieso hatte er nicht schon am Samstag mit Borowsky kurzen Prozess gemacht, dem Tag, an dem er so unvorbereitet dem Menschen gegenüberstand, der sein ganzes Leben zerstört hatte? Aber vielleicht war das gerade das Schlüsselwort. Unvorbereitet. Vielleicht hatte Lars Moritz Zeit für Vorbereitungen gebraucht.

Vogt grübelte darüber nach, dass immer mehr Spuren auf Moritz als Täter deuteten. Er hatte die eindeutigsten Motive, er war am Tatort gesehen worden und – und das vor allen Dingen – er war untergetaucht. Möglicherweise waren die Informationen, die Vogt von Andrea Antes und Kajo Worms erhalten hatte, wirklich nur zweitrangig, nebensächlich – obwohl er noch vorhin fest davon überzeugt gewesen war, dass sie etwas zu bedeuten hatten.

Der Kommissar ließ Annette Bergmann-Pohl grußlos in ihrem Büro zurück, griff im Hinausgehen zu seinem Diensthandy und teilte Plasberg in knappen Sätzen die Ergebnisse seiner Unterhaltung mit der Pflegedienstleitung mit.

Neunzehn

Irmgard Kärnter lief ein eiskalter Schauer über den Rücken, als sie am Vormittag gegen halb elf den Briefkasten im Hausflur öffnete. Sie hatte fest damit gerechnet, dass es vorbei war, aber anscheinend hatte sie sich geirrt. Neben der Rechnung der Telekom und einer Broschüre des Schnütgen-Museums, bei dem sie Fördermitglied war, lag ein unscheinbarer weißer Umschlag, der nicht mit der normalen Postzustellung ausgeliefert worden war. Anstelle der vollständigen Adresse des Empfängers stand nur ein

Wort auf der Vorderseite, in dicken, schwarzen Druckbuchstaben, die sie drohend und höhnisch anstarrten: KÄRNTER. Kein Absender, keine Briefmarke, nur ihr Nachname. Der Schlüsselbund fiel ihr aus der Hand und schlug klirrend auf den Boden. Irmgard Kärnter griff sich an die Brust, als wollte sie ihr rasendes Herz beschützen, und für einen langen, entsetzlichen Augenblick drehte sich die Welt mit einer schwindelerregenden Geschwindigkeit um sich selbst. Ihr Mund war plötzlich wie ausgetrocknet; sie fuhr mit der Zunge nervös über ihre spröden Lippen.

Oben im ersten Stock knallte eine Tür. Irmgard Kärnter schrak zusammen, während sie sich bückte, um ihre Schlüssel aufzuheben. Ein paar Sekunden später kam das junge Mädchen aus der Wohngemeinschaft die Treppe heruntergelaufen, eine Sporttasche in der Hand und einen Tennisschläger unter dem Arm, warf ihr einen flüchtigen Blick und ein hastiges „Guten Morgen" zu und war schon durch die Haustür verschwunden, bevor sie den Gruß überhaupt erwidern konnte. Irmgard Kärnter raffte ihre Post zusammen und eilte zurück in ihre Wohnung, damit nicht noch jemand ihre Bestürzung bemerken konnte. Die Telefonrechnung und die Infopost des Museums flatterten unbeachtet zu Boden, während die Vermieterin mit zitternden Händen den Brief aufriss.

In dem Umschlag lag die Kopie des Fotos ihres Hauses, dieselbe Kopie, die sie schon einmal vor einigen Tagen erhalten hatte, kurz bevor Borowsky gestorben war. Der Stuck um die Fenster, die Weinreben, die bis in den zweiten Stock hinaufwucherten, die Wäscherei und der Metzgerladen in den beiden Nachbarhäusern, alles war identisch. Und unter dem dunklen Foto ein einziger Satz, als hätte der Absender ihre Gedanken erraten: *Es ist noch nicht vorbei*. Mehr nicht. Keine Anrede, keine Unterschrift. Nur diese fünf Worte, die vor Irmgard Kärnters Augen zu tanzen begannen, einen wirren Reigen aufführten, durcheinanderpurzelten, bis die Vermieterin einen unterdrückten Schrei ausstieß und sich erschrocken die Hand vor den Mund hielt. *Es ist noch nicht vorbei*.

Wie betäubt wanderte Irmgard Kärnter in die Küche, kratzte geistesabwesend an der Wunde auf ihrem Handrücken und ließ sich auf einen der Küchenstühle fallen. Sie hatte keine Ahnung, was sie jetzt tun sollte. Würde es denn nie aufhören? Würde sie für den Rest ihrer Tage dazu verdammt sein, dass die Vergangenheit wie ein Mühlstein um ihren Hals hing, sich wie Mehltau auf ihr Leben legte und langsam aber sicher jeglichen Frieden, jegliche Sicherheit und jedwede Ordnung erstickte?

Dabei war sie so zuversichtlich gewesen, von jetzt an ihre Ruhe zu haben. Der Tod von Scheibner hatte sie beruhigt. Mit ihm war der Letzte gestorben, der die Wahrheit kannte. Als sie seine Leiche in der Wohnung von Borowsky hatte liegen sehen, hätte sie vor Freude weinen können, eine solche Erleichterung war durch ihren Körper geströmt. Ganz außer Atem war sie gewesen und nicht einmal die Brutalität seines Todes hatte in ihr Mitleid hervorgerufen. Er hatte bekommen, was er verdiente. Ein grausamer Mensch, der einen grausamen Tod gestorben war. Ekel hatte sie empfunden, weil überall Blut gewesen war. Blut, das langsam in dem dunklen Teppich versickerte, Blut, das in hässlichen, dunkelroten Nasen am weißlackierten Heizkörper heruntertropfte, Blut, das an die Wand gespritzt war. Es hatte schlimmer ausgesehen als bei Borowsky. Allerdings hatte sie sich bei Borowsky mehr geängstigt. Diese starren, toten Augen.

Im Gegensatz dazu hatte der satte, süßliche Geruch des Blutes, der von Scheibners Leiche durch das Wohnzimmer strömte, eine fürchterliche Übelkeit in ihr ausgelöst und sie hatte es nicht mehr bis ins Bad geschafft, keuchend und würgend hatte sie sich an der Wand abgestützt und ihr Mittagessen erbrochen. Und dann hatte sie geschrien, hatte um Hilfe gerufen, aber es war niemand gekommen. Wie schon drei Tage zuvor hatte sie selbst die Polizei anrufen müssen, die dann ganz unvermutet rasch in Gestalt eines schniefenden, pickligen Ermittlungsbeamten vor der Tür gestanden hatte – als hätte die Kripo einen weiteren Mord schon erwartet. Natürlich hatte sie nichts davon gesagt, dass sie selbst das Siegel durchbrochen und Borowskys Wohnung durchwühlt hatte, das konnte sie Scheibner ruhigen Gewissens in die Schuhe schieben – er hatte ihr gegenüber ja auch keinerlei Skrupel gezeigt. Es war nicht allzu schwierig gewesen, diesem Polizisten etwas vorzumachen, ältere Frauen schienen von den Beamten grundsätzlich für dement gehalten zu werden, als ob ihr eigentlicher Platz in einem Pflegeheim war. Stimmen habe sie gehört. Erst Stimmen und dann Schreie, ein Poltern, und als sie nach oben gelaufen war, hätte Scheibner dagelegen in seinem Blut. Und nein, sie hatte niemanden gesehen – was ja auch der Wahrheit entsprach.

Nachdenklich drehte Irmgard Kärnter ihre Teetasse in der Hand. Erst Borowsky, dann Scheibner und jetzt ... ja, wer jetzt? Wen konnte er eingeweiht haben? Sie zwang sich, logisch zu denken. Viele kamen nicht in Betracht. Jeder, der Zugang zu ihrem Briefkasten hatte. Jemand aus dem Haus, der mit Borowsky oder Scheibner oder beiden Kontakt gehabt hatte. Den schmuddeligen Studenten mit den verfilzten Locken konnte sie ausschließen. Als sie Donnerstagabend im Vorgarten die Beete gejätet hatte, war Fischer mit einem großen Seesack in der Hand in ein Auto gestiegen, in dem zwei andere Männer mit ähnlich ungepflegten Frisuren auf ihn warteten.

Ganz offensichtlich war Fischer übers Wochenende weggefahren und seinem Gesichtsausdruck hatte sie entnehmen können, dass er froh war, ein bisschen Abstand zwischen sich und seine Wohnungsgefährten zu bekommen. Eilig hatte er es gehabt, nicht einmal gegrüßt hatte er sie. Aber wenn er es nicht war, dann blieb eigentlich nur noch ... Irmgard Kärnter hielt inne. Vielleicht war es gar kein Zufall gewesen, dass das Mädchen gerade in dem Moment an ihr vorbeigehuscht war, als sie den Brief im Briefkasten gefunden hatte?

Dass sie und Scheibner etwas miteinander hatten, war Irmgard Kärnter nicht verborgen geblieben. Die beiden hatten kein Geheimnis daraus gemacht. Natürlich! Die Hancke steckte da mit drin! Äußerlich so wohlerzogen, immer höflich, gute Manieren, aber innerlich kalt und berechnend, ohne jede Skrupel, eine Frau wie sie zu erpressen. Dabei kam sie aus so gutem Hause, aber das hieß wohl nicht mehr viel. Fischer war ja das genaue Gegenteil. Irmgard Kärnter hatte vor einem Jahr den Vater der beiden kennengelernt, als er eine Geschäftsreise nach Basel unterbrochen hatte, um ihr das Bürgschaftsschreiben zu überreichen, auf das sie vor Abschluss des Mietvertrages bestanden hatte. Der Mann hatte geradezu nach Geld gestunken. Ein Reedereibesitzer, mit Chauffeur und einem Lakaien, der ihm die Aktentasche hielt.

Die Hancke hatte sie damals als Papis Liebling eingeschätzt, mit einem Schmollmund und einer Unselbstständigkeit, dass Irmgard Kärnter versucht gewesen war, dem Vater zu sagen, dass auch Frauen heutzutage durchaus in der Lage waren, allein zu denken – wenn man sie ließ. Aber die Hilflosigkeit des Mädchens war anscheinend nur Fassade gewesen, sorgsam einstudiert, und wenn sie mit ihrer Vermutung recht behielt, dann hatte sie sich von Hancke genauso täuschen lassen wie der Vater. Wenn sie recht behielt, dann war Hancke durchtriebener als Borowsky und Scheibner zusammen. Und es gab nur einen Weg, das herauszufinden – und der beste Zeitpunkt dazu war jetzt.

Irmgard Kärnters Blick fiel auf das Bild ihres Vaters, eine Fotografie in einem goldgeschnörkelten Rahmen, die sie neben einem Jugendbild ihrer Mutter aufgehängt hatte, an der Wand hinter ihrer kleinen Essecke. Keiner der beiden Kommissare, die sie vernommen hatten, war in diesen Teil der Wohnung vorgedrungen; sie hatte die Küchentür immer verschlossen gehalten. Heutzutage war es ratsam, solche Fotografien nicht mehr offen zu zeigen. Die Beamten hätten Fragen haben oder gar Zusammenhänge herstellen können

Ihr Vater hatte nie viel gelacht. Trotz seiner Urkölner Herkunft war seine Lebensauffassung geprägt gewesen von preußischem Pflichtbewusstsein. Gehorsam, Strenge und Disziplin hatten ihm näher gestanden als Liebe und Fürsorge und obwohl ihre Mutter an dieser Unnahbarkeit letztendlich zugrunde gegangen war, hatte Irmgard Kärnter diese Charaktereigenschaften übernommen und im Laufe ihres Lebens verinnerlicht. Doch auf diesem einen Bild war ein Lächeln im Gesicht ihres Vaters zu sehen, zwar nur angedeutet unter dem kurzen Schnauzbart, den damals jeder in der Partei trug, der etwas auf sich hielt, und irgendwie unpassend zu der braunen Uniform, aber es war da, das Lächeln, und gerade deshalb liebte Irmgard Kärnter dieses Foto ihres Vaters so. Und jedes Mal, wenn sie in das Gesicht ihres Vaters schaute, wurde sie daran erinnert, dass es ihre Pflicht war, dafür zu sorgen, dass sein Andenken nicht in den Dreck gezogen wurde. Auch er hatte damals nur getan, was seine Pflicht gewesen war.

Mit einem Ruck stand Irmgard Kärnter auf, nahm den Generalschlüssel von der Wand und zog die Wohnungstür hinter sich zu. Entschlossen und viel weniger zögerlich als die letzten Male stieg sie hinauf in die erste Etage. Sie würde dem Spuk ein für allemal ein Ende bereiten. Sie würde erst aufgeben, wenn sie die Originaldokumente in ihren Besitz gebracht hatte, so oder so.

Mit zwei raschen Handgriffen hatte sie die fremde Tür geöffnet und atmete die Stille der Wohnung ein. Wie es hier aussah! Verärgert über die Unordnung rümpfte Irmgard Kärnter die Nase. Aber das war im Moment nicht so wichtig, andere Dinge hatten jetzt ausnahmsweise Vorrang. Zielstrebig öffnete die Vermieterin eine der Schubladen in der Küche und zog ein langes, scharfes Messer heraus, das sie neben sich auf den Tisch legte. Diesmal würde sie sich die kraft- und zeitraubende Suche nach den Dokumenten ersparen.

Irmgard Kärnter nahm Platz auf einem der Stühle und wartete geduldig auf die Rückkehr von Katrin Hancke.

Sein Kopf schmerzte und er hatte einen ekelerregenden Geschmack im Mund, als er aufwachte. Er musste getrunken haben, aber er konnte sich nicht erinnern. Lars Moritz setzte sich auf und sah sich benommen um. Er hatte keine Ahnung, wo er sich befand. Eine Bretterbude, ein Holzschuppen? Nein, die Wände waren aus Stein. Er hatte auf dem nackten Boden geschlafen, die Jacke zu einem Kopfkissen zusammengerollt, und die Kälte der Nacht hatte sich in seinen Gliedern eingenistet.

Staubig war es hier … staubig, schmutzig und dämmerig. Das Tageslicht wurde durch einen Baum vor dem kleinen Fenster und den Dreck auf den Scheiben zu einer milchigen Suppe gefiltert. In einer Ecke des Raums ein Handrasenmäher und eine Heckenschere. Ein Rechen, um Laub zu harken. Grob zusammengezimmerte Regale an der Wand, auf denen eingemachtes

Obst in durchsichtigen Gläsern schwamm und ihn an abgetriebene Föten erinnerte. Moritz schüttelte sich und gab dem Juckreiz in seinem Bart nach. Schorf und Schuppen rieselten aus den Stoppeln. Über Nacht hatte sich seine Neurodermitis weiter verschlimmert, auch an den Augenbrauen und am Haaransatz musste er sich jetzt kratzen. Er brauchte seine Medikamente.

In einer anderen Ecke entdeckte er einen Stapel Holzscheite, deren Geruch ihn an einen Bretterverschlag hatten denken lassen. Und dann noch ein Regal, diesmal mit Farb- und eingetrockneten Lackresten, alten Pinseln, deren Borsten nach allen Seiten abstanden. Er blickte hinauf zur Decke. Teerpappe. Doch eine Art Hütte oder Verschlag. Wie war er hierhergekommen?

Moritz rappelte sich auf und wischte seine schmutzstarrenden Hände an seiner Hose ab. Er musste dringend pinkeln. Wenn er vorsichtig aus dem Fenster sah, konnte er neben dem Baum einen Flecken Rasen ausmachen, ein paar Johannisbeerbüsche und Gemüsebeete mit Salat und Kürbissen. Ein Schrebergarten? Eine Laubenkolonie? Die Tür war nur angelehnt und vorsichtig schob er sie auf, blinzelte in die Helligkeit, bereit, beim ersten Anzeichen von Menschen die Flucht zu ergreifen. Aber da war niemand. Nur ein paar Amseln, die in den Zweigen des Baumes zwitscherten, und das Rascheln einer Maus unter den Büschen. Mit einigen hastigen Schritten stolperte Moritz nach draußen in das Dickicht hinter der Hütte, öffnete die Hose und erleichterte seine Blase. Wo zum Teufel war er bloß?

Die Erinnerung an den letzten Tag kam nur bruchstückhaft zurück, zögernd. Er war gerannt, herumgestreunt, hatte sich in Ecken der Stadt herumgedrückt, wo er sonst nie war. Kalk, Brück, Ostheim. Und jedes Mal diese Angst, wenn auf der Straße ein Wagen um die Ecke bog, ein Zusammenzucken, wenn er Polizeisirenen hörte. Da war eine Kneipe gewesen, in die er sich geflüchtet hatte. Heruntergekommenes Inventar, bullige Kerle, die ihn dämlich angemacht hatten. Es war zu einem Wortwechsel gekommen, er hatte sich mit jemandem geprügelt. Unvermutet tauchte in Moritz' Erinnerung ein fleischiges, vom Alkohol aufgedunsenes Gesicht auf, ein Typ, der ihn am T-Shirt packte und höhnisch anlachte. Vorsichtig betastete er seine geschwollene Lippe und zuckte zurück, weil selbst diese sanfte Berührung schmerzhaft war. Seine Nerven waren mit ihm durchgegangen; er hatte nicht mehr klar denken können. Moritz sah an sich herunter und entdeckte ein paar Tropfen Blut auf seinem Hemd, rostig braun verfärbt auf dem dunkelblauen Stoff, wie Kotspuren. Er begann zu zittern. Ein Mensch konnte nur eine bestimmte Anzahl von Katastrophen verkraften, bevor er durchdrehte, und bei ihm war diese magische Grenze endgültig überschritten.

Moritz lachte schluchzend auf und es dauerte ein paar Minuten, bis seine nervösen Finger die Knöpfe seiner Hose geschlossen hatten.

Er war einfach weggelaufen. Er hatte das alles nicht mehr ertragen können. Anja, das Baby, das Testergebnis, Axel Borowsky und dann noch Scheibner. Wer konnte so etwas wegstecken? Da war ein Moment am gestrigen Tag, wo er gespürt hatte, dass etwas in ihm zersprang. Er hatte es fast hören können, wie das Geräusch einer Saite, die zu stark gespannt wurde und dann mit einem surrenden Ton zerriss. Er hatte es in dem Moment gespürt, als das Handy dieser Kommissarin zu klingeln begann, während der Mitarbeiterbefragung – als sie kurz davor war, herauszubekommen, was er mit Axel gemacht hatte.

Der Schock, Axel am Samstag plötzlich gegenüberzustehen, nach all den Jahren, dieses gleichgültige, desinteressierte Schulterzucken, als er ihn zur Rede gestellt hatte. Er war in Rage geraten, hatte ihm wehtun wollen, hatte ihn leiden sehen wollen, diesen Mann, den er einmal geliebt hatte und der ihn so verraten hatte. Nach allem, was Axel ihm angetan hatte, war die Sache mit dem Durogesic-Pflaster nur recht und billig. Eine kleine Rache für ein verpfuschtes Leben. Was waren dagegen schon ein paar Schmerzen?

Aber die Begegnung am Samstag war nichts gewesen im Vergleich zu dem, was am Dienstag passiert war. Wieder und wieder sah er Axel durch seinen Stoß das Gleichgewicht verlieren, mit dem Hinterkopf gegen die Wand schlagen und wie einen Stein zu Boden gehen. Es war ein Unfall gewesen, ein Unfall! Er war zu ihm zurückgekommen, um sein schlechtes Gewissen zu beruhigen, um ein letztes Mal mit Axel zu reden, um sich wegen des Pflasters zu entschuldigen. Er hatte ihn nicht töten wollen. Erneut spürte er die entsetzliche Panik, die ihn beim Anblick von Axels leblosem Körper neben dem Bett überfallen hatte und die ihn Hals über Kopf aus der Wohnung stolpern ließ, ohne sich noch einmal umzusehen.

Bei der Befragung durch die Polizei war er so sicher gewesen, dass man ihn erwischt hatte, hatte gespürt, wie die Schamesröte in sein Gesicht kroch, war aufgesprungen, mit einer dahergebrabbelten Notlüge auf den Lippen – und dann war er doch noch knapp davongekommen. Plasbergs Handy hatte geklingelt und er war nur mit der Aufforderung entlassen worden, sich zu Hause zu einer weiteren Befragung bereitzuhalten. Dabei hatte er sich schon in Handschellen gesehen. In diesem Augenblick, als er dachte, jetzt sei alles aus, nun müsse er sich für alles, was er getan hatte, verantworten, da war dieses … dieses Ding in ihm zerrissen. Angelika hatte ihm einen merkwürdigen Blick zugeworfen, als er sie fast umrannte auf seinem Weg nach draußen. Sie war die Einzige, die gemerkt hatte, dass mit ihm etwas nicht stimmte. Oder bildete er sich das in seinem Wahn nur ein?

Jedenfalls war er raus auf die Straße gelaufen, ohne ein Ziel, ohne einen Plan. Die Beamten von der Kripo waren direkt hinter ihm aus dem Haus gekommen, hektisch, ohne ihn auch nur eines Blickes zu würdigen, während er aus der Deckung eines parkenden Autos beobachtet hatte, wie sie mit schnellen Schritten und heftig diskutierend Richtung Gleueler Straße zurückliefen. Sie hatten Scheibner gefunden, genauso wie er Stunden zuvor Scheibner gefunden hatte, dessen war er sich sicher.

Lars Moritz war müde. Die Anspannung und die Angst der letzten Wochen waren einfach zu groß geworden. Sie hatten ihm im Nacken gesessen wie ein Gegner bei einem Marathonrennen, der sich nicht abschütteln ließ und unerbittlich näher kam. Sie hatten seine Reserven angezapft und ihn vorwärts getrieben, aber jetzt war er am Ende seiner Kräfte. Jetzt spürte er ihren heißen Atem in seinem Ohr, während die Angst zum Überholen ansetzte, und er wollte sich einfach nur noch hinlegen und ausruhen.

Aber er konnte nicht nach Hause gehen. Was sollte er der Polizei erzählen? Was sollte er Anja erzählen? Wie sollte er ihr beibringen, was mit ihm, und vielleicht auch mit ihr und mit dem Kind, los war? Für einen flüchtigen, kaum zu fassenden Augenblick sah er die Zukunft vor sich, wie sie hätte werden können und nun nie Gestalt annehmen würde. Sein Herz krampfte sich zusammen und er rang überrascht nach Atem, versuchte, den Schmerz auf Abstand zu halten. Anja und er bei einem Spaziergang am Aachener Weiher, ein erstes Herbstblatt hatte sich in ihrem langen, braunen Haar verfangen, ohne dass sie es bemerkte. Seine Freundin lutschte an einem Eis und sah verträumt auf das Wasser, vor ihr der Kinderwagen. Und er, er trug ihren kleinen, namenlosen Sohn auf der Schulter, zeigte ihm eine Entenfamilie, die am Rande des Weihers herumpaddelte. Sein Sohn hatte seine Haare, blonde Locken, aber er hatte Anjas Augen, große bernsteinfarbene Augen, und seine kurzen Finger griffen immer wieder aufgeregt in die Luft, als wollte er die Entenküken streicheln.

Moritz wischte sich eine Träne von der Wange. Eine Vision, ein Traum, der nur in einer anderen Realität Wirklichkeit werden würde, aber niemals in dieser. Dafür hatte Axel gesorgt. Es war vorbei. Fahrig riss Moritz seine Hose von den Dornen eines Brombeerbusches weg, in denen er sich auf der Suche nach einem Platz zum Pinkeln verfangen hatte, aber die Dornen waren hartnäckig, krallten sich immer tiefer in den Stoff der Hose. Er bückte sich, um die Zweige zu entfernen, und plötzlich wurde er von Weinkrämpfen geschüttelt, die er die ganzen letzten Wochen zurückgehalten und verdrängt hatte. Seine Schultern bebten, Tränen liefen über sein Gesicht und Rotz aus seiner Nase und sein Körper krümmte sich zu einer schützenden Kugel zusammen, in diesem Dickicht, das er sich mit einem gebrauchten Papiertaschentuch und einer verrosteten Coladose teilte, hier am Ende seiner Träume.

Dann war da plötzlich eine Stimme, schneidend, hart, nervös, aber Lars Moritz verstand nicht, was sie sagte, und als er sich aufrichtete und umdrehte, starrte er in den Lauf einer Pistole.

„Schön langsam rauskommen, mit erhobenen Armen!“, befahl Karsten Vogt. Mit der einen Hand zielte er auf Moritz, mit der anderen Hand winkte er den Mann aus dem Dickicht. „Lars Moritz, Sie sind vorläufig festgenommen wegen dringenden Mordverdachtes."

Zu Vogts Überraschung ließ sich Moritz widerstandslos verhaften und nachdem er ihn in die Obhut eines Streifenpolizisten gegeben hatte, wandte er sich an das ärmlich gekleidete, ältere Ehepaar, das die Polizei über einen Einbruch in den Geräteschuppen ihres Gartens in Ehrenfeld informiert und in sicherer Entfernung die Festnahme beobachtet hatte. „Ist das der Mann?"

Die Frau, die noch immer zwei Taschen gefüllt mit Tupperdosen und einer Thermoskanne in der Hand hielt, bejahte. In ihrer Stimme schwang ein slawischer Akzent mit. „Sieht gar nicht aus wie Penner", sagte sie. „Ich dachte immer, wären älter." Neugierig reckte sie ihren Hals, um dem abfahrenden Streifenwagen nachzusehen. „Hoffentlich hat nichts geklaut von mein Obst." Sie sprach das O hart und guttural aus.

„Ich hätte gar nicht bemerkt, dass etwas nicht stimmt, wenn ich nicht jeden Abend die Tür abschließen würde", ergänzte ihr Begleiter, ein grobschlächtiger Mann mit Glatze und fleckigen Arbeitshosen. Nachdenklich zündete er sich eine Zigarette an. „Das mache ich immer. Hundertprozentig. Stimmt doch, oder?"

Seine Frau nickte bestätigend. „Ja, stimmt. Das tut er immer. Mann glaubt, dass sich sonst Nachbarn vergreifen an Rasenmäher", fügte sie spöttisch hinzu. „Dabei ist alt, uralt." Sie lächelte Vogt verschwörerisch zu und der Kommissar entdeckte eine goldene Krone in ihrer oberen Zahnreihe.

„Und dann habe ich durch das Fenster gesehen und da lag er auf dem Boden und hat geschlafen. In meinem Schuppen!" Der Mann warf seiner Frau einen ungehaltenen Blick zu. „Das ist das erste Mal! Wir hatten hier noch nie Probleme mit Pennern!"

„Das ist kein Obdachloser", erwiderte Vogt ruhig. „Das ist ein Mann, der zweier Morde verdächtigt wird." Dann ging er zum Streifenwagen und gab über Funk durch, dass er Lars Moritz festgesetzt hatte.

Zwanzig

Obwohl sich endlich einmal die Sonne am Himmel blicken ließ, sah der Hinterhof in Köln-Nippes, den Maria Plasberg nun schon zum dritten Mal innerhalb weniger Tage betrat, genauso trostlos aus wie bei den verregneten Gelegenheiten zuvor. Der Asphalt des zubetonierten Vorgartens glitzerte mattgrau im gleißenden Licht des Vormittags, Unkraut brach sich an den Ecken einen Weg durch den Teer und das kleine Stück heruntergetretener Rasen wirkte deprimierend auf die Kommissarin. Torsten Brinkhoff schien genau die gleichen Gedanken zu haben, denn bevor sie an der Haustür von Nadja Auermann klingelten, bemerkte er: „Warum legt sie hier nicht ein paar Blumenbeete an? Das würde doch viel hübscher aussehen."

„Ich bezweifele, dass Borowskys Schwester einen ähnlich ausgeprägten Sinn für Ästhetik hat wie Sie", erwiderte Plasberg ironisch.

Schon unter der Tür quoll den beiden Kommissaren der strenge Geruch von gekochtem Rotkohl entgegen und als ihnen geöffnet wurde, hüllte sie der Gestank des Gemüses wie eine Wolke ein. Brinkhoff verzog das Gesicht. Er hatte Rotkohl schon als Kind nicht ausstehen können.

Nadja Auermann sah blass aus, Müdigkeit ließ ihre Augen klein und schmal erscheinen. Sie trug noch immer dieselbe Kittelschürze wie an den Tagen zuvor. Borowskys Schwester seufzte, als sie Plasberg und Brinkhoff erblickte, doch sie trat zur Seite, um sie einzulassen. Plasberg zog das Foto, das sie zwischen Borowskys Bürounterlagen gefunden hatte, aus ihrer glitzernden Handtasche und hielt es Nadja Auermann unter die Nase.

Als sie das Foto sah, fuhr Axel Borowskys Schwester zusammen, und bei ihrer Antwort zitterte ihre Stimme merklich. „Wo haben Sie das her?"

„Aus einem Karton beim *Kölner Stadt-Anzeiger*, in dem die Sachen Ihres Bruders gelagert waren."

Auermanns Gesicht hatte inzwischen die Farbe der beige getünchten Hauswand angenommen. „Es … es ist lange her, dass ich das Foto gesehen habe“, presste sie mühsam heraus.

„Also wissen Sie, was es damit auf sich hat?“, fragte Plasberg ungeduldig. „Frau Auermann?“

„Ja, natürlich. Schon gut.“ Borowskys Schwester rieb sich mit den Händen durch das Gesicht. Dann ging sie in die Küche und die beiden Kommissare folgten.

Dort war der Geruch von Rotkohl fast unerträglich. Ein Topf köchelte auf dem Herd vor sich hin und verteilte den Dampf im Raum. In einem zweiten, etwas kleineren Topf schwammen Kartoffeln und auf der Arbeitsplatte lagen drei rohe Bratwürste. Brinkhoff ging zum Fenster, öffnete es, ohne zu fragen, und nahm zwei tiefe Atemzüge frischer Luft. „’tschuldigung“, murmelte er, als er Plasbergs und Auermanns Gesichter sah. „Der Kohl …“

Borowskys Schwester ließ sich auf der Eckbank nieder und nahm der Kommissarin das Bild aus der Hand, um es genauer zu betrachten. „Das ist doch schon so lange her“, wiederholte sie dumpf. „Wozu denn diese alten Geschichten noch mal hervorzerren?“

Plasberg sah die Frau fragend an. „Was ist lange her? Kennen Sie die Leute auf dem Foto?“

Nadja Auermann nickte langsam. „Ja. Natürlich. Das ist … das war unsere Familie. Es ist das letzte Bild, das von ihnen gemacht worden ist, bevor sie …“ Ihre Stimme verstummte und ihr Zeigefinger deutete auf die Erwachsenen im Bild. „Meine Großeltern. Mein Großvater war Abteilungsleiter bei einer Bank. Er war auf dem Sprung in die Chefetage, als er wegen seiner jüdischen Abstammung entlassen worden ist … meine Großmutter war fast zehn Jahre jünger als er, auf dem Bild muss sie Mitte dreißig gewesen sein, genau weiß ich das nicht mehr.“

„Und die Kinder?“

„Das Mädchen ist meine Tante Leah und die Zwillinge. Der eine ist Onkel Jakob und der andere … der andere ist mein Vater Anton“, erklärte sie unwillig. „Leah war fast sechzehn und Jakob und Anton zehn oder elf, als sie nach Minsk gebracht worden sind. Das Foto ist vier Jahre vorher aufgenommen worden, 1938."

„Minsk?"

„Das KZ Maly Trostenez, ein paar Kilometer südlich der Stadt."

Plasberg und Brinkhoff nahmen ebenfalls am Tisch Platz. „Und nur Ihr Vater hat überlebt?", fragte die Kommissarin.

„Ja. Als Einziger. Alle anderen sind getötet worden." Auermann schloss die Augen und plötzlich war es sehr leise in der Küche; nur das Blubbern des Wassers auf dem Herd und Auermanns angestrengtes Atmen unterbrachen die Stille. „Mein Vater hat nur ein einziges Mal darüber gesprochen, was passiert ist. Axel war vielleicht dreizehn und ich … ich war ja schon aus dem Haus und in der Lehre, aber sonntags habe ich immer meine Wäsche vorbeigebracht. Es gab abends einen Film im Fernsehen … so eine Dokumentation über den Faschismus und die Judenvernichtung … häufig gab es die ja nicht im DDR-Fernsehen … und normalerweise durften wir so etwas gar nicht sehen, mein Vater wollte das nicht. Er wollte nichts mehr wissen von damals. Aber an dem Abend hat Axel irgendwie seinen Willen durchgesetzt. Er war schon immer ziemlich starrköpfig. Vielleicht war mein Vater müde, ich weiß es nicht mehr. Jedenfalls fing er an zu reden nach dem Film. Von damals. Was ihm passiert ist. Es klang alles so … so kalt … als wäre er gar nicht dabei gewesen, als hätte er die Geschichte nur von einem Fremden gehört. Er hat die ganze Zeit an die Wand gestarrt, als könnte er uns dabei nicht in die Augen sehen. Als würde er sich schämen für das, was ihm passiert ist."

So mitfühlend, wie Brinkhoff seine Chefin noch nie erlebt hatte, bat sie Nadja Auermann, weiterzusprechen: „Es tut mir leid, aber wenn es dazu beitragen kann, den Mord an Ihrem Bruder aufzuklären, dann sollten Sie uns alles erzählen, was mit diesem Foto zusammenhängt. Es könnte uns weiterhelfen."

Der Blick von Borowskys Schwester hing noch immer an der vergilbten, abgegriffenen Fotografie. In ihren Augen schwammen Tränen. „Das macht den Axel auch nicht mehr lebendig, oder? Und die hier auch nicht. Ich verstehe auch nicht, was das miteinander zu tun haben soll. Ich meine, der Tod vom Axel und das hier … damals?“

„Alles“, sagte plötzlich eine Stimme hinter ihnen. „Das ist der Grund, warum Axel tot ist.“ Die Kommissare drehten sich überrascht um. Hinter ihnen stand Timo Auermann im Türrahmen, hohlwangig und mit rot geränderten Augen, die gefärbten Haare verfilzt und ungewaschen am Schädel klebend. Neben ihm hockte wachsam die schwarze Promenadenmischung und ließ die Kommissare nicht aus den Augen. Keiner hatte Timo und den Hund herunterkommen gehört. „Axel und Milo sind deswegen gestorben. Willst du es erzählen oder soll ich?“ Er sah seine Mutter herausfordernd an.

„Junge …“, sagte Nadja Auermann.

„Dann erzähle ich es!“ Timos Tonfall war laut und bitter. „Mein Onkel hätte zur Polizei gehen sollen, aber er wollte nicht. Er hat gesagt, die Polizei könnte ihm auch nicht helfen. Stattdessen wollte er einen persönlichen Rachefeldzug!“

„Axel? Was für eine Rache?“, fragte Nadja Auermann verwirrt. Sie hatte anscheinend keine Ahnung, wovon ihr Sohn redete.

„Du kriegst doch nie was mit, Mutter!“, schrie Timo plötzlich und brach in Tränen aus. „Wenn du ihm geholfen hättest, wäre er vielleicht noch am Leben! Aber du hast ihn ja lieber krepieren lassen! Deinen eigenen Bruder! Nur weil es nicht in dein Weltbild gepasst hat, dass er schwul war!“

„Wobei hätte deine Mutter deinem Onkel helfen sollen?“ Maria Plasberg horchte auf.

„Das zurückzubekommen, was uns gehört hat.“

Nadja Auermann sah ihren Sohn hilflos an. „Was redest du denn da, Junge?“

Timo ließ sich auf einen Stuhl fallen. „Geben Sie mir eine Fluppe, dann erzähle ich es“; schnorrte er die Kommissarin an. Ein flüchtiges Lächeln huschte über sein Gesicht, als er Plasbergs Handtasche bemerkte, aus der die Kommissarin ihre Notfallzigaretten herauskramte. „Sie schrecken wohl vor nichts zurück, was?“, murmelte er. Plasberg gab dem Jungen Feuer und Timo inhalierte gierig zwei Züge, bevor er weiterredete. „Axel hat mir kurz vor seinem Tod erzählt, was mit unserer Familie passiert ist“, begann er. „Von meiner Mutter hätte ich das nie erfah… na ja, Schwamm drüber. Sie weiß bis heute kaum Einzelheiten, weil sie sich nicht für die Familiengeschichte interessiert hat. Mein Urgroßvater hat viel zu lange nicht wahrhaben wollen, was mit den Juden in Deutschland passiert. Was für ein Idiot, oder?“ Er sah Plasberg fragend an. „Ich meine, wenn er nicht so dämlich gewesen wäre, hätte er die ganze Familie retten können.“

„Na ja“, erwiderte die Kommissarin. „Ich weiß nicht ob ‚dämlich‘ der richtige Ausdruck ist.“

„Aber andere waren doch auch schlauer und haben Deutschland rechtzeitig verlassen! Warum hat er es erst versucht, als es schon zu spät war? Das werde ich nie begreifen.“ Timo starrte in den Tabakqualm, als fände er dort eine Antwort auf seine Frage.

„Die Geschichte ist ein wenig verworren“, fuhr er schließlich fort. „Mein Großvater konnte sich nicht mehr an alles erinnern – oder er wollte es nicht. Axel hat die fehlenden Glieder in der Kette recherchiert.“

„Die Bücher über den Holocaust in seiner Wohnung“, sagte Brinkhoff.

„Ja, aber nicht nur das. Er hat im Internet recherchiert, Unterlagen in Behörden und Archiven gewälzt, sich mit jüdischen Organisationen in Verbindung gesetzt. Er war wie besessen davon. Er hat sogar versucht, Augenzeugen aufzuspüren – allerdings mit wenig Erfolg. Die meisten sind tot. Und dann kam ihm ja auch seine beschissene Krankheit dazwischen.“

„Was hat er recherchiert?“, fragte Plasberg.

„Die Wahrheit. Er hat gewusst, wer für die Verschleppung und den Tod unserer Familie verantwortlich war.“ Timo seufzte. „Mein Urgroßvater stammte eigentlich aus Polen, aus der Gegend um Lodz, aber er ist Ende der zwanziger Jahre nach Köln gekommen und hat sich hier niedergelassen, eine Familie gegründet. Er hat sich hier wohlgefühlt, war Mitglied der jüdischen Gemeinde. Die war ja ziemlich groß hier in der Stadt. Als Hitler an die Macht kam, wollte er nicht aufgeben, was er sich aufgebaut hatte. Er hat bis zuletzt daran geglaubt, dass alles nur ein Spuk ist, der vorübergeht. Voll krass, oder? Nicht mal seine Entlassung und die Randale gegen die Juden haben ihn von seiner

Meinung abgehalten, dass die Deutschen ein ‚Kulturvolk‘ seien, das es nicht zum Äußersten kommen lassen würde. Kuschen und den Sturm über sich hinwegziehen lassen, das war sein Motto.“

„Das ha-haben viele geglaubt damals“, warf Brinkhoff ein.

Timo verzog verächtlich das Gesicht. „Verstehe ich bis heute nicht“, erwiderte er. „Wenn mehr Leute aufgestanden wären und ihre Meinung gesagt hätten, wären die Nazis nie soweit gekommen!“

Plasberg unterbrach ihn. „Die Geschichte, Timo!“

Der Junge sah sie für einen Moment verständnislos an, als hätte er den Faden verloren. „Was? Ach so, ja. Als mein Großvater endlich begriffen hatte, dass die Nazis es mit der Judenvernichtung ernst meinten, war es zu spät. Ende Oktober 1938 ist er im Rahmen der ‚Polen-Aktion‘ deportiert worden.“

Der Junge lecke sich über die trockenen Lippen und sah sich etwas hilflos um. Als Plasberg bemerkte, dass seine Mutter mit starren Augen aus dem Fenster blickte, stand sie auf und goss ihm ein Glas Wasser ein. Timo leerte es in einem Zug, bevor er weiterredete.

„Alle Juden polnischer Abstammung sind damals von den Scheiß-Nazis aus dem Reich ausgewiesen worden. Eigentlich hätte das ja unsere ganze Familie betroffen, aber in Köln gab es eine kleine Ausnahme: Hier sind nur die Oberhäupter der polnisch-jüdischen Familie abtransportiert worden. 600 von denen sind an die deutsch-polnische Grenze gebracht und im Niemandsland ausgesetzt worden, da war auch mein Urgroßvater dabei. Die Familie hat nie wieder etwas von ihm gehört. In einem Namensregister des Warschauer Ghettos ist Axel mal über seinen Namen gestolpert. Wahrscheinlich ist er dort krepiert. Mein Großvater hat Axel erzählt, dass seine Mutter nie über den Verlust ihres Mannes hinweggekommen ist. Nach seiner Deportation litt sie unter Depressionen und war nicht mehr in der Lage, für ihn und seine Geschwister zu sorgen, und die Situation für Juden wurde ja auch immer schwieriger. Das Geld der Familie war so gut wie aufgebraucht, keine Arbeit, kein Mann, nichts zu essen, die ständige Angst. Irgendwann hat sie sich einfach ins Bett gelegt und ist nicht mehr aufgestanden.

Nachbarn aus der jüdischen Gemeinde haben sich um sie und die Kinder gekümmert, so gut es ging. Ein halbes Jahr später, im Frühjahr 1939, ist sie an einer Lungenentzündung gestorben. Mein Großvater Anton, sein Zwillingsbruder Jakob und meine Großtante Leah sind dann in ein jüdisches Kinderheim gekommen und in der Jawne zur Schule gegangen."

„Was ist eine Jawne?", unterbrach Plasberg.

Timo zog lautstark die Nase hoch und fuhr sich durch den wirren Haarschopf. „Das war das jüdische Realgymnasium in der St. Apernstraße. Da gab es früher auch 'ne Synagoge. Eigentlich sollten alle drei Geschwister zusammen mit ihren Klassenkameraden nach England ausreisen, mit diesen Kindertransporten. Der Direktor der Schule, der hieß, glaube ich, Dr. Klibansky, hat ganze Klassen seiner Schule nach England geschickt und so gerettet. Aber die Zwillinge hatten genau zu diesem Zeitpunkt Mumps, und Leah hat sich geweigert, ohne ihre Brüder zu fahren, nach all dem, was mit ihren Eltern erst wenige Monate vorher passiert war. Sie hat sich verantwortlich gefühlt. Wäre sie gefahren, wäre sie am Leben geblieben."

„Also sind die drei im Kinderheim geblieben", sagte Brinkhoff.

Timo nickte. „Kann ich noch 'ne Fluppe haben?"

„Junge, du sollst nicht so viel rauchen!" Es war das erste Mal, das Nadja Auermann sich in das Gespräch einschaltete; ihre Bemerkung klang seltsam deplatziert.

Timo ignorierte sie und zündete eine weitere Zigarette an. „Ja, und dann begann der beschissene Krieg und es wurden keine Kinder mehr nach England geschickt. Anfang der vierziger Jahre mussten dann die restlichen Kinder aus dem jüdischen Heim und dem Waisenhaus in die Jawne ziehen und am 20. Juli 1942 sind sie nach Minsk deportiert worden, zusammen mit den Lehrern und Erziehern und anderen Juden, deren Namen auf einer Liste standen. Den Erwachsenen hat man gesagt, sie würden umgesiedelt werden."

Der Junge schluckte und nahm einen so heftigen Zug an der Zigarette, dass er sich die Lippen verbrannte. „Sammelpunkt waren die Messehallen drüben in Deutz, wo die Leute auf die Züge verladen worden sind. Vier Tage hat der Transport gedauert oder waren es nur drei? ... Na ja, ist ja egal. Über 1100 Menschen, und von denen waren mehr als 300 Kinder, sind in Viehwaggons nach Russland transportiert worden, so eng zusammengepfercht, dass sie teilweise nicht mal sitzen konnten. Die Scheiß-Nazis haben ihnen vor der Abreise fast alles abgenommen, was sie besaßen, außer der Kleidung, die sie anhatten. Sie haben nichts zu essen und zu trinken gekriegt während der Fahrt. Sie hatten nur das, was sie selber mitgenommen hatten." Er holte tief Luft und man konnte ihm ansehen, dass er mit seinen Gefühlen zu kämpfen hatte. „Die Fahrt muss unbeschreiblich gewesen sein. Mein Großvater hat sich erinnert, dass er vor Hunger auf seinen Schuhsohlen rumgekaut hat. Manche Menschen sind schon während der Reise an Entkräftung gestorben." Er wische sich über die feuchten Augen.

„Brauchst du eine Pause?", fragte die Kommisarin.

„Nee, alles ist fein, schon okay", erwiderte Timo. „Wo war ich?"

„Der Transport", half Brinkhoff aus.

Timo nahm den Faden wieder auf: „Am 24. Juli 1942 sind sie in Minsk eingetroffen. Die Leute sind von SS-Männern auf dem Güterbahnhof in Empfang genommen und auf Lkws verladen worden. Dann hat man sie in einen Wald in der Nähe des Lagers Trostinez gefahren ... warten Sie ... so ein unaussprechlicher russischer Name: Blo ... Blagowschtschina – glaube ich jedenfalls. Oder so ähnlich. Ist ja auch egal. Jedenfalls ... Da hatte die SS schon Gruben ausgehoben in den Tagen zuvor. Alle ungefähr fünfzig Meter lang und drei Meter tief. Bei jeder Grube standen Scharfschützen postiert, alle zwei Meter einer. Die Gefangenen mussten sich bis auf die Unterwäsche ausziehen und sich am Grubenrand hinknien, mit ... mit dem Gesicht zur Grube. Die Aufseher und die Schützen waren schlecht gelaunt. Sie haben über das regnerische Wetter geschimpft, die Gefangenen angetrieben, schneller zu machen, und Zigaretten geraucht. Mein Großvater hat erzählt, dass alle genau gewusst haben, dass sie jetzt sterben würden ... wie das wohl ist, dieses Gefühl? Elf Jahre alt zu sein und zu wissen, dass man in ein paar Minuten nicht mehr lebt?"

Timo Auermanns Stimme hatte mittlerweile einen hohlen und mechanischen Klang angenommen, als würde ihm nur dieser kalte, unbeteiligte Tonfall die Kraft verleihen, die Geschichte zu Ende zu bringen. „Leah … Leah hat Jakob und Anton zu sich gezogen und sie haben sich an den Händen gehalten. Dann haben sie gehört, wie die Maschinengewehre entsichert wurden. Und dann sind die Schüsse gefallen." Timo sah Maria Plasberg mit starrem Blick an und schwieg.

Nach einer langen Zeit räusperte sich die Kommissarin und suchte nach Worten, irgendetwas, was ihrem Mitgefühl und ihrer Traurigkeit angemessen Ausdruck verleihen konnte, aber da war nichts. Mit Mühe zwang sie sich zu sprechen. Ihre Stimme klang rau. „Aber dein Großvater hat überlebt."

Timo nickte. „Ja, aber ich glaube, er wäre damals lieber mit den anderen gestorben. Weil sie total verängstigt waren, sind einige der Kinder von der SS lebend in die Grube gestoßen und erst dann erschossen worden. Die Zwillinge und meine Tante auch. Aber der SS-Mann, der auf Anton geschossen hat, war ein ziemlich mieser Schütze. Mein Großvater hat gespürt, wie die Kugel knapp an seinem Ohr vorbeigeflogen ist. Leah und Jakob sind im selben Moment erschossen worden und auf ihn draufgefallen. Der Jakob war sofort tot, aber Leah hat noch ein paar Augenblicke gelebt. Sie hat irgendwie mitbekommen, dass Anton unverletzt ist, und hat sich mit letzter Kraft ganz über ihn geschoben, sodass sein Körper von oben nicht mehr zu sehen war. Und dann ist sie gestorben. Auf meinem Großvater. Ihr Blut ist in seine Haare und über sein Gesicht gelaufen und er hat gespürt, wie ihr Herz aufhörte zu schlagen."

Nadja Auermann liefen die Tränen über die Wangen, tropften auf ihre Schürze, ohne dass sie sich die Mühe machte, sie abzuwischen. „Der Regen war inzwischen viel stärker geworden", nahm sie plötzlich den Erzählfaden ihres Sohnes mit brüchiger Stimme auf. Timo und die Kommissarin drehten sich überrascht zu ihr, denn keiner hatte damit gerechnet, dass auch sie etwas zu sagen hatte. Aber Timos Mutter registrierte die erstaunten Gesichter nicht; ihr Blick ging starr an ihnen vorbei. „Mein Vater hat gesagt, es habe wie aus Kübeln gegossen. Wahrscheinlich hat er dem Regen sein Leben zu verdanken, denn ohne zu überprüfen, ob tatsächlich alle tot waren, die in der Grube lagen, sind die SS-Leute in ihre Lkws und Baufahrzeuge geflüchtet, um den Wolkenbruch abzuwarten, bevor sie die Gruben zuschütteten. Diese halbe Stunde hat mein Vater genutzt. Als alles still war, ist er unter Leahs Körper hervorgekrochen, blutverschmiert, mit Schlamm bedeckt, ganz durchweicht vom Regen und hat versucht, aus der Grube herauszuklettern. Aber der Rand war zu hoch, er konnte ihn nicht erreichen. Die einzige Möglichkeit, die er hatte, war, die Leiche seines Zwillingsbruders an das schmale Ende der Grube zu zerren und auf eine andere zu wuchten. Alle anderen Körper waren Erwachsene und viel zu schwer für ihn. Dann ist er auf seinen toten Bruder gestiegen und konnte so aus der Grube entkommen … Er ist buchstäblich über die Leichen seiner Familie geklettert."

„Mein Gott", flüsterte Brinkhoff. Ihm war speiübel. „Wie … wie ist Ihr Vater dann aus dem Wald entkommen?"

Nadja Auermann zuckte die Schultern. „Das weiß ich nicht. Niemand weiß das. Nicht einmal mein Vater konnte sich daran erinnern. Er hatte so eine Art Gedächtnisverlust ab dem Moment, wo er aus der Grube heraus war. Das nächste, woran er sich erinnern konnte, war, dass er im Heuhaufen eines Bauernhauses aufgewacht ist, neben dem Schweinetrog. Ein Bauernpaar hat ihn versteckt bis zum Kriegsende. Er hat auf dem Hof als Knecht gearbeitet, bis die Nazis vor der heranrückenden Roten Armee geflohen sind. Nach dem Krieg hat es ihn auf vielen Umwegen nach Erfurt verschlagen, wo er versucht hat, ein neues Leben aufzubauen."

„Es hat Partisanen in den Wäldern um Minsk gegeben", ergänzte Timo. „Sie haben den Nazis ganz schön zu schaffen gemacht. Sie haben denen geholfen, die aus dem KZ fliehen konnten. Vielleicht auch meinem Großvater."

Schweigen herrschte in der Küche. Nadja Auermann stand kurz auf, um den Topf mit dem Rotkohl vom Herd zu nehmen, dann setzte sie sich wieder an den Tisch.

„Bis auf dieses eine Mal hat er nie über das gesprochen, was damals passiert ist, nicht mit seiner Frau, nicht mit meiner Mutter, nicht mit Axel", sagte Timo schließlich.

„Vielleicht war die Erinnerung daran einfach zu schmerzhaft“, erwiderte Brinkhoff.

„Das Foto da“, sagte Nadja Auermann, „das ist das Einzige, was ihn an früher erinnert hat. Es lag immer in seinem Nachtschrank, unter einem Gedichtband. Während der Flucht hat er das Bild immer bei sich gehabt. Er hat es am Körper getragen, unter seiner Unterwäsche, damit man es ihm nicht wegnehmen konnte. Ich weiß gar nicht, wie Axel da dran gekommen ist. Wir sind aufgewachsen ohne Erinnerung, ohne Vergangenheit, ohne Religion. Gott war für meinen Vater tot. Er hat den Glauben an ihn in dieser Grube mit seiner Schwester und seinem Bruder zurückgelassen.“

„Kein Wunder“, warf Plasberg leise ein. Ihre Hand wanderte wie von selbst zu den Händen der Frau, die sie bei ihrem ersten Treffen so verabscheut hatte, und drückte sie.

„Ich habe den Wunsch meines Vaters, die Vergangenheit ruhen zu lassen, immer respektiert“, erklärte Auermann plötzlich. „Axel hätte das auch tun sollen.“

„Und die Schuldigen dafür entkommen lassen?“, widersprach Timo heftig. „Nein! Axel hatte recht. Er hätte dafür gesorgt, dass sie zur Rechenschaft gezogen werden!“

„Welche Schuldigen?“, fragte die Kommissarin. „Die SS-Schergen, die eure Familie umgebracht haben? Sind die nicht schon längst alle tot?“

Timo schüttelte den Kopf. „Es ging Axel nicht um die Häscher. Nein, der Schuldige war jemand ganz anderes. Er hat meinen Vater und seine Familie verraten … und er hat sich auch das Haus meines Urgroßvaters unter den Nagel gerissen: Hermann Forster.“

Drei Gesichter sahen den Jungen überrascht an. „Der Name aus der Grundbucheintragung?“, fragte Brinkhoff. „Aber wer ist das?“

„Warten Sie“, unterbrach Plasberg. „Ich habe da so eine Ahnung …“

Am größten aber war die Überraschung, die sich auf Nadja Auermanns Gesicht abzeichnete. Ihre Hände fuhren ziellos über ihre Augen und sie starrte ihren Sohn ungläubig an. „Hermann Forster lebt? Das kann nicht sein!“

„Nein“, sagte Timo ungeduldig. „Natürlich nicht. Der schmort hoffentlich schon seit Jahren in der Hölle. Aber seine Tochter lebt. Irmgard Kärnter, geborene Forster. Sie ist jetzt die Besitzerin unseres Hauses. Sie ist Axels Vermieterin gewesen. Axel hat sie erpresst, beziehungsweise er wollte sie erpressen. Er hatte Beweise gesammelt, Dokumente, Grundbucheintragungen, Überschreibungen und so.“

„Worüber?“, fragte Plasberg.

„Begreifen Sie das immer noch nicht?“, fuhr Timo die Kommissarin an. „Mein Urgroßvater hat das Haus in den Zwanzigern bauen lassen, er war der Eigentümer. Die Familie von Hermann Forster hat damals in der Gleueler Straße 67 zur Miete gewohnt, in derselben Wohnung, in der jetzt die Kärnter lebt. Die Familien waren gut befreundet. Irmgard Kärnter und meine Großtante Leah waren im gleichen Alter. Das Foto wurde gemacht, kurz bevor mein Urgroßvater nach Polen deportiert wurde.“

„Und weiter?“

„Nachdem die Nazis an die Macht kamen, wurde das Verhältnis distanzierter, zumindest das der Eltern. Hermann Forster ist in die Partei eingetreten, um seiner Karriere nicht zu schaden. Sie wissen schon“, sagte Timo verächtlich. „Einer von diesen miesen Mitläufern, ohne Rückgrat, ohne Gewissen.“ Der Junge verzog angeekelt das Gesicht. „Jedenfalls hat Kärnters Vater bei der Stadt gearbeitet, beim Amt für Passangelegenheiten. Als meinem Urgroßvater endlich klar wurde, dass die Nazis es mit der Judenvernichtung ernst meinten, im Sommer 1938, hat er sich trotzdem an Hermann Forster um Hilfe gewandt. Er wusste niemand anderen mehr. Sie haben einen Deal gemacht: Hermann Forster hat versprochen, der Familie Pässe zu besorgen, damit sie ausreisen konnten – als Gegenleistung und zu einem symbolischen Preis, sonst wäre ihm womöglich noch jemand auf die Schliche gekommen, hat er das Haus verlangt. Mein Urgroßvater hat schweren Herzens eingewilligt. Was blieb ihm auch anderes übrig? Es war alles vorbereitet, die Familie wollte nach Holland fliehen. Aber Hermann Forster ist seinen Teil der Abmachung schuldig geblieben. Er hat die Papiere nicht besorgt, hat wahrscheinlich auf Zeit gespielt … vielleicht wusste er auch schon im Vorfeld etwas über diese komische ‚Polen-Aktion', vielleicht gab es Gerüchte in der Stadtverwaltung … ich habe keinen Schimmer. Er hat jedenfalls keinen Finger krumm gemacht, sondern abgewartet. Forster ist schuld, dass fast die ganze Familie im KZ ermordet worden ist. Er hat sogar noch das Haus abgesahnt."

„Und Borowsky … dein Onkel konnte das beweisen? Wie?"

Timo Auermann nickte. „Axel hatte alle Unterlagen zusammen. Er hat sie mir gezeigt, kurz bevor wir uns gestritten haben, und bevor er …" Der Junge verstummte.

„Aber woher hatte er diese Unterlagen?", fragte die Kommissarin ungeduldig.

Timo zuckte mit den Schultern. „Keine Ahnung. Es war wohl nicht weiter schwierig, die Grundbucheintragung zu finden, aus der hervorging, dass der Eigentümer des Hauses früher tatsächlich mein Urgroßvater war. Die Akten sind zum Glück im Krieg nicht vernichtet worden. Dass Irmgard Kärnter Forsters Tochter ist, war auch einfach herauszufinden."

Plasberg schüttelte unzufrieden den Kopf. „Das reicht mir nicht. Wir haben die Grundbucheintragungen überprüft. Der Name Borowsky als Verkäufer des Hauses taucht nirgendwo auf. Und selbst wenn – wie wollte dein Onkel beweisen, dass Hermann Forster seinen Teil der Abmachung nicht eingehalten hat? Diese Anschuldigungen beruhen doch nur auf mündlicher Überlieferung!"

„Sie glauben uns nicht?", fragte Timos Mutter leise.

„Es geht nicht darum, was ich glaube, Frau Auermann", verteidigte sich Plasberg. „Aber Ihr Vater war noch ein Kind. Alles, was Sie beide mir erzählt haben, beruht auf den Aussagen eines damals elfjährigen Jungen! Die historischen Fakten mögen nachprüfbar sein – aber die persönliche Tragödie Ihrer Familie und Hermann Forsters Schuld daran sind es nicht."

„Doch", widersprach Timo. „Es gibt Briefe meines Urgroßvaters an Verwandte, denen die Flucht nach Holland schon gelungen war. Sie haben versucht, dort Einreisepapiere für ihre Familie zu kriegen und noch mehr Geld aufzutreiben, denn Forster wollte immer mehr."

„Und wo sind diese Briefe? Du hast doch selber gesagt, dass deiner Familie alles Hab und Gut abgenommen wurde vor ihrer Deportation."

„Die Briefe sind natürlich nicht in Deutschland geblieben. Den Verwandten ist die Flucht nach Amerika geglückt ..." Timo machte eine kurze Pause und schnorrte die Kommissarin um eine dritte Zigarette an. „... und lange nach dem Krieg haben sie von dort all diese Unterlagen zur Jüdischen Gemeinde hier nach Köln geschickt, da sie ja das Schicksal von Kölnern betrafen. Axel hatte den Beweis für Forsters Verrat."

„Der Besuch bei dem Rabbi, von dem Vogt erzählt hat!", sagte Plasberg.

Timo nickte. „Ja, das war vor ungefähr vier Monaten."

Eine Zeitlang war es wieder still im Raum, während die Kommissare versuchten, die Informationen zu verarbeiten. „Aber wenn das stimmt ... wieso hat nicht schon dein Großvater nach dem Krieg versucht, das Haus wieder zurückzuerhalten?", fragte Brinkhoff. Noch immer überwog seine Skepsis. „Warum hat er sich nicht schon auf die Suche nach diesen Unterlagen gemacht?"

„Er war elf Jahre, als das alles passiert ist", bekam er überraschenderweise von Plasberg zur Antwort. „Ein kleiner Junge, dessen gesamte Familie ausgelöscht wurde und der keinerlei Beweise für die früheren Besitzverhältnisse hatte." Die Kommissarin schüttelte bedauernd den Kopf. „Dazu kommt noch, dass in den fünfziger Jahren oft genau dieselben Leute über jüdische Restitutionsansprüche zu entscheiden hatten, die in der NS-Zeit schon in der Justiz saßen. Außerdem war es ja keine offensichtliche Zwangsenteignung. Ich nehme an, Ihr Vater hat schon damals in der DDR gewohnt?" Sie sah Nadja Auermann an.

Borowskys Schwester bejahte. „Er hat 1953 in Erfurt meine Mutter kennengelernt. Deshalb ist er auch dort geblieben."

Plasberg nickte. „Dann kommt das noch erschwerend hinzu. In den Fünfzigern gab es keine offiziellen Kontakte zwischen der DDR und der Bundesrepublik und der Kalte Krieg war in vollem Gang. Schwierige Ausgangslage für einen Antrag auf Wiedergutmachung."

„Mein Vater wollte das Haus nicht zurückhaben“, erklärte Nadja Auermann. „Er wollte mit nichts an die Zeit von damals erinnert werden. Es wäre ihm nie in den Sinn gekommen, so einen Antrag zu stellen. Er wollte nur vergessen.“

„Gut“, sagte Brinkhoff. „Aber der Name Borowsky kommt gar nicht vor in den Grundbucheintragungen, die wir überprüft haben. Und nehmen wir trotzdem an, dass Ihr Bruder vorgehabt hat, sich an Irmgard K-Kärnter für das zu rächen, was ihr Vater Ihrer Familie angetan hat … bei der Kärnter müssen doch bei seinem Nachnamen alle Warnglocken geläutet haben, als er sich bei ihr eingemietet hat! “

Nadja Auermann rieb sich müde die Augen. „Nein“, erwiderte sie. „Die Tochter von Hermann Forster hätte da keinen Zusammenhang herstellen können. Auch der andere Familienname in der Grundbucheintragung ist leicht zu erklären: Mein Vater hat nach dem Krieg den Namen der Bauern angenommen, die ihn auf ihrem Hof versteckt hatten. Die hießen Borowsky. Der Name meines Großvaters war Simon Knappstein.“

Die beiden Beamten sahen sich sprachlos an und die Kommissarin wollte gerade nachfragen, ob sie die letzte Bemerkung Nadja Auermanns richtig verstanden hatte, als sowohl Plasbergs wie auch Brinkhoffs Diensthandys im selben Moment zu klingeln begannen. Die Kommissarin wurde von der Leitstelle in Kenntnis gesetzt, dass Karsten Vogt soeben Lars Moritz verhaftet hatte, während Brinkhoff von dem Kollegen Kayser informiert wurde, dass die Wohnungsdurchsuchung von Moritz keine neuen Erkenntnisse gebracht hatte. Aber immerhin hätte der auf Moritz' Laborbericht genannte Arzt ausfindig gemacht werden können und nach einigem Zögern dessen HIV-Infektion bestätigt.

„Wir haben ihn!“, sagte Plasberg.

„Und er ist tatsächlich infiziert“, erwiderte Brinkhoff.

Die Kommissarin schloss die Augen, dachte angestrengt nach und versuchte, ihre Prioritäten zu ordnen. Die Dinge waren in Fluss geraten und beschleunigten sich. Auf einmal sah es so aus, als kämen zwei Personen für die Morde an Borowsky und Scheibner in Betracht, beide mit zwar völlig unterschiedlichen, aber durchaus stimmigen Motiven, und Plasberg verspürte eine merkwürdige Unruhe, als ob etwas in ihrem Inneren sie zur Eile antrieb. Es war jetzt wichtig, schnell zu handeln, aber es war genauso wichtig, die richtigen Entscheidungen in der richtigen Reihenfolge zu fällen. Und dazu brauchte sie Zeit.

Lars Moritz könnte Axel Borowsky aus Rache für die Ansteckung mit dem HI-Virus umgebracht haben, war beim Betreten des Tatorts von Scheibner gesehen und anschließend erpresst worden und hatte ihn getötet, um die erste Tat zu vertuschen. Irmgard Kärnter wiederum könnte Axel Borowsky ebenfalls umgebracht haben, aus Angst vor der Offenlegung eines Verbrechens, das ihr Vater begangen hatte. Aber könnte sie auch Scheibner umgebracht haben? Vielleicht hatte Scheibner etwas von Borowskys Erpressungsversuch mitbekommen? Aber wie hätte er davon erfahren sollen? Da gab es noch zu viele offene Fragen …

„Gehen wir?", unterbrach Brinkhoff ihren Gedankenfluss.

„Was?", fragte Plasberg irritiert.

„V-Vogt hat Moritz festgesetzt. Ich dachte, Sie würden ihn befragen wollen", erwiderte der Kommissar erstaunt.

„Gleich", murmelte Plasberg abwehrend. „Eins nach dem anderen." Sie wandte sich erneut an Timo Auermann. „Ich verstehe einige Dinge noch nicht. Du hast gesagt, dein Onkel wollte gegen Irmgard Kärnter einen Rachefeldzug starten. Was genau wollte er denn erreichen? Wollte er Geld von ihr?"

„Geld?", sagte Timo Auermann empört. „Nein, Axel wollte keine Kohle. Er wollte die Wahrheit ans Tageslicht bringen. Er wollte die ganze Geschichte an die Öffentlichkeit bringen, er wollte Gerechtigkeit. Er wollte das Haus seiner Familie zurück."

„Woher weißt du das?"

Timo schlug die Augen nieder. „Er hat es mir erzählt", druckste er verschämt herum. „Weil er meine Hilfe brauchte."

„Gottverdammt, Timo!", sagte Plasberg entnervt. „Jetzt lass dir nicht schon wieder jedes einzelne Wort aus der Nase ziehen! Wozu hat er deine Hilfe gebraucht?"

Timo Auermann schluckte und riss sich mühsam zusammen. „Axel hatte doch nur die Originalunterlagen … und die wollte er natürlich nicht aus der Hand geben."

„Ja, und weiter?"

„An dem Samstag, als ich unangemeldet bei ihm vorbeigekommen bin, hat er mich losgeschickt, um Kopien im Copyshop zu machen, die ich dann bei der Kärnter in den Briefkasten werfen sollte. Er selbst konnte das ja nicht mehr. Und natürlich musste er mich dafür in seinen Plan einweihen – weil ich ja die Originale gesehen habe."

„Du hast mir doch erzählt, dein Onkel wäre schlecht gelaunt gewesen und du wärst sehr schnell wieder gegangen!"

„Ich … ich hab gelogen." Timo Auermann traute sich nicht, Plasberg anzusehen, und starrte auf den Küchentisch.

„Ich fasse es nicht!" Die Kommissarin schlug sich an die Stirn. „Kannst du mir mal verraten, warum?"

„Weil es die Kärnter verdient hätte", sagte Timo trotzig. „Auge um Auge, Zahn um Zahn!"

Plasberg schluckte eine scharfe Bemerkung über Selbstjustiz hinunter. „Hast du denn die Kopien der Kärnter in den Briefkasten geworfen?", fragte sie stattdessen.

„Das ist es ja!", begehrte Borowskys Neffe auf. „Eben nicht! Axel hat sich doch am Montag mit mir gestritten, als er herausgefunden hat, dass ich das mit seinem Geld … Sie wissen schon!" Er warf einen schnellen Blick auf seine Mutter und schwieg. „Da war plötzlich keine Rede mehr davon, dass ich ihm helfen sollte. Er muss jemand anders gefragt haben."

Brinkhoff hatte plötzlich dieselbe Eingebung wie Plasberg. „M-Milo Scheibner!", sagte er aufgeregt. „Borowsky könnte sich an Scheibner gewandt haben. Er hat sonst zu niemand anderem Kontakt geha…"

Plasberg brachte ihren Kollegen erneut mit einer kurzen Handbewegung zum Schweigen und Brinkhoff verstummte. Inzwischen hatte er gelernt, dass es besser war, in solchen Augenblicken den Mund zu halten, um nicht den Zorn der Kommissarin auf sich zu ziehen. „Ich glaube, wir haben für den Moment genug gehört, Kollege", sagte sie. „Wir sollten Frau Auermanns Zeit nicht länger in Anspruch nehmen." Plasberg deutete auf die rohen Bratwürste und das Gemüse und erhob sich. Borowskys Neffe brachte die Kommissare zur Tür, während sich Nadja Auermann schwerfällig wieder dem Mittagessen zuwandte. Die Promenadenmischung wich Timo Auermann nicht von der Seite, als wollte der Hund sichergehen, dass niemand Hand an sein Herrchen legte.

„Eine Frage habe ich noch an dich", sagte Plasberg beim Hinausgehen. „Wir haben in der Wohnung deines Onkels keinerlei Beweise für diese Nachforschungen gefunden. Keine Zettel, keine Notizen, keine Spuren auf dem PC. Nichts. Hast du dafür eine Erklärung?"

„Axel wollte sichergehen, dass seine Recherchen nicht in falsche Hände gelangen, vor allen Dingen nicht in die von der Kärnter. Sie wusste doch, dass er ihr auf der Spur war." Er kramte in seiner Hosentasche und zog einen kleinen Schlüssel heraus. „Die Festplatte mit seinen ganzen Recherchen liegt sicher in einem Schließfach auf der Post. Ich hab sie dort am Montag vor Axels Tod deponiert, als ich die Briefe und die Pflegemappe abgeschickt habe. Die Unterlagen, die ich kopiert habe, müssten aber noch in der Wohnung sein."

Die Kommissarin nahm den Schlüssel an sich.

„Die Kärnter war's!", sagte der Junge zum Schluss. „Ich bin ganz sicher. Bringen Sie die Alte lebenslang hinter Gitter!"

Plasberg seufzte und entfernte geistesabwesend eines der Strasssteinchen an ihrer Handtasche, das sich zu lösen begann. „Bisher sind das alles nur Vermutungen, Timo. Beweise haben wir noch keinen einzigen in der Hand."

„Das, was meine Mutter und ich Ihnen erzählt haben, zählt also nichts?", empörte sich Borowskys Neffe.

Plasberg versuchte, neutral zu bleiben. „Wir werden sehen." Sie drehte sich um und lief über den Asphalt des Vorgartens.

„Ja, aber ...", begann Timo verdattert. Dann fing er sich und rief der Kommissarin hinterher: „Grüßen Sie Niklas von mir!" Der Hund kläffte zum Abschied.

„Mach ich", murmelte die Kommissarin und zu dem hinter ihr gehenden Kommissar sagte sie ungehalten: „Jetzt kommen Sie schon, Brinkhoff. Zum Herumtrödeln haben wir keine Zeit!"

*

„Was war denn d-das jetzt?", fragte Brinkhoff. So sehr er auf ein Ende der Unterhaltung gedrängt hatte, so sehr war er doch vom abrupten Ende des Gesprächs überrascht worden. Die beiden Kommissare befanden sich auf dem Rückweg ins Präsidium und Plasberg lenkte den Wagen gerade auf die Deutzer Brücke.

„Fahren wir jetzt nicht zur Kärnter?", fügte Brinkhoff verwirrt hinzu. Er war sicher gewesen, dass Plasberg diesen Schritt als nächsten tun würde.

Plasberg ging nicht auf seine Frage ein. „Schlussfolgerungen oder Vermutungen über einen Fall werden nie vor Zeugen geäußert, Brinkhoff!", belehrte sie ihn stattdessen. Sie warf einen kurzen Blick in den Rückspiegel und wechselte ohne Blinker die Spur. Der Babysitz auf der Rückbank schaukelte bedenklich hin und her. „Hat Ihnen Beerbaum denn gar nichts beigebracht?"

Der Kommissar zog eine Grimasse. „Tut mir leid. Ist mir so rausgerutscht." Er blickte angewidert auf die Handtasche, die ihm die Kommissarin beim Einsteigen auf den Schoß geworfen hatte. Gut, dass ihn Markus Clement so nicht sehen konnte.

„Unprofessionell. Absolut unprofessionell", brummte Plasberg, aber Brinkhoff spürte, dass sie mit ihrer Kritik nicht bei der Sache war. Ihre Aufmerksamkeit wurde noch davon in Anspruch genommen, die Informationen aus dem Gespräch mit Borowskys Schwester und seinem Neffen zu sortieren. „Milo Scheibner ist tatsächlich eine Möglichkeit", überlegte sie laut. „Theoretisch wäre es möglich, dass Borowsky ihm die Unterlagen über die Umstände der Hausübereignung zugespielt hat und er dann auf eigene Faust versucht hat, die Kärnter zu erpressen."

„Aber warum sollte die Kärnter dann erst Borowsky töten?" Nach wie vor fand Brinkhoff, dass Lars Moritz ein viel stärkeres Motiv hatte, Axel Borowsky und Scheibner zu töten als Irmgard Kärnter. Was zählten schon Geschichten, die mehr als ein halbes Jahrhundert zurücklagen – auch wenn sie noch so schrecklich waren – gegenüber dem Wunsch, sich an jemandem zu rächen, der einen selbst und indirekt auch noch die Freundin und das ungeborene Kind mit einem tödlichen Virus angesteckt hatte? Die Familientragödie der Knappsteins war zwar grausam, aber irgendetwas in ihm sträubte sich zu glauben, dass die beiden Morde auf den Rachegedanken eines Enkels zurückzuführen waren, der die Verbrechen an seinen Großeltern und seinem Vater bestrafen wollte, und auf Irmgard Kärnters Versuche, die Offenlegung dieser Verbrechen zu verhindern. Viel eher konnte er nachvollziehen, dass Lars Moritz den Mann umbringen wollte, den er für sein Leid und das seiner Familie verantwortlich machte.

Brinkhoff bemerkte, dass Plasberg ihn anstarrte und er völlig in Gedanken versunken gewesen war. „Hm? Was?"

„Wenn die Drohung anonym gewesen ist, konnte die Kärnter nicht wissen, dass sie von Scheibner stammt. Sie musste stattdessen davon ausgehen, dass Borowsky sie erpresst", wiederholte Plasberg. „Vielleicht hat Borowsky auch tatsächlich kurz vor seinem Tod mit der Erpressung begonnen und Scheibner hat nur übernommen."

„Aber Moritz ist laut Katrin Hancke am Dienstag von Milo Scheibner zur passenden Zeit am Tatort gesehen worden", argumentierte Brinkhoff. „Außerdem wissen wir, dass Scheibner ihn mit seinem Wissen erpressen wollte. Was brauchen wir denn noch für Beweise, um ihn festzunageln?"

„Sie können es nur nicht ausstehen, dass Vogt uns auf die Spur der Kärnter gebracht hat!", behauptete die Kommissarin.

„Das ist n-nicht w-wahr!", stotterte Brinkhoff erbost. „Ich glaube, dass Moritz' Motiv stichhaltiger ist."

„Sie können Vogt nicht ausstehen und deshalb können Sie nicht objektiv sein!"

„Das hat damit überhaupt nichts zu tun! Außerdem können Sie Vogt auch nicht l-leiden."

„Stimmt", grinste Plasberg. „Aber das hindert mich nicht daran, seit Jahren mit ihm zusammenzuarbeiten. Er ist ein guter Ermittler."

„Ach, und ich n-n-nicht?", erwiderte Brinkhoff beleidigt. Sein Stottern wurde immer schlimmer, je mehr er sich über Plasberg aufregte.

Die Kommissarin ging nicht auf den Köder ein. „Tief durchatmen", sagte sie stattdessen gelassen. „Regen Sie sich ab, sonst verschlägt's Ihnen noch komplett die Sprache. Im Übrigen – technisch gesehen hatte Irmgard Kärnter durchaus die Möglichkeit, Borowsky und Scheibner umzubringen", erinnerte sie ihren Kollegen. „Immerhin hat sie beide Leichen gefunden oder war zumindest vor Ort. Ist doch schon auffällig, oder? Dann hatte sie auch die Zeit, sie vorher zu töten. Und wir haben die alte Dame nicht nach ihren Alibis befragt. Wir haben uns davon einlullen lassen, dass normalerweise jemand, der die Leichenfunde meldet und noch dazu in ihrem Alter ist, als Täter nicht in Frage kommt."

„Zum einen ist Scheibner von hinten mit großer Brutalität und Kraft erschlagen worden. Das passt eher auf Moritz. Und Moritz ist von Scheibner Dienstagabend im Hausflur gesehen worden", wiederholte Brinkhoff hartnäckig. „Nicht die Kärnter. Was für einen Grund sollte sie andererseits haben, Borowsky am Dienstagabend umzubringen, aber erst am Mittwochmorgen gegenüber der Polizei so zu tun, dass etwas nicht in Ordnung ist? Warum sollte sie überhaupt etwas melden, wenn sie die Mörderin ist?"

„Um den Verdacht von sich abzulenken. Sie könnte den Kollegen, die zusammen mit ihr Borowskys Leiche gefunden haben, etwas vorgespielt haben."

„Was für ein Quatsch!", schimpfte Brinkhoff. Je länger er Plasberg zuhörte, die plötzlich doch unbeirrbar auf der Kärnter-Spur blieb, desto wütender wurde er. „Und dass die Kärnter irgendetwas mit dem Mord an Scheibner zu tun, ist doch reine Spekulation! Wir wissen doch gar nicht sicher, ob Scheibner sie erpresst hat."

„Aber es wäre möglich."

Brinkhoff rümpfte die Nase. „Pfh!", machte er. „Möglich ist auch, dass Vogt die beiden umgebracht hat, um Sie ins Messer laufen zu lassen."

Plasberg lachte. „Also schön", sagte sie. „Wir werden zuerst mit Moritz sprechen, und nehmen uns die Kärnter dann anschließend vor. Einverstanden?"

Einundzwanzig

Karsten Vogt empfing seine Kollegen mit einem selbstzufriedenen Grinsen im Gesicht. „Wir haben Moritz in der Schrebergartensiedlung in Ehrenfeld am Blücherpark gestellt. Ein Ehepaar, das ihn schlafend im Schuppen entdeckt hat, hat uns den entscheidenden Hinweis gegeben. Er hat keinen Widerstand bei der Festnahme geleistet."

„Wo ist er?", fragte Plasberg kurz angebunden.

Vogts Grinsen fiel in sich zusammen. „Im Büro. Aber er will nur mit Ihnen reden." Wenn er darauf spekuliert hatte, von Plasberg eine Gratulation zu erhalten, dann hatte er sich getäuscht. Die Kommissarin würdigte ihn kaum eines Blickes. Seinen Anruf bei Eikner hatte sie ihm anscheinend noch nicht verziehen. Selbst die Mitteilung, dass Moritz bei seiner Verhaftung ein völlig verdrecktes blaues Hemd getragen hatte und er die Kleidung schon zum Faservergleich geschickt habe, brachte ihm nur einige trockene Nachfragen der Kommissarin ein.

„Dasselbe Hemd, das er gestern bei der Mitarbeiterbefragung angehabt hat?"

Vogt zuckte mit den Schultern. „Weiß ich nicht. Ich war ja nicht dabei."

„Und was hat Moritz jetzt an? Sitzt er etwa halbnackt in meinem Büro?"

„Ich habe ihm eins meiner Hemden geliehen."

Plasberg nickte und ließ den wütenden Vogt einfach stehen.

Lars Moritz saß zusammengekauert und in sich gekehrt auf einem Stuhl, als Brinkhoff und Plasberg den Raum betraten. Er schaute erst auf, als sich die Tür öffnete. Apathie und Niedergeschlagenheit spiegelten sich in seinen Augen wieder; er wirkte erschöpft. Die Flucht vor der Polizei und eine unruhige Nacht hatten ihn aufgerieben. Immer wieder fuhren seine Finger durch seinen Bart und kratzten an den geröteten und schuppigen Hautstellen, die darunter hervorschimmerten.

„Herr Moritz! Wie schön, Sie zu sehen", sagte Plasberg und schlug unwillkürlich den gleichen ironischen Ton an, den sie ein paar Tage zuvor auch gegenüber dem Chefredakteur des *Kölner Stadt-Anzeigers* benutzt hatte. „Sie haben uns eine Menge Arbeit gemacht."

„Wie geht es Anja?", flüsterte Moritz.

Plasberg und Brinkhoff setzten sich und die Kommissarin nahm sich Zeit für ihre Antwort. Zuerst stellte sie den Rekorder an, nannte Datum und Uhrzeit der Vernehmung und die Namen der anwesenden Personen. Danach informierte sie Moritz vorschriftsmäßig über seine Rechte und erst zum Schluss sagte sie beiläufig: „Ihre Freundin ist ein bisschen schockiert, gelinde gesagt. Aber ich nehme an, das ist noch gar nichts im Vergleich zu dem Schock, den sie erleiden wird, wenn sie hört, dass sie sich einem HIV-Test unterziehen sollte."

Moritz sank noch weiter in sich zusammen. „Das wissen Sie also auch schon", seufzte er. „Ich konnte es ihr einfach nicht sagen."

„Wir wissen viel, aber noch nicht alles", erwiderte Plasberg. „Und das, was wir noch nicht wissen, würden wir jetzt gerne von Ihnen erfahren." Sie lehnte sich zurück, als ob sie andeuten wollte, von nun an sehr viel Zeit zu haben.

„Kann ich einen Kaffee bekommen? ... Bitte?"

„Sonst noch etwas? Zigaretten? Ein Sandwich?"

Moritz bemerkte die beißende Ironie in Plasbergs Stimme nicht und schüttelte den Kopf. „Ich rauche nicht, danke. Und Hunger habe ich auch keinen. Ich kann im Moment nichts essen."

Die Kommissarin schickte Brinkhoff mit einem kurzen Kopfnicken nach draußen, um aus dem Automaten einen Kaffee zu besorgen. Moritz schlürfte dankbar an dem heißen Getränk, das Brinkhoff ein paar Augenblicke später vor ihn auf den Tisch stellte.

„Herr Moritz, Sie wissen, dass wir Sie des zweifachen Mordes verdächtigen?"

Der Krankenpfleger nickte kaum merklich. „Ihr Kollege hat mich informiert."

Plasberg wartete, aber Moritz schien keine Veranlassung zu sehen, zu den Beschuldigungen Stellung zu nehmen. Stattdessen hüllte er sich in Schweigen. Erst als der Kommissarin der Kragen zu platzen drohte und sie demonstrativ mit den Fingern auf den Schreibtisch trommelte, begann er stockend zu sprechen.

„Es … es ist alles kaputt. Axel hat alles kaputt gemacht.“ Er senkte den Kopf. „Wie konnte er mir das antun? Warum hat er mir nichts gesagt?“

„Hören Sie auf, wie eine Sphinx zu reden!“, fuhr Plasberg den Mann an. „Rätselraten kann ich auf den Tod nicht ausstehen. Warum hat er Ihnen was nicht gesagt?“

Moritz sah die Kommissarin erstaunt an. „Dass er HIV-infiziert war natürlich! Was denn sonst? Jetzt habe ich vielleicht Anjas Leben und das unseres Babys auf dem Gewissen.“ Ganz leise fügte er hinzu: „Und ich weiß nicht, wie ich damit leben soll.“

„Getanes Unrecht wird nicht entschuldbar durch vorhergegangenes Unrecht“, erwiderte sie grimmig. „Wir haben keine Auge-um-Auge-Justiz. Wenn es so wäre, könnten wir unseren Rechtsstaat direkt einstampfen und wir wären arbeitslos.“ Sie sah Moritz fest an. „Mag sein, dass Sie im Falle von Borowsky mildernde Umstände geltend machen können, aber ganz bestimmt nicht im Fall von Milo Scheibner.“

„Ich wollte Axel nicht umbringen!“, protestierte Moritz und auf einmal kam wieder Leben in ihn. Er saß aufrecht in seinem Stuhl und sah Brinkhoff hilfesuchend an, als ob er in ihm einen Verbündeten entdeckt hätte. „Bitte, Sie müssen mir glauben. Es war ein Unfall!“

Plasberg lachte auf. Dieser Satz war der Standardspruch jedes Mordverdächtigen. Sie hatte ihn schon hundert Mal gehört. „Sie hatten ein Motiv, Sie hatten die Möglichkeit und Sie sind Dienstagabend am Tatort gesehen worden! Milo Scheibner hat sie damit erpresst und deshalb musste auch er sterben. Oder wollen Sie bestreiten, dass Sie Borowsky am Abend seines Todes noch einmal besucht haben?“

„Nein. Das will ich nicht. Aber es war alles ein Unfall“, beharrte Moritz. „Er ist gestolpert.“

Die Kommissarin seufzte. „Gestolpert? Und hat sich dabei zwei Messerstiche in Brust und Bauch gerammt? Für wie dumm halten Sie mich eigentlich?“

„Messerstiche?“, fragte Moritz überrascht nach. „Was für Messerstiche? Axel ist nicht durch einen Schädelbasisbruch oder so was gestorben?“

„Axel Borowsky hatte keine tödliche Verletzung am Schädel, außer einer handfesten Prell… Moment mal“, unterbrach sich die Kommissarin dann irritiert. „Wollen Sie damit sagen, dass Sie geglaubt haben, dass Borowsky durch eine Kopfverletzung umgekommen ist?“

„Ist er nicht?“ Moritz starrte die beiden Kommissare ungläubig an. „Das … ja, aber … o mein Gott!“ Moritz war kreidebleich geworden und verbarg sein Gesicht in den Händen. „Dann habe ich ihn gar nicht … und ich dachte die ganze Zeit …“, stammelte er fassungslos.

Die beiden Kommissare wechselten einen überraschten Blick. „Die Todesursache bei Axel Borowsky waren zwei Messerstiche in Brust- und Bauchraum, die lebenswichtige Organe verletzt haben“, stellte Plasberg noch einmal klar. „Außerdem hatte er eine etwa faustgroße Prellung am Hinterkopf, als die Polizei am Tatort eintraf. So weit die Fakten. Und jetzt erzählen Sie uns Ihre Version der Geschichte. Wir hören Ihnen zu und werden Ihnen hinterher sagen, was wir davon halten. Immerhin sind wir dazu verpflichtet, auch entlastende Beweise zu sammeln und zu bewerten“, ergänzte sie sarkastisch.

Moritz war aufgesprungen und lief unruhig im Büro hin und her, versuchte, seine Gedanken zu ordnen. „Vielleicht … vielleicht kann ich jetzt doch eine Zigarette haben?“, fragte er schließlich stockend. Er schien die Umstände des Todes von Borowsky noch immer nicht verkraftet zu haben, und zitterte am ganzen Körper.

Plasberg kramte in ihrer Handtasche und warf ihm den Rest ihrer von Timo Außermann geplünderten Notfallpackung auf den Tisch. Sie würde sich eine neue Schachtel kaufen müssen. „Bedienen Sie sich“, sagte sie. „Aber fangen Sie endlich an zu reden, Mann!“

Moritz zündete sich eine Zigarette an, inhalierte und begann zu husten. „Ich bin das wirklich nicht gewöhnt“, entschuldigte er sich, während er nach Luft rang. „Ich dachte, es hilft mir vielleicht, meine Nerven zu beruhigen.“ Er wedelte den Qualm vor seinen Augen weg und drückte die Zigarette angewidert im Aschenbecher aus. „Axel hat damals schon wie ein Schlot gequalmt – als wir uns kennenlernten“, begann er dann abrupt. „Er hat gesagt, er hat schon als Zehnjähriger mit dem Rauchen angefangen. Als wir uns begegneten, war er bei zwei Schachteln am Tag. Im Laufe seines Lebens muss er ein ganzes Eigenheim in die Luft geblasen haben – und zum Schluss ist er doch in einer schmalen Kiste gelandet.“ Moritz lachte freudlos auf. Dann schüttelte er erneut den Kopf. „Ich kann nicht glauben, dass ich … o Gott, was für ein Schlamassel!“

„Wann sind Sie sich zum ersten M-Mal begegnet?“, fragte Brinkhoff, um ein bisschen Ordnung in Moritz' Erzählung zu bringen.

„Was? 2001 war das. Auf Rügen. Ich habe damals in einer Klinik dort gearbeitet und er war da im Sommerurlaub … na ja, eigentlich war es schon fast Herbst. Er hatte sich gerade von seinem damaligen Freund getrennt. Axel mochte Rügen. Die Insel hat ihn immer an seine Kindheit erinnert, als er mit seiner Familie in den Ferien dort war.“

„Die Fotos!“, sagte Plasberg. „Von diesem Urlaub stammen also die Bilder, die wir in einem Ihrer Umzugskartons gefunden haben.“

„Sie haben die Bilder gesehen? Wann?“

„Gestern, als wir Ihrer Wohnung einen Besuch abgestattet haben und leider nicht Sie, sondern nur Ihre Lebensgefährtin angetroffen haben.“

„E-Es sind Stra-Stra-Strandbilder.“ Am liebsten hätte sich Brinkhoff selbst einen Schlag auf den Hinterkopf versetzt, so sehr nervte ihn seine Stotterei. „Sie und B-Borowsky sind A-Arm in Arm darauf abgebildet.“

Moritz starrte versonnen aus dem Fenster. „Wir haben einen Passanten gebeten, die Fotos zu machen. Ich konnte meine Finger nicht von ihm lassen. Es war alles so neu für mich. Ich hätte nie gedacht, dass …“

„Aber trotzdem haben Sie sich entschieden, nicht am anderen Ufer zu bleiben.“

„Bitte?“ Moritz sah die Kommissarin verständnislos an.

„Sie sind nicht schwul geworden.“

„Nein“, antwortete Moritz langsam. „Axel war der einzige Mann, mit dem ich jemals was hatte. Letztendlich hat sich der Sex für mich irgendwie nicht richtig angefühlt.“ Es fiel ihm schwer, die passenden Worte zu finden. „Ich war immer ein wenig gehemmt gegenüber Frauen, vielleicht hat er das gespürt. Als wir uns kennenlernten, hab ich erst gar nicht gemerkt, dass er mich anmacht … er war so kumpelhaft … erst später dann … ich hab ihm gesagt, dass ich nicht auf Männer stehe, aber er hat nicht aufgegeben. Er fand das wohl geil, einen Heteromann zu knacken. Er hat mir gezeigt, was man alles so machen kann … o Mann! Und dann haben wir uns ineinander verliebt … ich zumindest.“

Bevor Moritz in wohligen Erinnerungen versinken konnte, holte ihn Plasberg auf den Boden der Tatsachen zurück. „Und es war immer ohne Kondom“, vermutete sie.

Moritz nickte und seine Gesichtszüge verhärteten sich. „Ja, es war immer ohne Gummi. Axel hat mir nichts gesagt, obwohl er damals schon wusste, dass er positiv ist. Er hat in Kauf genommen, dass er mich anstecken könnte.“

„Woher wollen Sie das wissen?“

„Sein Hausarzt hat uns über die Krankengeschichte von Axel informiert, als wir ihn im Pflegedienst übernommen haben. Er hat sich Mitte der Neunziger infiziert. Fünf Jahre, bevor wir uns kennenlernten. Außerdem habe ich ihn auch gefragt … an dem Samstag, als wir uns wiedergesehen haben. Er hat mir ins Gesicht gelacht und war sich keiner Schuld bewusst. Er hat gesagt, dass zu *barebacking* immer zwei gehören. Ich hätte ja auf einem Gummi bestehen können.“

„*Bare*… was?“, fragte die Kommissarin verwirrt.

„*Barebacking*“, schaltete sich Brinkhoff zögernd ein. „Das ist ein Begriff aus dem Englischen …“

„Was Sie nicht sagen!“, erwiderte Plasberg gereizt. „Ich wollte keine etymologische Belehrung, sondern wissen, was es bedeutet!“

„Wörtlich: ohne Sattel reiten, und in diesem Zusammenhang: ungeschützter Sex.“

„Verstehe." Plasberg rief sich Borowskys Badezimmer ins Gedächtnis und ging im Geiste noch einmal die Utensilien durch, die sich dort im Schränkchen über dem Waschbecken befunden hatten. Eine Schachtel mit Präservativen war nicht dabei gewesen. Erst jetzt konnte sie diesem Umstand die Bedeutung zumessen, die er verdiente.

Moritz verschränkte die Arme und die Kommissarin sah ihn scharf an. „Und als Borowsky Sie ausgelacht hat und seine Mitschuld an Ihrer eigenen Infektion nicht einräumen wollte, haben Sie Ihren ehemaligen Liebhaber umgebracht. Aus Rache."

„Nein!", fuhr Moritz auf. „Es war alles ganz anders. Es war ein Unfall. Ich wollte ihn nicht töten! Wie oft soll ich das denn noch sagen?"

„Bis wir es Ihnen glauben", erwiderte Plasberg ungerührt. „Und das kann sehr lange dauern, Herr Moritz. Bislang haben Sie unseren Verdacht eher erhärtet als entkräftet."

Moritz kratzte wieder nervös an seinem Bart. „Axel und ich waren ungefähr drei Monate zusammen", erzählte er endlich weiter. „Danach haben wir unsere … Beziehung beendet und ich habe ihn aus den Augen verloren. Um ehrlich zu sein, ich wollte auch nichts mehr mit ihm zu tun haben. Es war mir peinlich … weil, er war doch schwul und ich nicht. Wenn jemand herausbekommen hätte, dass ich mal mit einem Mann im Bett war …" Er sah die Kommissare verständnisheischend an.

Brinkhoff presste die Lippen aufeinander. Was für ein armseliges Häufchen Elend! Sein Mitleid für Moritz drohte in Verachtung umzuschlagen und er musste sich beherrschen, um Plasberg nicht bei der Vernehmung dazwischenzufunken.

„Ich hatte Axel auch eigentlich schon bald vergessen." Moritz nippte an seinem inzwischen nur noch lauwarmen Kaffee. „Verdrängt ist vielleicht das bessere Wort. Jedenfalls habe ich kurz darauf Anja kennengelernt. Sie bedeutet alles auf der Welt für mich. Sie gibt mir Halt … Ich …" Er kämpfte gegen seine Tränen an. „Und jetzt habe ich sie auf dem Gewissen."

Brinkhoff hob den Arm, um Moritz zu stoppen. Er konnte nicht anders. „Moment, das geht mir jetzt zu schnell. Alles schön der Reihe nach! Wollen Sie uns weismachen, dass Sie sich irgendwann im Verlauf Ihrer Affäre mit Borowsky angesteckt haben und das in den vergangenen Jahren nicht bemerkt haben?"

Moritz zuckte mit den Schultern. „Jedenfalls habe ich nie einen Aids-Test machen lassen, bis *Herzlich versorgt* Axel als Patienten aufgenommen hat. Es gab keinen Grund dazu. Ich hatte nie die typischen Aids-Symptome wie Pilzinfektionen, Durchfall oder Gewichtsverlust. Ich war zwar öfter mal krank und in letzter Zeit fühlte ich mich auch nicht besonders gut, aber ich habe das nach all den Jahren nie in Zusammenhang mit meiner Beziehung zu Axel gebracht. Warum hätte ich mir auch Gedanken darüber machen sollen? Ich hatte doch keinen Kontakt mehr zu ihm und ich wusste auch gar nicht, dass er infiziert ist!", brauste er plötzlich wütend auf. Dann atmete er tief durch und sprach stockend weiter. „Erst danach habe ich eins und eins zusammengezählt. Ich bin heimlich zum Gesundheitsamt gegangen und habe einen anonymen Test durchführen lassen. Das Ergebnis habe ich vor drei Wochen erhalten – an dem Tag, an dem Anja erfahren hat, dass sie endlich schwanger ist." Er schlug erneut die Hände vors Gesicht und fing an zu schluchzen. „Wir … wir haben im Café Reichard gesessen, als sie es mir erzählt hat. Anja mag dieses etwas spießige Ambiente und den Blick auf den Dom. Wir haben … so lange schon versucht, ein Kind zu bekommen. Ich wollte … ich wollte so gerne ein Kind … Anja war ganz aufgeregt, hat gelacht und über das ganze Gesicht gestrahlt … und ich … ich habe diesen Zettel in der Jackentasche gehabt, auf dem schwarz auf weiß stand, dass ich HIV-infiziert bin. Dann haben wir uns gestritten. Sie hat mir vorgeworfen, ich würde mich überhaupt nicht freuen. Die ganze Zeit konnte ich an nichts anderes denken, als dass sie das Kind besser abtreiben lassen sollte … und wie ich ihr sagen soll, dass sie auch einen Test machen muss. Ich konnte es einfach nicht. Wie sollte ich ihr das erklären? Sie weiß doch nichts von Axel."

„Doch", erwiderte Plasberg. „Inzwischen weiß sie zumindest davon." Moritz sah sie entsetzt an und die Kommissarin sagte: „Als wir die Fotos von Ihnen und Borowsky in dem Umzugskarton gefunden haben, habe ich Ihrer Lebensgefährtin die Bilder gezeigt, in der Annahme, sie wüsste, was es damit auf sich hat.

Von der Gefahr einer HIV-Infektion für sich und das Baby weiß sie allerdings noch nichts."

„O Gott", murmelte Moritz tonlos und schnäuzte sich die Nase mit einem Taschentuch, das Plasberg ihm hinhielt. „Was für ein Schlamassel", wiederholte er.

„Da ist noch etwas, was ich nicht verstehe", mischte sich Brinkhoff noch einmal ein. „Die Betreuung von Borowsky und Ihr Arbeitsbeginn bei *Herzlich versorgt* sind doch nicht gleichzeitig erfolgt, oder? Wieso haben Sie dann eben gesagt, dass Sie über Borowskys Krankengeschichte vom Arzt informiert wurden bei seiner Aufnahme?"

Plasberg sah ihren Kollegen anerkennend an. Diese Unstimmigkeit in Moritz' Aussage war ihr noch gar nicht bewusst geworden.

„Ich hab damit gemeint, dass der Pflegedienst allgemein über die Krankengeschichte eines neuen Patienten informiert wird. Axel ist, glaube ich, im März oder April von der Bergmann-Pohl aufgenommen worden. Ich hab Mitte August im Rahmen eines 400-Euro-Jobs bei *Herzlich versorgt* angefangen. Um nebenher noch ein bisschen Geld zu verdienen", erklärte Moritz. „Als ich da anfing, wusste ich nicht, dass Axel von denen betreut wird. Ich wusste ja noch nicht einmal, dass er in Köln ist! Als ich zum ersten Mal seinen Namen auf der Patientenliste gesehen habe, die die Bergmann-Pohl mir nach meiner Einstellung in die Hände gedrückt hat, ist mir fast schlecht geworden. Angelika Strehlich hat mir gesagt, was Axel eigentlich hat und wie lange er schon infiziert ist. Und erst dann habe ich begriffen, was das für mich bedeuten kann. Danach bin ich sofort zum Gesundheitsamt gerannt."

„Und in den Wochen zwischen Ihrem Dienstbeginn bei dem Pflegeverein und Ihrem Einsatz am Samstag vor Borowskys Tod hatten Sie keinen Kontakt zu ihm?", fragte Plasberg ungläubig. „Sie sehen auf irgendeiner Liste den Namen Ihres ehemaligen Liebhabers, wissen, dass er todkrank ist, haben den begründeten Verdacht, dass er Sie angesteckt hat, und melden sich nicht bei ihm? Das erscheint mir doch sehr zweifelhaft. Ich wäre bestimmt sofort zu ihm gegangen!"

Moritz sah betreten zu Boden. „Mir hat der Mut gefehlt. Ich wollte ihn nicht wiedersehen … und ich wollte erst wissen, was mit meinem Testergebnis ist. Ich musste auch gar nichts tun, um ihm aus dem Weg zu gehen. Eingesetzt werde ich ja nur aushilfsweise – wenn Personalprobleme auftauchen. Und an dem Wochenende hätte ich Axel ja auch gar nicht versorgen müssen, wenn Klaus Armbruster nicht unbedingt mit mir hätte tauschen wollen. Und ich konnte nicht nein sagen, weil ich doch ganz neu war. Ich konnte es ihm nicht abschlagen. Ich hab gedacht, ich krieg das hin. Ich hab gedacht, wenn ich mich ganz professionell verhalte, als Pfleger … dann kann mir die Vergangenheit nichts anhaben.“ Den letzten Satz flüsterte er fast.

Plasberg atmete hörbar auf. „Na, endlich kommen wir der Sache ein bisschen näher. Was genau ist an dem Samstag bei Ihrem Einsatz geschehen?“

Moritz schloss einen Moment lang die Augen. „Axel hat mir die Tür aufgemacht. Er war mindestens genauso erschrocken oder überrascht, mich zu sehen, wie ich über seinen Zustand. Ich hätte ihn fast nicht wiedererkannt. Er war nur noch ein Schatten seiner selbst. Abgemagert, hohle Wangen, diese fettigen, strähnigen Haare, eine spitze Nase … ich hab ihm angesehen, dass er nicht mehr lange hat. Er hat erst gar nicht kapiert, was ich bei ihm will, weil er doch gedacht hat, dass Armbruster zum Dienst bei ihm erscheint. Ich musste ihm erst erklären, dass ich jetzt bei *Herzlich versorgt* arbeite und für Klaus einspringe.“ Moritz verstummte und die Kommissare sahen ihn erwartungsvoll an.

„Und weiter? Mehr ist nicht passiert?“, fragte Plasberg.

Moritz schüttelte den Kopf. „Doch. Natürlich. Es war eine völlig groteske Situation. Zuerst wusste keiner von uns beiden, wie er mit dem anderen umgehen sollte, und wir haben Belanglosigkeiten ausgetauscht. Als ob wir Fremde wären, die sich noch nie zuvor gesehen hatten. *Smalltalk*, wie auf einem Cocktailempfang, geradezu lächerlich. Dabei hätte er mich wahrscheinlich am liebsten rausgeworfen, aber er brauchte ja das Durogesic-Pflaster gegen seine Schmerzen. Und das konnte er nur von mir kriegen. Er hat irgendwas über das Wetter gefaselt, während ich ihm die künstliche Ernährung gewechselt habe. Sobald ich ihm gegenüberstand, wusste ich, dass es ein Fehler gewesen war, den Dienst bei ihm anzutreten. Dass ich mich nicht würde beherrschen können. Mir haben die ganze Zeit die Hände gezittert – um ein Haar hätte ich das ganze Zeug verschüttet – und er hat immer weggeguckt, wenn er etwas gesagt hat. Er konnte mir nicht in die Augen sehen. Wir haben uns benommen wie zwei Katzen, die um den heißen Brei herumschleichen. Ich glaube, wir waren beide zu geschockt von der Gegenwart des anderen, um miteinander umgehen zu können. Aber die ganze Zeit war da so eine Spannung in der Luft … als ob es gleich knallen würde."

„Und wann hat es das endlich getan?" Die Kommissarin sah auf ihre Uhr. Schon über eine halbe Stunde plapperte Moritz jetzt vor sich hin, und hatte noch nichts Entscheidendes ausgesagt.

Lars Moritz schluckte. „Als ich Axel die September-Abrechnung in die Hand gedrückt habe. Er hat sie gelesen und ist förmlich explodiert. Er hat den Zettel zusammengeknüllt und mir vor die Füße geworfen. Hat rumgeschrien, dass wir ihn alle ablinken wollten und dass er es der Bergmann-Pohl noch heimzahlen würde – und wenn es das Letzte wäre, was er auf dieser Erde tut. Ich habe erst überhaupt nicht begriffen, was los ist. Erst als ich mir dir Abrechnung angesehen habe, habe ich ihn verstanden. Die Pohl hat versucht, wesentlich mehr pflegerische Tätigkeiten abzurechnen, als *Herzlich versorgt* tatsächlich geleistet hat. Sie hat das ganz geschickt gemacht, indem sie die Tätigkeiten als notwendige Maßnahmen angeführt hat, weil der Gesundheitszustand des Patienten sich akut verschlechtert hatte. Zusätzliche Waschungen, Lagerungen … die Krankenkasse hätte vielleicht nachgehakt, aber letztendlich die Notwendigkeit der Maßnahmen nicht in Frage gestellt, weil sie die Situation vor Ort nicht beurteilen konnte. Einen gewissen Spielraum hat man immer. Und bis die mal einen medizinischen Dienst zur Prüfung schicken, das kann dauern. Vielleicht hat die Pohl gedacht, Axel wäre so weit hinüber, dass er den Betrug nicht bemerken würde."

„In der Tat", unterbrach Plasberg. „Und weiter?"

„Dann bin ich auch ausgerastet. Ich habe ihn angebrüllt und ihm gesagt, was er für ein Schwein ist. Dass er mich und vielleicht auch Anja und das Baby angesteckt hat … und … und dass ich ihm gönne, wie elendig er verrecken würde. Dass er nichts Besseres verdient hätte." Moritz schluckte erneut und sah beschämt zu Boden. „Ich war völlig außer mir. Ich hab immer nur Anja und das Kind vor mir gesehen. Es tut mir leid."

„Ich bin der falsche Ansprechpartner, Herr Moritz", erwiderte die Kommissarin kalt und schlug die Beine übereinander. „Bei mir müssen Sie sich nicht entschuldigen. Ich bin nur daran interessiert, wie es weitergegangen ist. Ich will die Fakten hören. Und sprechen Sie bitte etwas lauter für das Aufnahmegerät."

Moritz räusperte sich und hob seine Stimme. „Axel hat angefangen zu lachen. Er fand es anscheinend total komisch, dass ich mich bei ihm infiziert hatte. Es war so ein hämisches, selbstgerechtes Lachen. Er war so kalt, so völlig ohne Unrechtsbewusstsein. Er hat gesagt, er würde sich diesen Schuh nicht anziehen. Ich sei damals alt genug gewesen, um zu wissen, auf welche Gefahren ich mich einlasse. Welche Folgen *barebacking* nach sich ziehen kann. Ich wäre selbst schuld. Außerdem hätte er genug mit sich selber zu tun, um sich auch noch Gedanken über mich zu machen. Ich sei der Mühe nicht wert."

Moritz machte eine Pause, um seine Gedanken zu sammeln, und sah Torsten Brinkhoff an. „Damals auf Rügen … ich hatte noch nie vorher mit einem Mann geschlafen! Da denkt man doch nicht an Aids!", brach es verzweifelt aus ihm heraus. „Er hätte es mir sagen müssen, oder?" Der Kommissar hielt seinem Blick nicht stand und Moritz ließ geschlagen die Schultern hängen. Als er weitersprach, war seine Stimme wieder so leise, dass Plasberg verärgert den Regler des Aufnahmegerätes nach oben drehte, um seine Aussage für das Protokoll verständlich zu machen. „Vielleicht wäre es damit gut gewesen … vielleicht wäre es nicht weiter eskaliert", sagte er stockend, „aber Axel hat nicht aufgehört. Ich glaube, er war neidisch, wie gut es mir im Vergleich zu ihm ging, und er konnte es nicht ertragen, dass er bald sterben würde und ich noch nicht. Ich glaube, er hätte alles dafür gegeben, wenn er mit mir den Platz hätte tauschen können … Er wurde gemein, richtig bösartig. Er hat mit nacktem Oberkörper auf dem Sofa gelegen und Gift und Galle gespuckt. Ich hätte nicht hinhören sollen, aber ich konnte mich seinem Bann nicht entziehen … all seine Beleidigungen habe ich mir angehört … es war, als würden sich die Tumore in seinem Körper in Worte verwandeln und an mich heften wie Blutegel, mich besudeln, wie fleischgewordene Albträume an mir kleben bleiben … ich habe mich so geekelt … und dann … und dann hat er gesagt, nichts an unserer Beziehung hätte ihm jemals etwas bedeutet. Ich wäre sowieso nur ein Fick für ihn gewesen und ein schlechter noch dazu … und da habe ich es nicht mehr ausgehalten."

Moritz atmete schwer. „Ich wollte es ihm heimzahlen. Ich wollte, dass er richtig leidet. Ich habe vor Wut überall Sterne gesehen, aber äußerlich war ich ganz ruhig … Die Dokumentationsakte lag auf seinem Schreibtisch. Ich habe eingetragen, dass ich den Patienten nach Plan versorgt habe und bei der Medikamentenvergabe überall mein Handzeichen gemacht, sodass es so aussah, als hätte ich ihm die Medikamente ordnungsgemäß verabreicht. Dann bin ich wortlos auf ihn zugegangen und habe ihm das alte Durogesic-Pflaster von der Brust gerissen und in den Mülleimer geworfen. Er war so überrascht, dass er nicht mal aufgeschrien hat. Und dann bin ich gegangen, ohne ihm das neue Pflaster aufzukleben. Ich konnte in seinen Augen sehen, dass er genau wusste, was ich erreichen wollte. Ich konnte sehen, dass er Angst hatte vor den Schmerzen, die er bekommen würde, sobald der Wirkstoff des alten Pflasters in seinem Körper aufgebraucht war. Es war wie eine Befreiung für mich."

„Wieso waren Sie sich so sicher, dass Borowsky mit niemandem darüber reden würde, was Sie getan hatten?"

Moritz wurde rot. „Weil ich ihm gedroht habe, ihn wegen vorsätzlicher Körperverletzung anzuzeigen, wenn er seinen Hausarzt anruft. In der Schweiz ist schon mal jemand verurteilt worden, weil er einen anderen wissentlich mit HIV angesteckt hat. Ich habe gesagt, ich würde ihn fertigmachen, in aller Öffentlichkeit. Und die Bergmann-Pohl hatte ich ja in der Tasche, nachdem ich das mit den Abrechnungen wusste."

„Das hätte Borowsky doch alles egal sein können. Er lag doch sowieso im Sterben!"

„War es aber nicht."

Plasberg sah Moritz nachdenklich an. Borowskys merkwürdiges Verhalten hatte sie schon die ganze Zeit gestört. Dieser ganze Aufwand, den er betrieben hatte, um *Herzlich versorgt* loszuwerden, ohne einfach Lars Moritz' Fehlverhalten als Grund anzugeben, war ungewöhnlich. Auch, dass er nicht einfach seinen Hausarzt informiert hatte, passte nicht ins Bild. Gesetzt den Fall, der Mann sagte bis hierher die Wahrheit, ließ das nur einen Schluss zu: Obwohl er todkrank gewesen war, hatte Borowsky Gründe gehabt, weshalb er sein Privatleben nicht dem Blick der Öffentlichkeit preisgeben wollte. Erst zusammen mit Auermanns Geschichte ergab sein Verhalten Sinn: Jemand, der einen Menschen wissentlich mit HIV infiziert hatte, besaß kaum die moralische Rechtfertigung, einen anderen wegen dessen Vergehen während der NS-Diktatur anzuklagen. Hätte Borowsky wirklich vorgehabt, die Verbrechen von Kärnters Vater an die Öffentlichkeit zu geben, dann wäre seine Vergangenheit ebenfalls breitgetreten worden.

Plasberg schob den Gedanken beiseite und konzentrierte sich wieder auf Moritz. Was die Fakten betraf, schien seine Geschichte Hand und Fuß zu haben, passte sich logisch den Indizien an, die die Mordkommission bisher zusammengetragen hatte, und den Aussagen der Personen, die sie bisher vernommen hatten. Was die Beweggründe betraf ... jeder Mordfall offenbarte einen neuen Abgrund menschlicher Niedertracht, und dieser hier bildete keine Ausnahme. Die Kommissarin fuhr sich müde über die Augen und nach einem Blick auf Brinkhoff hatte sie den Eindruck, dass auch ihr Kollege eine Unterbrechung vertragen konnte, von Moritz ganz zu schweigen.

„Gut, wir machen eine kleine Pause", sagte sie und stand auf, nachdem sie das Aufnahmegerät angehalten hatte. Sie rief einen Beamten zur Bewachung von Moritz herein und nickte dann Brinkhoff zu, ihr nach draußen auf den Flur zu folgen.

*

Katrin Hancke hatte gehofft, dass ihr ein wenig Sport einen freien Kopf verschaffen und sie auf andere Gedanken bringen würde. Die letzten Tage war so viel passiert, dass sie kaum zur Ruhe gekommen war. Borowskys Tod, die Befragungen durch die Polizei, die Durchsuchung der Wohnung, die Angst vor einer Aufdeckung ihres gemeinsamen Plans, Milos Tod, noch mehr Befragungen – sie hatte schlecht und viel zu wenig geschlafen. Albträume hatten sie geplagt und mehr als ein Mal war sie in der letzten Nacht hochgeschreckt, weil sie in der stillen, leeren Wohnung Geräusche gehört hatte. Aber es war nur ihre Einbildung gewesen.

Das stupide Eindreschen auf einen kleinen gelben Ball und das hektische Herumrennen auf dem Platz schienen ihr genau die richtige Ablenkung zu sein. Das saubere, adrette Weiß der Tenniskleidung setzte sich wohltuend vom Schmutz der Dinge ab, mit denen sie in den letzten Tagen konfrontiert worden war. Die Regeln des Spiels waren festgeschrieben und mussten nicht andauernd den Gegebenheiten angepasst werden – aber nach einer halben Stunde auf dem Tennisplatz verlor sie die Nerven und beförderte den letzten Ball absichtlich ins Aus. Dann bedeutete sie ihrem Tennislehrer, dass sie die Stunde vorzeitig abbrechen wollte.

„Keine Lust mehr?", fragte Gregor, den sie extra engagiert hatte, um ihr Spiel zu verbessern. Seitdem sie Hamburg verlassen hatte und nicht mehr regelmäßig im Club trainieren konnte, ließ insbesondere ihre Vorhand immer mehr nach. Zum Glück hatte sie den Trainer bezahlt, bevor ihr Vater das Geld gestrichen hatte. „Was ist los mit dir, Katrin? Du wirkst unkonzentriert. Und das nicht erst seit heute."

Sie lächelte beruhigend. „Ich hab im Moment viel um die Ohren", sagte sie vage und drückte Gregor einen flüchtigen Kuss auf die Wange.

Ihr Tennislehrer zuckte die Schultern und Hancke sah ihm nach, während er in der Männerumkleide verschwand. Etwas an der Art, wie er ging, erinnerte sie an Milo, und ihr stiegen die Tränen in die Augen.

Nur nicht sentimental werden!, dachte sie und riss sich zusammen, während sie nach einer Dusche die Tennishalle verließ. Es musste jetzt ohne Milo weitergehen. Sie musste Prioritäten setzen.

Und das hatte sie getan. Konsequent. Milo wäre stolz auf sie gewesen. Sie hatte viel von ihm gelernt.

Hancke entschloss sich, den Weg nach Hause zu Fuß zu gehen. Das Wetter war angenehm, mit einer leichten Jacke ließ es sich bei dreizehn Grad und sonnigem Himmel gut aushalten. Der Winter und die Tage, in denen man sich vor Kälte kaum vor die Tür wagte, würden früh genug kommen.

Hancke kam an der Wiese vorbei, auf der sie zusammen mit Milo im Mai ein Picknick gemacht hatte. Es war der erste Frühsommertag gewesen, an dem man es auch abends noch im Freien aushielt, ohne zu frieren, sobald die Sonne unterging. Milo hatte Champagner aus seinem Rucksack hervorgezaubert und Erdbeeren. Wenn sie damals gewusst hätte, dass ihre gemeinsame Zeit begrenzt war, dann hätte sie versucht, diese Momente noch intensiver zu genießen. Stattdessen musste sie daran denken, dass sie sich darüber beklagt hatte, dass die Erbeeren wässrig geschmeckt hatten. Wie kleinlich! Plötzlich tat der Verlust von Milo so weh, dass sie körperliche Schmerzen empfand. Sie blieb stehen und atmete tief durch, bis das Stechen in ihrer Magengegend verschwunden war. Eine ältere Frau, die ihren Hund spazieren führte, bot ihr Hilfe an, aber Hancke schüttelte abwehrend den Kopf.

„Geht schon wieder", murmelte sie. Dann bog sie auf den Sülzgürtel ab, bis sie rechter Hand die Ausläufer der Uniklinik hinter sich gelassen hatte. Der Wind fuhr ihr in die Jacke und sie knöpfte fröstelnd den Verschluss zu. Sie sehnte sich nach einer starken Schulter, an der sie sich anlehnen und ausruhen konnte, aber sie war jetzt allein. Sie würde Milos Plan ohne Unterstützung umsetzen müssen. Auch Ansgar wusste nichts davon; sie hatte ihren Bruder noch nicht einmal über Milos Tod informiert. Denn dann hätte sie ihm auch erzählen müssen, was sie jetzt vorhatte, und sie wusste genau, dass er versuchen würde, sie davon abzubringen. Aber niemand würde sie aufhalten.

Hancke bog in die Gleueler Straße ein und schloss die Haustür auf. Zielstrebig ging sie die Treppen nach oben in die erste Etage und öffnete die Wohnungstür. Alles war bereit, sie musste jetzt nur die Nerven behalten. Katrin Hancke zweifelte nicht daran, dass sie Erfolg haben würde. Eine verängstigte, achtzigjährige Frau war kein ebenbürtiger Gegner für sie.

Als sie im Flur ihre Jacke auszog und über einen Haken warf, sah sie gerade noch aus den Augenwinkeln einen Schatten auf sich zukommen. Zu spät erkannte sie, dass sie sich verrechnet hatte.

Brinkhoff lehnte sich erschöpft an die Wand, sobald die Bürotür hinter ihnen zugefallen war und sie ungestört reden konnten. „Danke", sagte er und atmete tief durch. „Die Pause brauchte ich jetzt dringend."

Plasberg streckte die Arme und gähnte. Sie wirkte seltsam unbeteiligt, im Gegensatz zu ihrem Kollegen, den Moritz' Worte sichtlich mitgenommen hatten. „Und, was denken Sie? Glauben Sie immer noch, dass er es getan hat?"

„Den Mord an Borowsky? Den Mord an Scheibner? Oder beide?" Brinkhoff schüttelte entmutigt den Kopf. „Ich weiß es nicht."

„Ich auch nicht", seufzte Plasberg. „Aber nachweisen können werden wir ihm bei dieser Beweislage wohl keinen der Morde, es sei denn, der Faservergleich bringt irgendetwas Neues oder Moritz gesteht freiwillig." Widerwillig dachte sie daran, dass die Ergebnisse des Faservergleichs im besten Falle in einigen Tagen vorliegen würden. Plasberg sah Brinkhoff an und sagte dann unvermittelt: „Darf ich Ihnen eine persönliche Frage stellen?"

Brinkhoff schaute erstaunt auf. „Welche?"

„Berührt Sie diese Vernehmung eigentlich irgendwie persönlich?"

„Ich verstehe nicht …"

„Na, diese Sache mit dem … wie heißt das: *barebacking*? Ist das etwas, womit Sie auch im Privatleben konfrontiert werden? Sie wirken ein wenig mitgenommen."

Brinkhoff zuckte zusammen. „Obwohl es Sie nichts angeht: Ich p-praktiziere immer *safer sex*, wenn Sie das meinen", antwortete er steif. Trotzdem wusste er genau, worauf Plasberg anspielte. Bei mehr als einer Gelegenheit war er nahe daran gewesen, seine Prinzipien über Bord zu werfen. Die Versuchung war bei jedem Kontakt groß – eine Versuchung, mit der er als schwuler Mann kaum umzugehen wusste, denn nach wie vor war ein Gummi beim Sex für ihn ein störender Fremdkörper, wenn auch ein notwendiger. Die Vorsätzlichkeit, mit der Axel Borowsky nach den Aussagen seines ehemaligen Liebhabers dessen Infektion in Kauf genommen hatte, tauchte das Thema Aids zusätzlich in ein unangenehmes, grelles Licht.

„Lassen Sie uns weitermachen“, lenkte er ab und bemerkte peinlich berührt, dass er rot geworden war. Plasberg nickte.

Lars Moritz war inzwischen von dem Beamten auf die Toilette begleitet worden und spielte unruhig mit der Zigarettenpackung, als Brinkhoff und Plasberg ins Büro zurückkehrten.

„Können wir fortfahren?“, fragte die Kommissarin und setzte den Kassettenrekorder in Gang.

Moritz nickte angespannt, während Plasberg und Brinkhoff wieder ihre Plätze einnahmen.

„Der Dienstagabend, Herr Moritz. Lassen Sie uns dort weitermachen. Wann haben Sie Borowsky aufgesucht? Und warum?“

Ihr Gegenüber lachte unsicher und wurde sofort wieder ernst. „Es … ist alles anders gekommen, als ich gedacht hatte.“ Moritz rieb unruhig die Hände an seiner Hose. „Verstehen Sie? Ich wollte doch Axel nur eine Lektion erteilen … ich dachte, am Montag kommen wieder Angelika oder Klaus zur Pflege und kleben ihm ein neues Pflaster auf. Ich hatte nicht damit gerechnet, dass Axel dem Dienst kündigt. Ich war total überrascht, als Bergmann-Pohl mir den Einsatz für Sonntag abgesagt hat. Wenn er stattgefunden hätte, hätte ich Axel wahrscheinlich selbst das Pflaster aufgeklebt … ich habe keine sadistische Ader … das am Samstag war doch nur eine Kurzschlussreaktion.“

Plasberg zog die Augenbrauen hoch. Für eine spontane, unüberlegte Handlung erschien ihr die Verweigerung eines starken Schmerzmittels und der ausgeklügelte Vertuschungsversuch durch die Fälschung der Eintragungen zu durchdacht. Auf der anderen Seite war es durchaus glaubwürdig, dass Moritz aus einer Gemengelage von verletzten Gefühlen heraus gehandelt hatte. Es war für ihn unmöglich gewesen vorauszusehen, dass Borowsky die gefälschte Vergabe des Durogesic-Pflasters tatsächlich nicht an die große Glocke hängen würde, Einschüchterungsversuch hin oder her. Aber ob hier eine Tat im Affekt oder eine vorsätzliche, geplante Körperverletzung vorlag, hatte zum Glück nicht sie, sondern der Richter zu entscheiden. Sie war nur der Wasserträger, sie brauchte nur die Fakten zusammenzusuchen.

„Ich hatte schon am nächsten Tag ein schlechtes Gewissen", brachte Lars Moritz heraus. „Ich hab mir die ganze Zeit vorgestellt, dass Axel jetzt ohne Schmerzmittel in seiner Wohnung liegt, und die Befreiung, die ich Samstagabend noch gespürt hatte, war total weg. Die Gedanken an Axel waren wie ein Klotz an meinem Bein ... ich konnte an nichts anderes mehr denken."

„Und das sollen wir Ihnen glauben?" warf Brinkhoff aufgebracht ein. „Das ist ja lächerlich!"

„Es ist die Wahrheit! Ich bin kein Monster! Ich habe Axel mal geliebt." Moritz starrte die Kommissare zornig an.

Plasberg gab Brinkhoff durch einen kurzen Blick zu verstehen, dass er die Klappe halten sollte. Der Kommissar sah entnervt zur Decke.

„Weiter im Text", sagte Plasberg geschäftsmäßig und betont ruhig. „Wir sind noch immer nicht beim Dienstagabend. Sie hatten also ein schlechtes Gewissen ... und wollten nachsehen, wie es Borowsky geht?"

Moritz nickte zustimmend. „Ja. Ich habe zwei Tage mit mir gekämpft. Dienstag habe ich es nicht mehr ausgehalten und bin in die Gleueler Straße gegangen."

„Warum hat Ihre Freundin dann behauptet, Sie hätten den ganzen Abend mit ihr zusammen verbracht?"

„Hat sie das?" Moritz lächelte und Plasberg seufzte. Es war genauso, wie sie am Tag zuvor vermutet hatte. Kruse hatte Moritz gedeckt, ohne die leiseste Ahnung zu haben, wo sich ihr Freund zum fraglichen Zeitpunkt aufgehalten hatte.

„Um wie viel Uhr sind Sie bei Borowsky erschienen?"

„Nach dem Ende der Spätschicht. Ich habe bis zwanzig Uhr gearbeitet. Die Gleueler Straße ist ja direkt um die Ecke vom

Bettenhochhaus der Uniklinik. Ich hab noch die Übergabe an die Nachtwache gemacht, mich umgezogen … es kann so gegen halb neun gewesen sein. Aber ich hab nicht auf die Uhr gesehen."

„Und Borowsky hat Sie so einfach reingelassen? Nach allem, was an dem Samstag zwischen Ihnen passiert ist?"

„Das Haus hat keine Gegensprechanlage. Woher sollte er wissen, dass ich es bin?"

Die Kommissarin dachte einen Augenblick nach. Wenn Milo Scheibner ihnen die Wahrheit gesagt hatte, dann war es tatsächlich zumindest vorstellbar, dass er erst einige Momente vor Moritz' Ankunft die Wohnung von Borowsky verlassen hatte. Vielleicht hatte Borowsky angenommen, dass Scheibner noch einmal geklingelt hatte, weil er etwas vergessen hatte. Sie testete ihre Hypothese sofort.

„War Borowsky nicht überrascht, als er Sie gesehen hat?"

Moritz nickte erstaunt. „Ja, woher wissen Sie das? Er hat gesagt: ‚Du? Ich dachte, es wäre jemand anders!'"

Plasberg nickte befriedigt. „Haben Sie bemerkt, dass Sie von Milo Scheibner beobachtet wurden, als Sie das Treppenhaus betraten?"

„Nein, ich habe nur eine Tür auf- und zuklappen gehört irgendwo, als ich nach oben gegangen bin. Gesehen habe ich allerdings niemanden."

„Na schön." Die Kommissarin wühlte in ihrer Handtasche nach einem Bonbon und knisterte umständlich mit dem Papier. Sie nutzte die entstehende Unterbrechung, um sich noch einmal zu konzentrieren. „Was ist dann passiert?"

„Axel ist ins Schlafzimmer gewankt. Er hatte eine graue, schlabbrige Jogginghose an mit Pissflecken und sein Oberkörper war nackt. Er hat gestunken, als hätte er sich seit Samstag nicht mehr gewaschen. Seine Augen waren ganz tief in ihren Höhlen versunken. Sein Zustand hatte sich offensichtlich rapide verschlechtert seit dem Samstag – er sah aus wie ein Zombie. Ich hab mir solche Vorwürfe gemacht. Meine Wut auf ihn war verflogen. Er hatte auch keine Ernährung mehr angehängt seit dem Wochenende und dehydriert schien er auch zu sein, weil er keine Flüssigkeit über Infusion bekommen hatte und von selbst nicht genug trank. Er wollte wohl versuchen, mich wieder rauswerfen, aber er war kaum noch dazu in der Lage, einen vernünftigen Satz zustande zu bringen. Er war wie weggetreten und erst habe ich gedacht, dass er in eine Art Schmerzkoma fällt, aber dann habe ich die MST-Tabletten neben seinem Bett gesehen. Er hatte direkt zwei Stück eingeworfen und war eigentlich jenseits von Gut und Böse. Ich habe herumgestottert, wie leid es mir tut, was ich getan habe, ich wollte mich entschuldigen ..." Moritz versagte die Stimme und die Kommissare warteten, bis er sich wieder gefangen hatte. „Er hat mich nicht zu Wort kommen lassen", sagte er schließlich und starrte wieder aus dem verdreckten Bürofenster. „Axel hat sich plötzlich aufgesetzt ... für einen Moment schien er ganz klar zu sein ... und er hat gesagt: ‚Lars, du Niete! Verschwinde! Ich brauche dein Mitleid nicht!' Dann ist er auf mich zugetaumelt ... es ging alles so schnell! Ich dachte, er wollte mich angreifen, und hab ihn zurückgestoßen. Er ist gestolpert ... nach hinten gekippt und hat im Fallen einen Stuhl mit umgerissen. Es hat einen ziemlichen Lärm gemacht."

Plasberg machte sich eine kurze Notiz, dass diese Aussage mit der Angabe von Irmgard Kärnter zusammenpasste, die am Abend Krach aus einer der über ihr liegenden Wohnungen gehört haben wollte.

Währenddessen sprach Moritz weiter. „Axel ist mit dem Hinterkopf an die Wand geschlagen und hat sich nicht mehr gerührt. Da habe ich Panik bekommen. Ich dachte, ich hab ihn umgebracht, dass er sich den Schädel oder das Genick gebrochen hat. Ich bin rückwärts aus dem Zimmer raus und aus der Wohnung geflüchtet. Ich konnte nicht mehr klar denken. Ich wollte nur noch weg."

Plasberg sah erstaunt auf und blickte in Moritz' fast flehendes Gesicht. „Wie", sagte sie überrascht, „und das war's?"

Moritz nickte.

„Sie wollen uns weismachen, dass Sie mit Borowskys Ermordung an diesem Abend nicht das Geringste zu tun haben? Dass das Ganze ein Unfall war?" Jetzt wurde auch Plasberg zunehmend ungehalten.

„Ich habe ihn nicht erstochen“, wiederholte Moritz störrisch. „Ich dachte die ganze Zeit, Axel wäre gestorben, weil er mit dem Kopf an die Wand geschlagen ist. Niemand hat mir bisher gesagt, wie Axel ums Leben gekommen ist. Ich habe gedacht, ich wäre für seinen Tod verantwortlich, weil ich ihn gestoßen habe.“

„Wann haben Sie das Haus verlassen? Gibt es Zeugen dafür, wann Sie in Ihre Wohnung zurückgekehrt sind?“

„Ich habe mich bestimmt nicht länger als zehn Minuten bei Axel aufgehalten. Und ich bin auch nicht direkt zu Anja gegangen. Ich hab mich irgendwo volllaufen lassen. Anja hat schon geschlafen, als ich nach Hause gekommen bin.“

„Und für Ihre Sauftour gibt es natürlich auch keine Zeugen?“, fragte Plasberg sarkastisch.

Moritz schüttelte betreten den Kopf. „Ich habe nur bruchstückhafte Erinnerungen an den Rest des Abends. Ich weiß nicht mal genau, wo ich war.“

Plasberg schlug mit der flachen Hand auf die Tischplatte und fuhr endgültig aus der Haut. Die ganze Zeit hatte sie Moritz' Aussage mit wachsender Frustration zugehört und sich mühevoll beherrscht, aber nun konnte sie sich nicht mehr zurückhalten. „Das ist weniger als nichts, Herr Moritz!“, sagte sie laut. „Das ist ein Haufen Bockmist!“ Torsten Brinkhoff und Lars Moritz zuckten erschrocken zusammen, aber Plasberg machte weiter ihrem Unmut Luft. „Das ist doch das reinste Märchen, was Sie uns hier aufgetischt haben! Nennen Sie mir einen Grund, warum wir Ihnen ein Wort davon glauben sollen! Das ist ein Haufen gequirlte Scheiße!“ Den letzten Satz brüllte sie förmlich. „Als Nächstes werden Sie mir erzählen, dass Sie auch mit dem Tod von Milo Scheibner nichts zu tun gehabt haben!“

„Ich habe gedacht, ich hätte Schuld am Tod von Axel. Mit Scheibners Tod habe ich nichts zu tun!“

Plasberg sah Brinkhoff fassungslos an. „Das glaube ich einfach nicht!“, sagte sie.

„Auch wenn ich mich hier um Kopf und Kragen rede“, beharrte Moritz verzweifelt, „ich habe es nicht getan! Ich kann es Ihnen nur nicht beweisen.“

„Sie haben Borowsky gehasst, weil er Sie mit Aids infiziert hat, und Sie haben ihm die Schuld daran gegeben, dass nun auch vielleicht Anja Kruse und Ihr gemeinsames Kind infiziert sind", beschuldigte Plasberg ihn. „Und als Sie die Möglichkeit bekamen, sich für das vermeintliche Unrecht an Ihnen zu rächen, haben Sie ihm erst die Schmerzmedikation verweigert. Aber nur das Wissen um seine Schmerzen hat Ihnen nicht ausgereicht. Deshalb sind Sie am Dienstagabend noch einmal zurückgekehrt, um sich an seinem Leid zu weiden. Doch als Sie gesehen haben, dass Borowsky seine eigenen Mittel und Wege gefunden hat, um seine Schmerzen zu lindern, ist Ihr Hass auf ihn übermächtig geworden und Sie haben ihn kaltblütig mit einem Küchenmesser erstochen." Die Kommissarin trieb Moritz bewusst in die Enge, um vielleicht auf diesem Weg doch noch ein Geständnis von ihm zu bekommen, aber alles, was sie erreichte, war ein empörter Aufschrei. Moritz ließ sich nicht beirren.

„Nein, nein, nein! Ich habe Axel nicht erstochen! Er ist gestolpert und mit dem Kopf gegen die Wand …"

Plasberg beugte sich nach vorn und lachte Moritz ins Gesicht. „Sie sind sogar ein zweifacher Mörder. Milo Scheibner haben Sie auch auf dem Gewissen. Wir wissen von Scheibners Lebensgefährtin, dass er Sie erpresst hat. Wir wissen, dass er Sie angerufen hat. Ihre Festnetznummer war in Scheibners Handy gespeichert; die Auswertung der Telefongespräche hat ergeben, dass er Sie kurz nach seiner Freilassung gestern Vormittag angerufen hat. Anja Kruse hat uns gesagt, dass Sie gestern Vormittag einen Anruf erhalten und danach Hals über Kopf die Wohnung verlassen haben. Sie haben sich mit Milo Scheibner getroffen oder zumindest haben Sie Ihr Einverständnis zu einem Treffen vorgetäuscht. Danach sind Sie ihm bis in die Gleueler Straße gefolgt, und als Sie gesehen haben, dass er in Borowskys Wohnung eindringt, haben Sie Ihre Chance gesehen. Oder Sie haben Scheibner bis ins Treppenhaus verfolgt, ihn dann in Borowskys Wohnung abgedrängt und dort mit einem Kerzenständer erschlagen, um ihn zum Schweigen zu bringen. Er war der Einzige, der Sie mit dem Mord an Borowsky in Verbindung bringen konnte, und deshalb musste er sterben! Und nach dem Mord sind Sie so schnell wie möglich zur Mitarbeiterbefragung gekommen, um ein Alibi zu haben. Ein besseres Alibi, als zur fraglichen Tatzeit von der Polizei vernommen zu werden, gibt es ja kaum. Leider haben Sie es zeitlich nicht mehr ganz geschafft und mussten Ihre Verspätung mit einem Unfall der Straßenbahn rechtfertigen. Aber es gab keinen Unfall zu diesem Zeitpunkt. Wir haben das recherchiert."

Moritz war aufgesprungen und seine Kieferknochen arbeiteten. „Scheibner war ein arrogantes, rücksichtsloses Schwein!", brüllte er. „Er hat nichts Besseres verdient! Er hat auch geglaubt, ich hätte Axel auf dem Gewissen, und wollte Kapital daraus schlagen! Ich bin froh, dass er tot ist!" Er war ganz atemlos vor Aufregung. „Aber ich habe ihn nicht umgebracht! Es stimmt, ich habe mich mit ihm getroffen, auf der Domplatte, gestern Vormittag. Er hat mich ein ‚mieses Stück Scheiße' genannt und er wollte Geld. Er hat mir nicht geglaubt, dass es ein Unfall war. Ich habe ihm gesagt, dass ich kein Geld habe. Er hat gedacht, ich hätte Geld aus Axels Wohnung gestohlen, aber das habe ich nicht!"

„Nein", warf Brinkhoff ein. „Das zumindest stimmt. Das war Timo Auermann."

Plasberg stampfte wütend mit dem Fuß auf und warf Brinkhoff einen vernichtenden Blick zu. „Also haben Sie Scheibner umgebracht, um ihn zum Schweigen zu bringen", versuchte sie es weiter.

„Nein!", brüllte Moritz zurück. „Ich war es nicht!" Er zwang sich, sich zu beruhigen, und nahm wieder Platz. „Wenn ich nur vorher gewusst hätte, dass Axel erstochen worden ist, dann hätte ich mich von Scheibner niemals erpressen lassen", erwiderte er ruhig.

„Er hat Ihnen nichts davon gesagt, dass Borowsky durch zwei Messerstiche getötet wurde?"

Moritz schüttelte stumm den Kopf. „Dann hätte ich doch versucht, den Irrtum aufzuklären", sagte er schließlich. „Dann hätte ich doch gewusst, dass ich nicht schuld bin an Axels Tod."

Plasberg fuhr sich entnervt durch die Haare. Moritz erwies sich als eine härtere Nuss, als sie zu Anfang gedacht hatte. „Weiter im Text", sagte sie. „Was ist nach Ihrem Treffen mit Scheibner auf der Domplatte passiert?"

„Ich bin Scheibner nach unserem Treffen gefolgt, weil … weil … ich weiß selbst nicht, warum", antwortete Moritz müde. „Vielleicht wollte ich einfach sehen, was er tut. Er ist direkt nach Hause gegangen. Ich habe ein paar Minuten vor dem Haus gestanden und die Wohnung beobachtet, ob ich ihn vielleicht am Fenster irgendwo sehe, aber da war nichts. Dann ging die Haustür auf, eine Frau kam heraus und ich bin einfach ins Haus gegangen."

„Eine Frau? Was für eine Frau?", fragte die Kommissarin überrascht.

Moritz zuckte mit den Schultern. „Keine Ahnung. Mittelgroß, braune Haare, um die dreißig … ach ja, sie ist in den Lieferwagen eines Blumenhändlers eingestiegen. Da war so ein Firmenlogo auf der Tür des Autos."

Plasberg erinnerte sich, dass die Wohnung neben Irmgard Kärnter von einem Ehepaar bewohnt wurde, das den Blumenladen in der Richmod-Passage betrieb. Da die Wohnung im Erdgeschoss lag, mussten die beiden zwar nicht unbedingt etwas davon mitbekommen haben, was sich zu diesem Zeitpunkt eine Etage über ihnen in der Wohnung von Borowsky abspielte. Aber es bestand ja immerhin die Möglichkeit, dass sie etwas gehört hatten. Zumindest konnte die Frau vielleicht bestätigen, dass sie Lars Moritz unabsichtlich ins Haus gelassen hatte. Plasberg machte sich eine Notiz, die Leute noch mal zu befragen. Vogt hatte sie gestern nach dem Mord an Scheibner nicht angetroffen.

„Und dann sind Sie nach oben gegangen?"

Moritz nickte. „Ich weiß nicht, warum oder was ich da wollte. Wahrscheinlich hätte ich vor Scheibners Wohnungstür gestanden und nicht den Mut gehabt zu klingeln. Was hätte ich auch noch sagen sollen? Aber als ich im ersten Stock ankam, stand die Tür zu Axels Wohnung auf, das Siegel war abgerissen, und … und da konnte ich nicht anders. Ich bin hineingegangen … es war wie ein Zwang."

„Verbrecher kehren oft an den Ort des Geschehens zurück." Plasberg konnte sich diese Bemerkung nicht verkneifen.

Moritz ignorierte die Kommissarin. Er war plötzlich ganz gefangen in seiner eigenen Erzählung. Er starrte durch Plasberg hindurch, als wäre sie gar nicht anwesend. „Scheibner lag im Wohnzimmer in der Nähe des Fensters, auf dem Bauch. Überall war Blut, auf dem Boden, an der Heizung, es sah grauenvoll aus. Jemand hatte ihm den Schädel zertrümmert. Ich habe sofort gesehen, dass er nicht mehr am Leben war." Moritz schüttelte sich, als er sich an die Szene erinnerte. „Ich habe einfach nur dagestanden und zugesehen, wie das Blut aus ihm herauslief. Es muss kurz vorher passiert sein. Ich wusste überhaupt nicht, was ich machen sollte. Ich ... ich war so froh, dass er tot war, aber es war ein so fürchterlicher Anblick. Und dann ist mir schlagartig klar geworden, in was für einer Situation ich mich befinde. Jeder, der mich in Axels Wohnung anträfe, würde glauben, ich hätte Scheibner getötet. Niemand würde glauben, ich hätte nichts damit zu tun – genau wie Sie jetzt! Ich habe angefangen zu schwitzen und hatte plötzlich entsetzliche Angst. Ich habe mich umgedreht und bin so schnell wie möglich weggerannt. Die Mitarbeiterbefragung hatte ich völlig vergessen. Erst als ich anhalten musste, weil ich außer Puste war, ist sie mir wieder eingefallen. Ich habe auf die Uhr gesehen und gemerkt, dass ich es nicht mehr pünktlich schaffe. Und dann habe ich mir die Ausrede mit dem KVB-Unfall einfallen lassen."

In diesem Moment wurde die Tür aufgerissen und Karsten Vogt steckte seinen Kopf ins Büro. „Da ist ein Anruf für Sie, Frau Plasberg."

„Jetzt nicht! Ich bin mitten in einer Vernehmung. Können Sie das nicht erledigen?" Die Kommissarin war sichtlich ungehalten.

„Der Anrufer sagt, es sei wichtig, und dass er nur mit Ihnen sprechen will. Es ist Ansgar Fischer. Es geht um den Mord an Borowsky", flüsterte Vogt ihr daraufhin ins Ohr.

Zweiundzwanzig

„Was?“ Plasberg war Vogt in das kleine Dienstzimmer gefolgt, in dem er behelfsmäßig arbeitete.

Vogt zuckte die Schultern. „Mehr wollte Fischer mir nicht sagen. Es hat mich schon Mühe gekostet, ihn überhaupt in der Leitung zu halten“, brummte er. „Er hat angenommen, er hätte Sie direkt am Apparat.“ Plasberg hatte Vogt vor der Vernehmung von Moritz ihr Diensthandy zur Aufbewahrung gegeben. Jetzt hielt ihr der Kollege das Telefon entgegen.

„Herr Fischer?“, meldete sich die Kommissarin. „Hier ist Maria Plasberg. Wo sind Sie? Was gibt es?“

Die Verbindung war schlecht und Plasberg konnte im Hintergrund Verkehrsgeräusche hören. Anscheinend befand sich Ansgar Fischer irgendwo an einer belebten Straße und telefonierte über ein Mobilgerät.

Die Antwort des jungen Mannes kam zögernd. „Ich ... Ich bin noch in Berlin. Irgendetwas stimmt zu Hause nicht. Ich kann weder Milo noch meine Schwester erreichen.“

Die Kommissarin runzelte erstaunt die Stirn. „Milo Scheibner ist tot. Wieso wissen Sie das nicht?“

Entsetztes Schweigen antwortete ihr. „Milo ist tot? Ja, aber ... wann? Wieso?“ Fischers Stimme klang ängstlich.

Plasberg hatte keine Zeit, diese Fragen zu beantworten. Sie hatte selbst Fragen, die ihr unter den Nägeln brannten. „Herr Fischer, ich habe viel zu tun. Ich habe Ihrer Schwester gesagt, sie soll Sie benachrichtigen, damit Sie sich bei mir melden. Wieso hat sie das nicht getan?“

„Das ist es ja gerade! Ich habe Katrin seit Donnerstagabend nicht mehr gesprochen. Sie geht nicht ans Telefon und nicht an ihr Handy. Ich hab es pausenlos versucht! Der Anrufbeantworter und die Mailbox sind auch abgeschaltet. Sie müssen nachsehen, was mit ihr los ist! Vielleicht ist ihr was passiert!“

„Was sollte ihr denn passiert sein? Herr Fischer, ich wollte Ihnen sowieso noch ein paar Fragen stel...“

„Katrin ist vielleicht in Gefahr. Mir ist nämlich noch was eingefallen zu dem Abend, an dem Borowsky ermordet worden ist", unterbrach Fischer sie. „Es ist nämlich so, dass … dass …"

„Warten Sie, lassen Sie mich raten!", sagte Plasberg, einer plötzlichen Eingebung folgend. Wieso war sie nicht schon früher darauf gekommen? Es war doch das Nächstliegende überhaupt! Schließlich war Hancke in die Moritz-Erpressung ebenfalls eingeweiht gewesen. Wütend über ihre eigene Dummheit biss sie sich auf die Lippen. „Axel Borowsky hat Milo Scheibner in seine Erpressungspläne gegenüber Irmgard Kärnter eingeweiht … und Ihre Schwester weiß natürlich auch davon, stimmt's?"

„Wie haben Sie das herausbekommen?", fragte Fischer kleinlaut. „Wir wussten beide davon."

„Wie bitte?" Plasberg musste sich beherrschen, um Fischer ihre Ungeduld nicht spüren zu lassen. Sie konnte die verfilzten Dreadlocks von Katrin Hanckes Halbbruder und seinen leicht debilen Gesichtsausdruck förmlich vor sich sehen. Sie hatte die einfachsten logischen Schlussfolgerungen nicht gezogen! Drei Studenten ohne Geld, untereinander durch eine Mischung aus Blutsverwandtschaft und Liebe verbunden. Wie hatte sie annehmen können, dass Scheibner die Sache alleine durchgeführt hatte?

„Also, was ist Ihnen noch eingefallen?" Hektisch winkte sie Vogt aus dem Büro, um sich besser auf Fischers Stimme konzentrieren zu können.

Der Kommissar lief wütend zum Kaffeeautomaten, der sich im Flur vor den Büros befand. Hinter ihm öffnete sich eine Tür und Brinkhoff kam heraus, nachdem er einen Beamten zur Bewachung von Moritz herbeigerufen hatte.

„Und, wie läuft's?", fragte Vogt. In seiner Stimme schwang Neid mit, als wäre er verärgert, dass Brinkhoff an dem Verhör teilnahm und nicht er. Und jetzt hatte ihn die Kommissarin sogar aus dem Büro geworfen. Immer mehr bekam er den Eindruck, nur der Laufbursche für Brinkhoff und Plasberg zu sein.

Brinkhoff kramte etwas Kleingeld aus seiner Hosentasche, um sich ebenfalls einen Kaffee zu ziehen. „Geht so", antwortete er ausweichend. Eine Auseinandersetzung mit Vogt hatte ihm gerade noch gefehlt. Ein 50-Cent-Stück rutschte ihm durch die Finger und rollte unter den Kaffeeautomaten. „Mist!" Der Kommissar kniete nieder und tastete suchend den Boden ab. Dabei blieb er mit seinem Handrücken an einer Metallverstrebung hängen. Lautstark fluchend zog er seine Hand zurück. Blut quoll aus der Hautabschürfung und Brinkhoff hielt reflexartig die Hand an den Mund, um das Blut aufzusaugen.

„Zeigen Sie mal her", sagte Vogt schadenfroh und reichte seinem Kollegen ein Papiertaschentuch.

„Halb so wild!", wehrte Brinkhoff ab. Er wollte keine Hilfe von Vogt annehmen. „Nur ein Kratzer. Bombadil hat mir heute Morgen seine Krallen gezeigt, und jetzt habe ich mir genau an derselben Stelle noch mal die Wunde aufgeschürft."

„Wer ist Bombadil?"

„Borowskys Kater. Ich habe ihn in Pflege, weil sich niemand um ihn kümmern wollte. Wussten Sie das nicht?"

Vogt grinste. „Ist schon die zweite Wunde auf einem Handrücken, die ich innerhalb von zwei Tagen sehe", sagte er beiläufig und steckte sein Taschentuch wieder ein. „Die Vermieterin von Borowsky, diese Kärnter, hatte eine genau an derselben Stelle. Auch so einen Kratzer. Sie hat sich an den Rosen im Vorgarten gestochen."

„Was für Rosen? Im Vorgarten von Kärnters Haus stehen keine Rosen", erwiderte Brinkhoff geistesabwesend, während er die Wunde betupfte.

Vogt sah seinen Kollegen irritiert an. „Sind Sie sicher?"

„Ganz sicher. Da sind nur immergrüne Sträucher."

„Aber warum sollte die Kärnter mich anlügen, wenn …?", begann Vogt. Dann stockte er und betrachtete Brinkhoffs Wunde genauer. „Der Kratzer von der Kärnter sah genauso aus wie Ihrer, nur dass er entzündet war. Wo haben Sie den her? Von einem Kater?"

„Von Borowskys Kater …", sagte Brinkhoff langsam. „Warten Sie mal!" Plötzlich tauchten hektische Flecke in seinem Gesicht auf. „Bombadil war zum Tatzeitp-punkt in Borowskys Wohnung! Er war da, als sein Besitzer umgebracht worden ist. Und wenn der Kater den Täter gekratzt hat? Auf dem Handrücken, genau wie mich?"

„Sie meinen, die Kärnter hat Borowsky getötet?", fragte Vogt unsicher. „Nein … selbst wenn sie von dem Vieh gekratzt worden ist, das kann doch passiert sein, als sie die Leiche entdeckt hat! Die Kärnter hat doch erwähnt, sie sei Mittwochmorgen erst durch das Geschrei der Katze darauf aufmerksam geworden, dass etwas nicht stimmt! Sie geht mit den herbeigerufenen Kollegen nach oben, schließt die Tür auf, der Kater erschreckt sich, fährt seine Krallen aus und verpasst ihr einen Hieb mit seiner Pfote!"

Brinkhoff schüttelte heftig den Kopf. „N-Nein! Eben nicht. Außerdem steht im Protokoll der Kollegen vom Leichenfund nichts dergleichen. Und die Kärnter hat ausgesagt, dass sie sich erschrocken hat, weil Bombadil wie ein Pfeil an ihr vorbeigeschossen ist!" Brinkhoff war sich hundertprozentig sicher, schließlich hatte er Irmgard Kärnter nach Borowskys Tod persönlich vernommen. „Und während der Befragung hat sie einen großen Bogen um den Kater gemacht, weil er auf ihren Teppich im Badezimmer gepinkelt und sie ständig angefaucht hat. Sie hat ihn im Badezimmer eingesperrt. Das heißt, er hat gar keine Möglichkeit gehabt, ihr später einen Kratzer zu verpassen! Der Kratzer muss von vorher stammen – und das kann nur heißen, dass sie uns angelogen hat. Sie muss schon einmal in Borowskys Wohnung gewesen sein. Der Leichenfund ist eine große Inszenierung gewesen!" Er sah Vogt mit großen Augen an und eine Sekunde später wirbelten die beiden Kommissare gleichzeitig in Aktion.

Vogt rannte den Flur hinunter ins nächstgelegene Büro, um zu telefonieren. „Ich rufe ein Einsatzkommando! Holen Sie die Plasberg aus dem Büro! Wir treffen uns in der Gleueler Straße."

Aber Brinkhoff brauchte Plasberg gar nicht zu unterrichten, denn im selben Moment stürzte die Kommissarin aus dem Zimmer, in dem sie mit Ansgar Fischer gesprochen hatte, und rief: „Wir fahren zur Kärnter! Los, Beeilung!"

„D-Das wollte ich Ihnen auch gerade sagen“, erwiderte Brinkhoff überrascht. „Woher wissen Sie …?“

„Woher weiß ich was?“ Plasberg rannte vor ihm her zum Aufzug und drückte ungestüm mit dem Daumen auf den Knopf.

„Na, dass die Kärnter Axel Borowsky auf dem Gewissen hat!“

Plasberg sah Brinkhoff merkwürdig an. „Von Ansgar Fischer. Und Sie?“

Brinkhoff zeigte auf seine Kratzwunde auf dem Handrücken. „Von Bombadil.“

Die Kommissarin sah ihn an, als wäre er irre geworden. „Sie bringen mich unterwegs auf den neuesten Stand! Verdammt, wo bleibt denn der Aufzug?“

„Und was ist mit Moritz?“, fragte Brinkhoff.

„Ach ja …“ Plasberg drehte sich um und brüllte in den Flur: „Hallstetter! Kayser!“

Matthias Kaysers massiger Körper kam in einem Türrahmen zum Vorschein.

„Behalten Sie Moritz in Gewahrsam. Setzen Sie ihn von mir aus in einer Zelle fest“, rief ihm Plasberg zu. „Er ist noch nicht aus dem Schneider!“ Kayser nickte erstaunt.

Sobald der Aufzug kam und die Kommissare das Parterre erreicht hatten, hetzten sie zu Plasbergs Auto. Vogt saß in einem Streifenwagen hinter ihnen, zwei weitere Polizeiautos machten sich mit Blaulicht und Martinshorn bereit, Plasbergs Wagen in die Mitte zu nehmen.

Während der Fahrt klärte Brinkhoff seine Chefin in knappen Worten darüber auf, was es mit dem Kratzer auf seiner Hand auf sich hatte und wie er und Vogt zufällig einen Zusammenhang zu dem Mord an Borowsky hergestellt hatten. „Wenn der Kratzer auf Kärnters Handrücken tatsächlich von Bombadil stammt, dann muss der Kater ihr an dem Dienstagabend eine gewischt haben, als sie Borowsky erstochen hat“, schloss er. „Moritz hat zumindest bezüglich seiner Tatverwicklung bei Borowsky vielleicht doch die Wahrheit gesagt.“

„Jeder Mörder begeht irgendwann einen Fehler“, nickte Plasberg grimmig. „Und jetzt gerade scheint die Kärnter im Begriff zu sein, ihren zweiten zu begehen. Ich hoffe nur, dass wir nicht zu spät kommen." Sie fluchte und der vor ihr fahrende Streifenwagen wies einen zu langsam reagierenden Lkw mit unsanften Worten über den Lautsprecher an, gefälligst rechts ranzufahren. Dann informierte sie Brinkhoff über Ansgar Fischers Anruf.

„Es war alles ein abgekartetes Spiel", sagte sie und drückte aufs Gaspedal. Der Wagen schoss bei Rot über eine Kreuzung und Brinkhoff schloss entsetzt die Augen, als er die quietschenden Bremsen von links und rechts hörte. „Fischer hat aber jetzt Muffensausen bekommen, weil er weder von Scheibner noch von seiner Schwester etwas gehört hat, seitdem er in Berlin ist."

„Na ja, von Scheibner kann er ja auch schlecht etwas gehört haben."

„Er wusste nicht, dass Milo Scheibner umgebracht worden ist. Seine Schwester hat ihn nicht angerufen! Gerade am Telefon ist er aus allen Wolken gefallen. Das hat ihm glücklicherweise so einen Schrecken eingejagt, dass er endlich angefangen hat zu reden. Ich lasse ihn noch heute nach Köln überstellen."

„Ich verstehe kein Wort", sagte Brinkhoff. Inzwischen hatten sie die Deutzer Brücke passiert und schlängelten sich an den U-Bahnbaustellen am Heumarkt vorbei.

„Es passt alles nahtlos in die Geschichte, die uns Auermanns heute Morgen erzählt haben", erklärte Plasberg. „Borowsky wollte die Kärnter mit seinem Wissen über die Verbrechen ihres Vaters erpressen. Aber dann ist er krank geworden, zu krank, um sein Vorhaben durchzuführen. Eigentlich wollte er die ganze Sache seinem Neffen übergeben, aber mit dem hatte er sich ja aus den bekannten Gründen zwei Tage vor seinem Tod zerstritten. Also hat er sich an Milo Scheibner gewandt. Dem hat er die nötige Rücksichtslosigkeit zugetraut. Er wusste, dass Scheibner keine Skrupel haben würde, die Kärnter mit seinem Wissen fertigzumachen. Dass es Scheibner dabei nur um Geld ging und nicht um Gerechtigkeit, war Borowsky zum Schluss egal. Er wollte sicherstellen, dass die Kärnter für die Tragödie seiner Familie auf irgendeine Weise büßen würde. Er wollte Rache."

Der Baustellenbereich am *Interconti* war ausgeweitet worden und ließ dem Verkehr nur noch eine Fahrspur. Plasberg wartete mit wachsender Ungeduld, bis sich die vor ihrem Tross fahrenden Autos an die Seite gequetscht hatten. Immer wieder ließen die Streifenwagen vor und hinter ihr die Martinshörner aufheulen, um die Fahrer zur Eile zu drängen.

„O Gott, ich hasse diesen U-Bahnbau", stöhnte die Kommissarin gereizt. „Können die nicht nachts arbeiten? Wo war ich? Ach ja. Das Einzige, was an dieser Erpressungsgeschichte noch von Borowsky in die Wege geleitet worden ist, war ein anonymes Schreiben an die Kärnter, in der er ihr damit droht, dass er bald nicht mehr der Einzige ist, der die Wahrheit kennt – zusammen mit ein paar Kopien der Fotos des Hauses, seiner Familie und Kopien dieser Unterlagen, von denen Timo gesprochen hat. Er hat sie ja am Samstagabend noch für Borowsky im Copyshop vervielfältigt. Wie das Schreiben noch Dienstagabend an die Kärnter gelangt ist, wusste Fischer allerdings auch nicht. Vielleicht hat es Scheibner heimlich in ihren Postkasten geworfen oder ihr vor die Tür gelegt. Das können wir gleich die Kärnter fragen oder auch Katrin Hancke. Die steckt da nämlich auch mit drin. Sie war Scheibners Komplizin, genauso wie Fischer. Die drei wollten das große Geld machen, weil ihnen der Herr Papa den Geldhahn abgedreht hat und sie mit Scheibners Kohle vom Drogenverticken nicht über die Runden kamen. Na, jedenfalls hat Borowsky am Abend kurz vor seinem Tod Scheibner nicht nur die Kopien für den Erpresserbrief an die Kärnter in die Hand gedrückt, sondern auch die Originalunterlagen."

„Aber wir haben die Wohnung durchsucht! Da war doch nichts", wandte Brinkhoff ein.

„Fischer hat der alten Nettersheim im zweiten Stock hin und wieder ein paar Flaschen Mineralwasser aus dem Keller geholt, weil sie so schlecht zu Fuß ist. Deshalb besaß er einen Schlüssel für ihren Keller."

„Dort waren die Unterlagen deponiert?"

„Genau. Scheibner hat damit gerechnet, dass er von uns festgehalten oder dass zumindest die Wohnung durchsucht wird und hat entsprechende Vorbereitungen getroffen, als die drei von uns zum Verhör ins Präsidium gebeten worden sind. Ihr

Plan war, nach unserem Abzug die Unterlagen wieder hochzuholen."

„Das ist ja …" Brinkhoff war sprachlos.

„Ganz schön raffiniert", half Plasberg aus.

„Was hat Fischer noch erzählt?"

Plasberg schüttelte den Kopf. „Mehr hat er nicht mitbekommen. Er hat die Nerven verloren, als wir Scheibner verhaftet haben. Wollte mit der Sache nichts mehr zu tun haben und hat sich nach Berlin verzogen. Er wollte da bleiben, bis alles ausgestanden und die Erpressung der Kärnter über die Bühne gegangen ist. Aber irgendwas ist schiefgelaufen mit dem schönen Plan. Als Fischer weder von Milo noch von seiner Schwester etwas gehört und beide telefonisch nicht erreicht hat, bekam er kalte Füße und hat mich angerufen."

„Das würde erklären, warum es in Borowskys Wohnung so chaotisch ausgesehen hat, nach seiner Ermordung. Die Kärnter war auf der Suche nach den Originaldokumenten! Aber das reicht doch alles noch nicht aus, um ihr den Mord an Borowsky nachzuweisen."

„Ach so", fiel Plasberg ein. „Das Wichtigste hätte ich beinahe vergessen! Fischer hat gesehen, wie die Kärnter am Dienstagabend vor Borowskys Wohnung stand."

„Wirklich? Wann?"

Plasberg sah ihren Kollegen triumphierend an. „Gegen 22:00 Uhr. Nach Lars Moritz!"

„Das glaube ich nicht", rutschte es Brinkhoff heraus. „Ich meine, Fischer ist als Zeuge bisher alles andere als glaubhaft gewesen."

„Ich hätte Fischer das auch nicht abgenommen", gab Plasberg zu, „aber die Geschichte ist so konfus und passt zu dem, was er mir bei unserer allerersten Unterredung erzählt hat, dass sie nicht erfunden worden sein kann! Es dreht sich alles um dieses dämliche Horrorvideo, von dem er schon beim ersten Mal erzählt hat."

„Durch das wir herausbekommen haben, wann Moritz Borowsky besucht hat?"

„Genau. Fischer wollte das Video noch am selben Abend in der Videothek abgeben. Er hatte es nur für diesen Tag ausgeliehen und hätte sonst am nächsten Tag 1,50 € Strafe zahlen müssen. Erinnern Sie sich, dass er ein bisschen durcheinander war mit der Zeit?"

Brinkhoff nickte. Plasberg hatte sich lange genug darüber aufgeregt, wie unzuverlässig Fischers Zeitangaben gewesen waren.

„Die Videothek hat bis 21:00 Uhr geöffnet und liegt auf der Ecke Zülpicher Straße/Lindenthalgürtel, also schon ein paar hundert Meter von der Gleueler Straße entfernt. Nach Fischers Meinung war es kurz vor neun. Er hätte es nicht mehr rechtzeitig geschafft, selbst wenn er gerannt oder mit dem Fahrrad gefahren wäre. Deshalb hat er versucht, in der Videothek anzurufen und sie zu bitten, noch einen Moment zu warten, bis er kommt. Das können wir ja problemlos überprüfen. Er ist da jedenfalls Stammkunde und hat das wohl schon häufiger so gehandhabt."

„Und was hat das mit der Kärnter zu tun?"

„Jetzt hören Sie auf, mich ständig zu unterbrechen!", sagte Plasberg gereizt und drückte das Gaspedal noch ein wenig weiter herunter. Auf der Hahnenstraße Richtung Rudolfplatz hatten die Einsatzfahrzeuge endlich freie Fahrt. Aber sie hatten schon viel Zeit verloren und die Kommissarin wurde immer nervöser. Was, wenn sie zu spät kamen? „Um zu telefonieren, hat Fischer den Festnetzanschluss der Wohnung benutzt. Der steht im Flur direkt neben der Wohnungstür."

„Ja, und?"

„Während er darauf gewartet hat, dass in der Videothek jemand an den Apparat geht, hat Fischer durch den Türspion gelinst, weil im Hausflur Licht angegangen war – und da hat er die Kärnter vor Borowskys Wohnungstür gesehen."

„Aber das war um 21:00 Uhr!"

„Ha!", sagte Plasberg zufrieden. „Eben nicht. Fischer hat in der Videothek nur eine Bandansage erreicht, die erst nach Geschäftsschluss angeschaltet wird. Die hätte also noch gar nicht laufen dürfen. Erst da hat er seinen Irrtum bemerkt. Er hat auf seine Uhr gesehen und festgestellt, dass es schon 22:00 Uhr ist. Er hat sich um eine Stunde vertan. Nur deshalb konnte er sich auch so genau an die tatsächliche Uhrzeit erinnern."

„Das heißt also, er hat die ganze Zeit gewusst, dass die Kärnter nach Moritz bei Borowsky gewesen ist?"

„Das ist ja das Merkwürdige: Von Moritz hat Fischer noch nie was gehört. Er ist ihm auch noch nie begegnet. Mir scheint, dass die Erpressung von Moritz eine Extratour von Scheibner und Hancke gewesen ist. Etwas, worüber sie ihn nicht informiert haben."

„Und der Polizei hat Fischer nichts über die Kärnter gesagt, weil er unsere Aufmerksamkeit nicht auf sie lenken wollte?"

„So ungefähr. Hätten wir die Kärnter unter Mordverdacht festgenommen, hätten die drei sie ja nicht mehr wegen der Vergangenheit ihres Vaters erpressen können. Erinnern Sie sich daran, dass er sich noch einmal im Türrahmen umgedreht hat, nachdem wir die drei im Präsidium verhört hatten?"

Brinkhoff nickte.

„Da wollte er uns erst was sagen, aber er hat es sich dann doch anders überlegt."

„Und wieso hat er Scheibner und seiner Schwester nichts gesagt? Die beiden sind doch ähnlich wie wir davon ausgegangen, dass Moritz die Tat begangen hat. Wieso lässt er sich auf das Spiel mit einer Mörderin ein?"

„Als ihm klar geworden ist, was er da gesehen hat und was das bedeutet, war es schon zu spät, die beiden anderen zu informieren. Nach unserem Verhör von Scheibner hat er weder Milo noch seine Schwester unter vier Augen sprechen können. Bei der Durchsuchung ihrer Wohnung war überall Polizei und danach ist er von zwei Freunden abgeholt worden, die ihn nach Berlin mitgenommen haben. Seitdem hat er pausenlos versucht, den Scheibner und die Hancke anzurufen, aber nie jemanden erreicht."

„Nicht mal seine Schwester?"

„Nein."

Brinkhoff schwieg und versuchte, diese geballte Ladung Neuigkeiten zu verdauen. „Mal angenommen, Milo Scheibner hat nicht nur die Erpressung von Moritz betrieben, nachdem wir ihn freigelassen haben, sondern auch mit der Erpressung der Kärnter weitergemacht ..." Er schloss die Augen und wagte kaum, den nächsten Satz auszuformulieren.

Plasberg kam ihm zu Hilfe. „Ja, das habe ich auch schon überlegt. Dann wusste die Kärnter, wer sie tatsächlich erpresste. Dann wusste sie, dass Borowsky das falsche Opfer war, und dann hatte sie auch jedes Motiv und die Möglichkeit, Scheibner umzubringen."

„Und wenn Katrin Hancke in alle Pläne Milo Scheibners eingeweiht war ..."

„... dann schwebt sie jetzt in Lebensgefahr", beendete die Kommissarin auch diesen Satz. „Falls sie nicht schon tot ist. Ich habe gerade versucht, sie anzurufen, aber es meldet sich niemand. Natürlich nicht."

„Aber was ich dabei noch immer nicht verstehe: Wenn sie es wirklich war, wieso hat die Kärnter Milo Scheibner in Borowskys Wohnung umgebracht? Das ergibt doch nach wie vor keinen Sinn!"

Plasberg zuckte die Schultern. „Das weiß ich auch nicht. Aber bisher haben wir doch immer angenommen, dass Scheibner das Siegel durchbrochen hat, in Borowskys Wohnung eingedrungen ist und dann überrascht wurde, oder?"

Brinkhoff stimmte zu.

„Aber dazu hatte er nach dem jetzigen Stand eigentlich gar keinen Grund, oder? Er besaß ja schon alles, was er brauchte, und wusste, wo die Originale zu finden sind. Warum hätte er nach etwas in Borowskys Wohnung suchen sollen, was er schon besitzt? Was, wenn es nun andersrum war? Wenn die Kärnter das Siegel durchbrochen hat und von Scheibner überrascht wurde?"

„Aber sie hatte doch schon eine Möglichkeit, die Wohnung von Borowsky auf den Kopf zu stellen: Wenn sie ihn tatsächlich umgebracht hat, hatte sie am Dienstagabend nach der Tat alle Zeit der Welt, die Wohnung zu durchwühlen. Warum sollte sie ein zweites Mal alles auf den Kopf stellen? Zumal jetzt das Risiko einer Entdeckung viel größer war als vorher, nachdem die Räume amtlich versiegelt worden waren?"

„Weil sie bis zu diesem Zeitpunkt davon ausgegangen ist, dass sie von Borowsky erpresst worden war", mutmaßte Plasberg. „Daher ist sie fest davon überzeugt gewesen, dass sich die Unterlagen irgendwo in der Wohnung befinden, und hat vielleicht geglaubt, dass sie sie bei ihrem bisherigen Suchen übersehen hat. Es könnte doch folgendermaßen abgelaufen sein: Milo Scheibner wird aus dem Gewahrsam entlassen. Er trifft sich erst mit Katrin Hancke und anschließend mit Lars Moritz, von dem er glaubt, er habe Borowsky auf dem Gewissen, um ihn einzuschüchtern und Schweigegeld zu verlangen. Danach geht er zufrieden nach Hause, weil er denkt, er hat Moritz so gut wie in der Tasche. Er meldet sich noch einmal telefonisch bei seiner Freundin, dass er auf dem Weg zu ihr ist. Im Hausflur fällt ihm auf, dass das Siegel an Borowskys Wohnung durchtrennt ist, und er überrascht Irmgard Kärnter in dessen Wohnung, die verzweifelt ein weiteres Mal alles durchsucht, weil sie hundertprozentig davon überzeugt sein muss, von Borowsky erpresst worden zu sein. Er nutzt den Überraschungsmoment aus, gibt sich als der eigentliche Erpresser der Kärnter zu erkennen und sie haut ihm den Kerzenständer über den Schädel."

Brinkhoff sah Plasberg zweifelnd an. „Also, ich gebe zu, dass das erklären würde, warum er es nicht mehr bis in seine eigene Wohnung geschafft hat. Aber ist er nicht mit ziemlicher Brutalität von hinten erschlagen worden? Der Arzt hat uns doch vorgemacht, wie Scheibner erschlagen worden ist." Brinkhoff hob andeutungsweise seine Arme über den Kopf. „Ich kann mir nicht vorstellen, dass die Kärnter eine solche Kraft hat. Die ist doch schon achtzig."

„Das muss nichts heißen. Wenn sie rüstig ist, kann sie es fertiggebracht haben."

„Aber klein ist sie außerdem!"

„Ach, und kleine Leute sind nicht in der Lage, einem Gegner einen Kerzenständer über den Schädel zu ziehen?", erwiderte Plasberg erbost. Unwillkürlich drückte sie ihre Wirbelsäule durch und setzte sich ein wenig aufrechter.

„Das war jetzt n-nicht wertend gemeint", verteidigte sich Brinkhoff überrascht. „Erschlagen Sie doch, wen Sie wollen! Ich finde nur, dass wir nicht außer Acht lassen sollten, dass Lars Moritz immer noch mit im Spiel ist. Er befand sich zur Tatzeit auch am Tatort!"

„Sie meinen, wenn er schon Borowsky nicht umgebracht hat, dann wenigstens Milo Scheibner? Was haben Sie bloß gegen den Mann?"

„Ich habe überhaupt nichts gegen ihn", protestierte Brinkhoff. „Ich habe nur gesagt …"

„Ja, ja, schon gut", winkte Plasberg ab. „Ich weiß, was Sie gemeint haben. Er könnte gelogen haben, als er gesagt hat, dass Scheibner schon tot war. Aber irgendwie glaube ich das nicht. Nennen Sie es Instinkt oder Berufserfahrung oder sonst was. Ich glaube nicht mehr, dass er irgendetwas mit den beiden Morden zu tun hat. Habe ich auch vorher nicht wirklich geglaubt. Klar, er hat sich der unterlassenen Hilfeleistung oder auch der vorsätzlichen Körperverletzung an Borowsky schuldig gemacht, als er ihm das Pflaster verweigert hat und ihn am Dienstagabend bewusstlos hat liegen lassen – aber ansonsten war er nur jemand, der das Pech hatte, zweimal zur falschen Zeit am falschen Ort aufzutauchen. Und der sich dann noch verdächtig gemacht hat, weil er uns angelogen hat und weil er abgehauen ist. Wenn er uns die Wahrheit gesagt hat, dann könnte er beim zweiten Mord in genau dem Moment am Tatort aufgetaucht sein, als die Kärnter zurück in ihrer eigenen Wohnung war, um die Polizei anzurufen und uns glauben zu machen, sie hätte gerade Scheibners Leiche gefunden. Aber egal, wir werden es jetzt gleich erfahren!"

Der Autokonvoi hatte endlich den Rudolfplatz und den Aachener Weiher passiert und damit die Innenstadt hinter sich gelassen. Plasberg wies die Streifenwagen an, die Martinshörner auszuschalten, als sie in die Gleueler Straße einbogen. Kurz darauf hatte die Polizei das Haus Nummer 67 umstellt. Die Beamten sicherten das Gelände und drangen in das Haus ein. Aber die Wohnung von Irmgard Kärnter war leer.

Dreiundzwanzig

Irrsinnige Schmerzen pulsierten in ihrem Kopf, drückten auf ihre Stirn, auf den hinteren Schädel und ihre Schläfen. Außerdem war ihr entsetzlich übel und sie hatte Mühe, den Brechreiz zu unterdrücken. Nachdem sie wieder zu sich gekommen war, war Katrin Hancke für die ersten Sekunden völlig desorientiert gewesen. Erst langsam nahmen der Tisch, die Regale, die Einrichtung der Küche wieder bekannte Formen an. Die Obstschale mit den überreifen Bananen, Milos aufgeschlagene Lehrbücher über Sportmedizin auf dem Küchentisch, die sie noch nicht hatte wegräumen wollen, der Aschenbecher mit ein paar Zigarettenstummeln, die ihr Freund am Tag vor seinem Tod dort ausgedrückt hatte. Und Katrin Hancke begriff, dass sie einen großen Fehler begangen hatte. Irmgard Kärnter war keineswegs eine verängstigte alte Frau. Sie war zu allem entschlossen.

Hancke spürte, wie ihre Hände und Füße langsam taub wurden. Die Bänder, mit denen Irmgard Kärnter sie auf dem Küchenstuhl gefesselt hatte, schnitten tief in ihre Gelenke ein und unterbrachen die Blutzufuhr. Ohne Erfolg bewegte sie ihre Finger. Sie wollte um Hilfe rufen, brachte aber nur ein gedämpftes Stöhnen zustande. Die Vermieterin hatte ihr den Mund mit Paketband zugeklebt. Panisch röchelnd saugte sie Luft durch die Nase ein. Wenn sie den Brechreiz nicht beherrschen konnte, würde sie an ihrem eigenen Erbrochenen ersticken.

Sie war von Irmgard Kärnter überrumpelt worden. Trotz ihrer achtzig Jahre besaß die Vermieterin eine Schnelligkeit und Kraft, die Hancke ihr niemals zugetraut hätte. Alles, was sie gesehen hatte beim Betreten der Wohnung, war eine flüchtige Bewegung gewesen, ein Schatten, der auf sie zukam. Noch bevor sie reagieren konnte, hatte ihr die alte Frau den Tennisschläger unter dem Arm weggerissen und ihr die Kante des Schlägers gegen die Schläfe geschlagen. Alles war auf einmal schwarz geworden vor ihren Augen, die Sporttasche war ihr aus der Hand gefallen und sie war wie ein Mehlsack zu Boden gestürzt. Und als sie aufwachte, hatte sie sich gefesselt und geknebelt auf diesem Küchenstuhl wiedergefunden. Noch immer konnte sie kaum glauben, dass die Vermieterin dazu fähig gewesen war, diesen Kraftakt zu vollbringen, aber die Tatsache, dass sie sich jetzt in dieser ausweglosen Situation befand, belehrte sie eines Besseren.

Katrin Hancke hörte ein leises Lachen hinter sich und dann trat Irmgard Kärnter in ihr Blickfeld. Sie trug einen dunklen Rock, einen beigefarbenen Pullover und ihre grauen Haare waren zu einem straffen Dutt zusammengesteckt. Über ihre Finger hatte sie weiße Samthandschuhe gestreift. „Wie ich sehe, kommen Sie langsam wieder zu sich, mein Kind. Wie schön. Ich habe mir übrigens erlaubt, mir einen Tee zu machen, während ich auf Sie gewartet habe. Schade nur, dass Sie keinen Earl Grey im Hause haben. Sie sind wohl keine Teetrinkerin? Diese billigen Teebeutel aus dem Supermarkt sind schauderhaft." Kärnter setzte sich plaudernd auf einen Stuhl gegenüber von Hancke und legte dann ein langes Küchenmesser auf den Tisch, sodass das Mädchen es gut sehen konnte.

Katrin Hancke antwortete mit einem weiteren dumpfen Stöhnen und schreckgeweiteten Augen. Wie hatten sie diese Frau dermaßen unterschätzen können?

Irmgard Kärnter schien ihre Gedanken erraten zu haben und hatte sich augenscheinlich schon dieselbe Frage gestellt. Sie schüttelte fast mitfühlend den Kopf. „Sie haben sich von Ihren eigenen Vorurteilen täuschen lassen, meine Liebe", erklärte sie. „Genauso wie die Polizei, die einer Frau in meinen Jahren nichts anderes mehr zutraut, als ihrem Ableben entgegenzudämmern, und die alte Leute anscheinend grundsätzlich für halb dement hält. Zugegeben, manchmal kommt das der Wahrheit erschreckend nahe, wenn ich mir zum Beispiel die arme Frau Nettersheim ansehe. Traurig, traurig. In meinem Fall ist das allerdings anders. Kindchen, ich habe einen Weltkrieg überlebt und anschließend mitgeholfen, aus den Trümmerhaufen wieder etwas aufzubauen. Meine Generation ist zäh!"

Aus dem Mund des Mädchens kam ein Laut, der alles und nichts bedeuten konnte. Dazu schüttelte sie heftig den Kopf, auch wenn ihr dabei schwindelig wurde und die Übelkeit wieder zunahm.

Kärnter sah Hancke berechnend an. „Also gut. Einseitige Monologe zu führen, hat für mich nur einen begrenzten Unterhaltungswert. Ich werde Ihnen das Paketband abnehmen … zumindest für eine Weile und wenn Sie kooperieren und nicht schreien. Ansonsten zögere ich nicht, Sie in Sekundenschnelle zum Schweigen zu bringen. Haben wir uns verstanden?“

Katrin Hancke nickte schwach. Wenn sie ihre Stimme wiederhatte, hatte sie vielleicht auch eine Möglichkeit, ihre Situation zu verbessern. Noch hatte sie nicht aufgegeben. Mit einem Ruck riss ihr Kärnter das Klebeband von den Lippen und die junge Frau schrie trotz der Warnung gepeinigt auf. Sofort spürte sie den Druck der Messerklinge an ihrer Kehle. „Bitte …“, rang sie nach Luft. „Was wollen Sie von mir?“

Kärnter lächelte sie liebenswürdig an. „Sie besitzen etwas, was mir gehört. Das hätte ich gerne wieder.“

Hancke beschloss, auf Zeit zu spielen. „Ich weiß nicht, was Sie meinen.“

„Tatsächlich nicht? Wie bedauerlich.“ Kärnter legte einen großen Umschlag auf den Tisch direkt neben das Messer und zog die Kopien der Fotos und handschriftlichen Briefe heraus. „Frischt das vielleicht Ihr Gedächtnis wieder ein wenig auf? Jemand hat mir Dienstagabend diese Unterlagen freundlicherweise vor die Tür gelegt, um mich daran zu erinnern, dass die Vergangenheit niemals ganz vergessen ist. Ein grober Fehler.“

„Ich weiß immer noch nicht …“

„Sie unterschätzen mich immer noch, Frau Hancke!“, wurde sie scharf von Irmgard Kärnter unterbrochen. Die Gesichtszüge der Vermieterin wurden plötzlich sehr unfreundlich und der höfliche Plauderton war verschwunden. „Machen Sie nicht denselben Fehler wie Herr Borowsky und Ihr Freund Milo Scheibner.“

Katrin Hancke wurde kreidebleich. „Das waren Sie? Sie haben Axel und Milo umgebracht? Ich dachte, Moritz …“, stammelte sie. „Nein, das kann nicht … das glaube ich nicht!“ Milo hatte doch gesagt, dass er Lars Moritz am Dienstagabend im Treppenhaus gesehen hatte! Verzweifelt rüttelte sie an den Schnüren, mit denen ihre Hände am Stuhl gefesselt waren.

Irmgard Kärnter sah sie irritiert an. „Wer ist Moritz?“

„Einer der Krankenpfleger, die Borowsky versorgt haben", erwiderte Katrin Hancke schwach. Erst jetzt wurde ihr nach und nach bewusst, dass ihre Lage weitaus gefährlicher war, als sie gedacht hatte. Wenn Kärnter wirklich Axel und Milo umgebracht hatte, dann war sie zu allem fähig. Sie spürte, wie ihr der Angstschweiß den Rücken herunterlief.

„Ah, verstehe!", lächelte die Vermieterin amüsiert. „Die Polizei verdächtigt noch immer jemand anderen. Umso besser. Nein, ich muss Sie enttäuschen, der Tod von Herrn Borowsky und Ihres Lebensgefährten war leider unumgänglich. Ich lasse mich nicht erpressen! Gerade Herrn Scheibner hätte ich allerdings für klüger gehalten. Das ... plötzliche Ableben von Herrn Borowsky hätte ihn doch warnen müssen, dass ich nicht mit mir spaßen lasse. Aber ich muss zugeben, dass ich überrascht war. Ich hatte wirklich vermutet, dass Borowsky allein hinter dem Erpressungsversuch steckt. Mich würde interessieren, wie Ihr Freund an die Unterlagen gekommen ist?"

„Axel hat sie ihm gegeben", murmelte Hancke. „Kurz bevor Sie ihn umgebracht haben."

Kärnter nickte. „Dann wundert es mich nicht mehr, dass ich die Originale nicht mehr in Borowskys Wohnung gefunden habe. Kompliment! Diese Frage hat mich zwei schlaflose Nächte gekostet. Also, wo sind sie?"

„Wo ist was?"

„Die Originalfotos und die Briefe. Sie sind mein Eigentum!", sagte Kärnter wütend.

„Borowskys Eigentum", berichtigte Hancke. Vielleicht würde es Kärnter beeindrucken, wenn sie ihr zu verstehen gab, dass sie noch nicht aufgegeben hatte. „So wie das Haus im Grunde sein Eigentum beziehungsweise das seiner Familie ist."

Kärnter funkelte Hancke wütend an. „Mein Vater ..."

„Ihr Vater hat eine ganze Familie zerstört", erklärte Hancke mutiger werdend. „Borowsky hat Milo den Rest der Geschichte auch erzählt. Das, was nicht aus den Unterlagen hervorgeht. Er hat seinen Teil der Abmachung nicht eingehalten. Ein Nazi, der seine Chance sah, sich auf billige Art und Weise an jüdischem Eigentum zu bereichern!"

Tatsächlich ließ sich die Vermieterin auf eine Diskussion ein und Hancke schöpfte weiter Mut. „Kommen Sie mir doch nicht mit moralischen Rechtfertigungen! Als ob Sie das in irgendeiner Weise interessiert hätte“, erwiderte Kärnter verärgert. „Borowsky mag ja noch verständliche Motive gehabt haben; in gewisser Weise kann ich sogar respektieren, dass er versucht hat zu erwirken, was er unter Gerechtigkeit verstand, aber Sie? Sie und Ihr Freund waren doch nur auf Geld aus. Die Gier hat Sie bis hierher gebracht!“

„Nun“, sagte Hancke berechnend, „das scheinen mir die gleichen Motive zu sein, die Ihr Vater damals gehabt hat!“ Im selben Moment wusste sie, dass sie zu weit gegangen war. Ihr vager Plan, Kärnter mit einem verbalen Gegenangriff aus der Fassung zu bringen, war fehlgeschlagen.

Irmgard Kärnters Augen verengten sich zu schmalen, zornigen Schlitzen. Mit einer blitzschnellen Bewegung holte sie aus und schlug Katrin Hancke hart ins Gesicht. Hanckes Kopf flog unter der Wucht des Schlages zur Seite. Das Mädchen schrie auf und wollte gerade zu einem Hilferuf ansetzen, als Kärnter ihren Kopf an den Haaren brutal nach oben zog und ihr erneut Paketband über den Mund klebte. Hanckes Schrei ging in einem entsetzten Röcheln unter.

Kärnters vorher so gefasstes Gesicht war wutverzerrt und kaum wiederzuerkennen. „Es geht auch anders, Frau Hancke. Ich brauche Sie nicht unbedingt, um die Originale zu finden.“ Sie griff nach einem Päckchen Papiertaschentücher, das auf dem Küchenregal lag, holte eines der Tücher heraus, zerriss es in vier Teile und begann, die vier Teile zu kleinen Bällchen zusammenzuknüllen. Katrin Hancke verfolgte die Bewegungen ihrer Gegnerin verständnislos, bis ihr mit einem Mal klar wurde, was Kärnter vorhatte. Panisch stöhnend versuchte sie, sich zu befreien. Vergebens.

Die Vermieterin beugte sich über das wehrlose Mädchen und stopfte ihr die Papierfetzen in die Nase, drückte sie weit nach oben, bis jede Luftzufuhr abgeschnitten war. Katrin Hancke röchelte und kämpfte verzweifelt gegen die Fesseln an ihren Handgelenken an. Dann hörte sie wie aus weiter Ferne Kärnters säuselnde Stimme, die ihr ins Ohr flüsterte.

„Es dauert nicht lange, Frau Hancke. Ein paar Sekunden, maximal ein oder zwei Minuten. Also, entscheiden Sie sich schnell! Wo sind sie Originalunterlagen?"

Katrin Hancke fühlte den Tod wie eine schwarze Wolke auf sich zukommen. Ihre Lungen schrien nach Luft und sie blähte ohnmächtig ihre Nasenflügel auf. Aber da war kein Sauerstoff, nur noch mehr Angst. Ihre weit aufgerissenen Augen schienen aus den Höhlen zu treten und sie zerrte wie von Sinnen an den Bändern, die sie an den Stuhl fesselten. Ihr ganzer Körper bäumte sich mit letzter Kraft auf. Ihr Herz raste, pumpte das Blut immer schneller durch ihre Adern.

Das Letzte, was ihre Sinne aufnahmen, bevor die schwarze Wolke sie umhüllte und ihren Widerstand endgültig brach, waren laute Schreie, ein Schuss, das Eintreten einer Tür und dann ein weiterer Schuss. Dann fühlte sie nichts mehr.

Nachdem die Kriminalbeamten die Wohnung der Vermieterin gesichert hatten, stürmten sie in den ersten Stock des Hauses, Brinkhoff und Plasberg vorneweg, hinter ihnen Vogt und zwei weitere Polizisten.

„Die Tür auf!", befahl Plasberg knapp, als sie vor Katrin Hanckes Wohnung standen. „Machen Sie schon! Wir haben vielleicht nicht mehr viel Zeit."

Brinkhoff zog seine Dienstwaffe und gab einen gezielten Schuss auf das Schloss ab. Danach hatte die Tür der Altbauwohnung seinem Gewicht und seiner Kraft nicht mehr viel entgegenzusetzen. Brinkhoff rannte mit gezogener Waffe in die Wohnung, Plasberg und die anderen dicht hinter ihm. Doch die Szene, die sich in der Küche seinem Blick darbot, war so erschreckend, dass er einen Moment wie angewurzelt stehen blieb.

Katrin Hancke saß an Händen und Füßen gefesselt auf einem Stuhl, den Kopf leblos wie eine Puppe nach vorne hängend, mit weit aufgerissenen, toten Augen, die ins Nichts starrten. Ihr Mund war mit braunem Paketband verklebt und aus ihren Nasenlöchern quoll etwas Weißes, was er nicht identifizieren konnte. Irmgard Kärnter stand über ihr und hielt ein Messer in der Hand.

„Was geht denn hier ab?“, murmelte Vogt hinter ihm fassungslos.

Maria Plasberg war die Einzige, die einen klaren Kopf behielt. In gefährlichen Situationen war sie schon mehr als einmal gewesen.

„Lassen Sie das Messer fallen und gehen Sie von der Frau weg! Und zwar schön langsam!“, herrschte sie Irmgard Kärnter an. „Machen Sie sich nicht unglücklich!“

Die Vermieterin sah sich hektisch nach einer Fluchtmöglichkeit um, dabei machte sie einen unbedachten Schritt nach vorne. Brinkhoff erwachte aus seiner Erstarrung. Er zielte und drückte ab.

„Verdammt!“, schrie Plasberg ihren Kollegen an. „Das war doch völlig unnötig!“

Vierundzwanzig

Der Wecker hatte noch nicht geklingelt. Torsten Brinkhoff wachte auf, als er ein leises Rascheln neben sich hörte. Mühsam öffnete er die schlafverklebten Augen und tastete nach Markus. Das Bett neben ihm war leer. Er setzte sich aufrecht hin. „Wo gehst du hin?“, murmelte er. Trotz acht Stunden Schlaf fühlte er sich noch immer völlig zerschlagen.

Markus Clement schloss die Knöpfe seines Hemdes und zog seine Schuhe an, ohne Brinkhoff anzusehen. „Es ist spät. Ich muss zur Arbeit“, murmelte er.

„Na schön“, sagte Brinkhoff und sprang aus dem Bett. „Noch schnell einen Kaffee?“

Markus schüttelte den Kopf. „Keine Zeit“, erwiderte er einsilbig.

Brinkhoff stutzte. So abweisend war Markus in den letzten drei Tagen nicht gewesen. „Sehen wir uns dann heute Abend? Ich kann bestimmt zeitig Feierabend machen. Nur die Frühbesprechung und dann noch Protok-kolle schreiben. Der Fall ist abgeschlossen, jedenfalls mehr oder weniger."

Markus seufzte. „Torsten hör zu, so läuft das nicht ..."

Brinkhoff krümmte sich innerlich zusammen. Diesen Tonfall hörte er nicht zum ersten Mal in seinem Leben. „Was läuft nicht so?"

„Um ehrlich zu sein, ich bin befreundet." Markus sah betreten zu Boden. „Seit über fünf Jahren. Mein Mann ist zurzeit auf Dienstreise in Thüringen. Versteh mich nicht falsch, ich mag dich wirklich gern, aber ..."

Brinkhoff traute seinen Ohren nicht. „Was? Hättest du mir das nicht eher sagen können? Ich m-meine, wir verbringen drei Abende und Nächte miteinander und du hast es n-nicht für nötig befunden, diese Kleinigkeit zu erwähnen?"

„Es tut mir leid, aber he ... was ist denn schon dabei? Wir hatten doch viel Spaß, oder?"

Brinkhoff starrte Markus ungläubig an. „Darum geht es nicht! Ich dachte, dass aus uns vielleicht etwas mehr werden könnte."

„Ja, ich weiß", bekam er zur Antwort. „Deshalb sage ich es dir ja auch jetzt. Um dich nicht zu verletzen."

„Das hast du schon getan", erwiderte Brinkhoff fassungslos. „Sieh zu, dass du rauskommst!"

Er ging in die Küche und wartete, bis die Tür hinter Markus Clement ins Schloss gefallen war.

Wenigstens war es *safe*!, dachte er bitter. Was für ein Arschloch!

Dann beugte er sich zu Bombadil, der schon vor seinem Futternapf wartete, und strich dem Kater über den Kopf. „Sieht aus, als würden wir doch weiterhin einen Zwei-Mann-Haushalt führen, Dicker", sagte er. Bombadil nahm diese Einschätzung gelassen zur Kenntnis.

Nach einer Dusche und einem weiteren vergeblichen Versuch, seine abstehenden Haare in irgendeine passable Frisur zu pressen, machte sich Brinkhoff auf den Weg ins Präsidium.

Was für eine beschissene Art, eine neue Woche zu beginnen!, dachte er deprimiert, während er seinen Wagen Richtung Kalk lenkte.

Immerhin wurde er sofort von seiner schlechten Laune abgelenkt, als er ins Büro kam. Das Erste, was ihm auffiel, war, dass an Plasbergs Zimmer die Illustriertencover abgehängt waren. Anstatt auf großbusige junge Mädchen starrte man jetzt durch die Glasscheibe hindurch direkt auf die beiden Schreibtische. Und Plasberg schien dieser Umstand in keinster Weise zu gefallen. Ihre Mundwinkel zogen sich bis zum Kinn.

Brinkhoff klopfte an und schlich förmlich ins Zimmer. „Morgen“, sagte er. „Was ist passiert?“ Er deutete auf die durchsichtige Glasfront.

„Fragen Sie nicht“, erwiderte Plasberg verärgert und blickte von einem Stapel Papiere auf. „Eine Anordnung des Direktionsleiters. Kam heute Morgen per Fax rein. Der hat anscheinend nichts Besseres zu tun, als sich mit so was zu beschäftigen.“

„Na, dann sind wir ja schon zwei, die heute schlechte Laune haben.“

Plasberg seufzte und lehnte sich in ihrem Stuhl zurück. Dann erst fiel Brinkhoff die heutige Aufmachung der Kommissarin auf. Er hätte sie hundertprozentig für eine Lesbe gehalten, hätte er sie auf der Straße gesehen: Die roten Haare waren sorgsam gegelt, lagen eng am Kopf an und waren streng gescheitelt und nach hinten gekämmt, eine gegelte Locke fiel Plasberg tief in die Stirn. Auf den Haaren saß kunstvoll drapiert die schwarze Sonnenbrille, die schon zur Audrey-Hepburn-Verkleidung gehört hatte. Zu ihrer neuen Frisur trug die Kommissarin einen schwarzen Herrenanzug, ein weißes Hemd und eine schmale, schwarze Krawatte. Eine Erscheinung aus *Men in Black* oder vielleicht den *Blues Brothers*. Die durchsichtige Handtasche, die Plasberg neben sich auf dem Schreibtisch abgestellt hatte, gab weitere Rätsel auf: Neben einem Tampon und ein paar Orangenschalen enthielt sie ein Paar schwarze Strumpfhosen sowie ein Reisebügeleisen.

Der Kommissar biss sich auf die Lippen. „Mal was anderes“, erklärte er so neutral wie möglich. „U-Ungewöhnlich.“

Plasberg stand auf und sammelte ihre Unterlagen ein: „Los, gehen wir. Die Besprechung fängt an. Ich wette, Eikner ist ganz verrückt darauf zu hören, wie wir den Fall gelöst haben.“

„Ach, ist er noch nicht unterrichtet?"

Plasberg schnaubte auf. „Doch, natürlich. Aber die Einzelheiten haben ihn am Telefon nicht interessiert. Der Chef hatte schließlich Wochenende. Da kann man ihn nicht mit Details belästigen."

Die beiden Kommissare betraten den Konferenzraum, in dem alle anderen Mitarbeiter schon Platz genommen hatten. Karsten Vogt konnte sich ein feixendes Grinsen nicht verkneifen, als er Plasberg sah. Er hatte heute Morgen aus sicherer Entfernung zugesehen, wie sie ihre Busenplakate abgenommen hatte.

„Wo ist Eikner?", fragte Plasberg, während sie sich setzte.

Hallstetter meldete sich. „Er hat gerade angerufen. Er lässt sich entschuldigen. Ein wichtiger Termin bei … ähm … seiner Schwiegermutter. Alteingesessener Marienburger Geldadel. Seine Frau macht ihm wohl die Hölle heiß, wenn er da absagt. Sie sollen die Besprechung leiten … und … ich soll Ihnen ausrichten, dass er den Abschlussbericht bis Donnerstag auf seinem Schreibtisch haben will."

Unzufriedenes Gemurmel ging durch den Raum. Was das bedeutete, wusste jeder der Kollegen. Schreibtischarbeit bis zum Umfallen. Der morgige Feiertag, der Tag der deutschen Einheit, fiel damit für die meisten ins Wasser.

Plasberg rieb sich entnervt die Augen. Schon den Sonntag über hatte sie die meiste Zeit im Büro verbracht, während sie Brinkhoff und Vogt frei gegeben hatte, um sich von den turbulenten Ereignissen der Tage zuvor zu erholen. „Also schön", sagte sie resigniert. „Dann machen wir es so kurz wie möglich. Fangen wir an. Was gibt es Neues?"

„Der Bericht der Rechtsmedizin über Scheibners Leiche ist eingetroffen", begann Hallstetter. „Sie haben fremde DNA-Spuren auf der Tatwaffe gefunden, diesem Kerzenständer, die mit denen von Irmgard Kärnter übereinstimmen. Unter Scheibners Schuhen klebte ein graues Haar. Gehörte auch zu ihr. Der Faservergleich steht allerdings immer noch aus, aber wir haben einen blauen Pullover in ihrem Kleiderschrank gefunden, der dazu passen könnte."

„Na, dann haben wir zusätzlich zu ihrem Geständnis ja auch noch ein paar hieb- und stichfeste Beweise. Dann können wir uns wenigstens einbilden, dass wir nicht nur durch Zufall Schlimmeres verhindert haben“, erklärte Plasberg missmutig. „Wie geht es ihr?“

Kayser grinste und seine tiefe Bassstimme dröhnte durch den Raum. „Brinkhoffs Schuss war ein glatter Durchschuss oberhalb des Knies. Saubere Arbeit! Wenn die Verletzung verheilt ist, wird sie ihr Bein größtenteils wieder wie früher bewegen können.“

Die Kommissarin nickte. Sie war noch immer nicht darüber hinweg, dass keiner aus der Mordkommission Irmgard Kärnter wirklich auf der Rechnung gehabt hatte. Niemand hatte der Frau anfänglich eine solche Tat zugetraut, sie am allerwenigsten. Viel zu spät hatte sich ihr Verdacht auf sie konzentriert und dann hatte sie sich von Brinkhoffs Fixierung auf Moritz davon abbringen lassen. Plasberg machte sich Vorwürfe, dass sie nicht auf ihren Instinkt gehört hatte, denn ihr Versagen hatte Folgen gehabt.

„Der Zustand von Katrin Hancke ist unverändert“, informierte sie die Kollegen der Mordkommission. „Ich habe vorhin mit dem diensthabenden Arzt der Intensivstation gesprochen. Ihr Gehirn war längere Zeit mit Sauerstoff unterversorgt – das bedeutet, die Schäden, die sie im Gehirn erlitten hat, sind noch völlig unabsehbar.“

„Was ist mit dem Fasergutachten bei dem Borowsky-Mord?“, fragte Hallstetter nach.

„Ist inzwischen auch eingetroffen“, erwiderte Plasberg und wühlte in ihren Unterlagen. „Die Kollegen haben ausnahmsweise eine Wochenendschicht eingelegt, man fasst es kaum! Moment … da ist es: Die Faserrückstände, die unter Borowskys Fingernägeln gefunden wurden, sind identisch mit denen von dem blauen Pullover, den Irmgard Kärnter in ihrem Schrank hängen hatte. Zusammen mit der Aussage von Ansgar Fischer reicht das zu einer Anklage wegen Mordes – abgesehen von ihrem Geständnis … ich meine damit, vielleicht haben wir doch nicht komplett versagt. Über die Ergebnisse der DNA-Untersuchung der Kratzspur auf ihrer Hand kann ich noch nichts sagen, aber das Labor hat mir keine großen Hoffnungen gemacht. Die Wunde ist stark vereitert gewesen. Ob sich daraus noch Rückschlüsse ziehen lassen, wie sie zustande gekommen ist, konnte man mir nicht sagen." Sie sah auf und blickte in die Runde. „Sonst noch was?"

„Was ist mit Moritz?" Da war wieder Kaysers Bass.

„Aus dem Gewahrsam entlassen. Noch am Samstag … meine Herren, weitere Fragen?" Bevor jemand etwas sagen konnte, stand Plasberg auf und beendete die Frühbesprechung. Auch die anderen Kollegen verschwanden erleichtert über die Kürze der Sitzung wieder in ihren Büros und widmeten sich ihren Schreibtischen.

„Ja, aber …", sagte Brinkhoff. Überrumpelt vom schnellen Schluss der Besprechung stürzte der Kommissar Plasberg hinterher. „Das war's?", fragte er anklagend. „Ich meine …" Er zögerte und wusste selbst nicht, was er eigentlich am Ausgang dieser Ermittlungen zu bemängeln hatte. Nur dass sich eine spürbare Unzufriedenheit in ihm breitmachte, das wusste er genau.

Plasberg sah ihren jungen Kollegen lange an. „Was wollen Sie, Brinkhoff? Wir haben unseren Teil der Arbeit getan. Für den Rest sind andere zuständig."

„Aber was wird aus den anderen? Denen, die auch irgendwie in die beiden Morde verstrickt waren?"

Plasberg schüttelte den Kopf. Dann sagte sie: „Ach, was soll's!", griff nach ihrem Mantel und ihrer Handtasche und schob Brinkhoff vor sich aus dem Büro. „Kommen Sie, ich lade Sie zu einem Kaffee ein. Einem richtigen, nicht das widerliche Gesöff, das Vogt mir immer aus dem Automaten besorgt."

Vom Präsidium aus schlenderten die beiden Kommissare zu den nahe gelegenen Köln Arcaden und ließen sich im Café *divine* nieder, in dem vor ein paar Tagen auch Milo Scheibner gesessen hatte. Die Sonne blinzelte hinter den Wolken hervor und versprach einen herbstlich angenehmen Tag ohne Regen. Brinkhoff bestellte einen Latte Macchiato und Plasberg Kaffee mit Milch und ohne Zucker. Eine Weile genossen beide schweigend das schöne Wetter und die Kommissarin geriet sogar in Versuchung, ihre Sonnenbrille auf die Augen zu setzen. Dann sagte sie abrupt: „Sie werden sich daran gewöhnen müssen, Brinkhoff, wenn Sie weiter in meiner MK mitarbeiten wollen."

„Woran gewöhnen müssen?“

„Dass es kaum jemals ein Happy-End gibt in unserem Beruf. Ich dachte, das wäre Ihnen schon bei Ihrer Arbeit unter Beerbaum klargeworden.“

„Solche Dramen haben sich da nicht abgespielt“, erwiderte der Kommissar. „Zumindest ging es da nicht um Leben und Tod ... M-Moment mal – haben Sie mir gerade einen Job angeboten?“

Plasberg grinste. „Da ich den Fall innerhalb der vorgegebenen 48 Stunden gelöst habe, hat Eikner davon abgesehen, mir die Leitung der MK zu entziehen. Eigentlich ist er ganz zufrieden mit dem Ergebnis. Er war bestimmt schon beim Polizeipräsidenten und hat ihm Honig ums Maul geschmiert. Jedenfalls hat Vogt daraufhin um seine Versetzung gebeten. Wenn Sie wollen, sind Sie bei den nächsten Ermittlungen wieder dabei.“

„Dann sind Sie doch nicht so enttäuscht von mir? Ich dachte, der Schuss auf die Kärnter ...“ Brinkhoff hatte eher mit einer Dienstaufsichtsbeschwerde als mit einer Beförderung gerechnet.

„Wir werden sehen, wie wir das regeln“, erklärte Plasberg vage und blies auf ihren Kaffee. „Sie haben unüberlegt und vorschnell und ohne Anweisung gehandelt ... aber es war eine stressbedingte Notwehrsituation. Also, was ist?“

„Ich weiß nicht, was ich sagen soll. Verstehen Sie mich nicht falsch, aber ich muss das erst mal verarbeiten.“ Brinkhoff rutschte unruhig auf seinem Stuhl hin und her. „Wenn wir nicht so langsam gewesen wären, hätten wir vielleicht Milo Scheibners Leben retten können ... und Katrin Hancke läge jetzt nicht in der Uniklinik auf der Intensivstation.“

Plasberg nickte. „Ich weiß, was Sie meinen. Das vergebliche Streben nach Perfektion. Wir laufen der Wahrheit hinterher und stolpern dabei ständig über Leichen.“

„Ich habe ja noch nicht mal ganz begriffen, wie die Kärnter die beiden Morde begangen hat.“

Die Kommissarin hatte die Vermieterin am Sonntag befragt, sobald sie vernehmungsfähig war. Hallstetter und Kayser waren dabeigewesen.

Plasberg schlürfte an der heißen Tasse. „Bei Borowsky hatte sie alle Zeit der Welt. Sie ist an dem Dienstagabend gegen 22:00 Uhr nach oben geschlichen, nachdem sie vorher auf ihrer Fußmatte das Erpresserschreiben gefunden hat. Natürlich hat sie angenommen, dass es von Borowsky stammt. Sie konnte ja nicht ahnen, dass es wahrscheinlich von Scheibner dort deponiert worden ist und sich die Unterlagen zu diesem Zeitpunkt schon in seinem Besitz befanden. Kärnter ist tatsächlich von Ansgar Fischer beim Betreten der Wohnung gesehen worden. Sie hat bestätigt, dass sie sich mit ihrem Zweitschlüssel Zugang zu der Wohnung verschafft hat, genau, wie er ausgesagt hat. Borowsky hatte sich gerade erst von seiner Auseinandersetzung mit Moritz erholt, war wohl erst kurz vorher zu sich gekommen. Nach Kärnters Angaben hat er kaum mitbekommen, was mit ihm passiert ist. Er hat sich kaum wehren können: körperlich geschwächt von seiner Erkrankung, benommen von den MST-Tabletten, die Scheibner ihm gegeben hat und dann der Sturz gegen die Wand – er hatte keine Chance."

„Sie hat ihn also einfach aus dem Weg geräumt."

Plasberg ließ Brinkhoffs Kommentar unbeantwortet. „Nach der Tat hat sie die Wohnung durchsucht, aber wie wir wissen, konnte sie dort nichts mehr finden. Das Verstecken des Messers unter Scheibners Fußmatte war eine Panikreaktion. Sie wollte es loswerden und wusste nicht, wohin damit. Also hat sie es den Studenten unter die Fußmatte gelegt, um uns in die Irre zu führen. Danach hat sie sich in ihre Wohnung begeben, hat den nächsten Morgen abgewartet und dann die Polizei informiert. Eine perfekte Inszenierung. Sie spielt die Schockierte, hat auch noch zwei Streifenbeamte als Zeugen, niemand würde auf die Idee kommen, sie zu verdächtigen. Immerhin konnte sie sich ihrer Meinung nach sicher sein, den Erpresser mundtot gemacht zu haben, selbst wenn sie die Dokumente nicht in die Hände bekommen hatte. Bei Scheibner dagegen war es eine Sache von Minuten. Kärnter hat Glück gehabt, dass sie nicht erwischt worden ist. Als sie am Donnerstagmorgen ein erneutes Erpresserschreiben erhalten hat, diesmal von Scheibner, wurde sie nervös, sah ihre Felle davonschwimmen. Sie hat uns den Brief gezeigt. Scheibner hat ihn anonym formuliert, Kärnter hatte keine Ahnung, wer sie weiterhin bedrohte. Deshalb ist sie das Risiko eingegangen, in die abgesperrte Wohnung einzudringen. Sie konnte einfach nicht glauben, dass die Unterlagen nicht mehr in der Wohnung waren, und wollte ganz sichergehen. Und dabei ist sie dann von Scheibner überrascht worden – so, wie wir es uns gedacht haben. Scheibner hat ihr gesagt, dass er der wahre Erpresser ist. Er kam wahrscheinlich wirklich gerade von seiner Unterhaltung mit Moritz zurück. Kärnter hat ausgesagt, sie sei noch einmal kurz in ihre Wohnung gegangen, weil sie Herzflattern hatte und ihr Medikament nehmen musste. Danach ist sie zurückgekehrt und hat Scheibner mit dem Kerzenständer von hinten den Schädel zertrümmert. Er hat wahrscheinlich noch nicht einmal mitbekommen, von wem er erschlagen worden ist."

„Aber Lars Moritz war doch auch am Tatort! Wieso hat er nichts bemerkt? Und wieso ist er von niemandem gesehen worden?"

„Er hat uns die Wahrheit erzählt – jedenfalls bei der letzten Vernehmung. Die Blumenhändlerin hat seine Angabe bestätigt. Sie war zufällig in ihrer Wohnung, weil sie etwas vergessen hatte, und hat ihn ins Haus gelassen. Sie dachte, er wäre ein Freund von Scheibner und Co. Da Scheibner zu diesem Zeitpunkt schon tot war, muss Moritz die Wohnung von Borowsky betreten haben, nachdem Kärnter wieder in ihrer eigenen Wohnung war. Sie hat ja die Polizei über den Tod von Scheibner vom Telefon ihrer Wohnung aus benachrichtigt. Wahrscheinlich ist Moritz genau in dem Moment ins Haus hineingekommen und auch wieder heraus. Als Vogt dann kurz danach eintraf, war ja von Moritz nichts mehr zu sehen."

„Wann hat Scheibner denn mit der Erpressung von Kärnter begonnen? Das Zeitfenster an dem Dienstagabend war doch ziemlich knapp."

„Sie meinen, wie er es unbeobachtet geschafft hat, der Kärnter die Kopien der Unterlagen zukommen zu lassen?"

„Genau."

„Ganz einfach. Da hat uns Ansgar Fischer auf die Sprünge geholfen. Nachdem Scheibner von Borowsky die Unterlagen in der Hand hatte, ist er kurz vor halb neun im dunklen Hausflur nach unten geschlichen und hat den Umschlag der Kärnter auf die Fußmatte gelegt. Dann hat er an ihre Tür geklopft und sich hinten im Zugang zum Keller versteckt, bis die Tür der Vermieterin aufging und sie den Umschlag an sich genommen hat. Natürlich dachte sie, dass sie von Borowsky erpresst wurde, denn sie hatte ja keine Ahnung, wie krank der Mann zu dem Zeitpunkt schon war und dass er es kaum noch bis zu ihr hinuntergeschafft hätte. Danach ist Scheibner nach oben geschlichen – genau zu dem Zeitpunkt, den Ansgar Fischer bestätigt hat. Um halb neun. Dabei hat er gehört, wie es bei Borowsky geklingelt hat, und Scheibner hat Moritz die Treppe hinaufkommen sehen. Während also Moritz versucht hat, sich bei Borowsky für das unterschlagene Durogesic-Pflaster zu entschuldigen, hat Scheibner seine Freundin und deren Bruder in seinen Plan eingeweiht, wie man die Kärnter mit den Unterlagen, die er von Borowsky erhalten hatte, ausnehmen kann." Mit einem Klirren stellte die Kommissarin ihre leere Tasse auf den Unterteller. „So ist es abgelaufen. Sind Sie jetzt zufrieden?"

Brinkhoff nickte und die Kommissarin atmete erleichtert auf. „Gott sei Dank. Ich hatte schon Angst, ich müsste mir den Mund fusselig reden."

„Also habe ich am Anfang doch recht gehabt", sagte der Kommissar, während Plasberg zahlte.

„Womit?" Zusammen liefen die Kommissare wieder ins Präsidium zurück.

„Borowsky ist von jemandem erstochen worden, der ihn zutiefst gehasst hat. Nur dass es nicht Moritz war, sondern Kärnter."

„Vielleicht hatte sie auch einfach nur Angst vor dem, was er gegen sie in der Hand hielt. Die Möglichkeiten, das zu erfahren, sind wohl gleich Null."

Der Parkplatz des Präsidiums lag da wie ausgestorben, als die Kommissare auf das Gebäude zusteuerten. Brinkhoff konnte Plasbergs klapprigen Golf am anderen Ende des Platzes erkennen. „Was passiert jetzt eigentlich mit Moritz und Anja Kruse?", fragte er plötzlich. Mittlerweile hatten sie den Aufzug erreicht und fuhren wieder nach oben.

Die Kommissarin hob die Achseln. „Ich nehme mal an, dass Moritz' Freundin einen HIV-Test machen lassen wird. Es wird ihr wohl gar nichts anderes übrig bleiben."

„Und dann?"

„Was heißt und dann? Woher soll ich das wissen?", brummte Plasberg. Brinkhoffs Fragerei begann ihr allmählich lästig zu werden. Sie hatte noch einen Haufen Schreibarbeit zu erledigen. „Ob Moritz noch wegen gefährlicher Körperverletzung angeklagt wird, wird die Staatsanwaltschaft entscheiden. Immerhin hat er sich strafbar gemacht, als er Borowsky das Pflaster nicht aufgeklebt hat."

„Und die Bergmann-Pohl?" Brinkhoff öffnete der Kommissarin die Tür, als sie das Büro betraten.

„Mit der wird sich die Staatsanwaltschaft sicherlich auch beschäftigen. Ich kann mir nicht vorstellen, dass es *Herzallerliebst* noch lange geben wird."

„*Herzlich versorgt*", korrigierte Brinkhoff automatisch.

„Gehen Sie mir bloß nicht auf die Nerven, Kollege!", erwiderte die Kommissarin und lachte gegen ihren Willen. Dann ließ sie sich müde auf ihren Stuhl fallen und betrachtete missmutig den Stapel Unterlagen, der darauf wartete, abgearbeitet zu werden.

Brinkhoff nahm am Schreibtisch gegenüber Platz und sah durch die Glasscheibe auf den Flur. „Was wird aus Timo Auermann? Und seiner Mutter?"

„Wenn er klug ist, holt er sich therapeutische Hilfe, um von den Drogen wegzukommen", murmelte Plasberg und begann, sich in ihre Akten zu vertiefen. „Und seine Mutter sollte einen Inneneinrichter bestellen. Damit man in dem furchtbaren Haus keine Depressionen bekommt. Vielleicht sollte sie auch gleich noch einen Kochkurs belegen."

„Fällt das Haus in der Gleueler Straße jetzt nicht an die beiden zurück?"

„Brinkhoff, ich weiß es nicht!", stöhnte Plasberg und ließ entnervt ihren Kuli fallen. „Ich glaube aber kaum, dass die Briefe von Timos Urgroßvater an die Verwandten, die in der jüdischen Gemeinde aufbewahrt werden, ausreichen, mehr als moralischen Druck zu erzeugen. Der Kaufvertrag wird hieb- und stichfest sein. Die Auermanns könnten höchstens Glück haben und mit dem absurd niedrigen Kaufpreis beweisen, dass der Verkauf unter Zwang erfolgte. Ähnliche Entscheidungen gab es in letzter Zeit auch bei Kunstwerken. Und jetzt lassen Sie mich gefälligst arbeiten, sonst lade ich Sie nie wieder zum Kaffee ein."

„Eine Frage hätte ich aber noch", sagte Brinkhoff kleinlaut.

„Die letzte! Ich warne Sie!", erwiderte die Kommissarin drohend.

„Wie geht es Niklas und Nina? Haben Sie inzwischen mit den Eltern des Mädchens gesprochen?"

Plasberg schrak zusammen. „O mein Gott! Das hab ich total vergessen! Wie spät ist es? Verdammt! Ich sollte seit zehn Minuten bei den Eltern in Marienburg sein. Niklas wird mich umbringen!" Die Kommissarin sprang hektisch auf und stob aus dem Zimmer.

Torsten Brinkhoff drehte sich auf seinem Stuhl und starrte aus den verschmierten, dreckigen Scheiben nach draußen.

„Aber die Fenster werden öfter mal geputzt, wenn ich hier arbeite!", sagte er.

Danksagung

Ein Roman ist im Grunde keine Einzelleistung des Autors. Viele andere Menschen sind an der Entstehung des Manuskripts beteiligt, sei es durch Kritik, Lob, Anregungen, Informationen, Korrekturen oder auch nur Zuspruch. Dies ist der Platz, an denen ihnen allen gedankt werden kann für ihre Hilfe.

Allen voran Uli Zillgitt, dessen Wissen über Strukturen und Arbeitsweise der Polizei für mich von unschätzbarem Wert war, Frau Wesseling vom Grundbuchamt der Stadt Köln, den Mitarbeitern des rechtsmedizinischen Instituts der Uniklinik Köln. Karin Schneider, meine Agentin, hat unendlich viel Arbeit in das Manuskript gesteckt, ebenso Regina Nössler, meine Lektorin, und Corinna Waffender. Danke auch an Jim Baker, meinen Verleger und alle Mitarbeiter des Querverlags. Norbert Friederichs, Susanne Bach und Nina Stressenreuter haben sich wie immer als „Versuchskaninchen" bewährt und Teile oder das ganze Manuskript im Voraus gelesen. Jörg Michaelis betreut meine Homepage. Auch euch vielen Dank.

Mehr zum Autor unter www.stressenreuter.de